Knowledge is everything！

知識工場
Knowledge is everything！

知識工場
Knowledge is everything！

考前神救援！

5 in 1
單字救急
奇蹟書

奇蹟有理！
偷呷步無罪！

Exams
5

張翔／編著

隨書
附贈
MP3
英語閱讀

終極抱佛腳之術，
用 **1** 本書攻克
5 大檢定！

Perfect Book
1

User's Guide

精選必考單字，成就 12,000 絕對單字力，考場制霸的 NO.1 利器，就是這一本！

1 絕對必勝！囊括各大重量級考試

本書特別針對各大重量級考試編寫，打破「一書一測驗」的舊思維，讓你「用一本走天下」，不管是要準備學測／指考、托福、新多益、全民英檢、還是雅思，都能暢行無阻。

2 單字量攻頂！扎實取得12,000英單

每章精選核心單字，全書看完將取得 12,000 的絕對單字力，成為會走路的活字典。

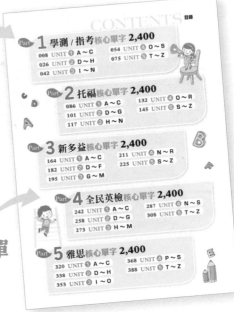

新制新多益 INFO 更新

聽力測驗 Listening Comprehension			
照片描述（6 題）	應答問題（25 題）	簡短對話（39 題）	簡短獨白（30 題）
閱讀測驗 Reading Comprehension			
單句填空（30 題）	短文填空（16 題）	單篇文章（29 題）	多篇文章（25 題）

◎ 各大考試的考題情報，請以考試中心公布的資訊為準。

3 好查易記！
井然有序的字母編排

每章依字母順序分為五個單元，跟著字母記憶，便可逐步完成 A ～ Z 的單字背誦。此外，要查找單字時，只要跟著字母便可找到，提高翻查效率。

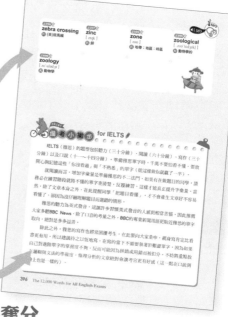

4 精華必備！不藏私
高分單字2,400

針對每一類考試，挑選能左右分數的 2,400 個核心單字，不落入數大便是美的窠臼中，大大縮短背誦時間，備考效率不言而喻。

5 未考先贏！
用備考小撇步搶先奪分

每章最後的「備考小撇步」將分析每一類考試的題型，並提點備考時的注意事項，幫助讀者取得單字以外的優勢，親臨考場時更有把握。

6 雙語教學！
中英皆備的道地發音

針對每一個單字，錄製英語發音 & 中文解釋，跟著書的內文看，並以 CD 刺激記憶，眼看 + 耳聽，雙管齊下自然更有效率。

一本在手，從此怎麼考、怎麼過！

在全球化的過程中，英語一直是最被看重的語言指標，現在國小生就必須學習英文，經過十幾年國民義務教育的薰陶，就算是英語較不突出的學生，也具備一定程度的英語力，其重要性不言而喻。

就我執教多年的經驗來看，沒有一個學生會想要放棄英語這一塊，就算是程度不在 TOP 的學生，也懂得從單字／片語下手，逐步提升自己的英語實力。不過，每一位學習者幾乎都遇過的問題是，英語檢定考所針對的目標各有不同，有的學生好不容易考了托福出國，日後卻發現職場上更看重新多益，於是接續著準備，備考書籍一本又一本地購買，買了整櫃的參考書，開銷直線飆升，自己也陷入背誦的無限輪迴中。

當然，單字是學習英語的基礎，人家說蓋房子要打好地基，而單字／片語就是提升英語力的根基，所以我不會說出「單字不用背」這種不負責任的話，但是，該從哪裡著手、要如何背誦，這些就必須視學生的特性調整，看到學生們選擇了最適合自己的學習方式，掌握優勢，每每都帶給我莫大的成就感，以此為傲，這也是我之所以離不開教學這一領域的原因。

編寫這本書的構想其實滿久了，剛開始，我是想讓學生跳出「猛背單字的窠臼」。雖然各大英語檢定考的題型與著重的領域各有不同，但終歸異中有同，這個「同」就是單字。不過，單字的重要性雖然顯而易見，但我也不鼓勵學生只背單字，而忽略了其他考試題型。

我曾經遇過一個學生，在班上，她真的可謂「會走路的字典」，就連雅思等級的單字，她也掌握了八、九成，所以，考單字或閱讀時，她是我最不擔心的一個學生，但實際上考場之後，她卻拿了一個比預想中低許多的分數回來，一看她的成績單，我就知道她的問題落在聽

力，閱讀幾乎拿滿分，但聽力的分數卻慘不忍睹，而且最讓人惋惜的是，聽力對話的內容她其實都懂，只是「聽不懂」。說起來有點矛盾，說白了，就是「寫成文字她都看得懂，要她聽懂對話就是另外一回事了。」詢問之下才發現，她準備考試的重心全放在單字 / 片語，聽力測驗雖然有做，但練習的時間卻非常少，極度不平衡的時間分配，造就她落差甚大的分數，平均下來，也只能列在中偏上的區間而已。

　　如果今天英語檢定考只考單字 & 閱讀，那我肯定會鼓勵學生著重在背誦，但事實並非如此，放眼現在的檢定考，會發現越來越重視聽說讀寫四項並重的能力，單字力雖然重要，但卻非萬能，你還得具備「聽得懂」，甚至「寫得流暢」的能力才行，所以，我並不鼓勵學生死記硬背，相反的，在單字之外，還必須分配時間給聽力和寫作的練習，這樣才能在測驗中拔得頭籌。

　　基於上面的原因，我才開始編寫本書，統計歷年的高頻率關鍵字，並依照考試類型分門別類，以幫助每一位備考的學生掌握核心單字，而非盲目地將時間花在背誦上，如此便可善用多出來的時間，訓練自己的聽力與寫作，甚至是研讀文法和句型結構，而能在考場取得理想的成績。

　　當然，我不想過於偏頗，而是想兼顧「質」與「量」，所以挑選了現今最被看重的英語測驗編寫單字，熟悉整本的內容，也就掌握了12,000 的單字量，就長遠的角度來看，如此龐大的單字量必然會有幫助，不要盲目地背誦，但也千萬不能忽視單字的重要性，本書獻給正在準備考試 & 想要提升詞彙量的各位讀者，希望各位能從中獲益，這對我而言，就是最大的喜悅了。

張翔

CONTENTS 目錄

Part 1

學測 / 指考
核心單字2,400

Key to Learn
Words

高中生學測 & 大學指考的英文科該如何突破？
難道你也像別人一樣，以為只要單字背不停，就
勝券在握？千萬別落入單字量的迷思中，想體驗
省時不費力的捷徑，就從關鍵分數開始把握吧！

動 動詞　　名 名詞　　形 形容詞　　副 副詞　　助 助動詞

代 代名詞　　介 介系詞　　連 連接詞　　縮 縮寫　　片 片語

0001 abortion
[ə`bɔrʃən]
名 墮胎；流產

0002 abuse
[ə`bjuz]
動 虐待；傷害；濫用

0003 academic
[͵ækə`dɛmɪk]
形 學院的；學校的

0004 academy
[ə`kædəmɪ]
名 學院；大學

0005 accent
[`æksɛnt]
名 腔調；口音

0006 acceptance
[ək`sɛptəns]
名 接受；領受

0007 accessory
[æk`sɛsərɪ]
名 配件；附件
形 附屬的

0008 accommodate
[ə`kɑmə͵det]
動 使適應；能容納

0009 accommodation
[ə͵kɑmə`deʃən]
名 適應；調節

0010 accomplishment
[ə`kɑmplɪʃmənt]
名 成就；完成；實現

0011 accordance
[ə`kɔrdəns]
名 一致；符合

0012 accountable
[ə`kauntəbḷ]
形 應負責的

0013 ace
[es]
名 發球得分
形 一流的

0014 achieve
[ə`tʃiv]
動 實現；完成

0015 acid
[`æsɪd]
名 酸性物質
形 酸的

0016 acne
[`æknɪ]
名 粉刺

0017 acquaintance
[ə`kwentəns]
名 認識的人；熟人

0018 acquisition
[͵ækwə`zɪʃən]
名 獲得；取得

0019 act
[ækt]
動 扮演；行動
名 行為

0020 activist
[`æktəvɪst]
名 激進主義份子

0021 activity
[æk`tɪvətɪ]
名 活動

0022 actor
[`æktə]
名 演員

0023 addict
[ə`dɪkt]
動 上癮；使沉溺

0024 addiction
[ə`dɪkʃən]
名 上癮；熱衷

0025 address
[ə`drɛs]
動 填上地址
名 地址；致詞

0026 adjective
[`ædʒɪktɪv]
名 形容詞
形 形容詞的

0027 adjustment
[ə`dʒʌstmənt]
名 調整；調節

0028 admirable
[`ædmərəbḷ]
形 值得讚揚的

0029 admiration
[ˌædməˈreʃən]
名 敬佩

0030 admission
[ədˈmɪʃən]
名 准許進入

0031 admit
[ədˈmɪt]
動 承認；准許進入

0032 adolescence
[ˌædlˈɛsns]
名 青春期

0033 adolescent
[ˌædlˈɛsnt]
名 青少年
形 青少年的

0034 adore
[əˈdor]
動 崇拜；敬愛

0035 advanced
[ədˈvænst]
形 高級的；先進的

0036 adventure
[ədˈvɛntʃə]
名 冒險

0037 adverb
[ˈædvəb]
名 副詞
形 副詞的

0038 affair
[əˈfɛr]
名 事件

0039 affect
[əˈfɛkt]
動 影響

0040 affectionate
[əˈfɛkʃnɪt]
形 和藹的；摯愛的

0041 afford
[əˈford]
動 能夠負擔

0042 afraid
[əˈfred]
形 害怕的

0043 agreeable
[əˈɡriəbl]
形 令人愉快的

0044 AIDS
[edz]
名 愛滋病

0045 air-conditioner
[ˈɛrkənˈdɪʃənə]
名 空調設備

0046 airmail
[ˈɛrˌmel]
名 航空郵件

0047 airtight
[ˈɛrˌtaɪt]
形 密閉的

0048 album
[ˈælbəm]
名 相簿

0049 alcohol
[ˈælkəˌhɔl]
名 酒精

0050 alcoholic
[ˌælkəˈhɔlɪk]
名 酗酒者
形 含酒精的

0051 alien
[ˈelɪən]
名 外國人；外星人
形 外國的；外星的

0052 alienate
[ˈeljənˌet]
動 使感情疏遠

0053 allergy
[ˈælədʒɪ]
名 過敏

0054 alligator
[ˈæləˌɡetə]
名 鱷魚；短吻鱷

0055 allow
[əˈlau]
動 允許；准許

0056 almond
[ˈɑmənd]
名 杏仁；杏核

0057 aloud
[əˈlaud]
副 高聲地；大聲地

0058 alphabet
[ˈælfəˌbɛt]
名 字母

0059 amaze
[əˈmez]
動 使吃驚

0060 amazement
[əˈmezmənt]
名 驚訝；詫異

0061 ambulance
[`æmbjələns]
名 救護車

0062 amuse
[ə`mjuz]
動 使歡樂

0063 amusement
[ə`mjuzmənt]
名 娛樂；消遣

0064 analects
[`ænə,lɛkts]
名 語錄；選集

0065 analytical
[,ænə`lɪtɪkl̩]
形 分析的；善於分析的

0066 anecdote
[`ænɪk,dot]
名 趣聞；軼事

0067 angel
[`endʒl̩]
名 天使

0068 anger
[`æŋgə]
名 憤怒

0069 angle
[`æŋgl̩]
名 角度

0070 animal
[`ænəml̩]
名 動物

0071 animate
[`ænə,met]
動 使有活力；賦予生命

0072 ankle
[`æŋkl̩]
名 腳踝

0073 antenna
[æn`tɛnə]
名 (動物的)觸鬚；天線

0074 antibody
[`æntɪ,bɑdɪ]
名 抗體

0075 antique
[æn`tik]
名 古董
形 骨董的；古老的

0076 antonym
[`æntə,nɪm]
名 反義字

0077 ape
[ep]
名 猿猴

0078 appetite
[`æpə,taɪt]
名 胃口；食慾

0079 applause
[ə`plɔz]
名 喝采；稱讚

0080 apple
[`æpl̩]
名 蘋果

0081 appliance
[ə`plaɪəns]
名 家電用品

0082 appreciation
[ə,priʃɪ`eʃən]
名 賞識；欣賞

0083 approve
[ə`pruv]
動 批准；認可

0084 apron
[`eprən]
名 圍裙

0085 apt
[æpt]
形 適當的

0086 Arctic
[`arktɪk]
名 北極圈
形 北極的

0087 arena
[ə`rinə]
名 競技場

0088 arm
[arm]
動 武裝
名 手臂；扶手

0089 arrange
[ə`rendʒ]
動 改編；整理

0090 arrangement
[ə`rendʒmənt]
名 改編；安排

0091 arrogant
[`ærəgənt]
形 傲慢的

0092 art
[art]
名 藝術

0093 artery
[`ɑrtərɪ]
名 動脈

0094 article
[`ɑrtɪk!]
名 文章；論文

0095 artifact
[`ɑrtɪˌfækt]
名 手工藝品

0096 artist
[`ɑrtɪst]
名 藝術家

0097 artistic
[ɑr`tɪstɪk]
形 美術的；藝術的

0098 ashamed
[ə`ʃemd]
形 引以為恥的

0099 ask
[æsk]
動 詢問；要求

0100 aspirin
[`æspərɪn]
名 阿斯匹靈

0101 ass
[æs]
名 笨蛋；驢子

0102 assurance
[ə`ʃʊrəns]
名 保證；(英)保險

0103 assure
[ə`ʃʊr]
動 保證；保障

0104 asthma
[`æzmə]
名 氣喘

0105 astonish
[ə`stɑnɪʃ]
動 使吃驚；使驚訝

0106 astonishment
[ə`stɑnɪʃmənt]
名 吃驚；驚愕

0107 astronaut
[`æstrəˌnɔt]
名 太空人

0108 astronomer
[ə`strɑnəmə]
名 天文學家

0109 astronomy
[əs`trɑnəmɪ]
名 天文學

0110 asylum
[ə`saɪləm]
名 政治避難權；庇護所

0111 athlete
[`æθlit]
名 運動員

0112 athletic
[æθ`lɛtɪk]
形 運動的

0113 atom
[`ætəm]
名 原子

0114 atomic
[ə`tɑmɪk]
形 原子的

0115 attendance
[ə`tɛndəns]
名 出席；參加

0116 attitude
[`ætətjud]
名 態度

0117 attract
[ə`trækt]
動 吸引

0118 attraction
[ə`trækʃən]
名 吸引力

0119 aunt
[ænt]
名 阿姨；姑姑；伯母；嬸嬸

0120 auxiliary
[ɔg`zɪljərɪ]
名 助動詞

0121 awake
[ə`wek]
動 喚醒
形 清醒的

0122 awaken
[ə`wekən]
動 覺醒；激起

0123 awful
[`ɔfəl]
形 可怕的；嚇人的

0124 awkward
[`ɔkwəd]
形 笨拙的

0125 axe
[æks]
動 大量削減
名 斧頭

0126 baby
[`bebɪ]
名 嬰兒

0127 baby-sit
[`bebɪ͵sɪt]
動 照顧小孩

0128 back
[bæk]
動 使後退
名 背部

0129 bacon
[`bekən]
名 培根

0130 bacteria
[bæk`tɪrɪə]
名 細菌

0131 badminton
[`bædmɪntən]
名 羽毛球

0132 bait
[bet]
動 誘惑
名 誘餌；圈套

0133 bake
[bek]
動 烤

0134 ballet
[bæ`leɪ]
名 芭蕾

0135 bamboo
[bæm`bu]
名 竹子

0136 banana
[bə`nænə]
名 香蕉

0137 band
[bænd]
名 樂隊

0138 bandage
[`bændɪdʒ]
動 用繃帶包紮
名 繃帶

0139 bang
[bæŋ]
動 重擊；猛撞
名 猛擊；砰砰聲

0140 banquet
[`bæŋkwɪt]
名 宴會；盛宴

0141 barbecue
[`bɑrbɪkju]
動 (在戶外)烤肉
名 烤肉

0142 bare
[bɛr]
動 揭露；露出
形 光禿禿的

0143 bark
[bɑrk]
動 吠叫
名 吠叫聲

0144 base
[bes]
名 壘；基底

0145 baseball
[`bes͵bɔl]
名 棒球

0146 basement
[`besmənt]
名 地下室

0147 basin
[`besn̩]
名 盆地；臉盆

0148 basketball
[`bæskɪt͵bɔl]
名 籃球

0149 bass
[bes]
名 低音樂器
形 低音的

0150 bat
[bæt]
動 揮打
名 球棒

0151 bathroom
[`bæθ͵rum]
名 浴室

0152 batter
[`bætə]
動 連續猛擊
名 打擊手

0153 battery
[`bætərɪ]
名 電池

0154 bay
[be]
名 海灣

0155 beak
[bik]
名 鳥嘴

0156 bean
[bin]
名 豆子

0157 beast
[bist]
名 野獸

0158 beat
[bit]
動 打
名 節奏

0159 beautiful
[`bjutəfəl]
形 美麗的

0160 beautify
[`bjutə‚faɪ]
動 美化

0161 beauty
[`bjutɪ]
名 美人

0162 beckon
[`bɛkən]
動 點頭示意；招手

0163 become
[bɪ`kʌm]
動 變成；成為

0164 bedroom
[`bɛd‚rum]
名 臥房

0165 bee
[bi]
名 蜜蜂

0166 beef
[bif]
名 牛肉

0167 beer
[bɪr]
名 啤酒

0168 beetle
[`bitḷ]
名 甲蟲

0169 beg
[bɛg]
動 乞討；懇求

0170 beggar
[`bɛgɚ]
名 乞丐

0171 beginner
[bɪ`gɪnɚ]
名 初學者；新手

0172 behave
[bɪ`hev]
動 舉止；表現

0173 being
[`biɪŋ]
名 存在；生命；人

0174 believable
[bɪ`livəbḷ]
形 可信任的

0175 belly
[`bɛlɪ]
名 肚子；腸胃

0176 beloved
[bɪ`lʌvɪd]
名 心愛的人
形 心愛的；親愛的

0177 belt
[bɛlt]
名 皮帶

0178 bench
[bɛntʃ]
名 長凳

0179 bend
[bɛnd]
動 使彎曲

0180 berry
[`bɛrɪ]
名 莓果

0181 bet
[bɛt]
動 下賭注
名 打賭

0182 beware
[bɪ`wɛr]
動 當心；注意

0183 bible
[`baɪbḷ]
名 聖經

0184 bill
[bɪl]
名 帳單

0185 bind
[baɪnd]
動 綁

0186 bingo
[`bɪŋgo]
名 賓果遊戲

0187 biochemistry
[‚baɪo`kɛmɪstrɪ]
名 生物化學

0188 birth
[bɝθ]
名 出生；血統

0189 biscuit
[`bɪskɪt]
名 餅乾

0190 bite
[baɪt]
動 咬
名 一口之量

0191 bitter
[`bɪtə]
形 苦的

0192 black
[blæk]
名 黑色
形 黑色的

0193 blackboard
[`blæk,bord]
名 黑板

0194 blade
[bled]
名 刀鋒

0195 blanket
[`blæŋkɪt]
動 以毯覆蓋
名 毛毯

0196 blast
[blæst]
動 爆炸；轟擊
名 強風

0197 bleed
[blid]
動 流血

0198 bless
[blɛs]
動 祝福；保佑

0199 blessing
[`blɛsɪŋ]
名 恩典；祝福

0200 blind
[blaɪnd]
動 使失明
形 瞎的；盲的

0201 blizzard
[`blɪzəd]
名 暴風雪

0202 blond/blonde
[bland]
名 白膚金髮的人
形 金髮的

0203 blood
[blʌd]
名 血；血液

0204 bloody
[`blʌdɪ]
形 流血的；血紅的

0205 blossom
[`blasəm]
動 開花
名 盛開

0206 blot
[blat]
動 弄髒
名 汙漬

0207 blouse
[blaʊz]
名 短上衣

0208 blue
[blu]
名 藍色
形 藍色的

0209 blues
[bluz]
名 藍調；憂鬱

0210 blush
[blʌʃ]
動 臉紅；感到慚愧
名 臉紅；羞愧

0211 bodily
[`badɪlɪ]
形 身體上的
副 親身地

0212 body
[`badɪ]
名 身體

0213 bog
[bag]
動 使陷入泥沼
名 沼澤；濕地

0214 boil
[bɔɪl]
動 煮沸
名 沸騰

0215 bolt
[bolt]
動 閂上
名 門閂

0216 bondage
[`bandɪdʒ]
名 束縛；奴役

0217 bone
[bon]
名 骨頭

0218 bony
[`bonɪ]
形 骨瘦如柴的

0219 boom
[bum]
動 發出隆隆聲
名 繁榮；隆隆聲

0220 boot
[but]
動 開機
名 長靴

0221 bore
[bor]
動 使厭煩
名 令人厭煩的人

0222 boredom
[`bordəm]
名 無聊;乏味

0223 born
[bɔrn]
形 天生的;出生的

0224 bosom
[`buzəm]
名 胸懷

0225 botany
[`batənɪ]
名 植物學

0226 bother
[`baðə]
動 打擾
名 煩惱;麻煩

0227 bottle
[`batl]
動 用瓶子裝
名 瓶子

0228 bout
[baut]
名 (競賽的)一回合

0229 bow
[bau]
動 鞠躬;順從
名 鞠躬;低頭

0230 bowel
[`bauəl]
名 腸;惻隱之心

0231 bowl
[bol]
名 碗

0232 bowling
[`bolɪŋ]
名 保齡球

0233 box
[baks]
動 把…裝箱
名 箱子;盒子

0234 boxer
[`baksə]
名 拳擊手

0235 boxing
[`baksɪŋ]
名 拳擊

0236 boy
[bɔɪ]
名 男孩

0237 boyhood
[`bɔɪhud]
名 少年時期

0238 brace
[bres]
動 支撐
名 支架

0239 bracelet
[`breslɪt]
名 手鐲

0240 braid
[bred]
動 編辮子
名 髮辮

0241 brain
[bren]
名 腦;腦袋

0242 brass
[bræs]
名 銅器
形 銅器的

0243 brassiere
[brə`zɪr]
名 內衣;胸罩

0244 bravery
[`brevərɪ]
名 勇氣

0245 bread
[brɛd]
名 麵包

0246 breakup
[`brek.ʌp]
名 分手;瓦解

0247 breast
[brɛst]
名 胸膛

0248 breath
[brɛθ]
名 呼吸

0249 breathe
[brið]
動 呼吸

0250 breed
[brid]
動 生育
名 品種

0251 breeze
[briz]
動 微風吹拂
名 微風

0252 bribe
[braɪb]
動 賄賂;收買
名 賄賂

0253 bride
[braɪd]
名 新娘

0254 bridegroom
[`braɪd͵grum]
名 新郎

0255 bring
[brɪŋ]
動 帶來

0256 broil
[brɔɪl]
動 烤

0257 brooch
[brotʃ]
名 胸針；別針

0258 brood
[brud]
動 孵出
名 一窩幼鳥

0259 brook
[bruk]
名 溪流

0260 broom
[brum]
名 掃帚

0261 broth
[brɔθ]
名 高湯

0262 brother
[`brʌðɚ]
名 兄弟

0263 brotherhood
[`brʌðɚ͵hud]
名 手足之情

0264 brow
[brau]
名 眉毛

0265 brown
[braun]
名 褐色
形 褐色的

0266 brunch
[brʌntʃ]
名 早午餐

0267 brush
[brʌʃ]
動 刷；畫
名 刷子

0268 bubble
[`bʌbl̩]
動 使冒泡
名 氣泡

0269 bucket
[`bʌkɪt]
名 水桶

0270 buckle
[`bʌkl̩]
動 用扣環扣住
名 皮帶的扣環

0271 bud
[bʌd]
動 發芽
名 花苞；芽

0272 buffalo
[`bʌfl͵o]
名 水牛

0273 buffet
[bə`fe]
名 自助餐

0274 bug
[bʌg]
動 煩擾
名 小蟲

0275 bulb
[bʌlb]
名 電燈泡

0276 bulge
[bʌldʒ]
動 腫脹；凸起
名 腫脹；凸塊

0277 bull
[bul]
名 公牛

0278 bump
[bʌmp]
動 碰撞
名 腫塊

0279 bun
[bʌn]
名 小圓麵包

0280 burial
[`bɛrɪəl]
名 葬禮；埋葬

0281 burn
[bɝn]
動 燃燒
名 燒傷

0282 burst
[bɝst]
動 爆炸；破裂
名 爆炸；爆發

0283 bush
[buʃ]
名 灌木叢；灌木

0284 butter
[`bʌtɚ]
動 塗奶油於
名 奶油

0285 butterfly
[`bʌtə‚flaɪ]
名 蝴蝶

0286 button
[`bʌtŋ]
動 用釦子扣住
名 釦子；按鍵

0287 buy
[baɪ]
動 買；購買
名 買得的東西

0288 buzz
[bʌz]
動 嗡嗡叫
名 嗡嗡聲

0289 byte
[baɪt]
名 (電腦的)位元組

0290 cabbage
[`kæbɪdʒ]
名 包心菜

0291 cabinet
[`kæbənɪt]
名 櫥櫃

0292 cafe
[kæ`fe]
名 咖啡廳

0293 cafeteria
[‚kæfə`tɪrɪə]
名 自助餐館

0294 caffeine
[kæ`fin]
名 咖啡因

0295 cage
[kedʒ]
動 關入籠中
名 籠子

0296 cake
[kek]
名 蛋糕

0297 calcium
[`kælsɪəm]
名 鈣

0298 calf
[kæf]
名 小牛

0299 calligraphy
[kə`lɪɡrəfɪ]
名 書法

0300 calorie
[`kælərɪ]
名 卡路里

0301 camel
[`kæml̩]
名 駱駝

0302 camp
[kæmp]
動 露營
名 野營；營地

0303 campus
[`kæmpəs]
名 校園

0304 can
[kæn]
名 罐頭

0305 candle
[`kændl̩]
名 蠟燭

0306 candy
[`kændɪ]
名 糖果

0307 cane
[ken]
名 手杖；藤條

0308 canvas
[`kænvəs]
動 以帆布覆蓋
名 帆布；油畫布

0309 canyon
[`kænjən]
名 峽谷

0310 cape
[kep]
名 斗篷；海角；岬

0311 capitalism
[`kæpət‚ɪzəm]
名 資本主義

0312 capitalist
[`kæpətlɪst]
名 資本家

0313 capsule
[`kæpsl̩]
名 膠囊

0314 carbohydrate
[‚kɑrbə`haɪdret]
名 碳水化合物

0315 cardboard
[`kɑrd‚bɔrd]
名 硬紙板

0316 carefree
[`kɛr‚fri]
形 無憂無慮的

0317 careful
[`kɛrfəl]
形 小心的；仔細的

0318 caress
[kə`rɛs]
動 愛撫；撫抱
名 愛撫

0319 caretaker
[`kɛr‚tekə]
名 工友；管理人

0320 carnation
[kɑr`neʃən]
名 康乃馨

0321 carnival
[`kɑrnəv!]
名 嘉年華

0322 carol
[`kærəl]
名 (耶誕)頌歌；讚美詩

0323 carp
[kɑrp]
名 鯉魚

0324 carrot
[`kærət]
名 胡蘿蔔

0325 carry
[`kærɪ]
動 攜帶；搬運

0326 carton
[`kɑrtn̩]
名 紙盒

0327 cassette
[kə`sɛt]
名 卡帶

0328 cast
[kæst]
動 選角
名 演員班底

0329 casual
[`kæʒʊəl]
形 非正式的

0330 casualty
[`kæʒʊəltɪ]
名 意外事故

0331 cat
[kæt]
名 貓

0332 catch
[kætʃ]
動 抓住
名 捕獲物(或量)

0333 caterpillar
[`kætə‚pɪlə]
名 毛毛蟲

0334 cathedral
[kə`θidrəl]
名 大教堂

0335 cattle
[`kætl̩]
名 牛

0336 cause
[kɔz]
動 引起
名 原因

0337 cautious
[`kɔʃəs]
形 十分小心的；謹慎的

0338 cavity
[`kævətɪ]
名 (牙的)蛀洞

0339 CD/compact disk
片 CD；光碟

0340 celebrate
[`sɛlə‚bret]
動 慶祝

0341 celebration
[‚sɛlə`breʃən]
名 慶祝；慶典

0342 celery
[`sɛlərɪ]
名 芹菜

0343 cell
[sɛl]
名 細胞

0344 cello
[`tʃɛlo]
名 大提琴

0345 cellular
[`sɛljulə]
形 細胞的

0346 Celsius
[`sɛlsɪəs]
形 攝氏的

0347 cemetery
[`sɛmə‚tɛrɪ]
名 公墓；墓地

0348 center
[`sɛntə]
名 中心；中央

0349
ceramic
[sə`ræmɪk]
形 陶瓷的

0350
cereal
[`sɪrɪəl]
名 穀類作物

0351
ceremony
[`sɛrə,monɪ]
名 典禮；儀式

0352
chalk
[tʃɔk]
動 用粉筆寫
名 粉筆

0353
chamber
[`tʃembɚ]
名 房間；室

0354
champagne
[ʃæm`pen]
名 香檳

0355
champion
[`tʃæmpɪən]
名 冠軍；優勝者

0356
championship
[`tʃæmpɪən,ʃɪp]
名 冠軍賽；冠軍的地位

0357
chant
[tʃænt]
動 吟唱
名 讚美詩歌

0358
characterize
[`kærəktə,raɪz]
動 具有…特徵

0359
charcoal
[`tʃɑr,kol]
名 炭；木炭

0360
charitable
[`tʃærətəbḷ]
形 仁慈的

0361
chart
[tʃɑrt]
動 繪製圖表
名 圖表；曲線圖

0362
chat
[tʃæt]
動 聊天
名 閒談

0363
chatter
[`tʃætɚ]
動 嘮叨
名 喋喋不休

0364
cheat
[tʃit]
動 作弊；欺騙
名 騙子；欺詐

0365
cheek
[tʃik]
名 臉頰

0366
cheer
[tʃɪr]
動 歡呼；使振奮
名 喝采；歡呼

0367
cheerful
[`tʃɪrfəl]
形 愉快的

0368
cheese
[tʃiz]
名 乳酪

0369
chemical
[`kɛmɪk]
名 化學藥品
形 化學的

0370
chemist
[`kɛmɪst]
名 化學家

0371
cherish
[`tʃɛrɪʃ]
動 珍惜；珍愛

0372
cherry
[`tʃɛrɪ]
名 櫻桃

0373
chess
[tʃɛs]
名 西洋棋

0374
chest
[tʃɛst]
名 胸；胸膛

0375
chestnut
[`tʃɛs,nʌt]
名 栗色；栗子
形 栗色的

0376
chick
[tʃɪk]
名 小雞

0377
chicken
[`tʃɪkən]
名 雞肉；雞

0378
child
[tʃaɪld]
名 小孩

0379
childish
[`tʃaɪldɪʃ]
形 孩子氣的；幼稚的

0380
childlike
[`tʃaɪld,laɪk]
形 純真的

0381 chili
[`tʃɪlɪ]
名 紅番椒

0382 chilly
[`tʃɪlɪ]
形 寒冷的

0383 chimpanzee
[ˌtʃɪmpæn`zi]
名 黑猩猩

0384 chin
[tʃɪn]
名 下巴

0385 chip
[tʃɪp]
名 洋芋片；籌碼

0386 chirp
[tʃɝp]
動 蟲鳴鳥叫
名 啁啾聲；唧唧聲

0387 chocolate
[`tʃɔkələt]
名 巧克力

0388 choir
[`kwaɪr]
名 (教堂的)唱詩班

0389 choke
[tʃok]
動 噎到
名 窒息

0390 cholesterol
[kə`lɛstəˌrol]
名 膽固醇

0391 chop
[tʃɑp]
動 砍；劈
名 排骨

0392 chopstick
[`tʃɑpˌstɪk]
名 筷子

0393 chord
[kɔrd]
名 和弦；和音

0394 chore
[tʃor]
名 家庭雜務

0395 chorus
[`korəs]
名 合唱團

0396 Christmas
[`krɪsməs]
名 聖誕節

0397 chronic
[`krɑnɪk]
形 慢性病的

0398 chuckle
[`tʃʌkl̩]
動 咯咯地笑
名 輕笑聲

0399 chunk
[tʃʌŋk]
名 大塊；大部分

0400 church
[tʃɝtʃ]
名 教堂

0401 cigar
[sɪ`gɑr]
名 雪茄

0402 cigarette
[ˌsɪgə`rɛt]
名 香菸

0403 cinema
[`sɪnəmə]
名 (一部)電影；電影院

0404 circle
[`sɝkl̩]
動 圍繞
名 圓形

0405 circular
[`sɝkjələ]
形 圓形的

0406 circus
[`sɝkəs]
名 馬戲團

0407 civilization
[ˌsɪvl̩aɪ`zeʃən]
名 文明

0408 civilize
[`sɪvəˌlaɪz]
動 使文明

0409 clam
[klæm]
名 蛤蜊；蚌

0410 clamp
[klæmp]
名 夾子；鉗子

0411 clan
[klæn]
名 家族；宗族

0412 clap
[klæp]
動 拍擊
名 鼓掌

0413 clarity
[`klærətɪ]
名 清澈；清楚

0414 clash
[klæʃ]
動 衝突；猛撞
名 碰撞聲；衝突

0415 class
[klæs]
動 分等級
名 班級；年級

0416 classic
[`klæsɪk]
名 經典；名著
形 經典的；典型的

0417 classical
[`klæsɪkl]
形 古典的；正統的

0418 classification
[,klæsəfə`keʃən]
名 分類；分級

0419 clause
[klɔz]
名 子句

0420 claw
[klɔ]
動 用爪子抓
名 (動物的)爪子

0421 clay
[kle]
名 黏土

0422 clear
[klɪr]
動 弄乾淨
形 清楚的

0423 clench
[klɛntʃ]
動 捏緊；握緊
名 緊握；緊抓

0424 clever
[`klɛvɚ]
形 聰明伶俐的

0425 clinic
[`klɪnɪk]
名 診所

0426 clinical
[`klɪnɪkl]
形 臨床的；診所的

0427 clone
[klon]
名 複製品

0428 closet
[`klɑzɪt]
名 衣櫥

0429 clothe
[kloð]
動 給…穿衣

0430 clothing
[`kloðɪŋ]
名 衣著

0431 cloudy
[`klaʊdɪ]
形 多雲的

0432 clover
[`kloʊvɚ]
名 幸運草

0433 clown
[klaʊn]
動 扮小丑
名 小丑

0434 clumsy
[`klʌmzɪ]
形 笨拙的

0435 coach
[kotʃ]
名 教練

0436 coal
[kol]
名 煤

0437 coast
[kost]
名 海岸

0438 coastline
[`kost,laɪn]
名 海岸線

0439 cockroach
[`kɑk,rotʃ]
名 蟑螂

0440 cocktail
[`kɑk,tel]
名 雞尾酒

0441 cocoa
[`koko]
名 可可粉

0442 coconut
[`kokə,nət]
名 椰子

0443 cocoon
[kə`kun]
動 把…緊緊包住
名 繭；繭狀物

0444 code
[kod]
動 編碼
名 代號；代碼

0445 coffin
[ˋkɔfɪn]
名 棺材

0446 coil
[kɔɪl]
動 捲
名 線圈

0447 cold
[kold]
名 感冒
形 冷的

0448 collapse
[kəˋlæps]
動 坍塌
名 虛脫；崩潰

0449 collect
[kəˋlɛkt]
動 收集

0450 colorful
[ˋkʌləfəl]
形 多彩的

0451 comb
[kom]
動 用梳子梳理
名 梳子；馬鬃刷

0452 combination
[͵kɑmbəˋneʃən]
名 結合(體)

0453 come
[kʌm]
動 來；來到；到達

0454 comedian
[kəˋmidɪən]
名 喜劇演員

0455 comedy
[ˋkɑmədɪ]
名 喜劇

0456 comfort
[ˋkʌmfət]
動 安慰
名 舒適

0457 comma
[ˋkɑmə]
名 逗號

0458 commemorate
[kəˋmɛmə͵ret]
動 慶祝；紀念

0459 communicate
[kəˋmjunə͵ket]
動 溝通；通訊

0460 communicative
[kəˋmjunɪkətɪv]
形 暢談的；愛社交的

0461 communist
[ˋkɑmju͵nɪst]
名 共產主義者

0462 companion
[kəmˋpænjən]
名 同伴；伴侶

0463 companionship
[kəmˋpænjən͵ʃɪp]
名 友誼；交往

0464 comparative
[kəmˋpærətɪv]
名 比較級
形 比較的；比較級的

0465 comparison
[kəmˋpærəsn̩]
名 比較；對照

0466 compass
[ˋkʌmpəs]
名 羅盤；指南針

0467 compete
[kəmˋpit]
動 競爭；對抗

0468 complain
[kəmˋplen]
動 抱怨

0469 complaint
[kəmˋplent]
名 抱怨；怨言

0470 complement
[ˋkɑmpləmənt]
名 補充物

0471 complexion
[kəmˋplɛkʃən]
名 氣色；血色

0472 composer
[kəmˋpozə]
名 作曲家

0473 compound
[ˋkɑmpaʊnd]
名 化合物
形 合成的

0474 comprehend
[͵kɑmprɪˋhɛnd]
動 理解；了解；領會

0475 computerize
[kəmˋpjutə͵raɪz]
動 用電腦處理

0476 comrade
[ˋkɑmræd]
名 同事；夥伴

0477 concede
[kən`sid]
動 (勉強)承認；讓給

0478 conceit
[kən`sit]
名 自負；自大

0479 concentration
[ˌkɑnsɛn`treʃən]
名 專心；專注

0480 concept
[`kɑnsɛpt]
名 概念

0481 concert
[`kɑnsət]
名 音樂會

0482 concession
[kən`sɛʃən]
名 妥協；讓步

0483 condense
[kən`dɛns]
動 使凝結；濃縮

0484 conduct
[kən`dʌkt]
動 指揮(樂隊等)

0485 conductor
[kən`dʌktə]
名 (樂隊等的)指揮

0486 cone
[kon]
名 錐形蛋捲筒；圓錐體

0487 conference
[`kɑnfərəns]
名 會議；會談

0488 confession
[kən`fɛʃən]
名 告解；坦白

0489 Confucius
[kən`fjuʃəs]
名 孔子

0490 confuse
[kən`fjuz]
動 使疑惑

0491 consequent
[`kɑnsəˏkwɛnt]
形 必然的；隨之發生的

0492 conservation
[ˌkɑnsə`veʃən]
名 保存；維護

0493 consideration
[kənsɪdə`reʃən]
名 考慮

0494 consolation
[ˌkɑnsə`leʃən]
名 撫慰；安慰

0495 console
[kən`sol]
動 安慰；慰問

0496 consonant
[`kɑnsənənt]
名 子音

0497 constructive
[kən`strʌktɪv]
形 建設性的

0498 consumer
[kən`sjumə]
名 消費者

0499 contact
[`kɑntækt]
名 聯絡
形 接觸的

0500 contagious
[kən`tedʒəs]
形 傳染的

0501 contain
[kən`ten]
動 包含；容納

0502 container
[kən`tenə]
名 容器

0503 contemplate
[`kɑntɛmˏplet]
動 思忖；思量

0504 contemplation
[ˌkɑntɛm`pleʃən]
名 沉思；深思熟慮

0505 contend
[kən`tɛnd]
動 抗爭；奮鬥

0506 content
[kən`tɛnt]
形 滿意的

0507 contestant
[kən`tɛstənt]
名 競爭者

0508 context
[`kɑntɛkst]
名 上下文；文章脈絡

0509 continent
[ˋkɑntənənt]
名 大陸；大洲

0510 continental
[ˏkɑntəˋnɛntl̩]
形 大陸的

0511 control
[kənˋtrol]
動 控制；支配

0512 controller
[kənˋtrolɚ]
名 控制器

0513 controversy
[ˋkɑntrəˏvɝsɪ]
名 爭論；辯論

0514 cook
[kʊk]
動 煮；烹調
名 廚師

0515 cooker
[ˋkʊkɚ]
名 炊具

0516 cooperate
[koˋɑpəˏret]
動 合作；協作

0517 cooperative
[koˋɑpəˏretɪv]
形 合作的

0518 coral
[ˋkɔrəl]
名 珊瑚
形 珊瑚製的

0519 cord
[kɔrd]
名 細繩；電線

0520 core
[kor]
名 果核；核心

0521 cork
[kɔrk]
名 軟木塞

0522 corn
[kɔrn]
名 玉米

0523 corpse
[kɔrps]
名 屍體

0524 correspondence
[ˏkɔrəˋspɑndəns]
名 通信

0525 cosmetics
[kɑzˋmɛtɪks]
名 化妝品

0526 cough
[kɔf]
動 咳嗽；咳出
名 咳嗽；咳嗽聲

0527 countable
[ˋkaʊntəbl̩]
形 可數的

0528 countryside
[ˋkʌntrɪˏsaɪd]
名 鄉間；農村

0529 courage
[ˋkɝɪdʒ]
名 勇氣

0530 courageous
[kəˋredʒəs]
形 勇敢的

0531 course
[kors]
名 課程；路線

0532 cousin
[ˋkʌzn̩]
名 表(或堂)兄弟姐妹

0533 coverage
[ˋkʌvərɪdʒ]
名 覆蓋範圍

0534 covet
[ˋkʌvɪt]
動 貪圖；垂涎

0535 cow
[kaʊ]
名 乳牛

0536 crab
[kræb]
名 蟹；蟹肉

0537 crack
[kræk]
動 使破裂
名 裂縫

0538 cracker
[ˋkrækɚ]
名 薄脆餅乾

0539 cradle
[ˋkredl̩]
動 放入搖籃
名 搖籃

0540 craft
[kræft]
名 工藝；手藝

0541 cramp
[kræmp]
動 使痙攣;抽筋
名 痙攣;(腹部)絞痛

0542 crater
[`kretə]
動 使成坑
名 火山口

0543 crawl
[krɔl]
動 爬行;蠕動
名 爬行;爬泳

0544 crayon
[`kreən]
名 蠟筆

0545 creak
[krik]
動 發出嘎吱聲
名 嘎吱聲

0546 cream
[krim]
名 奶油
形 奶油色的

0547 creation
[krɪ`eʃən]
名 創作;創造

0548 creator
[krɪ`etə]
名 創造者

0549 creature
[`kritʃə]
名 生物

0550 credibility
[ˌkrɛdə`bɪlətɪ]
名 可信度;確實性

0551 crib
[krɪb]
名 嬰兒床

0552 cricket
[`krɪkɪt]
名 蟋蟀

0553 cripple
[`krɪpḷ]
動 使殘廢
名 殘疾者

0554 crispy
[`krɪspɪ]
形 酥脆的

0555 critic
[`krɪtɪk]
名 批評家

0556 criticism
[`krɪtəˌsɪzəm]
名 批評;評論

0557 crocodile
[`krɑkəˌdaɪl]
名 鱷魚

0558 crouch
[krautʃ]
動 蹲伏;彎腰
名 蹲伏(姿勢)

0559 crow
[kro]
動 啼叫
名 烏鴉

0560 crown
[kraun]
動 加冕
名 皇冠

0561 cruel
[`kruəl]
形 殘酷的

0562 cruelty
[`kruəltɪ]
名 殘酷;殘忍

0563 crumb
[krʌm]
名 碎屑;小塊

0564 crumble
[`krʌmbḷ]
動 弄碎;粉碎

0565 crunch
[krʌntʃ]
動 嘎吱地咀嚼
名 咀嚼聲

0566 crunchy
[`krʌntʃɪ]
形 鬆脆的

0567 crush
[krʌʃ]
動 壓碎;壓壞
名 毀壞

0568 crust
[krʌst]
名 麵包皮;地殼

0569 crutch
[krʌtʃ]
名 拐杖;支架

0570 cry
[kraɪ]
動 哭喊
名 哭聲

0571 cub
[kʌb]
名 幼獸

0572 cube
[kjub]
動 使成立方體
名 立方體

0573 cucumber
[`kju͵kʌmbə]
名 小黃瓜

0574 cue
[kju]
動 給…暗示
名 暗示；信號

0575 cuisine
[kwɪˋzin]
名 菜餚

0576 cultural
[`kʌltʃərəl]
形 文化的

0577 cupboard
[`kʌbəd]
名 碗櫥

0578 cure
[kjʊr]
動 治癒
名 治療；療法

0579 curiosity
[͵kjʊrɪˋɑsətɪ]
名 好奇心

0580 curriculum
[kəˋrɪkjələm]
名 課程

0581 curry
[`kɝɪ]
動 用咖哩調味
名 咖哩

0582 curse
[kɝs]
動 咒罵
名 詛咒

0583 curtain
[`kɝtn̩]
動 裝上窗簾
名 窗簾

0584 curve
[kɝv]
動 彎曲
名 曲線

0585 cushion
[`kʊʃən]
動 緩和衝擊
名 坐墊；靠墊

0586 cut
[kʌt]
動 切割
名 切口

UNIT 2 D → H

0587 dam
[dæm]
動 築壩；修堤
名 水壩

0588 damn
[dæm]
動 咒罵
名 詛咒

0589 dance
[dæns]
動 跳舞
名 舞蹈

0590 dancer
[`dænsə]
名 舞者

0591 dandruff
[`dændrəf]
名 頭皮屑

0592 darling
[`dɑrlɪŋ]
名 心愛的人
形 寵愛的

0593 dash
[dæʃ]
動 猛衝；猛撞
名 破折號

0594 daughter
[`dɔtə]
名 女兒

0595
dazzle
[`dæzl]
動 使目炫
名 燦爛;耀眼的光

0596
deaf
[dɛf]
形 耳聾的

0597
deafen
[`dɛfn]
動 使耳聾

0598
dear
[dɪr]
名 親愛的人
形 親愛的

0599
death
[dɛθ]
名 死亡

0600
deceive
[dɪ`siv]
動 欺騙

0601
decision
[dɪ`sɪʒən]
名 決定;決心

0602
decorate
[`dɛkə,ret]
動 裝飾;修飾

0603
decoration
[,dɛkə`reʃn]
名 裝飾;裝飾品

0604
deer
[dɪr]
名 鹿

0605
defensible
[dɪ`fɛnsəbl]
形 可防禦的

0606
defensive
[dɪ`fɛnsɪv]
形 防禦的;保衛的

0607
deficiency
[dɪ`fɪʃənsɪ]
名 缺陷;不足

0608
delicious
[dɪ`lɪʃəs]
形 美味的

0609
delightful
[dɪ`laɪtfəl]
形 令人欣喜的

0610
delivery
[dɪ`lɪvərɪ]
名 分娩

0611
democracy
[dɪ`mɑkrəsɪ]
名 民主制度

0612
democrat
[`dɛmə,kræt]
名 民主主義者

0613
denounce
[dɪ`nauns]
動 公然抨擊

0614
dental
[`dɛntl]
形 牙齒的

0615
dentist
[`dɛntɪst]
名 牙醫

0616
dependable
[dɪ`pɛndəbl]
形 可靠的;可信任的

0617
dependent
[dɪ`pɛndənt]
形 依賴的

0618
derive
[dɪ`raɪv]
動 源自;引出

0619
descendant
[dɪ`sɛndənt]
名 後裔;子孫

0620
descriptive
[dɪ`skrɪptɪv]
形 描述的

0621
desert
[`dɛzət]
名 沙漠;荒野

0622
desirable
[dɪ`zaɪrəbl]
形 合意的;引起慾望的

0623
desire
[dɪ`zaɪr]
動 渴望;要求
名 慾望;渴望

0624
desk
[dɛsk]
名 書桌

0625
despair
[dɪ`spɛr]
動 絕望;喪失信心
名 絕望

0626
desperate
[`dɛspərɪt]
形 不顧一切的

0627 despise
[dɪ`spaɪz]
動 鄙視；看不起

0628 dessert
[dɪ`zɜt]
名 甜點

0629 destiny
[`dɛstənɪ]
名 命運

0630 destructive
[dɪ`strʌktɪv]
形 毀滅性的

0631 detach
[dɪ`tætʃ]
動 派遣；分開

0632 detain
[dɪ`ten]
動 留住；耽擱

0633 deter
[dɪ`tɜ]
動 妨礙；使停止做

0634 detergent
[dɪ`tɜdʒənt]
名 洗潔劑
形 去垢的

0635 deteriorate
[dɪ`tɪrɪə‚ret]
動 使惡化；退化

0636 devil
[`dɛvl]
名 惡魔

0637 devotion
[dɪ`voʃən]
名 摯愛；奉獻

0638 devour
[dɪ`vaur]
動 狼吞虎嚥地吃

0639 dew
[dju]
名 露；露水

0640 diabetes
[‚daɪə`bitiz]
名 糖尿病

0641 diagnosis
[‚daɪəg`nosɪs]
名 診斷；診斷書

0642 diameter
[daɪ`æmətə]
名 直徑

0643 diamond
[`daɪəmənd]
名 鑽石

0644 diaper
[`daɪəpə]
名 尿布

0645 die
[daɪ]
動 死

0646 difficult
[`dɪfə‚kəlt]
形 困難的

0647 dig
[dɪg]
動 挖掘；探究
名 挖苦；譏諷

0648 digest
[daɪ`dʒɛst]
動 消化；融會貫通
名 摘要；文摘

0649 digestion
[daɪ`dʒɛstʃən]
名 消化；領悟

0650 diligence
[`dɪlədʒəns]
名 勤勉；勤奮

0651 dinner
[`dɪnə]
名 晚餐

0652 dinosaur
[`daɪnə‚sɔr]
名 恐龍

0653 diploma
[dɪ`plomə]
名 文憑

0654 director
[də`rɛktə]
名 導演

0655 dirt
[dɜt]
名 塵埃

0656 disability
[‚dɪsə`bɪlətɪ]
名 無能；殘疾

0657 disable
[dɪs`ebl]
動 使傷殘；使無能力

0658 disadvantage
[‚dɪsəd`væntɪdʒ]
名 不利；損害

0659 disagree
[ˌdɪsəˋgri]
動 不同意

0660 disagreement
[ˌdɪsəˋgrimənt]
名 意見不合

0661 disappear
[ˌdɪsəˋpɪr]
動 消失；不見

0662 disappointment
[ˌdɪsəˋpɔɪntmənt]
名 失望；沮喪

0663 discharge
[dɪsˋtʃardʒ]
動 卸下貨物
名 排出；流出

0664 disciple
[dɪˋsaɪpḷ]
名 信徒；門徒

0665 disco
[ˋdɪsko]
名 舞廳

0666 discriminate
[dɪˋskrɪməˌnet]
動 差別對待

0667 discrimination
[dɪˌskrɪməˋneʃən]
名 歧視

0668 disease
[dɪˋziz]
名 疾病

0669 disguise
[dɪsˋgaɪz]
動 假扮
名 掩飾

0670 disgust
[dɪsˋgʌst]
動 使厭惡
名 厭惡

0671 dishonest
[dɪsˋanɪst]
形 不誠實的

0672 disc/disk
[dɪsk]
名 磁碟；唱片

0673 dislike
[dɪsˋlaɪk]
動 討厭
名 反感

0674 dismay
[dɪsˋme]
動 使沮喪
名 沮喪；氣餒

0675 disorder
[dɪsˋɔrdɚ]
動 使混亂
名 混亂；失調

0676 displease
[dɪsˋpliz]
動 使不快；得罪

0677 disposable
[dɪˋspozəbḷ]
形 免洗的

0678 dissident
[ˋdɪsədənt]
名 意見不同的人
形 有異議的

0679 dissolve
[dɪˋzalv]
動 使溶解

0680 dissuade
[dɪˋswed]
動 勸阻；阻止

0681 distort
[dɪsˋtɔrt]
動 扭曲

0682 distraction
[dɪˋstrækʃən]
名 分心；不安

0683 distress
[dɪˋstrɛs]
動 使悲痛
名 苦惱

0684 distrust
[dɪsˋtrʌst]
動 不信任；懷疑
名 不信任

0685 ditch
[dɪtʃ]
動 挖溝
名 水溝

0686 divide
[dəˋvaɪd]
動 劃分

0687 divorce
[dəˋvors]
動 與…離婚
名 離婚

0688 doctor
[ˋdaktɚ]
名 醫生

0689 doctrine
[ˋdaktrɪn]
名 教條；信條

0690 documentary
[ˌdakjəˋmɛntərɪ]
名 紀錄片

0691 dodge
[dɑdʒ]
動 閃開；迴避
名 閃避；託詞

0692 dog
[dɔg]
名 狗

0693 doll
[dɑl]
名 洋娃娃；玩偶

0694 dolphin
[`dɑlfɪn]
名 海豚

0695 domestic
[də`mɛstɪk]
形 家務的；國內的

0696 donkey
[`dɑŋkɪ]
名 驢子

0697 doom
[dum]
動 注定
名 厄運

0698 door
[dor]
名 門

0699 doorstep
[`dor,stɛp]
名 門階

0700 doorway
[`dor,we]
名 門口；出入口

0701 dosage
[`dosɪdʒ]
名 藥量；劑量

0702 dot
[dɑt]
動 打點
名 圓點

0703 doubtful
[`dautfəl]
形 可疑的

0704 dough
[do]
名 生麵團

0705 doughnut
[`do,nʌt]
名 甜甜圈

0706 dove
[dʌv]
名 鴿子

0707 doze
[doz]
動 打瞌睡；打盹
名 瞌睡

0708 Dr./doctor
[`dɑktə]
名 博士；醫師

0709 dragon
[`drægən]
名 龍

0710 dragonfly
[`drægən,flaɪ]
名 蜻蜓

0711 drama
[`drɑmə]
名 戲劇

0712 drape
[drep]
動 覆蓋；垂掛
名 窗簾

0713 draw
[drɔ]
動 畫

0714 drawer
[`drɔə]
名 抽屜

0715 dream
[drim]
動 作夢
名 夢

0716 dresser
[`drɛsə]
名 化妝台

0717 dressing
[`drɛsɪŋ]
名 調料

0718 drink
[drɪŋk]
動 喝；喝酒

0719 drip
[drɪp]
動 滴下
名 水滴

0720 drown
[draun]
動 淹沒

0721 drug
[drʌg]
動 使服毒品
名 藥品；毒品

0722 drugstore
[`drʌg,stor]
名 藥房

0723 drum
[drʌm]
動 打鼓
名 鼓

0724 drunk
[drʌŋk]
名 醉漢
形 喝醉的

0725 dry
[draɪ]
動 使乾燥
形 乾燥的

0726 dryer
[`draɪɚ]
名 烘乾機;吹風機

0727 duck
[dʌk]
動 突然低下
名 鴨子

0728 duckling
[`dʌklɪŋ]
名 小鴨

0729 dull
[dʌl]
動 使遲鈍
形 不鮮明的;單調的

0730 dumb
[dʌm]
形 啞的

0731 dump
[dʌmp]
動 拋下
名 垃圾場

0732 dumpling
[`dʌmplɪŋ]
名 餃子

0733 dusty
[`dʌstɪ]
形 滿是灰塵的

0734 eagle
[`igl̩]
名 老鷹

0735 ear
[ɪr]
名 耳朵

0736 earth
[ɝθ]
名 地球

0737 earthquake
[`ɝθ,kwek]
名 地震

0738 east
[ist]
名 東方
副 向東方

0739 eastern
[`istɚn]
形 東方的;東部的

0740 echo
[`ɛko]
動 產生回響
名 回音

0741 eclipse
[ɪ`klɪps]
動 遮蔽;使失色
名【天】蝕

0742 economics
[,ikə`namɪks]
名 經濟學

0743 economist
[ɪ`kanəmɪst]
名 經濟學家

0744 educate
[`ɛdʒʊ,ket]
動 教育

0745 educational
[,ɛdʒʊ`keʃən̩l]
形 教育性的

0746 ego
[`igo]
名 自我;自負

0747 elbow
[`ɛlbo]
動 用肘推
名 手肘

0748 electronics
[ɪ,lɛk`tranɪks]
名 電子工程學

0749 elegant
[`ɛləgənt]
形 優雅的

0750 elephant
[`ɛləfənt]
名 大象

0751 elite
[e`lit]
名 菁英
形 菁英的

0752 email
[`imel]
動 發電子郵件
名 電子郵件

0753 enclosure
[ɪn`kloʒɚ]
名 (信函的)附件;圍住

0754 end
[ɛnd]
動 結束
名 盡頭;末端

0755 🔈
ending
[`ɛndɪŋ]
名 結局

0756 🔈
enjoy
[ɪn`dʒɔɪ]
動 享受

0757 🔈
enjoyable
[ɪn`dʒɔɪəb!]
形 愉快的

0758 🔈
enter
[`ɛntɚ]
動 輸入;進入

0759 🔈
entertain
[,ɛntɚ`ten]
動 娛樂;使歡樂

0760 🔈
entertainment
[,ɛntɚ`tenmənt]
名 娛樂

0761 🔈
envious
[`ɛnvɪəs]
形 羨慕的;嫉妒的

0762 🔈
envy
[`ɛnvɪ]
動 嫉妒;羨慕
名 羨慕的對象

0763 🔈
epidemic
[,ɛpɪ`dɛmɪk]
名 傳染病
形 傳染的

0764 🔈
equation
[ɪ`kweʃən]
名 方程式

0765 🔈
eruption
[ɪ`rʌpʃən]
名 爆發;噴出

0766 🔈
escape
[ə`skep]
動 逃走
名 漏出

0767 🔈
escort
[`ɛskɔrt]
動 護送
名 護衛者

0768 🔈
essay
[`ɛse]
名 論說文;隨筆

0769 🔈
ethics
[`ɛθɪks]
名 道德標準;倫理觀

0770 🔈
ethnic
[`ɛθnɪk]
形 民族的;種族的

0771 🔈
evergreen
[`ɛvɚ,grin]
名 常綠樹
形 常青的

0772 🔈
evil
[`iv!]
名 邪惡
形 邪惡的

0773 🔈
excellence
[`ɛksələns]
名 傑出;優點

0774 🔈
excitement
[ɪk`saɪtmənt]
名 興奮;刺激

0775 🔈
excuse
[ɪk`skjuz]
動 原諒
名 藉口;理由

0776 🔈
exercise
[`ɛksɚ,saɪz]
動 運動;練習

0777 🔈
exhaust
[ɪg`zɔst]
動 使筋疲力竭

0778 🔈
exhibition
[,ɛksə`bɪʃən]
名 展覽

0779 🔈
exile
[`ɛksaɪl]
動 流放;使離鄉背井
名 放逐;流亡

0780 🔈
expect
[ɪk`spɛkt]
動 期望

0781 🔈
exploration
[,ɛksplə`reʃən]
名 探索;探究

0782 🔈
expose
[ɪk`spoz]
動 使(膠卷)曝光;揭露

0783 🔈
express
[ɪk`sprɛs]
名 快車;快遞

0784 🔈
extinct
[ɪk`stɪŋkt]
形 滅絕的

0785 🔈
extracurricular
[,ɛkstrəkə`rɪkjələ]
形 課外的

0786 🔈
eye
[aɪ]
動 看;注視
名 眼睛

0787 eyebrow
[`aɪ,braʊ]
名 眉毛

0788 eyelash
[`aɪ,læʃ]
名 睫毛

0789 eyelid
[`aɪ,lɪd]
名 眼皮；眼瞼

0790 eyesight
[`aɪ,saɪt]
名 視力

0791 facial
[`feʃəl]
形 臉的；面部的

0792 faction
[`fækʃən]
名 派系；派別

0793 faculty
[`fækḷtɪ]
名 (學校的)全體教職員

0794 fad
[fæd]
名 一時的流行

0795 Fahrenheit
[`færən,haɪt]
名 華氏溫度計；華氏的

0796 faint
[fent]
動 昏厥；變得微弱
名 暈倒；昏厥

0797 fairy
[`fɛrɪ]
名 仙女；小妖精
形 神仙的

0798 false
[fɔls]
形 錯誤的；假的

0799 falter
[`fɔltə]
動 結巴地說

0800 family
[`fæməlɪ]
名 家庭

0801 fancy
[`fænsɪ]
名 幻想；想像
形 花俏的

0802 fantastic
[fæn`tæstɪk]
形 想像中的

0803 fantasy
[`fæntəsɪ]
名 幻想；空想

0804 fascinate
[`fæsə,net]
動 迷住；使神魂顛倒

0805 fascination
[,fæsə`neʃən]
名 魅力；迷惑

0806 fashionable
[`fæʃənəbḷ]
形 流行的；時髦的

0807 fasten
[`fæsṇ]
動 繫緊

0808 fate
[fet]
名 命運

0809 father
[`fɑðə]
名 父親

0810 faucet
[`fɔsɪt]
名 水龍頭

0811 favorable
[`fevərəbḷ]
形 有幫助的；有利的

0812 favorite
[`fevərɪt]
名 特別喜愛的人或物
形 最喜歡的

0813 feast
[fist]
動 盛宴款待
名 節日；宴會

0814 feather
[`fɛðə]
名 羽毛

0815 feel
[fil]
動 感覺；認為；觸摸
名 觸覺；氣氛

0816 feminine
[`fɛmənɪn]
名 女性
形 女性的

0817 fever
[`fivə]
名 發燒

0818 fiancé/fiancée
[,fiɑn`se]
名 未婚夫/未婚妻

0819 fiber
[`faɪbə]
名 纖維

0820 fiction
[`fɪkʃən]
名 小說

0821 fiddle
[`fɪdl]
動 拉小提琴
名 小提琴

0822 fight
[faɪt]
動 搏鬥；打架
名 戰爭

0823 fighter
[`faɪtə]
名 戰士

0824 figure
[`fɪgjə]
名 身材；體態

0825 film
[fɪlm]
動 拍攝電影
名 電影

0826 fin
[fɪn]
名 鰭

0827 final
[`faɪnḷ]
名 決賽；期末考
形 最終的

0828 fine
[faɪn]
動 處以罰款
名 罰款

0829 finger
[`fɪŋgə]
動 指出
名 手指

0830 finish
[`fɪnɪʃ]
動 完成
名 結束

0831 finite
[`faɪnaɪt]
形 限定的；有限的

0832 firecracker
[`faɪr͵krækə]
名 鞭炮

0833 fireplace
[`faɪr͵ples]
名 壁爐

0834 firework
[`faɪr͵wɝk]
名 煙火

0835 fisherman
[`fɪʃəmən]
名 漁夫

0836 fist
[fɪst]
動 拳打
名 拳頭

0837 fix
[fɪks]
動 修理

0838 flag
[flæg]
動 豎起旗子
名 旗子

0839 flake
[flek]
動 (成片)剝落
名 雪花

0840 flame
[flem]
動 點燃
名 火焰

0841 flashlight
[`flæʃ͵laɪt]
名 手電筒；閃光燈

0842 flesh
[flɛʃ]
名 肉體

0843 flicker
[`flɪkə]
動 飄揚；搖曳
名 閃耀；忽隱忽現

0844 fling
[flɪŋ]
動 投擲
名 投；猛衝

0845 flip
[flɪp]
動 輕拍；翻轉
名 跳動

0846 flood
[flʌd]
動 淹沒
名 洪水

0847 flour
[flaur]
動 灑粉於
名 麵粉

0848 flower
[`flauə]
動 開花
名 花；花卉

0849 flu
[flu]
名 (口)流行性感冒

0850 fluent
[`fluənt]
形 流利的

0851 fluid
[`fluɪd]
動 流體；液體
形 流質的

0852 flute
[flut]
動 吹長笛
名 笛子

0853 flutter
[`flʌtə]
動 拍翅；震動
名 心亂；不安

0854 fly
[flaɪ]
動 飛
名 蒼蠅

0855 foam
[fom]
動 起泡沫
名 泡沫

0856 focus
[`fokəs]
動 使集中
名 焦點；焦距

0857 foggy
[`fagɪ]
形 多霧的

0858 fold
[fold]
動 對摺；交叉
名 摺疊

0859 folk
[fok]
形 民眾的；通俗的

0860 folklore
[`fok,lor]
名 民間傳說

0861 follower
[`faləwə]
名 跟隨者；擁護者

0862 football
[`fut,bɔl]
名 美式橄欖球

0863 force
[fors]
動 強制
名 力量

0864 forehead
[`fɔr,hɛd]
名 前額

0865 forest
[`fɔrɪst]
名 森林

0866 forget
[fə`gɛt]
動 忘記

0867 forgive
[fə`gɪv]
動 原諒

0868 fork
[fɔrk]
動 分歧
名 叉子；岔路

0869 formation
[fɔr`meʃən]
名 構成；形成

0870 formula
[`fɔrmjələ]
名 公式

0871 fossil
[`fasl]
名 化石
形 守舊的

0872 foul
[faul]
名 (比賽中)犯規
形 犯規的

0873 fox
[faks]
名 狐狸

0874 frantic
[`fræntɪk]
形 發狂的

0875 freak
[frik]
名 怪胎
形 反常的；怪異的

0876 freeze
[friz]
動 結冰；凝固
名 凝固；凍結

0877 freezer
[`frizə]
名 冷凍庫

0878 freshman
[`frɛʃmən]
名 (大學等的)新生

0879 fret
[frɛt]
動 煩躁；焦慮

0880 friend
[frɛnd]
名 朋友

0881 friendly
[`frɛndlɪ]
形 友善的

0882 fright
[fraɪt]
名 驚恐；驚嚇

0883 frighten
[`fraɪtn̩]
動 使震驚；使害怕

0884 frog
[frɑg]
名 青蛙

0885 frontier
[frʌn`tɪr]
名 邊境；國境

0886 frown
[fraun]
動 皺眉；表示不滿
名 不悅之色

0887 fruit
[frut]
名 水果

0888 frustrate
[`frʌs,tret]
動 挫敗；使感到灰心

0889 fry
[fraɪ]
動 油炸
名 油炸物

0890 fulfillment
[fʊl`fɪlmənt]
名 實現；履行

0891 funeral
[`fjunərəl]
名 葬禮

0892 fur
[fɜ]
名 毛皮

0893 furious
[`fjʊriəs]
形 狂怒的

0894 fury
[`fjʊrɪ]
名 (天氣等的)猛烈；暴怒

0895 fuse
[fjuz]
動 熔斷
名 保險絲

0896 fuss
[fʌs]
動 焦急；忙亂
名 大驚小怪

0897 galaxy
[`gæləksɪ]
名 銀河系

0898 gallery
[`gælərɪ]
名 畫廊

0899 gallop
[`gæləp]
動 (馬等)疾馳
名 奔馳

0900 gamble
[`gæmbl̩]
動 賭博；打賭
名 賭博；冒險

0901 game
[gem]
名 遊戲；比賽

0902 garbage
[`gɑrbɪdʒ]
名 垃圾

0903 gardener
[`gɑrdənɚ]
名 園丁

0904 garlic
[`gɑrlɪk]
名 蒜；蒜頭

0905 gasp
[gæsp]
動 倒抽一口氣
名 喘息

0906 gate
[get]
名 大門

0907 gaze
[gez]
動 盯；凝視
名 凝視；注視

0908 gender
[`dʒɛndɚ]
名 性別

0909 gene
[dʒin]
名 基因

0910 genetic
[dʒə`nɛtɪk]
形 遺傳學的

0911 genetics
[dʒə`nɛtɪks]
名 遺傳學

0912 genius
[`dʒinjəs]
名 天才

0913 gentleman
[`dʒɛntl̩mən]
名 紳士

0914 geography
[dʒi`ɑgrəfɪ]
名 地理

0915 geometry
[dʒɪˋɑmətrɪ]
名 幾何學

0916 germ
[dʒɝm]
名 細菌;微生物

0917 gesture
[ˋdʒɛstʃɚ]
名 手勢

0918 ghost
[ɡost]
名 鬼

0919 giant
[ˋdʒaɪənt]
名 巨人
形 巨大的

0920 gift
[ɡɪft]
名 禮物;天賦

0921 giggle
[ˋɡɪɡl]
動 咯咯地笑
名 傻笑;咯咯笑

0922 ginger
[ˋdʒɪndʒɚ]
名 薑;生薑

0923 giraffe
[dʒəˋræf]
名 長頸鹿

0924 girl
[ɡɝl]
名 女孩

0925 give
[ɡɪv]
動 給予

0926 glacier
[ˋɡleʃɚ]
名 冰河

0927 glamour
[ˋɡlæmɚ]
名 魅力;誘惑力

0928 glance
[ɡlæns]
動 瞥見
名 一瞥

0929 glare
[ɡlɛr]
動 努目注視
名 怒視;瞪眼

0930 glasses
[ˋɡlæsɪz]
名 眼鏡

0931 glassware
[ˋɡlæs͵wɛr]
名 玻璃器皿

0932 gleam
[ɡlim]
動 閃爍
名 一絲光線

0933 glee
[ɡli]
名 重唱曲

0934 glide
[ɡlaɪd]
動 滑動;滑行
動 滑動;滑翔

0935 glisten
[ˋɡlɪsn̩]
動 閃耀;反光
名 閃耀;閃爍

0936 glitter
[ˋɡlɪtɚ]
動 閃爍;光彩奪目
名 光輝;閃光

0937 globe
[ɡlob]
名 球體

0938 glove
[ɡlʌv]
名 手套

0939 GMO
縮 基因改造食品

0940 gnaw
[nɔ]
動 啃;嚙;咬

0941 go
[ɡo]
動 去;走
名 (口)輪到的機會

0942 goat
[ɡot]
名 山羊

0943 gobble
[ˋɡɑbl̩]
動 狼吞虎嚥

0944 gold
[ɡold]
名 金子
形 金製的

0945 golden
[ˋɡoldn̩]
形 金色的;黃金的

0946 golf
[ɡɑlf]
動 打高爾夫球
名 高爾夫球運動

0947 goodbye
[ˌɡʊdˋbaɪ]
名 再見；告別

0948 goose
[ɡus]
名 鵝

0949 gorge
[ɡɔrdʒ]
動 狼吞虎嚥
名 峽谷

0950 gorilla
[ɡəˋrɪlə]
名 大猩猩

0951 gospel
[ˋɡɑspl̩]
名 福音；真理

0952 gossip
[ˋɡɑsəp]
動 聊是非
名 八卦

0953 gown
[ɡaʊn]
名 長禮服

0954 grab
[ɡræb]
動 抓取；奪取
名 抓住

0955 graceful
[ˋɡresfəl]
形 優雅的

0956 gracious
[ˋɡreʃəs]
形 親切的；慈祥的

0957 graduation
[ˌɡrædʒʊˋeʃən]
名 畢業

0958 grammar
[ˋɡræmə]
名 文法

0959 grammatical
[ɡrəˋmætɪkl̩]
形 文法上的

0960 grandchild
[ˋɡrænd͵tʃaɪld]
名 (外)孫子；(外)孫女

0961 grandfather
[ˋɡrænd͵fɑðə]
名 (外)祖父

0962 grandmother
[ˋɡrænd͵mʌðə]
名 (外)祖母

0963 grape
[ɡrep]
名 葡萄

0964 grapefruit
[ˋɡrep͵frut]
名 葡萄柚

0965 grass
[ɡræs]
名 草；草地

0966 grasshopper
[ˋɡræs͵hɑpə]
名 蚱蜢

0967 grassy
[ˋɡræsɪ]
形 長滿草的

0968 gray/grey
[ɡre]
名 灰色
形 灰色的

0969 graze
[ɡrez]
動 放牧；吃草

0970 grease
[ɡris]
動 塗油
名 油脂

0971 greasy
[ˋɡrizɪ]
形 油膩的

0972 green
[ɡrin]
名 綠色
形 綠色的

0973 greet
[ɡrit]
動 迎接；招呼

0974 greeting
[ˋɡritɪŋ]
名 問候

0975 grill
[ɡrɪl]
動 烤
名 烤架

0976 grip
[ɡrɪp]
動 抓住
名 緊握

0977 grope
[ɡrop]
動 摸索；探求
名 尋找；摸索

0978 group
[ɡrup]
動 聚集
名 團體

0979 growl
[graʊl]
動 (動物)嗥叫
名 咆哮聲

0980 guardian
[`gɑrdɪən]
名 守護者

0981 guava
[`gwɑvə]
名 芭樂

0982 guest
[gɛst]
動 招待
名 客人

0983 guitar
[gɪ`tɑr]
名 吉他

0984 gulf
[gʌlf]
名 海灣

0985 gulp
[gʌlp]
動 牛飲
名 滿滿一口

0986 gum
[gʌm]
名 口香糖

0987 gust
[gʌst]
動 狂吹
名 一陣強風

0988 gut
[gʌt]
動 取出內臟
名 腸子

0989 hair
[hɛr]
名 頭髮；毛髮

0990 haircut
[`hɛr, kʌt]
名 剪頭髮

0991 hairdresser
[`hɛr, drɛsɚ]
名 美髮師；理髮師

0992 hairstyle
[`hɛr, staɪl]
名 髮型

0993 ham
[hæm]
名 火腿

0994 hamburger
[`hæmbɝgɚ]
名 漢堡

0995 hammer
[`hæmɚ]
動 錘打
名 鐵鎚

0996 hand
[hænd]
動 攙扶；傳遞
名 手

0997 handicraft
[`hændɪ, kræft]
名 手工藝品

0998 handkerchief
[`hæŋkɚ, tʃɪf]
名 手帕

0999 handsome
[`hænsəm]
形 英俊的

1000 hang
[hæŋ]
動 掛；吊

1001 hanger
[`hæŋɚ]
名 衣架；掛鉤

1002 happy
[`hæpɪ]
形 快樂的

1003 harassment
[hə`ræsmənt]
名 騷擾

1004 harmonica
[har`mɑnɪkə]
名 口琴

1005 harmony
[`harmənɪ]
名 和聲；和諧；一致

1006 hate
[het]
動 仇恨；嫌惡
名 憎恨；反感

1007 hateful
[`hetfəl]
形 可恨的

1008 hatred
[`hetrɪd]
名 憎惡；敵意

1009 hay
[he]
名 乾草

1010 head
[hɛd]
名 頭腦；首領

1011 heal
[hil]
動 治癒；痊癒；使恢復健康

1012 healthful
[`hɛlθfəl]
形 有益健康的

1013 healthy
[`hɛltɪ]
形 健康的；健全

1014 heap
[hip]
動 堆積；堆起來
名 堆積；(口)大量

1015 hear
[hɪr]
動 聽到

1016 hearty
[`hɑrtɪ]
形 由衷的

1017 heat
[hit]
動 加熱
名 熱度

1018 heater
[`hitɚ]
名 暖氣機

1019 heaven
[`hɛvn̩]
名 天堂

1020 hedge
[hɛdʒ]
動 用籬笆圍住
名 籬笆

1021 heed
[hid]
動 注意；留心
名 注意；留心

1022 heel
[hil]
動 緊跟；緊追
名 腳後跟

1023 hell
[hɛl]
名 地獄

1024 hello
[hə`lo]
名 哈囉(用以打招呼或喚起注意)

1025 hen
[hɛn]
名 母雞

1026 hermit
[`hɝmɪt]
名 隱士

1027 hero
[`hɪro]
名 英雄

1028 heroic
[hɪ`roɪk]
形 英雄的；英勇的

1029 heroin
[`hɛroɪn]
名 海洛因

1030 hesitate
[`hɛzə,tet]
動 遲疑；猶豫

1031 hike
[haɪk]
動 健行
名 遠足

1032 hill
[hɪl]
名 小山；丘陵

1033 hint
[hɪnt]
動 暗示；示意
名 暗示；指點

1034 hip
[hɪp]
名 臀部；髖部

1035 hippopotamus
[,hɪpə`pɑtəməs]
名 河馬

1036 hiss
[hɪs]
動 發出噓聲
名 噓聲

1037 historian
[hɪs`torɪən]
名 歷史學家

1038 historic
[hɪs`tɔrɪk]
形 歷史性的；有歷史意義的

1039 historical
[hɪs`tɔrɪk̩l]
形 歷史的；史學的

1040 history
[`hɪstərɪ]
名 歷史

1041 hit
[hɪt]
動 擊中；碰撞
名 打擊

1042 hive
[haɪv]
名 蜂巢

1043 hockey
[`hɑkɪ]
名 曲棍球

1044 hold
[hold]
動 持有；舉行
名 握住

1045 holy
[`holɪ]
形 神聖的

1046 homesick
[`hom͵sɪk]
形 想家的

1047 hometown
[`hom͵taʊn]
名 家鄉

1048 homework
[`hom͵wɝk]
名 家庭作業

1049 honey
[`hʌnɪ]
名 蜂蜜

1050 honeymoon
[`hʌnɪ͵mun]
動 度蜜月
名 蜜月

1051 honorable
[`ɑnərəbl̩]
形 可敬的；榮譽的

1052 hoof
[huf]
名 蹄

1053 hook
[huk]
動 鉤住
名 鉤子

1054 hop
[hɑp]
動 單腳跳；(口)跳上車、
船、飛機⋯等

1055 hormone
[`hɔrmon]
名 荷爾蒙

1056 horrify
[`hɔrə͵faɪ]
動 使害怕；使恐懼

1057 horror
[`hɔrɚ]
名 恐怖；毛骨悚然

1058 horse
[hɔrs]
名 馬

1059 hose
[hoz]
動 以水管澆洗
名 水管

1060 hospital
[`hɑspɪtl̩]
名 醫院

1061 hospitalize
[`hɑspɪtl̩͵aɪz]
動 使住院治療

1062 hostility
[hɑs`tɪlətɪ]
名 敵意；敵視

1063 hotel
[ho`tɛl]
名 旅館；飯店

1064 hound
[haʊnd]
動 追獵
名 獵犬

1065 household
[`haʊs͵hold]
名 家庭

1066 housework
[`haʊs͵wɝk]
名 家事

1067 housing
[`haʊzɪŋ]
名 住宅供給

1068 howl
[haʊl]
動 怒吼
名 嗥叫

1069 hug
[hʌg]
動 擁抱；抱有
名 緊抱；擁抱

1070 human
[`hjumən]
名 人
形 人類的

1071 humanitarian
[hju͵mænə`tɛrɪən]
名 人道主義者

1072 humanity
[hju`mænətɪ]
名 人道；人性

1073 humble
[`hʌmbl̩]
動 使謙卑
形 謙虛的

1074 humor
[`hjumɚ]
名 幽默

1075 hunch
[hʌntʃ]
動 弓起背部
名 瘤;隆肉

1076 hunt
[hʌnt]
動 打獵;獵取
名 打獵

1077 hurl
[hɜl]
動 投擲
名 猛力投擲

1078 husband
[`hʌzbənd]
名 丈夫

1079 hush
[hʌʃ]
動 使寂靜
名 寂靜;沈默

1080 hydrogen
[`haɪdrədʒən]
名 氫

1081 hygiene
[`haɪdʒin]
名 衛生

1082 hypocrisy
[hɪ`pɑkrəsɪ]
名 虛偽;偽善

1083 hypocrite
[`hɪpəkrɪt]
名 偽君子

1084 hysterical
[hɪs`tɛrɪkḷ]
形 歇斯底里的

UNIT 3 I → N

1085 iceberg
[`aɪs͵bɝg]
名 冰山

1086 idea
[aɪ`diə]
名 主意;計畫;構想

1087 idiom
[`ɪdɪəm]
名 成語;慣用語

1088 idiot
[`ɪdɪət]
名 笨蛋;白痴

1089 idol
[`aɪdḷ]
名 偶像

1090 ignorance
[`ɪgnərəns]
名 無知;愚昧

1091 ill
[ɪl]
形 生病的

1092 illuminate
[ɪ`lumə͵net]
動 照明;點亮

1093 imaginable
[ɪ`mædʒɪnəbḷ]
形 能想像的

1094 imaginative
[ɪ`mædʒə͵netɪv]
形 有想像力的;虛構的

1095 imagine
[ɪ`mædʒɪn]
動 想像;猜想

1096 imitation
[͵ɪmə`teʃən]
名 模仿;仿造

1097 immune
[ɪ`mjun]
形 免疫的

1098 implicit
[ɪm`plɪsɪt]
形 含蓄的；不明確的

1099 impose
[ɪm`poz]
動 強加於

1100 impression
[ɪm`prɛʃən]
名 印象

1101 indifferent
[ɪn`dɪfərənt]
形 漠不關心的

1102 indignant
[ɪn`dɪgnənt]
形 憤怒的；憤慨的

1103 infant
[`ɪnfənt]
名 嬰兒

1104 infect
[ɪn`fɛkt]
動 使感染

1105 inflation
[ɪn`fleʃən]
名 通貨膨脹

1106 influence
[`ɪnfluəns]
動 影響；左右
名 影響；作用

1107 inject
[ɪn`dʒɛkt]
動 注入；注射

1108 injection
[ɪn`dʒɛkʃən]
名 注射

1109 injure
[`ɪndʒɚ]
動 傷害；損害；毀壞

1110 injury
[`ɪndʒərɪ]
名 傷害；損害

1111 ink
[ɪŋk]
動 用墨水寫
名 墨汁；墨水

1112 inn
[ɪn]
名 旅社；小酒館

1113 inquire
[ɪn`kwaɪr]
動 詢問；調查

1114 insect
[`ɪnsɛkt]
名 昆蟲

1115 insist
[ɪn`sɪst]
動 堅持

1116 insistence
[ɪn`sɪstəns]
名 堅持；竭力主張

1117 instinct
[`ɪnstɪŋkt]
名 直覺；本能

1118 instruct
[ɪn`strʌkt]
動 指導；教導

1119 instrument
[`ɪnstrəmənt]
名 樂器

1120 insure
[ɪn`ʃur]
動 投保；確保

1121 intellect
[`ɪntə,lɛkt]
名 理解力；智力

1122 intellectual
[,ɪntl`ɛktʃuəl]
形 智力的

1123 intelligent
[ɪn`tɛlədʒənt]
形 聰明的；有才智的

1124 interact
[,ɪntɚ`ækt]
動 互動；互相作用

1125 interaction
[,ɪntɚ`ækʃən]
名 互動

1126 interference
[,ɪntɚ`fɪrəns]
名 妨礙；干擾

1127 intimacy
[`ɪntəməsɪ]
名 親密；親近

1128 intonation
[,ɪnto`neʃən]
名 語調；聲調

1129 intuition
[ˌɪntjuˋɪʃən]
名 直覺

1130 invention
[ɪnˋvɛnʃən]
名 發明；創造

1131 inventor
[ɪnˋvɛntə]
名 發明家

1132 invite
[ɪnˋvaɪt]
動 邀請；徵求

1133 iron
[ˋaɪən]
動 燙平
名 熨斗

1134 irony
[ˋaɪrənɪ]
名 反諷；嘲諷的話

1135 irritate
[ˋɪrəˌtet]
動 使生氣

1136 irritation
[ˌɪrəˋteʃən]
名 惱怒；生氣

1137 island
[ˋaɪlənd]
名 島嶼

1138 isle
[aɪl]
名 小島

1139 isolation
[ˌaɪslˋeʃən]
名 隔離；孤立

1140 itch
[ɪtʃ]
動 發癢
名 癢

1141 ivory
[ˋaɪvərɪ]
名 象牙
形 乳白色的

1142 ivy
[ˋaɪvɪ]
名 長春藤

1143 jade
[dʒed]
名 玉；玉製品

1144 jam
[dʒæm]
名 果醬；堵塞；困境

1145 jar
[dʒɑr]
名 廣口瓶

1146 jasmine
[ˋdʒæsmɪn]
名 茉莉

1147 jaw
[dʒɔ]
動 (口)嘮叨
名 下巴

1148 jazz
[dʒæz]
動 奏爵士樂
名 爵士樂

1149 jealous
[ˋdʒɛləs]
形 嫉妒的

1150 jealousy
[ˋdʒɛləsɪ]
名 嫉妒

1151 jeans
[dʒinz]
名 牛仔褲

1152 jeer
[dʒɪr]
動 嘲笑；嘲弄
名 奚落人的話

1153 jelly
[ˋdʒɛlɪ]
名 果凍

1154 jewel
[ˋdʒuəl]
名 寶石

1155 jewelry
[ˋdʒuəlrɪ]
名 (總稱)珠寶；首飾

1156 jingle
[ˋdʒɪŋgl]
動 叮噹作響
名 叮噹聲

1157 jog
[dʒɑg]
動 慢跑；輕推
名 慢跑

1158 joint
[dʒɔɪnt]
名 關節；接合處

1159 joke
[dʒok]
動 開玩笑
名 笑話

1160 jolly
[ˋdʒɑlɪ]
動 (口)開玩笑
形 愉快的

1161 joyful
[`dʒɔɪfəl]
形 愉快的

1162 joyous
[`dʒɔɪəs]
形 歡喜的;高興的

1163 judgment
[`dʒʌdʒmənt]
名 判斷力;裁判

1164 juice
[dʒus]
名 果汁

1165 juicy
[`dʒusɪ]
形 多汁的

1166 jump
[dʒʌmp]
動 跳躍;暴漲
名 跳躍;猛增

1167 jungle
[`dʒʌŋgl]
名 (熱帶)叢林

1168 junior
[`dʒunjə]
名 年少者
形 年少的

1169 kangaroo
[ˌkæŋgə`ru]
名 袋鼠

1170 kernel
[`kɜnl]
名 果仁;穀粒

1171 ketchup
[`kɛtʃəp]
名 番茄醬

1172 kettle
[`kɛtl]
名 水壺

1173 kick
[kɪk]
動 踢;踢腿
名 踢;後座力

1174 kid
[kɪd]
動 戲弄
名 小孩

1175 kidney
[`kɪdnɪ]
名 腎臟

1176 kill
[kɪl]
動 殺;消磨時間
名 獵獲物;屠殺

1177 kin
[kɪn]
名 親戚
形 有親戚關係的

1178 kindergarten
[`kɪndəˌgɑrtn]
名 幼稚園

1179 kindle
[`kɪndl]
動 生火

1180 kiss
[kɪs]
動 接吻;輕觸
名 吻;輕撫

1181 kitchen
[`kɪtʃɪn]
名 廚房

1182 kite
[kaɪt]
名 風箏

1183 kitten
[`kɪtn]
名 小貓

1184 knee
[ni]
動 用膝蓋碰撞
名 膝蓋

1185 kneel
[nil]
動 下跪

1186 knife
[naɪf]
動 (用刀)切;戳
名 刀;小刀;菜刀

1187 knob
[nɑb]
名 圓形把手

1188 knock
[nɑk]
動 敲;碰擊
名 敲;(口)挫折

1189 knot
[nɑt]
動 打結
名 (繩等的)結

1190 know
[no]
動 知道;了解;認識

1191 knowledge
[`nɑlɪdʒ]
名 知識;學問

1192 knowledgeable
[`nɑlɪdʒəbl]
形 博學的;有見識的

1193 knuckle
[`nʌkḷ]
動 以關節接觸
名 關節

1194 koala
[ko`ɑlə]
名 無尾熊

1195 ladder
[`lædə]
名 梯子

1196 lady
[`ledɪ]
名 女士；淑女

1197 ladybug
[`ledɪ͵bʌg]
名 瓢蟲

1198 lamb
[læm]
動 生小羊
名 小羊

1199 lame
[lem]
動 使跛腳
形 無說服力的

1200 lament
[lə`mɛnt]
動 哀悼
名 悲痛之情

1201 lamp
[læmp]
名 燈

1202 landslide
[`lænd͵slaɪd]
名 山崩

1203 lantern
[`læntən]
名 燈籠

1204 lap
[læp]
名 大腿；膝部

1205 laser
[`lezə]
名 雷射

1206 latitude
[`lætə͵tjud]
名 緯度；緯線

1207 laugh
[læf]
動 笑；嘲笑

1208 laughter
[`læftə]
名 笑聲

1209 lava
[`lavə]
名 熔岩

1210 lawn
[lɔn]
名 草地；草坪

1211 lay
[le]
動 產卵；放置

1212 LCD
縮 液晶顯示器

1213 leader
[`lidə]
名 領導者

1214 leaf
[lif]
動 長葉子
名 葉子

1215 league
[lig]
動 使結盟
名 聯盟

1216 leak
[lik]
動 漏出；滲透
名 漏洞

1217 learned
[`lɝnɪd]
形 博學的

1218 leg
[lɛg]
名 腿

1219 legend
[`lɛdʒənd]
名 傳奇

1220 legendary
[`lɛdʒənd͵ɛrɪ]
形 傳說的；傳奇的

1221 lemon
[`lɛmən]
名 檸檬

1222 lemonade
[͵lɛmən`ed]
名 檸檬水

1223 lens
[lɛnz]
名 鏡片；透鏡

1224 leopard
[`lɛpəd]
名 豹；美洲豹

1225 lesson
[`lɛsṇ]
名 課業；一節課

1226 let
[lɛt]
動 讓；允許

1227 lettuce
[`lɛtɪs]
名 萵苣

1228 liar
[`laɪə]
名 說謊者

1229 liberation
[ˏlɪbəˋreʃən]
名 解放；解放運動

1230 librarian
[laɪˋbrɛrɪən]
名 圖書館員

1231 lick
[lɪk]
動 舔；舐
名 舔

1232 lid
[lɪd]
名 蓋子

1233 lie
[laɪ]
動 說謊
名 謊言

1234 lift
[lɪft]
動 抬起；提高
名 舉起；起重機

1235 lighten
[`laɪtṇ]
動 減輕(重量、負擔等)；
變亮

1236 lily
[`lɪlɪ]
名 百合

1237 limb
[lɪm]
名 四肢

1238 lime
[laɪm]
名 酸橙；石灰

1239 limp
[lɪmp]
動 一拐一拐地走
名 跛行

1240 linen
[`lɪnən]
名 亞麻製品；亞麻布

1241 linger
[`lɪŋgə]
動 徘徊；繼續逗留；磨
蹭；拖延

1242 linguist
[`lɪŋgwɪst]
名 語言學家

1243 lion
[`laɪən]
名 獅子

1244 lip
[lɪp]
名 嘴唇

1245 lipstick
[`lɪpstɪk]
名 口紅；唇膏

1246 liquor
[`lɪkə]
名 烈酒

1247 listen
[`lɪsṇ]
動 聽；留神聽

1248 listener
[`lɪsṇə]
名 聽眾

1249 literal
[`lɪtərəl]
形 文字的；照字面的

1250 literary
[`lɪtəˏrɛrɪ]
形 文學的

1251 literate
[`lɪtərɪt]
名 有學識的人
形 有文化修養的

1252 literature
[`lɪtərətʃə]
名 文學

1253 live
[lɪv]
動 生存；活著

1254 liver
[`lɪvə]
名 肝

1255 lizard
[`lɪzəd]
名 蜥蜴

1256 lobster
[`lɑbstə]
名 龍蝦

1257 locust
[`lokəst]
名 蝗蟲

1258 log
[lɔg]
名 原木

1259 logic
[`lɑdʒɪk]
名 邏輯

1260 lollipop
[`lɑlɪˌpɑp]
名 棒棒糖

1261 longitude
[`lɑndʒəˌtjud]
名 經度

1262 look
[luk]
動 看；注意；留神
名 看；眼神；外表

1263 lose
[luz]
動 遺失；喪失

1264 loser
[`luzə]
名 失敗者

1265 lotion
[`loʃən]
名 乳液

1266 lotus
[`lotəs]
名 蓮花

1267 loud
[laud]
形 大聲的
副 大聲地

1268 love
[lʌv]
動 愛；喜歡
名 戀愛；喜愛的事物

1269 lovely
[`lʌvlɪ]
形 可愛的；美好的

1270 lover
[`lʌvə]
名 愛人；情人

1271 luggage
[`lʌgɪdʒ]
名 行李

1272 lullaby
[`lʌləˌbaɪ]
動 唱搖籃曲
名 搖籃曲

1273 lump
[lʌmp]
動 結塊
名 塊；團

1274 lunar
[`lunə]
形 月亮的；陰曆的

1275 lunatic
[`lunəˌtɪk]
名 瘋子
形 瘋癲的

1276 lung
[lʌŋ]
名 肺臟

1277 lush
[lʌʃ]
形 青翠繁茂的

1278 lyric
[`lɪrɪk]
名 歌詞；抒情詩
形 抒情的

1279 madam
[`mædəm]
名 夫人；女士

1280 magic
[`mædʒɪk]
名 魔術

1281 magical
[`mædʒɪkl̩]
形 魔術的

1282 magician
[məˋdʒɪʃən]
名 魔術師

1283 magnet
[`mægnɪt]
名 磁鐵

1284 magnetic
[mægˋnɛtɪk]
形 磁性的

1285 maid
[med]
名 女僕；少女

1286 maiden
[`medn̩]
名 少女
形 少女的

1287 mainland
[`menlənd]
名 大陸；本土

1288 make
[mek]
動 製作

1289 makeup
[`mek.ʌp]
名 化妝；構成

1290 malaria
[mə`lɛrɪə]
名 瘧疾

1291 mammal
[`mæml]
名 哺乳動物

1292 Mandarin
[`mændərɪn]
名 國語

1293 mango
[`mæŋgo]
名 芒果

1294 manipulate
[mə`nɪpjə.let]
動 竄改(帳目)

1295 map
[mæp]
名 地圖

1296 maple
[`mepl]
名 楓樹

1297 mar
[mar]
動 毀損

1298 marathon
[`mærə.θan]
名 馬拉松

1299 mark
[mark]
動 標記
名 記號

1300 marriage
[`mærɪdʒ]
名 婚姻；結婚

1301 marry
[`mærɪ]
動 和…結婚

1302 masculine
[`mæskjəlɪn]
名 男性
形 男性的

1303 mash
[mæʃ]
動 搗碎
名 麥芽漿

1304 mask
[mæsk]
動 遮蓋
名 面具

1305 massage
[mə`saʒ]
動 給…按摩
名 按摩；推拿

1306 mastery
[`mæstərɪ]
名 掌握；精通

1307 mat
[mæt]
名 墊子

1308 match
[mætʃ]
動 相配
名 比賽；火柴

1309 mate
[met]
動 使成配偶
名 配偶

1310 materialism
[mə`tɪrɪəl.ɪzəm]
名 唯物論

1311 mathematics
[.mæθə`mætɪks]
名 數學

1312 mattress
[`mætrɪs]
名 床墊

1313 mature
[mə`tjʊr]
形 成熟的

1314 maturity
[mə`tjʊrətɪ]
名 成熟

1315 maybe
[`mebɪ]
副 或許；可能

1316 mayonnaise
[.meə`nez]
名 美乃滋

1317 meaning
[`minɪŋ]
名 意義；含義

1318 meat
[mit]
名 肉

1319 medal
[`mɛdl]
名 獎章

1320 mediate
[`midɪ.et]
動 調停解決

1321
medical
[`mɛdɪk!]
形 醫學的

1322
medication
[ˌmɛdɪˋkeʃən]
名 藥物治療

1323
medicine
[`mɛdəsṇ]
名 藥；內服藥

1324
medieval
[ˌmɪdɪˋivəl]
形 中世紀的

1325
meditation
[ˌmɛdəˋteʃən]
名 冥想；熟慮；沉思

1326
mellow
[`mɛlo]
形 (酒)芳醇的；(水果)成熟的

1327
melon
[`mɛlən]
名 甜瓜

1328
memorize
[`mɛməˌraɪz]
動 記住

1329
memory
[`mɛmərɪ]
名 記憶力；記憶

1330
mentality
[mɛnˋtælətɪ]
名 心理狀態

1331
menu
[`mɛnju]
名 菜單

1332
mercy
[`mɝsɪ]
名 慈悲；憐憫

1333
mermaid
[`mɝˌmed]
名 美人魚

1334
merry
[`mɛrɪ]
形 快樂的

1335
metaphor
[`mɛtəfɚ]
名 隱喻；象徵

1336
microwave
[`maɪkroˌwev]
動 微波(食物)
名 微波爐

1337
mighty
[`maɪtɪ]
形 有力的；強大的

1338
migrant
[`maɪgrənt]
名 候鳥；移民
形 移居的

1339
migration
[maɪˋgreʃən]
名 遷移；遷徙

1340
milk
[mɪlk]
名 牛奶

1341
millionaire
[ˌmɪljənˋɛr]
名 百萬富翁

1342
mind
[maɪnd]
名 頭腦；思想

1343
mineral
[`mɪnərəl]
名 礦物

1344
mingle
[`mɪŋg!]
動 使混合

1345
miniature
[`mɪnɪətʃɚ]
名 小畫像；縮圖
形 小型的；小規模的

1346
minimize
[`mɪnəˌmaɪz]
動 減到最少

1347
mint
[mɪnt]
名 薄荷
形 薄荷的

1348
minus
[`maɪnəs]
名 減號
形 負的

1349
miracle
[`mɪrək!]
名 奇蹟

1350
mirror
[`mɪrɚ]
名 鏡子

1351
mischief
[`mɪstʃɪf]
名 胡鬧；危害

1352
miser
[`maɪzɚ]
名 小氣鬼；守財奴

1353 miserable
[`mɪzərəbl]
形 不幸的

1354 misery
[`mɪzərɪ]
名 悲慘

1355 mislead
[mɪs`lid]
動 誤導

1356 miss
[mɪs]
動 想念

1357 missionary
[`mɪʃən,ɛrɪ]
名 傳教士
形 傳教的

1358 mistress
[`mɪstrɪs]
名 女主人；情婦

1359 mix
[mɪks]
動 攪和；混淆
名 混合

1360 mixture
[`mɪkstʃə]
名 混合物

1361 moan
[mon]
動 呻吟
名 呻吟聲

1362 moisture
[`mɔɪstʃə]
名 濕氣

1363 molecule
[`malə,kjul]
名 分子

1364 momentum
[mo`mɛntəm]
名 動量；動能

1365 monk
[mʌŋk]
名 僧侶

1366 monkey
[`mʌŋkɪ]
名 猴子；猿

1367 monster
[`manstə]
名 怪獸

1368 mood
[mud]
名 心情

1369 moon
[mun]
名 月亮

1370 mop
[map]
動 擦洗
名 拖把

1371 morality
[mə`rælətɪ]
名 道德；德行

1372 mosquito
[mə`skito]
名 蚊子

1373 moss
[mɔs]
動 用苔覆蓋
名 苔蘚；地衣

1374 motel
[mo`tɛl]
名 汽車旅館

1375 moth
[mɔθ]
名 蛾

1376 mother
[`mʌðə]
名 母親

1377 motherhood
[`mʌðə,hud]
名 母性

1378 motto
[`mato]
名 座右銘

1379 mourn
[morn]
動 哀慟；哀悼

1380 mouth
[mauθ]
名 嘴

1381 mouthpiece
[`mauθ,pis]
名 樂器的吹口

1382 move
[muv]
動 移動；感動

1383 mud
[mʌd]
名 爛泥

1384 muddy
[`mʌdɪ]
形 泥濘的

1385 mule
[mjul]
名 騾

1386 multiply
[`mʌltəplaɪ]
動 相乘

1387 muscle
[`mʌsḷ]
名 肌肉

1388 muscular
[`mʌskjələ]
形 肌肉的；健壯的

1389 muse
[mjuz]
動 沉思；冥想

1390 museum
[mju`zɪəm]
名 博物館

1391 mushroom
[`mʌʃrʊm]
名 蘑菇

1392 music
[`mjuzɪk]
名 音樂

1393 musical
[`mjuzɪkḷ]
名 音樂劇
形 音樂的

1394 musician
[mju`zɪʃən]
名 音樂家

1395 mustache
[`mʌstæʃ]
名 小鬍子

1396 mustard
[`mʌstəd]
名 黃芥末

1397 mutter
[`mʌtə]
動 低聲嘀咕
名 抱怨；咕噥

1398 mutton
[`mʌtn̩]
名 羊肉

1399 mysterious
[mɪs`tɪrɪəs]
形 神秘的

1400 mystery
[`mɪstərɪ]
名 神秘；難以理解的事物

1401 mythology
[mɪ`θɑlədʒɪ]
名 神話

1402 nag
[næg]
動 使煩惱
名 嘮叨的人

1403 nail
[nel]
動 釘；使固定
名 指甲；釘子

1404 name
[nem]
動 命名
名 名字

1405 napkin
[`næpkɪn]
名 餐巾紙

1406 narrate
[`næret]
動 敘述故事

1407 narrative
[`nærətɪv]
形 敘事的

1408 navel
[`nevḷ]
名 肚臍；中心點

1409 nearsighted
[`nɪr`saɪtɪd]
形 近視的

1410 neat
[nit]
形 整齊的

1411 neck
[nɛk]
動 變狹窄
名 脖子；地峽

1412 necklace
[`nɛklɪs]
名 項鍊

1413 necktie
[`nɛk͵taɪ]
名 領帶

1414 need
[nid]
動 需要；有…必要
名 需求；困窘

1415 needle
[`nidḷ]
動 刺激；縫紉
名 針；針狀物

1416 neglect
[nɪg`lɛkt]
動 忽略；疏忽
名 忽略；疏漏

1417 neighbor
[`nebɚ]
動 與…為鄰
名 鄰居

1418 neighborhood
[`nebɚˌhʊd]
名 鄰近地區

1419 neon
[`niˌɑn]
名 霓虹燈；氖

1420 nephew
[`nɛfju]
名 姪子；外甥

1421 nerve
[nɝv]
名 神經

1422 nest
[nɛst]
動 築巢
名 鳥巢

1423 net
[nɛt]
動 結網
名 網子

1424 newlywed
[`njulɪˌwɛd]
名 (常複數)新婚夫妻

1425 nice
[naɪs]
形 善良的；好的

1426 nickname
[`nɪkˌnem]
動 取綽號
名 綽號

1427 niece
[nis]
名 姪女；外甥女

1428 nightingale
[`naɪtɪŋˌgel]
名 夜鶯

1429 nod
[nad]
動 點頭；打盹
名 點頭

1430 noise
[nɔɪz]
名 噪音

1431 nonsense
[`nansɛns]
名 廢話；胡說

1432 noodle
[`nudḷ]
名 麵條

1433 north
[nɔrθ]
名 北方
副 向北方

1434 northern
[`nɔrðɚn]
形 北方的

1435 nose
[noz]
動 聞；嗅
名 鼻子

1436 nostril
[`nastrəl]
名 鼻孔

1437 notebook
[`notˌbʊk]
名 筆記本

1438 noun
[naʊn]
名 名詞

1439 nourishment
[`nɝɪʃmənt]
名 營養

1440 novel
[`navḷ]
名 長篇小說

1441 novelist
[`navḷɪst]
名 小說家

1442 nuclear
[`njuklɪɚ]
形 核子的

1443 nucleus
[`njuklɪəs]
名 原子核；中心

1444 nuisance
[`njusəns]
名 討厭的人；麻煩事

1445 nun
[nʌn]
名 修女；尼姑

1446 nurse
[nɝs]
動 看護
名 護士

1447 nursery
[`nɝsərɪ]
名 托兒所

1448 nurture
[`nɝtʃɚ]
動 養育
名 培育

1449 nut
[nʌt]
名 堅果

1450 nutrient
[`njutrɪənt]
名 營養物
形 滋養的

1451 nylon
[`naɪlɑn]
名 尼龍

UNIT 40 O → S

1452 oak
[ok]
名 橡樹

1453 oasis
[o`esɪs]
名 綠洲

1454 oath
[oθ]
名 誓約；宣示

1455 oatmeal
[`ot‚mil]
名 燕麥片

1456 obey
[ə`be]
動 遵守；服從

1457 oblong
[`ɑblɔŋ]
名 矩形；橢圓形
形 矩形的；橢圓形的

1458 observer
[əb`zɝvɚ]
名 觀察者

1459 ocean
[`oʃən]
名 海洋

1460 octopus
[`ɑktəpəs]
名 章魚

1461 odds
[ɑds]
名 勝算；可能性

1462 offense
[ə`fɛns]
名 冒犯；進攻

1463 oil
[ɔɪl]
動 塗油；加潤滑劑
名 油；石油；汽油

1464 olive
[`ɑlɪv]
名 橄欖
形 橄欖色的

1465 onion
[`ʌnjən]
名 洋蔥

1466 opera
[`ɑpərə]
名 歌劇

1467 operate
[`ɑpə‚ret]
動 動手術；操作

1468 opinion
[ə`pɪnjən]
名 意見

1469 oppress
[ə`prɛs]
動 壓迫

1470 oral
[`orəl]
名 口試
形 口部的；口述的

1471 orange
[`ɔrɪndʒ]
名 柳丁

1472 orchard
[`ɔrtʃəd]
名 果園

1473 orchestra
[`ɔrkɪstrə]
名 管弦樂隊

1474 organ
[`ɔrgən]
名 器官

1475 organic
[ɔr`gænɪk]
形 器官的;有機的

1476 organism
[`ɔrgən,ɪzəm]
名 生物;有機體

1477 orient
[`orɪənt]
名 東方

1478 oriental
[,orɪ`ɛntl]
名 東方人
形 東方的

1479 originality
[ə,rɪdʒə`nælətɪ]
名 獨創性

1480 orphan
[`ɔrfən]
動 使成為孤兒
名 孤兒

1481 orphanage
[`ɔrfənɪdʒ]
名 孤兒院

1482 ostrich
[`astrɪtʃ]
名 鴕鳥

1483 outbreak
[`aut,brek]
名 爆發

1484 outdo
[,aut`du]
動 勝過;超越

1485 outdoors
[`aut`dorz]
副 在戶外

1486 outfit
[`aut,fɪt]
名 全套服裝

1487 outsider
[,aut`saɪdə]
名 局外人

1488 oval
[`ovl]
名 橢圓形
形 橢圓形的

1489 oven
[`ʌvən]
名 烤箱

1490 overalls
[`ovə,ɔlz]
名 工作服;罩衫

1491 overcoat
[`ovə,kot]
名 大衣

1492 overdo
[,ovə`du]
動 做得過分

1493 overeat
[`ovə`it]
動 吃得過多

1494 overflow
[,ovə`flo]
動 溢出
名 滿溢

1495 overhear
[,ovə`hɪr]
動 無意中聽到

1496 overnight
[`ovə`naɪt]
形 徹夜的
副 通宵;整夜

1497 oversleep
[`ovə`slip]
動 睡過頭

1498 overwork
[`ovə`wɜk]
動 過度工作
名 額外工作

1499 owl
[aul]
名 貓頭鷹

1500 ox
[aks]
名 閹牛

1501 oxygen
[`aksədʒən]
名 氧氣

1502 oyster
[`ɔɪstə]
名 牡蠣

1503 ozone
[`ozon]
名 臭氧

1504 pack
[pæk]
動 打包
名 一包

1505 pail
[pel]
名 桶；一桶的量

1506 pain
[pen]
動 使煩惱；使痛苦
名 疼痛；痛苦

1507 painful
[`penfəl]
形 痛苦的；疼痛的

1508 paint
[pent]
動 繪畫；塗油漆
名 油漆；顏料

1509 painter
[`pentə]
名 畫家

1510 painting
[`pentɪŋ]
名 繪畫

1511 pajamas
[pə`dʒæməz]
名 睡衣

1512 palm
[pɑm]
名 手心；手掌

1513 pan
[pæn]
名 平底鍋

1514 pancake
[`pæn, kek]
名 煎餅

1515 panda
[`pændə]
名 貓熊

1516 pane
[pen]
名 窗玻璃

1517 pants
[pænts]
名 褲子

1518 papaya
[pə`paɪə]
名 木瓜

1519 parade
[pə`red]
動 參加遊行
名 遊行

1520 paradise
[`pærə, daɪs]
名 天堂

1521 paradox
[`pærə, dɑks]
名 自相矛盾的言論

1522 paralyze
[`pærə, laɪz]
動 麻痺；癱瘓

1523 parcel
[`pɑrsl]
動 捆；把…包起來
名 包裹

1524 pardon
[`pɑrdṇ]
動 原諒；【律】特赦
名 寬恕；原諒

1525 parent
[`pɛrənt]
名 雙親；家長

1526 park
[pɑrk]
名 公園

1527 parlor
[`pɑrlə]
名 客廳；起居室

1528 parrot
[`pærət]
動 機械地模仿
名 鸚鵡

1529 participle
[pɑr`tɪsɪpl]
名 分詞

1530 particle
[`pɑrtɪkl]
名 微粒；極小量

1531 passage
[`pæsɪdʒ]
名 走廊；通道

1532 passive
[`pæsɪv]
形 被動的

1533 password
[`pæs, wɜd]
名 密碼

1534 pasta
[`pɑstə]
名 義大利麵

1535 paste
[pest]
動 貼上
名 漿糊

1536 pastry
[`pestrɪ]
名 糕點

1537 pat
[pæt]
動 輕拍
名 輕打；輕拍

1538 pathetic
[pəˋθɛtɪk]
形 悲慘的

1539 patient
[`peʃənt]
名 病人
形 有耐心的

1540 pause
[pɔz]
動 暫停；停頓
名 延長記號

1541 paw
[pɔ]
名 腳爪；爪子

1542 pea
[pi]
名 豌豆

1543 peach
[pitʃ]
名 桃子

1544 peacock
[`pikɑk]
名 孔雀

1545 peanut
[`pi͵nʌt]
名 花生

1546 pear
[pɛr]
名 梨子

1547 pearl
[pɝl]
名 珍珠

1548 peck
[pɛk]
動 啄食
名 啄；啄痕

1549 peel
[pil]
動 剝皮
名 果皮

1550 peg
[pɛg]
動 釘牢
名 釘子；樁

1551 penguin
[`pɛngwɪn]
名 企鵝

1552 pepper
[`pɛpɚ]
名 胡椒

1553 perceive
[pɚˋsiv]
動 察覺

1554 perception
[pɚˋsɛpʃən]
名 感覺；感知

1555 perch
[pɝtʃ]
動 (鳥)飛落；棲息
名 棲木

1556 performance
[pɚˋfɔrməns]
名 演出；表演

1557 peril
[`pɛrəl]
動 使…有危險
名 危險

1558 perish
[`pɛrɪʃ]
動 死去；消滅

1559 personal
[`pɝsənḷ]
形 個人的

1560 personality
[͵pɝsṇˋælətɪ]
名 個性；人格

1561 persuasive
[pɚˋswesɪv]
形 有說服力的

1562 pessimism
[`pɛsə͵mɪzəm]
名 悲觀；悲觀主義

1563 pest
[pɛst]
名 害蟲

1564 pet
[pɛt]
動 鍾愛；撫弄
名 寵物

1565 petal
[`pɛtḷ]
名 花瓣

1566 pharmacist
[`farməsɪst]
名 藥劑師

1567 pharmacy
[`farməsɪ]
名 藥劑學；藥房

1568 philosopher
[fə`lɑsəfə]
名 哲學家

1569 philosophy
[fə`lɑsəfɪ]
名 哲學

1570 photographer
[fə`tɑgrəfə]
名 攝影師

1571 photographic
[ˌfotə`græfɪk]
形 攝影的

1572 photography
[fə`tɑgrəfɪ]
名 攝影

1573 phrase
[frez]
名 片語

1574 physical
[`fɪzɪkl̩]
形 身體的

1575 physicist
[`fɪzəsɪst]
名 物理學家

1576 pianist
[`pɪənɪst]
名 鋼琴家;鋼琴師

1577 piano
[pɪ`æno]
名 鋼琴

1578 pick
[pɪk]
動 挑選;採;摘
名 挑選;選擇(權)

1579 pickle
[`pɪkl̩]
動 醃製
名 醃菜

1580 picnic
[`pɪknɪk]
動 去野餐
名 郊遊;野餐

1581 pie
[paɪ]
名 派;餡餅

1582 piety
[`paɪətɪ]
名 虔誠

1583 pig
[pɪg]
動 生小豬
名 豬

1584 pigeon
[`pɪdʒɪn]
名 鴿子

1585 pile
[paɪl]
動 堆積
名 一堆

1586 pilgrim
[`pɪlgrɪm]
名 朝聖者

1587 pill
[pɪl]
名 藥丸

1588 pimple
[`pɪmpl̩]
名 面皰

1589 pin
[pɪn]
動 釘住;壓住
名 別針;胸針

1590 pinch
[pɪntʃ]
動 捏;掐
名 捏;少量

1591 pine
[paɪn]
名 松樹

1592 pineapple
[`paɪnˌæpl̩]
名 鳳梨

1593 ping-pong
[`pɪŋˌpɑŋ]
名 桌球

1594 pink
[pɪŋk]
名 粉紅色
形 粉紅色的

1595 pious
[`paɪəs]
形 虔誠的

1596 piss
[pɪs]
動 小便;撒尿(粗俗用語)

1597 pit
[pɪt]
動 挖坑
名 坑洞

1598 pitch
[pɪtʃ]
動 投球
名 音高

1599 pitcher
[`pɪtʃə]
名 投手

1600 pity
[`pɪtɪ]
動 憐憫；同情
名 遺憾；同情

1601 pizza
[`pitsə]
名 披薩

1602 plague
[pleg]
名 瘟疫

1603 planet
[`plænɪt]
名 行星

1604 plant
[plænt]
動 栽種
名 植物

1605 plate
[plet]
動 電鍍
名 盤子

1606 player
[`pleə]
名 運動員

1607 playground
[`ple,graund]
名 運動場

1608 playwright
[`ple,raɪt]
名 劇作家

1609 plea
[pli]
名 藉口；託辭

1610 pledge
[plɛdʒ]
動 發誓
名 誓言

1611 plight
[plaɪt]
名 困境；苦境

1612 plot
[plɑt]
名 情節

1613 pluck
[plʌk]
動 摘；採；拔
名 勇氣；動物的內臟

1614 plum
[plʌm]
名 楊李；梅子

1615 plural
[`plurəl]
名 複數
形 複數的

1616 pneumonia
[nju`monjə]
名 肺炎

1617 poach
[potʃ]
動 水煮；隔水燉

1618 poacher
[`potʃə]
名 蒸鍋

1619 pocket
[`pɑkɪt]
動 裝入袋內
名 口袋

1620 poem
[`poɪm]
名 (一首)詩

1621 poet
[`poɪt]
名 詩人

1622 poetic
[po`ɛtɪk]
形 充滿詩意的

1623 point
[pɔɪnt]
名 得分；要點

1624 poison
[`pɔɪzn̩]
動 下毒
名 毒藥

1625 poisonous
[`pɔɪznəs]
形 有毒的

1626 polar
[`polə]
形 極地的

1627 pole
[pol]
名 杆；柱子

1628 political
[pə`lɪtɪkl̩]
形 政治的

1629 politician
[,pɑlə`tɪʃən]
名 政治家

1630 politics
[`pɑlətɪks]
名 政治；政治學

1631 pollutant
[pə`lutənt]
名 汙染物；汙染源
形 受汙染的

1632 pony
[ˋponɪ]
名 小馬

1633 popcorn
[ˋpap͵kɔrn]
名 爆米花

1634 porch
[portʃ]
名 玄關

1635 pork
[pork]
名 豬肉

1636 portray
[porˋtre]
動 描繪

1637 pose
[poz]
動 擺姿勢
名 姿勢

1638 postcard
[ˋpost͵kard]
名 明信片

1639 pot
[pat]
動 把…放入鍋裡
名 壺；鍋

1640 potato
[pəˋteto]
名 馬鈴薯

1641 pottery
[ˋpatərɪ]
名 陶器

1642 prairie
[ˋprɛrɪ]
名 大草原；牧場

1643 praise
[prez]
動 讚美
名 稱讚

1644 prayer
[prɛɚ]
名 禱告

1645 preferable
[ˋprɛfərəbḷ]
形 較好的；更合意的

1646 preference
[ˋprɛfərəns]
名 偏好；偏愛的人或事物

1647 pregnancy
[ˋprɛgnənsɪ]
名 懷孕

1648 premature
[͵priməˋtjur]
形 過早的；未熟的

1649 preposition
[͵prɛpəˋzɪʃən]
名 介系詞

1650 prescribe
[prɪˋskraɪb]
動 開處方

1651 prescription
[prɪˋskrɪpʃən]
名 處方

1652 presentation
[͵prɛzṇˋteʃən]
名 上演；呈現

1653 pretty
[ˋprɪtɪ]
形 漂亮的
副 相當；頗

1654 preview
[ˋpri͵vju]
動 預習；試演
名 預習；試映

1655 prick
[prɪk]
動 刺；扎
名 刺傷

1656 pride
[praɪd]
動 自豪；使得意
名 自尊心；傲慢

1657 priest
[prist]
名 神父

1658 primitive
[ˋprɪmətɪv]
形 原始的

1659 problem
[ˋprabləm]
名 問題

1660 proceed
[prəˋsid]
動 進行

1661 producer
[prəˋdjusɚ]
名 製片；製造者

1662 professor
[prəˋfɛsɚ]
名 教授

1663 projection
[prəˋdʒɛkʃən]
名 投射；發射

1664 prompt
[prɑmpt]
動 促使;提詞
名 催促;提醒

1665 prone
[pron]
形 易於…的

1666 pronoun
[`pronaʊn]
名 代名詞

1667 pronounce
[prə`naʊns]
動 發音;斷言

1668 pronunciation
[prə,nʌsɪ`eʃən]
名 發音

1669 prop
[prɑp]
動 支撐;維持
名 支柱;靠山

1670 propaganda
[,prɑpə`gændə]
名 宣傳活動

1671 prophet
[`prɑfɪt]
名 先知

1672 prose
[proz]
名 散文

1673 protein
[`protiɪn]
名 蛋白質

1674 proverb
[`prɑvɜb]
名 諺語

1675 province
[`prɑvɪns]
名 省;州

1676 provincial
[prə`vɪnʃəl]
名 地方居民;外省人
形 省的;外省的

1677 psychologist
[saɪ`kɑlədʒɪst]
名 心理學家

1678 pub
[pʌb]
名 酒館

1679 pudding
[`pʊdɪŋ]
名 布丁

1680 pull
[pʊl]
動 拉;拖;吸引
名 拉;引力

1681 pulse
[pʌls]
動 搏動;跳動
名 脈搏

1682 pumpkin
[`pʌmpkɪn]
名 南瓜

1683 pupil
[`pjupl̩]
名 學生;瞳孔

1684 puppet
[`pʌpɪt]
名 木偶;傀儡

1685 puppy
[`pʌpɪ]
名 小狗

1686 purple
[`pɜpl̩]
名 紫色
形 紫色的

1687 push
[pʊʃ]
動 推動;逼迫
名 推進;衝勁

1688 put
[pʊt]
動 放置;施加;使處於
(某種狀態)

1689 pyramid
[`pɪrəmɪd]
名 金字塔

1690 quack
[kwæk]
動 鴨叫
名 鴨叫聲

1691 quake
[kwek]
動 搖晃;震動
名 地震;搖晃

1692 quarrel
[`kwɔrəl]
動 爭執;埋怨
名 爭吵;不合

1693 quarrelsome
[`kwɔrəlsəm]
形 愛爭吵的

1694 quench
[kwɛntʃ]
動 解渴;弄熄

1695 query
[`kwɪrɪ]
動 質疑
名 問題

1696 questionnaire
[ˌkwɛstʃə`nɛr]
名 問卷；意見調查表

1697 quilt
[kwɪlt]
動 製被；拼湊
名 棉被

1698 quiz
[kwɪz]
動 施測
名 測驗

1699 rabbit
[`ræbɪt]
名 兔子

1700 race
[res]
動 參加競賽；疾走
名 賽跑；比賽

1701 radar
[`redɑr]
名 雷達

1702 radiate
[`redɪ,et]
動 放射；輻射
形 放射狀的

1703 radiation
[,redɪ`eʃən]
名 輻射；發光；放射

1704 radiator
[`redɪ,etɚ]
名 暖氣機

1705 radish
[`rædɪʃ]
名 小蘿蔔

1706 rag
[ræg]
名 破布；碎片

1707 rage
[redʒ]
動 發怒
名 狂怒

1708 raisin
[`rezn̩]
名 葡萄乾

1709 rally
[`rælɪ]
名 (網球等的)連續對打

1710 rash
[ræʃ]
名 疹子
形 輕率的

1711 rat
[ræt]
名 老鼠

1712 rattle
[`rætl̩]
動 發出嘎嘎聲
名 嘎嘎聲

1713 ravage
[`rævɪdʒ]
動 使荒蕪；毀滅
名 毀壞；災害

1714 raw
[rɔ]
形 生的；未煮過的

1715 ray
[re]
名 光線；輻射線

1716 razor
[`rezɚ]
名 刮鬍刀

1717 react
[rɪ`ækt]
動 反應

1718 reaction
[rɪ`ækʃən]
名 反應

1719 realism
[`rɪəl,ɪzəm]
名 現實主義

1720 realize
[`rɪə,laɪz]
動 實現；領悟

1721 recipe
[`rɛsəpɪ]
名 食譜

1722 recognize
[`rɛkəg,naɪz]
動 認出；識別；正式認可

1723 recommendation
[,rɛkəmɛn`deʃən]
名 推薦

1724 reconcile
[`rɛkən,saɪl]
動 和解；調停

1725 record
[`rɛkəd]
名 唱片；記錄

1726 recorder
[rɪ`kɔrdɚ]
名 錄音機

1727 recovery
[rɪ`kʌvərɪ]
名 恢復

1728 recreation
[ˌrɛkrɪˈeʃən]
名 娛樂

1729 recreational
[ˌrɛkrɪˈeʃənḷ]
形 娛樂的；消遣的

1730 rectangle
[ˈrɛk.tæŋgḷ]
名 長方形

1731 red
[rɛd]
名 紅色
形 紅色的

1732 referee
[ˌrɛfəˈri]
名 裁判

1733 refrigerator
[rɪˈfrɪdʒəˌretə]
名 冰箱

1734 refute
[rɪˈfjut]
動 反駁；駁斥

1735 regard
[rɪˈgɑrd]
動 認為；看作
名 注意；關心

1736 regional
[ˈridʒən̩l]
形 區域的

1737 rehearsal
[rɪˈhɜsḷ]
名 排演

1738 rehearse
[rɪˈhɜs]
動 預演；排練

1739 rejection
[rɪˈdʒɛkʃən]
名 拒絕

1740 rejoice
[rɪˈdʒɔɪs]
動 歡喜

1741 relative
[ˈrɛlətɪv]
名 親戚
形 相關的

1742 relay
[rɪˈle]
名 接力賽

1743 relic
[ˈrɛlɪk]
名 遺物；遺風；遺俗

1744 relief
[rɪˈlif]
名 減輕；緩和

1745 religion
[rɪˈlɪdʒən]
名 宗教

1746 religious
[rɪˈlɪdʒəs]
形 宗教的

1747 relish
[ˈrɛlɪʃ]
動 喜好；給…加佐料
名 愛好；佐料

1748 removal
[rɪˈmuvḷ]
名 移動；調動

1749 renaissance
[ˈrɛnəsɑns]
名 文藝復興；再生

1750 repress
[rɪˈprɛs]
動 抑制

1751 reproduce
[ˌriprəˈdjus]
動 再生；複製

1752 reptile
[ˈrɛp.taɪl]
名 爬蟲類
形 爬行的

1753 researcher
[rɪˈsɜtʃə]
名 研究員；調查員

1754 resent
[rɪˈzɛnt]
動 憤慨；怨恨

1755 resentment
[rɪˈzɛntmənt]
名 憤慨；忿怒

1756 resistance
[rɪˈzɪstəns]
名 抵抗

1757 respectable
[rɪˈspɛktəbḷ]
形 值得尊敬的；名聲好的

1758 respectful
[rɪˈspɛktfəl]
形 有禮的

1759 respective
[rɪˈspɛktɪv]
形 個別的

1760 response
[rɪ`spɑns]
名 回覆；答覆

1761 rest
[rɛst]
動 休息；使擱在
名 休息

1762 restaurant
[`rɛstərənt]
名 餐廳

1763 restoration
[ˌrɛstə`reʃən]
名 恢復；修復；復原

1764 restrain
[rɪ`stren]
動 抑制；限制；監禁

1765 restroom
[`rɛstˌrum]
名 洗手間

1766 retaliate
[rɪ`tælɪˌet]
動 報復

1767 retort
[rɪ`tɔrt]
動 反擊；回嘴
名 反擊；反駁

1768 reunion
[riˋjunjən]
名 重聚；團聚

1769 revelation
[ˌrɛvəˋleʃən]
名 揭發；揭露

1770 revenge
[rɪˋvɛndʒ]
動 替…報仇
名 報復；報仇

1771 revival
[rɪˋvaɪvḷ]
名 重演；復甦

1772 revolt
[rɪˋvolt]
動 叛變；起義
名 反叛；造反

1773 revolution
[ˌrɛvəˋluʃən]
名 改革；革命

1774 revolutionary
[ˌrɛvəˋluʃənˌɛrɪ]
形 革命的

1775 rhetoric
[`rɛtərɪk]
名 修辭學

1776 rhinoceros
[raɪˋnɑsərəs]
名 犀牛

1777 rhyme
[raɪm]
動 使押韻
名 韻文；韻腳

1778 rhythmic
[`rɪðmɪk]
形 有節奏的

1779 rib
[rɪb]
名 肋骨

1780 ribbon
[`rɪbən]
名 絲帶

1781 rice
[raɪs]
名 米飯

1782 riddle
[`rɪdḷ]
名 謎語

1783 rip
[rɪp]
動 扯裂
名 裂口

1784 rite
[raɪt]
名 儀式；典禮

1785 roast
[rost]
動 烘烤
形 烘烤的

1786 robin
[`rɑbɪn]
名 知更鳥

1787 rocket
[`rɑkɪt]
動 發射火箭
名 火箭

1788 rod
[rɑd]
名 竿；棒

1789 role
[rol]
名 角色；作用；任務

1790 roll
[rol]
動 捲；繞；滾動
名 捲狀物

1791 romance
[roˋmæns]
名 愛情故事

1792 romantic
[rəˋmæntɪk]
形 浪漫的

1793 room
[rum]
動 居住
名 房間；空間

1794 rooster
[ˋrustɚ]
名 公雞

1795 rope
[rop]
動 用繩拴住
名 繩索

1796 rose
[roz]
名 玫瑰花

1797 round
[raʊnd]
形 圓的
介 在…四周

1798 rub
[rʌb]
動 摩擦；惹怒
名 摩擦；磨損處

1799 rubbish
[ˋrʌbɪʃ]
名 垃圾；廢物

1800 ruby
[ˋrubɪ]
名 紅寶石
形 紅寶石色的

1801 rude
[rud]
形 粗魯的

1802 rug
[rʌg]
名 地毯

1803 rumble
[ˋrʌmbḷ]
動 隆隆作響
名 隆隆聲

1804 rumor
[ˋrumɚ]
動 謠傳
名 謠言

1805 runner
[ˋrʌnɚ]
名 跑者

1806 rush
[rʌʃ]
動 急送
名 緊急；繁忙

1807 rustle
[ˋrʌsḷ]
動 沙沙作響
名 窸窣聲

1808 sack
[sæk]
名 麻袋

1809 sad
[sæd]
形 難過的

1810 saddle
[ˋsædḷ]
動 套上馬鞍
名 馬鞍

1811 saint
[sent]
名 聖人

1812 salad
[ˋsæləd]
名 沙拉

1813 salmon
[ˋsæmən]
名 鮭魚
形 鮭魚色的

1814 saloon
[səˋlun]
名 酒吧；酒館

1815 salt
[sɔlt]
動 加鹽
名 鹽

1816 sand
[sænd]
動 沙淤
名 沙子

1817 sandal
[ˋsændḷ]
名 涼鞋

1818 sandwich
[ˋsændwɪtʃ]
名 三明治

1819 satellite
[ˋsætḷ͵aɪt]
名 衛星

1820 satisfy
[ˋsætɪs͵faɪ]
動 使滿足

1821 sauce
[sɔs]
動 調味
名 調味醬

1822 saucer
[ˋsɔsɚ]
名 淺碟

1823 sausage
[ˋsɔsɪdʒ]
名 香腸

1824 saw
[sɔ]
動 鋸；鋸開
名 鋸子

1825 say
[se]
動 說；講述；表明；假定

1826 scar
[skɑr]
動 使留下疤痕
名 傷痕；疤

1827 scare
[skɛr]
動 驚嚇；使恐懼
名 驚恐；驚嚇

1828 scarf
[skɑrf]
名 圍巾；領巾

1829 scary
[`skɛrɪ]
形 可怕的

1830 scholarship
[`skɑləˌʃɪp]
名 獎學金

1831 school
[skul]
名 學校

1832 scientific
[ˌsaɪən`tɪfɪk]
形 科學的

1833 scientist
[`saɪəntɪst]
名 科學家

1834 scold
[skold]
動 罵；責罵
名 責罵

1835 scoop
[skup]
動 舀取
名 勺子

1836 score
[skor]
動 得分；贏得
名 分數；成績

1837 scorn
[skɔrn]
動 蔑視；藐視
名 輕蔑；奚落

1838 scream
[skrim]
動 發出尖銳刺耳的聲音
名 尖叫

1839 screw
[skru]
名 螺絲；螺旋槳

1840 screwdriver
[`skruˌdraɪvə]
名 螺絲起子

1841 script
[skrɪpt]
名 劇本；原稿

1842 sculptor
[`skʌlptə]
名 雕刻家

1843 sculpture
[`skʌlptʃə]
動 雕塑
名 雕刻；雕像

1844 seagull
[`sigʌl]
名 海鷗

1845 seal
[sil]
動 獵捕海豹
名 海豹

1846 seashore
[`siˌʃor]
名 海岸；海濱

1847 secret
[`sikrɪt]
名 祕密
形 機密的

1848 seduce
[sɪ`djus]
動 引誘；慫恿

1849 see
[si]
動 看見；理解；認為；查看

1850 seed
[sid]
動 播種
名 種子

1851 seesaw
[`siˌsɔ]
動 上下搖動
名 蹺蹺板

1852 selective
[sə`lɛktɪv]
形 精挑細選的

1853 semester
[sə`mɛstə]
名 學期

1854 sensitivity
[ˌsɛnsə`tɪvətɪ]
名 敏感度

1855 sentence
[`sɛntəns]
名 句子

1856 sermon
[`sɜmən]
名 佈道

1857 serve
[sɜv]
動 服務；供應

1858 serving
[`sɜvɪŋ]
名 一份(食物、飲料)；服務

1859 setback
[`sɛt‚bæk]
名 挫折；失敗

1860 settler
[`sɛtlə]
名 殖民者；移居者

1861 sew
[so]
動 縫合；縫上；縫補

1862 sex
[sɛks]
名 性別；性

1863 sexual
[`sɛkʃuəl]
形 性的；性別的

1864 shake
[ʃek]
動 搖動；震動；握手
名 搖動；(口)地震

1865 shall
[ʃæl]
助 將；會

1866 shame
[ʃem]
動 使羞愧
名 羞愧

1867 shameful
[`ʃemfəl]
形 丟臉的；可恥的

1868 shampoo
[ʃæm`pu]
名 洗髮精

1869 shark
[ʃɑrk]
名 鯊魚

1870 sharpen
[`ʃɑrpṇ]
動 使銳利

1871 shatter
[`ʃætə]
動 粉碎；砸碎

1872 shave
[ʃev]
動 剃；刮
名 剃刀

1873 sheep
[ʃip]
名 綿羊；羊皮

1874 sheer
[ʃɪr]
形 (織物)極薄的；純粹的

1875 sheet
[ʃit]
名 床單

1876 shelf
[ʃɛlf]
名 架子；擱板

1877 shine
[ʃaɪn]
動 發光；照耀；傑出
名 光亮；光澤

1878 shirt
[ʃɜt]
名 襯衫

1879 shoe
[ʃu]
名 鞋子

1880 shortcoming
[`ʃɔrt‚kʌmɪŋ]
名 缺點；短處

1881 shorts
[ʃɔrts]
名 短褲

1882 shot
[ʃɑt]
名 鏡頭；拍攝

1883 shoulder
[`ʃoldə]
動 挑起；擔負
名 肩膀；路肩；山肩

1884 shout
[ʃaut]
動 喊叫
名 呼喊

1885 shove
[ʃʌv]
動 推；推擠
名 推；撞

1886 shovel
[`ʃʌvḷ]
動 剷起
名 鏟子

1887 shred
[ʃrɛd]
動 撕成碎片
名 碎片

1888 shriek
[ʃrik]
動 尖叫；喊叫
名 尖叫聲

1889 shrimp
[ʃrɪmp]
名 蝦子

1890 shrine
[ʃraɪn]
名 祠；廟；神殿

1891 shrug
[ʃrʌg]
動 (表示無奈等)聳肩
名 聳肩

1892 shudder
[`ʃʌdə]
動 發抖；顫動
名 顫抖；(口)恐懼

1893 shutter
[`ʃʌtə]
動 關上窗；停止營業
名 百葉窗

1894 sick
[sɪk]
形 生病的

1895 signature
[`sɪgnətʃə]
名 簽名

1896 signpost
[`saɪn͵post]
名 路標；指示牌

1897 silicon
[`sɪlɪkən]
名 矽

1898 silkworm
[`sɪlk͵wɜm]
名 蠶；桑蠶

1899 silly
[`sɪlɪ]
形 傻的；愚蠢的

1900 silver
[`sɪlvə]
名 銀；銀幣
形 銀製的；銀色的

1901 simmer
[`sɪmə]
動 燉；煨

1902 sin
[sɪn]
動 犯罪
名 罪惡

1903 sincerity
[sɪn`sɛrətɪ]
名 誠懇

1904 sing
[sɪŋ]
動 唱；唱歌

1905 singer
[`sɪŋə]
名 歌手

1906 singular
[`sɪŋgjələ]
名 單數
形 單一的

1907 sink
[sɪŋk]
名 水槽

1908 sip
[sɪp]
動 啜飲
名 啜飲；一小口

1909 sister
[`sɪstə]
名 姐姐；妹妹

1910 sit
[sɪt]
動 坐著；座落於

1911 size
[saɪz]
名 大小；尺寸

1912 skate
[sket]
動 溜冰
名 四輪溜冰鞋

1913 sketch
[skɛtʃ]
動 寫生；速寫
名 素描；草圖

1914 ski
[ski]
動 滑雪

1915 skillful
[`skɪlfəl]
形 熟練的；靈巧的

1916 skin
[skɪn]
名 皮膚

1917 skinny
[`skɪnɪ]
形 皮包骨的

1918 skip
[skɪp]
動 略過
名 省略

1919 skull
[skʌl]
名 頭蓋骨

1920 slang
[slæŋ]
名 俚語

1921 slash
[slæʃ]
名 斜線

1922 slave
[slev]
動 做苦工
名 奴隸

1923 slavery
[`slevərɪ]
名 奴隸制度；奴隸身分；苦役

1924 sleep
[slip]
動 睡；睡覺
名 睡眠

1925 sleepy
[`slipɪ]
形 想睡的

1926 sleeve
[sliv]
名 衣袖

1927 slice
[slaɪs]
動 切成薄片
名 薄片；切片

1928 slide
[slaɪd]
動 滑動；【棒】滑壘
名 下滑；滑坡；山崩

1929 slip
[slɪp]
動 滑倒；失足
名 滑跤；疏忽

1930 slipper
[`slɪpə]
名 拖鞋

1931 slum
[slʌm]
動 進入貧民區
名 貧民區

1932 smack
[smæk]
動 啪的一聲甩；呷(嘴)
名 掌摑；劈啪聲

1933 smallpox
[`smɔlpɑks]
名 天花

1934 smell
[smɛl]
動 聞到
名 氣味

1935 smile
[smaɪl]
動 笑；微笑
名 微笑；笑容

1936 smog
[smɑg]
名 煙霧；煙

1937 smother
[`smʌðə]
動 使窒息
名 令人窒息之物

1938 snail
[snel]
名 蝸牛

1939 snake
[snek]
動 蛇行
名 蛇

1940 snare
[snɛr]
動 誘…入陷阱
名 陷阱

1941 snarl
[snɑrl]
動 吼叫
名 吼叫聲

1942 snatch
[snætʃ]
動 搶奪；抓取
名 奪取

1943 sneak
[snik]
動 偷偷地走
名 偷偷摸摸的人

1944 sneaker
[`snikə]
名 運動鞋

1945 sneer
[snɪr]
動 嘲笑著說
名 冷笑

1946 sneeze
[sniz]
動 打噴嚏
名 噴嚏

1947 sniff
[snɪf]
動 嗅；聞；嗤之以鼻
名 聞；吸入

1948 snore
[snor]
動 打鼾
名 鼾聲

1949 snort
[snɔrt]
動 哼著說
名 鼻息

1950 soap
[sop]
動 塗肥皂於
名 肥皂

1951 sob
[sɑb]
動 嗚咽；啜泣
名 啜泣(聲)

1952 soccer
[ˋsakə]
名 足球

1953 social
[ˋsoʃəl]
形 社會的

1954 socialism
[ˋsoʃəlˌɪzəm]
名 社會主義

1955 socialist
[ˋsoʃəlɪst]
名 社會主義者

1956 socialize
[ˋsoʃəˌlaɪz]
動 使社會化

1957 sociology
[ˌsoʃɪˋalədʒɪ]
名 社會學

1958 sock
[sak]
名 短襪

1959 socket
[ˋsakɪt]
名 插座

1960 soda
[ˋsodə]
名 汽水

1961 sodium
[ˋsodɪəm]
名 鈉

1962 sofa
[ˋsofə]
名 沙發

1963 solar
[ˋsolə]
形 太陽的

1964 solidarity
[ˌsaləˋdærətɪ]
名 團結一致

1965 solo
[ˋsolo]
名 單獨表演
副 單獨地

1966 solution
[səˋluʃən]
名 解答

1967 solve
[salv]
動 解決；解答

1968 son
[sʌn]
名 兒子

1969 song
[sɔŋ]
名 歌曲

1970 soothe
[suð]
動 安慰；使平靜；緩和

1971 sophomore
[ˋsafˌmor]
名 二年級生

1972 sore
[sor]
名 疼痛
形 疼痛的

1973 sorrow
[ˋsaro]
動 感到哀傷
名 悲傷

1974 soul
[sol]
名 靈魂

1975 sound
[saʊnd]
動 聽起來
名 聲音

1976 soup
[sup]
名 湯

1977 south
[saʊθ]
名 南方
副 向南

1978 southern
[ˋsʌðən]
形 南方的

1979 soybean
[ˋsɔɪbin]
名 大豆

1980 spacecraft
[ˋspesˌkræft]
名 太空船

1981 spade
[sped]
名 鏟子

1982 spaghetti
[spəˋgɛtɪ]
名 義大利麵

1983 sparkle
[ˋsparkl̩]
動 使發光
名 火花；閃爍

1984 sparrow
[`spæro]
名 麻雀

1985 speak
[spik]
動 說話；講話

1986 speaker
[`spikɚ]
名 演說者；說話者

1987 special
[`spɛʃəl]
形 特別的

1988 specialist
[`spɛʃəlɪst]
名 專家

1989 species
[`spiʃiz]
名 物種；種類

1990 spectator
[spɛk`tetɚ]
名 觀眾；旁觀者

1991 spectrum
[`spɛktrəm]
名 光譜

1992 spelling
[`spɛlɪŋ]
名 拼字

1993 spend
[spɛnd]
動 花費(時間、精力)

1994 sphere
[sfɪr]
名 球；天體

1995 spicy
[`spaɪsɪ]
形 辛辣的

1996 spider
[`spaɪdɚ]
名 蜘蛛

1997 spike
[spaɪk]
動 以尖釘釘牢
名 長釘

1998 spill
[spɪl]
動 使溢出；洩漏
名 溢出(量)

1999 spinach
[`spɪnɪtʃ]
名 菠菜

2000 spiral
[`spaɪrəl]
名 螺旋
形 螺旋的

2001 spit
[spɪt]
動 吐口水
名 唾液

2002 spite
[spaɪt]
名 惡意

2003 splash
[splæʃ]
動 濺起；潑
名 飛濺聲

2004 sponge
[spʌndʒ]
動 用海綿吸收
名 海綿

2005 sponsor
[`spɑnsɚ]
動 贊助；主辦；倡議
名 贊助者

2006 spoon
[spun]
動 舀取
名 湯匙

2007 sport
[sport]
名 運動

2008 sportsmanship
[`sportsmən.ʃɪp]
名 運動家精神

2009 spotlight
[`spɑt.laɪt]
動 用聚光燈照
名 聚光燈

2010 sprain
[spren]
動 扭；扭傷
名 扭傷

2011 sprawl
[sprɔl]
動 伸開四肢躺或坐
名 任意伸展

2012 spray
[spre]
動 噴灑
名 噴霧器

2013 sprint
[sprɪnt]
動 衝刺
名 短距離賽跑

2014 squat
[skwɑt]
動 蹲下
名 蹲姿

2015 squeeze
[skwiz]
動 榨出；壓縮
名 少量的榨汁

2016 squirrel
[`skwɜəl]
名 松鼠

2017 stadium
[`stedɪəm]
名 室內運動場

2018 stage
[stedʒ]
動 上演
名 舞台

2019 stagger
[`stægɚ]
動 搖晃
動 蹣跚

2020 stair
[stɛr]
名 樓梯

2021 stale
[stel]
形 不新鮮的；腐壞的；無
新意的

2022 stalk
[stɔk]
動 追蹤；跟蹤

2023 stammer
[`stæmɚ]
動 結巴地說
名 口吃

2024 stand
[stænd]
動 站立

2025 stanza
[`stænzə]
名 詩的一節

2026 star
[star]
動 主演
名 星星

2027 starch
[startʃ]
名 澱粉

2028 stare
[stɛr]
動 盯；凝視
名 凝視；注視

2029 start
[start]
動 開始；著手
名 出發；起始

2030 startle
[`startl̩]
動 使驚嚇

2031 starvation
[star`veʃən]
名 飢餓

2032 statistics
[stə`tɪstɪks]
名 統計；統計資料；統計
學

2033 statue
[`stætʃu]
名 雕像

2034 steak
[stek]
名 牛排

2035 steam
[stim]
動 蒸；散發蒸氣

2036 steamer
[`stimɚ]
名 蒸籠；輪船

2037 step
[stɛp]
動 踏步；踩住
名 腳步；步調；足跡

2038 stepchild
[`stɛp.tʃaɪld]
名 繼子；繼女

2039 stepfather
[`stɛp.faðɚ]
名 繼父

2040 stepmother
[`stɛp.mʌðɚ]
名 繼母

2041 stereo
[`stɛrɪo]
名 立體音響

2042 stereotype
[`stɛrɪə.taɪp]
名 刻板印象

2043 stew
[stju]
動 燉；燜
名 燉菜；燉肉

2044 stimulation
[.stɪmjə`leʃən]
名 刺激；興奮

2045 stimulus
[`stɪmjələs]
名 刺激物；刺激

2046 sting
[stɪŋ]
動 叮；刺；螫

2047 stitch
[stɪtʃ]
動 縫；繡
名 針線

2048 stocking
[`stɑkɪŋ]
名 長襪

2049 stomach
[`stʌmək]
名 胃

2050 stool
[stul]
名 凳子

2051 stoop
[stup]
動 彎腰；卑躬屈膝
名 彎腰；駝背

2052 stout
[staut]
形 矮胖的；堅固的

2053 stove
[stov]
名 爐子

2054 straight
[stret]
形 筆直的；坦率的

2055 straighten
[`stretn]
動 弄直；整頓

2056 strait
[stret]
名 海峽

2057 strand
[strænd]
動 使擱淺
名 海灘；濱

2058 stranger
[`strendʒɚ]
名 陌生人

2059 strawberry
[`strɔbɛrɪ]
名 草莓

2060 stray
[stre]
動 迷路；走失
形 迷路的

2061 stride
[straɪd]
動 大步走
名 一大步

2062 string
[strɪŋ]
動 連成一串
名 繩子；一串

2063 stripe
[straɪp]
名 條紋

2064 stroke
[strok]
名 中風

2065 stubborn
[`stʌbɚn]
形 頑固的；倔強的

2066 student
[`stjudn̩t]
名 學生

2067 studio
[`stjudɪˏo]
名 工作室

2068 study
[`stʌdɪ]
動 學習；研究
名 學問；書房

2069 stump
[stʌmp]
動 遊說
名 殘幹；殘餘部分

2070 stunt
[stʌnt]
動 阻礙
名 特技表演

2071 stupid
[`stjupɪd]
形 笨的；遲鈍的

2072 stutter
[`stʌtɚ]
動 結巴地說
名 口吃

2073 style
[staɪl]
動 設計；使符合時勢
名 風格；文風

2074 stylish
[`staɪlɪʃ]
形 時髦的

2075 subject
[`sʌbdʒɪkt]
名 科目；主題

2076 subjective
[səb`dʒɛktɪv]
名 主格
形 主觀的；主格的

2077 suburb
[`sʌbɝb]
名 郊區

2078 suburban
[sə`bɝbən]
形 郊區的

2079 successor
[sək`sɛsɚ]
名 後繼者

2080 suck
[sʌk]
動 吸收；吸取；使捲入
名 吸；吸食

2081 suffer
[`sʌfə]
動 受苦；遭受

2082 suffocate
[`sʌfə,ket]
動 使窒息

2083 sugar
[`ʃʊgə]
名 糖

2084 suggestion
[sə`dʒɛstʃən]
名 建議；提議

2085 suit
[sut]
名 套裝

2086 sulfur
[`sʌlfə]
名 硫磺

2087 superiority
[sə,pɪrɪ`ɔrətɪ]
名 優越；卓越

2088 supersonic
[,supə`sɑnɪk]
名 超音波；超音速
形 超音速的

2089 superstition
[,supə`stɪʃən]
名 迷信

2090 superstitious
[,supə`stɪʃəs]
形 迷信的

2091 supper
[`sʌpə]
名 晚餐

2092 suppose
[sə`poz]
動 假定；猜想

2093 surf
[sɜf]
動 衝浪
名 拍岸浪花

2094 surgeon
[`sɜdʒən]
名 外科醫生

2095 surprise
[sə`praɪz]
動 使驚喜
名 驚喜

2096 survey
[sə`ve]
動 全面考察(或研究)
名 考察；勘測；俯瞰

2097 swallow
[`swɑlo]
動 吞嚥
名 燕子

2098 swan
[swɑn]
名 天鵝

2099 swap
[swɑp]
動 以⋯做交換
名 交換；交換之物

2100 swear
[swɛr]
動 發誓；宣誓

2101 sweater
[`swɛtə]
名 毛衣

2102 sweet
[swit]
形 甜的；逗人喜愛的

2103 sweet potato
[`swit pə`teto]
名 甘薯

2104 swim
[swɪm]
動 游泳；漂浮
名 游泳；潮流

2105 swing
[swɪŋ]
動 搖動；搖擺
名 擺動；振幅

2106 syllable
[`sɪləbl]
名 音節

2107 symbolic
[sɪm`bɑlɪk]
形 象徵的

2108 symbolize
[`sɪmbə,laɪz]
動 作為⋯的象徵

2109 sympathy
[`sɪmpəθɪ]
名 同情

2110 symphony
[`sɪmfənɪ]
名 交響樂

2111 synonym
[`sɪnə,nɪm]
名 同義字

2112 syrup
[`sɪrəp]
名 糖漿

2113 system
[`sɪstəm]
名 系統

UNIT 5 T → Z

2114 table
[`tebl]
名 桌子

2115 tablet
[`tæblɪt]
名 小塊；小片；藥片

2116 tag
[tæg]
動 加標籤
名 標籤

2117 tail
[tel]
動 跟蹤；尾隨
名 尾巴

2118 tailor
[`telə]
動 裁製
名 裁縫師

2119 take
[tek]
動 拿；取；接受；承擔

2120 talent
[`tælənt]
名 天賦；才能

2121 talk
[tɔk]
動 講話
名 談話

2122 tan
[tæn]
動 曬黑
名 曬後膚色

2123 tangerine
[,tændʒə`rin]
名 橘子

2124 tangle
[`tæŋgl]
動 使糾結
名 糾結

2125 tar
[tɑr]
動 塗焦油於
名 焦油；柏油

2126 tart
[tɑrt]
名 水果塔

2127 tasty
[`testɪ]
形 好吃的

2128 taunt
[tɔnt]
動 嘲弄
名 辱罵

2129 tavern
[`tævən]
名 小酒館

2130 tea
[ti]
名 茶；茶葉

2131 teach
[titʃ]
動 教；講授；使領悟

2132 teacher
[`titʃə]
名 老師

2133 team
[tim]
動 結成一隊
名 隊伍

2134 tear
[tɪr]
名 眼淚；淚珠

2135 tease
[tiz]
動 嘲弄；戲弄
名 揶揄；取笑

2136 teenage
[`tin,edʒ]
形 十幾歲的

2137 teenager
[`tin,edʒɚ]
名 青少年

2138 telescope
[`tɛlə,skop]
名 單筒望遠鏡

2139 tell
[tɛl]
動 告訴；辨別

2140 temperament
[`tɛmprəmənt]
名 氣質；性情

2141 temperature
[`tɛmprətʃɚ]
名 溫度；氣溫

2142 tempest
[`tɛmpɪst]
名 暴風雨

2143 temple
[`tɛmpl̩]
名 廟宇

2144 tempo
[`tɛmpo]
名 節拍

2145 temptation
[tɛmp`teʃən]
名 誘惑

2146 tender
[`tɛndɚ]
形 溫柔的

2147 tennis
[`tɛnɪs]
名 網球

2148 tense
[tɛns]
動 使拉緊；使繃緊
形 緊張的；拉緊的

2149 tent
[tɛnt]
名 帳篷

2150 text
[tɛkst]
名 課本；文本

2151 textbook
[`tɛkst,bʊk]
名 教科書

2152 thankful
[`θæŋkfəl]
形 感激的；感謝的

2153 theater
[`θɪətɚ]
名 戲院；劇場

2154 theory
[`θiərɪ]
名 理論

2155 therapist
[`θɛrəpɪst]
名 治療師

2156 therapy
[`θɛrəpɪ]
名 治療；療法

2157 thigh
[θaɪ]
名 大腿

2158 think
[θɪŋk]
動 思考

2159 thirst
[θɝst]
名 口渴；渴望

2160 thorn
[θɔrn]
名 刺；荊棘

2161 thoughtful
[`θɔtfəl]
形 體貼的；細心的

2162 thread
[θrɛd]
動 穿線；穿成一串
名 線；線狀物；頭緒

2163 thrill
[θrɪl]
動 使激動
名 顫慄；興奮

2164 thriller
[`θrɪlɚ]
名 恐怖片

2165 throat
[θrot]
名 喉嚨

MP3 070

2166 throb
[θrɑb]
動 跳動；搏動
名 悸動；抽痛

2167 throng
[θrɔŋ]
動 擠滿；湧入
名 群眾

2168 throw
[θro]
動 投；擲；(口)舉行
名 投擲；射程

2169 thumb
[θʌm]
名 拇指

2170 thunder
[`θʌndə]
動 打雷
名 雷；轟隆聲

2171 tick
[tɪk]
動 發出滴答聲
名 滴答聲

2172 tickle
[`tɪkl]
動 使發癢
名 搔癢

2173 tiger
[`taɪgə]
名 老虎

2174 tighten
[`taɪtn]
動 使堅固；使繃緊

2175 tin
[tɪn]
動 鍍錫
名 錫

2176 tiptoe
[`tɪp.to]
動 踮腳尖走
名 腳尖

2177 tire
[taɪr]
動 使疲倦
名 輪胎

2178 tissue
[`tɪʃu]
名 面紙

2179 title
[`taɪtl]
動 加標題
名 標題

2180 toad
[tod]
名 癩蛤蟆

2181 toast
[tost]
動 烤麵包
名 吐司麵包

2182 tobacco
[tə`bæko]
名 菸草

2183 toe
[to]
名 腳趾

2184 tofu
[`tofu]
名 豆腐

2185 toil
[tɔɪl]
動 苦幹
名 辛勞

2186 toilet
[`tɔɪlɪt]
名 廁所；洗手間

2187 token
[`tokən]
名 代幣

2188 tolerable
[`tɑlərəbl]
形 可容忍的

2189 tolerant
[`tɑlərənt]
形 忍耐的

2190 tomato
[tə`meto]
名 番茄

2191 tomb
[tum]
名 墳墓；墓碑

2192 tone
[ton]
名 音調

2193 tongue
[tʌŋ]
名 舌頭；口才；方言

2194 tooth
[tuθ]
名 牙齒

2195 topic
[`tɑpɪk]
名 主題；題目

2196 torch
[tɔrtʃ]
動 放火燒
名 火炬

2197 torment
[`tɔr.mɛnt]
名 苦惱；痛苦

2198 tornado
[tɔr`nedo]
名 龍捲風

2199 tortoise
[`tɔrtəs]
名 烏龜；陸龜

2200 torture
[`tɔrtʃɚ]
動 拷問；折磨
名 折磨；拷打

2201 toss
[tɔs]
動 扔；拋；擲幣打賭
名 扔；拋；投

2202 touch
[tʌtʃ]
動 觸碰
名 接觸

2203 tourist
[`turɪst]
名 觀光客

2204 tournament
[`tɝnəmənt]
名 競賽

2205 towel
[`tauəl]
動 用毛巾擦
名 毛巾

2206 town
[taun]
名 鎮；市鎮；市區

2207 toy
[tɔɪ]
名 玩具

2208 traditional
[trə`dɪʃənl]
形 傳統的；慣例的

2209 tragedy
[`trædʒədɪ]
名 悲劇；災難

2210 tragic
[`trædʒɪk]
形 悲劇的

2211 tramp
[træmp]
動 漂泊；流浪
名 長途跋涉

2212 trample
[`træmpl]
動 踐踏；蹂躪；傷害
名 踐踏(聲)

2213 tranquilizer
[`træŋkwɪˏlaɪzɚ]
名 鎮靜劑

2214 transistor
[træn`zɪstɚ]
名 電晶體

2215 translate
[`trænsˏlet]
動 翻譯

2216 translator
[`trænsˏletɚ]
名 譯者

2217 transplant
[træns`plænt]
動 移植

2218 trap
[træp]
動 誘捕
名 圈套

2219 trauma
[`trɔmə]
名 創傷；損傷

2220 tray
[tre]
名 托盤

2221 tread
[trɛd]
動 踩；踏；走
名 踏板

2222 treatment
[`tritmənt]
名 治療

2223 trek
[trɛk]
動 長途跋涉
名 移居

2224 tremble
[`trɛmbl]
動 發抖；焦慮
名 顫抖；震顫

2225 triangle
[`traɪˏæŋgl]
名 三角形

2226 tribal
[`traɪbl]
形 部落的

2227 tribe
[traɪb]
名 部落

2228 trick
[trɪk]
名 戲法；詭計

2229 trophy
[`trofɪ]
名 戰利品

2230 tropic
[`trɑpɪk]
名 回歸線
形 熱帶的

2231 tropical
[`trɑpɪkḷ]
形 熱帶的

2232 trot
[trɑt]
動 (馬等)小跑步
名 小跑；快步

2233 trout
[traut]
名 鱒魚

2234 truant
[`truənt]
名 翹課學生

2235 trumpet
[`trʌmpɪt]
動 吹喇叭
名 喇叭

2236 trunk
[trʌŋk]
名 樹幹

2237 trust
[trʌst]
動 信賴；依靠
名 信任；信賴

2238 try
[traɪ]
動 試圖；努力；試驗
名 嘗試；試驗

2239 T-shirt
[`ti,ʃɜt]
名 T恤

2240 tuberculosis
[tju,bɜkjə`losɪs]
名 肺結核

2241 tuck
[tʌk]
動 塞進
名 打褶

2242 tug
[tʌg]
動 用力拉
名 拖拉

2243 tug-of-war
[`tʌɡəv`wɔr]
名 拔河

2244 tuition
[tju`ɪʃən]
名 學費；教學

2245 tulip
[`tjuləp]
名 鬱金香

2246 tumble
[`tʌmbḷ]
動 摔跤
名 墜落

2247 tummy
[`tʌmɪ]
名 肚子

2248 tumor
[`tjumɚ]
名 腫瘤

2249 tuna
[`tunə]
名 鮪魚

2250 tune
[tjun]
動 調整音調
名 曲調；旋律

2251 turkey
[`tɜkɪ]
名 火雞

2252 turn
[tɜn]
動 使轉動；翻轉；使變得
名 旋轉；轉折(點)

2253 turtle
[`tɜtḷ]
名 海龜

2254 tutor
[`tjutɚ]
動 輔導；指導
名 家庭教師

2255 twig
[twɪg]
名 嫩枝

2256 twin
[twɪn]
名 雙胞胎

2257 twinkle
[`twɪŋkḷ]
動 閃爍；(眼睛)閃亮
名 閃爍；閃耀

2258 typewriter
[`taɪp,raɪtɚ]
名 打字機

2259 ulcer
[`ʌlsɚ]
名 潰瘍

2260 umbrella
[ʌm`brɛlə]
名 雨傘

2261 umpire
[`ʌmpaɪr]
動 擔任裁判
名 裁判；仲裁人

2262 uncle
[`ʌŋkḷ]
名 叔叔；伯伯；舅舅；姑父；姨父

2263 undergraduate
[ˌʌndə`grædʒuɪt]
名 大學生

2264 understandable
[ˌʌndə`stændəbḷ]
形 可理解的

2265 underwear
[`ʌndə,wɛr]
名 (總稱)內衣

2266 undo
[ʌn`du]
動 消除；取消

2267 unfold
[ʌn`fold]
動 打開；攤開

2268 uniform
[`junə,fɔrm]
名 制服
形 相同的；一致的

2269 unify
[`junə,faɪ]
動 聯合；使一致

2270 universe
[`junə,vɝs]
名 宇宙

2271 university
[ˌjunə`vɝsətɪ]
名 大學

2272 unpack
[ʌn`pæk]
動 解開；卸下；打開行李

2273 upset
[ʌp`sɛt]
動 使心煩
形 不適的

2274 uranium
[ju`renɪəm]
名 鈾

2275 urban
[`ɝbən]
形 都市的

2276 urine
[`jurɪn]
名 尿液

2277 usage
[`jusɪdʒ]
名 使用；習慣

2278 use
[juz]
動 使用；發揮；耗費

2279 usher
[`ʌʃə]
動 陪同；招待
名 引導員

2280 utensil
[ju`tɛnsḷ]
名 器皿；用具

2281 utility
[ju`tɪlətɪ]
名 效用

2282 vaccine
[`væksin]
名 疫苗

2283 vacuum
[`vækjuəm]
動 以吸塵器打掃
名 真空

2284 value
[`vælju]
名 價格；價值

2285 vanilla
[və`nɪlə]
名 香草

2286 vanish
[`vænɪʃ]
動 消失；突然不見

2287 vanity
[`vænətɪ]
名 虛榮心

2288 vase
[ves]
名 花瓶

2289 vegetable
[`vɛdʒətəbḷ]
名 蔬菜；青菜

2290 vegetarian
[ˌvɛdʒə`tɛrɪən]
名 素食者
形 吃素的

2291 vegetation
[ˌvɛdʒə`teʃən]
名 植物；草木

2292 veil
[vel]
動 遮蓋；戴面紗
名 面紗；帷幕

2293 velvet
[`vɛlvɪt]
名 天鵝絨
形 柔軟的；平滑的

2294
verb
[vɝb]
名 動詞

2295
verse
[vɝs]
名 詩句;詩

2296
vest
[vɛst]
名 背心

2297
vibrate
[`vaɪbret]
動 震動

2298
vibration
[vaɪ`breʃən]
名 震動

2299
vicious
[`vɪʃəs]
形 邪惡的;不道德的

2300
victimize
[`vɪktɪˌmaɪz]
動 使受苦;使受騙

2301
vine
[vaɪn]
名 葡萄樹

2302
vinegar
[`vɪnɪgə]
名 醋

2303
violence
[`vaɪələns]
名 暴力

2304
violet
[`vaɪəlɪt]
名 紫羅蘭
形 紫羅蘭色的

2305
violin
[ˌvaɪə`lɪn]
名 小提琴

2306
violinist
[ˌvaɪə`lɪnɪst]
名 小提琴手

2307
virtue
[`vɝtʃu]
名 美德;德行;長處

2308
visit
[`vɪzɪt]
動 拜訪;探望;視察
名 參觀;訪問;逗留

2309
visitor
[`vɪzɪtə]
名 訪客;遊客

2310
vitamin
[`vaɪtəmɪn]
名 維他命

2311
vivid
[`vɪvɪd]
形 生動的;逼真的

2312
voice
[vɔɪs]
動 (用言語)表達
名 聲音;【文】語態

2313
volleyball
[`vɑlɪˌbɔl]
名 排球

2314
volume
[`vɑljəm]
名 卷;冊;音量

2315
voluntary
[`vɑlənˌtɛrɪ]
形 自願的;志願的

2316
vomit
[`vɑmɪt]
動 嘔吐
名 嘔吐(物)

2317
vow
[vaʊ]
動 發誓
名 誓言

2318
vowel
[`vaʊəl]
名 母音

2319
vulgar
[`vʌlgə]
形 粗俗的;粗糙的

2320
vulnerable
[`vʌlnərəbḷ]
形 脆弱的;敏感的

2321
wade
[wed]
動 涉水而行
名 跋涉;淺灘

2322
wag
[wæg]
動 搖動;(動物)搖尾巴
名 搖擺

2323
wail
[wel]
動 慟哭;嚎啕
名 慟哭聲

2324
waist
[west]
名 腰部;(衣服的)腰身部分

2325
wait
[wet]
動 等待;耽擱
名 等待

2326 wake
[wek]
動 叫醒；使覺悟

2327 walk
[wɔk]
動 走；遛(狗等)
名 散步

2328 walnut
[`wɔlnət]
名 胡桃

2329 ward
[wɔrd]
名 病房；行政區

2330 wardrobe
[`wɔrd‚rob]
名 衣櫃；衣櫥

2331 wash
[waʃ]
動 洗滌；沖走
名 洗；洗滌

2332 watch
[watʃ]
動 留意；注視
名 注視；手錶

2333 watermelon
[`watɚ‚mɛlən]
名 西瓜

2334 wax
[wæks]
動 上蠟
名 蠟

2335 wealth
[wɛlθ]
名 財富

2336 wedding
[`wɛdɪŋ]
名 婚禮

2337 weed
[wid]
動 除雜草
名 雜草

2338 weep
[wip]
動 哭泣；哀悼
名 哭泣

2339 welcome
[`wɛlkəm]
動 歡迎
形 受歡迎的

2340 west
[wɛst]
名 西方
副 向西方

2341 western
[`wɛstən]
名 西方人
形 西方的

2342 whale
[hwel]
名 鯨魚

2343 whine
[hwaɪn]
動 發牢騷
名 牢騷

2344 whip
[hwɪp]
動 鞭打
名 鞭子

2345 whirl
[hwɜl]
動 迴轉
名 旋轉

2346 whisk
[hwɪsk]
動 攪；揮
名 攪拌器；小掃帚

2347 whiskey/whisky
[`hwɪskɪ]
名 威士忌

2348 whisper
[`hwɪspɚ]
動 低語；耳語
名 輕聲細語

2349 white
[hwaɪt]
名 白色
形 白色的

2350 widow
[`wɪdo]
動 使喪偶
名 寡婦

2351 wife
[waɪf]
名 妻子

2352 wig
[wɪg]
名 假髮

2353 wilderness
[`wɪldɚnɪs]
名 荒野；荒漠

2354 willow
[`wɪlo]
名 柳樹

2355 win
[wɪn]
動 獲勝；贏得
名 贏；成功

2356 window
[`wɪndo]
名 窗戶

2357 wine
[waɪn]
名 葡萄酒

2358 wing
[wɪŋ]
動 在…裝翼
名 翅膀

2359 wink
[wɪŋk]
動 眨眼；使眼色
名 眨眼；閃爍

2360 winner
[`wɪnə]
名 勝利者

2361 wise
[waɪz]
形 聰明的

2362 wish
[wɪʃ]
動 許願；希望
名 願望；心願

2363 wit
[wɪt]
名 機智；賢人

2364 witch
[wɪtʃ]
名 女巫；巫婆

2365 woe
[wo]
名 悲痛；不幸

2366 wolf
[wʊlf]
名 狼

2367 woman
[`wʊmən]
名 婦女；女人

2368 wonder
[`wʌndə]
動 納悶；想知道
名 奇觀；驚異

2369 woodpecker
[`wʊd‚pɛkə]
名 啄木鳥

2370 word
[wɜd]
名 詞；單字

2371 worm
[wɜm]
動 蠕行
名 蟲；寄生蟲

2372 wound
[wund]
動 傷害
名 傷口

2373 wrap
[ræp]
動 包；裹；纏繞
名 包裹物；拍攝完工

2374 wreath
[riθ]
名 花圈

2375 wrestle
[`rɛsl]
動 摔角；角力
名 摔角；鬥爭

2376 wring
[rɪŋ]
動 擰；握緊
名 扭；擰

2377 wrinkle
[`rɪŋkl]
動 皺起
名 皺紋

2378 wrist
[rɪst]
名 手腕

2379 write
[raɪt]
動 書寫

2380 writer
[`raɪtə]
名 作家

2381 xerox
[`zɪrɑks]
動 影印
名 影印；影印機

2382 yard
[jɑrd]
名 院子

2383 yarn
[jɑrn]
名 紗；紗線

2384 yearn
[jɜn]
動 渴望；懷念

2385 yeast
[jist]
名 酵母

2386 yellow
[`jɛlo]
名 黃色
形 黃色的

2387 yoga
[`jogə]
名 瑜珈

2388 yogurt
[`jogət]
名 優酪乳

2389 yolk
[jok]
名 蛋黃

2390 young
[jʌŋ]
形 年輕的

2391 youngster
[`jʌŋstɚ]
名 年輕人

2392 youthful
[`juθfəl]
形 年輕的

2393 yucky
[jʌkɪ]
形 令人厭惡的；噁心的

2394 yummy
[`jʌmɪ]
形 美味的

2395 zeal
[zil]
名 熱忱；熱心

2396 zebra
[`zibrə]
名 斑馬

2397 zip code
片 郵遞區號

2398 zipper
[`zɪpɚ]
動 拉上拉鍊
名 拉鍊

2399 zoo
[zu]
名 動物園

2400 zoom
[zum]
動 將畫面拉近或拉遠
名 嗡嗡聲

備考小撇步 for 學測 & 指考

　　無論是學測或指考，都以閱讀為中心的選擇題為主，因此很重視單字。以量來分類的話，大致分成：學測：2000～4500個單字 / 指考：4500～7000個單字。

　　不過，實際考試時會發現，在大量的單字中，取得策略性的記憶方式非常重要。因此本書挑選出關鍵的核心字彙，藉此增進學習效率。行有餘力的同學當然也可以拓展單字量，不過，提醒大家不要過度背誦那些進階單字，從「知道」單字開始做起就可以了。

　　指考英文科面對的第一大題，即是單選的字彙題，範圍極廣，根據近年來的指考題目，不難發現會出現與國際政治、經濟、社會新聞相關的單字考題，建議準備指考的考生們，除了基本的字彙要背熟外，多關心近期國際與國內的新聞，並吸收與其相關的英文字彙。

　　除了單字之外，建議大家養成閱讀的習慣，推薦從容易上手的雜誌開始，才不會因為過度的文字量而半途而廢。

托福
核心單字2,400

想要到國外進修、求學，最基本的考試就是托福（TOEFL）了。它被視為評估英語力的標準，許多國外大學還設立了 TOEFL 的分數門檻，藉此篩選英語能力較佳的海外學生，因此，當然要想辦法搶佔高分，讓自己贏在起跑點上！

動 動詞	名 名詞	形 形容詞	副 副詞	助 助動詞
代 代名詞	介 介系詞	連 連接詞	縮 縮寫	片 片語

UNIT 1 (A) ➔ (C)

0001
a handful of
片 小撮；一把

0002
abandon
[əˋbændən]
動 放棄；拋棄

0003
abbreviate
[əˋbrivɪˌet]
動 縮寫；節略

0004
abdomen
[ˋæbdəmən]
名 肚子；腹部

0005
abhorrent
[əbˋhɔrənt]
形 討厭的；憎惡的

0006
abiding
[əˋbaɪdɪŋ]
形 持續的；永久的

0007
abnormally
[æbˋnɔrmlɪ]
副 反常地；異常地

0008
abolish
[əˋbɑlɪʃ]
動 取消；廢除

0009
abound in
片 充滿；盛滿

0010
abroad
[əˋbrɔd]
副 在國外；到國外

0011
abrupt
[əˋbrʌpt]
形 突然的；意外的

0012
abstract
[ˋæbstrækt]
名 摘要；概括

0013
abundant
[əˋbʌndənt]
形 豐富的；充裕的

0014
accelerate
[ækˋsɛləˌret]
動 加速；促進

0015
accept
[əkˋsɛpt]
動 接受；認可

0016
accessible
[ækˋsɛsəbḷ]
形 易得到的；易接近的

0017
acclaim
[əˋklem]
動 歡呼；喝采

0018
accommodation
[əˌkɑməˋdeʃən]
名 住宿

0019
accompany
[əˋkʌmpənɪ]
動 伴隨；陪同

0020
according to
片 依據；按照

0021
accordingly
[əˋkɔrdɪŋlɪ]
副 相應地；因此

0022
accretion
[æˋkriʃən]
名 增加；積累

0023
accumulate
[əˋkjumjəˌlet]
動 積累；積聚

0024
accurate
[ˋækjərɪt]
形 精確的；準確的

0025
ache
[ek]
動 疼痛；感到痛苦
名 (持續性的)疼痛

0026
achievement
[əˋtʃivmənt]
名 成就；成績

0027
acid
[ˋæsɪd]
形 尖刻的；刺耳的

0028
acquaint with
片 瞭解；使熟悉

0029 acquire
[ə`kwaɪr]
動 獲得；取得

0030 acrimonious
[ˌækrə`monɪəs]
形 刻薄的；嚴厲的

0031 active
[`æktɪv]
形 主動的；積極的

0032 actually
[`æktʃʊəlɪ]
副 實際上；事實上

0033 acute
[ə`kjut]
形 敏銳的；尖銳的

0034 adaptation
[ˌædæp`teʃən]
名 改變；適應

0035 address
[ə`drɛs]
動 演說；致辭

0036 adequate
[`ædəkwɪt]
形 充分的；足夠的

0037 adhere
[əd`hɪr]
動 黏附；膠著

0038 adjacent
[ə`dʒesənt]
形 鄰近的；毗鄰的

0039 adjunct
[`ædʒʌŋkt]
名 附加物；修飾語

0040 admire
[əd`maɪr]
動 羨慕；欽佩

0041 adopt
[ə`dɑpt]
動 採用；正式通過

0042 adorn
[ə`dɔrn]
動 裝飾

0043 adornment
[ə`dɔrnmənt]
名 裝飾；裝飾品

0044 adult
[ə`dʌlt]
形 成熟的；成年的

0045 advantage
[əd`væntɪdʒ]
名 好處；利益

0046 adverse
[æd`vɝs]
形 相反的；不利的

0047 advocate
[`ædvəkɪt]
名 宣導者；辯護者

0048 aerial
[`ɛrɪəl]
形 航空的；飛機的

0049 affable
[`æfəbl]
形 親切的；隨和的

0050 affection
[ə`fɛkʃən]
名 慈愛；鍾愛

0051 affirm
[ə`fɝm]
動 確認；申明

0052 affirmative
[ə`fɝmətɪv]
形 肯定的

0053 affluence
[`æfluəns]
名 豐富；富裕

0054 agent
[`edʒənt]
名 經紀人；仲介

0055 aggressive
[ə`grɛsɪv]
形 尋釁的；好鬥的

0056 agitate
[`ædʒə,tet]
動 煽動；使動搖

0057 agricultural
[ˌægrɪ`kʌltʃərəl]
形 農業的；耕地的

0058 ahead of
片 在…之前

0059 aim
[em]
動 以…為目標
名 目標；目的

0060 alarm
[ə`lɑrm]
名 警報；警報器

0061 alert
[ə`lɝt]
形 機敏的；警覺的

0062 algebra
[`ældʒəbrə]
名 代數學

0063 allergic
[ə`lɝdʒɪk]
形 過敏的

0064 alleviate
[ə`livɪ͵et]
動 緩和；使減少

0065 alliance
[ə`laɪəns]
名 聯盟；同盟

0066 allocate
[`ælə͵ket]
動 分派；配給

0067 alloy
[`ælɔɪ]
名 合金

0068 allude
[ə`lud]
動 暗示；間接提到

0069 almost
[`ɔl͵most]
副 幾乎；差不多

0070 alter
[`ɔltə]
動 改變；變化

0071 alteration
[͵ɔltə`reʃən]
名 翻新；整修

0072 alternate
[`ɔltɚnɪt]
形 交替的；輪流的

0073 alternative
[ɔl`tɝnətɪv]
名 替代物
形 替代的；供選擇的

0074 altitude
[`æltə͵tjud]
名 海拔；高度

0075 altogether
[͵ɔltə`gɛðə]
副 完全地

0076 amateur
[`æmə͵tʃur]
名 業餘愛好者

0077 ambition
[æm`bɪʃən]
名 野心；抱負

0078 ambitious
[æm`bɪʃəs]
形 有野心的；野心勃勃的

0079 ambivalence
[æm`bɪvələns]
名 矛盾心理；猶豫

0080 amiable
[`emɪəbl]
形 友善的

0081 amount
[ə`maunt]
名 數量；總額

0082 amplify
[`æmplə͵faɪ]
動 詳細說明

0083 analogy
[ə`nælədʒɪ]
名 類似；比擬

0084 analysis
[ə`næləsɪs]
名 分析；解析

0085 ancestor
[`ænsɛstə]
名 祖先；祖宗

0086 anchor
[`æŋkə]
動 拋錨使固定
名 錨

0087 ancient
[`enʃənt]
形 古老的；古代的

0088 anguish
[`æŋgwɪʃ]
名 苦惱；極度的痛苦

0089 annihilate
[ə`naɪə͵let]
動 消滅；殲滅

0090 anniversary
[͵ænə`vɝsərɪ]
名 週年紀念日

0091 announce
[ə`nauns]
動 宣布；發布

0092 annoying
[ə`nɔɪɪŋ]
形 惱人的

0093 annual
[`ænjuəl]
形 每年的；年度的

0094 anonymous
[ə`nanəməs]
形 匿名的

0095 Antarctic
[æn`tarktɪk]
名 南極地區
形 南極的

0096 antecedent
[ˌæntə`sidənt]
名 先輩；先行詞

0097 anthem
[`ænθəm]
名 國歌；聖歌

0098 anthropology
[ˌænθrə`palədʒɪ]
名 人類學

0099 antibiotic
[ˌæntɪbaɪ`atɪk]
名 抗生素

0100 anticipate
[æn`tɪsəˌpet]
動 期待；盼望

0101 antique
[æn`tik]
形 古老的；舊式的

0102 anxiety
[æŋ`zaɪətɪ]
名 憂慮；擔心

0103 apathetic
[ˌæpə`θɛtɪk]
形 無動於衷的；冷淡的

0104 appalling
[ə`pɔlɪŋ]
形 可怕的；駭人的

0105 apparel
[ə`pærəl]
名 服裝；衣著

0106 apparently
[ə`pærəntlɪ]
副 明顯地

0107 appeal
[ə`pil]
動 上訴；挑戰

0108 appealing
[ə`pilɪŋ]
形 吸引人的

0109 appear
[ə`pɪr]
動 似乎；好像

0110 applaud
[ə`plɔd]
動 鼓掌；喝采

0111 application
[ˌæplə`keʃən]
名 應用；使用

0112 apply
[ə`plaɪ]
動 應用；適用

0113 appoint
[ə`pɔɪnt]
動 選派；任命

0114 appreciate
[ə`priʃɪˌet]
動 賞識；感謝

0115 approach
[ə`protʃ]
動 靠近；接近

0116 appropriate
[ə`proprɪˌet]
形 適當的；恰當的

0117 appropriation
[əˌproprɪ`eʃən]
名 撥款

0118 approximately
[ə`praksəmɪtlɪ]
副 近似；大約

0119 aptitude
[`æptəˌtjud]
名 素質；才能

0120 aquatic
[ə`kwatɪk]
形 水生的；水棲的

0121 arbitrarily
[ˌarbə`trɛrəlɪ]
副 任意地；專橫地

0122 archeology
[ˌarkɪ`alədʒɪ]
名 考古學

0123 architecture
[`arkəˌtɛktʃə]
名 建築學

0124 ardent
[`ardənt]
形 熱心的；熱情的

0125 arduous
[`ɑrdʒuəs]
形 艱苦的；費力的

0126 arithmetic
[ə`rɪθmətɪk]
名 算術

0127 aromatic
[ˌærə`mætɪk]
形 芳香的

0128 arouse
[ə`rauz]
動 喚起；激發

0129 arrange
[ə`rendʒ]
動 安排；整理

0130 artificial
[ˌɑrtə`fɪʃəl]
形 人造的；人工的

0131 as a result of
片 由於；因為

0132 as well as
片 也；又

0133 ascend
[ə`sɛnd]
動 登高；上升

0134 ascertain
[ˌæsə`ten]
動 查明；確定

0135 aspiration
[ˌæspə`reʃən]
名 志氣；抱負

0136 assemble
[ə`sɛmbl]
動 裝配；組合

0137 assembly
[ə`sɛmblɪ]
名 集合；集會

0138 assert
[ə`sɝt]
動 宣稱；斷言

0139 assessment
[ə`sɛsmənt]
名 評價；判斷

0140 asset
[`æsɛt]
名 財產；資產

0141 assiduous
[ə`sɪdʒuəs]
形 勤勉的；不倦的

0142 assist
[ə`sɪst]
動 援助；幫忙；協助

0143 associate
[ə`soʃɪˌet]
動 聯合；聯繫

0144 assortment
[ə`sɔrtmənt]
名 分類

0145 assumption
[ə`sʌmpʃən]
名 設想；假定

0146 assuredly
[ə`ʃurɪdlɪ]
副 無疑地；確信地

0147 astonishing
[ə`stɑnɪʃɪŋ]
形 驚人的；震驚的

0148 astrology
[ə`strɑlədʒɪ]
名 占星術

0149 at any rate
片 無論如何

0150 at once
片 立即；馬上

0151 atmosphere
[`ætməsˌfɪr]
名 大氣；空氣

0152 attach
[ə`tætʃ]
動 附加；貼上

0153 attempt
[ə`tɛmpt]
動 嘗試；試圖

0154 attend
[ə`tɛnd]
動 出席；參加

0155 attendant
[ə`tɛndənt]
名 服務員

0156 attentive
[ə`tɛntɪv]
形 細心的；留意的

0157 attire
[ə`taɪr]
名 衣著；盛裝

0158 attractive
[ə`træktɪv]
形 吸引人的

0159 attribute
[`ætrə,bjut]
名 品質；屬性

0160 attribute to
片 歸因於

0161 auditorium
[,ɔdə`torɪəm]
名 禮堂

0162 auditory
[`ɔdə,tori]
形 耳的；聽覺的

0163 authentically
[ɔ`θɛntɪkḷɪ]
副 真正地；可靠地

0164 authorize
[`ɔθə,raɪz]
動 授權給；批准

0165 automatic
[,ɔtə`mætɪk]
形 自動的

0166 autonomy
[ɔ`tɑnəmɪ]
名 自治；自主

0167 autumn
[`ɔtəm]
名 秋季；秋天

0168 avert
[ə`vɝt]
動 避開；防止

0169 aviation
[,evɪ`eʃən]
名 飛行；航空

0170 avid
[`ævɪd]
形 渴望的；熱心的

0171 awe
[ɔ]
名 敬畏；畏懼

0172 awesome
[`ɔsəm]
形 令人驚奇的

0173 bachelor
[`bætʃələ]
名 學士；單身漢

0174 backbone
[`bæk,bon]
名 脊骨；脊柱

0175 baffle
[`bæfḷ]
動 阻撓；使困惑

0176 balance
[`bæləns]
名 平衡；均衡

0177 bald
[bɔld]
形 禿頭的

0178 ban
[bæn]
動 禁止；阻止

0179 band
[bænd]
名 條紋；帶

0180 banish
[`bænɪʃ]
動 流放；放逐

0181 bankrupt
[`bæŋkrʌpt]
形 破產的

0182 bark
[bɑrk]
名 樹皮；莖皮

0183 barren
[`bærən]
形 貧瘠的；不毛的

0184 barrier
[`bærɪr]
名 柵欄；路障

0185 barter
[`bɑrtə]
動 進行易貨貿易
名 物物交換

0186 battle
[`bætḷ]
名 戰鬥；鬥爭

0187 be fond of
片 喜愛；愛好

0188 be fraught with
片 充滿

0189 be preoccupied with
片 全神貫注的

0190 bead
[bid]
名 珠子

0191 beam
[bim]
名 光束；光線

0192 bear
[bɛr]
動 承擔；支撐

0193 bedridden
[`bɛdrɪdŋ]
形 臥床不起的

0194 bedrock
[`bɛd,rɑk]
名 基石；基礎

0195 behavior
[bɪ`hevjə]
名 行為舉止

0196 behind
[bɪ`haɪnd]
介 在…後面

0197 behold
[bɪ`hold]
動 觀看；注視

0198 belong to
片 屬於；附屬

0199 beneath
[bɪ`niθ]
介 在…下方

0200 beneficial
[,bɛnə`fɪʃəl]
形 有利的；有益的

0201 benevolent
[bə`nɛvələnt]
形 有愛心的；仁慈的

0202 besides
[bɪ`saɪdz]
副 此外；而且
介 除了…之外

0203 bestow
[bɪ`sto]
動 贈與；給與

0204 betray
[bɪ`tre]
動 背叛

0205 beverage
[`bɛvərɪdʒ]
名 飲料

0206 beyond
[bɪ`jɑnd]
介 在…之外

0207 bias
[`baɪəs]
名 偏見；成見

0208 biography
[baɪ`ɑɡrəfɪ]
名 傳記

0209 biological
[,baɪə`lɑdʒɪkḷ]
形 生物的；生物學的

0210 biology
[baɪ`ɑlədʒɪ]
名 生物學

0211 bizarre
[bɪ`zɑr]
形 古怪的；奇異的

0212 bland
[blænd]
形 枯燥乏味的；淡而無味的

0213 blaze
[blez]
動 燃燒；閃耀
名 火焰；光輝

0214 bleach
[blitʃ]
動 漂白；脫色
名 漂白劑

0215 bleak
[blik]
形 淒涼的；慘澹的

0216 blend
[blɛnd]
動 混合；融合

0217 blink
[blɪŋk]
動 使眨眼；閃爍
名 眨眼

0218 blunder
[`blʌndə]
名 錯誤；大錯

0219 blunt
[blʌnt]
形 不鋒利的；鈍的

0220 blurred
[blɜd]
形 模糊的；難辨認的

0221 boast
[bost]
動 自吹自擂；吹噓
名 誇口；大話

0222 boat
[bot]
名 小船；小艇

0223 boldly
[`boldlɪ]
副 大膽地；勇敢地

0224 boost
[bust]
動 提升；提高；推進

0225 bothersome
[`bɑðəsəm]
形 麻煩的；討厭的

0226 bottom
[`bɑtəm]
名 底部；下端

0227 bound
[baund]
動 彈起；彈回

0228 boundary
[`baundrɪ]
名 邊界；分界線

0229 boundless
[`baundlɪs]
形 無邊的；無限的

0230 bounty
[`bauntɪ]
名 獎金；賞金

0231 branch
[bræntʃ]
名 分公司；分支

0232 brave
[brev]
形 勇敢的；英勇的

0233 breach
[britʃ]
動 破壞；撕裂
名 破裂；缺口

0234 break apart
片 分裂；分離

0235 break out
片 爆發；突然發生

0236 breathtaking
[`brεθ,tekɪŋ]
形 動人的；驚險的

0237 breed
[brid]
動 飼養；繁殖

0238 brevity
[`brεvətɪ]
名 簡潔；精練

0239 bricklayer
[`brɪk,leə]
名 砌磚工；泥瓦工

0240 brief
[brif]
形 短暫的；短期的

0241 brightness
[`braɪtnɪs]
名 光亮；明亮

0242 bring about
片 導致；引起

0243 briskly
[`brɪsklɪ]
副 輕快地

0244 brittle
[`brɪtl̩]
形 易碎的；脆弱的

0245 broach
[brotʃ]
動 首次宣佈；提出討論

0246 broad
[brɔd]
形 寬的；廣泛的；概括的

0247 broadcast
[`brɔd,kæst]
動 廣播；播放
名 播送；廣播

0248 broaden
[`brɔdn̩]
動 加寬；拓寬

0249 brochure
[bro`ʃur]
名 小冊子；手冊

0250 bruise
[bruz]
動 使瘀傷
名 瘀傷

0251 budget
[`bʌdʒɪt]
名 預算；經費

0252 bulk
[bʌlk]
形 大量的；大批的

0253 buoyant
[`bɔɪənt]
形 心情愉快的

0254 burglary
[`bɝɡlərɪ]
名 夜盜

0255 bury
[`bɛrɪ]
動 埋葬；埋藏

0256 busy
[`bɪzɪ]
形 忙碌的；佔用的

0257 by chance
片 意外地；突然地

0258 by-product
[`baɪˌprɑdəkt]
名 副產品

0259 cactus
[`kæktəs]
名 仙人掌

0260 calculate
[`kælkjəˌlet]
動 計算；確定

0261 caliber
[`kæləbɚ]
名 才幹；水準

0262 call for
片 要求；需要

0263 call off
片 取消；放棄

0264 camouflage
[`kæməˌflɑʒ]
動 掩飾；隱瞞

0265 campaign
[kæmˋpen]
名 活動

0266 cancer
[`kænsɚ]
名 癌症

0267 candid
[`kændɪd]
形 坦率的；不做作的

0268 candidate
[`kændədet]
名 候選人

0269 capacity
[kəˋpæsətɪ]
名 容量；能力；接受力

0270 capital
[`kæpətḷ]
名 資本；資金

0271 captivate
[`kæptəˌvet]
動 使著迷

0272 capture
[`kæptʃɚ]
動 捕獲；奪得
名 捕獲；戰利品

0273 carbon
[`kɑrbən]
名 碳

0274 care
[kɛr]
動 照管；管理

0275 career
[kəˋrɪr]
名 職業；生涯

0276 careless
[`kɛrlɪs]
形 粗心的

0277 cargo
[`kɑrgo]
名 貨物

0278 carry
[`kærɪ]
動 繼續；支撐

0279 cast
[kæst]
動 投射；投影

0280 catastrophe
[kəˋtæstrəfɪ]
名 大災難；大變動

0281 catchy
[`kætʃɪ]
形 (曲調等)動聽而易記的

0282 category
[`kætəˌɡorɪ]
名 類別；範疇

0283 caution
[`kɔʃən]
動 警告；告誡
名 警告；謹慎

0284 cave
[kev]
名 山洞；洞穴

0285 cease
[sis]
動 停止；結束

0286 celebrate
[`sɛlə,bret]
動 讚美；歌頌

0287 celebrated
[`sɛlə,bretɪd]
形 著名的；馳名的

0288 celestial
[sɪ`lɛstʃəl]
形 天空的；天上的

0289 cement
[sɪ`mɛnt]
動 黏結；膠合

0290 census
[`sɛnsəs]
名 人口普查

0291 channel
[`tʃænl]
名 水道；頻道

0292 chaotic
[ke`atɪk]
形 混亂的

0293 character
[`kærɪktə]
名 品質；性格

0294 characteristic
[,kærəktə`rɪstɪk]
形 特有的；獨特的

0295 chase
[tʃes]
動 追尋；追逐

0296 chatterbox
[`tʃætə,baks]
名 話匣子；喋喋不休的人

0297 cheap
[tʃip]
形 便宜的；廉價的

0298 chemistry
[`kɛmɪstrɪ]
名 化學

0299 chew
[tʃu]
動 咀嚼；熟慮
名 咀嚼

0300 chiefly
[`tʃiflɪ]
副 主要地；尤其

0301 chill
[tʃɪl]
動 冷凍；冷卻

0302 chimney
[`tʃɪmnɪ]
名 煙囪

0303 choice
[tʃɔɪs]
名 挑選；選擇

0304 chronically
[`kranɪklɪ]
副 長期地；慢性地

0305 chronicle
[`kranɪkl]
名 編年史

0306 chronologically
[kranə`ladʒɪklɪ]
副 按時間順序

0307 chubby
[`tʃʌbɪ]
形 肥胖的；豐滿的

0308 circuit
[`sɜkɪt]
名 繞行

0309 circulatory
[`sɜkjələ,torɪ]
形 循環上的

0310 cite
[saɪt]
動 引證；引用

0311 clamorous
[`klæmərəs]
形 吵鬧的

0312 clarify
[`klærə,faɪ]
動 澄清；闡明

0313 clasp
[klæsp]
動 緊握；抓住

0314 classify
[`klæsə,faɪ]
動 分類；劃等

0315 cleanse
[klɛnz]
動 淨化；整潔

0316 climate
[`klaɪmɪt]
名 氣候

0317 climax
[`klaɪmæks]
名 最高潮；頂點

0318 cling to
片 黏著；纏住

0319 clog
[klɑg]
動 阻塞；填塞

0320 cloth
[klɔθ]
名 織物；衣料

0321 club
[klʌb]
名 俱樂部；社團

0322 clue
[klu]
名 線索；信息

0323 clump
[klʌmp]
名 樹叢

0324 cluster
[`klʌstɚ]
動 群集；叢生
名 串；簇

0325 clutch
[klʌtʃ]
動 抓住；攫取
名 緊抓；緊握

0326 coalition
[ˌkoə`lɪʃn]
名 聯盟；聯合

0327 coarse
[kors]
形 粗糙的

0328 coat
[kot]
名 皮毛；(油漆等的)塗層

0329 coercive
[ko`ɝsɪv]
形 強制的；逼迫的

0330 coexist
[ˌkoɪg`zɪst]
動 共存

0331 coherent
[ko`hɪrənt]
形 一致的

0332 coincide with
片 巧合；一致

0333 collaborate
[kə`læbəˌret]
動 協作；合作

0334 colleague
[`kɑlig]
名 同事；同僚

0335 collective
[kə`lɛktɪv]
名 集團；共同體；集合名詞

0336 collectively
[kə`lɛktɪvlɪ]
副 共同地；全體地

0337 collide with
片 衝撞；撞擊

0338 collision
[kə`lɪʒən]
名 碰撞；撞擊

0339 colloquial
[kə`lokwɪəl]
形 會話的；口語的

0340 colony
[`kɑlənɪ]
名 殖民地；僑居地

0341 combat
[`kɑmbæt]
動 與…戰鬥；反對
名 戰鬥；鬥爭

0342 combine
[kəm`baɪn]
動 結合；兼有

0343 come down with
片 得病

0344 come through
片 經歷

0345 come up with
片 提出；產生

0346 comet
[`kɑmɪt]
名 彗星

0347 command
[kə`mænd]
動 掌握；控制

0348 commanding
[kə`mændɪŋ]
形 威嚴的；指揮的

0349 comment
[`kɑmɛnt]
名 評論；評註

0350 commercial
[kə`mɝʃəl]
形 商業的；商務的

0351 commodity
[kə`mɑdətɪ]
名 商品；日用品

0352 commonly
[`kɑmənlɪ]
副 通常；一般

0353 commonplace
[`kɑmən‚ples]
形 平凡的；普通的

0354 communal
[`kɑmjunḷ]
形 合作的；社區的

0355 communism
[`kɑmju‚nɪzəm]
名 共產主義

0356 compact
[kəm`pækt]
動 壓縮；壓緊
形 緊密的；結實的

0357 comparable
[`kɑmpərəbḷ]
形 可比較的；相當的

0358 compassionate
[kəm`pæʃənɪt]
形 有同情心的

0359 compel
[kəm`pɛl]
動 強制；強迫

0360 compelling
[kəm`pɛlɪŋ]
形 令人無法抗拒的

0361 compensate
[`kɑmpən‚set]
動 賠償；補償

0362 competent
[`kɑmpətənt]
形 有能力的；能勝任的

0363 competently
[`kɑmpətəntlɪ]
副 熟練地；內行地

0364 competition
[‚kɑmpə`tɪʃən]
名 競爭；比賽

0365 compile
[kəm`paɪl]
動 搜集；彙編

0366 completely
[kəm`plitlɪ]
副 完全；十足地

0367 complex
[`kɑmplɛks]
形 複雜的；綜合的

0368 complicated
[`kɑmplə‚ketɪd]
形 複雜的；棘手的

0369 comply with
片 遵守；服從

0370 component
[kəm`ponənt]
名 成分；部分

0371 compose
[kəm`poz]
動 創作；創造

0372 composition
[‚kɑmpə`zɪʃən]
名 作品；構成；組成

0373 compound
[kɑm`paund]
動 合成；混合

0374 comprehensible
[‚kɑmprɪ`hɛnsəbḷ]
形 能理解的

0375 comprehensive
[‚kɑmprɪ`hɛnsɪv]
形 廣泛的；包括的

0376 comprise
[kəm`praɪz]
動 包含；包括

0377 compromise
[`kɑmprə‚maɪz]
動 妥協；讓步
名 妥協；和解

0378 compulsory
[kəm`pʌlsərɪ]
形 強制的；義務的

0379 computation
[‚kɑmpju`teʃən]
名 計算；估計

0380 compute
[kəm`pjut]
動 計算；估計

0381
conceal
[kən`sil]
動 隱瞞；隱藏

0382
conceive
[kən`siv]
動 設想；構想

0383
concentrate
[`kɑnsɛn,tret]
動 集中；聚集

0384
concise
[kən`saɪs]
形 簡明的；扼要的

0385
conclusion
[kən`kluʒən]
名 結束；結尾

0386
conclusive
[kən`klusɪv]
形 最終的；決定性的

0387
concoct
[kən`kɑkt]
動 製造；策劃

0388
concrete
[`kɑnkrit]
形 具體的；特定的

0389
concur
[kən`kɜ]
動 贊成；一致

0390
condemn
[kən`dɛm]
動 譴責；責怪

0391
conduct
[`kɑndʌkt]
名 行為；品行

0392
confederate
[kən`fɛdərɪt]
名 同盟者；同夥

0393
confer
[kən`fɜ]
動 協商；商談

0394
confess
[kən`fɛs]
動 告白；坦承

0395
configuration
[kən,fɪgjə`reʃən]
名 結構；表面配置

0396
confine
[kən`faɪn]
動 限制；局限

0397
confirm
[kən`fɝm]
動 證實；確認

0398
conflict
[`kɑnflɪkt]
名 矛盾；衝突

0399
conform
[kən`fɔrm]
動 一致；符合

0400
confound
[kən`faʊnd]
動 使混亂；使困惑

0401
confront
[kən`frʌnt]
動 對抗；面臨

0402
congenital
[kən`dʒɛnətḷ]
形 先天的；天生的

0403
congest
[kən`dʒɛst]
動 擁擠；充滿

0404
congregate
[`kɑŋgrɪ,get]
動 聚集；集合

0405
congress
[`kɑŋgrəs]
名 正式會議；立法機關

0406
conjectural
[kən`dʒɛktʃərəl]
形 猜測的；推測的

0407
connection
[kə`nɛkʃən]
名 連接；結合

0408
conquer
[,kɑŋkə]
動 征服；攻克

0409
conscience
[`kɑnʃəns]
名 良心；善惡觀念

0410
conscientious
[,kɑnʃɪ`ɛnʃəs]
形 認真的；誠實的

0411
conscious
[`kɑnʃəs]
形 意識到的；清醒的

0412
consecutive
[kən`sɛkjutɪv]
形 連貫的；連續不斷的

0413 consequence
[`kɑnsə,kwɛns]
名 結果；後果

0414 conserve
[kən`sɝv]
動 保存；節省

0415 consider
[kən`sɪdɚ]
動 認為；看作

0416 considerable
[kən`sɪdərəbl̩]
形 很重要的；很大的

0417 considerate
[kən`sɪdərɪt]
形 體諒的；關心的

0418 consist of
片 由⋯組成

0419 consistent
[kən`sɪstənt]
形 始終如一的

0420 conspicuous
[kən`spɪkjʊəs]
形 明顯的；顯著的

0421 constant
[`kɑnstənt]
形 持續不斷的；不變的

0422 constituent
[kən`stɪtʃʊənt]
名 成分；要素；選民

0423 constitute
[`kɑnstə,tjut]
動 構成；組成

0424 constrain
[kən`stren]
動 強制；抑制

0425 constraint
[kən`strent]
名 約束；限制

0426 constrict
[kən`strɪkt]
動 收縮；阻塞

0427 consult
[kən`sʌlt]
動 與⋯商量

0428 consume
[kən`sum]
動 花費；消耗

0429 consumption
[kən`sʌmpʃən]
名 消費；消耗

0430 contaminate
[kən`tæmə,net]
動 汙染；感染

0431 contamination
[kən,tæmə`neʃən]
名 汙染；沾染

0432 contemporary
[kən`tɛmpə,rɪrɪ]
形 當代的；同時代的

0433 contempt
[kən`tɛmpt]
名 輕視；蔑視

0434 contention
[kən`tɛnʃən]
名 論點；主張

0435 contest
[`kɑntɛst]
名 比賽；競賽

0436 continuous
[kən`tɪnjʊəs]
形 連續的；不斷的

0437 contradictory
[,kɑntrə`dɪktərɪ]
形 矛盾的；對立的

0438 contrary to
片 相反的；對立的

0439 contribute
[kən`trɪbjut]
動 捐贈；貢獻

0440 contrive
[kən`traɪv]
動 設計；策劃

0441 conventional
[kən`vɛnʃənl̩]
形 常規的；傳統的

0442 convergence
[kən`vɝdʒəns]
名 聚集

0443 converse
[kən`vɝs]
動 談話；交談

0444 convert
[kən`vɝt]
動 轉變；變換

0445 convey
[kən`ve]
動 傳送;傳播

0446 convince
[kən`vɪns]
動 說服

0447 coordinate
[ko`ɔrdnet]
動 協調;調節

0448 copious
[`kopɪəs]
形 豐富的;大量的

0449 cordial
[`kɔrdʒəl]
形 親切的;友好的

0450 core
[kor]
名 核心;中心

0451 correct
[kə`rɛkt]
形 正確的;準確的

0452 correspond
[ˌkɔrə`spɑnd]
動 符合;一致

0453 corrode
[kə`rod]
動 銹蝕;磨損

0454 corrupt
[kə`rʌpt]
動 使腐敗;賄賂

0455 cosmetic
[kɑz`mɛtɪk]
形 化妝用的;化妝品的

0456 costly
[`kɔstlɪ]
形 昂貴的;豪華的

0457 couch
[kautʃ]
動 使躺下
名 沙發

0458 count
[kaunt]
動 有價值;有分量

0459 count on
片 依靠;依賴;信賴

0460 counter
[`kauntə]
動 反對;駁回

0461 counteract
[ˌkauntə`ækt]
動 抵消;起反作用

0462 counterpart
[`kauntə.part]
名 (契約)副本;複本

0463 countless
[`kauntlɪs]
形 無數的;許多的

0464 country
[`kʌntrɪ]
名 國家;國土

0465 couple
[`kʌpl]
動 結合
名 配偶;情侶

0466 courteous
[`kɜtɪəs]
形 有禮貌的;謙恭的

0467 coverage
[`kʌvərɪdʒ]
名 新聞報導

0468 covetous
[`kʌvɪtəs]
形 貪圖的;貪婪的

0469 coward
[`kauəd]
名 膽小鬼

0470 cozy
[`kozɪ]
形 舒服的;舒適的

0471 cram
[kræm]
動 硬塞;塞滿

0472 cramped
[`kræmpt]
形 狹窄的

0473 create
[krɪ`et]
動 引起;產生

0474 creek
[krik]
名 小河;溪

0475 creep
[krip]
動 蠕動;爬行

0476 criminal
[`krɪmənl]
名 罪犯;歹徒

0477 critical
[`krɪtɪkḷ]
形 關鍵性的;決定性的

0478 crooked
[`krʊkɪd]
形 彎曲的

0479 cross one's mind
片 想到;腦中閃現

0480 crossroad
[`krɔs͵rod]
名 十字路口;轉折點

0481 crucial
[`kruʃəl]
形 重要的

0482 crude
[krud]
形 生的;粗俗的;天然的

0483 cultivate
[`kʌltə͵vet]
動 栽培;耕作

0484 culture
[`kʌltʃə]
名 文化;文明

0485 cunning
[`kʌnɪŋ]
名 狡猾;狡詐
形 狡猾的;奸詐的

0486 curative
[`kjʊrətɪv]
形 治病的;療效的

0487 curb
[kɜb]
動 遏止;控制
名 抑制;約束

0488 curiously
[`kjʊrɪəslɪ]
副 稀奇地;奇妙地

0489 curl
[kɜl]
動 使捲曲;(藤蔓等)纏繞

0490 currency
[`kɜənsɪ]
名 通貨;貨幣

0491 curricular
[kə`rɪkjələ]
形 課程的

0492 curtail
[kɜ`tel]
動 縮短;削減

0493 custom
[`kʌstəm]
名 風俗;習慣

0494 customary
[`kʌstəm͵ɛrɪ]
形 習慣的;慣例的

0495 customer
[`kʌstəmə]
名 主顧;顧客

UNIT 2 D → G

0496 damage
[`dæmɪdʒ]
動 損害;毀壞
名 損害;損失

0497 damaging
[`dæmɪdʒɪŋ]
形 有害的;不利的

0498 dampen
[`dæmpən]
動 使潮濕

0499 daring
[`dɛrɪŋ]
形 勇敢的;大膽的

0500 dawn
[dɔn]
名 黎明

0501 dazzling
[`dæzlɪŋ]
形 眩惑的；眼花繚亂的

0502 deadlock
[`dɛd,lɑk]
名 僵局；僵持

0503 deal with
片 處理；應付

0504 debate
[dɪ`bet]
動 討論；與…辯論
名 辯論；爭論

0505 debris
[də`bri]
名 殘骸；碎片

0506 decay
[dɪ`ke]
動 腐爛；變質

0507 decelerate
[di`sɛlə,ret]
動 減速；降速

0508 decent
[`disnt]
形 有品味的

0509 deceptive
[dɪ`sɛptɪv]
形 欺騙的；虛偽的

0510 decipher
[dɪ`saɪfə]
動 破譯；譯解

0511 decisive
[dɪ`saɪsɪv]
形 決定的；決定性的

0512 decline
[dɪ`klaɪn]
動 拒絕；謝絕

0513 decree
[dɪ`kri]
名 法令；規定

0514 deduct
[dɪ`dʌkt]
動 扣減；扣除

0515 deed
[did]
名 行為；功績

0516 deem
[dim]
動 認為；相信

0517 deep
[dip]
形 深刻的；深切的

0518 defeat
[dɪ`fit]
動 戰勝；使失敗
名 戰勝；擊敗

0519 defect
[`dɪfɛkt]
名 缺點；缺陷

0520 defer
[dɪ`fɝ]
動 推遲；延期

0521 deficit
[`dɛfɪsɪt]
名 不足額；赤字

0522 definite
[`dɛfənɪt]
形 明確的；規定的

0523 deflect
[dɪ`flɛkt]
動 使偏離；使轉向

0524 defraud
[dɪ`frɔd]
動 欺騙；榨取

0525 deft
[dɛft]
形 熟練的；靈巧的

0526 dehydrate
[di`haɪ,dret]
動 使脫水；使乾燥

0527 delegate
[`dɛləgɪt]
名 代表

0528 delete
[dɪ`lit]
動 刪除；消去

0529 deleterious
[,dɛlə`tɪrɪəs]
形 有害的；有毒的

0530 deliberate
[dɪ`lɪbərɪt]
動 仔細考慮
形 故意的

0531 deliberately
[dɪ`lɪbərɪtlɪ]
副 蓄意地；審慎地

0532 delicate
[`dɛləkət]
形 脆弱的；嬌嫩的

0533 deluge
[`dɛljudʒ]
名 洪水；暴雨

0534 demand
[dɪ`mænd]
動 要求；請求
名 要求；需求

0535 demise
[dɪ`maɪz]
名 滅亡；死亡

0536 demolish
[dɪ`malɪʃ]
動 毀壞；破壞

0537 demolition
[ˌdɛmə`lɪʃən]
名 拆除；破壞

0538 demonstrate
[`dɛmənˌstret]
動 表明；證實

0539 demonstration
[ˌdɛmən`streʃən]
名 論證；證明

0540 denial
[dɪ`naɪəl]
名 否認；否定

0541 denote
[dɪ`not]
動 表示；指示

0542 dense
[dɛns]
形 稠密的；濃厚的

0543 departure
[dɪ`partʃə]
名 離開；啟程

0544 depend on
片 依靠；依賴

0545 depict
[dɪ`pɪkt]
動 描繪；描述

0546 deplete
[dɪ`plit]
動 用盡；使減少

0547 deplore
[dɪ`plor]
動 哀嘆；痛惜

0548 deposit
[dɪ`pazɪt]
動 存放；放置
名 存款；保證金

0549 depress
[dɪ`prɛs]
動 壓低；使沮喪

0550 depression
[dɪ`prɛʃən]
名 沮喪；不景氣

0551 deprive
[dɪ`praɪv]
動 剝奪；使喪失

0552 derive
[dɪ`raɪv]
動 得到；取得

0553 descent
[dɪ`sɛnt]
名 血統；世系

0554 deserve
[dɪ`zɝv]
動 應該；應得

0555 design
[dɪ`zaɪn]
動 設計；謀劃
名 圖案；設計

0556 desolate
[`dɛslɪt]
形 荒蕪的；荒涼的

0557 detect
[dɪ`tɛkt]
動 查明；查出

0558 detectable
[dɪ`tɛktəbl]
形 可察覺的；易發現的

0559 deter from
片 阻止；阻攔

0560 deteriorate
[dɪ`tɪrɪəˌret]
動 惡化；變質

0561 determine
[dɪ`tɝmɪn]
動 決定；確定

0562 detrimental
[ˌdɛtrə`mɛntl]
形 不利的；有害的

0563 devastated
[`dɛvəsˌtetɪd]
形 毀壞的；身心交瘁的

0564 developing
[dɪˋvɛləpɪŋ]
形 發展中的;演化的

0565 deviate
[ˋdivɪˌet]
動 脫軌;偏離

0566 device
[dɪˋvaɪs]
名 裝置;設備

0567 devise
[dɪˋvaɪz]
動 設計;發明

0568 devoid
[dɪˋvɔɪd]
形 缺乏的;沒有的

0569 devote to
片 致力於;獻身於

0570 devoted
[dɪˋvotɪd]
形 忠實的;虔誠的

0571 devour
[dɪˋvaur]
動 吞沒;毀滅

0572 diagnose
[ˌdaɪəgˋnoz]
動 診斷;分析

0573 diagnostic
[ˌdaɪəgˋnɑstɪk]
形 診斷的;特徵的

0574 dialect
[ˋdaɪəlɛkt]
名 方言

0575 dialogue
[ˋdaɪəˌlɔg]
名 對話;對白

0576 didactic
[dɪˋdæktɪk]
形 教訓的;說教的

0577 diet
[ˋdaɪət]
動 節食
名 飲食

0578 differentiate
[ˌdɪfəˋrɛnʃɪˌet]
動 使有差異;區別

0579 diffuse
[dɪˋfjuz]
動 擴散;傳播

0580 dignify
[ˋdɪgnəˌfaɪ]
動 使有尊嚴;使高貴

0581 dilate
[daɪˋlet]
動 膨脹;擴大

0582 dilute
[daɪˋlut]
動 稀釋;削弱

0583 dim
[dɪm]
形 隱約的;模糊的

0584 dimension
[dɪˋmɛnʃən]
名 尺寸;面積;容積

0585 diminutive
[dəˋmɪnjətɪv]
形 小的;小型的

0586 dip
[dɪp]
動 浸;泡

0587 diplomatic
[ˌdɪpləˋmætɪk]
形 外交的

0588 direct
[dəˋrɛkt]
動 指導;指揮
形 直接的

0589 directly
[dəˋrɛktlɪ]
副 直接地;即刻地

0590 disapprove
[ˌdɪsəˋpruv]
動 不贊成;不同意

0591 disaster
[dɪˋzæstə]
名 災難

0592 discard
[dɪsˋkɑrd]
動 丟棄;拋棄

0593 discern
[dɪˋzɜn]
動 辨明;識別

0594 discerning
[dɪˋzɜnɪŋ]
形 有眼光的

0595 discipline
[ˋdɪsəplɪn]
名 紀律;訓練

0596 discontent
[dɪskən`tɛnt]
名 不滿意；不滿

0597 discord
[`dɪskɔrd]
名 不和；不一致

0598 discreet
[dɪ`skrit]
形 謹慎的；慎重的

0599 discrepancy
[dɪ`skrɛpənsɪ]
名 差異；不一致

0600 disintegrate
[dɪs`ɪntəgret]
動 分裂；瓦解

0601 dismiss
[dɪs`mɪs]
動 解散；解雇

0602 disorient
[dɪs`orɪˌɛnt]
動 使迷惑；使失去方向

0603 disparaging
[dɪs`pærɪdʒɪŋ]
形 貶低的；毀謗的

0604 dispatch
[dɪ`spætʃ]
動 派遣；發送

0605 dispensary
[dɪ`spɛnsərɪ]
名 門診部；配藥處

0606 disperse
[dɪ`spɜs]
動 驅散；疏散

0607 display
[dɪ`sple]
動 陳列；顯示
名 陳列；展覽品

0608 disposal
[dɪ`spozl]
名 處理；處置

0609 dispose of
片 處理；除掉

0610 disposition
[ˌdɪspə`zɪʃən]
名 氣質；性情

0611 dispute
[dɪ`spjut]
動 爭論；爭執
名 爭執；爭端

0612 disquieting
[dɪs`kwaɪətɪŋ]
形 令人不安的

0613 disregard
[ˌdɪsrɪ`gɑrd]
動 不理會；漠視
名 忽視；不注意

0614 disseminate
[dɪ`sɛməˌnet]
動 散布；傳播

0615 dissent from
片 與…意見不一

0616 dissenting
[dɪ`sɛntɪŋ]
形 反對的；對立的

0617 dissipate
[`dɪsəˌpet]
動 驅散；使消失

0618 distant
[`dɪstənt]
形 遠離的；久遠的

0619 distill
[dɪs`tɪl]
動 蒸餾；萃取

0620 distinct
[dɪ`stɪŋkt]
形 清晰的；不同的

0621 distinctive
[dɪ`stɪŋktɪv]
形 特殊的；獨特的

0622 distinguish
[dɪ`stɪŋgwɪʃ]
動 區分；辨別

0623 distinguished
[dɪ`stɪŋgwɪʃt]
形 著名的；卓越的

0624 district
[`dɪstrɪkt]
名 地區；街區

0625 disturb
[dɪs`tɜb]
動 打擾；使不安

0626 dive
[daɪv]
動 跳水；(飛機)俯衝
名 跳水；潛水

0627 divergence
[daɪ`vɜdʒəns]
名 差異；變化

0628 diverse
[daɪ`vɝs]
形 多種多樣的

0629 diversity
[daɪ`vɝsətɪ]
名 多樣性；差異

0630 divine
[də`vaɪn]
形 神聖的；非凡的

0631 dizzy
[`dɪzɪ]
形 頭暈目眩的

0632 do away with
片 廢除；去掉

0633 domain
[do`men]
名 領域；範圍；領土

0634 domesticate
[də`mɛstə͵ket]
動 馴養；引進(外來語等)

0635 dominant
[`dɑmənənt]
形 主要的；佔優勢的

0636 dominate
[`dɑmə͵net]
動 支配；控制

0637 donate
[`donet]
動 捐贈；贈送

0638 donation
[do`neʃən]
名 捐款；捐贈物

0639 donor
[`donɚ]
名 捐獻者；贈與人

0640 dormant
[`dɔrmənt]
形 冬眠的；蟄伏的

0641 drainage
[`drenɪdʒ]
名 排水系統；下水道

0642 dramatic
[drə`mætɪk]
形 戲劇的；戲劇性的

0643 drastic
[`dræstɪk]
形 激烈的；猛烈的

0644 drastically
[`dræstɪklɪ]
副 激烈地

0645 draw
[drɔ]
動 吸引；提取

0646 drawback
[`drɔ͵bæk]
名 缺點；弊端

0647 dread
[drɛd]
動 恐懼；畏懼

0648 dreadfully
[`drɛdfəlɪ]
副 可怕地；極端地

0649 dreary
[`drɪərɪ]
形 枯燥的；陰鬱的

0650 drench
[drɛntʃ]
動 使濕透；浸濕

0651 dribble
[`drɪbḷ]
動 滴下；涓滴

0652 drift
[drɪft]
動 漂移
名 漂流物

0653 drizzle
[`drɪzḷ]
動 下毛毛雨
名 毛毛細雨

0654 droop
[drup]
動 (草木)枯萎；(精神)萎靡

0655 drop
[drɑp]
動 下降；下跌

0656 drop in
片 順道拜訪

0657 drought
[draʊt]
名 旱災；旱季

0658 duplicate
[`djupləkɪt]
形 複製的；副本的

0659 duplication
[͵djuplɪ`keʃən]
名 複製；複製品

0660 durability
[ˏdjurəˋbɪlətɪ]
名 耐久性

0661 durable
[ˋdjurəb！]
形 持久的；耐用的

0662 duration
[djuˋreʃən]
名 持續時間；期間

0663 during
[ˋdjurɪŋ]
介 在…期間

0664 dust
[dʌst]
名 灰塵；塵土

0665 dwarf
[dwɔrf]
名 矮子；侏儒

0666 dwell
[ˋdwɛl]
動 居住；居留

0667 dwelling
[ˋdwɛlɪŋ]
名 住處；寓所

0668 dwindle away
片 縮小；減少

0669 dye
[daɪ]
動 染色
名 染料

0670 early
[ˋɝlɪ]
形 早期的；早先的
副 提早；在初期

0671 earnest
[ˋɝnɪst]
形 認真的；誠摯的

0672 earning
[ˋɝnɪŋ]
名 收入；工資

0673 easygoing
[ˋizɪˏgoɪŋ]
形 脾氣隨和的

0674 eccentric
[ɪkˋsɛntrɪk]
形 怪癖的；古怪的

0675 eccentricity
[ˏɛksɛnˋtrɪsətɪ]
名 怪癖；古怪

0676 ecological
[ˏikəˋlɑdʒɪkəl]
形 生態學的；環境的

0677 economical
[ˏikəˋnɑmɪk！]
形 節約的；經濟的

0678 edge
[ɛdʒ]
名 優勢

0679 edible
[ˋɛdəb！]
形 可食的；食用的

0680 educator
[ˋɛdʒuˏketɚ]
名 教育家；教育工作者

0681 efface
[ɪˋfes]
動 擦掉；抹拭

0682 effect
[ɪˋfɛkt]
名 影響；效果

0683 effectively
[ɪˋfɛktɪvlɪ]
副 有效地；生效地

0684 efficiency
[ɪˋfɪʃənsɪ]
名 效率；效能

0685 efficient
[ɪˋfɪʃənt]
形 有效率的

0686 effort
[ˋɛfɚt]
名 努力；嘗試

0687 egoistic
[ˏigoˋɪstɪk]
形 利己的；自我本位的

0688 eject
[ɪˋdʒɛkt]
動 逐出；噴射

0689 elaborate
[ɪˋlæbrəˏret]
動 潤飾（文字等）
形 複雜的；精心製作的

0690 elastic
[ɪˋlæstɪk]
形 有彈性的；可塑的

0691 elated
[ɪˋletɪd]
形 興高采烈的

0692 elect
[ɪˋlɛkt]
動 選擇；推選

0693 election
[ɪˋlɛkʃən]
名 選舉

0694 elevate
[ˋɛlə͵vet]
動 提高；提升

0695 elevation
[͵ɛləˋveʃən]
名 高度；海拔

0696 elicit
[ɪˋlɪsɪt]
動 引出；誘出

0697 eligible
[ˋɛlɪdʒəbl]
形 合格的；適宜的

0698 eliminate
[ɪˋlɪmə͵net]
動 排除；消除；(比賽)淘汰

0699 eloquent
[ˋɛləkwənt]
形 善辯的；有口才的

0700 elsewhere
[ˋɛls͵hwɛr]
副 在別處

0701 emancipator
[ɪˋmænsə͵petɚ]
名 解放者

0702 embarrass
[ɪmˋbærəs]
動 使困窘；使為難

0703 emblem
[ˋɛmbləm]
名 象徵；標誌

0704 embrace
[ɪmˋbres]
動 包括；包含

0705 embryo
[ˋɛmbrɪ͵o]
名 胚胎；萌芽

0706 emerge
[ɪˋmɝdʒ]
動 浮現；出現

0707 emergence
[ɪˋmɝdʒəns]
名 出現；浮現

0708 eminence
[ˋɛmənəns]
名 著名；顯赫

0709 emit
[ɪˋmɪt]
動 發出；放射；散發

0710 emotion
[ɪˋmoʃən]
名 情感；感情

0711 emotional
[ɪˋmoʃənl]
形 感情脆弱的

0712 emphasize
[ˋɛmfə͵saɪz]
動 著重；強調

0713 emphatic
[ɪmˋfætɪk]
形 強調的；著重的

0714 employ
[ɪmˋplɔɪ]
動 雇用；聘請

0715 emulate
[ˋɛmjə͵let]
動 模仿；仿效

0716 enable
[ɪnˋebl]
動 使能夠

0717 enact
[ɪnˋækt]
動 頒布(法案)；制定(法律)

0718 enactment
[ɪnˋæktmənt]
名 演出；頒布

0719 enclose
[ɪnˋkloz]
動 圍住；圈起

0720 encompass
[ɪnˋkʌmpəs]
動 包含；圍繞

0721 encounter
[ɪnˋkauntɚ]
動 遭遇(困難、危險等)

0722 encourage
[ɪnˋkɝɪdʒ]
動 鼓勵；促進

0723 endanger
[ɪnˋdendʒɚ]
動 危害；危及

0724 endeavor
[ɪn`dɛvə]
動 努力；力圖
名 努力；盡力

0725 endless
[`ɛndlɪs]
形 無止境的

0726 endorse
[ɪn`dɔrs]
動 認可；擔保

0727 endow
[ɪn`dau]
動 捐贈；資助；賦予

0728 endowment
[ɪn`daumənt]
名 天賦；天資

0729 endure
[ɪn`djur]
動 忍受；求生存

0730 enduring
[ɪn`djurɪŋ]
形 持久的；耐久的

0731 energetic
[ɛnə`dʒɛtɪk]
形 精力旺盛的

0732 enforce
[ɪn`fors]
動 執行；強迫

0733 engage in
片 從事；忙於

0734 engross
[ɪn`gros]
動 使全神貫注

0735 enhance
[ɪn`hæns]
動 提高；增進

0736 enhancement
[ɪn`hænsmənt]
名 提高；增進

0737 enjoyment
[ɪn`dʒɔɪmənt]
名 樂趣；享樂

0738 enlist
[ɪn`lɪst]
動 徵募；入伍

0739 enmity
[`ɛnmətɪ]
名 敵意；不合

0740 enormous
[ɪ`nɔrməs]
形 巨大的；非凡的

0741 ensure
[ɪn`ʃur]
動 確保；保證

0742 entail
[ɪn`tel]
動 使承擔；導致

0743 enterprising
[`ɛntə͵praɪzɪŋ]
形 有事業心的

0744 enthusiasm
[ɪn`θjuzɪ͵æzəm]
名 熱情；積極性

0745 enthusiastic
[ɪn͵θjuzɪ`æstɪk]
形 熱情的

0746 entirely
[ɪn`taɪrlɪ]
副 完全地

0747 entitle
[ɪn`taɪtl̩]
動 稱作；取名為

0748 entity
[`ɛntətɪ]
名 實體；存在

0749 entreat
[ɪn`trit]
動 懇求；請求

0750 envelop
[`ɛnvə͵ləp]
動 遮蓋；包住

0751 envelope
[`ɛnvə͵lop]
名 信封

0752 epoch
[`ɛpək]
名 時代；紀元

0753 equal to
片 勝任的；能應付的

0754 equality
[ɪ`kwɑlətɪ]
名 相等；平等

0755 equipment
[ɪ`kwɪpmənt]
名 設備；裝置

0756 equitable
[`ɛkwɪtəbḷ]
形 公平的；公正的

0757 equivalent
[ɪ`kwɪvələnt]
名 相等物
形 相等的；等值的

0758 equivocally
[ɪ`kwɪvəkəlɪ]
副 曖昧地；含糊地

0759 era
[`ɪrə]
名 時代；年代

0760 eradicate
[ɪ`rædɪˌket]
動 除去；消除

0761 erect
[ɪ`rɛkt]
形 豎起的；垂直的

0762 erection
[ɪ`rɛkʃən]
名 建立；豎直

0763 erode
[ɪ`rod]
動 腐蝕；侵蝕

0764 erroneous
[ɪ`ronɪəs]
形 錯誤的；不正確的

0765 erupt
[ɪ`rʌpt]
動 噴出；爆發

0766 escalate
[`ɛskəˌlet]
動 逐步上升；逐步升級

0767 especially
[ə`spɛʃəlɪ]
副 特別地；主要地

0768 essence
[`ɛsn̩s]
名 本質；精華

0769 essential
[ɪ`sɛnʃəl]
形 基本的；本質的

0770 establish
[əs`tæblɪʃ]
動 設立；創作

0771 estate
[ɪs`tet]
名 房地產；財產

0772 esteem
[ɪs`tim]
名 尊敬；尊重

0773 eternal
[ɪ`tɜnḷ]
形 永久的；永恆的

0774 ethereal
[ɪ`θɪrɪəl]
形 雅致的；非凡的

0775 ethical
[`ɛθɪkḷ]
形 倫理的；道德的

0776 evacuate
[ɪ`vækjuˌet]
動 撤離；疏散

0777 evade
[ɪ`ved]
動 逃避；迴避

0778 everlasting
[ˌɛvɚ`læstɪŋ]
形 持久的；永遠的

0779 evidence
[`ɛvədəns]
名 跡象；預示

0780 evolution
[ˌɛvə`luʃən]
名 發展；演化

0781 evolve
[ɪ`vɑlv]
動 發展；演化

0782 exactly
[ɪg`zæktlɪ]
副 精確地；確切地

0783 exaggerate
[ɪg`zædʒəˌret]
動 誇大；誇飾

0784 exalt
[ɪg`zɔlt]
動 褒獎；高度讚揚

0785 examine
[ɪg`zæmɪn]
動 考察；探索

0786 example
[ɪg`zæmpḷ]
名 實例；樣本

0787 excavate
[`ɛkskəˌvet]
動 挖掘；開鑿

0788 exceed
[ɪk`sid]
動 超過；勝過

0789 exceedingly
[ɪk`sidɪŋlɪ]
副 非常；極度地

0790 excel
[ɪk`sɛl]
動 勝過；優於

0791 except for
片 除了…之外

0792 exceptional
[ɪk`sɛpʃən!]
形 非凡的；例外的

0793 excerpt
[`ɛksɝpt]
名 節錄；摘錄

0794 excessive
[ɪk`sɛsɪv]
形 過度的；過分的；極度的

0795 exclaim
[ɪk`sklem]
動 呼喊；驚叫

0796 exclusive
[ɪk`sklusɪv]
形 獨佔的；獨家的

0797 excursion
[ɪk`skɝʒən]
名 短途旅行；遠足

0798 execute
[`ɛksɪˏkjut]
動 執行；履行

0799 exemplary
[ɪg`zɛmplərɪ]
形 模範的；典型的

0800 exercise
[ˏɛksəˏsaɪz]
動 行使；利用

0801 exert
[ɪg`zɝt]
動 運用；盡力

0802 exhaustive
[ɪg`zɔstɪv]
形 徹底的；完全的

0803 exhibit
[ɪg`zɪbɪt]
動 展示；展覽
名 展示品

0804 exorbitant
[ɪg`zɔrbətənt]
形 收費過高的；昂貴的

0805 exotic
[ɛg`zɑtɪk]
形 異國情調的

0806 expand
[ɪk`spænd]
動 擴張；增加

0807 expedient
[ɪk`spidɪənt]
形 權宜的；方便的

0808 expel
[ɪk`spɛl]
動 驅逐；趕走

0809 expenditure
[ɪk`spɛndɪtʃə]
名 消費；支出

0810 expertise
[ˏɛkspɝ`tiz]
名 專門知識；專門技術

0811 expiration
[ˏɛkspə`reʃən]
名 期滿；終結

0812 explanatory
[ɪks`plænəˏtorɪ]
形 解釋的

0813 explicit
[ɪk`splɪsɪt]
形 清楚的；明確的

0814 explode
[ɪk`splod]
動 爆炸；爆發

0815 exploit
[`ɛksplɔɪt]
名 功績；功勳

0816 explore
[ɪk`splor]
動 考察；探索

0817 expose
[ɪk`spoz]
動 使暴露；暴露於

0818 exposition
[ˏɛkspə`zɪʃən]
名 展覽會；博覽會

0819 exquisite
[`ɛkskwɪzɪt]
形 精緻的；敏銳的

0820 extend
[ɪk`stɛnd]
動 延長；擴展

0821 extensive
[ɪk`stɛnsɪv]
形 廣泛的；廣博的

0822 external
[ɪk`stɜnəl]
形 外面的；外部的

0823 extinguish
[ɪk`stɪŋgwɪʃ]
動 熄滅；使消失

0824 extra
[`ɛkstrə]
形 額外的；附加的

0825 extract
[ɪk`strækt]
動 提取；取得

0826 extraordinary
[ɪk`strɔrdn̩.ɛrɪ]
形 非凡的；特別的

0827 extravagant
[ɪk`strævəgənt]
形 奢侈的；浪費的

0828 extremely
[ɪk`strimlɪ]
副 極端地；極度地

0829 extricate
[`ɛkstrɪ.ket]
動 救出；移出

0830 fable
[`febl̩]
名 寓言

0831 fabricate
[`fæbrɪ.ket]
動 製作；裝配

0832 fabulous
[`fæbjələs]
形 極好的；驚人的

0833 face
[fes]
動 面對；面向
名 臉；表情

0834 facet
[`fæsɪt]
名 方面

0835 facilitate
[fə`sɪlə.tet]
動 使容易；使便利

0836 factor
[`fæktə]
名 要素；因素

0837 fade
[fed]
動 褪色；衰弱

0838 fairly
[`fɛrlɪ]
副 公正地；相當地

0839 faithful
[`feθfəl]
形 忠誠的；忠實的

0840 fake
[fek]
形 偽造的；冒充的

0841 fallacious
[fə`leʃəs]
形 謬誤的；靠不住的

0842 famous
[`feməs]
形 有名的；具名聲的

0843 fanatic
[fə`nætɪk]
名 狂熱者
形 狂熱的

0844 fanciful
[`fænsɪfəl]
形 想像的；怪誕的

0845 fanfare
[`fæn.fɛr]
名 誇耀；炫耀

0846 fare
[fɛr]
名 費用；票價

0847 far-reaching
[`fɑr`ritʃɪŋ]
形 廣泛的；深遠的

0848 fashion
[`fæʃən]
名 流行時尚

0849 fasten
[`fæsn̩]
動 繫牢；釘牢

0850 fatal
[`fetl̩]
形 致命的

0851 fatigue
[fə`tig]
名 疲累；勞累

0852 fault
[fɔlt]
名 缺點；毛病；錯誤；斷層

0853 favor
[`fevɚ]
名 偏袒；偏好

0854 feasible
[`fizəbl]
形 可行的；可能的

0855 fee
[fi]
名 費用

0856 feeble
[`fibl]
形 微弱的；無力的

0857 feed
[fid]
動 餵養；供給

0858 ferocious
[fə`roʃəs]
形 兇猛的；殘忍的

0859 fertile
[`fɝtl]
形 多產的；肥沃的

0860 fervent
[`fɝvənt]
形 熱烈的；熱情的

0861 fervor
[`fɝvɚ]
名 熱情；熱烈

0862 fetch
[fɛtʃ]
動 (去)拿來

0863 fictional
[`fɪkʃənl]
形 虛構的；小說的

0864 fictitious
[fɪk`tɪʃəs]
形 虛構的；假裝的

0865 fidelity
[fɪ`dɛlətɪ]
名 忠誠；忠貞

0866 fierce
[fɪrs]
形 兇猛的；好鬥的

0867 figure
[`fɪgjɚ]
名 圖像；形象

0868 fill
[fɪl]
動 充滿；充塞

0869 filter
[`fɪltɚ]
動 過濾；濾過

0870 filthy
[`fɪlθɪ]
形 不潔的；骯髒的；下流的

0871 finalize
[`faɪnl͵aɪz]
動 終結；中止

0872 find
[faɪnd]
動 尋得；發現
名 發現；發現物

0873 fine
[faɪn]
形 細小的；細微的

0874 firm
[fɝm]
形 結實的；堅硬的

0875 fit
[fɪt]
動 (衣服)合身；適合於
名 適合；合身

0876 fix
[fɪks]
動 安裝；固定

0877 fixture
[`fɪkstʃɚ]
名 固定設備

0878 flamboyant
[flæm`bɔɪənt]
形 炫耀的；燦爛的

0879 flare
[flɛr]
名 閃耀的火光

0880 flavoring
[`flevərɪŋ]
名 調料；香料

0881 flaw
[flɔ]
名 缺點；瑕疵

0882 flee
[fli]
動 逃離；逃避

0883 flexible
[`flɛksəbl]
形 有彈性的；柔韌的

0884
float
[flot]
動 漂；浮

0885
flock
[flɑk]
動 聚集
名 一群

0886
floral
[`florəl]
形 花的；似花的

0887
flourish
[flɝɪʃ]
動 繁盛
名 繁盛；繁榮

0888
flow
[flo]
動 流動；湧出

0889
fluctuate
[`flʌktʃuˌet]
動 起伏；波動

0890
fluffy
[`flʌfɪ]
形 蓬鬆的；毛茸茸的

0891
flush
[flʌʃ]
動 臉紅；用水沖洗

0892
fog
[fɑg]
名 霧；煙霧

0893
foliage
[`folɪɪdʒ]
名 葉子；簇葉

0894
follow
[`fɑlo]
動 聽從；遵循

0895
following
[`fɑləwɪŋ]
介 在…之後

0896
fool
[ful]
動 愚弄；欺騙

0897
foolish
[`fulɪʃ]
形 愚笨的

0898
forbid
[fəˋbɪd]
動 禁止；不許

0899
forecast
[`forˌkæst]
動 預測；預言
名 預測；預報

0900
foremost
[`forˌmost]
形 首要的；主要的

0901
forerunner
[`forˌrʌnɚ]
名 先行者；先驅者

0902
foresee
[forˋsi]
動 預見；預知

0903
forestall
[forˋstɔl]
動 先發制人；阻止

0904
foretell
[forˋtɛl]
動 預言；預示

0905
forever
[fəˋɛvɚ]
副 永遠地

0906
forfeit
[`forˌfɪt]
動 失去；喪失

0907
form
[form]
動 形成；製作

0908
formative
[`formətɪv]
形 形成的；成型的

0909
formerly
[`formɚlɪ]
副 從前；以前

0910
formidable
[`formɪdəbl]
形 難以克服的；難對付的；令人畏懼的

0911
forsake
[fəˋsek]
動 遺棄；拋棄

0912
fortuitous
[forˋtjuətəs]
形 偶然的；幸運的

0913
found
[faund]
動 創辦；建立

0914
foundation
[faunˋdeʃən]
名 基礎；根據；基金會

0915
founder
[`faundɚ]
名 創立者

0916
fowl
[faʊl]
名 鳥；野禽

0917
fracture
[`fræktʃə]
動 使骨折；毀壞
名 骨折；裂縫

0918
fragile
[`frædʒəl]
形 易碎的；脆弱的

0919
fragment
[`frægmənt]
名 碎片

0920
fragrance
[`fregrəns]
名 香味；香氣

0921
frail
[frel]
形 虛弱的；脆弱的

0922
frame
[frem]
動 構築
名 框架；骨架

0923
framework
[`frem,wɜk]
名 結構；框架

0924
free
[fri]
形 擺脫的；不受約束的

0925
friction
[`frɪkʃən]
名 摩擦；不和

0926
frigid
[`frɪdʒɪd]
形 嚴寒的；寒冷的

0927
frolic
[`frɑlɪk]
名 嬉戲；嬉鬧

0928
from time to time
片 偶爾

0929
frost
[frɔst]
動 冰凍；結霜

0930
frothy
[`frɔθɪ]
形 泡沫的；似泡沫的

0931
frown on
片 對…皺眉

0932
fruitful
[`frutfəl]
形 富有成效的；多產的

0933
fruitlessly
[`frutlɪslɪ]
副 無效地；徒勞地

0934
fulfill
[fʊl`fɪl]
動 履行；實現

0935
fully
[`fʊlɪ]
副 完全；徹底地

0936
fume
[fjum]
名 氣體；煙霧

0937
functional
[`fʌŋkʃən]
形 機能的；起作用的

0938
fund
[fʌnd]
名 資金；基金

0939
fundamental
[,fʌndə`mɛntl]
形 基礎的；基本的

0940
furnish
[`fɜnɪʃ]
動 供給；裝備

0941
further
[`fɜðə]
形 進一步的；深層的

0942
furthermore
[`fɜðə,mor]
副 而且；此外

0943
fusion
[`fjuʒən]
名 熔合；聯合

0944
future
[`fjutʃə]
名 未來；將來；前途
形 未來的；今後的

0945
gain
[gen]
動 賺錢；獲利
名 獲利；收益

0946
gallant
[`gælənt]
形 殷勤的；奉獻的

0947
gap
[gæp]
名 缺口；縫隙

0948 garment
[`gɑrmənt]
名 衣服；服裝

0949 gas
[gæs]
名 氣體；氣態

0950 gateway
[`get, we]
名 通路；入口

0951 gather
[`gæðə]
動 聚集；集合

0952 gauge
[gedʒ]
名 標準尺寸；標準規格

0953 gay
[ge]
形 明亮的；鮮豔的

0954 gelatinous
[dʒə`lætənəs]
形 凝膠狀的

0955 gemstone
[`dʒɛm, ston]
名 寶石；珍寶

0956 generally
[`dʒɛnərəlɪ]
副 一般地；慣常地

0957 generate
[`dʒɛnə, ret]
動 產生；發生

0958 genial
[`dʒinjəl]
形 和藹的；親切的；宜人的

0959 gentle
[`dʒɛntl̩]
形 平緩的；溫和的

0960 genuine
[`dʒɛnjuɪn]
形 真的；真誠的

0961 geological
[,dʒɪə`lɑdʒɪkl̩]
形 地質的

0962 geometric
[dʒɪə`mɛtrɪk]
形 幾何(學)的

0963 germinate
[`dʒ3mə, net]
動 發芽；開始生長

0964 get along
片 生活；過日子

0965 get over
片 痊癒；復原

0966 get rid of
片 除去；去掉

0967 gifted
[`gɪftɪd]
形 有天賦的；聰穎的

0968 gingerly
[`dʒɪndʒəlɪ]
副 小心地；謹慎地

0969 give in
片 讓步；屈服

0970 give out
片 發表；公布

0971 give rise to
片 引起；導致

0972 given
[`gɪvən]
形 特定的；一定的

0973 glare
[glɛr]
名 刺眼的強光

0974 glimpse
[glɪmps]
動 瞥見；瞥見
名 一瞥；微光

0975 gloomy
[`glumɪ]
形 陰暗的；陰沈的

0976 glowing
[`gloɪŋ]
形 光亮的

0977 glue
[glu]
動 黏牢
名 膠水

0978 go awry
片 出差錯；有缺陷

0979 goal
[gol]
名 目標；目的

0980 goods
[gʊdz]
名 商品；貨物

0981 gorgeous
[`gɔrdʒəs]
形 美麗的；華麗的

0982 gradually
[`grædʒʊəlɪ]
副 逐漸地；逐步地

0983 grant
[grænt]
動 頒發；授予

0984 graphic
[`græfɪk]
形 圖解的

0985 grasp
[græsp]
動 領會；掌握

0986 greedy
[`gridɪ]
形 貪婪的

0987 gregarious
[grɪ`gɛrɪəs]
形 群居的；合群的

0988 grief
[grif]
名 悲痛；不幸

0989 grin
[grɪn]
動 露齒而笑
名 露齒而笑

0990 grind
[graɪnd]
動 磨碎；磨成
名 苦差事

0991 groan
[gron]
動 呻吟；受苦
名 呻吟聲；(口)抱怨

0992 grossly
[`groslɪ]
副 非常；極度地

0993 grown-up
[`gron͵ʌp]
名 成人；大人

0994 growth
[groθ]
名 增長；發展

0995 grueling
[`gruəlɪŋ]
形 筋疲力竭的

0996 grumble
[`grʌmbl̩]
動 抱怨
名 牢騷

0997 guard
[gɑrd]
動 保護；保衛
名 警衛

0998 gusto
[`gʌsto]
名 熱忱；興趣

0999 gymnastics
[dʒɪm`næstɪks]
名 體操；體育

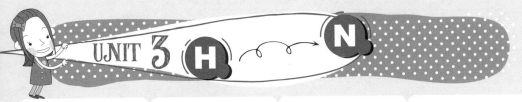

UNIT 3 H → N

1000 habitat
[`hæbə͵tæt]
名 棲息地；產地

1001 habitually
[hə`bɪtʃʊəlɪ]
副 習慣地；慣常地

1002 hail
[hel]
動 歡呼；為…喝采
名 歡呼；招呼

1003 half-formed
[`hæf͵fɔrmd]
形 不完整的；不完善的

1004 hamper
[`hæmpɚ]
動 妨礙；阻礙

1005 hand in
片 交出；傳遞

1006 hand out
片 分派；散發

1007 handicap
[`hændɪˌkæp]
動 阻礙；妨礙
名 障礙；不利條件

1008 handle
[`hændl]
動 處理；管理

1009 handpick
[`hænd`pɪk]
動 挑選；精選

1010 handy
[`hændɪ]
形 靈巧的；方便的

1011 haphazard
[ˌhæp`hæzɚd]
形 雜亂的；任意的

1012 harass
[`hærəs]
動 使煩惱；煩擾

1013 harbor
[`harbɚ]
名 港口；港灣

1014 hard
[hard]
形 堅硬的；牢固的

1015 hardly
[`hardlɪ]
副 幾乎不

1016 hardship
[`hardʃɪp]
名 痛苦；苦難

1017 harm
[harm]
動 傷害；危害
名 損害；損壞

1018 harmful
[`harmfəl]
形 有害的；危險的

1019 harmless
[`harmlɪs]
形 無害的；無毒的

1020 harmonious
[har`monɪəs]
形 和諧的；友好的

1021 harness
[`harnɪs]
動 利用；治理
名 馬具

1022 harsh
[harʃ]
形 嚴酷的；苛刻的

1023 harvest
[`harvɪst]
動 收割；獲得
名 收穫；產量

1024 hasten
[`hesn̩]
動 加速；促進

1025 hatch
[hætʃ]
動 (蛋)孵化
名 孵化；孵出

1026 haul
[hɔl]
動 拖運；硬拉
名 搬運；曳

1027 hazard
[`hæzɚd]
名 危險；冒險

1028 hazardous
[`hæzɚdəs]
形 危險的；冒險的

1029 head
[hɛd]
動 動身；出發

1030 heading
[`hɛdɪŋ]
名 標題；題目

1031 headquarters
[`hɛd`kwɔrtɚz]
名 總部；總公司

1032 headstrong
[`hɛdˌstrɔŋ]
形 倔強的；固執的

1033 headway
[`hɛdˌwe]
名 進展；進步；成功

1034 heart
[hart]
名 心；中心

1035 heir
[ɛr]
名 繼承人

1036 helically
[`hɛlɪklɪ]
副 螺旋形地

1037 helper
[`hɛlpɚ]
名 幫手;助手

1038 helpless
[`hɛlplɪs]
形 無能的;無效的

1039 hemisphere
[`hɛməsˏfɪr]
名 半球;半球體

1040 hence
[hɛns]
副 因此;所以

1041 henceforth
[ˏhɛns`forθ]
副 自此以後

1042 herald
[`hɛrəld]
動 預示;預報

1043 herb
[hɜb]
名 藥草;草本植物

1044 herd
[hɜd]
動 放牧
名 獸群

1045 hereditary
[hə`rɛdəˏtɛrɪ]
形 世襲的;遺傳的

1046 heredity
[hə`rɛdətɪ]
名 遺傳;遺傳性

1047 heritage
[`hɛrətɪdʒ]
名 遺產;傳統

1048 hesitantly
[`hɛzətəntlɪ]
副 猶豫地;躊躇地

1049 heyday
[`hede]
名 全盛時期;黃金時期

1050 hide
[haɪd]
動 隱藏;遮掩

1051 high
[haɪ]
形 高的
副 高地

1052 highly
[`haɪlɪ]
副 高度地;非常地

1053 hinder
[`hɪndɚ]
動 妨礙;阻礙

1054 hinterland
[`hɪntɚˏlænd]
名 地方;區域

1055 hire
[haɪr]
動 雇用;租用

1056 hitch
[hɪtʃ]
動 栓住;套住

1057 hobble
[`habl̩]
動 蹣跚;跛行

1058 hollow
[`halo]
名 洞;穴
形 中空的;凹陷的

1059 hospitality
[ˏhaspɪ`tælətɪ]
名 好客;殷勤招待

1060 house
[haʊs]
動 安置;收藏

1061 houseboat
[`haʊsˏbot]
名 船屋

1062 hub
[hʌb]
名 中樞;中心

1063 hue
[hju]
名 色彩;色澤

1064 huge
[hjudʒ]
形 巨大的;大量的

1065 humid
[`hjumɪd]
形 潮濕的;濕的

1066 humiliate
[hju`mɪlɪˏet]
動 羞辱;使丟臉

1067 hurdle
[`hɜdl̩]
名 跨欄;障礙物

1068 hurt
[hɝt]
動 使受傷；危害
名 損害；危及

1069 husk
[hʌsk]
名 外殼；果殼

1070 hybrid
[`haɪbrɪd]
名 雜種；混血兒
形 雜種的

1071 hypothesis
[haɪ`pɑθəsɪs]
名 假設；假說

1072 ideal
[aɪ`dɪəl]
形 理想的；完美的

1073 identical
[aɪ`dɛntɪkl]
形 同樣的

1074 identity
[aɪ`dɛntɪ]
名 身分；個性

1075 idolize
[`aɪdl͵aɪz]
動 盲目崇拜；偶像化

1076 ignite
[ɪg`naɪt]
動 著火；燃燒

1077 ignorant
[`ɪgnərənt]
形 無知的

1078 illicit
[ɪ`lɪsɪt]
形 非法的；不正當的

1079 illiterate
[ɪ`lɪtərɪt]
形 文盲的

1080 illusion
[ɪ`ljuʒən]
名 錯覺；幻覺

1081 illustrate
[`ɪləstret]
動 說明；闡明

1082 illustration
[͵ɪlʌs`treʃən]
名 插圖；圖解

1083 illustrious
[ɪ`lʌstrɪəs]
形 傑出的；著名的

1084 image
[`ɪmɪdʒ]
名 影像；形象

1085 imaginary
[ɪ`mædʒə͵nɛrɪ]
形 想像中的；不真實的

1086 imitate
[`ɪmə͵tet]
動 模仿；偽造

1087 immature
[͵ɪmə`tjʊr]
形 未成熟的

1088 immense
[ɪ`mɛns]
形 巨大的；龐大的

1089 imminent
[`ɪmənənt]
形 逼近的；即將來臨的

1090 immortal
[ɪ`mɔrtl]
形 不朽的；長生的

1091 immunity
[ɪ`mjunɪtɪ]
名 免除；豁免；免疫力

1092 immutable
[ɪ`mjutəbl]
形 不變的

1093 impact
[`ɪmpækt]
名 影響；作用

1094 impact
[ɪm`pækt]
動 衝擊；對…產生影響

1095 impair
[ɪm`pɛr]
動 損害；損傷

1096 impartial
[ɪm`pɑrʃəl]
形 公平的；公正的

1097 impede
[ɪm`pid]
動 妨礙；阻止

1098 impediment
[ɪm`pɛdəmənt]
名 妨礙；阻礙

1099 impel
[ɪm`pɛl]
動 驅使；激勵

1100 imperative
[ɪmˋpɛrətɪv]
形 急切的；必要的

1101 implement
[ˋɪmpləmənt]
名 工具；器械

1102 implication
[͵ɪmplɪˋkeʃən]
名 含義；意義

1103 imply
[ɪmˋplaɪ]
動 暗示；意指

1104 important
[ɪmˋpɔrtṇt]
形 重要的；重大的

1105 imposing
[ɪmˋpozɪŋ]
形 緊迫的；壯觀的

1106 improve
[ɪmˋpruv]
動 增進；改良

1107 improvise
[ˋɪmprəvaɪz]
動 即席創作；臨時準備

1108 imprudent
[ɪmˋprudṇt]
形 輕率的；不謹慎的

1109 impulsive
[ɪmˋpʌlsɪv]
形 衝動的

1110 in addition to
片 除此之外

1111 in place of
片 代替

1112 in reality
片 實際上；事實上

1113 in retrospect
片 回顧；回想

1114 inaccessible
[͵ɪnækˋsɛsəbḷ]
形 難接近的；達不到的

1115 inadvertently
[͵ɪnədˋvɝtṇtlɪ]
副 粗心地；非故意地

1116 inappropriate
[͵ɪnəˋproprɪɪt]
形 不恰當的

1117 inaugurate
[ɪnˋɔgjə͵ret]
動 開始；開創

1118 inborn
[ɪnˋbɔrn]
形 天生的；遺傳的

1119 incalculable
[ɪnˋkælkjələbḷ]
形 無數的；極大的

1120 incapacitate
[͵ɪnkəˋpæsətet]
動 使殘廢；使無能力

1121 inception
[ɪnˋsɛpʃən]
名 開始；開端

1122 incessant
[ɪnˋsɛsṇt]
形 連續的；不斷的

1123 incidence
[ˋɪnsədṇs]
名 發生率

1124 incidental
[͵ɪnsəˋdɛntḷ]
形 意外的；偶發的

1125 incinerate
[ɪnˋsɪnə͵ret]
動 燒毀；焚化

1126 incise
[ɪnˋsaɪz]
動 切開；切入

1127 inclination
[͵ɪnkləˋneʃən]
名 傾向；偏好

1128 include
[ɪnˋklud]
動 包括；包含

1129 income
[ˋɪn͵kʌm]
名 收入；所得

1130 incorporate
[ɪnˋkɔrpə͵ret]
動 結合；合併；包括

1131 increase
[ɪnˋkris]
動 增加；增多

1132 incredible
[ɪn`krɛdəbḷ]
形 難以置信的

1133 indelible
[ɪn`dɛləbḷ]
形 持久的；擦不掉的

1134 indeterminate
[ˏɪndɪ`tɝmənɪt]
形 不確定的

1135 index
[`ɪndɛks]
動 指示；編索引
名 指標；標誌

1136 indigenous
[ɪn`dɪdʒɪnəs]
形 本地的；土產的

1137 indiscriminate
[ˏɪndɪ`skrɪmənɪt]
形 不加選擇的

1138 indispensable
[ˏɪndɪs`pɛnsəbḷ]
形 必不可少的

1139 individual
[ˏɪndə`vɪdʒʊəl]
名 個人
形 個別的；個人的

1140 induce
[ɪn`djus]
動 引起；導致

1141 indulge
[ɪn`dʌldʒ]
動 沉迷於；使高興

1142 industry
[`ɪndəstrɪ]
名 產業；工業

1143 inept
[ɪn`ɛpt]
形 無能的；不稱職的

1144 inevitable
[ɪn`ɛvətəbḷ]
形 不可避免的

1145 infamous
[`ɪnfəməs]
形 聲名狼藉的；無恥的

1146 infectious
[ɪn`fɛkʃəs]
形 傳染性的

1147 inferior
[ɪn`fɪrɪ⋅]
形 次級的；劣等的

1148 infiltrate
[`ɪnfɪlˏtret]
動 滲入；透過

1149 influential
[ˏɪnflʊ`ɛnʃəl]
形 有影響力的

1150 influx
[`ɪnflʌks]
名 湧進；匯入

1151 informally
[ɪn`fɔrmḷɪ]
副 非正式地

1152 informative
[ɪn`fɔrmətɪv]
形 情報的；教育性的

1153 informed
[ɪn`fɔrmd]
形 有見識的；見聞廣的

1154 infuriate
[ɪn`fjʊrɪˏet]
動 激怒；使發怒

1155 infusion
[ɪn`fjuʒən]
名 灌輸；注入

1156 ingenious
[ɪn`dʒinjəs]
形 天才的；機敏的

1157 ingenuity
[ˏɪndʒə`nuɪtɪ]
名 機靈

1158 ingredient
[ɪn`gridɪənt]
名 成分；要素

1159 inhabit
[ɪn`hæbɪt]
動 居住於；棲息於

1160 inhabitant
[ɪn`hæbətənt]
名 居民；住戶

1161 inhale
[ɪn`hel]
動 吸入；吸氣

1162 inherent
[ɪn`hɪrənt]
形 內在的；天生的

1163 inherit
[ɪn`hɛrɪt]
動 接受；繼承

1164 inhibit
[ɪn`hɪbɪt]
動 阻止；禁止

1165 initial
[ɪ`nɪʃəl]
形 古老的；初始的

1166 initially
[ɪ`nɪʃəlɪ]
副 最初；開始

1167 initiate
[ɪ`nɪʃɪˏet]
動 開始；引發

1168 innate
[ɪn`et]
形 與生俱來的；天生的

1169 innermost
[`ɪnəˏmost]
形 最裡面的；最祕密的

1170 innovation
[ˏɪnə`veʃən]
名 創新；革新

1171 innovative
[`ɪnəvetɪv]
形 創新的；革新的

1172 innumerable
[ɪ`njumərəbḷ]
形 無數的；數不清的

1173 inordinate
[ɪn`ɔrdnɪt]
形 過度的；過分的

1174 inquiry
[`ɪnkwərɪ]
名 調查；問題

1175 inquisitive
[ɪn`kwɪzətɪv]
形 好奇的；盤根問底的

1176 insane
[ɪn`sen]
形 精神錯亂的；瘋狂的

1177 insert
[ɪn`sɜt]
動 插入；嵌入

1178 inside
[`ɪn`saɪd]
名 內部；裡面

1179 insight
[`ɪnˏsaɪt]
名 洞察力；見識

1180 insignificant
[ˏɪnsɪg`nɪfəkənt]
形 無意義的；不重要的

1181 inspire
[ɪn`spaɪr]
動 激勵；賦予靈感

1182 installment
[ɪn`stɔlmənt]
名 分期付款

1183 instance
[`ɪnstəns]
名 實例；例證

1184 instant
[`ɪnstənt]
形 立即的；速食的
名 頃刻

1185 instantly
[`ɪnstəntlɪ]
副 立即；立刻

1186 instead
[ɪn`stɛd]
副 作為替代

1187 institute
[`ɪnstətjut]
動 創立；開始

1188 instruction
[ɪn`strʌkʃən]
名 操作指南

1189 instrument
[`ɪnstrəmənt]
名 工具

1190 insufficient
[ˏɪnsə`fɪʃənt]
形 不足的；不夠的

1191 intact
[ɪn`tækt]
形 完整無缺的

1192 intangible
[ɪn`tændʒəbḷ]
形 無形的；無實體的

1193 integral
[`ɪntəgrəl]
形 整體的

1194 integrate
[`ɪntəˏgret]
動 使結合；成一體

1195 intense
[ɪn`tɛns]
形 強烈的；劇烈的

1196 intensive
[ɪn`tɛnsɪv]
形 加強的；集中的

1197 intent
[ɪn`tɛnt]
名 意圖；目的

1198 intentionally
[ɪn`tɛnʃənlɪ]
副 有意地；故意地

1199 interchangeable
[ˌɪntɚ`tʃendʒəbḷ]
形 可交換的

1200 interfere
[ˌɪntɚ`fɪr]
動 干涉；干預

1201 intermittently
[ˌɪntɚ`mɪtəntlɪ]
副 間歇地；斷斷續續地

1202 interval
[`ɪntɚvḷ]
名 間隔；距離

1203 intervene
[ˌɪntɚ`vin]
動 干涉；調停

1204 intervention
[ˌɪntɚ`vɛnʃən]
名 干預；調停

1205 intimate
[`ɪntəmɪt]
名 知己；至交
形 親密的

1206 intimidate
[ɪn`tɪmə͵det]
動 威嚇；脅迫

1207 intricate
[`ɪntrəkɪt]
形 複雜的；使人迷惑的

1208 intrigue
[ɪn`trig]
動 使迷惑

1209 intriguing
[ɪn`trigɪŋ]
形 迷人的

1210 intrude
[ɪn`trud]
動 侵入；闖入

1211 inundate
[`ɪnʌn͵det]
動 淹沒；氾濫

1212 invade
[ɪn`ved]
動 侵略；侵入

1213 invalid
[ɪv`vælɪd]
形 【律】無效的

1214 invaluable
[ɪn`væljəbḷ]
形 非常貴重的；無價的

1215 invasion
[ɪn`veʒən]
名 入侵；侵略

1216 invent
[ɪn`vɛnt]
動 創造；發明

1217 ironically
[aɪ`rɑnɪklɪ]
副 諷刺地

1218 irrevocable
[ɪ`rɛvəkəbḷ]
形 最後的；不能改變的

1219 irritable
[`ɪrətəbḷ]
形 易怒的；暴躁的

1220 irritating
[`ɪrɪteɪtɪŋ]
形 令人惱怒的

1221 isolate
[`aɪsḷ͵et]
動 隔離；孤立

1222 issue
[`ɪʃju]
動 發行；發布

1223 itinerant
[aɪ`tɪnərənt]
形 巡迴的

1224 jeopardize
[`dʒɛpəd͵aɪz]
動 危及；危害

1225 jettison
[`dʒɛtəsṇ]
動 拋棄；放棄

1226 join
[dʒɔɪn]
動 連接；結合；和⋯作伴

1227 joint
[dʒɔɪnt]
形 共同的；分享的

1228 joy
[dʒɔɪ]
名 歡樂；欣喜

1229 jubilant
[`dʒublənt]
形 歡欣的；喜悅的

1230 judge
[dʒʌdʒ]
動 評價；鑒定

1231 judicial
[dʒuˋdɪʃəl]
形 司法的；審判的

1232 judiciously
[dʒuˋdɪʃəslɪ]
副 明智地；審慎地

1233 jurisdiction
[ˏdʒʊrɪsˋdɪkʃən]
名 司法權；管轄權

1234 justify
[`dʒʌstəˏfaɪ]
動 證明合法

1235 justly
[`dʒʌstlɪ]
副 公正地；正當地

1236 juvenile
[`dʒuvənḷ]
名 青少年
形 青少年的

1237 keen
[kin]
形 敏銳的；渴望的

1238 keep
[kip]
動 保持；保存

1239 keep in touch
片 聯繫；接觸

1240 key
[ki]
形 主要的；關鍵的

1241 kidnap
[`kɪdnæp]
動 綁架；誘拐

1242 knit
[nɪt]
動 編織
名 編織物

1243 label
[`lebḷ]
動 貼標籤；標明

1244 laborious
[ləˋborɪəs]
形 費力的

1245 lace
[les]
動 用帶子打結
名 緞帶；花邊

1246 lack
[læk]
動 缺少；沒有
名 缺乏；缺少

1247 landscape
[`lændˏskep]
名 風景；景色

1248 lane
[len]
名 航道；路線

1249 languid
[`læŋgwɪd]
形 倦怠的；無生氣的

1250 largely
[`lɑrdʒlɪ]
副 大量地；主要地

1251 last
[læst]
動 持續；持久

1252 lasting
[`læstɪŋ]
形 持久的；持續的

1253 laud
[lɔd]
動 讚美
名 讚美；讚歌

1254 launch
[lɔntʃ]
動 發射；開始

1255 lead the way
片 帶路；引路

1256 leadership
[`lidɚʃɪp]
名 領導權

1257 leading
[`lidɪŋ]
形 主要的；主角的

1258 leap
[lip]
動 跳過；越過
名 跳躍；躍進

1259 lease
[lis]
動 出租
名 租約

1260
leave out of
片 排除;不考慮

1261
lecture
[`lɛktʃə]
動 演講;講課
名 演講;講課

1262
lecturer
[`lɛktʃərə]
名 演講者;講師

1263
legacy
[`lɛgəsɪ]
名 遺產

1264
legally
[`ligḷɪ]
副 合法地;法律上

1265
legitimate
[lɪ`dʒɪtəmɪt]
形 合法的;合理的

1266
leisure
[`liʒə]
形 空閒的;閒暇的

1267
length
[lɛŋθ]
名 長度;距離

1268
lenient
[`linjənt]
形 寬大的;寬容的

1269
lessen
[`lɛsṇ]
動 減少;減輕

1270
lethargic
[lɪ`θɑrdʒɪk]
形 倦怠的;懶散的

1271
liberally
[`lɪbərəlɪ]
副 隨意地;寬容地

1272
liberate
[`lɪbə͵ret]
動 釋放;放出

1273
lie
[laɪ]
動 位於

1274
lifeless
[`laɪflɪs]
形 無生命的;死的

1275
likelihood
[`laɪklɪ͵hud]
名 可能性

1276
likely
[`laɪklɪ]
形 可能的;恰當的
副 很可能

1277
likeness
[`laɪknɪs]
名 相像;類似

1278
limit
[`lɪmɪt]
名 限定;限制

1279
link to
片 聯繫;連接

1280
liquid
[`lɪkwɪd]
名 液體;流體

1281
literacy
[`lɪtərəsɪ]
名 知識;能力

1282
litter
[`lɪtə]
動 亂丟雜物
名 雜物

1283
lively
[`laɪvlɪ]
形 熱鬧的;繁忙的

1284
load
[lod]
動 裝;裝載
名 重擔;負荷

1285
loathe
[loð]
動 厭惡;憎恨

1286
local
[`lokḷ]
名 當地人
形 當地的;本地的

1287
locale
[lo`kæl]
名 場所;現場

1288
locality
[lo`kælətɪ]
名 地方;所在地

1289
locally
[`lokəlɪ]
副 當地;本地

1290
locate
[lo`ket]
動 定位;探出

1291
locomotion
[͵lokə`moʃən]
名 運動;移動

1292 lodge
[lɑdʒ]
動 寄存；存放

1293 lodging
[`lɑdʒɪŋ]
名 寄宿處；住所

1294 lofty
[`lɔftɪ]
形 極高的；高聳的

1295 loiter
[`lɔɪtə]
動 閒逛；遊蕩

1296 look after
片 照料；照顧

1297 look over
片 檢查；察看

1298 loophole
[`lup‚hol]
名 (法律等的)漏洞

1299 lucid
[`lusɪd]
形 清楚易懂的；明晰的

1300 lucrative
[`lukrətɪv]
形 有利可圖的；賺錢的

1301 ludicrously
[`ludɪkrəslɪ]
副 荒唐地；滑稽地

1302 lukewarm
[`luk`wɔrm]
形 不熱情的；微溫的

1303 lumber
[`lʌmbə]
名 木料；木材

1304 luminous
[`lumənəs]
形 發光的；閃亮的

1305 lure
[lur]
動 吸引；引誘

1306 luster
[`lʌstə]
名 光澤；光彩

1307 lustrous
[`lʌstrəs]
形 有光澤的；光亮的

1308 magnify
[`mægnə‚faɪ]
動 放大；強化

1309 mainly
[`menlɪ]
副 主要地；基本上

1310 maintain
[men`ten]
動 維持；堅持

1311 majesty
[`mædʒɪstɪ]
名 (帝王的)威嚴；尊嚴

1312 major
[`medʒə]
形 主要的；大型的

1313 make possible
片 允許；使可能

1314 make up for
片 補償；彌補

1315 make up
片 補足；編造；組成

1316 makeshift
[`mek‚ʃɪft]
形 臨時的；權宜的

1317 malicious
[mə`lɪʃəs]
形 惡意的；懷恨的

1318 malleable
[`mælɪəbl]
形 可鍛造的；具韌性的

1319 mammoth
[`mæməθ]
形 龐大的；巨大的

1320 mandate
[`mændet]
名 命令；指令

1321 mandatory
[`mændə‚torɪ]
形 命令的；強制的

1322 maneuver
[mə`nuvə]
名 謀略；花招

1323 mankind
[mæn`kaɪnd]
名 人類

1324 mansion
[`mænʃən]
名 大廈；大樓

1325 manually
[`mænjuəlɪ]
副 人工地；手工地

1326 manuscript
[`mænjə,skrɪpt]
名 手稿；原稿

1327 march
[mɑrtʃ]
動 遊行；行進

1328 margin
[`mɑrdʒɪn]
名 邊；邊緣

1329 marine
[mə`rin]
形 海生的；海洋的

1330 marked
[mɑrkt]
形 明顯的；顯著的

1331 marvel
[`mɑrvḷ]
名 奇跡；傑作

1332 mass
[mæs]
名 大量
形 大眾的

1333 massive
[`mæsɪv]
形 巨大的；大量的

1334 masterpiece
[`mæstɚ,pis]
名 傑作；名作

1335 matching
[`mætʃɪŋ]
形 匹配的；一致的

1336 matchless
[`mætʃlɪs]
形 無敵的；無比的

1337 material
[mə`tɪrɪəl]
名 物質；原料

1338 mayor
[`meɚ]
名 市長；鎮長

1339 meager
[`migɚ]
形 貧乏的；不足的

1340 meander
[mɪ`ændɚ]
動 漫步；漫談；使迂迴曲折

1341 meaningful
[`minɪŋfəl]
形 有意義的

1342 means
[minz]
名 手段；方式

1343 mechanical
[mə`kænɪkḷ]
形 機械的；呆板的；技巧的

1344 mechanism
[`mɛkə,nɪzəm]
名 裝置；機構

1345 mediator
[`midɪ,etɚ]
名 調停者；周旋者

1346 mediocre
[`midɪ,okɚ]
形 平凡的；二流的

1347 meditate
[`mɛdə,tet]
動 深思熟慮

1348 meek
[mik]
形 溫順的；謙和的

1349 meet
[mit]
動 滿足；符合

1350 melancholy
[`mɛlən,kɑlɪ]
形 憂鬱的；消沉的

1351 melody
[`mɛlədɪ]
名 旋律；主調

1352 memo
[`mɛmo]
名 備忘錄；便籤

1353 memorable
[`mɛmərəbḷ]
形 難忘的；值得紀念的

1354 menace
[`mɛnɪs]
動 威脅；危及
名 威脅；恐嚇

1355 mend
[mɛnd]
動 修復；改善

1356 merchandise
[`mɝtʃən͵daɪz]
名 商品；貨品

1357 merchant
[`mɝtʃnt]
名 商人；零售商

1358 merciful
[`mɝsɪfəl]
形 仁慈的；慈悲的

1359 merely
[`mɪrlɪ]
副 僅僅；不過

1360 merge
[mɝdʒ]
動 合併；兼併

1361 merit
[`mɛrɪt]
名 優點；功績；功勞

1362 method
[`mɛθəd]
名 方法；手段

1363 methodical
[mə`θɑdɪkəl]
形 有條理的；秩序井然的

1364 meticulous
[mə`tɪkjələs]
形 小心翼翼的；一絲不苟
的

1365 metropolitan
[͵mɛtrə`pɑlətn̩]
形 大城市的；大都會的

1366 midst
[mɪdst]
介 處於；在…之中

1367 migrate
[`maɪ͵gret]
動 遷移；移居

1368 mild
[maɪld]
形 溫和的；宜人的

1369 milestone
[`maɪl͵ston]
名 里程碑

1370 militant
[`mɪlətənt]
形 好戰的；激進的

1371 millennium
[mɪ`lɛnɪəm]
名 一千年

1372 million
[`mɪljən]
名 百萬
形 百萬的

1373 mimic
[`mɪmɪk]
動 模仿；摹似

1374 minimal
[`mɪnəməl]
形 最少量的

1375 minimum
[`mɪnəməm]
名 最少量

1376 minuscule
[`mɪnəskjul]
形 很小的；微小的

1377 minute
[`mɪnɪt]
名 分鐘；一會兒

1378 miraculous
[mə`rækjələs]
形 奇蹟的

1379 mirror
[`mɪrə]
動 反映；映出

1380 miserly
[`maɪzəlɪ]
形 吝嗇的；小氣的

1381 misleading
[mɪs`lidɪŋ]
形 使人誤解的；迷惑人的

1382 misrepresent
[͵mɪsrɛprɪ`zɛnt]
動 歪曲；誤解

1383 mission
[`mɪʃən]
名 使命；任務

1384 mix up
片 搞混；混合

1385 mock
[mɑk]
動 嘲弄；嘲笑

1386 modest
[`mɑdɪst]
形 謙虛的；審慎的；有節
制的

1387 modesty
[`mɑdɪstɪ]
名 謙遜；端莊；樸素

1388 modification
[ˌmɑdəfəˈkeʃən]
名 修改；變更

1389 modify
[ˈmɑdəˌfaɪ]
動 修改；變化

1390 modulate
[ˈmɑdʒəˌlet]
動 調整；調控

1391 moist
[mɔɪst]
形 潮濕的；濕潤的

1392 mold
[mold]
動 塑造
名 模子；黴菌

1393 molten
[ˈmoltən]
形 熔化的

1394 monitor
[ˈmɑnətə]
動 檢查；監視

1395 monologue
[ˈmɑnəlɑg]
名 獨白；獨角戲

1396 monopolize
[məˈnɑpḷˌaɪz]
動 獨佔；佔優勢

1397 monopoly
[məˈnɑpḷɪ]
名 獨佔；壟斷

1398 monotonous
[məˈnɑtənəs]
形 單調的；不變的

1399 monumental
[ˌmɑnjəˈmɛntḷ]
形 不朽的；非凡的

1400 morale
[məˈræl]
名 士氣；信心

1401 moreover
[morˈovə]
副 此外

1402 morsel
[ˈmɔrsḷ]
名 小塊；小片

1403 motion
[ˈmoʃən]
名 運動；移動

1404 motivation
[ˌmotəˈveʃən]
名 刺激；推動

1405 motive
[ˈmotɪv]
名 動機；主旨

1406 motorist
[ˈmotərɪst]
名 汽車駕駛

1407 mount
[maunt]
動 增長；上升

1408 mournful
[ˈmornfəl]
形 憂傷的

1409 mumble
[ˈmʌmbḷ]
動 含糊地說；咕噥地說

1410 mundane
[ˈmʌnden]
形 世俗的；普通的

1411 murmur
[ˈmɜmə]
動 咕噥；私下抱怨

1412 mushroom
[ˈmʌʃrum]
動 迅速發展

1413 mute
[mjut]
形 沉默的

1414 mutually
[ˈmjutʃuəlɪ]
副 共同地；彼此地

1415 myriad
[ˈmɪrɪəd]
名 無數；大量

1416 myth
[mɪθ]
名 神話；傳奇

1417 mythical
[ˈmɪθɪkḷ]
形 虛構的；想像的

1418 nap
[næp]
動 打盹；小睡
名 打盹；午睡

1419 narrator
[næˈretə]
名 講述者；敘述者

1420 narrow
[`næro]
形 狹窄的；狹小的

1421 nascent
[`neɪsn̩t]
形 新生的；初生的

1422 nauseous
[`nɔ`ʃɪəs]
形 令人作嘔的

1423 nearly
[`nɪrlɪ]
副 幾乎；大約

1424 needless
[`nidlɪs]
形 不必要的

1425 needy
[`nidɪ]
形 貧窮的

1426 negligent
[`nɛglɪdʒ n̩t]
形 疏忽的；粗心的

1427 negligible
[`nɛglɪdʒəbl̩]
形 可忽視的

1428 negotiate
[nɪ`goʃɪ et]
動 談判；協商

1429 nevertheless
[ˏnɛvəðə`lɛs]
副 然而；仍然

1430 nibble
[`nɪbl̩]
動 一點點地咬

1431 nimbleness
[`nɪmbl̩nɪs]
名 敏捷；機智

1432 noisy
[`nɔɪzɪ]
形 喧鬧的；嘈雜的

1433 nomadic
[no`mædɪk]
形 游牧的；流浪的

1434 norm
[nɔrm]
名 規範；基準

1435 normal
[`nɔrml̩]
形 標準的；正常的

1436 notable
[`notəbl̩]
形 顯要的；顯著的

1437 noted
[`notɪd]
形 著名的；聞名的

1438 noteworthy
[`not,wɜðɪ]
形 值得注意的

1439 notice
[`notɪs]
名 宣告；通告

1440 notify
[`notə,faɪ]
動 通知；報告

1441 notion
[`noʃən]
名 概念；觀念

1442 nourish
[`nɝɪʃ]
動 滋養；養育

1443 novel
[`nɑvl̩]
形 新奇的；奇異的

1444 noxious
[`nɑkʃəs]
形 有害的；有毒的

1445 numerical
[nju`mɛrɪkl̩]
形 數字的；數值的

1446 numerous
[`njumərəs]
形 許多的；甚多的

1447 nursing
[`nɝsɪŋ]
名 看護；護理

1448 nutrition
[nju`trɪʃən]
名 營養；滋養

1449 nutritious
[nju`trɪʃəs]
形 營養的；滋養的

🔊124 MP3

1450 obedience
[ə`bidjəns]
名 服從;順從

1451 obedient
[ə`bidjənt]
形 順從的

1452 obese
[o`bis]
形 肥胖的;肥大的

1453 object
[`abdʒɪkt]
名 目的;目標

1454 obligated
[`ablɪgetɪd]
形 有責任的

1455 oblige
[ə`blaɪdʒ]
動 強迫;迫使

1456 oblique
[əb`lik]
形 拐彎抹角的

1457 oblivious
[ə`blɪvɪəs]
形 不以為意的

1458 obscure
[əb`skjur]
形 不清楚的

1459 observation
[ˌabzɝ`veʃən]
名 觀察;注視

1460 observe
[əb`zɝv]
動 觀察;看到

1461 obsolete
[ˌabsə`lit]
形 過時的;作廢的

1462 obstacle
[`abstəkl̩]
名 障礙(物);妨礙

1463 obstinate
[`abstənɪt]
形 固執的;頑強的

1464 obstruct
[əb`strʌkt]
動 阻塞;堵塞

1465 obtain
[əb`ten]
動 獲得;取得

1466 obvious
[`abvɪəs]
形 明顯的;顯而易見的

1467 occupation
[ˌakjə`peʃən]
名 職業;工作

1468 occur
[ə`kɝ]
動 存在;出現

1469 odd
[ad]
形 奇特的;古怪的

1470 odor
[`odɚ]
名 氣味;味道

1471 offensive
[ə`fɛnsɪv]
形 冒犯的;唐突的

1472 official
[ə`fɪʃəl]
形 官方的;正式的

1473 offspring
[`ɔf,sprɪŋ]
名 子孫;後裔

1474 omit
[o`mɪt]
動 遺漏;刪去

1475 on the wane
片 減小;變弱

1476 on the whole
片 整體上;大體上

1477 once
[wʌns]
副 曾經

1478 once in a while
片 間或；偶爾

1479 oncoming
[`ɑn͵kʌmɪŋ]
形 即將到來的

1480 onset
[`ɑn͵sɛt]
名 開始；最初

1481 opponent
[ə`ponənt]
名 對手；敵手

1482 opportunity
[͵ɑpə`tjunətɪ]
名 機會；時機

1483 optical
[`ɑptɪkḷ]
形 眼睛的；視力的；光學的

1484 optimal
[`ɑptəməl]
形 最理想的

1485 optimism
[`ɑptəmɪzəm]
名 樂觀；樂天主義

1486 opulence
[`ɑpjələns]
名 富裕；富饒

1487 orally
[`orəlɪ]
副 口頭地；口述地

1488 orbit
[`ɔrbɪt]
動 環行；環繞

1489 organize
[`ɔrgə͵naɪz]
動 組織；安排

1490 organizer
[`ɔrgə͵naɪzɚ]
名 組織者

1491 originate
[ə`rɪdʒə͵net]
動 發源；來自

1492 ornamental
[͵ɔrnə`mɛntḷ]
形 裝飾的；裝飾用的

1493 ornate
[ɔr`net]
形 華麗的；過分修飾的

1494 oscillate
[`ɑsḷet]
動 來回搖擺；猶豫不決

1495 otherwise
[`ʌðɚ͵waɪz]
副 否則；不然

1496 outburst
[`aut͵bɜst]
名 爆發；波動

1497 outgoing
[`aut͵goɪŋ]
形 外向的；友好的

1498 outlet
[`aut͵lɛt]
名 發洩

1499 outrage
[`aut͵redʒ]
動 激怒
名 憤恨

1500 outrun
[aut`rʌn]
動 超過；勝過

1501 outskirts
[`aut͵skɜts]
名 郊區；郊外

1502 outspoken
[aut`spokən]
形 坦率的；直言的

1503 outspread
[`aut`sprɛd]
形 伸展的；展開的

1504 outstanding
[`aut`stændɪŋ]
形 傑出的；顯著的

1505 outstretch
[aut`strɛtʃ]
動 伸展；展開

1506 overall
[`ovɚ͵ɔl]
形 總的；全部的

1507 overcome
[͵ovɚ`kʌm]
動 戰勝；克服

1508 overlap
[͵ovɚ`læp]
動 與…部分重疊

1509 overseas
[`ovɚ`siz]
副 在海外

1510 oversee
[`ovɚ`si]
動 檢查；監督

1511 oversight
[`ovɚ,saɪt]
名 疏忽出錯；失察

1512 overstate
[`ovɚ`stet]
動 誇張；誇大

1513 overtly
[o`vɝtlɪ]
副 公開地；明顯地

1514 overwhelming
[,ovɚ`hwɛlmɪŋ]
形 勢不可擋的

1515 paddle
[`pædl̩]
名 槳狀物；攪拌棒；桌球拍

1516 pale
[pel]
形 蒼白的；淺色的

1517 paradoxical
[,pærə`daksɪkl̩]
形 自相矛盾的

1518 paragon
[`pærəgən]
名 模範

1519 parallel
[`pærə,lɛl]
形 平行的

1520 parliamentary
[,parlə`mɛntərɪ]
形 議會的；國會的

1521 particular
[pə`tɪkjələ]
形 特別的；特定的

1522 passion
[`pæʃən]
名 熱情；激情

1523 passionate
[`pæʃənɪt]
形 熱情的；熱烈的

1524 patch
[pætʃ]
名 片；塊

1525 path
[pæθ]
名 路線；軌道

1526 patron
[`petrən]
名 主顧(尤指老顧客)；資助者

1527 peak
[pik]
名 頂端；高峰

1528 peasant
[`pɛzn̩t]
名 農夫；小耕農

1529 peculiar
[pɪ`kjuljə]
形 奇特的

1530 peddle
[`pɛdl̩]
動 沿街叫賣

1531 peek
[pik]
動 偷看；窺視
名 偷偷一看

1532 peer
[pɪr]
名 同輩；同事

1533 pending
[`pɛndɪŋ]
形 懸而未決的

1534 penetrate
[`pɛnə,tret]
動 穿透；透過

1535 peninsula
[pə`nɪnsələ]
名 半島

1536 pension
[`pɛnʃən]
名 退休金；養老金

1537 percentage
[pə`sɛntɪdʒ]
名 比例；比率

1538 perceptible
[pə`sɛptəbl̩]
形 可察覺的

1539 perceptive
[pə`sɛptɪv]
形 敏銳的；感知的

1540 perforate
[`pɝfə,ret]
動 穿孔；貫穿

1541 perform
[pə`fɔrm]
動 執行；履行

1542 performer
[pəˋfɔrmə]
名 表演者;演奏者

1543 perfume
[ˋpɝfjum]
名 香水;香料

1544 perhaps
[pɝˋhæps]
副 也許;可能

1545 perilous
[ˋpɛrələs]
形 危險的;冒險的

1546 period
[ˋpɪrɪəd]
名 時期;時代

1547 periodical
[ˌpɪrɪˋadɪkl]
名 期刊
形 週期的

1548 periphery
[pəˋrɪfərɪ]
名 周邊;周圍

1549 permeate
[ˋpɝmɪˌet]
動 滲透;透過

1550 permission
[pəˋmɪʃən]
名 允許;同意

1551 permissive
[pəˋmɪsɪv]
形 容許的;隨意的

1552 permit
[pəˋmɪt]
動 允許;許可

1553 perpendicular
[ˌpɝpənˋdɪkjələ]
形 垂直的;成直角的

1554 perpetual
[pəˋpɛtʃuəl]
形 長期的;永久的

1555 perseverance
[ˌpɝsəˋvɪrəns]
名 堅忍不拔

1556 persevere
[ˌpɝsəˋvɪr]
動 堅持不懈

1557 persist
[pəˋsɪst]
動 持續;堅持

1558 perspective
[pəˋspɛktɪv]
名 看法;觀點

1559 pertain to
片 相關;關於

1560 pertinent
[ˋpɝtnənt]
形 有關的;貼切的

1561 peruse
[pəˋruz]
動 精讀;細閱

1562 petty
[ˋpɛtɪ]
形 小的;瑣碎的

1563 phase
[fez]
名 階段;時期

1564 phenomenally
[fɪˋnamənəlɪ]
副 不尋常地

1565 phenomenon
[fəˋnaməˌnan]
名 現象

1566 philanthropic
[ˌfɪlənˋθrapɪk]
形 慈善的;博愛的

1567 phonetic
[fəˋnɛtɪk]
形 語音的;語音學的

1568 physician
[fɪˋzɪʃən]
名 內科醫生

1569 physics
[ˋfɪzɪks]
名 物理學

1570 physiology
[ˌfɪzɪˋalədʒɪ]
名 生理學

1571 piecemeal
[ˋpisˌmil]
形 零碎的
副 零碎地

1572 pierce
[pɪrs]
動 刺穿;穿過

1573 pinpoint
[ˋpɪnˌpɔɪnt]
動 準確定位

1574 pioneering
[paɪəˋnɪərɪŋ]
形 先驅的；開拓的

1575 pivotal
[ˋpɪvətl]
形 中樞的；重要的

1576 placid
[ˋplæsɪd]
形 平靜的；寧靜的

1577 plague
[pleg]
名 瘟疫；鼠疫

1578 plain
[plen]
形 樸素的；清楚的

1579 plane
[plen]
名 飛機

1580 plead
[plid]
動 辯護；抗辯；懇求

1581 pleasant
[ˋplɛznt]
形 愉快的；惬意的

1582 pleasing
[ˋplizɪŋ]
形 令人愉快的

1583 plentiful
[ˋplɛntɪfəl]
形 豐富的；充足的

1584 plot
[plɑt]
名 (建築物的)平面圖

1585 plume
[plum]
名 羽毛；羽狀物

1586 plump
[plʌmp]
形 圓滾滾的；胖嘟嘟的

1587 plunder
[ˋplʌndɚ]
動 掠奪；搶劫

1588 plunge
[plʌndʒ]
動 使投入；使陷入
名 跳入；猛跌

1589 Pluto
[ˋpluto]
名 冥王星

1590 pocketbook
[ˋpɑkɪt͵bʊk]
名 女用手提包；皮夾

1591 poke
[pok]
動 戳；捅
名 戳；撥弄

1592 polish
[ˋpɑlɪʃ]
動 磨光；擦亮

1593 poll
[pol]
名 民意調查

1594 ponder
[ˋpɑndɚ]
動 沉思；默想

1595 ponderous
[ˋpɑndərəs]
形 笨重的

1596 pool
[pul]
名 水池；水塘

1597 poor
[pʊr]
形 貧窮的；不良的；粗劣的

1598 popular
[ˋpɑpjələ]
形 流行的；受歡迎的

1599 population
[͵pɑpjəˋleʃən]
名 人口總數

1600 porcelain
[ˋpɔrslɪn]
名 瓷；瓷器

1601 pore
[por]
名 毛孔；細孔

1602 portion
[ˋporʃən]
名 部分；一份

1603 portrait
[ˋportret]
名 肖像；人像

1604 position
[pəˋzɪʃən]
名 職位；職務

1605 possess
[pəˋzɛs]
動 擁有；具有

1606
postulate
[`pɑstʃə‚let]
動 要求；假設

1607
potent
[`potn̩t]
形 有效力的；(飲料)濃烈的

1608
potential
[pə`tɛnʃəl]
形 潛在的；可能的

1609
pouch
[pautʃ]
名 小袋；囊

1610
poverty
[`pɑvətɪ]
名 貧窮；貧乏

1611
powerful
[`pauəfəl]
形 強有力的

1612
practical
[`præktɪkl̩]
形 實用的；可行的

1613
preach
[pritʃ]
動 宣揚；鼓吹

1614
precarious
[prɪ`kɛrɪəs]
形 不穩定的

1615
precaution
[prɪ`kɔʃən]
名 謹慎；預防措施

1616
precede
[prɪ`sid]
動 居先；先於

1617
precedent
[`prɛsədənt]
名 前例；【律】判例

1618
precipitate
[prɪ`sɪpə‚tet]
動 促使；引發

1619
precipitous
[prɪ`sɪpətəs]
形 陡峭的；險峻的

1620
precise
[prɪ`saɪs]
形 準確的；精確的

1621
predatory
[`prɛdə‚torɪ]
形 食肉的；掠奪性的

1622
predecessor
[`prɛdɪ‚sɛsə]
名 前輩；前任

1623
predicament
[‚prɪ`dɪkəmənt]
名 困境；尷尬的處境

1624
prediction
[prɪ`dɪkʃən]
名 預報；預言

1625
predisposition
[‚pridɪspə`zɪʃən]
名 傾向；素質

1626
predominant
[prɪ`dɑmənənt]
形 佔優勢的；主要的；突出的

1627
preeminence
[prɪ`ɛmɪnəns]
名 卓越；突出

1628
preeminent
[prɪ`ɛmɪnənt]
形 卓越的；顯著的

1629
preface
[`prɛfɪs]
名 序言；序文

1630
prefer
[prɪ`fɝ]
動 偏好；喜歡

1631
prehistoric
[‚prihɪs`tɔrɪk]
形 史前的；久遠的

1632
preliminary
[prɪ`lɪmə‚nɛrɪ]
形 初步的；預備的

1633
preoccupation
[pri‚ɑkjə`peʃən]
名 搶先佔據；關注的事物

1634
preposterous
[prɪ`pɑstərəs]
形 荒謬的；反常的

1635
prescribe
[prɪ`skraɪb]
動 規定；開(藥方)

1636
present
[prɪ`zɛnt]
動 呈遞；提出

1637
preservation
[‚prɛzɚ`veʃən]
名 保護；維護

1638 preserve
[prɪ`zɜv]
動 保存；維持

1639 preside
[prɪ`zaɪd]
動 主持；管轄

1640 pressing
[`prɛsɪŋ]
形 急迫的；緊急的

1641 prestigious
[prɛs`tɪdʒəs]
形 有聲望的；有威信的

1642 presumably
[prɪ`zuməblɪ]
副 大概；可能

1643 prevail
[prɪ`vel]
動 流行；普遍

1644 prevalent
[`prɛvələnt]
形 流行的；普遍的

1645 prevent
[prɪ`vɛnt]
動 制止；阻止

1646 previous
[`priviəs]
形 先前的；之前的

1647 prey
[pre]
動 捕食
名 獵物

1648 primarily
[praɪ`mɛrəlɪ]
副 主要地；基本上

1649 primary
[`praɪ,mɛrɪ]
形 主要的；首要的

1650 primitive
[`prɪmətɪv]
形 原始的；遠古的

1651 principal
[`prɪnsəpḷ]
形 資金的；主要的

1652 principle
[`prɪnsəpḷ]
名 原理；原則

1653 print
[prɪnt]
動 印刷；刊印

1654 prior to
片 在…之前；居前

1655 priority
[praɪ`ɔrətɪ]
名 優先權

1656 prison
[`prɪzṇ]
名 監獄；牢房

1657 pristine
[prɪs`tin]
形 原始的；純樸的

1658 private
[`praɪvɪt]
形 私人的；私有的

1659 privilege
[`prɪvḷɪdʒ]
名 特權；優待

1660 probable
[`prɑbəbḷ]
形 可能的；大概的

1661 probe
[prob]
動 刺探；徹底調查

1662 procedure
[prə`sidʒɚ]
名 程序；步驟

1663 proclaim
[prə`klem]
動 宣告；公布

1664 procrastinate
[pro`kræstə,net]
動 延遲；耽誤

1665 procure
[pro`kjur]
動 獲得；取得

1666 prodigy
[`prɑdədʒɪ]
名 奇才；天才

1667 produce
[`prɑdjus]
名 農產品；產品

1668 product
[`prɑdəkt]
名 產品；產物

1669 productive
[prə`dʌktɪv]
形 生產的；多產的

1670 **profess** [prə`fɛs] 動 公開宣稱；表示	**1671** **proficiency** [prə`fɪʃənsɪ] 名 熟練；精通	**1672** **profitable** [`prɑfɪtəbḷ] 形 有利的；有益的	**1673** **profoundly** [prə`faʊndlɪ] 副 深刻地；極度地
1674 **profusion** [prə`fjuʒən] 名 豐富；大量	**1675** **prohibit** [prə`hɪbɪt] 動 禁止；阻止	**1676** **project** [`prɑdʒɛkt] 名 方案；工程	**1677** **proliferate** [prə`lɪfə͵ret] 動 增殖；增生
1678 **prolific** [prə`lɪfɪk] 形 多產的；成果豐碩的	**1679** **prolong** [prə`lɔŋ] 動 拉長；拖延	**1680** **prominent** [`prɑmənənt] 形 顯著的；卓越的	**1681** **promising** [`prɑmɪsɪŋ] 形 有前途的
1682 **prompt** [prɑmpt] 動 促使；激勵 形 敏捷的；迅速的	**1683** **propagate** [`prɑpə͵get] 動 (動植物)繁殖；傳播； 使普及	**1684** **propel** [prə`pɛl] 動 推進；推動	**1685** **proper** [`prɑpɚ] 形 適當的；合適的
1686 **prophetic** [prə`fɛtɪk] 形 預示的；預言的	**1687** **propitious** [prə`pɪʃəs] 形 有利的；吉祥的	**1688** **proponent** [prə`ponənt] 名 支持者	**1689** **proportion** [prə`porʃən] 名 比例；部分
1690 **proscribe** [prə`skraɪb] 動 禁止；排斥	**1691** **prosecute** [`prɑsɪ͵kjut] 動 對…起訴	**1692** **prospective** [prə`spɛktɪv] 形 未來的；潛在的	**1693** **prosperity** [prɑs`pɛrətɪ] 名 昌盛；繁榮
1694 **protagonist** [prə`tægənɪst] 名 主角；主人公	**1695** **protest** [prə`tɛst] 動 抗議；反對	**1696** **prototype** [`protə͵taɪp] 名 原型；模範	**1697** **protrude** [pro`trud] 動 突出；伸出
1698 **prove** [pruv] 動 證實；確認	**1699** **provide** [prə`vaɪd] 動 提供；供應	**1700** **provision** [prə`vɪʒən] 名 供應；規定；條款	**1701** **provocative** [prə`vɑkətɪv] 形 氣人的；挑撥的

1702 provoke
[prəˋvok]
動 誘發；激起；激怒

1703 prowl
[praʊl]
動 徘徊；潛行

1704 proximity
[prɑkˋsɪmətɪ]
名 接近；附近

1705 prune
[prun]
動 修剪

1706 pseudonym
[ˋsudn̩͵ɪm]
名 筆名；假名

1707 psychological
[͵saɪkəˋlɑdʒɪkl̩]
形 心理學的

1708 public
[ˋpʌblɪk]
名 普通民眾
形 公眾的；公共的

1709 publicity
[pʌbˋlɪsətɪ]
名 名聲；宣傳

1710 pulverize
[ˋpʌlvə͵raɪz]
動 研磨成粉

1711 pump
[pʌmp]
動 抽(液體)；打(氣)
名 幫浦

1712 punctual
[ˋpʌŋktʃʊəl]
形 準時的

1713 puncture
[ˋpʌŋktʃɚ]
動 刺穿；刺破

1714 pungent
[ˋpʌndʒənt]
形 刺激的；辛辣的

1715 pure
[pjʊr]
形 純淨的；完美的

1716 purify
[ˋpjʊrə͵faɪ]
動 淨化；精煉

1717 pursue
[pəˋsu]
動 追捕；追擊

1718 pursuit
[pəˋsut]
名 追求；尋求

1719 put off
片 延期；推遲

1720 put on
片 穿上(衣物等)

1721 put up with
片 容忍；忍受

1722 puzzle
[ˋpʌzl̩]
動 使困惑
名 難題；謎

1723 puzzling
[ˋpʌzl̩ɪŋ]
形 令人困惑的

1724 quantity
[ˋkwɑntətɪ]
名 數量；分量

1725 quarantine
[ˋkwɔrən͵tin]
名 隔離；檢疫

1726 quarter
[ˋkwɔrtɚ]
名 四分之一；季度

1727 quarterly
[ˋkwɔrtɚlɪ]
名 季刊
副 按季度

1728 quest
[kwɛst]
名 尋找；探索

1729 quiver
[ˋkwɪvɚ]
動 顫抖；發抖

1730 radiant
[ˋredjənt]
形 發光的；輻射的

1731 radically
[ˋrædɪkl̩ɪ]
副 根本地；完全地

1732 radioactive
[͵redɪoˋæktɪv]
形 放射性的

1733 radius
[ˋredɪəs]
名 半徑；半徑距離

1734 ragged
[`rægɪd]
形 破爛的；衣衫襤褸的

1735 raid
[red]
動 突然襲擊；劫掠
名 襲擊；侵略

1736 raise
[rez]
動 飼養；養育

1737 random
[`rændəm]
形 隨便的；任意的

1738 range
[rendʒ]
名 變化範圍

1739 rank
[ræŋk]
名 等級；地位

1740 rapid
[`ræpɪd]
形 快速的

1741 rarely
[`rɛrlɪ]
副 極少地；罕見地

1742 rather
[`ræðɚ]
副 相當；頗

1743 rather than
片 而不是

1744 ratify
[`rætə‚faɪ]
動 正式批准

1745 ration
[`ræʃən]
名 配給量；定量

1746 raw
[rɔ]
形 生的；天然的

1747 raze
[rez]
動 摧毀；夷平

1748 readily
[`rɛdɪlɪ]
副 很快地；欣然

1749 realm
[rɛlm]
名 領域；範圍

1750 reap
[rip]
動 收獲；得到

1751 rear
[rɪr]
動 培養；飼養

1752 reason
[`rizn̩]
動 推理；推論
名 理由；原因

1753 rebate
[`ribet]
名 折扣

1754 rebuild
[ri`bɪld]
動 重建；改建

1755 rebuke
[rɪ`bjuk]
動 指責；非難

1756 receive
[rɪ`siv]
動 接受；接收

1757 receptacle
[rɪ`sɛptəkl̩]
名 容器；貯藏所

1758 recite
[rɪ`saɪt]
動 朗讀；列舉

1759 reckless
[`rɛklɪs]
形 魯莽的；不顧後果的

1760 reckon
[`rɛkən]
動 認為；計算

1761 recognition
[‚rɛkəg`nɪʃən]
名 承認；賞識

1762 recollection
[rɛkə`lɛkʃən]
名 回憶；記憶

1763 record
[rɪ`kɔrd]
動 記錄；記載

1764 recount
[‚rɪ`kaunt]
動 重新計算；講述

1765 recover
[rɪ`kʌvɚ]
動 重新獲得；尋回

1766 recruit
[rɪˋkrut]
動 招募(新兵)；聘用

1767 recruitment
[rɪˋkrutmənt]
名 招募新人

1768 rectify
[ˋrɛktəˏfaɪ]
動 矯正；修正

1769 recur
[rɪˋkɜ]
動 再發生；復發

1770 recurrent
[rɪˋkɜənt]
形 一再發生的

1771 recycle
[riˋsaɪkḷ]
動 回收利用

1772 redeem
[rɪˋdim]
動 償還；補救

1773 reduce
[rɪˋdjus]
動 減少；降低

1774 redundant
[rɪˋdʌndənt]
形 多餘的；過剩的

1775 refine
[rɪˋfaɪn]
動 提煉；精煉

1776 reflect
[rɪˋflɛkt]
動 反映；反射

1777 reform
[ˏrɪˋfɔrm]
動 改革；改良
名 改革

1778 reformatory
[rɪˋfɔrməˏtorɪ]
名 少年感化院
形 改良的

1779 refreshing
[rɪˋfrɛʃɪŋ]
形 清新的；清爽的

1780 refrigerant
[rɪˋfrɪdʒərənt]
名 冷卻劑
形 冷凍的；冷卻的

1781 refuge
[ˋrɛfjudʒ]
名 避難；庇護所

1782 refuse
[rɪˋfjuz]
動 拒絕；不願

1783 regardless of
片 不顧；不管

1784 region
[ˋridʒən]
名 地區；區域

1785 register
[ˋrɛdʒɪstə]
動 登記；註冊

1786 regularly
[ˋrɛgjələlɪ]
副 定期地；規律地

1787 regulate
[ˋrɛgjəˏlet]
動 調節；控制

1788 rehabilitation
[ˏrihəˏbɪləˋteʃən]
名 修復；復興

1789 reimburse
[ˏriɪmˋbɜs]
動 償還；補償

1790 reinforce
[ˏriɪnˋfɔrs]
動 加強；強化

1791 relate
[rɪˋlet]
動 相關；涉及

1792 relatively
[ˋrɛlətɪvlɪ]
副 相對地；比較地

1793 relay
[rɪˋle]
動 分程傳遞；轉達

1794 release
[rɪˋlis]
動 釋放；鬆開；發表
名 釋放；發行

1795 relevant
[ˋrɛləvənt]
形 有關的

1796 reliance
[rɪˋlaɪəns]
名 依靠；依賴

1797 relieve
[rɪˋliv]
動 緩和；減輕

1798 relinquish
[rɪ`lɪŋkwɪʃ]
動 放棄;讓與

1799 reluctant
[rɪ`lʌktənt]
形 不情願的;勉強的

1800 remain
[rɪ`men]
動 維持;保持

1801 remark
[rɪ`mɑrk]
動 評論;議論

1802 remarkable
[rɪ`mɑrkəbḷ]
形 非凡的;引人注目的

1803 remedy
[`rɛmədɪ]
動 治療
名 補救

1804 remember
[rɪ`mɛmbə]
動 回憶;記起

1805 remnant
[`rɛmnənt]
名 殘餘;殘跡
形 殘餘的;殘留的

1806 render
[`rɛndə]
動 提供;履行

1807 renowned
[rɪ`naυnd]
形 著名的;有名的

1808 repeat
[rɪ`pit]
動 重複;反覆

1809 repel
[rɪ`pɛl]
動 排斥;對抗

1810 repent
[rɪ`pɛnt]
動 悔悟;後悔

1811 replace
[rɪ`ples]
動 取代;以…代替

1812 representative
[rɛprɪ`zɛntətɪv]
名 代表
形 具代表性的

1813 require
[rɪ`kwaɪr]
動 需要

1814 requisition
[,rɛkwə`zɪʃən]
名 正式請求;正式要求

1815 rescue
[`rɛskju]
動 挽救;營救
名 救援;營救

1816 research
[rɪ`sɝtʃ]
動 調查;探究

1817 resemble
[rɪ`zɛmbḷ]
動 與…相像;類似

1818 reservoir
[`rɛzə‚vɔr]
名 蓄水庫;貯藏所

1819 reside
[rɪ`zaɪd]
動 居住;生存

1820 resident
[`rɛzədənt]
名 居民;定居者
形 居住的;定居的

1821 resign
[rɪ`zaɪn]
動 放棄;辭去

1822 resist
[rɪ`zɪst]
動 抵擋;經受住

1823 resolute
[`rɛzə‚lut]
形 堅決的;果斷的

1824 resolve
[rɪ`zɑlv]
動 解決;分解

1825 resonant
[`rɛzənənt]
形 共鳴的;洪亮的

1826 resource
[rɪ`sors]
名 資源;物力

1827 respect
[rɪ`spɛkt]
動 尊重;尊敬
名 尊敬;敬意

1828 respiration
[‚rɛspə`reʃən]
名 呼吸

1829 respond
[rɪ`spand]
動 對答;反應

1830 responsibility
[rɪ͵spɑnsə`bɪlətɪ]
名 責任；任務

1831 restless
[`rɛstlɪs]
形 焦躁不安的

1832 restore
[rɪ`stor]
動 使復原；恢復

1833 restrict
[rɪ`strɪkt]
動 限制；約束

1834 restrictive
[rɪ`strɪktɪv]
形 限制的；約束的

1835 result
[rɪ`zʌlt]
名 結果；戰績

1836 resume
[rɪ`zjum]
動 繼續；恢復

1837 retain
[rɪ`ten]
動 保留；維持

1838 retard
[rɪ`tɑrd]
動 使緩慢；阻止

1839 retrieve
[rɪ`triv]
動 取回；找回

1840 reveal
[rɪ`vil]
動 洩漏；展現

1841 reverence
[`rɛvərəns]
名 敬仰；敬愛

1842 revise
[rɪ`vaɪz]
動 修訂；校訂

1843 revitalize
[ri`vaɪtḷ͵aɪz]
動 使恢復生氣

1844 revoke
[rɪ`vok]
動 吊銷；取消

1845 revolutionize
[͵rɛvə`luʃən͵aɪz]
動 變革；徹底改革

1846 rewarding
[rɪ`wɔrdɪŋ]
形 有益的；有報酬的

1847 rhythm
[`rɪðəm]
名 節奏；律動

1848 rich
[rɪtʃ]
形 有錢的；豐饒的

1849 ridicule
[`rɪdɪkjul]
動 嘲笑；揶揄
名 取笑；嘲笑

1850 rigor
[`rɪgə]
名 嚴酷；艱苦

1851 rigorous
[`rɪgərəs]
形 嚴格的；嚴厲的

1852 ripe
[raɪp]
形 成熟的；成年的

1853 rise
[raɪz]
動 上升；浮起
名 增加；上升

1854 risk
[rɪsk]
動 冒著…的風險
名 風險；危險

1855 ritual
[`rɪtʃʊəl]
名 儀式；典禮

1856 roam
[rom]
動 漫步；流浪
名 漫遊；閒逛

1857 roar
[ror]
動 吼叫
名 怒吼

1858 robust
[rə`bʌst]
形 強健的；結實的

1859 root
[rut]
動 根源於
名 起源；(植物的)根

1860 rotate
[`rotet]
動 旋轉；轉動

1861 rough
[rʌf]
形 粗糙的；不光滑的

1862 roughly
[`rʌflɪ]
副 概略地；大約

1863 routine
[ru`tin]
名 例行公事

1864 rudimentary
[ˌrudə`mɛntəri]
形 原始的；退化的

1865 rue
[ru]
名 懊悔；後悔；悲嘆

1866 ruin
[`ruɪn]
動 破壞；使成廢墟
名 斷垣殘壁

1867 rule out
片 畫線去掉；把…排除在外

1868 run
[rʌn]
動 經營；管理

1869 run into
片 遇見(某人)

1870 run out
片 用完；耗光

1871 rupture
[`rʌptʃɚ]
名 破裂；不合

1872 rural
[`rurəl]
形 農村的；田園的

1873 rushing
[`rʌʃɪŋ]
形 急流的

1874 rustling
[`rʌslɪŋ]
名 沙沙聲

1875 ruthless
[`ruθlɪs]
形 無情的；殘忍的

UNIT 5 (S) → (Z)

1876 sacred
[`sekrɪd]
形 神聖的；莊嚴的；宗教的

1877 sacrifice
[`sækrəˌfaɪs]
動 犧牲；獻出
名 祭品

1878 safeguard
[`sefˌgɑrd]
動 防衛；保護

1879 safety
[`seftɪ]
名 安全；保障

1880 saltiness
[`sɔltɪnɪs]
名 鹽味；鹹

1881 salutary
[`sæljəˌtɛrɪ]
形 有益的；有利的

1882 salute
[sə`lut]
動 問候；行禮

1883 salvage
[`sælvɪdʒ]
動 營救；挽救
名 搶救；沈船打撈

1884 same
[sem]
形 同樣的

1885 sanction
[`sæŋkʃən]
名 批准；同意

1886 sanitation
[ˌsænəˋteʃən]
名 公共衛生

1887 satirical
[səˋtɪrɪkḷ]
形 愛挖苦人的

1888 saturate
[`sætʃəˌret]
動 浸透；飽和

1889 savage
[`sævɪdʒ]
形 野性的；原始的

1890 scale
[skel]
名 刻度；尺度

1891 scan
[skæn]
動 掃描；瀏覽

1892 scarce
[skɛrs]
形 稀少的；珍貴的

1893 scarlet
[`skɑrlɪt]
形 猩紅的；鮮紅的

1894 scatter
[`skætə]
動 散布；分散

1895 scene
[sin]
名 場景；現場

1896 scenic
[`sinɪk]
形 景色優美的

1897 scent
[sɛnt]
名 氣味；香味

1898 scheme
[skim]
名 陰謀；計畫

1899 scope
[skop]
名 範圍；領域

1900 score
[skor]
名 樂譜

1901 scout
[skaut]
動 偵察；搜索

1902 scramble
[`skræmbḷ]
動 爬行；攀爬

1903 scrape
[skrep]
動 擦傷；刮破

1904 screw
[skru]
動 旋；擰
名 螺絲釘

1905 scrub
[skrʌb]
動 擦洗

1906 scrupulous
[`skrupjələs]
形 一絲不苟的

1907 scrutinize
[`skrutṇˌaɪz]
動 詳細檢查；細看

1908 scrutiny
[`skrutṇɪ]
名 檢查；監視

1909 seal
[sil]
動 密封；蓋章
名 印章；圖章

1910 seaside
[`siˌsaɪd]
形 海邊的；海濱的

1911 secession
[sɪˋsɛʃən]
名 脫離；退出

1912 secluded
[sɪˋkludɪd]
形 偏僻的；隱退的

1913 secondhand
[`sɛkəndˋhænd]
形 第二手的

1914 secrete
[sɪˋkrit]
動 隱匿；(生理)分泌

1915 secure
[sɪˋkjur]
形 安全的

1916 sedentary
[`sɛdn̩ˌtɛrɪ]
形 (鳥等)定棲的

1917 seek
[sik]
動 尋求；試圖

1918 seem
[sim]
動 似乎；好像

1919 seemingly
[`simɪŋlɪ]
副 表面上；似乎是

1920 segment
[`sɛgmənt]
名 部分；片段

1921 segregate
[`sɛgrɪˌget]
動 使分開；隔離

1922 seize
[siz]
動 抓住；掌握

1923 seldom
[`sɛldəm]
副 很少；難得

1924 select
[sə`lɛkt]
動 選拔；挑選

1925 selection
[sə`lɛkʃən]
名 選擇；選拔；精選品

1926 self-esteem
[ˌsɛlfəs`tim]
名 自尊；自負

1927 self-reliant
[`sɛlfrɪ`laɪənt]
形 自力更生的

1928 senior
[`sinjə]
形 年長的；年資較深的

1929 sensation
[sɛn`seʃən]
名 感覺；知覺

1930 sensational
[sɛn`seʃənəl]
形 引起轟動的；驚人的

1931 sense
[sɛns]
動 感覺到；了解
名 感覺；意識

1932 sensitive
[`sɛnsətɪv]
形 敏感的；感光的

1933 sentimental
[ˌsɛntə`mɛntl̩]
形 多愁善感的

1934 separate
[`sɛpərɪt]
形 單獨的；分離的

1935 sequence
[`sikwəns]
名 次序；先後；連續

1936 serendipitous
[ˌsɛrən`dɪpɪtəs]
形 偶然的；意外的

1937 set
[sɛt]
動 配置；安置

1938 set off
片 出發；開始

1939 set up
片 設立；設置

1940 setting
[`sɛtɪŋ]
名 布景；安置

1941 settle
[`sɛtl̩]
動 決定；解決

1942 settled
[`sɛtl̩d]
形 固定的；持續不變的

1943 settlement
[`sɛtl̩mənt]
名 安頓；定居

1944 severe
[sə`vɪr]
形 猛烈的；嚴酷的

1945 shabby
[`ʃæbɪ]
形 衣衫襤褸的

1946 shallow
[`ʃælo]
形 淺的；淺薄的；膚淺的

1947 shape
[ʃep]
動 使成形
名 形狀

1948 sharp
[ʃɑrp]
形 輪廓鮮明的；急劇的

1949 shelter
[`ʃɛltə]
動 掩蔽；遮蔽

1950 shield
[`ʃild]
動 保護；避開
名 盾；盾狀物

1951 shift
[ʃɪft]
動 改變；變動

1952 shiver
[`ʃɪvə]
動 發抖；打顫
名 顫抖；寒顫

1953 shock
[ʃɑk]
動 震動；使震驚

1954 shortcut
[`ʃɔrt,kʌt]
名 快捷方式；近路

1955 show
[ʃo]
動 出示；顯示
名 展覽；演出節目

1956 shrink
[ʃrɪŋk]
動 收縮；縮小

1957 shrub
[ʃrʌb]
名 灌木；灌木叢

1958 shun
[ʃʌn]
動 回避；躲開

1959 shy
[ʃaɪ]
形 膽怯的；羞怯的

1960 side effect
片 副作用

1961 sightless
[`saɪtlɪs]
形 盲的；瞎的

1962 significance
[sɪg`nɪfəkəns]
名 意義；重要性

1963 significant
[sɪg`nɪfəkənt]
形 重要的；值得注意的

1964 silly
[`sɪlɪ]
形 愚蠢的；傻的

1965 similar
[`sɪmələ]
形 相似的；類似的

1966 simultaneous
[,saɪm]`tenɪəs]
形 同時發生的

1967 single
[`sɪŋgl]
形 單身的；一個人的

1968 sit
[sɪt]
動 坐落；位於

1969 site
[saɪt]
名 地點；場所

1970 sizable
[`saɪzəbl]
形 相當大的

1971 skeleton
[`skɛlətn]
名 骨骼；骸骨

1972 skepticism
[`skɛptəsɪzəm]
名 懷疑主義

1973 sketch
[skɛtʃ]
名 概略；梗概

1974 skilled
[skɪld]
形 熟練的；有技能的

1975 skyrocket
[`skaɪ,rɑkɪt]
動 猛漲；突增

1976 skyscraper
[`skaɪ,skrepə]
名 摩天樓

1977 slacken
[`slækən]
動 放鬆；減緩

1978 slash
[slæʃ]
動 猛砍；減少

1979 slaughter
[`slɔtə]
動 屠宰；屠殺

1980 slender
[`slɛndɚ]
形 修長的；纖細的

1981 slight
[slaɪt]
形 微小的；細微的

1982 slightly
[`slaɪtlɪ]
副 輕微地；稍微地

1983 slim
[slɪm]
形 苗條的；細長的

1984 slippery
[`slɪpərɪ]
形 滑的；容易滑的

1985 sluggish
[`slʌgɪʃ]
形 遲鈍的；緩慢的

1986 sly
[slaɪ]
形 狡猾的；狡詐的

1987 smart
[smart]
形 聰明的；機敏的

1988 smash
[smæʃ]
動 粉碎；(網球的)殺球
名 粉碎；瓦解

1989 smudge
[smʌdʒ]
動 弄髒；塗汙

1990 snap
[snæp]
動 折斷；拉斷

1991 snout
[snaut]
名 (動物的)口鼻部

1992 soak
[sok]
動 浸泡；使濕透
名 浸泡；浸漬

1993 soar
[sor]
動 高飛；翱翔；猛增

1994 sober
[`sobɚ]
形 清醒的；沒喝醉的

1995 society
[sə`saɪətɪ]
名 社會

1996 soil
[sɔɪl]
動 弄髒；玷汙

1997 sole
[sol]
名 腳底；鞋墊
形 單獨的

1998 solemn
[`saləm]
形 嚴肅的；莊重的

1999 solicit
[sə`lɪsɪt]
動 請求；懇求；誘發

2000 solidify
[sə`lɪdə‚faɪ]
動 鞏固；弄堅固

2001 solidly
[`salɪdlɪ]
副 堅定地；牢固地

2002 solitary
[`salə‚tɛrɪ]
形 單獨的；獨居的

2003 solitude
[`salə‚tjud]
名 孤獨；寂寞

2004 sometimes
[`sʌm‚taɪmz]
副 有時；偶爾

2005 somewhat
[`sʌm‚hwat]
副 稍微；有點

2006 sophisticated
[sə`fɪstɪ‚ketɪd]
形 富有經驗的；精密的

2007 sorrowful
[`sarəfəl]
形 傷心的；悲傷的

2008 sort
[sɔrt]
名 種類；類型

2009 sort out
片 挑選出

2010 soundproof
[`saund‚pruf]
形 隔音的

2011 sour
[`saur]
形 酸味的；酸腐的

2012 source
[sors]
名 根源；來源

2013 sovereign
[`savrın]
形 主權的；獨立的

2014 sow
[so]
動 播種；種植

2015 spacious
[`speʃəs]
形 寬敞的；廣闊的

2016 span
[spæn]
動 橫跨；跨越

2017 spark
[spark]
動 激發；發動
名 火花

2018 sparse
[spars]
形 稀少的；稀疏的

2019 spawn
[spɔn]
動 醞釀；引起
名 (魚等的)卵；幼苗

2020 specimen
[`spɛsəmən]
名 樣品；樣本；標本

2021 speck
[spɛk]
名 微粒；小點

2022 speculate
[`spɛkjə,let]
動 推測；假設

2023 speech
[spitʃ]
名 語言；談話

2024 speed
[spid]
名 速度

2025 spell
[spɛl]
動 用字母拼；拼寫

2026 spin
[spɪn]
動 使旋轉；(汽車等)疾馳
名 旋轉；疾馳

2027 spine
[spaɪn]
名 脊骨；脊柱

2028 spiny
[`spaɪnɪ]
形 多刺的；刺狀的

2029 splendor
[`splɛndə]
名 光輝；光彩

2030 split
[splɪt]
動 劈開；切開

2031 spoil
[spɔɪl]
動 損壞；糟蹋；溺愛

2032 spontaneous
[span`tenɪəs]
形 自發的；無意識的

2033 spot
[spat]
名 場所；地點
動 看出；發現

2034 spouse
[spauz]
名 配偶；妻子；丈夫

2035 sprawl
[sprɔl]
動 (植物)蔓生；(都市)無
計畫地擴展

2036 spread out
片 傳開；蔓延

2037 sprinkle
[`sprɪŋkl]
動 撒；散布

2038 spur
[spɜ]
動 刺激；激勵

2039 squander
[`skwandə]
動 揮霍；浪費

2040 square
[skwɛr]
名 正方形；廣場

2041 squash
[skwaʃ]
動 擠壓；碾壓

2042 stab
[stæb]
動 刺；戳；刺入

2043 stable
[`stebl]
形 穩定的；牢固的

2044
stage
[stedʒ]
名 時期；階段

2045
staggering
[`stægərɪŋ]
形 巨大的；難以相信的

2046
stagnant
[`stægnənt]
形 停滯的；蕭條的

2047
stain
[sten]
動 弄髒；染汙
名 汙點；瑕疵

2048
stainless
[`stenlɪs]
形 無瑕疵的；不鏽的

2049
stalk
[stɔk]
名 莖；花梗

2050
stamina
[`stæmənə]
名 耐力；精力

2051
stand
[stænd]
動 忍受

2052
stand for
片 代表；象徵

2053
standard
[`stændəd]
名 標準
形 規範的

2054
standardize
[`stændəd͵aɪz]
動 使標準化

2055
standpoint
[`stænd͵pɔɪnt]
名 看法；觀點

2056
staple
[`stepl̩]
名 主要成分；主要產品

2057
startling
[`stɑrtlɪŋ]
形 令人吃驚的

2058
starve
[stɑrv]
動 挨餓；餓死

2059
stately
[`stetlɪ]
形 堂皇的；莊嚴的

2060
static
[`stætɪk]
形 靜態的；固定的

2061
stationary
[`steʃən͵ɛrɪ]
形 不變的；靜止的

2062
stature
[`stætʃə]
名 身材；身高

2063
stay up
片 熬夜

2064
steadfast
[`stɛd͵fæst]
形 堅定的；不變的

2065
steadily
[`stɛdəlɪ]
副 平穩地；不斷地

2066
steep
[stip]
形 陡峭的

2067
stem from
片 源自於…；因…而造成

2068
steppe
[stɛp]
名 (沒樹木的)大草原

2069
sterile
[`stɛrəl]
形 不結果實的；無菌的

2070
stern
[stɜn]
形 嚴厲的；苛刻的

2071
stick to
片 黏住；堅持

2072
stiff
[stɪf]
形 僵硬的；剛強的

2073
still
[stɪl]
形 靜止的
副 仍然

2074
stimulate
[`stɪmjə͵let]
動 激發；促進

2075
stink
[stɪŋk]
動 發出惡臭

2076 stipulate
[`stɪpjə‚let]
動 規定；約定

2077 stir
[stɜ]
動 攪拌；激起
名 攪拌；轟動

2078 stock
[stɑk]
名 進貨；庫存品

2079 stoically
[`stoɪklɪ]
副 恬淡寡慾地

2080 stony
[`stonɪ]
形 冷酷的；面無表情的

2081 stop
[stɑp]
動 停止；中止

2082 store
[stor]
動 貯存
名 貯藏

2083 storm
[storm]
名 風暴；壞天氣

2084 story
[`storɪ]
名 故事；傳說

2085 strain
[stren]
動 拉緊；扭傷
名 緊張；勞累

2086 strand
[strænd]
名 一股；一縷

2087 strange
[strendʒ]
形 陌生的；不熟悉的

2088 strategy
[`strætədʒɪ]
名 戰略；策略

2089 stratum
[`strætəm]
名 地層；階層

2090 streamline
[`strim‚laɪn]
名 流線型

2091 strength
[strɛŋθ]
名 力氣；力量

2092 strengthen
[`strɛŋθən]
動 增強；加強；鞏固

2093 strenuous
[`strɛnjuəs]
形 劇烈的；艱苦的

2094 stress
[strɛs]
動 強調；著重
名 壓力；緊張

2095 stretch
[strɛtʃ]
動 伸直；使延伸
名 伸展；舒展肢體

2096 strict
[strɪkt]
形 嚴密的；精確的

2097 strike
[straɪk]
動 碰撞
名 罷工

2098 striking
[`straɪkɪŋ]
形 顯著的；打擊的

2099 stringent
[`strɪndʒnet]
形 嚴格的；嚴厲的

2100 strip
[strɪp]
動 剝除；把…切成細條
名 條；細長片

2101 strive
[straɪv]
動 努力；奮鬥

2102 stroll
[strol]
動 散步

2103 strongly
[`strɔŋlɪ]
副 強烈地；堅定地

2104 struggle
[`strʌgl̩]
動 競爭；努力
名 奮鬥；鬥爭

2105 stubborn
[`stʌbən]
形 執拗的；固執的

2106 studious
[`stjudɪəs]
形 用功的；認真的

2107 stumble
[`stʌmbl̩]
動 絆倒；跌倒

2108
stun
[stʌn]
動 使暈眩；使吃驚

2109
stunning
[`stʌnɪŋ]
形 令人震驚的

2110
stunt
[stʌnt]
動 阻礙；妨礙

2111
subdue
[səb`dju]
動 征服；鎮壓；抑制

2112
subject
[`sʌbdʒɪkt]
形 易受…的

2113
subjugate
[`sʌbdʒə‚get]
動 征服；制服

2114
submarine
[`sʌbmə‚rin]
形 水下的；海底的

2115
submerge
[səb`mɝdʒ]
動 浸沒；淹沒

2116
submit
[səb`mɪt]
動 呈送；提交

2117
subscribe to
片 訂閱；同意

2118
subsequent
[`sʌbsɪ‚kwɛnt]
形 後來的；其後的

2119
subside
[səb`saɪd]
動 平息；消退

2120
subsidiary
[səb`sɪdɪ‚ɛrɪ]
名 附屬機構
形 隸屬的；附設的

2121
subsidize
[`sʌbsə‚daɪz]
動 資助；贊助

2122
subsidy
[`sʌbsədɪ]
名 補助金；補貼

2123
substance
[`sʌbstəns]
名 物質

2124
substantial
[səb`stænʃəl]
形 堅固的；結實的

2125
substitute
[`sʌbstə‚tjut]
動 代替
名 替代物

2126
subterranean
[‚sʌbtə`renɪən]
形 地下的

2127
subtract
[səb`trækt]
動 減去；去掉

2128
successful
[sək`sɛsfəl]
形 成功的；有成就的

2129
successive
[sək`sɛsɪv]
形 連續的；後繼的

2130
succinct
[sək`sɪŋkt]
形 簡潔的；簡練的

2131
succulent
[`sʌkjələnt]
形 多汁的；新鮮的

2132
succumb
[sə`kʌm]
動 屈服；委棄

2133
suddenly
[`sʌdŋlɪ]
副 突然地；意外地

2134
sufficient
[sə`fɪʃənt]
形 足夠的；充足的

2135
suggest
[sə`dʒɛst]
動 提議；建議

2136
suicide
[`suə‚saɪd]
動 自殺；自殺行為

2137
suit
[sut]
動 適合；適應

2138
sum
[sʌm]
動 合計；共計
名 總數；總和

2139
summit
[`sʌmɪt]
名 頂點；尖峰

2140
summon
[ˋsʌmən]
動 召集；傳喚

2141
sumptuous
[ˋsʌmptʃuəs]
形 豪華的；奢侈的

2142
superficial
[ˏsupɚˋfɪʃəl]
形 表面的；膚淺的

2143
superfluous
[suˋpɝfluəs]
形 過剩的；多餘的

2144
supplant
[səˋplænt]
動 代替；取代

2145
supple
[ˋsʌpl]
形 柔軟的；易彎曲的

2146
supplement
[ˋsʌpləmənt]
名 補充；補遺

2147
support
[səˋport]
動 支撐；支持；撫養
名 支持者；支撐

2148
supposedly
[səˋpozdlɪ]
副 根據推測；據稱

2149
suppress
[səˋprɛs]
動 抑制；壓制

2150
supremacy
[səˋprɛməsɪ]
名 支配地位

2151
supreme
[səˋprim]
形 最大的；極度的

2152
surge
[sɝdʒ]
動 急劇增加
名 波濤；洶湧

2153
surgery
[ˋsɝdʒərɪ]
名 外科手術

2154
surmise
[səˋmaɪz]
動 推測；猜測

2155
surpass
[səˋpæs]
動 超越；勝過

2156
surplus
[ˋsɝpləs]
形 剩餘的；額外的

2157
surrender
[səˋrɛndɚ]
動 投降；放棄

2158
surround
[səˋraund]
動 包圍；環繞

2159
survival
[səˋvaɪvl]
名 倖存；殘存

2160
suspend
[səˋspɛnd]
動 懸掛；懸浮

2161
suspense
[səˋspɛns]
名 掛慮；擔心

2162
sustain
[səˋsten]
動 支撐；支援

2163
sustenance
[ˋsʌstənəns]
名 生計；食物

2164
swarm
[swɔrm]
動 群集；湧進

2165
sway
[swe]
動 搖動；傾斜
名 搖擺；支配

2166
sweat
[swɛt]
動 流汗；出汗
名 汗水

2167
sweep
[swip]
動 掃；清掃；掃蕩
名 打掃；全勝

2168
swell
[swɛl]
動 高漲；腫脹

2169
swiftly
[ˋswɪftlɪ]
副 迅速地；敏捷地

2170
swirl
[swɝl]
動 旋轉；盤繞

2171
symmetrical
[sɪˋmɛtrɪkl]
形 對稱的；勻稱的

2172 symmetry
[`sɪmɪtrɪ]
名 對稱；勻稱

2173 sympathetic
[ˌsɪmpə`θɛtɪk]
形 有同情心的

2174 symptom
[`sɪmptəm]
名 症狀；徵兆

2175 synthesis
[`sɪnθəsɪs]
名 綜合體

2176 synthesize
[`sɪnθəˌsaɪz]
動 綜合；結合

2177 synthetic
[sɪn`θɛtɪk]
形 人造的；合成的

2178 system
[`sɪstəm]
名 體系；方法

2179 systematic
[ˌsɪstə`mætɪk]
形 有系統的；有條理的

2180 taboo
[tə`bu]
名 禁忌；忌諱

2181 tactic
[`tæktɪk]
名 戰術；策略

2182 take a bath
片 泡澡

2183 take a shower
片 淋浴

2184 take after
片 長得像；相似

2185 take down
片 取下；寫下

2186 take in
片 欺騙

2187 take into account
片 考慮；斟酌

2188 take off
片 起飛；離開

2189 take on
片 呈現；承擔

2190 take place
片 發生；舉行

2191 take up
片 佔據(某處)

2192 tale
[tel]
名 傳說；故事

2193 talkative
[`tɔkətɪv]
形 健談的；多嘴的

2194 tame
[tem]
動 馴服；制服；使軟化

2195 tangled
[`tæŋɡld]
形 纏結的；紊亂的

2196 tardy
[`tardɪ]
形 遲到的；延遲的

2197 tariff
[`tærɪf]
名 關稅；稅率

2198 task
[tæsk]
名 工作；任務

2199 taste
[test]
名 味道；愛好

2200 tasteful
[`testfəl]
形 雅致的；富鑑賞力的

2201 taut
[tɔt]
形 繃緊的；拉緊的

2202 taxonomy
[tæks`ɑnəmɪ]
名 分類法；分類學

2203 tedious
[`tidɪəs]
形 冗長乏味的

2204 teem with
片 充滿

2205 telling
[`tɛlɪŋ]
形 有效的；有力的

2206 temperate
[`tɛmprɪt]
形 適度的；溫和的

2207 temporary
[`tɛmpə,rɛrɪ]
形 暫時的

2208 tempting
[`tɛmptɪŋ]
形 誘人的；吸引人的

2209 tenable
[`tɛnəbl̩]
形 守得住的；站得住腳的

2210 tenacious
[tɪ`neʃəs]
形 頑強的；不屈不撓的

2211 tend
[tɛnd]
動 照顧；照管

2212 tendency
[`tɛndənsɪ]
名 傾向；潮流

2213 tension
[`tɛnʃən]
名 緊張局勢；繃緊

2214 tentative
[`tɛntətɪv]
形 躊躇的；試驗性的

2215 term
[tɜm]
名 詞語；術語

2216 terminate
[`tɜmə,net]
動 使停止；使結束

2217 terrain
[tə`ren]
名 地域；地帶

2218 terrestrial
[tə`rɛstrɪəl]
形 陸上的；陸棲的

2219 terrify
[`tɛrə,faɪ]
動 恐怖；驚嚇

2220 terse
[tɜs]
形 簡練的；精練的

2221 testimony
[`tɛstə,monɪ]
名 證詞；證言

2222 textile
[`tɛkstaɪl]
名 紡織品；紡織原料

2223 texture
[`tɛkstʃə]
名 結構；質地

2224 thanks to
片 由於；多虧

2225 thaw
[θɔ]
動 融化；解凍

2226 theme
[θim]
名 題目；主題

2227 theoretical
[,θiə`rɛtɪkl̩]
形 理論上的；假設的

2228 thereby
[ðɛr`baɪ]
副 由此；從而

2229 therefore
[`ðɛr,for]
副 因此；所以

2230 thermometer
[θə`mɑmətə]
名 溫度計

2231 thorough
[`θɜo]
形 完全的；徹底的

2232 threatening
[`θrɛtnɪŋ]
形 威脅的

2233 threshold
[`θrɛʃold]
名 門檻；門口

2234 thrifty
[`θrɪftɪ]
形 節儉的；節約的

2235 thrive
[θraɪv]
動 繁榮；興旺

2236 thriving
[`θraɪvɪŋ]
形 繁榮的；興旺的

2237 throughout
[θru`aʊt]
介 遍及；遍布

2238 throw away
片 扔掉

2239 thrust
[θrʌst]
動 猛塞；推
名 用力推

2240 thwart
[θwɔrt]
動 妨礙；使挫折

2241 tidy
[`taɪdɪ]
形 整齊的；整潔的

2242 tie up
片 阻礙；妨礙

2243 tier
[tɪr]
名 (一)層；(一)排

2244 tilt
[tɪlt]
動 使傾斜；使翹起

2245 timber
[`tɪmbɚ]
名 木材；木料

2246 timid
[`tɪmɪd]
形 膽怯的

2247 tiny
[`taɪnɪ]
形 極小的；微小的

2248 tip off
片 向…泄露消息

2249 tiresome
[`taɪrsəm]
形 令人厭倦的

2250 token
[`tokən]
名 紀念品；標記

2251 tolerate
[`tɑlə‚ret]
動 忍受；忍耐

2252 tool
[tul]
名 工具；器械

2253 top
[tɑp]
名 頂部；頂端

2254 touchdown
[`tʌtʃ‚daʊn]
名 降落；著陸

2255 touching
[`tʌtʃɪŋ]
形 動人的；感人的

2256 tough
[tʌf]
形 堅韌的；頑強的

2257 toxic
[`tɑksɪk]
形 有毒的；中毒的

2258 trace
[tres]
動 追蹤；追溯
名 痕跡；微量

2259 trade
[tred]
名 交換；交易

2260 tradition
[trə`dɪʃən]
名 慣例；傳統

2261 trait
[tret]
名 品質；特性

2262 tranquility
[træŋ`kwɪlətɪ]
名 安寧；平靜

2263 transcend
[træn`sɛnd]
動 超越；優於

2264 transform
[træns`fɔrm]
動 轉換；改變

2265 transition
[træn`zɪʃən]
名 轉變；變遷

2266 trash
[træʃ]
名 垃圾；廢物

2267 travel
[`trævḷ]
動 旅行
名 旅遊

2268 traverse
[`trævɜs]
動 橫跨；穿過

2269 treasure
[`trɛʒɚ]
動 珍藏；珍愛
名 金銀財寶

2270 treat
[trit]
動 處理；對待
名 請客

2271 tremendous
[trɪ`mɛndəs]
形 大量的；巨大的

2272 tremor
[`trɛmɚ]
名 顫抖；震動

2273 trend
[trɛnd]
名 趨勢；傾向

2274 trifling
[`traɪflɪŋ]
形 微不足道的

2275 trigger
[`trɪgɚ]
動 觸發；引起

2276 trim
[trɪm]
動 修整；縮減
名 修剪；整理；縮減

2277 triumphant
[traɪ`ʌmfənt]
形 勝利的；成功的

2278 troublesome
[`trʌbl̩səm]
形 討厭的；棘手的

2279 trousers
[`trauzɚz]
名 褲子；長褲

2280 truly
[`trulɪ]
副 真正地；確實地

2281 tryout
[`traɪˏaut]
名 試演；預演

2282 turbulent
[`tɜbjələnt]
形 洶湧的；狂暴的

2283 turn aside
片 偏離

2284 turn down
片 拒絕；駁回

2285 turn into
片 變成；成為

2286 twilight
[`twaɪˏlaɪt]
名 黃昏；黎明

2287 typical
[`tɪpɪkl̩]
形 典型的；有代表性的

2288 ubiquitous
[ju`bɪkwətəs]
形 到處存在的；普遍存在的

2289 ultimately
[`ʌltəmɪtlɪ]
副 最終；終究

2290 unbroken
[ʌn`brokən]
形 完整的；未中斷的

2291 uncover
[ʌn`kʌvɚ]
動 暴露；發掘

2292 under the weather
片 身體不適

2293 undergo
[ˏʌndɚ`go]
動 經歷；度過

2294 underground
[`ʌndɚˏgraund]
形 地下的；地面的

2295 underscore
[ʌndɚ`skor]
動 強調；在…下畫線

2296 undertake
[ˏʌndɚ`tek]
動 從事；進行

2297 undoubtedly
[ʌn`dautɪdlɪ]
副 無疑地；肯定地

2298 unemployed
[ˏʌnɪm`plɔɪd]
形 失業的

2299 uniform
[`junəˏfɔrm]
形 一致的；相同的

2300 unique
[ju`nik]
形 獨特的；非凡的

2301 universal
[ˌjunə`vɝs]
形 普遍的；一般的

2302 unlike
[ʌn`laɪk]
介 不像；不同於

2303 unlikely
[ʌn`laɪklɪ]
形 不太可能的；靠不住的

2304 unquestionable
[ʌn`kwɛstʃənəbḷ]
形 毫無疑問的

2305 unravel
[ʌn`rævḷ]
動 解開；闡明

2306 unrestricted
[ˌʌnrɪ`strɪktɪd]
形 無限制的；自由的

2307 unstable
[ʌn`stebḷ]
形 不穩定的；動盪的

2308 up to
片 多達

2309 upbringing
[`ʌpˌbrɪŋɪŋ]
名 養育；培養

2310 upgrade
[`ʌpˌgred]
動 改進；提高

2311 upheaval
[ʌp`hivḷ]
名 劇變；動亂

2312 uphold
[ʌp`hold]
動 堅持；維持

2313 upright
[`ʌpˌraɪt]
形 直立的；垂直的

2314 up-to-date
[`ʌptə`det]
形 最新的；現代的

2315 urge
[ɝdʒ]
動 極力主張；強烈要求

2316 urgently
[`ɝdʒəntlɪ]
副 緊急地；急迫地

2317 usually
[`judʒʊəlɪ]
副 通常地；慣常地

2318 utter
[`ʌtɚ]
動 說話；發聲

2319 utterly
[`ʌtɚlɪ]
副 完全地；絕對地

2320 vacant
[`vekənt]
形 空缺的；(心靈)空虛的

2321 vaccinate
[`væksəˌnet]
動 注射疫苗

2322 vague
[veg]
形 模糊的；不明確的

2323 valiant
[`væljənt]
形 勇敢的

2324 valley
[`vælɪ]
名 山谷；溪谷

2325 valuable
[`væljuəbḷ]
形 貴重的；有價值的

2326 variable
[`vɛrɪəbḷ]
名 變數；可變因素
形 易變的；可變的

2327 variation
[ˌvɛrɪ`eʃən]
名 差別；差異

2328 various
[`vɛrɪəs]
形 不同的；形形色色的

2329 vary
[`vɛrɪ]
動 變化；改變

2330 vast
[væst]
形 廣大的；廣闊的

2331 vein
[ven]
名 靜脈；血管

2332 velocity
[vəˋlɑsətɪ]
名 速度；速率

2333 veneration
[ˏvɛnəˋreʃən]
名 尊敬；敬重

2334 venom
[ˋvɛnəm]
名 怨恨；惡毒

2335 venomous
[ˋvɛnəməs]
形 有毒的；有害的

2336 ventilation
[ˏvɛntḷˋeʃən]
名 通風；通氣

2337 venture
[ˋvɛntʃɚ]
動 冒險；大膽行事
名 冒險；冒險行動

2338 verdict
[ˋvɝdɪkt]
名 裁決；決定

2339 verify
[ˋvɛrəˏfaɪ]
動 證實；核實

2340 version
[ˋvɝʒən]
名 版本；形式

2341 vertigo
[ˋvɝtɪˏgo]
名 眩暈

2342 vessel
[ˋvɛsḷ]
名 船；艦

2343 vestige
[ˋvɛstɪdʒ]
名 遺跡；殘餘

2344 via
[ˋvaɪə]
介 通過；經由

2345 viable
[ˋvaɪəbḷ]
形 可實行的

2346 vibrant
[ˋvaɪbrənt]
形 有活力的；明亮的

2347 vicinity
[vəˋsɪnətɪ]
名 近處；近鄰

2348 view
[vju]
名 觀點；見解

2349 virtually
[ˋvɝtʃʊəlɪ]
副 實際上；事實上

2350 vital
[ˋvaɪtḷ]
形 極其重要的

2351 vivid
[ˋvɪvɪd]
形 鮮豔的；鮮明的

2352 vocal
[ˋvokḷ]
形 聲音的；聲樂的

2353 vocation
[voˋkeʃən]
名 行業；職業

2354 vogue
[vog]
名 時髦；時尚

2355 void
[vɔɪd]
形 無效的；徒勞的

2356 volunteer
[ˏvɑlənˋtɪr]
動 自願做
名 志願者；義工

2357 vote
[vot]
動 投票；表決
名 表決；選票

2358 voyage
[ˋvɔɪɪdʒ]
名 航行；航程

2359 wage
[wedʒ]
名 工資；報酬

2360 wane
[wen]
動 衰退；沒落

2361 ward off
片 擋住；避開

2362 warn
[wɔrn]
動 警戒；警告

2363 warrior
[ˋwɔrɪɚ]
名 戰士；鬥士

2364
wave
[wev]
名 浪潮；高潮

2365
weaken
[`wikən]
動 減弱；沖淡

2366
weapon
[`wɛpən]
名 武器

2367
wear out
片 損耗；磨損

2368
weary
[`wɪrɪ]
形 疲乏的；厭倦的

2369
weave
[wiv]
動 編織

2370
welfare
[`wɛl,fɛr]
名 福利；幸福

2371
well-known
[`wɛl`non]
形 著名的；有名的

2372
whether
[`hwɛðɚ]
連 是否

2373
while
[hwaɪl]
連 然而；儘管

2374
whole
[hol]
形 全部的；整個的

2375
wholesome
[`holsəm]
形 有益健康的

2376
widely
[`waɪdlɪ]
副 廣泛地；普遍地

2377
widespread
[`waɪd,sprɛd]
形 普遍的；廣泛的

2378
wild
[waɪld]
形 野生的；未馴服的

2379
wildlife
[`waɪld,laɪf]
名 野生動物

2380
will
[wɪl]
名 意志；心願；遺囑
助 將；會

2381
wind up
片 使結束

2382
wipe out
片 去除；消滅

2383
with respect to
片 關於；就…而言

2384
wither
[`wɪðɚ]
動 枯萎；凋謝

2385
withhold
[wɪð`hold]
動 扣留；自制

2386
within
[wɪ`ðɪn]
介 在…範圍內

2387
withstand
[wɪð`stænd]
動 抵擋；禁得起

2388
witness
[`wɪtnɪs]
動 目睹；目擊
名 目擊者

2389
witty
[`wɪtɪ]
形 機智的；詼諧的

2390
wobble
[`wabḷ]
動 搖擺；晃動

2391
woo
[wu]
動 求婚；求愛

2392
wood
[wud]
名 森林；林地

2393
woolly
[`wulɪ]
形 毛茸茸的

2394
worldwide
[`w3ld,waɪd]
形 全球性的；遍及全球的

2395
worship
[`w3ʃɪp]
動 崇拜；信奉
名 崇拜；敬仰

2396 wry
[raɪ]
形 歪斜的；曲解的

2397 yearly
[ˋjɪrlɪ]
形 每年的；年度的

2398 yield
[jild]
動 讓步；退讓

2399 youth
[juθ]
名 青少年時期

2400 zenith
[ˋzinɪθ]
名 頂點；最高點

備考小撇步 **for TOEFL**

　　托福題型包含聽力、口說、閱讀、寫作四大領域，閱讀與聽力約兩小時，結束後休息十分鐘，接著再考口說與寫作。

　　閱讀與聽力重點在關鍵字與理解度，在記憶本書所列之高頻單字後，建議同學們做模擬練習。在做閱讀練習時，不妨選定一個稍嘈雜的環境，以免臨場考試時因不習慣環境，太過在意周遭的一舉一動而影響作答，這種非實力的情況往往也是左右考試表現的關鍵。

　　除了單字量之外，寫到閱讀測驗時，請務必先看每段的第一句和最後一句，因為英文文章和中文的撰寫習慣不同，第一句會是整段的重點，最後一句為結論。先看出大意，再看題目問什麼，會比從頭到尾看完才答題要有效率得多。如果事前有練習考古題，請大家一定要把錯的地方弄清楚，再繼續。

　　聽力的部分，除了單字之外，習慣去聽當然也是很重要的訓練。關於聽力的補助教材，有很多可以選，在此推薦CNN Student News，除了簡報世界新聞之外，念的速度也比較容易上手。

Part
3
新多益
核心單字2,400

提到企業主最看重的英語檢定考，當屬新多益（New TOEIC）。用字遣詞符合辦公室與商業需求，所以不管是求職新鮮人或準備轉職的上班族，它都是優先選擇。現在就從單字開始，突破新多益各色證書吧！

- 動 動詞
- 代 代名詞
- 名 名詞
- 介 介系詞
- 形 形容詞
- 連 連接詞
- 副 副詞
- 縮 縮寫
- 助 助動詞
- 片 片語

0001
a variety of
片 種種；多樣

0002
abandonment
[ə`bændənmənt]
名 放棄；遺棄

0003
abbreviation
[ə‚brivɪ`eʃən]
名 縮寫字

0004
abdicate
[`æbdə‚ket]
動 正式放棄(權力等)

0005
abhor
[əb`hɔr]
動 厭惡；憎惡

0006
abide
[ə`baɪd]
動 遵守；服從

0007
ability
[ə`bɪlətɪ]
名 能力；能耐；才能

0008
abort
[ə`bɔrt]
動 (計畫等)失敗；使中止

0009
above
[ə`bʌv]
介 在上面；超過

0010
abreast
[ə`brɛst]
副 (朝同一方向)並列；並排

0011
abrogate
[`æbrə‚get]
動 取消；廢除

0012
absent
[`æbsn̩t]
形 缺席的；未到的

0013
absolute
[`æbsə‚lut]
形 完全的；絕對的

0014
absorb
[əb`sɔrb]
動 吸收；汲取

0015
absorbent
[əb`sɔrbənt]
形 能吸收(光、水等)的

0016
abstemious
[æb`stimɪəs]
形 有節制的

0017
absurd
[əb`sɝd]
形 荒謬的；可笑的；不合理的

0018
acceptable
[ək`sɛptəbḷ]
形 可被接受的

0019
accessory
[æk`sɛsərɪ]
名 從犯；同謀

0020
accident
[`æksədənt]
名 意外；事故；災禍

0021
accomplish
[ə`kɑmplɪʃ]
動 達成；實現

0022
account
[ə`kaʊnt]
名 帳戶

0023
Accounts Dept.
片 會計部門

0024
accuracy
[`ækjərəsɪ]
名 準確(性)

0025
accuse
[ə`kjuz]
動 控告；指控

0026
acknowledge
[ək`nɑlɪdʒ]
動 承認

0027
acme
[`ækmɪ]
名 最高點；頂點

0028
acquire
[ə`kwaɪr]
動 獲得；取得

0029 🎤
acquit
[əˋkwɪt]
動 宣告無罪；無罪釋放

0030 🎤
acronym
[ˋækrənɪm]
名 首字母縮略字

0031 🎤
actus reus
片 犯罪行為

0032 🎤
adamant
[ˋædəmənt]
形 固執的；堅定不移的

0033 🎤
adaptable
[əˋdæptəbl]
形 適合的；能適應的

0034 🎤
add to
片 添加上；附加於…

0035 🎤
additional
[əˋdɪʃənl]
形 附加的；額外的

0036 🎤
add-on
[ˋædˏɑn]
名 (購物時)附購品

0037 🎤
address
[əˋdrɛs]
動 寫信(給)；寫上地址

0038 🎤
addressee
[ˏædrɛˋsi]
名 收件人；收信人

0039 🎤
adept
[əˋdɛpt]
形 熟練的；內行的

0040 🎤
adhere to
動 堅持；擁護

0041 🎤
adjourn
[əˋdʒɝn]
動 休會；暫停開會

0042 🎤
adjudication
[əˏdʒudɪˋkeʃən]
名 判決；宣告(如破產等)

0043 🎤
adjudicator
[əˋdʒudɪˏketɚ]
名 評判員

0044 🎤
adjust
[əˋdʒʌst]
動 調整；改變…以適應

0045 🎤
administer
[ədˋmɪnəstɚ]
動 管理；實施

0046 🎤
administrator
[ədˋmɪnəˏstretɚ]
名 管理者

0047 🎤
adroit
[əˋdrɔɪt]
形 靈巧的；熟練的

0048 🎤
advance
[ədˋvæns]
動 提出看法；預付
名 前進；發展

0049 🎤
advanced
[ədˋvænst]
形 先進的

0050 🎤
advert
[ədˋvɝt]
動 注意；談到

0051 🎤
advertisement
[ˏædvɚˋtaɪzmənt]
名 廣告；宣傳

0052 🎤
advice
[ədˋvaɪs]
名 建議；忠告

0053 🎤
adviser/advisor
[ədˋvaɪzɚ]
名 顧問

0054 🎤
affidavit
[ˏæfəˋdevɪt]
名 宣誓書；口供書

0055 🎤
affiliate
[əˋfɪlɪˏet]
動 使緊密聯繫

0056 🎤
affinity
[əˋfɪnətɪ]
名 喜好；密切關係

0057 🎤
against
[əˋgɛnst]
介 違反；反對

0058 🎤
agency
[ˋedʒənsɪ]
名 代辦處；經銷處；仲介

0059 🎤
agenda
[əˋdʒɛndə]
名 議案；議題

0060 🎤
aggregate
[ˋægrɪˏget]
動 合計；總計達…

0061 agree
[ə`gri]
動 同意；贊同；相符

0062 aid
[ed]
動 幫助；支援；有助於
名 協助；助手

0063 aim high
片 力爭上游；有雄心壯志

0064 air cargo
片 空運貨物

0065 air cleaner
片 空氣清淨機

0066 air conditioning
片 空調

0067 airbag
[`ɛr,bæg]
名 汽車安全氣囊

0068 aircraft
[`ɛr,kræft]
名 航空器；飛機

0069 airfare
[`ɛrfɛr]
名 飛機票價

0070 airfreight
[`ɛr,fret]
名 貨物空運(費)

0071 airline
[`ɛr,laɪn]
名 航線；航空公司

0072 airport
[`ɛr,port]
名 機場

0073 airport tax
片 機場稅

0074 airsick
[`ɛr,sɪk]
形 暈機的

0075 aisle seat
片 靠走道的座位

0076 alarm clock
片 鬧鐘

0077 alias
[`elɪəs]
名 化名；別名

0078 alibi
[`ælə,baɪ]
動 辯解；為…辯解
名 不在場證明

0079 alignment
[ə`laɪnmənt]
名 結盟；結合

0080 alimony
[`ælə,monɪ]
名 贍養費；扶養費；生活費

0081 all in all
片 一言以蔽之；總的說來

0082 allegation
[,ælə`geʃən]
名 申訴；主張

0083 alleged
[ə`lɛdʒɪd]
形 可疑的；靠不住的

0084 all-expense
[`ɔlɪk`spɛns]
形 全額的；包含一切費用的

0085 allocate
[`ælə,ket]
動 分配；分額配給

0086 allocation
[,ælə`keʃən]
名 分配額

0087 allowance
[ə`lauəns]
名 津貼；零用金

0088 altruistic
[,æltru`ɪstɪk]
形 利他的；愛他的

0089 aluminum
[ə`lumɪnəm]
名 鋁

0090 ambiguity
[,æmbɪ`gjuətɪ]
名 含糊不清的話

0091 ambiguous
[æm`bɪgjuəs]
形 模糊不清的

0092 ameliorate
[ə`miljə,ret]
動 改良；改善

0093 amend
[əˈmɛnd]
動 修改；修正

0094 amenity
[əˈminətɪ]
名 旅館設施；休閒設備

0095 among
[əˈmʌŋ]
介 在…之間

0096 amorous
[ˈæmərəs]
形 戀愛的；多情的

0097 amortization
[ə͵mɔrtəˈzeʃən]
名 分期償還

0098 analogous
[əˈnæləgəs]
形 類似的；可比擬的

0099 analyze
[ˈænl͵aɪz]
動 分析；解析

0100 anarchy
[ˈænəkɪ]
名 無秩序；混亂

0101 anchor
[ˈæŋkə]
名 新聞主播

0102 angry
[ˈæŋgrɪ]
形 生氣的；憤怒的

0103 annoyance
[əˈnɔɪəns]
名 惱人之事

0104 annual leave
片 年假

0105 annuity
[əˈnjuətɪ]
名 年金

0106 anomaly
[əˈnɑməlɪ]
名 不規則；異常

0107 anticipation
[æn͵tɪsəˈpeʃən]
名 期望；預期

0108 anti-falls
[ˈæntɪ͵fɔls]
形 防摔的

0109 antipathy
[ænˈtɪpəθɪ]
名 反感；厭惡

0110 anti-slip
[͵æntɪˈslɪp]
形 止滑的

0111 anxious
[ˈæŋkʃəs]
形 焦慮的

0112 apartment
[əˈpartmənt]
名 公寓

0113 apologize
[əˈpalə͵dʒaɪz]
動 道歉；認錯

0114 apology
[əˈpalədʒɪ]
名 歉意；道歉

0115 apparatus
[͵æpəˈrætəs]
名 器械；儀器

0116 appearance
[əˈpɪrəns]
名 外表；外觀；景象

0117 appendix
[əˈpɛndɪks]
名 附錄；附件

0118 appetizer
[ˈæpə͵taɪzə]
名 開胃菜

0119 apple polisher
片 拍馬屁的人；逢迎者

0120 applicable
[əˈplɪkəbl̩]
形 合用的；合適的

0121 applicant
[ˈæpləkənt]
名 申請者

0122 appointment
[əˈpɔɪntmənt]
名 約會；會面

0123 apportionment
[əˈpɔrʃənmənt]
名 分配；配置財產

0124 appraisal
[əˈprezl̩]
名 估量；估價

0125 appreciate
[ə`priʃɪˌet]
動 (土地、貨幣等)增值

0126 apprehensive
[ˌæprɪ`hɛnsɪv]
形 憂慮的；恐懼的

0127 apprentice
[ə`prɛntɪs]
名 學徒；徒弟

0128 approach
[ə`protʃ]
名 方法；手段

0129 approbation
[ˌæprə`beʃən]
名 認可；核准

0130 approval
[ə`pruvḷ]
名 同意；批准；認可

0131 approximation
[əˌprɑksə`meʃən]
名 接近；概算

0132 appurtenance
[ə`pɝtənəns]
名 附加物；附屬物

0133 aptitude test
片 性向測驗

0134 aquarium
[ə`kwɛrɪəm]
名 水族箱

0135 arbitrage
[`ɑrbəˌtrɑdʒ]
名 套利

0136 arbitrary
[`ɑrbəˌtrɛrɪ]
形 獨斷的；隨心所欲的

0137 arbitration
[ˌɑrbə`treʃən]
名 裁定；公斷

0138 area
[`ɛrɪə]
名 地區；區域

0139 argue
[`ɑrgju]
動 爭論；辯論

0140 argument
[`ɑrgjəmənt]
名 爭論；爭執

0141 arise
[ə`raɪz]
動 產生；出現

0142 armchair
[`ɑrmˌtʃɛr]
名 扶手椅

0143 arraignment
[ə`renmənt]
名 傳訊；控告

0144 arrangement
[ə`rendʒmənt]
名 安排；佈置；排列

0145 array
[ə`re]
名 一排；一列

0146 arrears
[ə`rɪrz]
名 欠款；(工作)拖延

0147 arrest
[ə`rɛst]
動 逮捕；拘留

0148 arrival
[ə`raɪvḷ]
名 抵達；到來

0149 arrive
[ə`raɪv]
動 抵達；到達

0150 article
[`ɑrtɪkḷ]
名 (物品的)一件；商品

0151 articulate
[ɑr`tɪkjəlɪt]
形 發音清晰的

0152 artisan
[`ɑrtɪzæn]
名 工匠；技工

0153 ascending
[ə`sɛndɪŋ]
形 上升的

0154 asinine
[`æsṇˌaɪn]
形 愚鈍的；頑固的

0155 aspect
[`æspɛkt]
名 方面；觀點

0156 aspire
[ə`spaɪr]
動 嚮往

0157 asset turnover
片 資產週轉率

0158 assign
[ə`saɪn]
動 派定;選派

0159 assignment
[ə`saɪnmənt]
名 (分派的)任務;工作

0160 assist
[ə`sɪst]
動 幫助;協助

0161 assistance
[ə`sɪstəns]
名 協助;幫忙

0162 assistant
[ə`sɪstənt]
名 助理;助手

0163 assume
[ə`sjum]
動 假設;採取;採用

0164 at least
片 至少

0165 at most
片 最多

0166 at the moment
片 目前;此刻

0167 attachment
[ə`tætʃmənt]
名 (信件或電郵的)附件

0168 attain
[ə`ten]
動 獲得;達到

0169 attendee
[əten`di]
名 出席者;與會者

0170 attentiveness
[ə`tɛntɪvnɪs]
名 注意;專注

0171 attic
[`ætɪk]
名 閣樓;頂樓

0172 attorney
[ə`tɜnɪ]
名 (美)律師;法定代理人

0173 auction
[`ɔkʃən]
動 拍賣(掉)
名 拍賣;拍賣會

0174 audit
[`ɔdɪt]
動 審計;查帳

0175 auditor
[`ɔdɪtə]
名 查帳員;稽核員

0176 authenticate
[ɔ`θɛntɪ.ket]
動 證明…為真;鑑定

0177 autograph
[`ɔtə.græf]
動 親筆簽名於…
名 親筆簽名

0178 automation
[.ɔtə`meʃən]
名 自動操作;自動化

0179 automobile
[`ɔtəmə.bɪl]
名 汽車

0180 auxiliary
[ɔg`zɪljərɪ]
名 輔助物;助手
形 輔助的;預備的

0181 avail
[ə`vel]
動 有益;有幫助
名 效用;利益;幫助

0182 available
[ə`veləbl]
形 可用的;可得到的

0183 aversion
[ə`vɜʃən]
名 厭惡;反感

0184 avocation
[.ævə`keʃən]
名 副業

0185 avoid
[ə`vɔɪd]
動 避免;躲開

0186 award
[ə`wɔrd]
動 授與;給予…獎
名 獎品;獎狀

0187 axle
[`æksl]
名 (機器的)軸

0188 back pay
片 (雇主對員工)積欠工資

0189 background
[`bæk‚graund]
名 背景；遠因

0190 backlog
[`bæk‚lɔg]
名 存貨

0191 backpack
[`bæk‚pæk]
名 背包

0192 backsliding
[`bækslaɪdɪŋ]
名 退步；墮落

0193 backup
[`bæk‚ʌp]
名 資料備份
形 備用的

0194 bacon job
片 好差事

0195 badge
[bædʒ]
名 標記；象徵

0196 bag of snakes
片 未知的問題情境

0197 baggage allowance
片 行李限重

0198 baggage check
片 托運行李

0199 baggage claim
片 托運行李提領單

0200 bail
[bel]
動 保釋
名 保釋；保釋金

0201 bail bondsman
片 保釋人(提供保釋金的人)

0202 bailiff
[`belɪf]
名 (美)法警

0203 bailout
[`bel‚aut]
名 緊急(財政)援助

0204 balance
[`bæləns]
名 帳戶餘額

0205 balance sheet
片 資產負債表

0206 balcony
[`bælkənɪ]
名 陽台；(劇場等的)包廂

0207 ballot
[`bælət]
動 投票表決
名 選票

0208 ballpark
[`bɔlpark]
動 預估；估算

0209 bank
[bæŋk]
名 銀行

0210 bank card
片 提款卡

0211 bank draft
片 銀行匯票

0212 bankbook
[`bæŋk‚buk]
名 銀行存摺

0213 bar code
片 條碼

0214 bargain
[`bargɪn]
動 討價還價
名 特價商品

0215 barometer
[bə`ramətɚ]
名 顯示表；氣壓計

0216 barrel
[`bærəl]
名 一桶

0217 barrier
[`bærɪr]
名 障礙；阻隔

0218 barter
[`bartɚ]
動 以物易物；討價還價

0219 baseline
[`beslaɪn]
名 基線；底線

0220 basically
[`besɪklɪ]
副 基本上地

0221 basket
[`bæskɪt]
名 購物籃

0222 batch
[bætʃ]
名 一批生產量;一批;一群

0223 bazaar
[bə`zɑr]
名 市場;商店街

0224 be accustomed to
片 習慣於…

0225 be based on
片 基於…

0226 be cut out to be
片 天生適合…

0227 be engaged in
片 忙於;從事於

0228 beach chair
片 海灘躺椅

0229 beaker
[`bikɚ]
名 燒杯

0230 bear market
片 熊市(空頭市場)

0231 because of
片 因為(後接名詞)

0232 becoming
[bɪ`kʌmɪŋ]
形 合適的;適宜的

0233 before
[bɪ`for]
介 在…以前

0234 begin with
片 以…開始

0235 belated
[bɪ`letɪd]
形 誤期的;太遲的

0236 belie
[bɪ`laɪ]
動 辜負;使落空

0237 belief
[bɪ`lif]
名 信心;信任

0238 believe
[bɪ`liv]
動 相信;信任;料想

0239 bellhop
[`bɛl,hɑp]
名 飯店服務人員

0240 belongings
[bə`lɔŋɪŋz]
名 所有物

0241 below
[bə`lo]
介 在…下面

0242 benchmark
[`bɛntʃ,mɑrk]
名 水準點;基準

0243 bendy
[`bɛndɪ]
形 易彎的

0244 benefit
[`bɛnəfɪt]
動 對…有益
名 利益;利潤

0245 bereft
[bɪ`rɛft]
形 失去…的

0246 between
[bɪ`twin]
介 在…之間(兩者之間)

0247 bigot
[`bɪgət]
名 偏執的人;頑固者

0248 bilateral agreement
片 雙邊協定

0249 billion
[`bɪljən]
名 十億;大量;無數

0250 billionaire
[,bɪljə`nɛr]
名 億萬富翁

0251 bin
[bɪn]
名 桶子;盒子;垃圾桶

0252 binder
[`baɪndɚ]
名 紙夾

0253 binding
[`baɪndɪŋ]
形 具有約束力的

0254 bistro
[`bistro]
名 小酒館

0255 biweekly
[baɪ`wiklɪ]
形 雙週的；每兩週一次的

0256 blacklist
[`blæk‚lɪst]
動 將…列入黑名單
名 黑名單

0257 blame
[blem]
動 責怪；怪罪於…
名 責難；責備

0258 blank
[blæŋk]
名 空白處；空白
形 空白的

0259 blanket
[`blæŋkɪt]
形 總括的；全體的

0260 blatant
[`bletṇt]
形 公然的；露骨的

0261 blemish
[`blɛmɪʃ]
動 使有缺點；有損…的完美

0262 bloom
[blum]
動 繁榮；成長

0263 blow
[blo]
動 搞砸；失敗

0264 blow one's buffer
片 使某人失去頭緒

0265 blue chip
片 績優股

0266 blue-collar
[`blu`kɑlə]
形 藍領的

0267 Blu-ray
[`blu‚re]
名 藍光科技

0268 bluetooth
[`blu‚tuθ]
名 藍芽

0269 board
[bord]
名 董事會

0270 boarding area
片 登機處

0271 boarding house
片 供餐民宿

0272 boarding pass
片 登機證

0273 body
[`bɑdɪ]
名 正文；主要部分

0274 body language
片 肢體語言

0275 bond
[bɑnd]
名 債券

0276 bonus
[`bonəs]
名 獎金；紅利

0277 bonus share
片 分紅股

0278 bookcase
[`buk‚kes]
名 書櫃；書架

0279 booth
[buθ]
名 (有篷的)小貨攤

0280 border
[`bɔrdə]
名 邊界；邊境

0281 borrow
[`baro]
動 借入；借用；採用

0282 bound
[baund]
形 正在前往的；打算前去的

0283 boutique
[bu`tik]
名 精品店

0284 boycott
[`bɔɪ‚kɑt]
名 聯合抵制；杯葛

0285
brainstorming
[`brɛn,stɔrmɪŋ]
名 腦力激盪

0286
brake
[brek]
名 煞車

0287
brake light
片 煞車燈

0288
brand
[brænd]
名 品牌；商標

0289
break
[brek]
動 打破；違反
名 (較短的)假期

0290
break a lease
片 破壞租約

0291
breakage
[`brekɪdʒ]
名 破損；毀壞

0292
breakdown
[`brek,daʊn]
名 (汽車)拋錨；故障

0293
breakthrough
[`brek,θru]
名 突破；創新

0294
brewery
[`bruərɪ]
名 啤酒廠；釀造廠

0295
briefcase
[`brif,kes]
名 公事包

0296
brilliant
[`brɪljənt]
形 傑出的；優秀的

0297
bring up
片 提到；談起

0298
brisk
[brɪsk]
動 使興旺；使活躍

0299
brokered
[`brokəd]
形 由經紀人代理的

0300
bronze
[brɑnz]
名 青銅
形 青銅製的

0301
browse
[braʊz]
動 瀏覽；四處看看

0302
browser
[`braʊzə]
名 (電腦)瀏覽器

0303
bubble it up
片 將議題提交給上級討論

0304
bug spray
片 防蟲噴霧

0305
bull market
片 牛市(多頭市場)

0306
bulldog clip
片 大鋼夾

0307
bulletin
[`bʊlətɪn]
名 公佈欄

0308
bullion
[`bʊljən]
名 金塊；銀塊

0309
bullish
[`bʊlɪʃ]
形 看漲的；樂觀的

0310
buoyant
[`bɔɪənt]
形 有浮力的；能浮起的

0311
burden
[`bɝdn̩]
動 加負擔於；煩擾
名 負擔；重擔

0312
burglary
[`bɝglərɪ]
名 破門竊盜；搶劫

0313
business
[`bɪznɪs]
名 商業；生意往來

0314
business class
片 (飛機)商務艙

0315
business trip
片 (因工作)出差

0316
butcher
[`bʊtʃə]
名 屠夫；肉販

0317 by a long shot
片 大幅領先

0318 by cash
片 用現金付款

0319 by check
片 用支票付款

0320 C.E.O.
縮 行政總裁

0321 cabin crew
片 (飛機)座艙內機組人員

0322 cable
[`kebl]
名 (網路)纜線

0323 cable car
片 纜車

0324 cache
[kæʃ]
名 貯藏處

0325 calculation
[ˌkælkjə`leʃən]
名 計算；推測

0326 calculator
[`kælkjəˌletə]
名 計算機

0327 calendar
[`kæləndə]
名 日曆

0328 call at
片 停靠於…

0329 call waiting
片 電話插撥

0330 callback
[`kɔlˌbæk]
名 (瑕疵商品的)回收

0331 calling card
片 名片

0332 calumny
[`kæləmnɪ]
名 誹謗

0333 campsite
[`kæmpˌsaɪt]
名 (露營)營地

0334 cancel
[`kænsl]
動 取消；廢止；中止

0335 cancellation
[ˌkænsl`eʃən]
名 取消

0336 canvass
[`kænvəs]
動 仔細審議；詳細討論

0337 capability
[ˌkepə`bɪlətɪ]
名 能力；才幹

0338 capsize
[kæp`saɪz]
動 使傾覆；弄翻

0339 car insurance
片 汽車保險

0340 carapace
[`kærəˌpes]
名 (龜類的)甲殼

0341 carbon copy
片 複本(用複寫紙)

0342 card slot
片 插卡槽

0343 carnivorous
[kɑr`nɪvərəs]
形 肉食性的

0344 carousel
[ˌkærə`sɛl]
名 行李轉盤

0345 carpet
[`kɑrpɪt]
名 地毯

0346 carriage
[`kærɪdʒ]
名 運輸；運費；四輪馬車；客車廂

0347 carry-on
[`kærɪˌɑn]
名 手提行李

0348 cart
[kɑrt]
名 購物推車

0349 case
[kes]
名 案例;情況

0350 cash
[kæʃ]
動 兌現
名 現金

0351 cash register
片 收銀機

0352 cashier
[kæˋʃɪr]
名 收銀員

0353 casino
[kəˋsino]
名 賭場

0354 catalog
[ˋkætəlɔg]
動 為…編目
名 目錄;型錄

0355 catastrophic
[ˏkætəˋstrɑfɪk]
形 悲慘的;慘敗的

0356 cellar
[ˋsɛlə]
名 地下室;地窖

0357 central
[ˋsɛntrəl]
形 中央的;中心的

0358 centrifuge
[ˋsɛntrəˏfjudʒ]
名 離心機

0359 certificate
[səˋtɪfəkɪt]
名 證書;執照

0360 certification
[ˏsɜtɪfəˋkeʃən]
名 證明;檢定;保證

0361 certify
[ˋsɜtəˏfaɪ]
動 證明;證實

0362 challenge
[ˋtʃælɪndʒ]
動 向…挑戰
名 挑戰

0363 chance
[tʃæns]
名 機會;良機

0364 change
[tʃendʒ]
動 換車
名 零錢

0365 charge
[tʃɑrdʒ]
動 向…收費;索價
名 指控

0366 charter
[ˋtʃɑrtə]
動 租;包租

0367 chattel
[ˋtʃætḷ]
名 家財;動產

0368 chauffeur
[ˋʃofə]
名 (尤指私家車的)司機

0369 check
[tʃɛk]
動 檢查;檢驗;核對

0370 check in
片 投宿登記

0371 check out
片 辦理退房

0372 checkbook
[ˋtʃɛkˏbʊk]
名 支票簿

0373 check-in counter
片 報到櫃檯

0374 checkup
[ˋtʃɛkˏʌp]
名 身體健康檢查

0375 cheerfulness
[ˋtʃɪrfəlnɪs]
名 歡樂;愉快

0376 chief
[tʃif]
形 主要的;首要的

0377 chip
[tʃɪp]
名 晶片

0378 chunk
[tʃʌŋk]
名 (電腦)資料串

0379 circulation
[ˏsɜkjəˋleʃən]
名 流通;循環

0380 circumstance
[ˋsɜkəmˏstæns]
名 情況;情勢

0381 circumvent
[ˌsɝkəm`vɛnt]
動 規避；防止…發生

0382 citation
[saɪ`teʃən]
名 引用；引述

0383 citizen
[`sɪtəzn̩]
名 公民；市民

0384 civil case
片 民事訴訟

0385 civilian
[sɪ`vɪljən]
名 平民；百姓
形 百姓的；民用的

0386 claim
[klem]
動 宣稱；聲明

0387 classified
[`klæsə,faɪd]
形 分類的；類別的

0388 classified ads
片 分類廣告

0389 classy
[`klæsɪ]
形 漂亮的；別緻的

0390 clause
[klɔz]
名 (文件的)條款

0391 clear
[klɪr]
動 清算(票據)；結(帳)

0392 clearance
[`klɪrəns]
名 清倉大拍賣

0393 clerk
[klɝk]
名 店員；職員

0394 cliche
[kli`ʃe]
名 陳腔濫調

0395 click
[klɪk]
動 按壓；點擊
名 卡嗒聲

0396 client
[`klaɪənt]
名 委託人；客戶

0397 clientele
[ˌklaɪən`tɛl]
名 顧客

0398 cliff
[klɪf]
名 懸崖

0399 clinical study
片 臨床研究

0400 clutch
[klʌtʃ]
名 (汽車)離合器

0401 coach
[kotʃ]
名 巴士；長途公車

0402 coated
[`kotɪd]
形 上塗料的；上膠的

0403 coax
[koks]
動 哄誘；哄騙

0404 code
[kod]
名 規則；規範

0405 coffee maker
片 咖啡機

0406 cognition
[kɑg`nɪʃən]
名 認知；知識

0407 coin
[kɔɪn]
名 硬幣

0408 coincidence
[ko`ɪnsɪdəns]
名 巧合；同時發生

0409 cold front
片 冷鋒

0410 collaboration
[kəˌlæbə`reʃən]
名 合作；同心協力

0411 collateral
[kə`lætərəl]
形 附屬的；附帶的

0412 colleague
[`kɑlig]
名 同事

0413 collectable
[kə`lɛktəbḷ]
形 可收集的

0414 collective agreement
片 集體同意

0415 college
[`kalɪdʒ]
名 大學；學院

0416 collusion
[kə`luʒən]
名 共謀；勾結

0417 color
[`kʌlə]
名 顏色

0418 come to conclusion
片 下結論

0419 come up with
片 想出；想到

0420 comforting
[`kʌmfətɪŋ]
形 令人欣慰的

0421 commence
[kə`mɛns]
動 開始；著手

0422 commencement
[kə`mɛnsmənt]
名 開始；發端

0423 commentary
[`kamən,tɛrɪ]
名 評論；註釋

0424 commentator
[`kamən,tetə]
名 評論者；評註者

0425 commerce
[`kamɜs]
名 貿易；商業

0426 commission
[kə`mɪʃən]
動 委託；委任
名 佣金

0427 commissionaire
[kə,mɪʃən`ɛr]
名 門口警衛

0428 commit
[kə`mɪt]
動 使承擔義務

0429 commitment
[kə`mɪtmənt]
名 承諾；責任

0430 committed
[kə`mɪtɪd]
形 忠誠的；堅定的

0431 committee
[kə`mɪtɪ]
名 委員會

0432 common
[`kamən]
形 共同的；共通的

0433 communication
[kə,mjunə`keʃən]
名 溝通；交流

0434 company car
片 公務車；公司用車

0435 company seal
片 公司章

0436 company trip
片 公司旅遊

0437 compartment
[kəm`partmənt]
名 火車上的小客房

0438 compartmentalize
[,kəmpart`mɛntḷaɪz]
動 劃分；區分

0439 compatible
[kəm`pætəbḷ]
形 (電腦)相容的

0440 compensation
[,kampən`seʃən]
名 賠償金；補償金

0441 competitive
[kəm`pɛtətɪv]
形 有競爭力的

0442 competitor
[kəm`pɛtətə]
名 競爭者；對手

0443 complacent
[kəm`plesn̩t]
形 自滿的；滿足的

0444 completion
[kəmˋpliʃən]
名 完成；結束

0445 complex
[ˋkɑmplɛks]
名 聯合企業；集團

0446 compliant
[kəmˋplaɪənt]
形 順從的；應允的

0447 complicity
[kəmˋplɪsətɪ]
名 共謀；串通關係

0448 compliment
[ˋkɑmpləmənt]
動 讚美；恭維
名 讚美的話

0449 complimentary
[ˏkɑmpləˋmɛntərɪ]
形 表示恭維的

0450 compose
[kəmˋpoz]
動 組成；構成

0451 composure
[kəmˋpoʒə]
名 鎮靜；沉著

0452 comprehension
[ˏkɑmprɪˋhɛnʃən]
名 理解；理解力

0453 conceptualize
[kənˋsɛptʃʊəˏaɪz]
動 使概念化

0454 concerning
[kənˋsɜnɪŋ]
介 關於

0455 conclude
[kənˋklud]
動 為…作總結；下結論

0456 concourse
[ˋkankors]
名 (機場、車站的)中央大廳

0457 condition
[kənˋdɪʃən]
名 情況；狀況

0458 condominium
[ˋkandəˏmɪnɪəm]
名 各戶有獨立產權的公寓 (大廈)

0459 conduct
[kənˋdʌkt]
動 處理；經營

0460 conductor
[kənˋdʌktə]
名 車掌

0461 confess
[kənˋfɛs]
動 坦承；坦白

0462 confidence
[ˋkɑnfədəns]
名 信心；自信

0463 confidential
[ˏkɑnfəˋdɛnʃəl]
形 機密的；機要的

0464 confidentiality
[ˏkɑnfɪˏdɛnʃɪˋælɪtɪ]
名 機密

0465 configure
[kənˋfɪgə]
動 安裝；裝配

0466 conflagration
[ˏkɑnfləˋgreʃən]
名 大火災

0467 confusion
[kənˋfjuʒən]
名 困惑；慌亂

0468 congratulate
[kənˋgrætʃəˏlet]
動 恭喜；祝賀

0469 conjunction
[kənˋdʒʌŋkʃən]
名 結合；連結

0470 conjure
[ˋkʌndʒə]
動 令人想起…

0471 connecting flight
片 接駁班機

0472 conniving
[kəˋnaɪvɪŋ]
形 默許的；縱容的

0473 connote
[kəˋnot]
動 意味著；暗示

0474 consensus
[kənˋsɛnsəs]
名 共識；一致

0475 consent
[kənˋsɛnt]
動 同意；接受
名 許可；允許

0476 consequence
[ˋkɑnsəˏkwɛns]
名 結果；後果

0477 conservative
[kənˋsɝvətɪv]
形 謹慎的；保守的

0478 consider
[kənˋsɪdɚ]
動 考慮；細想

0479 consideration
[kənsɪdəˋreʃən]
名 關心；體貼

0480 consignment
[kənˋsaɪnmənt]
名 委託；交付；寄送

0481 consistency
[kənˋsɪstənsɪ]
名 一致；符合

0482 consolidate
[kənˋsɑləˏdet]
動 鞏固；加強

0483 consolidation
[kənˏsɑləˋdeʃən]
名 統一；合併

0484 constantly
[ˋkɑnstəntlɪ]
副 不斷地；時常地

0485 construction
[kənˋstrʌkʃən]
名 建設；構造；建設

0486 consultant
[kənˋsʌltənt]
名 顧問；諮詢師

0487 consultation
[ˏkɑnsəlˋteʃən]
名 諮詢；諮商

0488 consumerism
[kənˋsjumərɪzm]
名 消費者保護主義

0489 container
[kənˋtenɚ]
名 貨櫃

0490 contemptuous
[kənˋtɛmptʃʊəs]
形 表示輕蔑的；瞧不起的

0491 contentment
[kənˋtɛntmənt]
名 滿意；知足

0492 continental breakfast
片 歐式早餐(含土司、培根、蛋等)

0493 contingency
[kənˋtɪndʒənsɪ]
名 意外事故；偶然事件

0494 continually
[kənˋtɪnjʊəlɪ]
副 不停地；一再地

0495 continue
[kənˋtɪnju]
動 繼續；持續

0496 contract
[kənˋtrækt]
動 訂定契約

0497 contract
[ˋkɑntrækt]
名 契約

0498 contraction
[kənˋtrækʃən]
名 緊縮；收縮

0499 contravene
[ˏkɑntrəˋvin]
動 與⋯(法律)相牴觸；反駁

0500 controversial
[ˏkɑntrəˋvɝʃəl]
形 有爭議的

0501 convenient
[kənˋvinjənt]
形 便利的

0502 convention
[kənˋvɛnʃən]
名 會議；大會

0503 conversation
[ˏkɑnvɚˋseʃən]
名 對話；對談

0504 conveyance
[kənˋveəns]
名 (財產等的)讓與

0505 conveyer
[kənˋveɚ]
名 運輸裝置；傳送帶

0506 conviction
[kənˋvɪkʃən]
名 定罪；證明有罪

0507 convoke
[kənˋvok]
動 召集

0508 convoy
[ˈkɑnˌvɔɪ]
動 為…護航；護送

0509 cooperation
[koˌɑpəˈreʃən]
名 合作；配合

0510 cope
[kop]
動 妥善處理；對付

0511 copper
[ˈkɑpɚ]
名 銅；銅製品

0512 co-product
[ˈkoˈprɑdəkt]
名 副產物

0513 copy machine
片 影印機

0514 corporation
[ˌkɔrpəˈreʃən]
名 股份有限公司

0515 correlation
[ˌkɔrəˈleʃən]
名 相互關係；關聯

0516 corresponding
[ˌkɔrɪˈspɑndɪŋ]
形 對應的；相當的

0517 corridor
[ˈkɔrɪdɚ]
名 走廊；迴廊

0518 cost a fortune
片 所費不貲

0519 cotton
[ˈkɑtṇ]
名 棉；棉花

0520 council
[ˈkaʊnsḷ]
名 會議

0521 counsel
[ˈkaʊnsḷ]
動 建議；勸告
名 審議；決策

0522 counter
[ˈkaʊntɚ]
名 櫃檯

0523 counterbalance
[ˌkaʊntɚˈbæləns]
動 抵消；使平衡

0524 counterfeit
[ˈkaʊntɚˌfɪt]
動 仿冒；仿造
形 假冒的

0525 coupon
[ˈkupɑn]
名 折扣券

0526 courier
[ˈkʊrɪɚ]
名 送遞急件的信差

0527 court
[kort]
名 法庭

0528 courtesy
[ˈkɝtəsɪ]
名 禮貌；禮節

0529 cover letter
片 求職信

0530 covert
[ˈkʌvɚt]
形 隱蔽的；暗地的

0531 crane
[kren]
名 起重機

0532 crap
[kræp]
名 垃圾；破爛貨

0533 crash
[kræʃ]
動 碰撞；毀壞
名 飛機失事；電腦當機

0534 creative
[krɪˈetɪv]
形 有創造力的

0535 creativity
[ˌkrieˈtɪvətɪ]
名 創造力

0536 credible
[ˈkrɛdəbḷ]
形 可信任的；有信用的

0537 credit card
片 信用卡

0538 credit limit
片 信用額度

0539 credit rating
片 信用評等

0540 creditor
[`krɛdɪtə]
名 債權人；貸方

0541 crew
[kru]
名 工作人員；全體員工

0542 criterion
[kraɪ`tɪrɪən]
名 (判斷、批評的)標準；
條件

0543 critical
[`krɪtɪkḷ]
形 批評的；批判的

0544 criticize
[`krɪtɪ͵saɪz]
動 批評；批判；評價

0545 crossing
[`krɔsɪŋ]
名 十字路口；渡口；橫越

0546 cross-reference
[`krɔs`rɛfərəns]
動 互相參照
名 對照處

0547 cruise
[kruz]
動 緩慢航行於…；漫遊
於…

0548 crux
[krʌks]
名 關鍵；緊要關頭

0549 culpability
[͵kʌlpə`bɪlətɪ]
名 有罪性；苛責

0550 culpable
[`kʌlpəbḷ]
形 該責備的；有罪的

0551 culprit
[`kʌlprɪt]
名 被告；被控訴者

0552 cumulative
[`kjʊmjələtɪv]
形 漸增的；蓄積的

0553 cup holder
片 杯架

0554 curfew
[`kɝfju]
名 宵禁

0555 current
[`kɝənt]
形 現今的；目前的

0556 current account
片 活期帳戶

0557 cursor
[`kɝsə]
名 螢幕上的游標

0558 curtailment
[kɝ`telmənt]
名 削減；縮減

0559 curtly
[`kɝtlɪ]
副 簡慢地；簡短地

0560 custodianship
[kʌs`todɪən͵ʃɪp]
名 保管人等之職位

0561 custody
[`kʌstədɪ]
名 拘留；監禁

0562 customer
[`kʌstəmə]
名 顧客；買主

0563 customs
[`kʌstəmz]
名 海關；關稅

0564 customs
clearance
片 關稅申報

0565 customs
formalities
片 報關單

0566 cutback
[`kʌt͵bæk]
名 減少

0567 cyber
[`saɪbə]
形 網路的；電腦的

0568
daily rate
片 (租用)單日費用

0569
damage charge
片 損害賠償

0570
damaged
[`dæmɪdʒd]
形 受損的

0571
dare
[dɛr]
動 膽敢;勇於面對
助 敢;竟敢

0572
database
[`detə,bes]
名 資料庫

0573
date
[det]
名 日期;日子;約會

0574
day return
片 當天來回票

0575
dayshift
[`de,ʃɪft]
名 日班

0576
deadline
[`dɛd,laɪn]
名 截止期限;最後期限

0577
dealer
[`dilə]
名 商人;業者

0578
dealings
[`dilɪŋz]
名 商業往來

0579
debatable
[dɪ`betəbl]
形 可爭辯的;可爭論的

0580
debit card
片 現金卡

0581
debt
[dɛt]
名 債;借款

0582
debtor
[`dɛtə]
名 債務人

0583
debut
[dɪ`bju]
名 首次露面;初上市場

0584
decade
[`dɛked]
名 十年

0585
decide
[dɪ`saɪd]
動 決定;使決斷

0586
declaration
[,dɛklə`reʃən]
名 宣布;宣告

0587
declaration form
片 申報表

0588
declare
[dɪ`klɛr]
動 申報(納稅品等)

0589
declining
[dɪ`klaɪnɪŋ]
形 下降的;減少的

0590
decoy
[dɪ`kɔɪ]
動 誘騙;引誘
名 誘餌

0591
decrease
[dɪ`kris]
動 減少;減小

0592
decreasing
[dɪ`krisɪŋ]
形 減少的

0593
decrepit
[dɪ`krɛpɪt]
形 衰老的;破舊的

0594
dedicate
[`dɛdə,ket]
動 致力於…;獻身…

0595
dedication
[,dɛdə`keʃən]
名 專心致力

0596 deduction
[dɪˋdʌkʃən]
動 扣除；減除

0597 deeply
[ˋdipli]
副 強烈地；深刻地

0598 defame
[dɪˋfem]
動 誹謗；破壞…的名譽

0599 default
[dɪˋfɔlt]
名 預設值；預設系統

0600 defend
[dɪˋfɛnd]
動 辯護；防衛

0601 deference
[ˋdɛfərəns]
名 敬意；尊重

0602 deferral
[dɪˋfɜəl]
名 延期；遷延

0603 define
[dɪˋfaɪn]
動 解釋；為…下定義

0604 definitely
[ˋdɛfənɪtlɪ]
副 明確地；清楚地

0605 definition
[ˏdɛfəˋnɪʃən]
名 定義；釋義

0606 deflate
[dɪˋflet]
動 緊縮(通貨)

0607 degrade
[dɪˋgred]
動 使降級

0608 degree
[dɪˋgri]
名 學位

0609 delay
[dɪˋle]
動 使延期；耽擱
名 延遲；耽擱的時間

0610 delegation
[ˏdɛləˋgeʃən]
名 代表；會議代表

0611 delicate
[ˋdɛləkət]
形 易碎的；纖弱的；需要
小心處理的

0612 delighted
[dɪˋlaɪtɪd]
形 喜悅的；高興的

0613 delinquency
[dɪˋlɪŋkwənsɪ]
名 違法行為；少年犯罪

0614 delivery
[dɪˋlɪvərɪ]
名 送件；傳送

0615 deluxe
[dɪˋlʌks]
形 奢華的；高級的
副 豪華地

0616 demanding
[dɪˋmændɪŋ]
形 苛求的；難搞的

0617 demeanor
[dɪˋminɚ]
名 舉止；行為；風度

0618 demo
[ˋdɛmo]
名 樣本；陳列的商品

0619 democratic
[ˏdɛməˋkrætɪk]
形 民主的

0620 demographics
[ˏdɪməˋgræfɪks]
名 人口統計資料

0621 demote
[dɪˋmot]
動 降級

0622 demur
[dɪˋmɜ]
動 猶豫；有顧慮

0623 denial
[dɪˋnaɪəl]
名 否認；否定

0624 density
[ˋdɛnsətɪ]
名 密度

0625 deny
[dɪˋnaɪ]
動 否認；否定

0626 department
store
片 百貨公司

0627 dependent
[dɪˋpɛndənt]
形 取決於…的

0628 deplorable
[dɪ`plɔrəbḷ]
形 可嘆的；可悲的

0629 deploy
[dɪ`plɔɪ]
動 使展開；部屬
名 部署

0630 deposit
[dɪ`pɑzɪt]
名 保證金；押金；訂金

0631 depressing
[dɪ`presɪŋ]
形 令人沮喪的

0632 derail
[dɪ`rel]
動 出軌

0633 dereliction
[ˏdɛrə`lɪkʃən]
名 遺棄；怠慢

0634 describe
[dɪ`skraɪb]
動 形容；描述

0635 description
[dɪ`skrɪpʃən]
名 形容；說明

0636 designate
[`dɛzɪgˏnet]
動 委派；選任
形 指定的；選定的

0637 designer
[dɪ`zaɪnə]
名 設計師

0638 desk lamp
片 桌燈；檯燈

0639 despite
[dɪ`spaɪt]
介 儘管；不管

0640 destination
[ˏdɛstə`neʃən]
名 目的地

0641 destroy
[dɪ`strɔɪ]
動 破壞；毀滅

0642 destruction
[dɪ`strʌkʃən]
名 破壞；毀滅

0643 detail
[`ditel]
名 細節；詳情

0644 detailed
[`diteld]
形 詳細的；仔細的；精細的

0645 detention
[dɪ`tɛnʃən]
名 拘留；滯留

0646 detergent
[dɪ`tɜdʒənt]
名 洗潔劑；洗衣粉
形 去垢的

0647 determination
[dɪˏtɜmə`neʃən]
名 決心；果斷；決斷力

0648 detest
[dɪ`tɛst]
動 厭惡；憎惡

0649 devaluation
[ˏdivælju`eʃən]
名 貶值

0650 devalue
[di`vælju]
動 貶值；下跌

0651 develop
[dɪ`vɛləp]
動 發展；使發達

0652 developer
[dɪ`vɛləpə]
名 開發者

0653 development
[dɪ`vɛləpmənt]
名 發展結果；產物

0654 diagram
[`daɪəˏgræm]
名 圖表；圖解

0655 dial
[`daɪəl]
動 撥號給…；打電話給…

0656 diary
[`daɪərɪ]
名 日記；日誌

0657 dictate
[`dɪktet]
動 口述；使聽寫

0658 diesel
[`dizḷ]
名 柴油；柴油車

0659 difference
[`dɪfərəns]
名 差別；差異

0660 difficulty
[`dɪfə,kʌltɪ]
名 困難；難題

0661 digit
[`dɪdʒɪt]
名 數字；位元

0662 digital camera
片 數位相機

0663 dignity
[`dɪgnətɪ]
名 尊嚴；莊嚴

0664 diligent
[`dɪlədʒənt]
形 勤勉的；勤奮的

0665 dining car
片 (火車)餐車

0666 diplomatic immunity
片 外交豁免權

0667 direct supervisor
片 直屬上司

0668 director
[də`rɛktə]
名 主管

0669 directory
[də`rɛktərɪ]
名 姓名住址簿

0670 discharge
[dɪs`tʃɑrdʒ]
動 解雇；使免職

0671 disclaimer
[dɪs`klemə]
名 放棄；拒絕

0672 disclose
[dɪs`kloz]
動 揭發；透漏

0673 discomfort
[dɪs`kʌmfət]
動 使不舒服；使不安
名 不適；不安

0674 discount
[`dɪskaʊnt]
動 將…打折扣
名 折扣

0675 discourage
[dɪs`kɔɪdʒ]
動 使心灰意冷；使洩氣

0676 discover
[dɪs`kʌvə]
動 發現；發覺；找到

0677 discredit
[dɪs`krɛdɪt]
動 使不足信

0678 discrete
[dɪ`skrit]
形 分離的；不連接的

0679 discretion
[dɪ`skrɛʃən]
名 謹慎；考慮周全

0680 discriminating
[dɪ`skrɪmə,netɪŋ]
形 有識別力的

0681 discuss
[dɪ`skʌs]
動 討論；商談

0682 disembark
[,dɪsɪm`bɑrk]
動 登陸；上岸；下車

0683 disembarkation card
片 入境卡

0684 disgruntled
[dɪs`grʌntld]
形 感到不高興的

0685 disk drive
片 磁碟機

0686 dislodge
[dɪs`lɑdʒ]
動 離開住處；逐出

0687 dismal
[`dɪzml]
形 憂鬱的；陰沈的

0688 disparate
[`dɪspərɪt]
形 不同的；異類的

0689 dispense
[dɪ`spɛns]
動 分配；發給

0690 dispose
[dɪ`spoz]
動 處理；處置

0691 dis-product
[dɪs`prɑdəkt]
名 有害製品；負生產

0692 disrupt
[dɪs`rʌpt]
動 使分裂；使瓦解

0693 dissipate
[`dɪsə,pet]
動 浪費；揮霍

0694 dissolution
[,dɪsə`luʃən]
名 (契約等的)解除

0695 distillery
[dɪ`stɪlərɪ]
名 蒸餾室；釀酒廠

0696 distinction
[dɪ`stɪŋkʃən]
名 差別；對比

0697 distract
[dɪ`strækt]
動 使分心；使轉向

0698 distribute
[dɪ`strɪbjut]
動 分發；配送

0699 distributor
[dɪ`strɪbjətə]
名 批發商

0700 diversification
[daɪ,vɝsəfə`keʃən]
名 多樣化

0701 diversify
[daɪ`vɝsə,faɪ]
動 使多樣化

0702 diversion
[daɪ`vɝʒən]
名 轉移；轉向

0703 divert
[daɪ`vɝt]
動 轉移；使分心

0704 dividend
[`dɪvə,dɛnd]
名 紅利；股息

0705 do business with
片 與…有生意往來

0706 do the laundry
片 洗衣服

0707 dock
[dak]
名 碼頭；船塢

0708 document
[`dakjəmənt]
名 公文；文件

0709 document
[`dakjə,mɛnt]
動 記錄；用文件證明

0710 document copy
片 文件副本

0711 documentation
[,dakjəmɛn`teʃən]
名 使用說明；(總稱)文件

0712 dollar
[`dalə]
名 美元

0713 domestic
[də`mɛstɪk]
形 國內的

0714 dongle
[`dɔŋgl]
名 傳輸器

0715 doorman
[`dor,mæn]
名 門房

0716 door-to-door
[`dortə,dɔr]
形 逐門逐戶的

0717 dormitory
[`dɔrmə,torɪ]
名 宿舍

0718 dotted
[`datɪd]
形 佈上點狀的；以點標示的

0719 double-bedded room
片 附兩張床的房間

0720 double occupancy
片 雙人房

0721 double-decker
[`dʌbḷ`dɛkə]
名 雙層巴士

0722 doubly
[`dʌblɪ]
副 加倍地

0723 doubt
[daut]
動 懷疑；不相信
名 懷疑；疑慮

0724 download
[`daʊn͵lod]
動 (經由網路)下載

0725 downsize
[`daʊn`saɪz]
動 裁減(員工)人數

0726 downward
[`daʊnwəd]
形 下降的；日趨沒落的

0727 draft
[dræft]
動 起草；設計
名 草稿；匯款單

0728 drag
[dræg]
動 拖曳；拖拉

0729 drainpipe
[`dren͵paɪp]
名 排水管

0730 dramatically
[drə`mætɪkl̩ɪ]
副 戲劇性地；引人注目地

0731 draw attention
片 吸引注意力

0732 draw up plans
片 擬定計畫

0733 drawing board
片 繪圖板

0734 dressing room
片 更衣室

0735 drill
[drɪl]
動 鑽孔；在…上鑽孔
名 鑽頭

0736 drive
[draɪv]
動 迫使；逼迫

0737 drive-in
[`draɪv`ɪn]
名 得來速

0738 driver
[`draɪvə]
名 駕駛；司機

0739 driver's license
片 駕駛執照

0740 driveway
[`draɪv͵we]
名 私人車道

0741 driving record
片 駕駛記錄(或駕駛失事記錄)

0742 drop-off charge
片 甲地租、乙地還的費用

0743 dry cleaning service
片 乾洗服務

0744 ductile
[`dʌktl̩]
形 易延展的；柔軟的

0745 due
[dju]
形 到期的；應支付的；欠款的

0746 due to
片 由於；因為

0747 dumping
[`dʌmpɪŋ]
名 傾銷

0748 dunnage
[`dʌnɪdʒ]
名 貨墊

0749 duplex
[`djuplɛks]
名 雙層樓公寓

0750 duty
[`djutɪ]
名 稅

0751 duty-free
[`djutɪ`fri]
形 免稅的

0752 duty-free shop
片 免稅商店

0753 dynamic
[daɪ`næmɪk]
形 有活力的；強而有力的

0754 dynamometer
[͵daɪnə`mɑmətə]
名 動力計；握力計

0755 eager
[`igə]
形 渴望的；熱切的

0756 earn
[ɝn]
動 賺取；贏得

0757 ecology
[ɪˋkɑlədʒɪ]
名 生態學；環境

0758 economic
[ˏikəˋnɑmɪk]
形 經濟上的；經濟學的

0759 economy
[ɪˋkɑnəmɪ]
名 省油車

0760 economy class
片 經濟艙

0761 ecstasy
[ˋɛkstəsɪ]
名 狂喜；出神

0762 ecstatic
[ɛkˋstætɪk]
形 狂喜的；著迷的

0763 edgy
[ˋɛdʒɪ]
形 前衛的

0764 edict
[ˋidɪkt]
名 官方命令；勒令

0765 edifice
[ˋɛdəfɪs]
名 大廈；雄偉的建築物

0766 edit
[ˋɛdɪt]
動 編輯；校訂

0767 editor
[ˋɛdɪtɚ]
名 編輯

0768 education
[ˏɛdʒʊˋkeʃən]
名 教育；培養；訓練

0769 effective
[ɪˋfɛktɪv]
形 有效的；生效的

0770 effectiveness
[əˋfɛktɪvnɪs]
名 有效；有力

0771 effusive
[ɪˋfjusɪv]
形 噴發的

0772 egotist
[ˋigətɪst]
名 自大者；自我中心的人

0773 electrician
[ˏilɛkˋtrɪʃən]
名 電工

0774 electricity
[ˏilɛkˋtrɪsətɪ]
名 電力

0775 electronic
[ˏilɛkˋtrɑnɪk]
形 電子的

0776 electrostatic
[ɪˏlɛktrəˋstætɪk]
形 靜電學的

0777 element
[ˋɛləmənt]
名 元素

0778 elementary
[ˏɛləˋmɛntərɪ]
形 基本的；基礎的

0779 elevator
[ˋɛləˏvetɚ]
名 電梯

0780 elucidate
[ɪˋlusəˏdet]
動 闡明；說明

0781 elucidative
[ɪˋlusəˏdetɪv]
形 闡釋的；說明的

0782 elude
[ɪˋlud]
動 (巧妙地)躲避；逃避

0783 emaciated
[ɪˋmesɪˏetɪd]
形 憔悴的；削瘦的

0784 embark
[ɪmˋbark]
動 從事；著手

0785 embarkation card
片 出境卡

0786 embarrassing
[ɪmˋbærəsɪŋ]
形 令人尷尬的

0787 embrace
[ɪmˋbres]
動 擁抱；欣然接受

0788 emergency light
片 緊急照明燈

0789 emit
[ɪˋmɪt]
動 散發；放射

0790 empathic
[ɛmˋpæθɪk]
形 有同理心的

0791 emphasis
[ˋɛmfəsɪs]
名 強調；重點

0792 employee
[ˏɛmplɔɪˋi]
名 員工；雇員

0793 employer
[ɪmˋplɔɪə]
名 雇主；老闆

0794 empower
[ɪmˋpauə]
動 獲准；准許

0795 empty
[ˋɛmptɪ]
形 空的；空曠的

0796 emulate
[ˋɛmjəˏlet]
動 同…競爭；盡力趕上

0797 encash
[ɛnˋkæʃ]
動 (將支票等)兌現

0798 endurance
[ɪnˋdjurəns]
名 持久；耐久力

0799 endurant
[ɪnˋdjurənt]
形 能忍耐的

0800 energy
[ˋɛnədʒɪ]
名 能量；精力

0801 engagement
[ɪnˋgedʒmənt]
名 雇用；雇用期

0802 engine
[ˋɛndʒən]
名 引擎；發動機

0803 engineer
[ˏɛndʒəˋnɪr]
名 工程師

0804 English breakfast
片 英式早餐(含豆子、香腸、薯泥等)

0805 enlarge
[ɪnˋlardʒ]
動 擴大；擴展

0806 enlighten
[ɪnˋlaɪtṇ]
動 啟發；教導

0807 enough
[ɪˋnʌf]
形 足夠的；充足的

0808 enquire
[ɪnˋkwaɪr]
動 詢問；查詢

0809 enrich
[ɪnˋrɪtʃ]
動 使充實

0810 enrichment
[ɪnˋrɪtʃmənt]
名 豐富；致富

0811 enroll
[ɪnˋrol]
動 應募；把…記入名冊

0812 enter into
片 著手；開始

0813 enterprise
[ˋɛntəˏpraɪz]
名 企業；公司

0814 entitle
[ɪnˋtaɪtḷ]
動 給予權力或資格

0815 entourage
[ˋantuˏraʒ]
名 隨行人員

0816 entrust
[ɪnˋtrʌst]
動 信託；委託

0817 entry formalities
片 入境手續

0818 enunciate
[ɪˋnʌnsɪˏet]
動 發表；宣布

0819 environment
[ɪnˋvaɪrənmənt]
名 環境；生態環境

0820 environment-friendly
形 對環境友善的；環保的

0821 envision
[ɪn`vɪʒən]
動 想像；展望

0822 envoy
[`ɛnvɔɪ]
名 使者；外交使節

0823 equal
[`ikwəl]
形 平等的

0824 equip
[ɪ`kwɪp]
動 裝備；配備

0825 equity
[`ɛkwətɪ]
名 普通股；股票

0826 erase
[ɪ`res]
動 消除；刪除

0827 eraser
[ɪ`resɚ]
名 橡皮擦

0828 erasure
[ɪ`reʒɚ]
名 擦去；消除

0829 error
[`ɛrɚ]
名 錯誤；失誤；差錯

0830 escalation
[ˏɛskə`leʃən]
名 逐步上升

0831 escalator
[`ɛskəˏletɚ]
名 電扶梯

0832 establishment
[ɪs`tæblɪʃmənt]
名 設立；創立

0833 estate agent
片 房地產經紀人

0834 estimate
[`ɛstəˏmet]
動 估計；估算

0835 estimated
[`ɛstəˏmetɪd]
形 估計的；概估的

0836 etch
[ɛtʃ]
動 (用酸類在金屬板上)蝕刻

0837 ethic
[`ɛθɪk]
名 道德；倫理
形 倫理的；道德的

0838 e-ticket
[`i`tɪkɪt]
名 電子機票

0839 Euro
[`juro]
名 歐元

0840 European Union
片 歐洲聯盟

0841 evacuation
[ɪˏvækju`eʃən]
名 撤空；撤離；疏散

0842 evaluate
[ɪ`væljuˏet]
動 為…評價；評估

0843 evaluation
[ɪˏvælju`eʃən]
名 評等；評鑑

0844 evasion
[ɪ`veʒən]
名 逃避；迴避

0845 evasive
[ɪ`vesɪv]
形 逃避的

0846 even
[`ivən]
形 一致的；平穩的

0847 event
[ɪ`vɛnt]
名 事件；大事

0848 eventually
[ɪ`vɛntʃuəlɪ]
副 最後；終於

0849 eventuate
[ɪ`vɛntʃuˏet]
動 最終導致；結果

0850 evict
[ɪ`vɪkt]
動 逐出(房客)；收回(財產)

0851 eviction
[ɪ`vɪkʃən]
名 逐出；收回

0852 evident
[`ɛvədənt]
形 明顯的

0853 evince
[ɪ`vɪns]
動 表明；顯示出

0854 evoke
[ɪ`vok]
動 招致；引起

0855 exacting
[ɪg`zæktɪŋ]
形 (工作等)艱難的；辛苦的

0856 examination
[ɪg,zæmə`neʃən]
名 檢查；審視

0857 examinee
[ɪg,zæmə`ni]
名 應試者

0858 examiner
[ɪg`zæmɪnə]
名 檢查員；審查員

0859 excellent
[`ɛkslənt]
形 優秀的；優異的

0860 exception
[ɪk`sɛpʃən]
名 例外；【律】反對

0861 exchange
[ɪks`tʃendʒ]
動 交換；兌換
名 交易所；市場

0862 exchange rate
片 匯率

0863 exciting
[ɪk`saɪtɪŋ]
形 令人興奮的

0864 exclude
[ɪk`sklud]
動 將…排除在外

0865 excruciating
[ɪk`skruʃɪ,etɪŋ]
形 使苦惱的

0866 executive
[ɪg`zɛkjʊtɪv]
名 經理；業務主管

0867 exempt
[ɪg`zɛmpt]
形 被免除的；被豁免的

0868 exemption
[ɪg`zɛmpʃən]
名 (義務等的)免除；豁免

0869 exertion
[ɪg`zɝʃən]
名 努力；費力

0870 existence
[ɪg`zɪstəns]
名 存在；生存

0871 existing
[ɪg`zɪstɪŋ]
形 現存的；現行的

0872 expectancy
[ɪk`spɛktənsɪ]
名 期望；期望值

0873 expectation
[,ɛkspɪk`teʃən]
名 期望；預期

0874 expedite
[`ɛkspɪ,daɪt]
動 迅速執行

0875 expedition
[,ɛkspɪ`dɪʃən]
名 探險；考察

0876 expense
[ɪk`spɛns]
名 費用；支出

0877 expensive
[ɪk`spɛnsɪv]
形 昂貴的

0878 experience
[ɪk`spɪrɪəns]
名 經驗；體驗

0879 experiment
[ɪk`spɛrəmənt]
動 進行實驗
名 實驗；試驗

0880 experimental
[ɪk,spɛrə`mɛntḷ]
形 實驗性質的

0881 expert
[`ɛkspɝt]
名 專家；能力

0882 expire
[ɪk`spaɪr]
動 滿期；到期

0883 explain
[ɪk`splen]
動 解釋；說明

0884 exploratory
[ɪk`splorə͵torɪ]
形 探勘的；探究的

0885 explorer
[ɪk`splorə]
名 探險家

0886 export
[ɪks`port]
動 出口；將貨物賣出至…

0887 exposure
[ɪk`spoʒə]
名 暴露；揭露

0888 express
[ɪk`sprɛs]
動 表達；表示

0889 expression
[ɪk`sprɛʃən]
名 表情；表示

0890 extant
[`ɛkstənt]
形 現存的；尚存的

0891 extension
[ɪk`stɛnʃən]
名 電話分機

0892 extension cord
片 延長線

0893 extent
[ɪk`stɛnt]
名 程度；範圍

0894 exterior
[ɪk`stɪrɪə]
形 外在的；外表的

0895 extortion
[ɪk`stɔrʃən]
名 敲詐；強求

0896 extradite
[`ɛkstrə͵daɪt]
動 引渡(逃犯等)

0897 exultation
[͵ɛgzʌl`teʃən]
名 狂喜；洋洋得意

0898 eyestrain
[`aɪ͵stren]
名 眼睛疲勞

0899 fabric
[`fæbrɪk]
名 織品；布料

0900 facade
[fə`sad]
名 表面；外觀

0901 facial cleaner
片 洗面乳

0902 facilitator
[fə`sɪlə͵tetə]
名 促進者；便利措施

0903 facility
[fə`sɪlətɪ]
名 設備；設施

0904 fail
[fel]
動 不及格；失敗

0905 fail to
片 沒能夠…；失敗

0906 failure
[`feljə]
名 失敗；沒做到；衰退；
故障

0907 failure rate
片 產品不良率

0908 fair
[fɛr]
形 合理的；公平的

0909 faith
[feθ]
名 信心；信任

0910 fall guy
片 代罪羔羊

0911 falter
[`fɔltə]
動 衰退；動搖

0912 fame
[fem]
名 聲譽；名望

0913 familiar
[fə`mɪljə]
形 熟悉的；親近的

0914 farewell
[`fɛr`wɛl]
名 告別；送別
形 送別的

0915 fastidious
[fæs`tɪdɪəs]
形 愛挑剔的

0916
fax
[fæks]
動 將…傳真給…
名 傳真機

0917
feasibility
[ˌfizəˋbɪlətɪ]
名 可行性；可能性

0918
feature
[ˋfitʃə]
動 以…為特色
名 特色；特徵

0919
feedback
[ˋfid͵bæk]
名 回饋意見

0920
felicitous
[fəˋlɪsətəs]
形 適當的；善於措辭的

0921
fellow
[ˋfɛlo]
名 傢伙；人

0922
female
[ˋfimel]
名 女性
形 女性的

0923
fence
[fɛns]
名 籬笆；圍籬

0924
ferry
[ˋfɛrɪ]
動 搭乘渡輪
名 渡輪；渡船口

0925
fertilizer
[ˋfɝtl͵aɪzə]
名 促進發展物；催化物；肥料

0926
fiduciary
[fɪˋdjuʃɪ͵ɛrɪ]
形 信託的；信用發行的

0927
field
[fild]
名 (知識)領域；專業

0928
fieldwork
[ˋfild͵wɝk]
名 實地拜訪客戶

0929
figure out
片 理解；想出

0930
file
[faɪl]
動 提出(申請)；提起(訴訟)

0931
fill in
片 填寫

0932
finance
[faɪˋnæns]
名 金融；財政

0933
fire
[faɪr]
動 開除；免職

0934
fire alarm
片 火災警報器

0935
fire escape
片 太平門

0936
fire exit
片 防火逃生出口

0937
fire hydrant
片 消防栓

0938
fire-extinguisher
[ˋfaɪrɪk͵stɪŋwɪʃə]
名 滅火器

0939
firewall
[ˋfaɪrwɔl]
名 防火牆(網際網路上的)

0940
first class
片 頭等艙

0941
fitness center
片 健身中心

0942
fitting room
片 試衣間

0943
fixed
[fɪkst]
形 固定的；制式的

0944
fizzle
[ˋfɪzl̩]
動 發出嘶嘶聲
名 嘶嘶聲

0945
flash
[flæʃ]
動 閃光；(想法等)掠過；閃現

0946
flask
[ˋflæsk]
名 燒瓶

0947
flatter
[ˋflætə]
動 諂媚；奉承

0948 flawed
[flɔd]
形 有缺陷的;錯誤的

0949 flea market
片 跳蚤市場

0950 fleet
[flit]
形 快速的;敏捷的

0951 flexibility
[ˌflɛksəˈbɪlɪtɪ]
名 彈性;易曲性

0952 flight
[flaɪt]
名 (飛機的)班次

0953 flight attendant
片 空服員

0954 flight number
片 班機號碼

0955 flip chart
片 活動掛圖

0956 florist
[ˈflɔrɪst]
名 花商;花店

0957 floss teeth
片 剔牙

0958 flow chart
片 流程圖

0959 fluency
[ˈfluənsɪ]
名 流暢;通順

0960 fly sheet
片 宣傳單

0961 follow up
片 採取後續行動

0962 footnote
[ˈfʊtˌnot]
動 加註
名 腳註

0963 for sale
片 出售中;待售

0964 forcibly
[ˈforsəblɪ]
副 強迫地;強制地

0965 forebear
[ˈforˌbɛr]
名 祖先;祖宗

0966 foreign
[ˈforɪn]
形 外國的;國外的

0967 foreigner
[ˈforɪnɚ]
名 外國人

0968 forklift
[ˈforkˌlɪft]
名 叉架起貨機

0969 format
[ˈformæt]
動 (電腦)格式化

0970 formulate
[ˈformjəˌlet]
動 規劃(制度等);想出(計畫等)

0971 forum
[ˈforəm]
名 具有管轄權的法院

0972 forward
[ˈforwəd]
動 轉寄;轉送

0973 foster
[ˈfostɚ]
動 培養;領養

0974 fraction
[ˈfrækʃən]
名 小部分;碎片

0975 fractious
[ˈfrækʃəs]
形 易怒的;性情暴戾的

0976 frame
[frem]
動 誣賴;陷害

0977 franchise
[ˈfrænˌtʃaɪz]
動 給予經銷權

0978 frankly
[ˈfræŋklɪ]
副 坦白地;直率地

0979 fraud
[frɔd]
名 欺騙;詐欺

0980 fraudulent
[ˋfrɔdʒələnt]
形 欺詐的；欺騙的

0981 free seat

片 空的座位

0982 freelancer
[ˋfri͵lænsɚ]
名 自由作家

0983 free-of-charge
[ˋfriəf ͵tʃɑrdʒ]
形 免費的

0984 frequently
[ˋfrikwəntlɪ]
副 頻繁地；經常

0985 fretful
[ˋfrɛtfl]
形 煩惱的；焦躁的

0986 fringe
[frɪndʒ]
形 附加的；附屬的

0987 frisky
[ˋfrɪskɪ]
形 活躍的；活潑好動的

0988 front desk
片 櫃檯

0989 frugal
[ˋfrugl]
形 節約的；簡樸的

0990 fruitless
[ˋfrutlɪs]
形 無成果的

0991 fuel
[ˋfjuəl]
動 供給燃料
名 燃料；刺激因素

0992 fugitive
[ˋfjudʒətɪv]
名 逃犯；逃亡者

0993 full-time
[ˋfʊlˋtaɪm]
形 全職的

0994 function
[ˋfʌŋkʃən]
動 起作用；行使職責
名 功能；作用

0995 funnel
[ˋfʌnl]
名 漏斗

0996 furlough
[ˋfɝlo]
動 (暫時)解雇
名 休假；暫時解雇

0997 furniture
[ˋfɝnɪtʃɚ]
名 傢俱；設備

0998 fussy
[ˋfʌsɪ]
形 難以取悅的；過分裝飾的

UNIT 3 **G** **M**

0999 gamut
[ˋgæmət]
名 全部；整個範圍

1000 garbled
[ˋgɑrbḷd]
形 被混淆的；搞亂了的

1001 garden
[ˋgɑrdn̩]
名 花園

1002 garment bag
片 攜帶用衣物袋

1003 garner
[ˋgɑrnɚ]
動 獲得；把…儲入穀倉

1004 garnet
[ˋgɑrnɪt]
名 石榴石；深紅色
形 深紅色的

1005 gas guzzler
片 耗油車

1006 gasworks
[ˋgæs͵wɝks]
名 煤氣廠

1007 gate
[get]
名 登機門

1008 gathering
[ˋgæðərɪŋ]
名 集會；聚集

1009 generator
[ˋdʒɛnəͺretɚ]
名 發電機

1010 generosity
[͵dʒɛnəˋrɑsətɪ]
名 寬宏大量；慷慨

1011 generous
[ˋdʒɛnərəs]
形 慷慨的；大方的

1012 genre
[ˋʒɑnrə]
名 類型；類別

1013 germane
[dʒɝˋmen]
形 有密切關係的

1014 get down
片 記下；寫下

1015 get in touch with
片 與某人聯絡

1016 get off
片 下車

1017 get on
片 上車；穿上

1018 get out of
片 離開…；逃避…

1019 get through
片 突破難關；解決問題

1020 gift certificate
片 禮券

1021 gift-wrap
[ˋgɪft͵ræp]
動 包裝禮品

1022 give up on
片 放棄…

1023 give...a shot
片 給…一次機會

1024 giveaway
[ˋgɪvə͵we]
名 贈品
形 贈送的

1025 glad
[glæd]
形 高興的；喜悅的

1026 glib
[glɪb]
形 能言善道的；善辯的

1027 global
[ˋglobl]
形 全球的；全世界的

1028 glossary
[ˋglɑsərɪ]
名 詞彙；用語

1029 glossy
[ˋglɔsɪ]
形 虛有其表的；浮誇的

1030 go after
片 追求…

1031 go for it
片 放膽嘗試；努力爭取

1032 go through
片 通過；經歷

1033 goggles
[ˋgɑglz]
名 護目鏡

1034 goldbricker
[ˋgold͵brɪkɚ]
名 藉故摸魚的人

1035 golf course
片 高爾夫球場

1036 gouge
[gaʊdʒ]
動 欺騙；詐欺

1037 government
[`gʌvənmənt]
名 政府

1038 grade
[gred]
動 評比；分等級

1039 graduate
[`grædʒʊˏet]
動 畢業

1040 grain
[gren]
名 (木、石、織品等的)紋理

1041 grantee
[græn`ti]
名 受讓人；受贈者

1042 grantor
[`græntə]
名 授予者；讓與人

1043 graph
[græf]
名 圖表；圖解

1044 grasp
[græsp]
動 握緊；把握(機會等)
名 緊抓；緊握

1045 grateful
[`gretfəl]
形 感激的；表示感謝的

1046 gratitude
[`grætəˏtjud]
名 感恩；感謝

1047 gratuity
[grə`tjuətɪ]
名 (退休時的)慰勞金；遣散費

1048 greengrocer
[`grinˏgrosə]
名 菜販

1049 greenhorn
[`grinˏhɔrn]
名 新手；菜鳥

1050 greenhouse
[`grinˏhaʊs]
名 溫室

1051 grievance
[`grivəns]
名 抱怨；不滿

1052 grimace
[`grɪməs]
動 扮鬼臉；做怪相
名 鬼臉

1053 grit
[grɪt]
名 砂礫；砂岩

1054 grocery
[`grosərɪ]
名 雜貨店；食品雜貨

1055 grooming
[`grumɪŋ]
名 打扮；修飾

1056 gross
[gros]
形 總的；毛的

1057 guarantee
[ˏgærən`ti]
動 保證；擔保
名 保證；保證書；擔保

1058 guess
[gɛs]
動 推測；猜中
名 推測；猜測

1059 guesthouse
[`gɛstˏhaʊs]
名 小型家庭旅館

1060 guide
[gaɪd]
動 引導；指示
名 導遊；指導者

1061 guidebook
[`gaɪdˏbʊk]
名 使用手冊

1062 guideline
[`gaɪdˏlaɪn]
名 指導方針(常作複數)

1063 guild
[gɪld]
名 同業公會

1064 guilty
[`gɪltɪ]
形 有罪的；有過失的

1065 gym
[dʒɪm]
名 健身房

1066 hacker
[`hækə]
名 電腦駭客

1067 hair salon
片 髮廊；理髮廳

1068 halcyon
[`hælsɪən]
形 幸福美好的

1069 half-price
[`hæf praɪs]
形 半價的

1070 hallmark
[`hɔl‚mɑrk]
名 特徵；標誌

1071 halt
[hɔlt]
動 停止；使…停止

1072 hammer out
片 設計出；想出

1073 handbag
[`hænd‚bæg]
名 手提袋

1074 handbook
[`hænd‚bʊk]
名 手冊

1075 handout
[`hændaʊt]
名 講義；傳單

1076 hand-picked
[`hænd`pɪkt]
形 精選的

1077 happen
[`hæpən]
動 (偶然)發生

1078 harbinger
[`hɑrbɪndʒɚ]
名 通報者

1079 hard drive
片 硬碟；硬碟機

1080 hard-nosed
[`hɑrd‚nozd]
形 固執的

1081 hardware
[`hɑrd‚wɛr]
名 硬體(指螢幕、主機等設備)

1082 hardworking
[‚hɑrd`wɝkɪŋ]
形 努力工作的；勤勉的

1083 harmonize
[`hɑrmə‚naɪz]
動 使協調；和諧

1084 harvest
[`hɑrvɪst]
動 收獲；收成
名 收成；產量

1085 haze
[hez]
動 使勞累；使苦惱

1086 headhunter
[`hɛd‚hʌntɚ]
名 獵人頭者

1087 headlight
[`hɛd‚laɪt]
名 (汽車)頭燈

1088 headline
[`hɛd‚laɪn]
名 頭條新聞

1089 headphone
[`hɛd‚fon]
名 耳機

1090 headrest
[`hɛd‚rɛst]
名 (椅子的)靠枕

1091 headshot
[`hɛd‚ʃɑt]
名 證件照

1092 health
[hɛlθ]
名 健康；健康狀況

1093 health insurance
片 健康保險

1094 hearing
[`hɪrɪŋ]
名 聽證會

1095 helmet
[`hɛlmɪt]
名 頭盔；安全帽

1096 helpful
[`hɛlpfəl]
形 有助益的

1097 hem
[hɛm]
動 給…縫邊(或鑲邊)

1098 herein
[‚hɪr`ɪn]
副 此中；於此

1099 hereinafter
[ˌhɪrɪnˋæftɚ]
副 在下

1100 hesitation
[ˌhɛzəˋteʃən]
名 遲疑；躊躇

1101 heterogeneous
[ˌhɛtərəˋdʒinɪəs]
形 由不同成分組成的

1102 hidden
[ˋhɪdn̩]
形 隱藏的；隱密的

1103 highlight
[ˋhaɪˌlaɪt]
動 強調；使突出

1104 highlighter
[ˋhaɪˌlaɪtɚ]
名 螢光筆

1105 high-performing
[ˋhaɪpɚˋfɔrmɪŋ]
形 表現良好的

1106 hilarious
[hɪˋlɛrɪəs]
形 極可笑的；好笑的

1107 hit
[hɪt]
名 暢銷產品

1108 hitch-hike
[ˋhɪtʃˌhaɪk]
動 搭便車
名 搭便車的旅行

1109 hole-punch
[ˋholˌpʌntʃ]
名 打洞機

1110 homebound
[ˋhomˌbaʊnd]
形 回家的

1111 homogeneous
[ˌhoməˋdʒinɪəs]
形 同種的；同質的

1112 honesty
[ˋɑnɪstɪ]
名 誠實；誠信

1113 honk
[hɔŋk]
動 按喇叭表示

1114 honor
[ˋɑnɚ]
動 給予榮譽；尊敬
名 敬意；榮耀

1115 honorarium
[ˌɑnəˋrɛrɪəm]
名 謝禮；報酬

1116 horn
[hɔrn]
名 喇叭；管樂器；小號

1117 horrible
[ˋhɔrəbl̩]
形 糟糕的；恐怖的

1118 horseback riding
片 騎馬

1119 host
[host]
名 主持人(男性)

1120 hot spring
片 溫泉

1121 hot tub
片 浴缸

1122 hourly
[ˋaʊrlɪ]
副 每小時地

1123 housekeeper
[ˋhaʊsˌkipɚ]
名 管家

1124 housekeeping
[ˋhaʊsˌkipɪŋ]
名 房間清理服務

1125 however
[haʊˋɛvɚ]
連 然而；不過

1126 hub
[hʌb]
名 樞紐；中心

1127 humidity
[hjuˋmɪdətɪ]
名 濕氣；濕度

1128 humility
[hjuˋmɪlətɪ]
名 謙卑；謙遜

1129 humorous
[ˋhjumərəs]
形 幽默的

1130 hurricane
[ˋhɝɪˌken]
名 颶風；暴風雨

1131 hurry
[`hɜɪ]
動 催促；使趕快

1132 hustle
[`hʌsl]
動 催促；趕緊做(某事)

1133 hymn
[`hɪm]
名 歡樂的歌；聖歌

1134 hyphen
[`haɪfən]
名 連字號

1135 idealize
[aɪˋdiəlˏaɪz]
動 將…理想化；理想的描述

1136 identification card
片 身分證

1137 identify
[aɪˋdɛntəˏfaɪ]
動 鑑別；確認；認出

1138 ignominious
[ˏɪgnəˋmɪnɪəs]
形 可恥的

1139 ignore
[ɪgˋnor]
動 忽視；忽略

1140 illegal
[ɪˋligl]
形 非法的；違法的

1141 illustrative
[`ɪləsˏtretɪv]
形 說明的

1142 imagination
[ɪˏmædʒəˋneʃən]
名 想像力；創造力

1143 impatient
[ɪmˋpeʃənt]
形 不耐煩的

1144 implement
[`ɪmpləˏmənt]
動 履行；實施

1145 implied
[ɪmˋplaɪd]
形 暗指的；含蓄的

1146 import
[ɪmˋport]
動 進口；引進

1147 import
[`ɪmport]
名 進口商品；進口；輸入

1148 importune
[ˏɪmpɚˋtjun]
動 向…強求

1149 impoverish
[ɪmˋpɑvərɪʃ]
動 使貧窮；使赤貧

1150 impresario
[ˏɪmprɪˋsɑrɪˏo]
名 演出者；經理人

1151 impressive
[ɪmˋprɛsɪv]
形 令人印象深刻的

1152 improvement
[ɪmˋpruvmənt]
名 進步；改進

1153 impulse
[`ɪmpʌls]
名 衝動；一時的念頭

1154 in advance
片 提前地；預先地

1155 in case
片 假使；假設

1156 in charge of
片 負責掌管；對…負責

1157 in exchange for
片 交換

1158 in favor of
片 贊同；支持

1159 in reply to
片 作為…的回覆

1160 in return
片 作為回報

1161 in the black
片 有盈餘

1162 in the red
片 虧損；負債

1163 inanimate
[ɪn`ænəmɪt]
形 無精打采的；無生氣的

1164 inbound
[`ɪn`baʊnd]
形 返回國內的

1165 incapacitated
[͵ɪnkə`pæsə͵tetɪd]
形 使無能力的

1166 incentive
[ɪn`sɛntɪv]
名 刺激；鼓勵；動機
形 獎勵的；刺激的

1167 incinerator
[ɪn`sɪnə͵retə]
名 焚化爐

1168 incisive
[ɪn`saɪsɪv]
形 銳利的；尖銳的

1169 incline
[ɪn`klaɪn]
動 傾斜；傾向於…

1170 including
[ɪn`kludɪŋ]
介 包含；包括

1171 incontrovertible
[͵ɪnkɑntrə`vɝtəbl̩]
形 無疑的；明白的

1172 inconvenience
[͵ɪnkən`vinjəns]
名 不便；麻煩事

1173 incredulous
[ɪn`krɛdʒələs]
形 不輕信的；懷疑的

1174 incumbent
[ɪn`kʌmbənt]
形 現職的；負有責任的

1175 incur
[ɪn`kɝ]
動 招致；帶來

1176 indebted
[ɪn`dɛtɪd]
形 負債的；受惠的

1177 indemnify
[ɪm`dɛmnə͵faɪ]
動 保障；使免受罰

1178 independent
[͵ɪndɪ`pɛndənt]
形 獨立的；自主的

1179 in-depth
[`ɪn`dɛpθ]
形 深入的；徹底的

1180 indicate
[`ɪndə͵ket]
動 指示；指出

1181 indication
[͵ɪndə`keʃən]
名 暗示；表示

1182 indicator
[`ɪndə͵ketə]
名 指示計；指示燈

1183 indifference
[ɪn`dɪfərəns]
名 漠不關心

1184 indulgence
[ɪn`dʌldʒəns]
名 沈溺；放縱

1185 industrial
[ɪn`dʌstrɪəl]
形 工業的；產業的

1186 industrialize
[ɪn`dʌstrɪəl͵aɪz]
動 使工業化

1187 industrious
[ɪn`dʌstrɪəs]
形 勤勉的；勤勞的

1188 ineffective
[ɪnə`fɛktɪv]
形 沒有效率的；無效的

1189 inexperienced
[͵ɪnɪk`spɪrɪənst]
形 經驗不足的；生澀的

1190 infancy
[`ɪnfənsɪ]
名 初期；未發達階段

1191 infer
[ɪn`fɝ]
動 推斷；推論

1192 inference
[`ɪnfərəns]
名 推斷；推論

1193 inflate
[ɪn`flet]
動 抬高物價；使通貨膨脹

1194 inflict
[ɪn`flɪkt]
動 給予打擊

1195 inform
[ɪnˋfɔrm]
動 通知；告知

1196 information
[͵ɪnfɚˋmeʃən]
名 資訊；消息

1197 information center
片 服務中心

1198 ingratiate
[ɪnˋgreʃɪ͵et]
動 使得到…歡心

1199 initial
[ɪˋnɪʃəl]
名 (字的)起首字母

1200 initiative
[ɪˋnɪʃətɪv]
名 進取心

1201 ink-jet printer
片 噴墨印表機

1202 inland
[ˋɪnlənd]
形 內地的；內陸的

1203 inn
[ɪn]
名 旅舍；小旅館

1204 innocent
[ˋɪnəsn̩t]
形 無罪的；清白的

1205 innovate
[ˋɪnə͵vet]
動 改革；創新

1206 innovation
[͵ɪnəˋveʃən]
名 革新；創新

1207 innovator
[ˋɪnə͵vetɚ]
名 創新者

1208 input
[ˋɪn͵pʊt]
動 將(資料等)輸入電腦
名 輸入；投入

1209 inside trading
片 內線交易

1210 insolvent
[ɪnˋsɑlvənt]
形 無力償還的；破產的

1211 inspect
[ɪnˋspɛkt]
動 檢查；審查

1212 inspector
[ɪnˋspɛktɚ]
名 檢查員；巡官

1213 inspiration
[͵ɪnspəˋreʃən]
名 靈感；鼓舞人心的人或事物

1214 inspiring
[ɪnˋspaɪrɪŋ]
形 激勵人心的

1215 install
[ɪnˋstɔl]
動 安裝(電腦程式等)

1216 instantaneously
[͵ɪnstənˋtenɪəslɪ]
副 即刻地；突如其來地

1217 instead of
片 代替

1218 institution
[͵ɪnstəˋtjuʃən]
名 機構；團體

1219 instructor
[ɪnˋstrʌktɚ]
名 教導者；指導者

1220 insulate
[ˋɪnsə͵let]
動 隔離；使孤立

1221 insult
[ɪnˋsʌlt]
動 羞辱；辱罵

1222 insult
[ˋɪnsʌlt]
名 侮辱；辱罵

1223 insurance
[ɪnˋʃʊrəns]
名 保險；保險金

1224 integrity
[ɪnˋtɛgrətɪ]
名 正直；誠實

1225 intelligence
[ɪnˋtɛlədʒəns]
名 智能；智慧

1226 intend
[ɪnˋtɛnd]
動 打算；想要

1227 intensify
[ɪnˋtɛnsə͵faɪ]
動 加強；增強

1228 intention
[ɪnˋtɛnʃən]
名 意圖；目的

1229 intercept
[͵ɪntəˋsɛpt]
動 攔截；截擊

1230 intercom
[ˋɪntə͵kɑm]
名 對講機；內部電話；內線

1231 interest
[ˋɪntərɪst]
名 利息；興趣

1232 interface
[ˋɪntə͵fes]
名 界面

1233 interim
[ˋɪntərɪm]
名 間歇；過渡時期

1234 interior
[ɪnˋtɪrɪə]
形 室內的；內部的

1235 internal
[ɪnˋtɜnl]
形 內部的

1236 international
[͵ɪntəˋnæʃənl]
形 國際性的；國際間的

1237 internationalize
[͵ɪntəˋnæʃənl͵aɪz]
動 將⋯國際化

1238 Internet
[ˋɪntə͵nɛt]
名 網路

1239 Internet access
片 網路連線

1240 internship
[ˋɪntɜn͵ʃɪp]
名 實習時期

1241 interpret
[ɪnˋtɜprɪt]
動 解釋；說明

1242 interpreter
[ɪnˋtɜprɪtə]
名 口譯人員

1243 interrupt
[͵ɪntəˋrʌpt]
動 打斷；中斷

1244 interruption
[͵ɪntəˋrʌpʃən]
名 中止；打擾

1245 interview
[ˋɪntə͵vju]
動 面試；面談

1246 interviewee
[͵ɪntəvjuˋi]
名 接受面試者

1247 interviewer
[ˋɪntə͵vjuə]
名 面試官

1248 intrinsic
[ɪnˋtrɪnsɪk]
形 本身的；固有的

1249 introduce
[͵ɪntrəˋdjus]
動 介紹；引見

1250 introduction
[͵ɪntrəˋdʌkʃən]
名 引言；序言

1251 introspective
[͵ɪntrəˋspɛktɪv]
形 內省的；自省的

1252 inundate
[ˋɪnʌn͵det]
動 (洪水般地)撲來；壓倒

1253 invalidate
[ɪnˋvælə͵det]
動 使無效

1254 inventive
[ɪnˋvɛntɪv]
形 發明的；有創造力的

1255 inventory
[ˋɪnvən͵torɪ]
名 存貨清單；財產目錄

1256 investment
[ɪnˋvɛstmənt]
名 投資；投資額；投資物

1257 invisible
[ɪnˋvɪzəbl]
形 隱形的；看不見的

1258 invitation
[͵ɪnvəˋteʃən]
名 邀請；請帖

1259 invoice
[`ɪnvɔɪs]
名 發票；發貨單

1260 involve
[ɪn`vɑlv]
動 包含；需要；意味著

1261 involved
[ɪn`vɑlvd]
形 有關的；牽扯在內的

1262 involvement
[ɪn`vɑlvmənt]
名 牽連；連累

1263 irascible
[ɪ`ræsəbl]
形 易怒的；暴躁的

1264 iron
[`aɪən]
名 鐵；(食物所含的)鐵質；熨斗

1265 irrelevant
[ɪ`rɛləvənt]
形 不相關的

1266 itemize
[`aɪtəm͵aɪz]
動 分條列述；詳細列舉

1267 itinerary
[aɪ`tɪnə͵rɛrɪ]
名 旅遊計畫；旅遊行程表

1268 jacuzzi
[dʒə`kuzɪ]
名 按摩浴缸

1269 jaunty
[`dʒɔntɪ]
形 快活的；喜洋洋的

1270 jeopardy
[`dʒɛpədɪ]
名 危機；危險的處境

1271 jet lag
片 (搭乘飛機後的)時差

1272 jetway
[`dʒɛt͵we]
名 空橋(搭飛機用)

1273 jingle
[`dʒɪŋgl̩]
名 (朗朗上口的)廣告詞

1274 job opening
片 職缺

1275 jot down
片 草草記下；快速做筆記

1276 journal
[`dʒɜnl̩]
名 日記；日誌

1277 journalist
[`dʒɜnl̩ɪst]
名 新聞記者

1278 journey
[`dʒɜnɪ]
名 旅程；旅行

1279 judge
[dʒʌdʒ]
名 法官

1280 junction
[`dʒʌŋkʃən]
名 連接；接合點

1281 junk
[dʒʌŋk]
名 垃圾；廢棄的舊物

1282 justify
[`dʒʌstə͵faɪ]
動 為…辯護；證明合法

1283 keep promise
片 遵守承諾

1284 keep track of
片 隨時掌握…

1285 keep up with
片 趕上；迎頭趕上

1286 key in
片 輸入；鍵入

1287 keyboard
[`ki͵bord]
名 鍵盤

1288 keypal
[`ki͵pæl]
名 網友

1289 kickback
[`kɪk͵bæk]
名 佣金；回扣

1290 kindly
[`kaɪndlɪ]
形 親切的；善良的

1291 kiosk
[kɪˋɑsk]
名 車站小店；報攤

1292 kit
[kɪt]
名 工具箱；成套工具

1293 labor insurance
片 勞工保險

1294 labor union
片 工會

1295 laboratory
[ˋlæbrə͵torɪ]
名 實驗室

1296 laborer
[ˋlebərə]
名 勞工

1297 lack
[læk]
動 缺少；缺乏
名 缺少；不足

1298 laminate
[ˋlæmə͵net]
動 將…護貝

1299 landing
[ˋlændɪŋ]
名 (飛機)降落

1300 landlady
[ˋlænd͵ledɪ]
名 房東；地主(女性)

1301 landlord
[ˋlænd͵lord]
名 房東；地主(男性)

1302 language
[ˋlæŋgwɪdʒ]
名 語言；用語

1303 laser printer
片 雷射印表機

1304 latest
[ˋletɪst]
形 最新的；最近的

1305 laundry
[ˋlɔndrɪ]
名 洗衣店；洗衣間

1306 law
[lɔ]
名 法律；法規；規則

1307 lawsuit
[ˋlɔ͵sut]
名 訴訟(尤指非刑事案件)

1308 lawyer
[ˋlɔjə]
名 律師

1309 layer
[ˋleə]
名 層；階層；地層

1310 layman
[ˋlemən]
名 門外漢

1311 layoff
[ˋle͵ɔf]
名 臨時解雇；裁員

1312 layout
[ˋle͵aut]
名 版面編排；版面設計

1313 lead
[lid]
動 領導；通向；導致

1314 leading-edge
[ˋlidɪŋ ˋɛdʒ]
形 居領先優勢的

1315 leaflet
[ˋliflɪt]
動 發送傳單
名 小傳單

1316 leakage
[ˋlikɪdʒ]
名 漏(水、瓦斯等)；洩漏

1317 lean
[lin]
動 傾斜；屈身

1318 leasing contract
片 租賃契約

1319 leather
[ˋlɛðə]
名 皮革

1320 leave
[liv]
名 休假

1321 leave of absence
片 留職停薪

1322 ledger
[ˋlɛdʒə]
名 分類帳

1323 legal
[`ligl]
形 法律上的；合法的

1324 legitimate
[lɪ`dʒɪtəmɪt]
形 合法的；正當的

1325 lemon
[`lɛmən]
名 品質差且無用的車

1326 lend
[lɛnd]
動 借出；借給

1327 lengthy
[`lɛŋθɪ]
形 冗長的；囉唆的

1328 lessee
[lɛs`i]
名 承租人

1329 lessor
[`lɛsɔr]
名 出租人

1330 lethal
[`liθəl]
形 致命的；危險的；毀滅性的

1331 letter
[`lɛtɚ]
名 信件；字母；文字

1332 lever
[`lɛvɚ]
名 槓桿；手段

1333 liability
[ˌlaɪə`bɪlətɪ]
名 負債；不利條件

1334 liable
[`laɪəbl]
形 負有法律責任的；有義務的

1335 liaison
[ˌlie`zan]
名 聯絡；聯繫

1336 library
[`laɪˌbrɛrɪ]
名 圖書館；藏書室

1337 license
[`laɪsns]
名 執照；證書

1338 life jacket
片 救生衣

1339 limited
[`lɪmɪtɪd]
形 有限的；不多的

1340 limousine
[`lɪməˌzin]
名 大型豪華轎車

1341 liquidation
[ˌlɪkwɪ`deʃən]
名 (債務的)償付；了結

1342 list
[lɪst]
動 將…列表
名 名單；表單

1343 loan
[lon]
名 貸款；借出的東西

1344 lobby
[`labɪ]
名 大廳；門廊

1345 location
[lo`keʃən]
名 位置；場所；地點

1346 lock up
片 鎖住；上鎖

1347 locker
[`lakɚ]
名 寄物櫃

1348 locksmith
[`lakˌsmɪθ]
名 鎖匠

1349 locomotive
[ˌlokə`motɪv]
名 火車頭

1350 lodge
[ladʒ]
名 小木屋

1351 log in
片 登入

1352 log out
片 登出

1353 logical
[`ladʒɪkl]
形 合邏輯的；合理的

1354 logistics
[lo`dʒɪstɪks]
名 物流

1355 logo
[`logo]
名 標誌；商標

1356 long-range
[`lɔŋ,rendʒ]
形 長期的

1357 look forward to
片 期待；盼望

1358 look into
片 調查

1359 look to
片 依賴；依靠；指望

1360 look up to
片 尊敬；尊重

1361 loom
[lum]
名 織布機

1362 loose
[lus]
形 鬆的；寬的

1363 loot
[lut]
名 戰利品

1364 lorry
[`lɔrɪ]
名 卡車；貨車

1365 loss
[lɔs]
名 損失；傷害

1366 lottery
[`lɑtərɪ]
名 樂透；彩券

1367 lounge
[laundʒ]
名 休息室；會客廳

1368 lower case
片 小寫字母

1369 low-paying
[`lo`peɪŋ]
形 低所得的

1370 loyal
[`lɔɪəl]
形 忠誠的；忠心的

1371 loyalty
[`lɔɪəltɪ]
名 忠誠；忠心

1372 luxurious
[lʌg`ʒurɪəs]
形 奢侈的；豪華的

1373 luxury
[`lʌkʃərɪ]
名 奢侈品；奢華

1374 made of
片 以…製成的

1375 magnate
[`mægnet]
名 商業巨頭

1376 magnificent
[mæg`nɪfəsənt]
形 壯麗的；宏偉的

1377 mail
[mel]
動 郵寄給…
名 郵件

1378 mailbox
[`mel,bɑks]
名 信箱

1379 main course
片 主菜

1380 mainframe
[`men,frem]
名 主機

1381 maintenance
[`mentənəns]
名 維持；保養

1382 majority
[mə`dʒɔrətɪ]
名 多數；過半數

1383 make sense
片 合理；有意義

1384 make the bed
片 整理床鋪

1385 make-up bag
片 化妝包

1386 maladjusted
[,mælə`dʒʌstɪd]
形 失調的；失常的

1387 male
[mel]
名 男性
形 男性的

1388 malfunction
[mæl`fʌŋkʃən]
動 發生故障
名 機能失常；故障

1389 malignant
[mə`lɪgnənt]
形 有惡意的

1390 manage
[`mænɪdʒ]
動 管理；經營

1391 management
[`mænɪdʒmənt]
名 管理；處理

1392 manager
[`mænɪdʒə]
名 經理；業務主管

1393 managerial
[ˌmænə`dʒɪrɪəl]
形 管理人的；管理方面的

1394 manifest
[`mænəˌfɛst]
動 表示；顯示
形 顯然的；明白的

1395 manner
[`mænə]
名 禮貌；規矩

1396 manual
[`mænjuəl]
形 (汽車)手排的

1397 manufacture
[ˌmænjə`fæktʃə]
動 (大量)製造；加工
名 產品；製造業

1398 marble
[`mɑrbl]
名 大理石

1399 margin
[`mɑrdʒɪn]
名 利潤

1400 market
[`mɑrkɪt]
名 市場

1401 Marketing Dept.
片 行銷部門

1402 marvelous
[`mɑrvələs]
形 神奇的；不可思議的

1403 master
[`mæstə]
名 碩士學位

1404 maternity leave
片 產假

1405 mathematical
[ˌmæθə`mætɪkl]
形 數學的

1406 matrix
[`metrɪks]
名 矩陣；母體；基礎

1407 matter
[`mætə]
名 事情；問題

1408 maximum
[`mæksəməm]
名 最大量；最大限度
形 最大的；最多的

1409 meadow
[`mɛdo]
名 草坪

1410 mean
[min]
動 表示…的意思
形 卑鄙的；小氣的

1411 measurable
[`mɛʒərəbl]
形 可測量的

1412 measure
[`mɛʒə]
名 措施；手段

1413 measurement
[`mɛʒəmənt]
名 尺寸；大小；測量

1414 medical expense
片 醫療費用

1415 medium
[`midɪəm]
名 媒介

1416 meet the needs
片 符合需求

1417 member
[`mɛmbə]
名 成員；會員

1418 membership
[`mɛmbəˌʃɪp]
名 會員資格

1419 memorial
[mə`morɪəl]
名 紀念碑
形 紀念的

1420 memory
[`mɛmərɪ]
名 記憶體

1421 memory stick
片 隨身硬碟

1422 mental
[`mɛntḷ]
形 精神的；心理的

1423 mention
[`mɛnʃən]
動 提及；談到

1424 mentor
[`mɛntɚ]
名 新進人員指導者；良師
益友

1425 merger
[`mɝdʒɚ]
名 (公司等的)合併

1426 message
[`mɛsɪdʒ]
名 留言；訊息

1427 messenger
[`mɛsṇdʒɚ]
名 信差；送信人

1428 metabolism
[mɛ`tæbḷ͵ɪzəm]
名 新陳代謝

1429 metal
[`mɛtḷ]
名 金屬；合金

1430 metal detector
片 金屬探測器

1431 methodology
[͵mɛθə`dɑlədʒɪ]
名 方法論；教學法

1432 microphone
[`maɪkrə͵fon]
名 麥克風

1433 microscope
[`maɪkrə͵skop]
名 顯微鏡

1434 middle class
片 中產階級

1435 midmorning
[`mɪd͵mɔrnɪŋ]
名 上午之中段時間(約十
點左右)

1436 migratory
[`maɪgrə͵torɪ]
形 遷移的；有遷居習慣的

1437 mileage limit
片 里程限制

1438 mileometer
[mɪ`lɑmɪtɚ]
名 里程表

1439 mill
[mɪl]
名 磨坊

1440 mind
[maɪnd]
動 介意；在乎；留意

1441 minibar
[`mɪnɪbɑr]
名 (旅館房內的)冰箱酒
櫃、飲料櫃

1442 minivan
[`mɪnɪ͵væn]
名 休旅車

1443 minority
[maɪ`nɔrɪtɪ]
名 少數；少數派

1444 minute
[`mɪnɪt]
名 會議記錄(通常用複數
形)

1445 minutely
[`mɪnɪtlɪ]
副 每隔一分鐘地；持續地

1446 misfortune
[mɪs`fɔrtʃən]
名 不幸；厄運

1447 misgiving
[mɪs`gɪvɪŋ]
名 擔憂；不安

1448 missing
[`mɪsɪŋ]
形 遺失的；錯過的

1449 mist
[mɪst]
動 使蒙上薄霧
名 薄霧；朦朧

1450 mistake
[mɪ`stek]
名 錯誤；過失；誤會

1451 mistreatment
[mɪs`tritmənt]
名 虐待；不當對待

1452 misunderstand
[`mɪsʌndə`stænd]
動 誤解；誤會

1453 mobile
[`mobɪl]
形 可動的；可移動的

1454 mobilize
[`mobḷ͵aɪz]
動 動員；調動

1455 mode
[mod]
名 形式；種類

1456 modem
[`modɛm]
名 數據機

1457 monetize
[`mʌnə͵taɪz]
動 定為貨幣

1458 monthly
[`mʌnθlɪ]
形 每月的；每月一次的
副 每月；每月一次

1459 moral
[`mɔrəl]
形 道德的

1460 more than
片 多於；不只

1461 morning call
片 提醒起床服務

1462 mortgage
[`mɔrgɪdʒ]
動 抵押；以…做擔保
名 抵押(物)；抵押借款

1463 motherboard
[`mʌðə͵bɔrd]
名 主機板

1464 motion
[`moʃən]
名 動議；提案

1465 motivate
[`motə͵vet]
動 給予動機；刺激

1466 motorcycle
[`motə͵saɪkḷ]
名 (美)機車

1467 mountain climbing
片 爬山

1468 mouse
[maʊs]
名 滑鼠

1469 mouse pad
片 滑鼠墊

1470 mow
[mo]
動 修剪(草坪上的)草

1471 mug
[mʌg]
名 馬克杯

1472 mull
[mʌl]
動 深思熟慮

1473 multiple
[`mʌltəpḷ]
形 複合的；多樣的

1474 mutation
[mju`teʃən]
名 變化；浮沉盛衰

MP3 202

1475 name tag
片 名牌(放在包包或行李上)

1476 namely
[`nemlɪ]
副 即；那就是

1477 narrow down
片 縮小(選擇)範圍

1478 nationality
[,næʃə`nælətɪ]
名 國籍；民族

1479 natural resource
片 天然資源

1480 nature
[`netʃə]
名 自然；自然界

1481 necessity
[nə`sɛsətɪ]
名 必需品

1482 negligence
[`nɛglɪdʒəns]
名 疏忽；粗心

1483 negotiable
[nɪ`goʃɪəbl]
形 可協商的

1484 negotiator
[nɪ`goʃɪ,etə]
名 交涉者；協商者

1485 nervous
[`nɜvəs]
形 緊張不安的

1486 net
[nɛt]
名 淨利；淨值

1487 net income
片 淨收入

1488 net wage
片 實領薪資；淨收入

1489 network
[`nɛt,wɜk]
名 網路

1490 neurotic
[njʊ`rɑtɪk]
形 神經疾病的

1491 newbie
[`njubi]
名 新手；菜鳥

1492 news
[njuz]
名 新聞

1493 newsletter
[`njuz`lɛtə]
名 商務通訊

1494 newsstand
[`njuz,stænd]
名 報紙攤

1495 nexus
[`nɛksəs]
名 核心；中心

1496 nightmare
[`naɪt,mɛr]
名 夢魘；惡夢

1497 no longer
片 不再；再也不

1498 noisome
[`nɔɪsəm]
形 有害的；有礙健康的

1499 nominal
[`nɑmənl]
形 名義上的；有名無實的

1500 nominate
[`nɑmə,net]
動 任命；指派

1501 nomination
[,nɑmə`neʃən]
名 提名；任命

1502 nominee
[,nɑmə`ni]
名 被提名者

1503 normally
[`nɔrmlɪ]
副 通常地；照慣例地

1504 notary
[`notərɪ]
名 公證人

1505 note
[not]
名 紙鈔

1506 notepad
[`notpæd]
名 便條紙

1507 novelty
[`navltɪ]
名 新穎的事物；新奇的經驗

1508 novice
[`navɪs]
名 初學者

1509 nozzle
[`nazl]
名 噴嘴

1510 null and void
片 無法律效力的；無效的

1511 number plate
片 車牌

1512 object
[`abdʒɪkt]
名 主題；議題

1513 objection
[əb`dʒɛkʃən]
名 抗議；反駁

1514 objective
[əb`dʒɛktɪv]
名 目標；目的
形 客觀的

1515 obligation
[,ablə`geʃən]
名 義務；責任

1516 obligatory
[ə`blɪgə,torɪ]
形 有義務的

1517 obliterate
[ə`blɪtə,ret]
動 消除；消滅

1518 obvious
[`abvɪəs]
形 明顯的

1519 occupancy
[`akjəpənsɪ]
名 佔有；佔有期；居住

1520 occupied
[`akjupaɪd]
形 已佔用的；在使用的

1521 occur to sb.
片 使某人想起

1522 occurrence
[ə`kɜəns]
名 發生；事件

1523 off
[ɔf]
形 休假的；不上班的

1524 offense
[ə`fɛns]
名 冒犯；觸怒

1525 offer
[`ɔfə]
名 就職邀請

1526 offset
[`ɔf,sɛt]
動 抵銷；補償

1527 omission
[o`mɪʃən]
名 省略；刪除；疏漏

1528 on behalf of
片 代表…

1529 on one's own
片 靠某人獨自地

1530 on sale
片 拍賣中的；出售中的

1531 on schedule
片 如期；按預定時間

1532 on the block
片 打折的

1533 on the carpet
片 遭遇困難或麻煩

1534 on the one hand
片 一方面；其一

1535 on time
片 準時地

1536 on top of
片 除…之外；在…之上

1537 on track
片 步上軌道的；如計畫中的

1538 on vacation
片 度假中

1539 one-way
[`wʌn,we]
形 單程的

1540 ongoing
[`ɑn,goɪŋ]
形 進行中的

1541 on-screen
[`ɑn`skrɪn]
形 在螢幕上的

1542 onus
[`onəs]
名 責任；義務

1543 opaque
[o`pek]
形 不透明的；不反光的

1544 open the kimono
片 揭露商業機密

1545 operation
[,ɑpə`reʃən]
名 操作；運轉

1546 operative
[`ɑpərətɪv]
形 有效的；起作用的

1547 operator
[`ɑpə,retə]
名 接線員；經營者

1548 ophthalmology
[,ɑfθæl`mɑlədʒɪ]
名 眼科學

1549 opportune
[,ɑpə`tjun]
形 恰好的；適宜的；及時的

1550 oppose
[ə`poz]
動 反對；反抗

1551 opposite
[`ɑpəzɪt]
形 相反的；對立的

1552 opprobrium
[ə`probrɪəm]
名 恥辱；咒罵

1553 optimistic
[,ɑptə`mɪstɪk]
形 樂觀的

1554 option
[`ɑpʃən]
名 選擇；選項

1555 order
[`ɔrdə]
動 訂購
名 訂單

1556 ordinance
[`ɔrdɪnəns]
名 法令；條文

1557 origin
[`ɔrədʒɪn]
名 由來；起源

1558 originate
[ə`rɪdʒə,net]
動 來自於…；起源於…

1559 ostensibly
[ɑs`tɛnsəblɪ]
副 表面上；明顯地

1560 ostentatious
[,ɑstɛn`teʃəs]
形 炫耀的；賣弄的

1561 other
[`ʌðə]
形 其他的

1562 out of stock
片 無庫存

1563 outage
[`autɪdʒ]
名 缺乏；中斷供應

1564 outbound
[`aut`baund]
形 向外去的；駛向外國的

1565 outcome
[`aut,kʌm]
名 後果；結果

1566 outdated
[,aut`detɪd]
形 過時的；舊式的

1567 outdoor
[`aʊt,dor]
形 在戶外的;露天的

1568 outlet
[`aʊt,lɛt]
名 商店;銷路

1569 outline
[`aʊt,laɪn]
名 大綱;概要

1570 outlook
[`aʊt,lʊk]
名 遠景;想法

1571 output
[`aʊt,pʊt]
動 輸出資料

1572 outside
[`aʊt`saɪd]
形 外部的;外面的
副 在外面;向外面

1573 outsource
[`aʊtsɔrs]
動 對外採購;委外;外包

1574 overbook
[,ovɚ`bʊk]
動 過量預訂

1575 overcharge
[`ovɚ`tʃɑrdʒ]
動 索價過高

1576 overdraft
[`ovɚ,dræft]
名 透支;透支數額

1577 overdue
[`ovɚ`dju]
形 過期的;未兌的

1578 overestimate
[,ovɚ`ɛstə,met]
動 對…評價過高

1579 overhead
[`ovɚ`hɛd]
名 車頂蓋;天花板

1580 overhead rack
片 置物架

1581 overjoyed
[,ovɚ`dʒɔɪd]
形 狂喜的;極度高興的

1582 overlook
[,ovɚ`lʊk]
動 看漏;忽略

1583 overt
[o`vɝt]
形 公然的;明顯的

1584 overtime
[`ovɚ,taɪm]
形 加班的;超過時間的

1585 overview
[`ovɚ,vju]
名 概要;概述

1586 owe
[o]
動 欠債

1587 owner
[`onɚ]
名 擁有者;所有權人

1588 ownership
[`onɚ,ʃɪp]
名 物主身分;所有權

1589 package
[`pækɪdʒ]
名 包裹;一系列交易(建議等)

1590 pactism
[`pæktɪzm]
名 契約主義

1591 paid vacation
片 有薪假期

1592 painstaking
[`penz,tekɪŋ]
形 勤勉的;刻苦的

1593 pallet
[`pælɪt]
名 (裝卸、搬貨用的)托盤;貨板;床墊

1594 panel
[`pænl]
名 討論小組

1595 panic
[`pænɪk]
形 感到驚慌的

1596 paper clip
片 迴紋針

1597 paper mill
片 造紙廠

1598 paperwork
[`pepɚ,wɝk]
名 文書工作

1599 paradigm
[`pærə,daɪm]
名 範例

1600 paragraph
[`pærə,græf]
名 (書信中)段落

1601 parameter
[pə`ræmətə]
名 變數；參數

1602 paramount
[`pærə,maunt]
形 最重要的；主要的

1603 parenthesis
[pə`rɛnθəsɪs]
名 圓括號

1604 parking lot
片 停車場

1605 parking space
片 停車場

1606 participant
[par`tɪsəpənt]
名 參與者；與會者

1607 participate
[par`tɪsə,pet]
動 參加；參與

1608 partition
[par`tɪʃən]
名 隔板；分隔間

1609 part-time
[`part`taɪm]
形 兼職的

1610 passenger
[`pæsṇdʒə]
名 乘客

1611 passport
[`pæs,port]
名 護照

1612 past
[pæst]
名 過去；過往
形 過往的

1613 pasteboard
[`pest,bord]
名 厚紙板

1614 pastime
[`pæs,taɪm]
名 消遣；娛樂

1615 patch
[pætʃ]
動 補綴；修補

1616 patent
[`pætṇt]
名 專利；專利權
形 有專利權的

1617 patience
[`peʃəns]
名 耐心；耐性

1618 patronize
[`petrən,aɪz]
動 資助；光顧

1619 pattern
[`pætən]
名 圖案；花樣

1620 pay
[pe]
動 付錢；付賬

1621 pay off
片 付清；清償(貸款)

1622 pay phone
片 公用電話

1623 paycheck
[`pe,tʃɛk]
名 薪資支票

1624 payday
[`pe,de]
名 發薪日

1625 payee
[pe`i]
名 受款方

1626 paymaster
[`pe,mæstə]
名 (工資、薪水等)發款
員；主計官

1627 payment
[`pemənt]
名 支付的款項

1628 payroll
[`pe,rol]
名 薪水帳冊；發薪名單

1629 peak hours
片 尖峰時間

1630 pedagogue
[`pɛdə,gag]
名 學理

1631 peddler
[`pɛdlɚ]
名 小販

1632 pedicure
[`pɛdɪk‚jʊr]
名 足部美甲

1633 pediatrics
[‚pidɪ`ætrɪks]
名 小兒科

1634 peer
[pɪr]
名 同儕;同輩;同事

1635 peer pressure
片 同儕壓力

1636 penalize
[`pinḷ‚aɪz]
動 對…處刑

1637 penalty
[`pɛnḷtɪ]
名 處罰;刑罰;罰款

1638 penalty fare
片 補票罰款

1639 pencil
[`pɛnsḷ]
名 鉛筆

1640 penurious
[pə`njʊrɪəs]
形 小氣的;窮困的

1641 penury
[`pɛnjərɪ]
名 貧窮

1642 pep talk
片 精神講話

1643 percent
[pɚ`sɛnt]
名 百分之一
形 百分之…的

1644 peregrination
[‚pɛrəɡrɪ`neʃən]
名 遊歷;旅行

1645 perennial
[pə`rɛnɪəl]
形 終年的;常年的

1646 perfidious
[pə`fɪdɪəs]
形 不誠實的;背信棄義的

1647 perhaps
[pɚ`hæps]
副 或許;也許

1648 period
[`pɪrɪəd]
名 句號

1649 perishable
[`pɛrɪʃəbḷ]
形 易腐爛的;易腐敗的

1650 perk
[pɝk]
名 津貼

1651 permanent
[`pɝmənənt]
形 永久的;永恆的

1652 perpetuate
[pə`pɛtʃʊ‚et]
動 使永久存在;使不朽

1653 persistence
[pə`sɪstəns]
名 堅持;固執

1654 persistent
[pə`sɪstənt]
形 堅持不懈的;固執的

1655 Personnel Dept.
片 人事部門

1656 perspective
[pə`spɛktɪv]
名 看法;觀點

1657 persuade
[pə`swed]
動 說服;規勸

1658 pertaining
[pə`tenɪŋ]
形 從屬於…的;附屬的

1659 pervasive
[pə`vesɪv]
形 普遍的;瀰漫的

1660 pervert
[`pɝvɚt]
名 行為反常者;變態

1661 pessimistic
[‚pɛsə`mɪstɪk]
形 悲觀的;悲觀主義的

1662 petition
[pə`tɪʃən]
名 (向法院遞交的)申請
書;請願書

1663 Ph.D.
縮 博士學位

1664 photograph
[`fotə,græf]
動 拍照
名 照片

1665 pick up
片 接送

1666 picket line
片 (示威、罷工者的)糾察線；警戒線

1667 pickpocket
[`pɪk,pakɪt]
名 扒手；小偷

1668 picture
[`pɪktʃə]
名 照片；圖片

1669 picturesque
[,pɪktʃə`rɛsk]
形 像畫一樣美麗的

1670 piggy bank
片 撲滿

1671 pileup
[`paɪl,ʌp]
名 連環車禍

1672 pillow case
片 枕頭套

1673 pilot
[`paɪlət]
形 (小規模)試驗性的

1674 pink slip
片 遣散通知書

1675 plaid
[plæd]
形 有格子圖案的

1676 plaintiff
[`plentɪf]
名 起訴人；原告

1677 plan
[plæn]
動 計劃；籌劃
名 計畫

1678 plant
[plænt]
名 廠房；工廠

1679 plastic
[`plæstɪk]
名 塑膠；塑膠製品
形 塑膠的

1680 Plastic Surgery
片 整形外科

1681 platform
[`plæt,fɔrm]
名 月台；程式平臺

1682 please
[pliz]
動 取悅；討人喜歡

1683 pleasure
[`plɛʒə]
名 愉快；喜悅

1684 plug
[plʌg]
動 將插頭插上
名 插頭

1685 plumber
[`plʌmə]
名 水管工人

1686 plus
[plʌs]
名 好處；利益

1687 poignant
[`pɔɪnənt]
形 辛酸的；慘痛的

1688 pointer
[`pɔɪntə]
名 指示物；投影片用指示器

1689 policy
[`paləsɪ]
名 政策；方針；手段

1690 polite
[pə`laɪt]
形 有禮貌的

1691 pollution
[pə`luʃən]
名 汙染

1692 pop-up window
片 彈出視窗

1693 port
[port]
名 (電腦的)接埠；港口

1694 piece
[pis]
名 (藝術作品的)一篇；一曲

1695 portable
[`portəbḷ]
形 便於攜帶的

1696 porter
[`portɚ]
名 (機場、車站的)搬運工

1697 portfolio
[port`foli, o]
名 文件夾

1698 possession
[pə`zɛʃən]
名 所有物；財產

1699 possibility
[ˌpɑsə`bɪlətɪ]
名 可能性

1700 post
[post]
名 職位；職稱

1701 postage
[`postɪdʒ]
名 郵資；郵費

1702 postcode
[`post, kod]
名 (英)郵遞區號

1703 postpone
[post`pon]
動 使延期；延遲

1704 posture
[`pɑstʃɚ]
名 立場；態度

1705 potency
[`potn̩sɪ]
名 潛力；力量

1706 pounce
[pauns]
動 猛撲；猛衝

1707 power adaptor
片 變壓器

1708 power station
片 發電廠

1709 PR Dept.
縮 公關部門

1710 practice
[`præktɪs]
動 實踐；練習
名 實行；練習；常規

1711 precision
[prɪ`sɪʒən]
名 確實；精確

1712 preclude
[prɪ`klud]
動 阻止；妨礙

1713 precondition
[ˌprikən`dɪʃən]
名 先決條件

1714 predictable
[prɪ`dɪktəbḷ]
形 可預測的；可預估的

1715 predominate
[prɪ`dɑmə, net]
動 主宰；支配

1716 preempt
[prɪ`ɛmpt]
動 先佔有；先取得

1717 preferred
[prɪ`fɝd]
形 優先的；較喜歡的；偏好的

1718 prejudice
[`prɛdʒədɪs]
名 偏見；歧視

1719 premise
[prɪ`maɪz]
動 提出…為前提

1720 premium
[`primɪəm]
名 獎金；額外補貼
形 高價的；優質的

1721 prepaid
[prɪ`ped]
形 預付的

1722 preparation
[ˌprɛpə`reʃən]
名 準備；預備

1723 prepare
[prɪ`pɛr]
動 準備；籌備

1724 prepared
[prɪ`pɛrd]
形 準備好的；有準備的

1725 prepay
[pri`pe]
動 預付；預先繳納

1726 prerequisite
[ˌpri`rɛkwəzɪt]
名 必要條件；前提

1727 presence
[ˋprɛzn̩s]
名 風采；風度

1728 president
[ˋprɛzədənt]
名 總裁

1729 press conference
片 記者會

1730 pressure
[ˋprɛʃɚ]
名 壓力；壓迫

1731 presume
[prɪˋzum]
動 假設；推測

1732 pretend
[prɪˋtɛnd]
動 佯裝；假裝

1733 pretentious
[prɪˋtɛnʃəs]
形 矯飾的；做作的

1734 prevailing
[prɪˋvelɪŋ]
形 流行的；普遍的

1735 prevention
[prɪˋvɛnʃən]
名 預防；避免

1736 price-cutting
[ˋpraɪs͵kʌtɪŋ]
形 削價競爭的

1737 prime
[praɪm]
形 最好的；第一流的

1738 print
[prɪnt]
動 印刷；列印
名 印刷；印刷字體

1739 privacy
[ˋpraɪvəsɪ]
名 個人隱私

1740 prize
[praɪz]
名 獎品；獎賞

1741 probably
[ˋprɑbəblɪ]
副 可能；大概

1742 probation
[proˋbeʃən]
名 試用期；見習期

1743 process
[ˋprɑsɛs]
動 處理；辦理

1744 procurement
[proˋkjurmənt]
名 採購；獲得

1745 product manager
片 產品經理

1746 production
[prəˋdʌkʃən]
名 產量；生產

1747 productivity
[͵prodʌkˋtɪvətɪ]
名 生產力

1748 profile
[ˋprofaɪl]
名 檔案

1749 profit
[ˋprɑfɪt]
動 有益於
名 利潤；收益；紅利

1750 profuse
[prəˋfjus]
形 毫不吝惜的；十分慷慨的

1751 profusion
[prəˋfjuʒən]
名 充沛；大量

1752 program
[ˋprogræm]
名 (電腦)程式

1753 progress
[ˋprɑgrɛs]
名 進步；進展

1754 prohibit
[prəˋhɪbɪt]
動 (以法令、規定等)禁止

1755 projection
[prəˋdʒɛkʃən]
名 預測；推計；估計

1756 proliferation
[prə͵lɪfəˋreʃən]
名 活化；激增

1757 promise
[ˋprɑmɪs]
動 允諾；答應
名 諾言；保證

1758 promote
[prəˋmot]
動 促進；促銷

1759 promotion
[prə`moʃən]
名 促銷；宣傳

1760 proof
[pruf]
名 證據；物證

1761 propensity
[prə`pɛnsətɪ]
名 (性格上的)傾向

1762 propertied class
片 有產階級

1763 property
[`prapətɪ]
名 財產；資產

1764 property tax
片 房地產稅

1765 proposal
[prə`pozḷ]
名 提議；提案

1766 propose
[prə`poz]
動 提出建議

1767 proposition
[ˌprapə`zɪʃən]
名 建議；提議

1768 prosaic
[pro`zeɪk]
形 普通的；平凡的

1769 prosecution
[ˌprasɪ`kjuʃən]
名 起訴；告發

1770 prospect
[`praspɛkt]
名 前景；(成功的)可能性

1771 prospectus
[prə`spɛktəs]
名 上市說明書

1772 prosperous
[`praspərəs]
形 繁榮的；欣欣向榮的

1773 protect
[prə`tɛkt]
動 保護；防護

1774 protection
[prə`tɛkʃən]
名 保護措施；保護

1775 protocol
[`protə‚kal]
名 協議；標準流程

1776 proud
[praud]
形 驕傲的；有自尊心的

1777 provocation
[ˌpravə`keʃən]
名 挑釁；激怒

1778 public holiday
片 國定假日

1779 publicize
[`pʌblɪ‚saɪz]
動 替…作宣傳

1780 pull out
片 撤資；退出

1781 pulley
[`pʊlɪ]
名 滑車；滑輪

1782 punch
[pʌntʃ]
動 用力擊；用力按

1783 purchase
[`pɜtʃəs]
動 買；購買
名 購買；購買之物

1784 Purchasing Dept.
片 採購部門

1785 purpose
[`pɜpəs]
名 目的；用途

1786 purse
[pɜs]
名 錢包；(女用)手提包

1787 pushpin
[`pʊʃ‚pɪn]
名 大頭圖釘

1788 pushy
[`pʊʃɪ]
形 堅持己見的；愛出鋒頭的

1789 qualification
[ˌkwaləfə`keʃən]
名 資格；能力

1790 qualified
[`kwalə‚faɪd]
形 符合資格的

1791 quality
[`kwɑlətɪ]
名 品質

1792 question
[`kwɛstʃən]
動 質疑
名 問題；疑問

1793 quickly
[`kwɪklɪ]
副 快速地

1794 quit
[kwɪt]
動 放棄；(口)辭職

1795 quotation
[kwo`teʃən]
名 報價單；估價單；引述；引言

1796 R&D Dept.
片 研發部門

1797 railroad
[`rel.rod]
名 鐵路

1798 raise
[rez]
名 加薪

1799 ramp
[ræmp]
名 (上下飛機時的)活動舷梯

1800 ratable
[`retəbl]
形 可課稅的

1801 rational
[`ræʃənl]
形 合理的；有理性的

1802 raw material
片 原物料

1803 reach
[ritʃ]
動 到達；抵達；延伸至

1804 read
[rid]
動 讀取(資料、光碟等)
名 讀物；閱讀

1805 readership
[`ridəʃɪp]
名 讀者們

1806 readiness
[`rɛdɪnɪs]
名 準備；預備

1807 real estate
片 不動產

1808 realization
[.rɪəlaɪ`zeʃən]
名 實現；體現

1809 rear mirror
片 (車內)後照鏡

1810 reasonable
[`riznəbl]
形 通情達理的；講理的

1811 reboot
[.ri`but]
動 重新開機

1812 recant
[rɪ`kænt]
動 取消；撤回

1813 recapitulate
[.rikə`pɪtʃə.let]
動 扼要重述

1814 receipt
[rɪ`sit]
名 收據

1815 reception
[rɪ`sɛpʃən]
名 接待櫃檯

1816 receptionist
[rɪ`sɛpʃənɪst]
名 接待員

1817 recession
[rɪ`sɛʃən]
名 (經濟的)衰退

1818 recipient
[rɪ`sɪpɪənt]
名 收件人；接受者

1819 recommend
[.rɛkə`mɛnd]
動 推薦；介紹

1820 recompense
[`rɛkəm.pɛns]
動 酬報；回報

1821 recondite
[`rɛkən.daɪt]
形 深奧的；不易懂的

1822 reconfiguration
[rikən.fɪgjə`reʃən]
名 重新組裝

1823 reconfirm
[,rikən`fɜm]
動 再次確認

1824 reconsider
[,rikən`sɪdə]
動 重新考慮；重新討論

1825 record-breaking
[`rɛkəd,brekɪŋ]
形 破紀錄的

1826 recuperation
[rɪ,kjupə`reʃən]
名 恢復；挽回

1827 red tape
片 繁雜手續

1828 red-eye
[`rɛd,aɪ]
名 夜飛班機；夜行班次

1829 refer
[rɪ`fɜ]
動 談到；提及

1830 reference
[`rɛfərəns]
名 推薦人；參考資料

1831 referral
[rɪ`fɜəl]
名 提及；參考

1832 refinery
[rɪ`faɪnərɪ]
名 提煉廠

1833 reformation
[,rɛfə`meʃən]
名 改革；革新

1834 refresh
[rɪ`frɛʃ]
動 恢復精神；重新振作

1835 refreshment
[rɪ`frɛʃmənt]
名 點心

1836 refund
[rɪ`fʌnd]
動 退還；歸還

1837 refund
[`ri,fʌnd]
名 退貨；退款

1838 refurbished
[ri`fɜbɪʃt]
形 整修的；重新整理過的

1839 refusal
[rɪ`fjuzl]
名 拒絕

1840 register
[`rɛdʒɪstə]
動 正式提出

1841 registered mail
片 掛號信

1842 registering
[`rɛdʒɪstərɪŋ]
形 關於

1843 registration
[,rɛdʒɪ`streʃən]
名 註冊；登記；掛號

1844 regress
[rɪ`grɛs]
動 退回；逆行

1845 regret
[rɪ`grɛt]
動 後悔；感到遺憾

1846 regulation
[,rɛgjə`leʃən]
名 規定；標準

1847 reiterate
[ri`ɪtə,ret]
動 重申；重複講

1848 reject
[rɪ`dʒɛkt]
動 拒絕；否決

1849 relationship
[rɪ`leʃən,ʃɪp]
名 關係；人際關係

1850 reliability
[rɪ,laɪə`bɪlətɪ]
名 可信賴度；可靠

1851 reliable
[rɪ`laɪəbḷ]
形 可信賴的；可靠的

1852 relinquish
[rɪ`lɪŋkwɪʃ]
動 放棄；交出

1853 relocate
[ri`loket]
動 將…重新安置

1854 reluctance
[rɪ`lʌktəns]
名 勉強；不情願

1855
rely
[rɪ`laɪ]
動 依賴；仰賴

1856
rely on
片 仰賴；依靠

1857
remind
[rɪ`maɪnd]
動 提醒；使想起

1858
reminder
[rɪ`maɪndɚ]
名 提醒物；提示

1859
remit
[rɪ`mɪt]
動 赦免；寬恕

1860
remote
[rɪ`mot]
形 遙控的

1861
remove
[rɪ`muv]
動 移動；調動；移除

1862
remuneration
[rɪˏmjunɚ`reʃən]
名 報酬；賠償金

1863
renewable
[rɪ`njuəbḷ]
形 可更新的；可繼續的

1864
rent
[rɛnt]
動 租用；租入

1865
rental
[`rɛntḷ]
名 租賃；租金

1866
repair
[rɪ`pɛr]
動 修理；修繕

1867
repayment
[rɪ`pemənt]
名 付還

1868
repetition
[ˏrɛpɪ`tɪʃən]
名 重複；反覆

1869
replace
[rɪ`ples]
動 取代；將…放回原處

1870
replenish
[rɪ`plɛnɪʃ]
動 把…裝滿；再補足

1871
reply
[rɪ`plaɪ]
動 回答；答覆
名 回覆；回信

1872
report
[rɪ`port]
動 報告；呈報
名 報告

1873
repossession
[ˏripə`zɛʃən]
名 附買回交易；回購

1874
reprove
[rɪ`pruv]
動 責備；指責

1875
reputation
[ˏrɛpjə`teʃən]
名 名聲；名譽

1876
request
[rɪ`kwɛst]
動 做出請求
名 要求；請求

1877
requirement
[rɪ`kwaɪrmənt]
名 要求；必要條件

1878
reschedule
[ri`skɛdʒul]
動 重新安排時間

1879
rescind
[rɪ`sɪnd]
動 廢止；取消

1880
reservation
[rɛzɚ`veʃən]
名 預約；預定

1881
reservoir
[`rɛzɚˏvɔr]
名 水庫；貯水池

1882
residency
[`rɛzədənsɪ]
名 定居；住處

1883
resignation
[ˏrɛzɪg`neʃən]
名 辭職；辭職信

1884
resilience
[rɪ`zɪlɪəns]
名 彈性

1885
resonate
[`rɛzəˏnet]
動 共鳴；共振

1886
resort
[rɪ`zɔrt]
名 度假中心

1887 resourceful
[rɪˋsorsfəl]
形 資源豐富的；富機智的

1888 respite
[ˋrɛspɪt]
動 暫緩履行

1889 responsible
[rɪˋspɑnsəbḷ]
形 負責任的；對…有責任的

1890 restraint
[rɪˋstrent]
名 限制；約束措施

1891 resume
[ˏrɛzjuˋme]
名 履歷表

1892 retail
[ˋritel]
名 零售
形 零售的

1893 retailer
[ˋritelɚ]
名 零售店；零售商

1894 retainer
[rɪˋtenɚ]
名 雇員；僕人

1895 reticent
[ˋrɛtəsṇt]
形 謹慎的；沉默的

1896 retire
[rɪˋtaɪr]
動 退休；退役

1897 retirement plan
片 退休計畫

1898 retractable roof
片 天窗

1899 retrench
[rɪˋtrɛntʃ]
動 節省；刪除

1900 retrieval
[rɪˋtrivḷ]
名 回收；取回；恢復

1901 return
[rɪˋtɝn]
動 返回；回來

1902 return ticket
片 回程票

1903 revenue
[ˋrɛvəˏnju]
名 收入；收益

1904 revenue stamp
片 印花稅票

1905 reverberating
[rɪˋvɝbəˏretɪŋ]
形 有反應的；有迴響的

1906 reverse
[rɪˋvɝs]
動 顛倒；翻轉

1907 review
[rɪˋvju]
動 評論；再檢查
名 複審；回顧

1908 revolve
[rɪˋvɑlv]
動 旋轉；自轉

1909 reward
[rɪˋword]
動 酬謝；報答
名 報酬；獎賞

1910 rewind
[riˋwaɪnd]
動 轉回；重繞

1911 rework
[riˋwɝk]
動 重做；修訂

1912 rife
[raɪf]
形 流行的；蔓延的

1913 right
[raɪt]
名 權利；正確
形 正確的；正義的

1914 ring finger
片 無名指

1915 rip
[rɪp]
動 扯；撕；劃破

1916 rip-off
[ˋrɪpˏɔf]
名 詐騙；敲竹槓

1917 rival
[ˋraɪvḷ]
形 敵對的；對手的

1918 rivalry
[ˋraɪvḷrɪ]
名 敵手；對手

1919 roadside assistance
片 道路救援

1920 roadster
[`rodstɚ]
名 敞篷小客車

1921 robbery
[`rɑbərɪ]
名 搶劫；搶劫案

1922 robe
[rob]
名 浴袍；長袍；睡袍

1923 rock climbing
片 攀岩

1924 rollaway bed
片 摺疊床

1925 roof rack
片 車頂架

1926 rooftop garden
片 (屋頂上的)空中花園

1927 rookie
[`rʊkɪ]
名 菜鳥；新人

1928 room rates
片 房價

1929 room service
片 客房服務

1930 rotten
[`rɑtn̩]
形 腐爛的；爛掉的

1931 round trip
片 來回旅程

1932 route
[rut]
名 路徑；路線；航線

1933 rubber band
片 橡皮筋

1934 rule
[rul]
名 規則；規定

1935 rule of thumb
片 基本原則

1936 ruler
[`rulɚ]
名 尺；直尺

1937 run
[rʌn]
動 運作；運轉

1938 rush hour
片 交通尖峰時刻

UNIT 5 S → Z

1939 sack
[sæk]
動 開除；解雇

1940 safe
[sef]
名 保險箱

1941 salary
[`sælərɪ]
名 薪水；薪資

1942 salary requirement
片 期望薪資

1943 sales
[selz]
名 銷售

1944 Sales Dept.
片 銷售部門

1945 sales tax
片 營業稅；銷售稅

1946 salesmanship
[`selsmən,ʃɪp]
名 銷售術

1947 salient
[`selɪənt]
形 顯著的

1948 salvation
[sæl`veʃən]
名 救助；拯救

1949 sample
[`sæmpl]
名 樣品；試用品

1950 sanction
[`sæŋkʃən]
動 批准；認同
名 批准；國際制裁

1951 sanctuary
[`sæŋktʃʊ,ɛrɪ]
名 聖殿；教堂

1952 sanguine
[`sæŋgwɪn]
形 懷著希望的；樂觀的

1953 satisfaction
[,sætɪs`fækʃən]
名 滿足；滿意

1954 satisfactory
[,sætɪs`fæktərɪ]
形 令人感到滿意的

1955 sauna
[`saʊnə]
名 三溫暖；蒸汽浴

1956 save up
片 存錢

1957 savvy
[`sævɪ]
動 懂；知曉

1958 scale
[skel]
名 磅秤

1959 scandal
[`skændl]
名 醜聞；醜事

1960 scanner
[`skænɚ]
名 掃描器

1961 scarcity
[`skɛrsətɪ]
名 缺乏；不足

1962 scenic spot
片 (旅遊)景點

1963 schedule
[`skɛdʒʊl]
名 行事曆；行程表

1964 scholar
[`skɑlɚ]
名 學者

1965 science
[`saɪəns]
名 科學

1966 scissors
[`sɪzɚz]
名 剪刀

1967 scooter
[`skutɚ]
名 (英)機車

1968 score
[skor]
動 給…打分數；評分
名 得分；分數

1969 scramble
[`skræmbl]
動 攪碎；擾亂

1970 scrap
[skræp]
動 將…拆毀；廢棄

1971 scratch
[skrætʃ]
動 刮；劃傷
名 刮傷；擦傷

1972 screen
[skrin]
名 電腦螢幕

1973 scroll
[skrol]
動 捲動(指用滑鼠滑動螢幕)

1974 scurry
[`skɝɪ]
動 急趕；急匆匆地跑

1975 seamlessly
[`simlɪslɪ]
副 無縫地

1976 search
[sɜtʃ]
動 搜查；仔細檢查
名 搜尋；探索

1977 search engine
片 搜尋引擎

1978 seat belt
片 座位安全帶

1979 seat number
片 座位編號

1980 seated
[`sitɪd]
形 就座的

1981 second
[sɪ`kɑnd]
動 暫調；調遣

1982 secretary
[`sɛkrə,tɛrɪ]
名 秘書

1983 section
[`sɛkʃən]
名 部門；處；科

1984 security
[sɪ`kjʊrətɪ]
名 擔保(品)；保證

1985 security check
片 安全檢查

1986 sedan
[sɪ`dæn]
名 轎車

1987 self-catering
[,sɛlf`ketərɪŋ]
形 自炊式的

1988 self-defense
[,sɛlfdɪ`fɛns]
名 正當防衛

1989 self-disciplined
[,sɛlf`dɪsəplɪnd]
形 自律的；能律己的

1990 sell off
片 (股票等的)跌價

1991 seminar
[`sɛmə,nɑr]
名 專題討論會

1992 send
[sɛnd]
動 寄；送

1993 seniority
[sin`jɔrətɪ]
名 年資；年長

1994 sensible
[`sɛnsəbl]
形 明智的；合情理的

1995 sentence
[`sɛntəns]
動 宣判；判決
名 判決；課刑

1996 separately
[`sɛpərɪtlɪ]
副 分開地；分別地

1997 serial number
片 序號

1998 serious
[`sɪrɪəs]
形 (事)嚴重的；(人)嚴肅的

1999 server
[`sɜvɚ]
名 伺服器

2000 service
[`sɜvɪs]
名 服務

2001 servile
[`sɜvl̩]
形 卑賤的；低下的

2002 session
[`sɛʃən]
名 會期；開會

2003 share
[ʃɛr]
名 股份；股票

2004 share
[ʃɛr]
動 分享；分擔；共有

2005 shareholder
[`ʃɛr,holdɚ]
名 股東；持股人

2006 shareware
[`ʃɛr,wɛr]
名 共享軟體

2007 shear
[ʃɪr]
動 修剪

2008 shift
[ʃɪft]
名 輪班；輪班工作時間

2009 shipment
[`ʃɪpmənt]
名 裝運；裝載

2010 shoe polish
片 鞋油

2011 shortage
[`ʃɔrtɪdʒ]
名 缺少；匱乏

2012 shorten
[`ʃɔrtn]
動 縮短；減少

2013 shredder
[`ʃrɛdə]
名 碎紙機

2014 shrewdness
[`ʃrudnɪs]
名 精明；機靈

2015 shut down
片 關閉；停工

2016 shuttle
[`ʃʌtl]
動 接駁運輸
名 接駁車(或火車、飛機)

2017 shuttle bus
片 接駁巴士

2018 sick leave
片 病假

2019 sigh
[saɪ]
動 嘆氣

2020 sightseeing
[`saɪt,siɪŋ]
名 遊覽；觀光

2021 sign
[saɪn]
動 簽名；簽署於…

2022 sign a lease
片 簽署租約

2023 signal
[`sɪgnl]
動 發出信號；用信號表示
名 信號；號誌

2024 signify
[`sɪgnə,faɪ]
動 表示；示意；意味著

2025 sign-in sheet
片 簽到表

2026 sincerely
[sɪn`sɪrlɪ]
副 真摯地；誠摯地

2027 single occupancy
片 單人房

2028 sink
[sɪŋk]
動 沉沒；沉下

2029 skid
[skɪd]
動 打滑；斜滑；滑行

2030 skill
[`skɪl]
名 技巧；能力

2031 skim
[skɪm]
動 撇去…表面的浮物

2032 skirting
[`skɜtɪŋ]
名 壁腳板；裙料

2033 slam
[slæm]
動 猛地關上

2034 slander
[`slændə]
動 誹謗；詆毀

2035 slantwise
[`slænt,waɪz]
形 傾斜的
副 傾斜地

2036 sleeping car
片 (火車)臥鋪

2037 slide
[slaɪd]
名 (單張)投影片

2038 slip
[slɪp]
名 記帳單

2039 slogan
[`slogən]
名 口號；標語

2040 slope
[slop]
名 坡；斜面

2041 slot
[slɑt]
名 (電腦上的)卡片插槽

2042 sluggish
[`slʌgɪʃ]
形 蕭條的；呆滯的

2043 slump
[slʌmp]
動 (經濟)衰落
名 下降；不景氣

2044 smoothly
[`smuðlɪ]
副 流暢地；平順地

2045 smuggle
[`smʌgl̩]
動 走私；非法禁運

2046 snack
[snæk]
名 零食

2047 snapshot
[`snæp,ʃɑt]
名 簡要印象；點滴的了解

2048 sociable
[`soʃəbl̩]
形 好交際的

2049 software
[`sɔft,wɛr]
名 軟體

2050 sojourn
[`sodʒɜn]
動 逗留；旅居

2051 sorry
[`sɑrɪ]
形 感到抱歉的；遺憾的

2052 sound
[saund]
形 健全的；健康的

2053 souvenir
[`suvə,nɪr]
名 紀念品

2054 spa
[spɑ]
名 溫泉浴場；美容按摩

2055 spam
[spæm]
名 垃圾郵件

2056 spare room
片 客房

2057 special offer
片 特別折扣

2058 specialize
[`spɛʃəl,aɪz]
動 專門從事；專攻

2059 specialty
[`spɛʃəltɪ]
名 專長；專業

2060 specific
[spɪ`sɪfɪk]
形 明確的；特殊的

2061 specify
[`spɛsə,faɪ]
動 具體指定；詳細說明

2062 spectacle
[`spɛktəkl̩]
名 景象；奇觀

2063 speed limit
片 速限

2064 spew
[spju]
動 嘔吐；湧出

2065 spokesperson
[`spoks,pɜsn̩]
名 發言人

2066 sponsor
[`spɑnsɚ]
動 贊助；給予補助
名 贊助商

2067 spread
[sprɛd]
動 遍布；散布於…

2068 spy
[spaɪ]
動 監視；刺探…的秘密
名 間諜

2069 stack
[stæk]
名 一堆；一疊

2070 staff
[stæf]
名 公司職員；員工

2071 staff directory
片 員工名單

2072 stake
[stek]
名 股本；股份；賭注

2073 stall
[stɔl]
名 攤位

2074 stamp
[stæmp]
名 郵票印花

2075 stance
[stæns]
名 立場；態度

2076 standard rate
片 標準票價

2077 standing room only
片 (火車上)只有站位

2078 staple
[`stepl]
動 用釘書機釘
名 釘書針

2079 starred
[stard]
形 標示出的；標記的

2080 statement
[`stetmənt]
名 敘述；口供

2081 stationery
[`steʃən,ɛrɪ]
名 文具

2082 statistical
[stə`tɪstɪkl]
形 統計的；統計學的

2083 steady
[`stɛdɪ]
形 穩定的；穩固的；平穩的

2084 steal
[stil]
動 偷竊；竊取

2085 steam train
片 蒸汽火車

2086 sterilize
[`stɛrə,laɪz]
動 消毒

2087 sternly
[`stɜnlɪ]
副 嚴格地

2088 stingy
[`stɪndʒɪ]
形 小氣的

2089 stipendiary
[staɪ`pɛndɪ,ɛrɪ]
形 有領薪水的

2090 stock
[stak]
名 股票

2091 stockbroker
[`stak,brokə]
名 股票交易員

2092 stockroom
[`stak,rum]
名 貯藏室

2093 stone
[ston]
名 石頭；石材

2094 stop
[stap]
名 停靠站

2095 stopover
[`stap,ovə]
名 (尤指全程機票的旅行)中途停留

2096 stoppage
[`stapɪdʒ]
名 停工；停止

2097 storage cupboard
片 (飛機座位上的)置物櫃

2098 straightforward
[,stret`fɔrwəd]
形 直接的；直率的

2099 strand
[strænd]
動 使處於困境

2100 strap
[stræp]
名 帶子；皮帶

2101 stratification
[,strætəfə`keʃən]
名 成層

2102 stretchy
[`strɛtʃɪ]
形 伸長的；有彈性的

2103 subcontractor
[`sʌb͵kən`træktə]
名 承包商

2104 subject to
片 容易遭受…

2105 subjectively
[səb`dʒɛktɪvlɪ]
副 主觀地

2106 sublease
[`sʌb͵lis]
動 轉租出；分租出
名 分租；轉租

2107 subordinate
[sə`bɔrdn̩ɪt]
形 次要的；隸屬的

2108 subsidy
[`sʌbsədɪ]
名 補助金

2109 substandard
[sʌb`stændəd]
形 不合標準的；不合規格的

2110 subtenant
[sʌb`tɛnənt]
名 轉租租戶；分租人

2111 subtotal
[sʌb`tot]
名 部分和；小計

2112 succeed
[sək`sid]
動 成功；辦妥

2113 success
[sək`sɛs]
名 成功；成就

2114 suitable
[`sutəbl̩]
形 適當的；合適的

2115 suitcase
[`sut͵kes]
名 公事包

2116 suite
[swit]
名 套房

2117 sultry
[`sʌltrɪ]
形 悶熱的；酷熱的

2118 sum
[sʌm]
名 總數；總和
1+1=2

2119 summarize
[`sʌmə͵raɪz]
動 總結；做概述

2120 summary
[`sʌmərɪ]
名 摘要；簡述

2121 summon
[`sʌmən]
動 傳喚；召集

2122 sun block
片 防曬乳；防曬油

2123 super
[`supə]
名 (公寓或辦公大樓內的)管理員

2124 superb
[su`pɝb]
形 極棒的；一流的

2125 supervisor
[͵supə`vaɪzə]
名 監督者；督導

2126 supplement
[`sʌpləmənt]
名 補充；補給

2127 supplementary
[͵sʌplə`mɛntərɪ]
形 補充的；追加的

2128 supplier
[sə`plaɪə]
名 供應商

2129 supply
[sə`plaɪ]
動 供應；提供
名 供給；供應量

2130 Supreme Court
片 最高法院

2131 surcharge
[`sɝ͵tʃardʒ]
名 額外的費用；附加費用

2132 surreptitious
[͵sɝəp`tɪʃəs]
形 偷偷摸摸的

2133 surveillance
[sə`veləns]
名 監視；看守

2134 susceptible
[sə`sɛptəbl̩]
形 易受影響的

2135 suspect
[`sʌspɛkt]
名 嫌疑犯

2136 swing shift
片 中班；小夜班

2137 switch
[swɪtʃ]
動 打開(或關掉)…的開關
名 開關

2138 switchboard
[`swɪtʃ‚bord]
名 配電盤

2139 symposium
[sɪm`pozɪəm]
名 座談會；討論會

2140 systematically
[‚sɪstə`mætɪkḷɪ]
副 有系統地

2141 table
[`tebḷ]
動 擱置議案

2142 tablet computer
片 平板電腦

2143 tackle
[`tækḷ]
動 著手對付；處理

2144 taint
[tent]
動 腐壞；敗壞

2145 take action
片 採取行動

2146 take advantage of
片 利用

2147 take off
片 起飛

2148 take sth. seriously
片 認真看待某事

2149 take turns
片 輪流

2150 takeover
[`tek‚ovɚ]
名 接收；接管

2151 tank
[tæŋk]
名 (油)缸

2152 tantalizing
[`tæntḷ‚aɪzɪŋ]
形 逗人的；撩人的

2153 tape measure
片 卷尺

2154 target market
片 目標市場

2155 tax evasion
片 漏稅；逃稅

2156 taxable
[`tæksəbḷ]
形 可課稅的；應納稅的

2157 taxation
[tæks`eʃən]
名 稅；稅收

2158 taxpayer
[`tæks‚peɚ]
名 納稅人

2159 technical
[`tɛknɪkḷ]
形 專業的；技術性的

2160 technique
[tɛk`nik]
名 技術；技巧

2161 telecommunication
[‚tɛlɪkə‚mjunə`keʃən]
名 電信；長途電信

2162 teller
[`tɛlɚ]
名 銀行出納員

2163 temerity
[tə`mɛrətɪ]
名 魯莽；冒失

2164 temper
[`tɛmpɚ]
名 脾氣；情緒

2165 tempered glass
片 強化玻璃

2166 template
[`tɛmplɪt]
名 樣本；樣板

2167 tenant
[`tɛnənt]
名 承租戶；房客

2168 tenderfoot
[`tɛndə‚fʊt]
名 無經驗的新手

2169 tensile
[`tɛns!]
形 可伸展的；能拉長的

2170 tenure
[`tɛnjʊr]
名 佔有期；任期

2171 term
[t3m]
名 (契約)條款

2172 terminal
[`t3mən!]
名 航空站

2173 terminology
[‚t3mə`nɑlədʒɪ]
名 專門用語；術語

2174 terrace
[`tɛrəs]
名 大陽台；平台屋頂

2175 terrible
[`tɛrəb!]
形 糟糕的

2176 terrific
[tə`rɪfɪk]
形 糟糕的；極糟的

2177 test paper
片 試紙

2178 test tube
片 試管

2179 tester
[`tɛstə]
名 試驗員；測試器

2180 testimonial
[‚tɛstə`monɪəl]
名 推薦書

2181 testimony
[`tɛstə‚monɪ]
名 證詞；證言

2182 the public
片 大眾

2183 theft
[θɛft]
名 偷竊

2184 thoroughly
[`θɜolɪ]
副 徹底地；完全地

2185 thoroughness
[`θɜonɪs]
名 徹底；完全；仔細

2186 though
[ðo]
連 雖然；儘管

2187 thought
[θɔt]
名 想法；思想

2188 thread
[θrɛd]
名 (討論)串

2189 threat
[θrɛt]
名 威脅；危機

2190 thrive
[θraɪv]
動 繁榮興盛

2191 ticket collector
片 收票員

2192 ticket office
片 售票處

2193 ticket window
片 售票窗口

2194 tight
[taɪt]
形 緊的；貼身的

2195 time zone
片 時區

2196 time-consuming
[`taɪmkən‚sjumɪŋ]
形 浪費時間的；耗時的

2197 timeliness
[`taɪmlɪnɪs]
名 及時；適時

2198 timetable
[`taɪm͵tebḷ]
名 時刻表

2199 tin
[tɪn]
名 錫

2200 tip
[tɪp]
名 訣竅；祕訣

2201 tolerance
[`tɑlərəns]
名 寬容；寬大

2202 toll
[tol]
名 (路、橋等的)通行費

2203 top-notch
[`tɑp͵nɑtʃ]
形 頂尖的；一流的

2204 torque
[tɔrk]
名 力矩；轉矩

2205 tortuous
[`tɔrtʃʊəs]
形 迂迴曲折的

2206 total
[`totḷ]
名 總數；總計
形 總計的；總括的

2207 tour package
片 套裝行程

2208 tourism
[`tʊrɪzəm]
名 旅遊業；觀光業

2209 tourist attraction
片 (旅遊)景點

2210 tourist class
片 二等艙；經濟艙

2211 tow
[to]
動 拖；牽引

2212 track
[træk]
動 追蹤；跟蹤

2213 trademark
[`tred͵mɑrk]
名 商標

2214 trading volume
片 交易量

2215 traffic
[`træfɪk]
動 走私

2216 trail
[trel]
名 小徑；小道

2217 trailer
[`trelɚ]
名 拖車；電影預告

2218 train pass
片 火車通行證

2219 tram
[træm]
名 有軌電車

2220 transact
[træn`zækt]
動 談判；交易；處理

2221 transaction
[træn`zækʃən]
名 交易；買賣

2222 transcript
[`træn͵skrɪpt]
名 成績單

2223 transfer
[træns`fɝ]
動 轉調(單位)

2224 transit
[`trænsɪt]
動 過境
名 過境；經過

2225 transit card
片 過境卡

2226 transit passenger
片 過境旅客

2227 transit visa
片 過境簽證

2228 translucent
[træns`lusṇt]
形 半透明的

2229 transparent
[træns`pɛrənt]
形 透明的；清澈的

2230 transport
[træn`spɔrt]
動 運送；運輸

2231 transportation
[ˌtrænspɚ`teʃən]
名 交通工具

2232 travel agency
片 旅行社

2233 traveler's check
片 旅行支票

2234 treatment
[`tritmənt]
名 對待；處置

2235 treaty
[`tritɪ]
名 約定；協定；契約

2236 trenchant
[`trɛntʃənt]
形 有力的；中肯的

2237 trespass
[`trɛspəs]
動 擅自進入

2238 trial
[`traɪəl]
名 審判

2239 trivial
[`trɪvɪəl]
形 瑣碎的；不重要的

2240 trolley
[`trɑlɪ]
名 推車

2241 truck
[trʌk]
名 卡車；貨車

2242 trust
[trʌst]
名 信託資金

2243 trustee
[trʌs`ti]
名 (財產、業務等的)受託
管理人

2244 try out
片 嘗試

2245 tsunami
[tsu`nɑmɪ]
名 海嘯

2246 turbulence
[`tɝbjələns]
名 亂流

2247 turn off
片 關上(開關)

2248 turn out
片 結果變成…

2249 turnover
[`tɝn,ovɚ]
名 營業額；交易額

2250 twist
[twɪst]
動 扭轉；纏

2251 typhoon
[taɪ`fun]
名 颱風

2252 typist
[`taɪpɪst]
名 打字員

2253 typo
[`taɪpo]
名 打字排版錯誤

2254 unable
[ʌn`ebl]
形 沒能力的；不能夠的

2255 unanimous
[ju`nænəməs]
形 全體一致的；無異議的

2256 unattended
[ˌʌnə`tɛndɪd]
形 無人照顧的

2257 unbiased
[ʌn`baɪəst]
形 公正的；沒有偏見的

2258 uncertainty
[ʌn`sɝtṇtɪ]
名 不確定性

2259 under
[`ʌndɚ]
介 在…的管理下；在…的
情況下

2260 under control
片 在控制中

2261 undercharged
[ˌʌndɚ`tʃɑrdʒd]
形 收費過低的

2262 underestimate
[`ʌndɚˋɛstə͵met]
動 低估；對…估計不足

2263 underlie
[͵ʌndɚˋlaɪ]
動 構成…的基礎

2264 underline
[͵ʌndɚˋlaɪn]
動 劃上底線

2265 undermine
[͵ʌndɚˋmaɪn]
動 詆毀；暗中破壞

2266 understanding
[͵ʌndɚˋstændɪŋ]
名 了解；領會

2267 uneasy
[ʌnˋizɪ]
形 不安的

2268 unfair
[ʌnˋfɛr]
形 不公平的；不公正的

2269 unfortunate
[ʌnˋfɔrtʃənɪt]
形 不幸的；令人遺憾的

2270 uniqueness
[juˋniknɪs]
名 獨特性

2271 unit
[ˋjunɪt]
名 單位(指公司內部之單位)

2272 universal
[͵junəˋvɝsḷ]
形 全體的；普遍的

2273 unkempt
[ʌnˋkɛmpt]
形 不整潔的；未整理的

2274 unless
[ʌnˋlɛs]
連 如果不；除非…

2275 unlimited
[ʌnˋlɪmɪtɪd]
形 無限量的；無條件的

2276 unload
[ʌnˋlod]
動 卸下貨物；卸(客)

2277 unlock
[ʌnˋlɑk]
動 解鎖

2278 unnecessary
[ʌnˋnɛsə͵sɛrɪ]
形 非必需的

2279 unpaid
[ʌnˋped]
形 未付的

2280 unplug
[͵ʌnˋplʌg]
動 拔去插頭

2281 unsanitary
[ʌnˋsænə͵tɛrɪ]
形 不衛生的；不清潔的

2282 unsatisfactory
[͵ʌnsætɪsˋfæktərɪ]
形 令人不滿的

2283 unsavory
[ʌnˋsevərɪ]
形 討厭的；難聞的

2284 unveil
[ʌnˋvel]
動 揭露；使公諸於眾

2285 unzip
[ʌnˋzɪp]
動 解壓縮

2286 up in the air
片 懸而未決；尚未決定的

2287 update
[ʌpˋdet]
動 更新資訊

2288 upholstery
[ʌpˋholstərɪ]
名 (沙發等的)墊襯物

2289 upload
[ʌpˋlod]
動 (將資料)上載

2290 upper case
片 大寫字母

2291 turn on
片 打開(開關)

2292 useful
[ˋjusfəl]
形 有用的；有用處的

2293 utilities
[juˋtɪlətɪz]
名 公用事業(水電等)

2294 utilization
[ˌjutl̩əˋzeʃən]
名 利用；使用

2295 utilize
[ˋjutl̩ˏaɪz]
動 利用

2296 vacancy
[ˋvekənsɪ]
名 空間；空房

2297 vacate
[ˋveket]
動 空出；搬出

2298 vacation
[veˋkeʃən]
名 假期；休假

2299 vacillate
[ˋvæsl̩ˏet]
動 猶豫；躊躇

2300 vacuum machine
片 吸塵器

2301 validate
[ˋvæləˏdet]
動 使有效；使生效

2302 value-added tax
片 增值稅

2303 van
[væn]
名 貨車

2304 variety
[vəˋraɪətɪ]
名 多樣化；多變化

2305 vault
[vɔlt]
名 金庫

2306 vehicle
[ˋviɪkl̩]
名 車輛

2307 vending machine
片 自動販賣機

2308 vendor
[ˋvɛndɚ]
名 賣主；賣方

2309 venial
[ˋvinjəl]
形 可原諒的；(罪)輕微的

2310 verbally
[ˋvɝbl̩ɪ]
副 口頭上；言詞上

2311 verdict
[ˋvɝdɪkt]
名 (陪審團的)判決；審定

2312 versatile
[ˋvɝsətl̩]
形 多才多藝的

2313 vested
[ˋvɛstɪd]
形 既定的(法律用語)

2314 veto
[ˋvito]
動 否決
名 否決權

2315 via
[ˋvaɪə]
介 經由

2316 vice president
[vaɪsˋprɛzədənt]
片 副總裁

2317 victim
[ˋvɪktɪm]
名 受害者

2318 vilify
[ˋvɪləˏfaɪ]
動 誹謗

2319 violate
[ˋvaɪəˏlet]
動 違反；不遵守

2320 violation
[ˏvaɪəˋleʃən]
名 違反；違背

2321 virtual
[ˋvɝtʃuəl]
形 虛擬的

2322 virulent
[ˋvɪrjələnt]
形 致命的；充滿敵意的

2323 virus
[ˋvaɪrəs]
名 病毒

2324 visa
[ˋvizə]
名 簽證

2325 visibility
[ˏvɪzəˋbɪlətɪ]
名 能見度；明顯性

2326 visual inspection
片 視力檢查

2327 vocabulary
[vəˋkæbjə͵lɛrɪ]
名 字彙；用字範圍

2328 volatile
[ˋvɑlət!]
形 反覆無常的；易變的

2329 volition
[voˋlɪʃən]
名 意志；決斷力

2330 voucher
[ˋvautʃə]
名 證書；收據

2331 waiting room
片 候車室

2332 wallet
[ˋwɑlɪt]
名 皮夾

2333 wallpaper
[ˋwɔl͵pepə]
名 壁紙

2334 wander
[ˋwɑndə]
動 漫遊；閒逛

2335 warehouse
[ˋwɛr͵haus]
動 把⋯存入倉庫
名 倉庫；貨棧

2336 warning
[ˋwɔrnɪŋ]
名 警告；告誡

2337 warrant
[ˋwɔrənt]
動 授權給；批准
名 授權；【律】搜查令

2338 warranty
[ˋwɔrəntɪ]
名 保證書

2339 waste
[west]
動 浪費
名 廢棄物

2340 wastebasket
[ˋwest͵bæskɪt]
名 廢紙籃；字紙簍

2341 water cooler
片 飲水機

2342 waterfall
[ˋwɔtə͵fɔl]
名 瀑布

2343 waterproof
[ˋwɔtə͵pruf]
形 防水的

2344 water-resistant
[ˋwɔtərɪ͵zɪstənt]
形 防潑水的；抗水的

2345 watertight
[ˋwɔtəˋtaɪt]
形 防水的

2346 waterway
[ˋwɔtə͵we]
名 水路；航道

2347 waterworks
[ˋwɔtə͵wɜks]
名 供水系統；水廠

2348 weakly
[ˋwiklɪ]
副 虛弱地

2349 weakness
[ˋwiknɪs]
名 弱點；軟弱

2350 wealth
[wɛlθ]
名 財富；財產；資源

2351 website
[ˋwɛb͵saɪt]
名 網站

2352 wedge
[wɛdʒ]
動 插入；擠入

2353 weekdays
[ˋwik͵dez]
名 平常日(週一至週五)

2354 weight
[wet]
名 重量；體重

2355 well-spoken
[ˋwɛlˋspokən]
形 能言善道的

2356 what is more
片 而且

2357 wheelchair access
片 輪椅通道

2358 whereas
[hwɛr`æz]
連 反之；鑑於

2359 whistle
[`hwɪsḷ]
動 吹口哨
名 口哨

2360 white-collar
[hwaɪt`kɑlɚ]
形 白領階級的

2361 white-out
[`hwaɪtaut]
名 修正液；立可白

2362 wholesale
[`hol,sel]
名 批發
形 批發的

2363 wicked
[`wɪkɪd]
形 惡劣的；邪惡的

2364 width
[wɪdθ]
名 寬度；寬闊

2365 willing
[`wɪlɪŋ]
形 樂意的；自願的

2366 window seat
片 靠窗的座位

2367 windshield wiper
片 (車輛)雨刷

2368 wing mirror
片 後照鏡(車兩側)

2369 wipe
[waɪp]
動 擦拭；擦去

2370 wireless
[`waɪrlɪs]
形 無線的；無線網路的

2371 wisdom
[`wɪzdəm]
名 智慧

2372 with reference to
片 與…有關的

2373 with respect to
片 與…議題相關

2374 withdraw
[wɪð`drɔ]
動 撤回；撤銷；取消

2375 withdrawal
[wɪð`drɔel]
名 提款；收回；撤回

2376 witnesseth
[,wɪtnɪ`sɛθ]
動 注意；代表

2377 wool
[wul]
名 羊毛

2378 work ethic
片 職業道德

2379 work force
片 勞動力；員工

2380 work hour
片 工時

2381 working day
片 工作日

2382 working holiday
片 打工旅遊

2383 workload
[`wɜk,lod]
名 工作量

2384 workplace
[`wɜk,ples]
名 工作場所

2385 workshop
[`wɜk,ʃɑp]
名 工作坊

2386 worry
[`wɜɪ]
動 擔心；擔憂

2387 worth
[wɜθ]
名 價值
形 值…；有…的價值

2388 worthwhile
[`wɜθ`hwaɪl]
形 值得的

2389 worthy
[`wɜðɪ]
形 有價值的；值得的

2390 woven
[`wovən]
形 編織的

2391 wrap up
片 為…作總結

2392 wrench
[rɛntʃ]
動 曲解；扭曲

2393 wrong
[rɔŋ]
形 錯誤的

2394 WTO
縮 世貿組織

2395 X-ray machine
片 X光機

2396 yawn
[jɔn]
動 打呵欠
名 呵欠

2397 yell
[jɛl]
動 喊叫；大喊

2398 yet
[jɛt]
副 (用於否定句)還沒

2399 youth hostel
片 青年旅舍

2400 zip
[zɪp]
動 壓縮(電腦檔案等)；拉拉鍊

備考小撇步 for NEW TOEIC

　　NEW TOEIC是單項選擇的紙筆考試，考試時間為兩小時，分成聽力和閱讀兩大部分。首先，聽力理解分成四類問題：

　　第一大題：圖片（二十道題）/ 第二大題：應答問題（三十題）/ 第三大題：簡短對話（三十道題）/ 第四大題：簡短文章（二十道題）。

　　閱讀則包含以下三類問題：第五大題：單句填空（四十題）/ 第六大題：短文填空（十二題）/ 第七大題：單篇文章理解（二十八題）、雙篇文章理解（二十題）。

　　聽力與閱讀這兩類考題皆重視單字量，關鍵單字聽不懂或看不懂，絕對會影響理解與應考的心情，所以建議大家針對本書的關鍵單字多加記憶。因為NEW TOEIC考題文章的來源都與「商業」和「科學」相關，如果同學想要進一步準備閱讀，建議多閱讀商業期刊、報紙以及和社會議題相關的文章最為理想。

Part 4

全民英檢
核心單字2,400

國內專屬的全民英檢（GEPT）分成初級、中級、中高級、高級，以等級區分出考生的實力，是許多大專院校要求的畢業門檻。雖然等級各有不同，但重視的單字卻有跡可循，現在就隨著本章內容，掌握 GEPT 的關鍵分數吧！

動 動詞	名 名詞	形 形容詞	副 副詞	助 助動詞
代 代名詞	介 介系詞	連 連接詞	縮 縮寫	片 片語

UNIT 1 A → C

0001
a bull's eye
片 靶心

0002
a swarm of
片 一大群；一大批

0003
abbey
[`æbɪ]
名 大修道院；大寺院

0004
abduction
[æb`dʌkʃən]
名 誘拐；綁架；劫持

0005
aboriginal
[ˌæbə`rɪdʒənḷ]
名 原住民
形 原住民的

0006
aborigine
[æbə`rɪdʒəni]
名 土著居民

0007
about
[ə`baut]
介 關於；在…的附近

0008
absence
[`æbsn̩s]
名 缺席；缺乏

0009
absent-minded
[`æbsn̩t`maɪndɪd]
形 心不在焉的

0010
abstract
[`æbstrækt]
形 抽象的；難懂的

0011
abstraction
[æb`srækʃən]
名 抽象概念

0012
accepted
[ək`sɛptɪd]
形 公認的

0013
access
[`æksɛs]
動 取出(電腦)資料
名 接近；進入

0014
accidental
[ˌæksə`dɛntḷ]
形 偶然的；意外的

0015
accomplished
[ə`kɑmplɪʃ]
形 完成了的；有造詣的；
有教養的

0016
accountant
[ə`kauntənt]
名 會計師

0017
accounting
[ə`kauntɪŋ]
名 會計；會計學

0018
accusation
[ˌækjə`zeʃən]
名 指控；控告；指責

0019
ace
[es]
名 (紙牌、骰子的)一點；
能手；佼佼者

0020
acoustic
[ə`kustɪk]
形 聽覺的；聲響的

0021
acre
[`ekə]
名 英畝

0022
across
[ə`krɔs]
介 橫越；與…交叉；遍及

0023
acting
[`æktɪŋ]
名 演出；演技

0024
action
[`ækʃən]
名 行動；作用

0025
activate
[`æktə‚vet]
動 使活躍；使活潑

0026
adapt
[ə`dæpt]
動 使適應；使適合

0027
add
[æd]
動 增加；相加

0028
addict
[`ædɪkt]
名 上癮者

0029 addition
[ə`dɪʃən]
名 加法；增加的人或物

0030 additive
[`ædətɪv]
名 添加物
形 附加的；加法的

0031 adhesive
[əd`hisɪv]
名 黏著劑
形 黏的；有黏性的

0032 administration
[əd,mɪnə`streʃən]
名 管理；經營；行政

0033 administrative
[əd`mɪnə,stretɪv]
形 行政的；管理的

0034 admiral
[`ædmərəl]
名 海軍上校；艦隊司令

0035 adorable
[ə`dorəbl]
形 可敬重的；(口)可愛的

0036 adulthood
[ə`dʌlthʊd]
名 成年(期)

0037 advent
[`ædvɛnt]
名 出現；到來

0038 advertise
[`ædvə,taɪz]
動 為…做廣告；公布

0039 advertiser
[`ædvə,taɪzə]
名 廣告商

0040 advertising
[`ædvə,taɪzɪŋ]
名 廣告業

0041 advisable
[əd`vaɪzəbl]
形 可取的；適當的

0042 advise
[əd`vaɪz]
動 勸告；通知

0043 advisory
[əd`vaɪzərɪ]
形 顧問的；諮詢的；勸告的

0044 aerospace
[`ɛrə,spes]
名 太空

0045 aesthetic
[ɛs`θɛtɪk]
形 美學的

0046 affiliate
[ə`fɪlɪɪt]
名 分會；子公司

0047 aftermath
[`æftə,mæθ]
名 後果；餘波

0048 afternoon
[`æftə`nun]
名 下午

0049 afterwards
[`æftəwədz]
副 之後；後來

0050 again
[ə`gɛn]
副 再；再一次

0051 age
[edʒ]
動 變老；成熟
名 年齡

0052 aged
[`edʒd]
形 年老的；舊的

0053 aggravate
[`ægrə,vet]
動 加劇；惡化

0054 aggression
[ə`grɛʃən]
名 侵略行動

0055 aging
[`edʒɪŋ]
形 老化的；變老的

0056 agony
[`ægənɪ]
名 苦惱；極度痛苦

0057 agreement
[ə`grimənt]
名 同意；一致；協議

0058 agriculture
[`ægrɪ,kʌltʃə]
名 農業；農藝

0059 airlift
[`ɛr,lɪft]
動 空運
名 空運

0060 airplane
[`ɛr,plen]
名 飛機

0061 airway
[`ɛr,we]
名 航空公司；航空路線

0062 alike
[ə`laɪk]
形 相像的；相同的
副 相似地；一樣地

0063 alive
[ə`laɪv]
形 活著的；有朝氣的；熱鬧的

0064 all thumbs
片 笨手笨腳

0065 alley
[`ælɪ]
名 小巷；胡同

0066 alluring
[ə`lʊrɪŋ]
形 誘人的；吸引人的

0067 alone
[ə`lon]
形 單獨的
副 單獨地

0068 along
[ə`lɔŋ]
介 沿著；順著

0069 alongside
[ə`lɔŋ`saɪd]
副 在旁邊；沿著；並排地

0070 already
[ɔl`rɛdɪ]
副 已經

0071 although
[ɔl`ðo]
連 雖然；然而

0072 always
[`ɔlwez]
副 總是；經常

0073 amazed
[ə`mezd]
形 吃驚的

0074 amazing
[ə`mezɪŋ]
形 令人吃驚的

0075 ambassador
[æm`bæsədə]
名 大使；使節

0076 ambush
[`æmbʊʃ]
名 埋伏；伏擊

0077 America
[ə`mɛrɪkə]
名 美國

0078 American
[ə`mɛrɪkən]
名 美國人
形 美國的

0079 amid
[ə`mɪd]
介 在…之間；在…之中

0080 ammunition
[,æmjə`nɪʃən]
名 彈藥；軍火

0081 amnesty
[`æm,nɛstɪ]
名 大赦；特赦

0082 ample
[`æmpl]
形 豐富的；充裕的

0083 amputate
[`æmpjə,tet]
動 截肢

0084 amusing
[ə`mjuzɪŋ]
形 有趣的；引人發笑的

0085 analyst
[`ænlɪst]
名 善於分析者；分解者

0086 angler
[`æŋglə]
名 垂釣者

0087 announcement
[ə`naʊnsmənt]
名 通知；宣布

0088 announcer
[ə`naʊnsə]
名 宣告者；播音員

0089 annoy
[ə`nɔɪ]
動 惹惱；使生氣

0090 annoyed
[ə`nɔɪd]
形 惱怒的；氣惱的

0091 another
[ə`nʌðə]
形 另外的；再一
代 又一個；另一個

0092 answer
[`ænsə]
動 回答；接電話
名 回答；答案

0093 ant
[ænt]
名 螞蟻

0094 anybody
[`ɛnɪ,bɑdɪ]
代 誰；任何人

0095 anyhow
[`ɛnɪ,haʊ]
副 無論如何；總之

0096 anything
[`ɛnɪ,θɪŋ]
代 任何東西；任何事情

0097 anytime
[`ɛnɪ,taɪm]
副 在任何時候

0098 anyway
[`ɛnɪ,we]
副 無論如何

0099 anywhere
[`ɛnɪ,hwɛr]
副 在任何地方

0100 apart
[ə`part]
副 分開地；單獨地

0101 apartheid
[ə`par,taɪt]
名 種族隔離政策

0102 appear
[ə`pɪr]
動 出現；顯露

0103 appreciable
[ə`priʃɪəbl]
形 可估計的；相當可觀的

0104 apprehension
[,æprɪ`hɛnʃən]
名 恐懼；憂心

0105 approximate
[ə`prɑksəmɪt]
形 近似的；接近的

0106 April
[`eprəl]
名 四月

0107 arch
[artʃ]
名 拱門；拱形物

0108 architect
[`ɑrkə,tɛkt]
名 建築師

0109 archive
[`ɑrkaɪv]
名 檔案；記錄

0110 arctic
[`ɑrktɪk]
名 北極圈
形 北極的

0111 armed
[armd]
形 武裝的；裝甲的

0112 armistice
[`arməstɪs]
名 休戰；停戰協議

0113 armor/armour
[`armə]
名 盔甲

0114 army
[`armɪ]
名 軍隊；大群

0115 around
[ə`raund]
介 環繞；在…附近；將近

0116 arrow
[`æro]
名 箭；箭頭

0117 artillery
[ar`tɪlərɪ]
名 大砲；砲兵

0118 as easy as pie
片 非常容易

0119 as soon as
片 一…就…

0120 as usual
片 一如往常

0121 ascribe
[ə`skraɪb]
動 把…歸因於

0122 ash
[æʃ]
名 灰燼；骨灰

0123 Asia
[`eʃə]
名 亞洲

0124 Asian
[`eʃən]
名 亞洲人
形 亞洲的

0125 aside
[ə`saɪd]
副 在旁邊;到旁邊

0126 asleep
[ə`slip]
形 睡著的;麻木的;靜止的

0127 assassinate
[ə`sæsɪn͵et]
動 刺殺;詆毀

0128 assault
[ə`sɔlt]
動 攻擊;譴責
名 攻擊;襲擊

0129 assimilate
[ə`sɪml͵et]
動 消化;吸收

0130 associate
[ə`soʃɪɪt]
名 同事;合夥人

0131 associate with
片 與…結交

0132 association
[ə͵soʃɪ`eʃnə]
名 協會;聯盟

0133 asymmetrical
[͵esɪ`mɛtrɪkl̩]
形 非對稱的

0134 at ease
片 自在

0135 at odds with
片 與…不一致

0136 at random
片 隨機地

0137 at the mercy of
片 受…支配

0138 atrocity
[ə`trɑsətɪ]
名 殘暴;暴行

0139 attack
[ə`tæk]
動 攻擊;責難
名 攻擊

0140 attention
[ə`tɛnʃən]
名 注意力;專心

0141 audience
[`ɔdɪəns]
名 聽眾;觀眾

0142 audio
[`ɔdɪo]
形 聽覺的;聲音的

0143 August
[`ɔgəst]
名 八月

0144 Australia
[ɔ`streljə]
名 澳洲

0145 Australian
[ɔ`streljən]
名 澳洲人
形 澳洲的

0146 author
[`ɔθə]
名 作者;作家

0147 authority
[ə`θɔrətɪ]
名 權力;權威

0148 autobiography
[͵ɔtəbaɪ`ɑgrəfɪ]
名 自傳

0149 autocracy
[ɔ`tɑkrəsɪ]
名 專制制度

0150 avenue
[`ævə͵nju]
名 大街;大道

0151 average
[`ævərɪdʒ]
名 平均(數);中等
形 平均的;普通的

0152 aviary
[`evɪ͵ɛrɪ]
名 鳥舍;禽舍

0153 await
[ə`wet]
動 等候;期待

0154 awhile
[ə`hwaɪl]
副 一會兒;片刻

0155 axis
[`æksɪs]
名 軸;中心

0156 babysitter
[`bebɪsɪtə]
名 褓姆

0157 backward
[`bækwəd]
形 向後的
副 向後

0158 badly
[`bædlɪ]
副 拙劣地；罪惡地；嚴重地

0159 baggy
[`bægɪ]
形 袋狀的；寬鬆下垂的

0160 bakery
[`bekərɪ]
名 麵包店

0161 balloon
[bə`lun]
名 氣球

0162 bandit
[`bændɪt]
名 強盜；歹徒

0163 banker
[`bæŋkə]
名 銀行家

0164 banking
[`bæŋkɪŋ]
名 銀行業

0165 banner
[`bænə]
名 旗幟；橫幅

0166 bar
[bɑr]
名 條；障礙；酒吧

0167 barbarian
[bɑr`bɛrɪən]
名 野蠻人
形 野蠻的；不文明的

0168 barber
[`bɑrbə]
名 理髮師

0169 barbershop
[`bɑrbə,ʃɑp]
名 理髮店

0170 barefoot
[`bɛr,fʊt]
形 赤腳的

0171 barely
[`bɛrlɪ]
副 勉強；幾乎沒有

0172 barge
[bɑrdʒ]
名 駁船；大型平底船

0173 barn
[bɑrn]
名 穀倉；糧倉

0174 barrack
[`bærək]
名 營房；兵營

0175 barricade
[`bærə,ked]
動 設置路障
名 路障

0176 bash
[bæʃ]
動 痛擊；猛攻
名 猛烈的一擊

0177 bashful
[`bæʃfəl]
形 害羞的；侷促不安的

0178 basic
[`besɪk]
形 基礎的；基本的

0179 bastard
[`bæstəd]
名 雜種；壞蛋

0180 bathe
[beð]
動 浸洗；替…洗澡

0181 battalion
[bə`tæljən]
名 軍隊；部隊

0182 battlefield
[`bætl̩,fild]
名 戰場；戰地

0183 be abundant in
片 富有…

0184 be apt to
片 易於…；有…的傾向

0185 be aware of
片 察覺到

0186 be blind to
片 對…視而不見

0187 be bound to
片 有義務去…

0188 be conscious of
片 意識到

0189 be determined to
片 決心去做…

0190 be equivalent to
片 與…相等的

0191 be exposed to
片 暴露於…

0192 be familiar with
片 與…熟悉的；通曉…的

0193 be full of
片 充滿…

0194 be helpful to
片 對…有助益

0195 be inclined to
片 傾向於做…

0196 be interested in
片 對…有興趣

0197 be jealous of
片 嫉妒某個對象

0198 be liable to
片 易於…的

0199 be loyal to
片 對…忠誠

0200 be proud of
片 以…自豪

0201 be resolute in
片 對…堅決的

0202 be senior to
片 比…年長、資深

0203 be sick of
片 對…厭煩

0204 be stuck with
片 被…困住

0205 be used to
片 習慣於…

0206 be weary of
片 厭煩於…

0207 be willing to
片 樂於…

0208 be worthy of
片 值得…

0209 bear
[bɛr]
名 熊；魯莽的人

0210 bedtime
[`bɛd, taɪm]
名 就寢時間

0211 beep
[bip]
動 發出嗶聲；吹警笛
名 嗶嗶聲；警笛聲

0212 beforehand
[bɪ`for, hænd]
副 預先；提前

0213 beginning
[bɪ`gɪnɪŋ]
名 起點；開端；起源

0214 bell
[bɛl]
動 繫鈴於；鳴鐘
名 鐘；門鈴；鐘聲

0215 beside
[bɪ`saɪd]
介 在旁邊

0216 besiege
[bɪ`sidʒ]
動 圍攻；包圍

0217 betrayer
[bɪ`treə]
名 背叛者；告密者

0218 better
[`bɛtə]
形 更好的
副 更好地

0219 bewilder
[bɪ`wɪldə]
動 使迷惑；使糊塗

0220 bibliography
[, bɪblɪ`ɑgrəfɪ]
名 參考書目

0221 bicycle
[`baɪsɪdl]
名 腳踏車

0222 bid
[bɪd]
動 命令；吩咐；出價

0223 binoculars
[bɪ`nakjələs]
名 雙筒望遠鏡

0224 bird
[bɜd]
名 鳥；禽

0225 birdie
[`bɜdɪ]
名 (高爾夫)低於標準杆一杆

0226 birthday
[`bɜθ,de]
名 生日

0227 bit
[bɪt]
名 小片；小塊；(煙斗等的)咬嘴

0228 blacksmith
[`blæk,smɪθ]
名 鐵匠

0229 blare
[blɛr]
名 嘟嘟聲；響而刺耳的聲音

0230 blind
[blaɪnd]
名 百葉窗

0231 block
[blak]
名 (四面圍有街道的)街區

0232 blockade
[bla`ked]
動 封鎖；阻礙
名 道路阻塞

0233 blur
[blɜ]
動 使模糊不清；弄髒
名 模糊；汙點

0234 board
[bord]
動 上船(車、飛機)

0235 bodyguard
[`badɪ,gard]
名 保鑣；護衛者

0236 boiling
[`bɔɪlɪŋ]
形 沸騰的；激昂的

0237 bold
[bold]
形 無畏的；放肆的；粗筆畫的

0238 bolster
[`bolstɚ]
動 支持；支撐
名 墊枕；靠枕

0239 bomb
[bam]
名 炸彈

0240 bombard
[bam`bard]
動 砲擊；轟炸

0241 bomber
[`bamɚ]
名 轟炸機

0242 book
[buk]
動 預定；登記入冊
名 書；名冊

0243 booking
[`bukɪŋ]
名 預約；約定

0244 booklet
[`buklɪt]
名 小冊子

0245 bookshelf
[`buk,ʃɛlf]
名 書架；書櫃

0246 bookstore
[`buk,stor]
名 書店

0247 bored
[bord]
形 感到無聊的；厭倦的

0248 boring
[`borɪŋ]
形 乏味的；單調的

0249 borough
[`bɜo]
名 行政區；自治市鎮

0250 boss
[bɔs]
動 指揮；調遣
名 老闆；上司

0251 botanical
[bo`tænɪkl]
形 植物學的；植物的

0252 both
[boθ]
形 兩個…(都)
代 兩者；雙方

0253 boulevard
[`bulə‚vɑrd]
名 林蔭大道

0254 bound
[baund]
動 跳躍；彈回

0255 bowler
[`bolə]
名 打保齡球的人

0256 boyfriend
[`bɔɪ‚frɛnd]
名 男朋友

0257 bracket
[`brækɪt]
名 方括弧；括弧(通常用複數)

0258 branch
[bræntʃ]
名 樹枝；枝

0259 brand-new
[`brænd`nu]
形 全新的；嶄新的

0260 breadth
[brɛdθ]
名 寬度；幅度

0261 breakfast
[`brɛkfəst]
名 早餐；早飯

0262 break-in
[`brek‚ɪn]
名 非法侵入

0263 breakup
[`brek`ʌp]
名 分離；解體；中斷

0264 breeder
[`bridə]
名 飼主；培育植物者

0265 brew
[bru]
動 泡(茶)；煮(咖啡)

0266 brick
[brɪk]
名 磚塊；積木

0267 bridge
[brɪdʒ]
名 橋；鼻樑

0268 briefing
[`brifɪŋ]
名 簡報

0269 brigade
[brɪ`ged]
名 旅(軍事單位)

0270 bright
[braɪt]
形 明亮的；發亮的

0271 Britain
[`brɪtən]
名 英國

0272 British
[`brɪtɪʃ]
形 英國的

0273 broadcaster
[`brɔd‚kæstə]
名 廣播電臺；電視臺

0274 broke
[brok]
形 (口)一文不名的；破產的

0275 broker
[`brokə]
名 經紀人；代理人

0276 brownie
[`braunɪ]
名 布朗尼蛋糕

0277 brutal
[`brutḷ]
形 殘忍的；冷酷的；苛刻的

0278 brute
[brut]
名 獸；殘暴的人
形 殘暴的

0279 buck
[bʌk]
名 雄鹿；公羊；(俚)美元

0280 buffer
[`bʌfə]
名 緩衝器；減震器

0281 bug
[bʌg]
名 (程式)錯誤

0282 build
[bɪld]
動 建築；建立
名 體型

0283 building
[`bɪldɪŋ]
名 建築物；房屋

0284 bullet
[`bulɪt]
名 子彈

0285 bully
[`bʊlɪ]
動 脅迫；霸凌

0286 bunch
[`bʌntʃ]
名 串；束；群

0287 bundle
[`bʌndḷ]
名 捆；卷；大量

0288 bunker
[`bʌŋkə]
名 燃料庫

0289 bureau
[`bjʊro]
名 事務處；局；署

0290 bureaucracy
[bju`rɑkrəsɪ]
名 官僚政治

0291 bureaucrat
[`bjʊrə‚kræt]
名 官僚

0292 burger
[`bɝgə]
名 (口)漢堡

0293 bus
[bʌs]
名 公車

0294 businessman
[`bɪznɪsmən]
名 商人；實業家

0295 but
[bʌt]
連 但是；然而

0296 by no means
片 決不

0297 bypass
[`baɪ‚pæs]
動 繞道；越過
名 旁道；旁路

0298 cabin
[`kæbɪn]
名 駕駛艙；客艙；小屋

0299 cabinet
[`kæbənɪt]
名 內閣；全體閣員
形 內閣的

0300 cable
[`kebḷ]
名 有線電視

0301 calculating
[`kælkjə‚letɪŋ]
形 計算的；慎重的

0302 call
[kɔl]
動 叫喊；打電話給；稱呼
名 呼叫；電話

0303 calm
[kɑm]
動 使鎮定；使平靜
形 冷靜的；沉著的

0304 camping
[`kæmpɪŋ]
名 露營；野營

0305 Canada
[`kænədə]
名 加拿大

0306 Canadian
[kə`nedɪən]
名 加拿大人
形 加拿大的

0307 canal
[kə`næl]
名 運河；水道

0308 cannon
[`kænən]
名 大砲；火砲

0309 cannot
[`kænɑt]
助 不能；不可以

0310 canoe
[kə`nu]
名 獨木舟

0311 cantonment
[kæn`tɑnmənt]
名 軍營

0312 cap
[kæp]
動 加蓋
名 帽子；蓋子

0313 capable
[`kepəbḷ]
形 有能力的；有才華的

0314 capital
[`kæpətḷ]
名 首都

0315 captain
[`kæptɪn]
名 上校；船長；(團隊的)首領

0316 caption
[`kæpʃən]
名 標題；字幕

0317 captive
[`kæptɪv]
名 俘虜；囚徒
形 被俘的

0318 captivity
[kæp`tɪvətɪ]
名 囚禁；束縛

0319 car
[kɑr]
名 汽車；火車車廂

0320 cardinal
[`kɑrdṇəl]
名 樞機主教；【數】基數

0321 carpenter
[`kɑrpəntə]
名 木工；木匠

0322 carrier
[`kærɪə]
名 運送人；送信人

0323 carrot and stick
片 軟硬兼施

0324 cartel
[kɑr`tɛl]
名 企業聯合

0325 cartoon
[kɑr`tun]
名 卡通

0326 carve
[kɑrv]
動 刻；雕刻

0327 carver
[`kɑrvə]
名 雕刻者

0328 cassava
[kə`sɑvə]
名 樹薯

0329 caste
[kæst]
名 種姓制度

0330 castle
[`kæsḷ]
名 城堡；城堡式建築

0331 catch a cold
片 感冒

0332 catharsis
[kə`θɑrsɪs]
名 【醫】通便；導瀉

0333 cavalry
[`kævḷrɪ]
名 騎兵

0334 ceasefire
[`sis͵faɪr]
名 停火；休戰

0335 ceiling
[`silɪŋ]
名 天花板

0336 celebrity
[sɪ`lɛbrətɪ]
名 名人；名流

0337 cell
[sɛl]
名 單人牢房

0338 cell phone
片 手機；行動電話

0339 cent
[sɛnt]
名 分(貨幣單位)

0340 centimeter
[`sɛntə͵mitə]
名 公分

0341 centric
[`sɛntrɪk]
形 中心的

0342 century
[`sɛntʃʊrɪ]
名 世紀；一百年

0343 certain
[`sɝtən]
形 確信的

0344 certainly
[`sɝtənlɪ]
副 無疑地；確實

0345 chain
[tʃen]
名 鏈；一連串；束縛

0346 chairman
[`tʃɛrmən]
名 議長；主席

0347 chairperson
[`tʃɛr͵pɜsn]
名 主席

0348 challenged
[`tʃælɪndʒd]
形 行動不便的

0349 challenger
[`tʃælɪndʒɚ]
名 挑戰者

0350 challenging
[`tʃælɪndʒɪŋ]
形 有挑戰性的

0351 change
[tʃendʒ]
動 改變；交換；兌換

0352 changeable
[`tʃendʒəbl]
形 易變的；可改變的

0353 channel
[`tʃænl]
名 頻道

0354 chaos
[`keas]
名 混亂；雜亂的一團

0355 chapel
[`tʃæpl]
名 小禮拜堂；禮拜儀式

0356 chapter
[`tʃæptɚ]
名 章節

0357 chariot
[`tʃærɪət]
名 (古代的)雙輪戰車

0358 charity
[`tʃærətɪ]
名 慈善；慈善團體

0359 charm
[tʃɑrm]
名 魅力；符咒

0360 charming
[`tʃɑrmɪŋ]
形 迷人的；有魅力的

0361 chartered
[`tʃɑrtɚd]
形 得到特許的；領有執照
的

0362 checked
[tʃɛkt]
形 格紋的

0363 chef
[ʃɛf]
名 主廚；廚師

0364 childbirth
[`tʃaɪld.bɝθ]
名 分娩

0365 childhood
[`tʃaɪld.hud]
名 童年時期

0366 China
[`tʃaɪnə]
名 中國

0367 china
[`tʃaɪnə]
名 瓷器

0368 Chinese
[`tʃaɪ`niz]
名 中國人
形 中國的

0369 chisel
[`tʃɪzl]
動 鑿；雕刻
名 鑿子

0370 chitchat
[`tʃɪt.tʃæt]
動 閒談
名 閒聊；閒談

0371 choose
[tʃuz]
動 選擇；挑選

0372 Christian
[`krɪstʃən]
名 基督徒
形 基督教的

0373 circulate
[`sɝkjə.let]
動 循環；流傳；流通

0374 circumference
[sɚ`kʌmfərəns]
名 圓周；周長

0375 city
[`sɪtɪ]
名 城市；都市

0376 civic
[`sɪvɪk]
形 城市的；市民的

0377 civil
[`sɪvl]
形 市民的；文明的；
【律】民事的

0378 classmate
[`klæs.met]
名 同班同學

0379 classroom
[`klæs.rum]
名 教室

0380 clean up
片 打掃；整理

0381 cleaner
[`klinə]
名 清潔工；清潔劑

0382 clearing
[`klɪrɪŋ]
名 清除；(森林中的)空地

0383 clergyman
[`klɜdʒɪmən]
名 牧師

0384 climb
[klaɪm]
動 攀登；攀爬
名 攀登；攀爬

0385 climber
[`klaɪmə]
名 攀登者；登山者

0386 clinch
[klɪntʃ]
動 釘牢；緊抓

0387 clockwise
[`klɑk͵waɪz]
形 順時針方向的

0388 close
[kloz]
動 關閉；結束；中止

0389 closure
[`kloʒə]
名 關閉；結束

0390 coastal
[`kostl̩]
形 海岸的；沿岸的

0391 cocaine
[ko`ken]
名 古柯鹼

0392 cock
[kɑk]
名 公雞

0393 cockpit
[`kɑk͵pɪt]
名 駕駛員座艙

0394 coffee
[`kɔfɪ]
名 咖啡

0395 coke
[kok]
名 可口可樂

0396 cola
[`kolə]
名 可樂

0397 collar
[`kɑlə]
名 衣領

0398 collection
[kə`lɛkʃən]
名 收藏品；募集的錢

0399 collector
[kə`lɛktə]
名 收藏家；集電器

0400 colonel
[`kɜn̩l̩]
名 陸軍上校

0401 colonial
[kə`lonjəl]
形 殖民的；殖民地的

0402 colored
[`kʌləd]
形 彩色的；著色的；有色人種的

0403 column
[`kɑləm]
名 圓柱；報紙專欄；縱列

0404 columnist
[`kɑləmɪst]
名 專欄作家

0405 come in handy
片 遲早派得上用場

0406 comeback
[`kʌm͵bæk]
名 恢復；重整旗鼓

0407 comfortable
[`kʌmfətəbl̩]
形 舒適的；安逸的

0408 comic
[`kɑmɪk]
形 喜劇的；滑稽的

0409 coming
[`kʌmɪŋ]
形 即將到來的；下一個的

0410 commander
[kə`mændə]
名 指揮官；司令官

0411 commend
[kə`mɛnd]
動 稱讚；推薦

0412 commercial
[kə`mɜʃəl]
名 商業廣告
形 商業的；商務的

0413 commissioner
[kə`mɪʃənɚ]
名 長官;委員

0414 commonwealth
[`kamən,wɛlθ]
名 全體國民

0415 community
[kə`mjunətɪ]
名 社區;共同體

0416 commute
[kə`mjut]
動 (用月票)通勤
名 通勤

0417 commuter
[kə`mjutɚ]
名 通勤者

0418 company
[`kʌmpənɪ]
名 公司;商號

0419 compare
[kəm`pɛr]
動 比較;對照
名 比較

0420 competence
[`kampətəns]
名 稱職;能力

0421 complete
[kəm`plit]
動 完成;結束

0422 complexity
[kəm`plɛksətɪ]
名 複雜性

0423 complicate
[`kamplə,ket]
動 使複雜;使惡化

0424 composite
[kəm`pazɪt]
名 合成物
形 合成的

0425 compound
[`kampaʊnd]
名 混合物;化合物

0426 compress
[kəm`prɛs]
動 壓縮;歸納

0427 compress
[`kamprɛs]
名 濕敷布

0428 compulsion
[kəm`pʌlʃən]
名 強迫;強制

0429 conception
[kən`sɛpʃən]
名 概念;構想

0430 concern
[kən`sɜn]
動 關於;使關心

0431 concerned
[kən`sɜnd]
形 擔心的;不安的

0432 condom
[`kandəm]
名 保險套

0433 confederation
[kən,fɛdə`reʃən]
名 同盟;聯盟

0434 confident
[`kanfədənt]
形 有信心的

0435 confrontation
[,kanfrʌn`teʃən]
名 對抗;對質

0436 confusing
[kən`fjuzɪŋ]
形 令人困惑的

0437 congratulation
[kən,grætʃə`leʃən]
名 祝賀;賀詞

0438 congressional
[kən`grɛʃənl]
形 議會的;立法機關的

0439 congressman
[`kaŋgrəsmən]
名 美國國會議員

0440 conquest
[`kaŋkwɛst]
名 征服;佔領;掠奪物

0441 consciousness
[`kanʃəsnɪs]
名 知覺;意識

0442 consequently
[`kansə,kwɛntlɪ]
副 因此;必然地

0443 consortium
[kən`sorʃɪəm]
名 合夥;財團

0444 conspiracy
[kən`spɪrəsɪ]
名 陰謀;共謀

0445 constitution
[ˌkɑnstə`tjuʃən]
名 憲法；章程

0446 constitutional
[ˌkɑnstə`tjuʃən!]
形 本質的；憲法的

0447 construct
[kən`strʌkt]
動 建造；構成

0448 contact
[kən`tækt]
動 與…接觸；聯繫

0449 contaminant
[kən`tæmənənt]
名 汙染物

0450 contemporary
[kən`tɛmpə.rɛrɪ]
名 同時代的人或物
形 當代的；同時代的

0451 content
[`kɑntɛnt]
名 內容；目錄

0452 contingent
[kən`tɪndʒənt]
名 代表團
形 附帶的；可能的

0453 continual
[kən`tɪnjuəl]
形 多次重複的；連續的

0454 continuity
[ˌkɑntə`njuətɪ]
名 連續性；一連串

0455 contradict
[ˌkɑntrə`dɪkt]
動 反駁；產生矛盾

0456 contrast
[`kɑn.træst]
名 對比；對照

0457 contribution
[ˌkɑntrə`bjuʃən]
名 貢獻；捐獻

0458 convene
[kən`vin]
動 聚集；集會

0459 convenience
[kən`vinjəns]
名 方便；便利設施；舒適

0460 conversion
[kən`vɝʃən]
名 改變；(證券等的)兌換

0461 convertible
[kən`vɝtəb!]
名 有摺篷的汽車

0462 convinced
[kən`vɪnst]
形 確信的

0463 convincing
[kən`vɪnsɪŋ]
形 有說服力的

0464 cookie
[`kʊkɪ]
名 餅乾

0465 cooking
[`kʊkɪŋ]
名 烹調；飯菜

0466 cool
[kul]
動 使冷卻
形 涼快的；冷淡的

0467 cop
[kɑp]
名 (口)警察；警員

0468 copy
[`kɑpɪ]
動 複製；抄寫
名 副本；複製品

0469 copyright
[`kɑpɪ.raɪt]
名 版權；著作權

0470 corner
[`kɔrnə]
名 街角；角落；困境

0471 corporate
[`kɔrpərɪt]
形 法人的；公司的

0472 corps
[kɔr]
名 兵團；部隊

0473 correlate
[`kɔrə.let]
動 使互相關聯
名 相關聯的人或物

0474 correspondent
[ˌkɔrɪ`spandənt]
名 通訊記者；特派員

0475 cosmic
[`kɑzmɪk]
形 宇宙的；廣大的

0476 cosmopolitan
[ˌkɑzmə`palətn]
名 界性的；國際性的

0477 cost
[kɔst]
名 費用；成本

0478 costume
[`kɑstjum]
名 服裝

0479 cottage
[`kɑtɪdʒ]
名 農舍；小屋

0480 councilor
[`kaʊnslɚ]
名 議員；評議員

0481 counselor
[`kaʊnslɚ]
名 顧問；指導老師

0482 count
[kaʊnt]
動 計算；認為；具重要意義

0483 counterclockwise
[ˌkaʊntɚ`klɑkˌwaɪz]
形 逆時針的

0484 county
[`kaʊntɪ]
名 郡；縣

0485 coup
[ku]
名 妙計；突然一擊

0486 courtyard
[`kortˌjɑrd]
名 庭院；天井

0487 cover
[`kʌvɚ]
動 遮蓋；掩飾；包含

0488 covering
[`kʌvərɪŋ]
名 覆蓋物；罩子；房頂
形 覆蓋的

0489 cowardly
[`kaʊɚdlɪ]
形 膽小的；怯懦的
副 膽小地；卑怯地

0490 cowboy
[`kaʊbɔɪ]
名 牧童；牛仔

0491 coxswain
[`kɑksn̩]
名 船長；舵手

0492 crackdown
[`krækˌdaʊn]
名 鎮壓；壓迫

0493 crash
[kræʃ]
名 失敗；垮台；破產

0494 crazy
[`krezɪ]
形 瘋狂的；(口)熱衷的

0495 creak
[krik]
動 發出咯吱聲
名 咯吱聲

0496 credit
[`krɛdɪt]
名 信用；學分

0497 crime
[kraɪm]
名 罪；犯罪；罪過

0498 criminal
[`krɪmənl̩]
形 犯罪的；刑事上的

0499 crisis
[`kraɪsɪs]
名 危機；緊急關頭

0500 crisp
[krɪsp]
動 發脆；凍硬
名 鬆脆之物

0501 crook
[kruk]
名 鉤子；彎曲部分

0502 crop
[krɑp]
名 作物

0503 cross
[krɔs]
動 越過；交叉
名 十字架

0504 crowd
[kraʊd]
名 人群；一堆

0505 crowded
[`kraʊdɪd]
形 擁擠的

0506 cruiser
[`kruzɚ]
名 巡洋艦

0507 crystal
[`krɪstl̩]
名 水晶；結晶體

0508 culminate
[`kʌlməˌnet]
動 達到高潮

0509 cult
[kʌlt]
名 膜拜;教派;異教

0510 cunning
[`kʌnɪŋ]
形 狡猾的;熟練的

0511 cup
[kʌp]
名 杯子;獎杯;杯狀物

0512 curious
[`kjʊrɪəs]
形 好奇的;古怪的

0513 current
[`kɝənt]
名 水流;電流;潮流

0514 cute
[kjut]
形 可愛的;小巧玲瓏的

0515 cycle
[`saɪkl]
名 週期;循環

0516 cyclist
[`saɪklɪst]
名 騎腳踏車的人

0517 cylinder
[`sɪlɪndɚ]
名 圓柱;汽缸;滾筒

0518 cynical
[`sɪnɪkl]
形 憤世嫉俗的;挖苦的

UNIT 2 D → G

0519 daffodil
[`dæfədɪl]
名 黃水仙

0520 daily
[`delɪ]
形 每日的
副 每日

0521 dairy
[`dɛrɪ]
形 牛奶的;乳品的

0522 damp
[dæmp]
名 濕氣;潮濕
形 潮濕的;有濕氣的

0523 dancing
[`dænsɪŋ]
名 跳舞

0524 danger
[`dendʒɚ]
名 危險;威脅

0525 dangerous
[`dendʒərəs]
形 危險的;不安全的

0526 dark
[dɑrk]
形 黑暗的;憂鬱的

0527 darken
[`dɑrkn̩]
動 使變暗;使陰鬱

0528 dart
[dɑrt]
名 標槍;鏢;箭

0529 data
[`detə]
名 資料;數據

0530 date
[det]
名 約會;約會對象

0531 daybreak
[`de͵brek]
名 破曉；黎明

0532 daylight
[`de͵laɪt]
名 日光；白晝

0533 dead
[dɛd]
形 死的；已廢的

0534 deadly
[`dɛdlɪ]
形 致命的；致死的；毒性的

0535 deal
[dil]
動 發(紙牌)；交易；處理
名 交易

0536 dealer
[`dilɚ]
名 發牌者

0537 December
[dɪ`sɛmbɚ]
名 十二月

0538 decimal
[`dɛsɪml̩]
名 小數
形 十進位的；小數的

0539 deck
[dɛk]
名 甲板；底板

0540 decorative
[`dɛkərətɪv]
形 裝飾性的

0541 deduce
[dɪ`djus]
動 演繹；推論

0542 deepen
[`dipən]
動 使變深；使加深

0543 default
[dɪ`fɔlt]
動 不履行；拖欠
名 不履行；違約

0544 defendant
[dɪ`fɛndənt]
名 【律】被告

0545 defender
[dɪ`fɛndɚ]
名 防禦者；守衛者

0546 defense
[dɪ`fɛns]
名 防禦；辯護；(比賽的)守方

0547 defiance
[dɪ`faɪəns]
名 反抗；蔑視

0548 defiant
[dɪ`faɪənt]
形 反抗的；蔑視的

0549 deficient
[dɪ`fɪʃənt]
形 有缺陷的；缺乏的

0550 definitive
[dɪ`fɪnətɪv]
名 限定詞
形 決定性的；限定的

0551 deflation
[dɪ`fleʃən]
名 通貨緊縮

0552 defy
[dɪ`faɪ]
動 公然反抗；蔑視

0553 degenerate
[dɪ`dʒɛnə͵ret]
動 衰退；墮落

0554 delight
[dɪ`laɪt]
動 使高興
名 欣喜；愉快

0555 delinquent
[dɪ`lɪŋkwənt]
形 有過失的；犯法的

0556 deliver
[dɪ`lɪvɚ]
動 運送；發表；分娩

0557 demonstration
[͵dɛmən`streʃən]
名 示威運動

0558 demonstrator
[`dɛmən͵stretɚ]
名 示威運動者

0559 density
[`dɛnsətɪ]
名 密集度；稠密度

0560 depart
[dɪ`pɑrt]
動 出發；離開

0561 department
[dɪ`pɑrtmənt]
名 部門；系所

0562 dependent
[dɪ`pɛndənt]
名 (美)受撫養的家屬

0563 deport
[dɪˋport]
動 驅逐(出境)

0564 depressed
[dɪˋprɛst]
形 沮喪的；不景氣的

0565 depth
[dɛpθ]
名 深度；深奧；深厚

0566 deputy
[ˋdɛpjətɪ]
名 代理人；副手

0567 desert
[dɪˋzɜt]
動 拋棄；遺棄

0568 despot
[ˋdɛspɑt]
名 暴君；專制君主

0569 detached
[dɪˋtætʃt]
形 分離的；不連接的

0570 detection
[dɪˋtɛkʃən]
名 發現；發覺

0571 detective
[dɪˋtɛktɪv]
名 偵探；私家偵探
形 偵探的；探測用的

0572 detergent
[dɪˋtɜdʒənt]
形 去垢的；使潔淨的

0573 developed
[dɪˋvɛləpt]
形 已開發的；先進的

0574 devout
[dɪˋvaut]
形 虔誠的；誠摯的

0575 diagram
[ˋdaɪə͵græm]
名 圖表；圖解；圖示；曲線圖

0576 dictation
[dɪkˋteʃən]
名 口述；聽寫

0577 dictator
[ˋdɪk͵tetə]
名 獨裁者；口述者

0578 dictatorship
[dɪkˋtetə͵ʃɪp]
名 獨裁地位；獨裁國家

0579 dictionary
[ˋdɪkʃən͵ɛrɪ]
名 字典；辭典

0580 differ from
片 與…不同

0581 different
[ˋdɪfərənt]
形 不同的；另外的

0582 digital
[ˋdɪdʒɪtl]
形 指狀的；數字的

0583 dilemma
[dəˋlɛmə]
名 困境；進退兩難

0584 dime
[daɪm]
名 一角硬幣

0585 diminish
[dəˋmɪnɪʃ]
動 減少；縮小

0586 dine
[daɪn]
動 進餐；用餐

0587 diocese
[ˋdaɪəsɪs]
名 主教轄區

0588 diplomacy
[dɪˋploməsɪ]
名 外交

0589 diplomat
[ˋdɪpləmæt]
名 外交官

0590 direction
[dəˋrɛkʃən]
名 方向；指揮

0591 directive
[dəˋrɛktɪv]
形 指導的；管理的

0592 dirty
[ˋdɜtɪ]
形 髒的；下流的；卑鄙的

0593 disabled
[dɪsˋebld]
形 有缺陷的；行動不便的

0594 disadvantaged
[͵dɪsədˋvæntɪdʒd]
形 貧困的；弱勢的

0595 disappoint
[ˌdɪsəˈpɔɪnt]
動 使失望

0596 disappointed
[ˌdɪsəˈpɔɪntɪd]
形 失望的；沮喪的

0597 disappointing
[ˌdɪsəˈpɔɪntɪŋ]
形 掃興的；令人失望的

0598 disapproval
[ˌdɪsəˈpruvl]
名 不贊成；不准許

0599 disastrous
[dɪzˈæstrəs]
形 災難性的

0600 disbelief
[ˌdɪsbəˈlif]
名 不信；懷疑

0601 discard
[ˈdɪskɑrd]
名 被拋棄的人或物；拋棄

0602 discern
[dɪˈzɝn]
動 分辨；識別

0603 disciplinary
[ˈdɪsəplɪnˌɛrɪ]
形 訓練的；紀律的

0604 discipline
[ˈdɪsəplɪn]
動 訓練；使有紀律
名 紀律；風紀

0605 disclosure
[dɪsˈkloʒɚ]
名 公開；揭發

0606 disconnect
[ˌdɪskəˈnɛkt]
動 使分離；切斷(電話等)

0607 discovery
[dɪsˈkʌvərɪ]
名 發現；被發現的事物

0608 discussion
[dɪˈskʌʃən]
名 討論；商討

0609 disdain
[dɪsˈden]
動 鄙棄；不屑
名 蔑視；鄙棄

0610 disgrace
[dɪsˈgres]
動 使丟臉
名 丟臉；恥辱

0611 disgraceful
[dɪsˈgresfəl]
形 可恥的；丟臉的

0612 disgusting
[dɪsˈgʌstɪŋ]
形 十分討厭的

0613 dish
[dɪʃ]
名 盤子；一盤菜

0614 dismantle
[dɪsˈmæntl]
動 拆卸；解散

0615 dispensable
[dɪˈspɛnsəbl]
形 非必要的

0616 displace
[dɪsˈples]
動 移開；取代；撤換

0617 dissatisfaction
[ˌdɪssætɪsˈfækʃən]
名 不滿；不平

0618 dissertation
[ˌdɪsəˈteʃən]
名 學位論文

0619 distance
[ˈdɪstəns]
名 距離；路程

0620 distribution
[ˌdɪstrəˈbjuʃən]
名 分配；散布；分布區域

0621 disturbance
[dɪsˈtɝbəns]
名 擾亂；憂慮

0622 disturbing
[dɪˈstɝbɪŋ]
形 擾人的；煩人的

0623 division
[dəˈvɪʒən]
名 部分；部門

0624 do harm to
片 傷害；對…造成傷害

0625 dome
[dom]
動 成圓頂狀
名 圓蓋；圓屋頂

0626 dose
[dos]
名 (藥物等的)一劑；一服

0627 double
[`dʌbḷ]
動 加倍
形 兩倍的；雙人的

0628 doubtless
[`daʊtlɪs]
副 無疑地；必定地

0629 down
[daʊn]
形 向下的；情緒低落的
副 向下；在下面

0630 downstairs
[,daʊn`stɛrz]
形 樓下的
副 在樓下

0631 downtown
[,daʊn`taʊn]
名 商業區；鬧區
形 商業區的

0632 downwards
[`daʊnwədz]
副 向下地；朝下地

0633 doze off
片 打瞌睡

0634 dozen
[`dʌzṇ]
名 一打；十二個

0635 drain
[dren]
動 使流出；排水
名 排水管；排水設備

0636 draught
[drɑft]
名 通風氣流

0637 draw
[drɔ]
名 平局；抽籤

0638 drawing
[`drɔɪŋ]
名 描繪；圖畫

0639 dreadful
[`drɛdfəl]
形 可怕的；令人恐懼的；
令人敬畏的

0640 dress
[drɛs]
動 穿衣；打扮
名 洋裝

0641 dressing
[`drɛsɪŋ]
名 調味料；填料

0642 drill
[drɪl]
名 操練；訓練

0643 drinking
[`drɪŋkɪŋ]
名 喝酒；酒宴

0644 drop
[drɑp]
動 使滴下；遺漏
名 (一)滴；微量

0645 drowsy
[`draʊzɪ]
形 昏昏欲睡的；呆滯的；
懶散的

0646 dual
[`djuəl]
名 雙數
形 雙的；雙重的

0647 dubious
[`djubɪəs]
形 半信半疑的；曖昧的

0648 due date
片 到期日

0649 dusk
[dʌsk]
名 黃昏；昏暗

0650 dust
[dʌst]
動 撢掉灰塵；打掃

0651 Dutch
[dʌtʃ]
名 荷蘭人
形 荷蘭的

0652 duty
[`djutɪ]
名 責任；權責

0653 dwarf
[dwɔrf]
名 矮子；侏儒
形 矮小的；發育不全的

0654 dying
[`daɪɪŋ]
形 垂死的；臨終的

0655 dynamic
[daɪ`næmɪk]
形 力學的；動態的

0656 dynamite
[`daɪnə,maɪt]
名 炸藥

0657 dynasty
[`daɪnəstɪ]
名 王朝；朝代

0658 each
[itʃ]
形 各自的；每
代 每個

0659 earnings
[ˋɝnɪŋz]
名 收入;工資

0660 earphone
[ˋɪr͵fon]
名 耳機;聽筒

0661 earring
[ˋɪr͵rɪŋ]
名 耳環

0662 ease
[iz]
動 減輕;緩和
名 舒適;放鬆

0663 easily
[ˋizɪlɪ]
副 容易地;輕易地

0664 Easter
[ˋistɚ]
名 復活節

0665 easy
[ˋizɪ]
形 容易的;安逸的;不苛求的

0666 eat
[it]
動 進食;用膳

0667 economy
[ɪˋkɑnəmɪ]
名 經濟;經濟情況

0668 edged
[ɛdʒd]
形 有邊的;有稜的

0669 edition
[ɪˋdɪʃən]
名 版本;發行數

0670 editorial
[͵ɛdəˋtorɪəl]
名 (報刊的)社論
形 編輯的;社論的

0671 educated
[ˋɛdʒʊ͵ketɪd]
形 有教養的

0672 eel
[il]
名 鰻魚

0673 egg
[ɛg]
名 雞蛋;卵細胞

0674 either
[ˋiðɚ]
形 (兩者中)任一的
代 (兩者中)任何一個

0675 elapse
[ɪˋlæps]
動 時間消逝

0676 elder
[ˋɛldɚ]
名 老人
形 年長的;資深的

0677 elderly
[ˋɛldɚlɪ]
形 年長的;過時的

0678 electoral
[ɪˋlɛktərəl]
形 選舉的;選舉人的

0679 electric
[ɪˋlɛktrɪk]
形 電的;電動的

0680 electrical
[ɪˋlɛktrɪkḷ]
形 與電有關的;電器科學的

0681 electron
[ɪˋlɛktrɑn]
名 【物】電子

0682 eligibility
[͵ɛlɪdʒəˋbɪlətɪ]
名 被選舉資格

0683 eloquence
[ˋɛləkwəns]
名 雄辯;口才

0684 else
[ɛls]
副 其他;否則

0685 embargo
[ɪmˋbɑrgo]
動 禁運;禁止
名 禁止(或限制)買賣

0686 embarrassment
[ɪmˋbærəsmənt]
名 窘;難堪

0687 embassy
[ˋɛmbəsɪ]
名 大使館

0688 embed
[ɪmˋbɛd]
動 栽種;埋置

0689 embody
[ɪmˋbɑdɪ]
動 使具體化;包含

0690 emigrant
[ˋɛməgrənt]
名 移民者
形 移居他國的

0691 emigrate
[ˋɛməˏɡret]
動 移居外國

0692 emission
[ɪˋmɪʃən]
名 發射；散發

0693 emperor
[ˋɛmpərə]
名 皇帝

0694 empire
[ˋɛmpaɪr]
名 帝國；大企業；皇權

0695 empirical
[ɛmˋpɪrɪkl]
形 經驗上的

0696 employment
[ɪmˋplɔɪmənt]
名 僱用；受僱

0697 empty
[ˋɛmptɪ]
動 使成為空的
形 空的；未佔用的

0698 encampment
[ɪnˋkæmpmənt]
名 營地

0699 enclose
[ɪnˋkloz]
動 把(公文、票據等)封入

0700 enclosed
[ɪnˋklozd]
形 與世隔絕的

0701 encouragement
[ɪnˋkɜɪdʒmənt]
名 鼓勵；促進

0702 encyclopedia
[ɪnˏsaɪkləˋpidɪə]
名 百科全書

0703 end
[ɛnd]
動 結束；終止
名 盡頭；目標

0704 enemy
[ˋɛnəmɪ]
名 敵人；仇敵；敵軍

0705 energize
[ˋɛnəˏdʒaɪz]
動 激勵；供給能量

0706 enforcement
[ɪnˋforsmənt]
名 實施；執行

0707 engage
[ɪnˋgedʒ]
動 使訂婚；交戰；從事

0708 engineering
[ˏɛndʒəˋnɪrɪŋ]
名 工程；工程學

0709 England
[ˋɪŋɡlənd]
名 英國

0710 English
[ˋɪŋɡlɪʃ]
名 英文；英國人
形 英國的；英語的

0711 engrave
[ɪnˋɡrev]
動 銘刻；雕刻

0712 enlargement
[ɪnˋlardʒmənt]
名 擴大；增訂；增建；放大的照片

0713 enrage
[ɪnˋredʒ]
動 激怒；使憤怒

0714 enrollment
[ɪnˋrolmənt]
名 登記；入會；入伍

0715 ensue
[ɛnˋsu]
動 接踵而來；產生

0716 entertainer
[ˏɛntəˋtenə]
名 款待者；表演者

0717 enticement
[ɪnˋtaɪsmənt]
名 引誘；慫恿

0718 entire
[ɪnˋtaɪr]
形 整個的；完全的

0719 entrance
[ˋɛntrəns]
名 入口；門口

0720 entrepreneur
[ˏɑntrəprəˋnɜ]
名 企業家

0721 entry
[ˋɛntrɪ]
名 進入；入口

0722 environmental
[ɪnˏvaɪrənˋmɛntl]
形 有關環境(保護)的

0723 envisage
[ɪn`vɪzɪdʒ]
動 想像；設想

0724 enzyme
[`ɛnzaɪm]
名 【生化】酵

0725 epic
[`ɛpɪk]
名 史詩；敘事詩
形 史詩的；英雄的

0726 episode
[`ɛpə,sod]
名 連續劇的一集

0727 equate
[ɪ`kwet]
動 使相等；等同

0728 equator
[ɪ`kwetɚ]
名 赤道

0729 equilibrium
[,ikwə`lɪbrɪəm]
名 平衡；均衡；均勢

0730 equivalent
[ɪ`kwɪvələnt]
形 相同的；等值的；同意義的

0731 erect
[ɪ`rɛkt]
動 使豎立；樹立；建立

0732 erotic
[ɪ`rɑtɪk]
形 色情的；好色的

0733 errand
[`ɛrənd]
名 差事；任務

0734 erudite
[`ɛrʊ,daɪt]
形 博學的

0735 essentially
[ɪ`sɛnʃəlɪ]
副 本質上；本來

0736 estimate
[`ɛstə,met]
動 估價；判斷
名 估價(單)；評價

0737 etc.=et cetera
[ɛt`sɛtərə]
副 …等等

0738 eternity
[ɪ`tɜnətɪ]
名 永恆；不朽

0739 Europe
[`jurəp]
名 歐洲

0740 European
[,jurə`piən]
名 歐洲人
形 歐洲的

0741 evaporate
[ɪ`væpə,ret]
動 蒸發；揮發；消失

0742 eve
[iv]
名 前夕；前一刻

0743 even
[`ivən]
副 甚至；連

0744 even if
片 即使

0745 evening
[`ivnɪŋ]
名 傍晚；晚上

0746 ever
[`ɛvɚ]
副 從來；總是

0747 every
[`ɛvrɪ]
形 每一個的

0748 everybody
[`ɛvrɪ,bɑdɪ]
代 每個人

0749 everyday
[`ɛvrɪ`de]
形 每天的；平日的

0750 everything
[`ɛvrɪ,θɪŋ]
代 每件事

0751 everywhere
[`ɛvrɪ,hwɛr]
副 到處；處處

0752 exact
[ɪg`zækt]
形 確切的；精確的

0753 exaggeration
[ɪg,zædʒɚ`reʃən]
名 誇張；誇大

0754 exam
[ɪg`zæm]
名 (口)考試

0755 exchange
[ɪks`tʃendʒ]
動 交換；交易
名 交易；交流

0756 excite
[ɪk`saɪt]
動 刺激；使興奮；引起

0757 excited
[ɪk`saɪtɪd]
形 興奮的；激動的

0758 excitedly
[ɪk`saɪtɪdlɪ]
副 興奮地；激動地

0759 exclusive
[ɪk`sklusɪv]
名 獨家新聞

0760 execution
[ˏɛksɪ`kjuʃən]
名 執行；處決

0761 exemplify
[ɪg`zɛmpləˏfaɪ]
動 作為…的例子

0762 exhaust
[ɪg`zɔst]
名 廢氣；排氣裝置

0763 exhausted
[ɪg`zɔstɪd]
形 精疲力竭的

0764 exist
[ɪg`zɪst]
動 存在；生存

0765 exit
[`ɛksɪt]
動 出去；離去
名 出口

0766 expansion
[ɪk`spænʃən]
名 擴展；擴張；膨脹

0767 explanation
[ˏɛksplə`neʃən]
名 說明；解釋；辯解

0768 exploit
[ɪk`splɔɪt]
動 剝削；利用；開拓

0769 explosion
[ɪk`sploʒən]
名 爆炸；劇變

0770 explosive
[ɪk`splosɪv]
名 爆炸物
形 爆炸(性)的

0771 express
[ɪk`sprɛs]
形 快遞的；直達的
副 用快遞

0772 expressive
[ɪk`sprɛsɪv]
形 表達的；意味深長的

0773 expulsion
[ɪk`spʌlʃən]
名 驅除；排除

0774 extension
[ɪk`stɛnʃən]
名 延長；延期；增設部分

0775 exterior
[ɪk`stɪrɪə]
名 外部；外表；外景

0776 extra
[`ɛkstrə]
形 額外的；附加的

0777 extreme
[ɪk`strim]
名 極端；末端
形 末端的；極端的

0778 extremist
[ɪk`strimɪst]
名 極端主義者；過激份子

0779 face the music
片 面對現實

0780 facial expression
片 臉部表情

0781 fact
[fækt]
名 事實；真相

0782 factory
[`fæktərɪ]
名 工廠

0783 faculty
[`fækəltɪ]
名 (身體的)機能；能力

0784 faint
[fent]
形 頭暈的；虛弱的

0785 fake
[fek]
名 冒牌貨；仿造品；騙子

0786 fall
[fɔl]
名 秋天

0787 familiarity
[fə‚mɪlɪˋærətɪ]
名 熟悉；親近

0788 famine
[ˋfæmɪn]
名 饑荒；饑餓

0789 fan
[fæn]
名 扇子；狂熱者

0790 far
[fɑr]
形 遙遠的；久遠的
副 遙遠地；久遠地

0791 farewell party
片 送別會；歡送會

0792 farm
[fɑrm]
名 農田

0793 farmer
[ˋfɑrmɚ]
名 農夫

0794 farming
[ˋfɑrmɪŋ]
名 農業；農場經營

0795 farther
[ˋfɑrðɚ]
形 (距離、時間)更遠的
副 更遠地；進一步地

0796 fascinated
[ˋfæsn‚etɪd]
形 著迷的

0797 fascinating
[ˋfæsn‚etɪŋ]
形 迷人的；極美的；極好的

0798 Fascism
[ˋfæʃ‚ɪzəm]
名 法西斯主義

0799 Fascist
[ˋfæʃɪst]
形 法西斯主義的

0800 fast
[fæst]
形 快速的；速度快的
副 迅速地；快速地

0801 fatal
[ˋfetl]
形 命運的；命中注定的

0802 Father's Day
片 父親節

0803 faulty
[ˋfɔltɪ]
形 有瑕疵的；不完美的

0804 fear
[fɪr]
動 畏懼；擔心
名 害怕；憂慮

0805 fearful
[ˋfɪrfəl]
形 可怕的；害怕的

0806 February
[ˋfɛbru‚ɛrɪ]
名 二月

0807 federal
[ˋfɛdərəl]
形 聯邦政府的

0808 federation
[‚fɛdɚˋreʃən]
名 聯邦政府；聯盟

0809 feeder
[ˋfidɚ]
名 進食者；飼養者

0810 feeling
[ˋfilɪŋ]
名 感覺；氣氛

0811 fellowship
[ˋfɛlo‚ʃɪp]
名 夥伴關係；獎學金

0812 feminism
[ˋfɛmənɪzəm]
名 女性主義

0813 fertility
[fɝˋtɪlətɪ]
名 肥沃；豐富

0814 festival
[ˋfɛstəvl]
名 節日；慶祝活動

0815 few
[fju]
形 很少數的
代 很少數；幾個

0816 fiance
[‚fiənˋse]
名 未婚夫

0817 fiancee
[‚fiənˋse]
名 未婚妻

0818 file
[faɪl]
動 把…歸檔
名 文件夾；檔案

0819 filter
[`fɪltə]
名 濾光器；多孔過濾材料

0820 finally
[`faɪnḷɪ]
副 最後；終於

0821 financial
[faɪ`nænʃəl]
形 財政的；金融的

0822 fine
[faɪn]
名 罰款

0823 finished
[`fɪnɪʃt]
形 完成的；結束了的

0824 firefighter
[`faɪr,faɪtə]
名 消防隊員

0825 fireman
[`faɪrmən]
名 消防隊員；救火隊員

0826 fireproof
[`faɪr`pruf]
形 防火的；耐火的

0827 firm
[fɝm]
名 公司；商號

0828 first
[fɝst]
形 第一的；最先的；(地位)最高的

0829 first-aid kit
片 急救箱

0830 first-class
[`fɝst`klæs]
形 (車廂等的)頭等的

0831 firsthand
[`fɝst`hænd]
形 第一手的；直接的

0832 fiscal
[`fɪskḷ]
形 財政的；會計的

0833 fish
[fɪʃ]
動 捕魚；釣魚
名 魚類；魚肉

0834 fishery
[`fɪʃərɪ]
名 漁業；漁場

0835 fishing
[`fɪʃɪŋ]
名 釣魚；捕魚

0836 fitting
[`fɪtɪŋ]
名 試穿
形 適當的；合適的

0837 flank
[flæŋk]
動 位於側面
名 側面；廂房

0838 flap
[flæp]
動 拍打；拍擊
名 拍打(聲)

0839 flare
[flɛr]
動 (火光)閃耀；燃燒；突然發怒

0840 flat
[flæt]
形 平坦的；(輪胎)洩氣的

0841 flavor
[`flevə]
名 調味料；香料

0842 flawless
[`flɔlɪs]
形 無瑕疵的；完美的

0843 flea
[fli]
名 跳蚤

0844 flea market
片 跳蚤市場

0845 flee
[fli]
動 逃走；消失

0846 flesh
[flɛʃ]
名 肌肉；果肉

0847 flick
[flɪk]
動 啪地輕打
名 輕打；(手指)輕彈

0848 float
[flot]
名 木筏；浮標；上面浮有冰淇淋的飲料

0849 floor
[flor]
動 鋪設地板
名 地板；樓層

0850 flop
[flɑp]
動 拍動；搖晃
名 拍擊聲

0851 flounder [`flaʊndə] 名 比目魚	**0852** flunk [flʌŋk] 動 不及格；失敗	**0853** foe [fo] 名 敵人；敵軍	**0854** foil [fɔɪl] 名 箔；金屬薄片
0855 folder [`foldə] 名 文件夾	**0856** follow-up [`falo͵ʌp] 名 後續追蹤報導	**0857** food [fud] 名 食物；食品	**0858** fool [ful] 名 傻瓜；笨蛋
0859 fool around 片 閒晃；瞎混	**0860** foot [fʊt] 名 腳；底部；英尺	**0861** footage [`fʊtɪdʒ] 名 (以呎表示的)英尺長度	**0862** footstep [`fʊt͵stɛp] 名 腳步；足跡；階梯
0863 for free 片 免費	**0864** for the sake of 片 為了…	**0865** forbidden [fə`bɪdn] 形 被禁止的	**0866** forge [fɔrdʒ] 動 鍛造；打(鐵等) 名 冶煉廠；熔鐵爐
0867 forgetful [fə`gɛtfəl] 形 健忘的	**0868** form [fɔrm] 名 形狀；表現形式；表格	**0869** formal [`fɔrml] 形 正式的	**0870** former [`fɔrmə] 形 前面的；前任的
0871 fort [fort] 名 堡壘；要塞	**0872** forth [forθ] 副 向前；(從…)以後	**0873** forthcoming [͵forθ`kʌmɪŋ] 形 即將到來的	**0874** fortify [`fɔrtə͵faɪ] 動 築堡壘於；鞏固
0875 fortnight [`fɔrt͵naɪt] 名 兩星期	**0876** fortunate [`fɔrtʃənɪt] 形 幸運的；僥倖的	**0877** fortunately [`fɔrtʃənɪtlɪ] 副 幸運地；僥倖地	**0878** fortune [`fɔrtʃən] 名 財富；好運
0879 forwards [`fɔrwədz] 副 向前；今後	**0880** fountain [`faʊntɪn] 名 噴泉；噴水池	**0881** fragrant [`fregrənt] 形 芳香的	**0882** France [fræns] 名 法國

0883 frank
[fræŋk]
形 坦白的;直率的

0884 freak
[frik]
形 反常的;怪異的

0885 freedom
[`fridəm]
名 自由;獨立自主

0886 freeway
[`fri͵we]
名 高速公路

0887 freezing
[`frizɪŋ]
形 凍結的;冰凍的

0888 freight
[fret]
動 裝貨於…
名 貨運;運費

0889 French
[frɛntʃ]
名 法國人
形 法國的

0890 frequency
[`frikwənsɪ]
名 頻繁;頻率

0891 frequent
[`frikwənt]
形 慣常的;頻繁的

0892 fresh
[frɛʃ]
形 新鮮的;(空氣)清新的

0893 Friday
[`fraɪ͵de]
名 星期五

0894 friendship
[`frɛndʃɪp]
名 友誼;友好

0895 frightened
[`fraɪtn̩d]
形 害怕的

0896 frightening
[`fraɪtənɪŋ]
形 令人恐懼的

0897 fringe
[frɪndʒ]
名 穗;流蘇

0898 frisbee
[`frizbɪ]
名 飛盤

0899 from
[frɑm]
介 從…起;始於

0900 front page
片 (報紙的)頭版

0901 frost
[frɑst]
名 霜;冷淡

0902 frosty
[`frɔstɪ]
形 結霜的;嚴寒的

0903 frozen
[`frozn̩]
形 冰凍的;冷淡的;呆板的

0904 frustration
[͵frʌs`treʃən]
名 挫折;失敗

0905 fun
[fʌn]
名 娛樂;樂趣

0906 fundamentalism
[͵fʌndə`mɛntḷ͵lɪzəm]
名 基本教義派

0907 funding
[`fʌndɪŋ]
名 資金;基金

0908 funny
[`fʌnɪ]
形 有趣的;好笑的

0909 furnace
[`fɜnɪs]
名 火爐;熔爐

0910 furnished
[`fɜnɪʃt]
形 配有傢俱的

0911 gallon
[`gælən]
名 加侖

0912 gambler
[`gæmblə]
名 賭徒

0913 gambling
[`gæmblɪŋ]
名 賭博

0914 gang
[gæŋ]
名 (歹徒等的)一幫;一群

0915 gangster
[`gæŋstə]
名 歹徒；流氓；盜匪

0916 garage
[gə`rɑʒ]
名 車庫

0917 gaseous
[`gæsɪəs]
形 氣體的；氣體狀態的

0918 gasoline
[`gæsə,lin]
名 汽油

0919 gay
[ge]
形 同性戀的；快樂的

0920 gear
[gɪr]
名 齒輪；排檔

0921 gel
[dʒɛl]
動 膠化
名 凝膠

0922 general
[`dʒɛnərəl]
名 將軍；上將
形 一般的；大體的

0923 generalize
[`dʒɛnərəl,aɪz]
動 泛論；概括

0924 generation
[,dʒɛnə`reʃən]
名 世代；同時代的人

0925 geographic
[dʒɪə`græfɪk]
形 地理學的；地理的

0926 geology
[dʒɪ`ɑlədʒɪ]
名 地質學

0927 German
[`dʒɝmən]
名 德國人
形 德國的

0928 Germany
[`dʒɝmənɪ]
名 德國

0929 get
[gɛt]
動 獲得；捉住；理解

0930 get on one's nerves
片 激怒某人

0931 ghetto
[`gɛto]
名 猶太人街

0932 gigantic
[dʒaɪ`gæntɪk]
形 巨大的；龐大的

0933 gilt
[gɪlt]
名 鍍金材料
形 鍍金的；金色的

0934 girlfriend
[`gɝl,frɛnd]
名 女朋友

0935 glamorous
[`glæmərəs]
形 迷人的；富有魅力的

0936 gland
[glænd]
名 【解】腺

0937 glass
[glæs]
名 玻璃；玻璃製品

0938 glee
[gli]
名 歡欣；快樂

0939 gloom
[glum]
動 變陰沉；感到沮喪
名 昏暗；憂鬱

0940 glorious
[`glorɪəs]
形 光榮的；榮耀的

0941 glory
[`glorɪ]
名 光榮；壯觀

0942 glow
[glo]
動 發光；發熱
名 光輝；熱烈

0943 go to the movies
片 去看電影

0944 goalkeeper
[`gol,kipə]
名 (足球等的)守門員

0945 god
[gɑd]
名 上帝；造物主

0946 goddess
[`gɑdɪs]
名 女神

0947 good
[gʊd]
形 好的；漂亮的

0948 good-looking
[`gʊd`lʊkɪŋ]
形 漂亮的；美貌的

0949 goodness
[`gʊdnɪs]
名 善良；仁慈；美德

0950 goodwill
[`gʊd`wɪl]
名 善意；好心

0951 goose bumps
片 雞皮疙瘩

0952 gore
[gor]
動 (牛、羊等)用角牴破

0953 govern
[`gʌvən]
動 統治；管理

0954 governor
[`gʌvənə]
名 (美)州長；主管

0955 grace
[gres]
名 優雅；恩惠

0956 grade
[gred]
名 級別；年級；成績

0957 gradual
[`grædʒʊəl]
形 逐漸的；逐步的

0958 grain
[gren]
名 穀粒；細粒

0959 gram
[græm]
名 公克

0960 grand
[grænd]
形 雄偉的；盛大的

0961 granddaughter
[`græn,dɔtə]
名 孫女；外孫女

0962 grandparent
[`grænd,pɛrənt]
名 祖父母；外祖父母

0963 grandson
[`grænd,sʌn]
名 孫子；外孫

0964 grant
[grænt]
名 獎學金；補助金

0965 grave
[grev]
名 墳墓

0966 gravity
[`grævətɪ]
名 地心引力

0967 great
[gret]
形 (數量、規模等)巨大的；偉大的；美好的

0968 greatly
[`gretlɪ]
副 極其；非常

0969 greenhouse effect
片 溫室效應

0970 grieve
[griv]
動 使悲傷；使苦惱

0971 grim
[grɪm]
形 無情的；嚴厲的；陰森的；猙獰的

0972 grocer
[`grosə]
名 食品雜貨商

0973 groove
[gruv]
名 溝；槽；常規

0974 ground
[graʊnd]
動 使擱淺；基於
名 地面；土地；基礎

0975 grove
[grov]
名 樹叢；小樹林

0976 grow
[gro]
動 成長；發展

0977 guaranteed
[`gærən`tid]
形 必定的；肯定的

0978 guerrilla
[gə`rɪlə]
名 游擊隊員
形 游擊隊的

0979 guidance
[`gaɪdn̩s]
名 指導；引導

0980 guilt
[gɪlt]
名 犯罪；過失；內疚

0981 guitarist
[gɪ`tɑrɪst]
名 吉他手

0982 gun
[gʌn]
名 槍；砲

0983 gunman
[`gʌn.mæn]
名 持槍者

0984 gypsy
[`dʒɪpsɪ]
名 吉普賽人
形 吉普賽人的

UNIT 3 H → M

0985 habit
[`hæbɪt]
名 習慣；習性

0986 habitual
[hə`bɪtʃuəl]
形 習慣的；慣常的

0987 hack
[hæk]
動 砍；劈
名 砍；劈；亂砍

0988 half
[hæf]
名 二分之一
形 一半的

0989 half-time
[`hæf.taɪm]
名 中場休息

0990 halfway
[`hæf.we]
副 中途地；一半地；不徹底地

0991 hall
[hɔl]
名 會堂；大廳

0992 Halloween
[.hælo`in]
名 萬聖節

0993 hallway
[`hɔl.we]
名 玄關；門廳

0994 halve
[hæv]
動 將…對分；減半

0995 handful
[`hændfəl]
名 一把；少數

0996 handicapped
[`hændɪ.kæpt]
形 殘障的；智能低下的

0997 handle
[`hændl̩]
名 把手；把柄

0998 handwriting
[`hænd.raɪtɪŋ]
名 手寫；筆跡

0999 happily
[`hæpɪlɪ]
副 快樂地；幸運地

1000 harbor
[`hɑrbɚ]
動 庇護；匿藏

1001 harden
[`hardn]
動 使變硬；使變堅固；使堅強

1002 hardline
[ˏhard`laɪn]
形 強硬的；不妥協的

1003 hardliner
[ˏhard`laɪnə]
名 (主張)強硬派

1004 hardware
[`hard.wɛr]
名 五金器具

1005 hardwood
[`hard.wʊd]
名 硬木；闊葉樹

1006 hardy
[`hardɪ]
形 吃苦耐勞的；堅強的

1007 hassle
[`hæsl̩]
名 激烈爭論；口角

1008 haste
[hest]
動 趕緊
名 急忙

1009 hasty
[`hestɪ]
形 匆忙的；急忙的

1010 hat
[hæt]
名 (有邊的)帽子

1011 haunt
[hɔnt]
動 (鬼魂等)常出沒於；縈繞在心頭

1012 have an eye for
片 對⋯有鑑賞力

1013 haven
[`hevən]
名 避風港

1014 hawk
[hɔk]
動 如鷹般捕捉
名 鷹；隼

1015 headache
[`hɛd.ek]
名 頭痛

1016 headmaster
[`hɛd`mæstə]
名 美國私立學校校長

1017 head-on
[`hɛd`ɑn]
形 正面的；直接的
頭朝前地

1018 headset
[`hɛd.sɛt]
名 戴在頭上的收話器

1019 heartbreak
[`hart.brek]
名 心碎

1020 heated
[`hitɪd]
形 熱的；興奮的

1021 heating
[`hitɪŋ]
名 加熱；暖器
形 加熱的；供熱的

1022 heave
[hiv]
動 舉起；拉起

1023 heavenly
[`hɛvənlɪ]
形 天空的；天國的；(口)極好的

1024 heavy
[`hɛvɪ]
形 沉重的；劇烈的；大量的

1025 heavyweight
[`hɛvi.wet]
形 (拳擊)重量級的

1026 height
[haɪt]
名 高度；身高

1027 heighten
[`haɪtn̩]
動 增加；提高；升高

1028 helicopter
[`hɛlɪkɑptə]
名 直升機

1029 help
[hɛlp]
動 幫助；促進；補救

1030 here
[hɪr]
副 在這裡；這時

1031 hereafter
[ˏhɪr`æftə]
副 此後；今後

1032 heroine
[`hɛro.ɪn]
名 女英雄；女主角

1033 😊
herself
[hɚˋsɛlf]
代 她自己

1034 😊
heterosexual
[ˏhɛtərəˋsɛkʃʊəl]
形 異性戀的

1035 😊
hierarchy
[ˋhaɪəˏrɑrkɪ]
名 等級制度

1036 😊
highlight
[ˋhaɪˏlaɪt]
名 強光；最精采處

1037 😊
high-rise
[ˋhaɪˋraɪz]
名 高樓
形 高樓的

1038 😊
highway
[ˋhaɪˏwe]
名 公路；幹道

1039 😊
hijack
[ˋhaɪdʒæk]
動 搶奪；劫持
名 劫持

1040 😊
hijacker
[ˋhaɪˏdʒækɚ]
名 (口)強盜

1041 😊
hijacking
[ˋhaɪdʒækɪŋ]
名 劫持；敲詐勒索

1042 😊
hiker
[ˋhaɪkɚ]
名 徒步旅行者

1043 😊
hiking
[ˋhaɪkɪŋ]
名 健行

1044 😊
hillside
[ˋhɪlˏsaɪd]
名 山腰；山坡

1045 😊
himself
[hɪmˋsɛlf]
代 他自己

1046 😊
hinge
[hɪndʒ]
名 樞鈕；中心；鉸鏈

1047 😊
hoarse
[hors]
形 嘶啞的；粗啞的

1048 😊
hobby
[ˋhɑbɪ]
名 嗜好；消遣

1049 😊
holder
[ˋholdɚ]
名 持有者；支架

1050 😊
holding
[ˋholdɪŋ]
名 支持；保持
形 支撐的

1051 😊
hole
[hol]
名 孔洞；洞穴；缺陷

1052 😊
holiday
[ˋhɑləˏde]
名 節日；假日

1053 😊
home
[hom]
名 住家；產地；故鄉

1054 😊
homeland
[ˋhomˏlænd]
名 祖國；故國

1055 😊
homeless
[ˋhomlɪs]
形 無家的；無家可歸的

1056 😊
homosexual
[ˏhoməˋsɛkʃʊəl]
形 同性戀的

1057 😊
honest
[ˋɑnɪst]
形 誠實的；坦率的

1058 😊
honorary
[ˋɑnəˏrɛrɪ]
形 (學位等)名譽上的

1059 😊
hood
[hʊd]
名 頭巾；兜帽；車篷

1060 😊
hope
[hop]
動 希望；盼望；期待

1061 😊
hopeful
[ˋhopfəl]
形 懷有希望的；有前途的

1062 😊
hopefully
[ˋhopfəlɪ]
副 懷有希望地

1063 😊
hopeless
[ˋhoplɪs]
形 絕望的；不抱希望的；
沒有辦法的

1064 😊
horizon
[hɚˋraɪzn]
名 地平線；範圍；視野

1065 horizontal
[ˌhɑrəˋzɑntl̩]
名 水平線；水平面
形 水平的；橫的

1066 horsepower
[ˋhɔrsˌpauɚ]
名 馬力(功率單位)

1067 hospitable
[ˋhɑspɪtəbl̩]
形 好客的；宜人的

1068 hostage
[ˋhɑstɪdʒ]
名 人質；抵押品

1069 hostess
[ˋhostɪs]
名 女主人

1070 hostile
[ˋhɑstɪl]
形 不友善的；敵方的

1071 housewife
[ˋhausˌwaɪf]
名 家庭主婦

1072 hover
[ˋhʌvɚ]
動 盤旋；徘徊；猶豫

1073 hull
[hʌl]
動 去皮；去殼
名 皮；殼

1074 hum
[hʌm]
動 (蜜蜂等)發嗡嗡聲；哼曲子

1075 humiliation
[hjuˌmɪlɪˋeʃən]
名 丟臉；羞辱

1076 hundred
[ˋhʌndrəd]
名 一百
形 一百的

1077 hunger
[ˋhʌŋgɚ]
動 挨餓
名 飢餓

1078 hungry
[ˋhʌŋgrɪ]
形 飢餓的；渴求的

1079 hunter
[ˋhʌntɚ]
名 獵人；搜尋者

1080 hut
[hʌt]
名 (簡陋的)小屋

1081 ice
[aɪs]
名 冰；冰製食品

1082 icy
[ˋaɪsɪ]
形 結冰的；冰冷的；不友好的

1083 identification
[aɪˌdɛntəfəˋkeʃən]
名 鑑定；識別

1084 ideological
[ˌaɪdɪˋlɑdʒɪkl̩]
形 意識形態的

1085 ideology
[ˌaɪdɪˋɑlədʒɪ]
名 意識形態

1086 idle
[ˋaɪdl̩]
動 閒逛；虛度(光陰)
形 空閒的；無所事事的

1087 idle away
片 虛度(光陰)

1088 illness
[ˋɪlnɪs]
名 患病(狀態)；疾病

1089 immediate
[ɪˋmidɪɪt]
形 立即的；目前的

1090 immediately
[ɪˋmidɪɪtlɪ]
副 立即；馬上

1091 immerse
[ɪˋmɝs]
動 使浸於；使深陷

1092 immigrant
[ˋɪməgrənt]
名 (外來)移民；僑民

1093 immigrate
[ˋɪməˌgret]
動 移入本國

1094 immigration
[ˌɪməˋgreʃən]
名 移民

1095 impart
[ɪmˋpɑrt]
動 分給；透露

1096 imperial
[ɪmˋpɪrɪəl]
形 帝國的；皇帝的

1097 impersonal
[ɪmˋpɝsn̩l]
形 非個人的；客觀的

1098 impetus
[ˋɪmpətəs]
名 推動；促進；衝力

1099 implore
[ɪmˋplor]
動 懇求；乞求

1100 impolite
[͵ɪmpəˋlaɪt]
形 無禮的

1101 importance
[ɪmˋpɔrtn̩s]
名 重大；重要性

1102 impossible
[ɪmˋpɑsəbl̩]
形 不可能的

1103 impress
[ɪmˋprɛs]
動 使印象深刻；使銘記

1104 impressionable
[ɪmˋprɛʃənəbl̩]
形 敏感的；易受影響的

1105 imprison
[ɪmˋprɪzn̩]
動 監禁；限制；束縛

1106 in a row
片 形成一排

1107 in detail
片 詳細地

1108 in general
片 一般而言

1109 in order to
片 為了…

1110 in practice
片 實際上；開業中

1111 in spite of
片 儘管…

1112 in the middle of
片 在…中間

1113 in vain
片 徒勞無功

1114 inability
[͵ɪnəˋbɪlətɪ]
名 無能；不能

1115 inadequate
[ɪnˋædəkwɪt]
形 不充分的；不適當的

1116 incense
[ˋɪnsɛns]
動 焚香；敬香
名 香

1117 inch
[ˋɪntʃ]
名 英吋

1118 incident
[ˋɪnsədn̩t]
名 事件；插曲

1119 included
[ɪnˋkludɪd]
形 被包括的

1120 inclusive
[ɪnˋklusɪv]
形 包含的；包括的

1121 incompetent
[ɪnˋkɑmpətənt]
形 不能勝任的

1122 incomplete
[͵ɪnkəmˋplit]
形 不完全的；不完整的

1123 inconvenient
[͵ɪnkənˋvinjənt]
形 不方便的；打擾的

1124 increasingly
[ɪnˋkrisɪŋlɪ]
副 越來越多地

1125 indeed
[ɪnˋdid]
副 確實地；實在地

1126 indefinite
[ɪnˋdɛfənɪt]
形 不確定的；含糊的

1127 independence
[͵ɪndɪˋpɛndəns]
名 獨立；自主；自立

1128 India
[ˋɪndɪə]
名 印度

◀ 268 MP3

1129 Indian
[`ɪndɪən]
名 印度人
形 印度的

1130 indicative
[ɪn`dɪkətɪv]
形 指示的；表示的

1131 indictment
[ɪn`daɪtmənt]
名 控告；起訴；起訴書

1132 indirect
[ˌɪndə`rɛkt]
形 間接的；迂迴的

1133 indoor
[`ɪnˌdor]
形 室內的

1134 indoors
[`ɪn`dorz]
副 在室內

1135 inefficient
[ɪnə`fɪʃənt]
形 無效率的

1136 inertia
[ɪn`ɝʃə]
名 慣性；懶惰

1137 inevitably
[ɪn`ɛvətəblɪ]
副 不可避免地

1138 infantry
[`ɪnfəntrɪ]
名 步兵團

1139 infection
[ɪn`fɛkʃən]
名 感染；傳染病

1140 inferiority
[ɪnfɪrɪ`ɑrətɪ]
名 劣勢；自卑感

1141 infinite
[`ɪnfənɪt]
形 無限的；無邊的

1142 informal
[ɪn`fɔrml̩]
形 非正式的；口語的

1143 infrastructure
[`ɪnfrəˌstrʌktʃɚ]
名 公共建設；基礎建設

1144 inheritor
[ɪn`hɛrɪtɚ]
名 繼承人

1145 inhibited
[ɪn`hɪbɪtɪd]
形 羞怯的

1146 inhibition
[ˌɪnhɪ`bɪʃən]
名 禁止；抑制

1147 injustice
[ɪn`dʒʌstɪs]
名 不公平；不公正

1148 inlet
[`ɪnˌlɛt]
名 入口；水灣

1149 inmate
[`ɪnmet]
名 (監獄、精神病院等的)被收容人

1150 inner
[`ɪnɚ]
形 裡面的；內心的

1151 inning
[`ɪnɪŋ]
名 (棒球的)一局

1152 innocence
[`ɪnəsn̩s]
名 清白；純真；無知

1153 insecticide
[ɪn`sɛktəˌsaɪd]
名 殺蟲劑

1154 insecure
[ˌɪnsɪ`kjʊr]
形 不安全的；有危險的

1155 insider
[`ɪn`saɪdɚ]
名 內部人士；會員

1156 insist on
片 堅持某事

1157 insistent
[ɪn`sɪstənt]
形 堅持的；急切的

1158 instability
[ˌɪnstə`bɪlətɪ]
名 不穩定(性)

1159 instinctive
[ɪn`stɪŋktɪv]
形 本能的；直覺的

1160 institute
[`ɪnstətjut]
名 機構；協會

278   The 12,000 Words for All English Exams

1161 institutional
[ˌɪnstəˋtjuʃən!]
形 制度的；公共團體的

1162 instrumental
[ˌɪnstrəˋmɛnt!]
形 可作為手段的；儀器的

1163 insurer
[ɪˋʃurɚ]
名 保險業者；保證人

1164 intake
[ˋɪnˌtek]
名 吸收；通風口

1165 integration
[ˌɪntəˋgreʃən]
名 整合；【數】積分

1166 intellectual
[ˌɪnt!ˋɛktʃuəl]
名 知識分子
形 智力的；聰明的

1167 intelligible
[ɪnˋtɛlədʒəb!]
形 可理解的；明瞭的

1168 intend to
片 打算去…

1169 intensity
[ɪnˋtɛnsɪtɪ]
名 強烈；強度

1170 intercourse
[ˋɪntɚˌkors]
名 來往；交流

1171 interest
[ˋɪntərɪst]
動 引起…的關心
名 興趣；關注

1172 interested
[ˋɪntərɪstɪd]
形 感興趣的；關心的

1173 interesting
[ˋɪntərɪstɪŋ]
形 有趣的；令人關注的

1174 intermediate
[ˌɪntɚˋmidɪˌet]
動 調解；干預

1175 interpretation
[ɪnˌtɝprɪˋteʃən]
名 解釋；口譯

1176 intersection
[ˌɪntɚˋsɛkʃən]
名 十字路口；交叉

1177 intimidation
[ɪntɪməˋdeʃən]
名 恐嚇；脅迫

1178 into
[ˋɪntu]
介 到…裡；進入到

1179 intruder
[ɪnˋtrudɚ]
名 侵入者；闖入者

1180 intrusion
[ɪnˋtruʒən]
名 侵入；闖入

1181 invariable
[ɪnˋvɛrɪəb!]
形 不變的；恆定的

1182 invert
[ɪnˋvɝt]
動 使反向；使倒轉

1183 invest
[ɪnˋvɛst]
動 投資；耗費

1184 investigate
[ɪnˋvɛstəˌget]
動 調查；研究

1185 investigation
[ɪnˌvɛstəˋgeʃən]
名 研究；調查

1186 investigator
[ɪnˋvɛstəˌgetɚ]
名 調查者；審查者

1187 investor
[ɪnˋvɛstɚ]
名 投資者；出資者

1188 inward
[ˋɪnwəd]
形 裡面的；內部的
副 向內；向中心

1189 irregular
[ɪˋrɛgjələ]
形 無規律的；不規則的

1190 irresistible
[ˌɪrɪˋzɪstəb!]
形 不可抵抗的

1191 irrigate
[ˋɪrəˌget]
動 灌溉

1192 irrigation
[ˌɪrəˋgeʃən]
名 灌溉

1193 issue
[`ɪʃjʊ]
名 爭議；(報刊的)期號

1194 item
[`aɪtəm]
名 項目；細目

1195 itself
[ɪt`sɛlf]
代 它自己

1196 jack
[dʒæk]
動 用起重機舉起

1197 jail
[dʒel]
名 監獄；拘留所

1198 janitor
[`dʒænɪtə]
名 看門人；門警

1199 January
[`dʒænjʊ‚ɛrɪ]
名 一月

1200 Japan
[dʒə`pæn]
名 日本

1201 Japanese
[‚dʒæpə`niz]
名 日本人；日語
形 日本的；日語的

1202 jaywalk
[`dʒe‚wɔk]
動 不守交通規則橫穿馬路

1203 jeep
[dʒip]
名 吉普車

1204 jerk
[dʒɝk]
動 猛推；搖晃

1205 jersey
[`dʒɝzɪ]
名 針織品

1206 jet
[dʒɛt]
動 噴出；射出
名 噴射；噴射機

1207 job
[dʒɑb]
名 職業；職責

1208 jobless
[`dʒɑblɪs]
形 失業的

1209 jockey
[`dʒɑkɪ]
名 賽馬的騎師；騎士

1210 journal
[`dʒɝnḷ]
名 雜誌；期刊

1211 journalism
[`dʒɝnḷ‚ɪzm]
名 新聞業；新聞學

1212 judiciary
[dʒu`dɪʃɪ‚ɛrɪ]
名 司法部；(總稱)法官

1213 jug
[dʒʌg]
名 水罐；甕；壺

1214 July
[dʒu`laɪ]
名 七月

1215 jumper
[`dʒʌmpə]
名 跳躍者；滑橇

1216 June
[dʒun]
名 六月

1217 jury
[`dʒʊrɪ]
名 【律】陪審團

1218 just
[dʒʌst]
副 恰好；只是

1219 justice
[`dʒʌstɪs]
名 正義；公平；審判

1220 justification
[‚dʒʌstəfə`keʃən]
名 辯護；正當理由

1221 justified
[`dʒʌstəfaɪd]
形 有正當理由的

1222 keep a journal
片 寫日記

1223 keeper
[`kipə]
名 保管人；守門員

1224 key
[ki]
名 鑰匙；祕訣；鍵

280   The 12,000 Words for All English Exams

1225 kilogram
[`kɪlə,græm]
名 公斤

1226 kilometer
[kə`lamətə]
名 公里

1227 kin
[kɪn]
名 家族；親戚

1228 kind
[kaɪnd]
名 種類
形 親切的

1229 kindness
[`kaɪndnɪs]
名 仁慈；好意

1230 king
[kɪŋ]
名 國王；君主

1231 kingdom
[`kɪŋdəm]
名 王國；領域

1232 knight
[naɪt]
名 騎士

1233 know-how
[`no,haʊ]
名 技術；實際知識

1234 Korea
[ko`riə]
名 韓國

1235 Korean
[ko`riən]
名 韓國人
形 韓國的

1236 labor
[`lebə]
動 勞動；努力
名 勞動；勞方

1237 lag
[læg]
動 走得慢；落後
名 衰退；落後

1238 lake
[lek]
名 湖泊

1239 land
[lænd]
動 登陸；卸貨；降落
名 土地；田地

1240 landmark
[`lænd,mark]
名 地標；界標

1241 Lantern Festival
片 元宵節

1242 lap
[læp]
名 (競賽場的)一圈；(游泳池的)一個來回

1243 large
[lardʒ]
形 大的；多數的

1244 large-scale
[`lardʒ`skel]
形 大規模的；大範圍的

1245 late
[let]
形 遲的；最近的

1246 lately
[`letlɪ]
副 近來；最近

1247 latent
[`letn̩t]
形 潛伏的；潛在的

1248 latter
[`lætə]
形 後面的；後者的

1249 lavatory
[`lævə,torɪ]
名 盥洗室；洗手間

1250 lavish
[`lævɪʃ]
形 浪費的；無節制的

1251 lawful
[`lɔfəl]
形 合法的；法定的

1252 lawmaker
[`lɔ,mekə]
名 立法者

1253 lazy
[`lezɪ]
形 懶惰的

1254 lead
[lid]
名 通路

1255 lead-in
[`lid,ɪn]
名 導入；開端

1256 lean
[lin]
形 瘦的；不景氣的

1257 lean against
片 倚靠著…

1258 learn
[lɜn]
動 學習；得知

1259 learner
[`lɜnɚ]
名 學習者

1260 leave
[liv]
動 離開；遺忘；留給

1261 left
[lɛft]
形 左邊的
副 向左

1262 left-hand
[`lɛft`hænd]
形 左手的；左側的

1263 left-wing
[`lɛft, wɪŋ]
形 左派的

1264 legislation
[ˌlɛdʒɪs`leʃən]
名 立法；法規

1265 legislative
[`lɛdʒɪs, letɪv]
形 立法的；由法律規定的

1266 legislator
[`lɛdʒɪs, letɚ]
名 立法委員；國會議員

1267 legislature
[`lɛdʒɪs, letʃɚ]
名 立法機關

1268 leisurely
[`liʒɚlɪ]
副 從容不迫地；慢慢地

1269 lengthen
[`lɛŋθən]
動 使加長；使延長

1270 lesbian
[`lɛzbɪən]
名 女同性戀者
形 女同性戀的

1271 less
[lɛs]
形 較小的；較少的
副 較小地；較少地

1272 lest
[lɛst]
連 唯恐；免得

1273 level
[`lɛvl]
名 水平面；高度；水準

1274 levy
[`lɛvɪ]
動 徵收；徵集
名 徵稅；徵兵

1275 libel
[`laɪbl]
動 對…造謠中傷
名 誹謗(罪)；中傷

1276 liberal
[`lɪbərəl]
形 開明的；自由主義的

1277 liberalize
[`lɪbərəl, aɪz]
動 使自由化

1278 liberty
[`lɪbətɪ]
名 自由；自由權

1279 lieutenant
[lu`tɛnənt]
名 中尉；少尉

1280 life
[laɪf]
名 生命；生物；人生

1281 lifeboat
[`laɪf, bot]
名 救生艇

1282 lifeguard
[`laɪf, gɑrd]
名 救生員

1283 lifelong
[`laɪf, lɔŋ]
形 終身的；一輩子的

1284 lifestyle
[`laɪf, staɪl]
名 生活方式

1285 lifetime
[`laɪf, taɪm]
名 一生；終身
形 一生的；終身的

1286 light
[laɪt]
形 明亮的；輕盈的；清淡的；淺色的

1287 lighter
[`laɪtɚ]
名 打火機；點火器

1288 lighthouse
[`laɪt, haʊs]
名 燈塔

1289 lighting
[`laɪtɪŋ]
名 照明；閃電

1290 lightweight
[`laɪt`wet]
形 (拳擊等的)輕量級的

1291 like
[laɪk]
動 喜歡

1292 likewise
[`laɪk.waɪz]
副 同樣地；也

1293 limitation
[.lɪmə`teʃən]
名 限制；限制因素

1294 line
[laɪn]
名 繩；線；行列

1295 linear
[`lɪnɪə]
形 線性的；長度的

1296 liner
[`laɪnə]
名 班機；眼線筆

1297 lining
[`laɪnɪŋ]
名 襯裡；內襯

1298 link
[lɪŋk]
動 連接；聯繫
名 環節；聯繫

1299 liter
[`litə]
名 公升

1300 literally
[`lɪtərəlɪ]
副 逐字地；照字面地

1301 little
[`lɪtl]
形 小的；短暫的；微不足
道的

1302 livestock
[`laɪv.stak]
名 家畜

1303 llama
[`lamə]
名 美洲駝

1304 loaded
[`lodɪd]
形 裝貨的；裝有彈藥的

1305 loaf
[lof]
名 (一條或一塊)麵包

1306 located
[`loketɪd]
形 座落的；位於的

1307 lock
[lak]
動 鎖住
名 鎖

1308 logbook
[`lɔg.buk]
名 工作日誌

1309 London
[`lʌndən]
名 倫敦

1310 loneliness
[`lonlɪnɪs]
名 孤獨；寂寞

1311 lonely
[`lonlɪ]
形 孤獨的；寂寞的

1312 lonesome
[`lonsəm]
形 寂寞的；荒涼的

1313 long
[lɔŋ]
形 長的；久的；遠的

1314 long for / be
longing for
片 渴望

1315 long to
片 渴望去…

1316 longevity
[lɑn`dʒɛvətɪ]
名 長壽；壽命

1317 longing
[`lɔŋɪŋ]
形 渴望的；極想得到的

1318 long-term
[`lɔŋ.tɝm]
形 長期的

1319 loop
[lup]
名 環狀物；環路，環線

1320 loosen
[`lusn]
動 鬆開；解開

1321 lord
[lɔrd]
名 貴族；君主

1322 lot
[lɑt]
名 很多；籤

1323 loudspeaker
[`laud`spikɚ]
名 揚聲器；喇叭

1324 lounge
[laundʒ]
動 閒逛；閒蕩

1325 lousy
[`lauzɪ]
形 充滿蝨子的；令人厭惡
的

1326 loving
[`lʌvɪŋ]
形 鍾愛的；深情的

1327 low
[lo]
形 低矮的；低音的；情緒
低落的

1328 lower
[`loɚ]
動 降低；減弱
形 較低的；下游的

1329 lubricate
[`lubrɪˌket]
動 上潤滑油

1330 luck
[lʌk]
名 運氣；好運

1331 luckily
[`lʌkɪlɪ]
副 幸運地；幸好

1332 lucky
[`lʌkɪ]
形 幸運的；僥倖的；帶來
幸運的

1333 lunch
[lʌntʃ]
名 午餐

1334 lunchtime
[`lʌntʃˌtaɪm]
名 午餐時間

1335 lychee
[`laɪtʃi]
名 荔枝

1336 lynch
[lɪntʃ]
動 處以私刑

1337 machine
[mə`ʃin]
名 機械；機器

1338 machinery
[mə`ʃinərɪ]
名 機械裝置

1339 mad
[mæd]
形 瘋狂的；愚蠢的；著迷
的；惱火的

1340 made-up
[`medˌʌp]
形 捏造的；虛構的

1341 mafia
[`mɑfɪˌɑ]
名 黑手黨

1342 magazine
[ˌmægə`zin]
名 雜誌；期刊

1343 magistrate
[`mædʒɪsˌtret]
名 地方行政官

1344 magnitude
[`mægnəˌtjud]
名 巨大；重大

1345 main
[men]
形 主要的；全力的

1346 mainstream
[`menˌstrim]
名 (河的)主流；主要傾向

1347 majestic
[mə`dʒɛstɪk]
形 雄偉的；威嚴的

1348 major
[`medʒɚ]
名 主修科目

1349 make friends with
片 與…交朋友

1350 make impression on
片 留下印象

1351 maker
[`mekɚ]
名 製造者

1352 make-up
[`mekˌʌp]
名 化妝品；(口)補考

1353 malice
[`mælɪs]
名 惡意;怨恨

1354 mall
[mɔl]
名 大型購物中心

1355 manageable
[`mænɪdʒəbḷ]
形 可管理的;可控制的

1356 manifesto
[ˌmænə`fɛsto]
名 宣言;告示

1357 manual
[`mænjuəl]
名 手冊;簡介

1358 manufacturer
[ˌmænjə`fæktʃərə]
名 製造商;廠商

1359 March
[martʃ]
名 三月

1360 mare
[mɛr]
名 母馬

1361 marginal
[`mardʒɪnḷ]
形 邊陲的;邊緣的

1362 marker
[markə]
名 記分員;書籤;紀念碑

1363 married
[`mærɪd]
形 已婚的;婚姻的

1364 marsh
[marʃ]
名 沼澤;濕地

1365 marshal
[`marʃəl]
名 元帥;高級將官

1366 martial
[`marʃəl]
形 軍事的;好戰的

1367 massacre
[`mæsəkə]
名 大屠殺;殘殺

1368 master
[`mæstə]
動 精通;控制

1369 May
[me]
名 五月

1370 meal
[mil]
名 一餐;進餐

1371 meantime
[`min ˌtaɪm]
名 其間
副 其間;同時

1372 meanwhile
[`min ˌhwaɪl]
副 其間;同時

1373 mechanic
[mə`kænɪk]
名 機械工;技工

1374 mechanics
[mə`kænɪks]
名 機械學;力學

1375 media
[`midɪə]
名 媒體

1376 meeting
[`mitɪŋ]
名 會議

1377 melt
[mɛlt]
動 溶化;軟化;消失

1378 memorandum
[ˌmɛmə`rændəm]
名 備忘錄;記錄

1379 mercury
[`mɜkjərɪ]
名 汞;水銀

1380 mess up
片 弄亂

1381 messy
[`mɛsɪ]
形 混亂的;麻煩的

1382 metallic
[mə`tælɪk]
形 金屬的;金屬製的

1383 meter
[`mitə]
名 公尺

1384 metric
[`mɛtrɪk]
形 公尺的;公制的

1385 metro / Metro
[`mɛtro]
名 捷運；地鐵

1386 midday
[`mɪd͵de]
名 正午；中午
形 正午的；日中的

1387 middle
[`mɪd]]
名 中部；中央
形 中部的；中等的

1388 middle-aged
[`mɪd]͵edʒd]
形 中年的

1389 midnight
[`mɪd͵naɪt]
名 午夜；黑暗期
形 半夜的；漆黑的

1390 might
[maɪt]
名 力量；能力
助 可能；應該

1391 mile
[maɪl]
名 英里

1392 military
[`mɪlə͵tɛrɪ]
形 軍事的；軍用的

1393 militia
[mɪ`lɪʃə]
名 義勇軍；國民軍

1394 milkshake
[͵mɪlk`ʃek]
名 奶昔

1395 millimeter
[`mɪlə͵mɪtɚ]
名 公釐；毫米

1396 miner
[`maɪnɚ]
名 礦工

1397 minister
[`mɪnɪstɚ]
名 部長；大臣

1398 ministerial
[͵mɪnəs`tɪrɪəl]
形 部長的；內閣的；行政的

1399 ministry
[`mɪnɪstrɪ]
名 (政府的)部

1400 minor
[`maɪnɚ]
名 副修科目
形 較小的；次要的

1401 miscarriage
[mɪs`kærɪdʒ]
名 失敗；誤送

1402 miscellaneous
[͵mɪsɪ`lenjəs]
形 各式各樣的

1403 mischievous
[`mɪstʃɪvəs]
形 惡作劇的；有害的

1404 missile
[`mɪsl]
名 飛彈；導彈

1405 mistaken
[mɪ`stekən]
形 弄錯的；誤解的

1406 mister
[`mɪstɚ]
名 先生

1407 mixed
[mɪkst]
形 混合的；摻雜的

1408 mob
[mɑb]
名 暴民；犯罪集團

1409 model
[`mɑd]]
名 模型；模範；模特兒

1410 modern
[`mɑdɚn]
形 現代的；時髦的

1411 modernize
[`mɑdɚn͵aɪz]
動 使現代化

1412 monarch
[`mɑnɚk]
名 君主；最高統治者

1413 monarchy
[`mɑnɚkɪ]
名 君主政體；君主國

1414 Monday
[`mʌnde]
名 星期一

1415 monetary
[`mʌnə͵tɛrɪ]
形 貨幣的；金融的

1416 money
[`mʌnɪ]
名 錢；財產；收入

1417
monotony
[məˋnɑtərɪ]
名 單調；無變化

1418
monstrous
[ˋmɑnstrəs]
形 怪異的；醜陋的

1419
monthly
[ˋmʌnθlɪ]
名 月刊

1420
monument
[ˋmɑnjəmənt]
名 紀念碑；遺址

1421
moody
[ˋmudɪ]
形 悶悶不樂的；鬱鬱寡歡
的

1422
moonlight
[ˋmun͵laɪt]
名 月光
形 有月光的

1423
morning
[ˋmɔrnɪŋ]
名 早晨；上午

1424
mortal
[ˋmɔrtl̩]
名 凡人
形 會死的

1425
mortar
[ˋmɔrtɚ]
動 用灰泥塗抹
名 灰泥；灰漿

1426
mosque
[mɑsk]
名 清真寺

1427
Mother's Day
名 母親節

1428
mound
[maʊnd]
動 堆起；堆成堆
名 土墩；土石堆

1429
mountain
[ˋmaʊntn̩]
名 山；山脈

1430
mountainous
[ˋmaʊntənəs]
形 多山的；如山的

1431
mounted
[ˋmaʊntɪd]
形 騎馬的

1432
movement
[ˋmuvmənt]
名 動作；運動；變遷

1433
movie
[ˋmuvɪ]
名 電影

1434
mower
[ˋmoɚ]
名 割草機

1435
MRT
名 大眾捷運系統

1436
multinational
[ˋmʌltɪˋnæʃənl̩]
形 跨國公司的

UNIT 4 N → S

1437
nadir
[ˋnedɚ]
名 最低點；深淵

1438
naive
[nɑˋiv]
形 天真的；幼稚的

1439
naked
[ˋnekɪd]
形 裸體的；赤裸的

1440
nanny
[ˋnænɪ]
名 褓姆

1441 nasty
[`næstɪ]
形 令人作噁的；下流的；惡劣的

1442 nation
[`neʃən]
名 國家；民族

1443 national
[`næʃənḷ]
形 全國性的；民族的

1444 nationalism
[`næʃənḷɪzəm]
名 民族主義；國家主義

1445 nationalist
[`næʃənḷɪst]
名 民族主義者
形 民族主義的

1446 nationwide
[`neʃən,waɪd]
形 全國範圍的
副 在全國

1447 native
[`netɪv]
名 本地人；土著
形 天生的；原產的

1448 naturalist
[`nætʃərəlɪst]
名 博物學家；自然主義者

1449 naughty
[`nɔtɪ]
形 頑皮的；淘氣的

1450 naval
[`nevḷ]
形 海軍的；船的

1451 navigate
[`nævə,get]
動 駕駛；操縱；導航

1452 navy
[`nevɪ]
名 海軍

1453 near
[nɪr]
形 近的；幾乎的
介 在…附近

1454 nearby
[`nɪr,baɪ]
形 附近的
副 在附近

1455 necessary
[`nɛsə,sɛrɪ]
形 必要的；必須的

1456 necessitate
[nɪ`sɛsə,tet]
動 使成為必需；需要

1457 negative
[`nɛgətɪv]
形 負面的；消極的；否定的

1458 neither
[`niðɚ]
副 也不
連 既不…也不

1459 neutral
[`njutrəl]
形 中立的；中性的

1460 new
[nju]
形 新的；新鮮的；沒經驗的；新任的

1461 New Year's Day
片 元旦

1462 New Year's Eve
片 除夕

1463 New York
片 紐約

1464 newcomer
[`nju`kʌmɚ]
名 新來的人；新手

1465 newscaster
[`njuz,kæstɚ]
名 新聞播報員

1466 newspaper
[`njuz,pepɚ]
名 報紙；報社

1467 next
[`nɛkst]
形 緊鄰的；下一個的

1468 nickel
[`nɪkḷ]
名 鎳；五分鎳幣

1469 night
[naɪt]
名 晚上；黑暗

1470 nightclub
[`naɪt,klʌb]
名 夜店

1471 nitrogen
[`naɪtrədʒən]
名 氮

1472 noble
[`nobḷ]
名 貴族
形 高貴的；崇高的

1473 nobody
[`nobadɪ]
名 無名小卒
代 沒有人

1474 nonetheless
[ˏnʌnðəˋlɛs]
副 但是；仍然

1475 nonstop
[nan`stap]
名 直達車
形 直達的；不停的

1476 noon
[nun]
名 中午

1477 northeast
[`nɔrθˋist]
名 東北
形 東北的

1478 northwest
[`nɔrθˋwɛst]
名 西北
形 西北的

1479 notably
[`notəblɪ]
副 尤其；顯著地

1480 notation
[noˋteʃən]
名 標誌；註釋

1481 note
[not]
名 筆記；便條

1482 noticeable
[`notɪsəbl]
形 顯著的；值得注意的

1483 notorious
[noˋtorɪəs]
形 惡名昭彰的

1484 November
[noˋvɛmbə]
名 十一月

1485 nowadays
[`nauəˏdez]
副 現今；時下

1486 oar
[or]
動 划槳；划動
名 槳

1487 obituary
[əˋbɪtʃuˏɛrɪ]
名 訃文
形 訃告的

1488 obscene
[əbˋsin]
形 猥褻的；淫穢的

1489 obsess
[əbˋsɛs]
動 使著迷；使煩擾

1490 obsession
[əbˋsɛʃən]
名 著迷；執著

1491 occasion
[əˋkeʒən]
名 場合；時機

1492 occasional
[əˋkeʒənl]
形 偶爾的；應景的；臨時的

1493 occupy
[`akjəˏpaɪ]
動 佔領；佔用；使忙於

1494 October
[akˋtobə]
名 十月

1495 odd
[ad]
形 單數的；奇數的

1496 offend
[əˋfɛnd]
動 冒犯；觸怒

1497 offering
[`ɔfərɪŋ]
名 提供；捐獻物

1498 office
[`ɔfɪs]
名 辦公室；營業所

1499 officer
[`ɔfəsə]
名 官員；警官

1500 offshore
[`ɔfˋʃor]
形 近岸的；近海的

1501 often
[`ɔfən]
副 時常

1502 old
[old]
形 舊的；老的；以前的

1503 old-fashioned
[`oldˋfæʃənd]
形 舊式的；過時的

1504 Olympic
[oˋlɪmpɪk]
形 奧林匹克的

1505 on a diet
片 節食中

1506 on display
片 展示中

1507 on guard
片 提防；警戒著

1508 on the basis of
片 基於；以…為基礎

1509 oneself
[wʌn`sɛlf]
名 自己；自身；本人

1510 one-sided
[`wʌn`saɪdɪd]
形 片面的；單邊的

1511 onto
[`ɑntu]
介 到…之上

1512 open
[`opən]
動 打開；使營業
形 打開的；空曠的

1513 opener
[`opənɚ]
名 開罐器

1514 opening
[`opənɪŋ]
名 開始；開頭

1515 openly
[`opənlɪ]
副 公開地；坦率地

1516 operational
[ˌɑpə`reʃənḷ]
形 操作上的；經營上的

1517 opposition
[ˌɑpə`zɪʃən]
名 反對；反抗；意見相反

1518 optional
[`ɑpʃənḷ]
形 隨意的；非必須的

1519 ordeal
[ɔr`dɪəl]
名 苦難；折磨；考驗

1520 orderly
[`ɔrdɚlɪ]
形 整齊的；有條理的；守秩序的

1521 ordinary
[`ɔrdṇˌɛrɪ]
形 通常的；平凡的；普通的

1522 ore
[or]
名 礦石；礦砂

1523 organization
[ˌɔrɡənə`zeʃən]
名 組織；系統

1524 orientation
[ˌorɪɛn`teʃən]
名 方向；方位

1525 oriented
[`orɪɛntɪd]
形 以…為走向的

1526 original
[ə`rɪdʒənḷ]
名 原物；原著；原畫
形 本來的；最初的

1527 originally
[ə`rɪdʒənḷɪ]
副 起初；原來

1528 ornament
[`ɔrnəmənt]
動 裝飾；美化
名 裝飾品

1529 orthodox
[`ɔrθəˌdɑks]
形 正統的；傳統的

1530 ounce
[auns]
名 盎司；一點點

1531 oust
[aust]
動 驅逐；攆走

1532 out of the question
片 不可能

1533 out of tune
片 格格不入

1534 outlaw
[`autˌlɔ]
動 宣布…為非法
名 歹徒；罪犯

1535 outnumber
[aut`nʌmbɚ]
動 數量上超過

1536 outrageous
[aut`redʒəs]
形 粗暴的；可恥的

1537 outright
[`aut͵raɪt]
形 全部的；徹底的
副 全部地；徹底地

1538 outset
[`aut͵sɛt]
名 起初；開始

1539 overpass
[͵ovəˈpæs]
動 越過；優於
名 天橋；高架橋

1540 overtake
[͵ovəˈtek]
動 追上；趕上

1541 overthrow
[͵ovəˈθro]
動 打翻；推翻
名 推翻；打倒

1542 overturn
[͵ovəˈtɜn]
動 翻轉；顛覆；廢除

1543 overweight
[`ovə͵wet]
名 超重
形 過重的

1544 oxide
[`aksaɪd]
名 氧化物

1545 oxidize
[`aksə͵daɪz]
動 生鏽；氧化

1546 ozone layer
片 臭氧層

1547 pace
[pes]
動 踱步
名 一步；步調

1548 Pacific
[pəˈsɪfɪk]
名 太平洋

1549 packet
[`pækɪt]
名 小包裹；小捆

1550 pad
[pæd]
名 印泥；墊子

1551 pagan
[`pegən]
名 異教徒
形 異教的

1552 page
[pedʒ]
名 (書等的)頁

1553 pal
[pæl]
名 夥伴；好友

1554 palace
[`pælɪs]
名 皇宮；宮殿

1555 pamphlet
[`pæmflɪt]
名 小冊子

1556 panel
[`pænl]
名 鑲板；控制板

1557 paperback
[`pepə͵bæk]
名 平裝本
形 平裝(本)的

1558 par
[par]
名 (高爾夫的)標準杆數

1559 parachute
[`pærə͵ʃut]
動 跳傘
名 降落傘

1560 paralysis
[pəˈræləsɪs]
名 麻痺；癱瘓

1561 Paris
[`pærɪs]
名 巴黎

1562 parliament
[`parləmənt]
名 國會；議會

1563 parsley
[`parslɪ]
名 荷蘭芹

1564 part with
片 與…分開

1565 partial
[`parʃəl]
形 部分的；局部的

1566 partially
[`parʃəlɪ]
副 部分地

1567 participate in
片 參與；參加

1568 participation
[par͵tɪsəˈpeʃən]
名 參加；參與

1569 partner
[`partnɚ]
名 夥伴；合夥人；搭檔

1570 partnership
[`partnɚ,ʃɪp]
名 合夥關係

1571 pasture
[`pæstʃɚ]
名 牧草地；放牧場

1572 patriot
[`petrɪət]
名 愛國者

1573 patriotic
[,petrɪ`atɪk]
形 愛國的

1574 patrol
[pə`trol]
動 巡邏；偵查
名 巡邏；巡邏隊

1575 patronage
[`pætrənɪdʒ]
名 資助；恩惠

1576 pave
[pev]
動 鋪築；作準備

1577 pavement
[`pevmənt]
名 人行道

1578 peace
[pis]
名 和平；秩序；寧靜

1579 peaceful
[`pisfəl]
形 平靜的；安寧的

1580 pebble
[`pɛbl̩]
名 小卵石

1581 pedal
[`pɛdl̩]
動 騎腳踏車；踩踏板
名 踏板；腳蹬

1582 pedestrian
[pə`dɛstrɪən]
名 行人；步行者
形 步行的；徒步的

1583 pendulum
[`pɛndʒələm]
名 擺錘；鐘擺

1584 penguin
[`pɛngwɪn]
名 企鵝

1585 penny
[`pɛnɪ]
名 一便士；一分

1586 perfect
[`pɜfɪkt]
形 完美的；精通的

1587 periodic
[,pɪrɪ`adɪk]
形 週期性的；間歇性的

1588 permissible
[pə`mɪsəbl̩]
形 可允許的

1589 perplex
[pə`plɛks]
動 使困惑；使複雜

1590 pesticide
[`pɛstɪ,saɪd]
名 殺蟲劑

1591 petroleum
[pə`trolɪəm]
名 石油

1592 pharmaceutical
[,farmə`sjutɪkl̩]
形 藥的；製藥的

1593 pharmacology
[,farmə`kalədʒɪ]
名 藥理學

1594 Philippines
[`fɪlə,pinz]
名 菲律賓

1595 phone
[fon]
動 打電話
名 電話；電話機

1596 physiological
[,fɪzɪə`ladʒɪkl̩]
形 生理學的；生理的

1597 pier
[pɪr]
名 防波堤；橋墩

1598 piercing
[`pɪrsɪŋ]
形 刺耳的；銳利的

1599 pillar
[`pɪlɚ]
名 柱子；臺柱

1600 pilot
[`paɪlət]
名 舵手；駕駛員

1601
pint
[paɪnt]
名 品脫；一品脫的量

1602
pipe
[paɪp]
名 管；煙斗

1603
pipeline
[`paɪp͵laɪn]
名 導管；輸油管

1604
pirate
[`paɪrət]
動 掠奪；盜印
名 海盜

1605
pistol
[`pɪstḷ]
名 手槍

1606
pitiful
[`pɪtɪfəl]
形 可憐的；令人同情的

1607
plantation
[plæn`teʃən]
名 大農場；人造林

1608
plaster
[`plæstɚ]
動 塗灰泥；敷膏藥
名 灰泥；膏藥

1609
plateau
[plæ`to]
名 高原；穩定水準

1610
plausible
[`plɔzəbḷ]
形 看似有理的

1611
play a joke on sb.
片 捉弄某人

1612
playful
[`plefəl]
形 嬉戲的；開玩笑的

1613
plenty of sth.
片 充足的某物

1614
plow
[plau]
動 用犁耕田
名 犁

1615
pocket
[`pakɪt]
形 袖珍的；小型的

1616
pointed
[`pɔɪntɪd]
形 尖頭的；尖銳的

1617
poised
[pɔɪzd]
形 沉著的；從容的

1618
police
[pə`lis]
名 警察；治安

1619
polytechnic
[͵palə`tɛknɪk]
名 工藝學校；專科學校
形 各種工藝的

1620
pond
[pand]
名 池塘

1621
pop
[pap]
形 流行的；通俗的

1622
pope
[pop]
名 教皇；權威；大師

1623
populate
[`papjə͵let]
動 居住於

1624
positive
[`pazətɪv]
形 正的；確信的

1625
possible
[`pasəbḷ]
形 可能的；合理的；合適的

1626
poster
[`postɚ]
名 海報；布告

1627
postman
[`postmən]
名 郵差

1628
postwar
[`post`wɔr]
形 戰後的

1629
potter
[`patɚ]
名 陶藝家

1630
poultry
[`poltrɪ]
名 家禽

1631
pound
[paund]
動 搗碎；猛擊
名 磅

1632
pour
[por]
動 傾倒；灌注；傾吐

1633 🔊
pour scorn on
片 對…不屑一顧

1634 🔊
powder
[`paʊdə]
名 粉末；藥粉；火藥

1635 🔊
powerless
[`paʊəlɪs]
形 無力的；軟弱的

1636 🔊
practicable
[`ptæktɪkəbḷ]
形 行得通的；能實行的

1637 🔊
practitioner
[præk`tɪʃənə]
名 執業者；實踐者

1638 🔊
preceding
[prɪ`sidɪŋ]
形 在前面的；前面的

1639 🔊
precious
[`prɛʃəs]
形 貴重的；珍貴的

1640 🔊
pregnant
[`prɛgnənt]
形 懷孕的；懷胎的

1641 🔊
premier
[`primɪə]
名 首相；總理

1642 🔊
premiere
[prɪ`mjɛr]
動 初次上演
名 初次上演

1643 🔊
presence
[`prɛzn̩s]
名 出席；在場；存在

1644 🔊
preserve
[prɪ`zɝv]
名 蜜餞；保護區

1645 🔊
presidency
[`prɛzədənsɪ]
名 總裁職位；總統任期

1646 🔊
press
[prɛs]
動 按壓；催促

1647 🔊
prestige
[prɛs`tiʒ]
名 名望；聲望

1648 🔊
pretext
[`pritɛkst]
名 藉口；托辭

1649 🔊
preventive
[prɪ`vɛntɪv]
形 預防的；防止的

1650 🔊
preview
[`pri͵vju]
名 (影片等的)試映

1651 🔊
previously
[`priviəslɪ]
副 先前；事先

1652 🔊
priceless
[`praɪslɪs]
形 無價的；貴重的

1653 🔊
prince
[prɪns]
名 王子

1654 🔊
princess
[`prɪnsɪs]
名 公主

1655 🔊
principal
[`prɪnsəpḷ]
名 校長

1656 🔊
prisoner
[`prɪznə]
名 囚犯；戰俘

1657 🔊
privatize
[`praɪvətaɪz]
動 使私有(民營)化

1658 🔊
privileged
[`prɪvɪlɪdʒd]
形 擁有特權的

1659 🔊
probability
[͵prabə`bɪlətɪ]
名 可能性；機率

1660 🔊
procession
[prə`sɛʃən]
名 一列；隊伍；行進

1661 🔊
processor
[`prasɛsə]
名 加工者；處理器

1662 🔊
produce
[prə`djus]
動 生產；製造

1663 🔊
professional
[prə`fɛʃənḷ]
形 職業的；內行的

1664 🔊
proficient
[prə`fɪʃənt]
名 能手；專家

1665 progressive
[prə`grɛsɪv]
形 進步的;先進的

1666 prohibition
[ˌproə`bɪʃən]
名 禁止;禁令

1667 promptly
[pramptlɪ]
副 敏捷地;迅速地

1668 propeller
[prə`pɛlə]
名 螺旋槳;推進器

1669 proportional
[prə`porʃənḷ]
形 比例的;成比例的

1670 proposal
[prə`pozḷ]
名 求婚

1671 propose to
片 向…求婚

1672 prosecutor
[`prasɪˌkjutə]
名 檢察官;公訴人

1673 prosper
[`praspə]
動 興旺;繁盛

1674 prostitute
[`prastəˌtjut]
動 提供性服務
名 性工作者

1675 protective
[prə`tɛkrɪv]
形 防護的;保護貿易的

1676 provisional
[prə`vɪʒənḷ]
形 臨時性的

1677 prune
[prun]
名 梅乾

1678 psychiatric
[ˌsaɪkɪ`ætrɪk]
形 精神病學的

1679 psychiatrist
[saɪ`kaɪətrɪst]
名 精神病醫師

1680 psychiatry
[saɪ`kaɪətrɪ]
名 精神病學

1681 psychic
[`saɪkɪk]
名 靈媒
形 精神的;超自然的

1682 psychical
[`saɪkɪkḷ]
形 靈魂的;精神的

1683 publish
[`pʌblɪʃ]
動 出版;發行

1684 publisher
[`pʌblɪʃə]
名 出版社

1685 puff
[pʌf]
動 噴煙;膨脹;吹熄

1686 punishment
[`pʌnɪʃmənt]
名 處罰;刑罰

1687 punk
[pʌŋk]
名 龐克
形 龐克的

1688 purely
[`pjʊrlɪ]
副 純粹地;全然

1689 purity
[`pjʊrətɪ]
名 純潔;純粹

1690 put aside
片 放到一旁;貯存

1691 put emphasis on
片 強調

1692 put into practice
片 實施

1693 putt
[pʌt]
動 推球入洞;輕擊球
名 (高爾夫)推球入洞

1694 qualifier
[`kwɑləˌfaɪə]
名 合格者

1695 qualify
[`kwɑləˌfaɪ]
動 使合格;取得資格

1696 qualitative
[`kwɑləˌtetɪv]
形 性質上的

1697 quantify
[`kwɑntə,faɪ]
動 使量化

1698 quantitative
[`kwɑntə,tetɪv]
形 用量表示的

1699 quantum
[`kwɑntəm]
名 定量；總量

1700 quart
[kwɔrt]
名 夸脫(=2品脫)

1701 quartet
[kwɔr`tɛt]
名 四重奏

1702 quartz
[kwɔrts]
名 石英

1703 queen
[`kwin]
名 女王；王后

1704 queer
[kwɪr]
形 奇怪的；古怪的

1705 queue
[kju]
動 排隊
名 行列；長隊

1706 quiet
[`kwaɪət]
形 安靜的；平靜的；溫和的

1707 quota
[`kwotə]
名 配額；定額

1708 quote
[kwot]
名 引號(通常用複數形)

1709 racial
[`reʃəl]
形 人種的；種族的

1710 racism
[`resɪzəm]
名 種族主義；種族歧視

1711 racist
[`resɪst]
名 種族主義者

1712 radio
[`redɪ,o]
名 收音機；無線電；廣播電臺

1713 raft
[ræft]
名 木筏；橡皮艇

1714 rail
[rel]
名 欄杆；鐵軌；鐵路

1715 rain
[ren]
動 下雨
名 水

1716 rainbow
[`ren,bo]
名 彩虹

1717 raincoat
[`ren,kot]
名 雨衣

1718 rainfall
[`ren,fɔl]
名 降雨量；下雨

1719 rainy
[`renɪ]
形 下雨的；多雨的

1720 ranch
[ræntʃ]
名 牧場；農場

1721 ranking
[`ræŋkɪŋ]
名 排名；順序
形 等級高的

1722 ransom
[`rænsəm]
動 贖回
名 贖金

1723 rap
[ræp]
動 叩擊；敲擊；拍擊
名 拍擊(聲)；敲擊(聲)

1724 rape
[rep]
動 強暴；強奪
名 強暴；洗劫

1725 rascal
[`ræskl̩]
名 流氓；歹徒

1726 ratio
[`reʃo]
名 比率；【數】比例

1727 rave
[rev]
動 語無倫次地說
名 胡言亂語

1728 react to sth.
片 對某物做出反應

1729 reactor
[rɪ`æktɚ]
名 反應裝置

1730 real
[`rɪəl]
形 真實的；完全的；真誠的

1731 realistic
[rɪə`lɪstɪk]
形 現實的；實際的

1732 reassure
[ˏriə`ʃʊr]
動 使放心；使消除疑慮

1733 rebel
[`rɛbl]
名 造反者
形 反叛的；造反的

1734 rebellion
[rɪ`bɛljən]
名 反叛；反抗

1735 rebellious
[rɪ`bɛljəs]
形 造反的；反叛的

1736 receiver
[rɪ`sivɚ]
名 收件人；電話聽筒

1737 recent
[`risn̩t]
形 最近的；新近的

1738 reciprocal
[rɪ`sɪprək!]
形 相互的；互惠的

1739 reclaim
[rɪ`klem]
動 開墾；使悔改

1740 reconciliation
[rɛkən͵sɪlɪ`eʃən]
名 和解；調停

1741 reconstruction
[͵rikən`strʌkʃən]
名 重建；復原

1742 rectangular
[rɛk`tæŋgjələ]
形 矩形的；長方形的

1743 redundancy
[rɪ`dʌndənsɪ]
名 多餘；冗言

1744 reef
[rif]
名 礁；沙洲

1745 reel
[ril]
動 捲；繞
名 捲軸；一捲

1746 referendum
[͵rɛfə`rɛndəm]
名 公民投票

1747 reflection
[rɪ`flɛkʃən]
名 反射；倒影；反省

1748 reflective
[rɪ`flɛktɪv]
形 反射的；反省的

1749 reformer
[rɪ`fɔrmɚ]
名 改革者；改良者

1750 refrain
[rɪ`fren]
動 限制；抑制

1751 refugee
[͵rɛfjʊdʒi]
名 難民；流亡者

1752 regain
[rɪ`gen]
動 取回；收回；重獲

1753 reggae
[`rɛge]
名 雷鬼音樂

1754 regime
[rɪ`ʒim]
名 政權；政體

1755 regiment
[`rɛdʒə͵mɛnt]
名 (軍)團；一大群

1756 regulator
[`rɛgjə͵letɚ]
名 管理者；調節器

1757 rehabilitate
[͵rihə`bɪlə͵tet]
動 使復權；使復職

1758 reign
[ren]
動 統治；支配；佔優勢
名 統治；支配

1759 rein
[ren]
動 駕馭；(用韁繩)勒住
名 駕馭；統治；韁繩

1760 relate to
片 與…有關

1761 relativity
[ˌrɛləˋtɪvətɪ]
名 相關性；相對性

1762 relax
[rɪˋlæks]
動 放鬆；緩和；使休息

1763 relaxed
[rɪˋlækst]
形 放鬆的；悠閒的

1764 relegate
[ˋrɛləˌget]
動 流放；貶謫

1765 relentless
[rɪˋlɛntlɪs]
形 殘酷的；持續的

1766 relieved
[rɪˋlivd]
形 放心的；寬慰的

1767 remainder
[rɪˋmendɚ]
動 削價出售
名 剩餘物；餘數

1768 remaining
[rɪˋmenɪŋ]
形 剩下的；餘下的

1769 remains
[rɪˋmenz]
名 剩餘物；遺骸

1770 reminiscent
[ˌrɛməˋnɪsṇt]
形 懷舊的；憶起往事的

1771 renewal
[rɪˋnjuəl]
名 復興；重建；更新

1772 reopen
[riˋopən]
動 重新開啟；重新開始

1773 reorganize
[riˋɔrgəˌnaɪz]
動 改編；重新組織

1774 repatriate
[riˋpetrɪˌet]
動 遣返(回國)

1775 repeated
[rɪˋpitɪd]
形 重覆的；屢次的

1776 repertoire
[ˋrɛpəˌtwɑr]
名 劇碼；曲目

1777 replacement
[rɪˋplesmənt]
名 取代；代替者

1778 replay
[riˋple]
動 重新進行(比賽)；重播
名 重播；重演

1779 reportedly
[rɪˋportɪdlɪ]
副 根據報導地

1780 repression
[rɪˋprɛʃən]
名 壓迫；抑制

1781 reproduction
[ˌriprəˋdʌkʃən]
名 再生；複製；生殖

1782 republic
[rɪˋpʌblɪk]
名 共和國

1783 republican
[rɪˋpʌblɪkən]
名 共和主義者

1784 repulse
[rɪˋpʌls]
動 擊退；驅逐

1785 repulsive
[rɪˋpʌlsɪv]
形 令人厭惡的

1786 resemblance
[rɪˋzɛmbləns]
名 相似；相似點

1787 reserved
[rɪˋzɝvd]
形 保留的；儲備的

1788 residential
[ˌrɛzəˋdɛnʃəl]
形 居住的；住宅的

1789 resigned
[rɪˋzaɪnd]
形 已辭職的

1790 resonance
[ˋrɛzənəns]
名 共鳴；【電】共振

1791 resort to
片 訴諸於…

1792 respected
[rɪˋspɛktɪd]
形 受尊重的

1793 restructure
[rɪ`strʌktʃə]
動 重建；改組

1794 resultant
[rɪ`zʌltənt]
形 作為結果的

1795 retention
[rɪ`tɛnʃən]
名 保留；保持

1796 retired
[rɪ`taɪrd]
形 退休的；退隱的

1797 retrospection
[ˌrɛtrə`spɛkʃən]
名 回顧；回想

1798 retrospective
[ˌrɛtrə`spɛktɪv]
形 回顧的；懷舊的

1799 reunite
[ˌrijuˋnaɪt]
動 再結合；再聯合

1800 revealing
[rɪ`vilɪŋ]
形 予人啟發的；裸露的

1801 revision
[rɪ`vɪʒən]
名 修正；修訂本

1802 revive
[rɪ`vaɪv]
動 復活；復興

1803 rhetorical
[rɪ`tɔrɪkl]
形 修辭學的

1804 ride
[raɪd]
動 騎；乘坐
名 兜風

1805 ridge
[rɪdʒ]
動 形成脊狀
名 山脈

1806 ridiculous
[rɪ`dɪkjələs]
形 荒謬的；可笑的

1807 rifle
[`raɪfl]
名 來福槍

1808 rig
[rɪg]
動 裝帆；裝置配件
名 船具；器械

1809 right
[raɪt]
形 右邊的
副 向右

1810 right-hand
[`raɪt`hænd]
形 右手的；右側的

1811 right-wing
[`raɪtˌwɪŋ]
形 右翼的；右派的

1812 rigid
[`rɪdʒɪd]
形 堅固的；嚴格的

1813 riot
[`raɪət]
動 放縱；發起暴動
名 暴動；騷亂

1814 riotous
[`raɪətəs]
形 暴亂的；放縱的

1815 ripple
[`rɪpl]
動 起漣漪；潺潺地流
名 漣漪

1816 risky
[`rɪskɪ]
形 有風險的；危險的

1817 river
[`rɪvə]
名 江；河

1818 road
[rod]
名 道路；街道

1819 robot
[`robət]
名 機器人

1820 rocky
[`rɑkɪ]
形 岩石的；鐵石心腸的

1821 roll one's sleeves up
片 準備工作

1822 roller
[`rolə]
名 滾筒；捲軸

1823 roof
[ruf]
名 屋頂；最高處

1824 roomy
[`rumɪ]
形 寬敞的；廣闊的

1825 rotary
[`rotərɪ]
形 旋轉的；轉動的

1826 rotation
[ro`teʃən]
名 旋轉；循環

1827 rouge
[ruʒ]
動 擦口紅
名 口紅；唇膏

1828 rouse
[rauz]
動 叫醒；激起；激勵

1829 row
[rau]
動 划船
名 列；排

1830 royal
[`rɔɪəl]
形 皇家的；莊嚴的

1831 royalty
[`rɔɪəltɪ]
名 皇室；王位；莊嚴

1832 rugged
[`rʌgɪd]
形 粗糙的；崎嶇的

1833 ruler
[`rulə]
名 統治者；管理者

1834 ruling
[`rulɪŋ]
名 管理；支配
形 統治的；管理的

1835 runner-up
[`rʌnə`rʌp]
名 亞軍

1836 run-up
[`rʌn͵ʌp]
名 迅速上升；助跑

1837 Russia
[`rʌʃə]
名 俄羅斯

1838 safari
[sə`fɑrɪ]
名 狩獵隊

1839 safe and sound
片 安然無恙

1840 sail
[sel]
動 航行；駕船

1841 sailor
[`selə]
名 水手

1842 salesperson
[`selz͵pɚsn̩]
名 店員；售貨員

1843 salty
[`sɔltɪ]
形 含鹽的；鹹的

1844 salutation
[͵sæljə`teʃən]
名 招呼；行禮

1845 sandy
[`sændɪ]
名 含沙的；多沙的

1846 sane
[sen]
形 神智清楚的；健全的

1847 satisfying
[`sætɪs͵faɪɪŋ]
形 讓人滿意的

1848 Saturday
[`sætɚde]
名 星期六

1849 Saudi
[dɑ`udɪ]
名 沙烏地阿拉伯人

1850 save
[sev]
動 貯存；挽救

1851 savory
[`sevərɪ]
形 美味可口的

1852 scapegoat
[`skep͵got]
名 代罪羔羊

1853 scarecrow
[`skɛr͵kro]
名 稻草人

1854 scenario
[sɪ`nɛrɪ͵o]
名 劇本；情節

1855 sceptic
[`skɛptɪk]
名 懷疑者；懷疑論者

1856 scoundrel
[`skaundrəl]
名 壞蛋；惡棍

1857 片
sea gull
片 海鷗

1858 名
seafood
[`si͵fud]
名 海鮮

1859 動
seam
[sim]
動 縫合；接合
名 接縫；縫合處

1860 動
season
[`sizn̩]
動 調味
名 季節

1861 形
seasonable
[`siznəbl̩]
形 應景的

1862 形
seasonal
[`siznəl]
形 季節性的；週期性的

1863 形
seasoned
[`siznd̩]
形 已經調味的

1864 名
seasoning
[`siznɪŋ]
名 調味料；佐料；增添趣味的東西

1865 名
second
[`sɛkənd]
名 第二名；二等獎
形 第二的；第二次的

1866 形
secondary
[`sɛkən͵dɛrɪ]
形 次要的

1867 副
secondly
[`sɛkəndlɪ]
副 第二；其次

1868 名
secrecy
[`sikrəsɪ]
名 祕密；保密

1869 名
seduction
[sɪ`dʌkʃən]
名 誘惑；吸引

1870 形
seductive
[sɪ`dʌktɪv]
形 誘惑的；具有魅力的

1871 名
segregation
[͵sɛgrɪ`geʃən]
名 隔離；分開

1872 形
selfish
[`sɛlfɪʃ]
形 自私的；利己的

1873 名
semiconductor
[͵sɛmɪkən`dʌktɚ]
名 半導體

1874 名
semifinal
[͵sɛmɪ`faɪnl̩]
名 準決賽

1875 名
senate
[`sɛnɪt]
名 參議院；立法機構

1876 名
senator
[`sɛnətɚ]
名 參議員

1877 名
sentiment
[`sɛntəmənt]
名 感情；多愁善感

1878 形
separated
[`sɛpə͵retɪd]
形 分居的；分開的

1879 名
separatism
[`sɛpərə͵tɪzm]
名 分離主義

1880 名
separatist
[`sɛpə͵retɪst]
名 分離主義者
形 分離主義的

1881 名
September
[sɛp`tɛmbɚ]
名 九月

1882 形
serene
[sə`rin]
形 寧靜的；安詳的

1883 名
serenity
[sə`rɛnətɪ]
名 晴朗；平靜

1884 名
sergeant
[`sardʒənt]
名 陸軍中士；(法庭等的)警衛官

1885 名
serial
[`sɪrɪəl]
名 期刊；連續劇
形 連續的；連載的

1886 名
series
[`sɪriz]
名 系列；連續

1887 副
seriously
[`sɪrɪəslɪ]
副 嚴重地；認真地

1888 名
servant
[`sɝvənt]
名 僕人；公務員

1889 serviceman
[`sɜvɪsmən]
名 修護人員;檢修工

1890 settle down
片 安頓下來

1891 several
[`sɛvərəl]
形 幾個的;數個的

1892 severely
[sə`vɪrlɪ]
副 嚴格地;嚴厲地

1893 sewer
[`suə]
名 縫紉工;汙水管

1894 sexuality
[ˌsɛkʃʊ`ælətɪ]
名 性行為

1895 shade
[ʃed]
名 蔭涼處;陰影

1896 shadow
[`ʃædo]
名 陰暗處;影子

1897 shaft
[ʃæft]
動 裝上把手
名 箭;把手

1898 shaped
[ʃept]
形 成形的;合適的

1899 shed
[ʃɛd]
動 流下;散發
名 小屋子;分水嶺

1900 shell
[ʃɛl]
名 貝殼;地殼

1901 shepherd
[`ʃɛpəd]
名 牧羊人

1902 sheriff
[`ʃɛrɪf]
名 警長;行政長官

1903 sherry
[`ʃɛrɪ]
名 雪利酒

1904 shilling
[`ʃɪlɪŋ]
名 先令(英國舊貨幣)

1905 shining
[`ʃaɪnɪŋ]
形 閃亮的;光亮的

1906 shiny
[`ʃaɪnɪ]
形 晴朗的;有光澤的

1907 shipping
[`ʃɪpɪŋ]
名 航運業

1908 shocking
[`ʃakɪŋ]
形 令人震驚的;駭人聽聞的

1909 shoot
[ʃut]
動 發射;射出;拍攝

1910 shooting
[`ʃutɪŋ]
名 發射;狩獵

1911 shop
[ʃap]
動 購物;逛商店
名 商店;零售店

1912 shoplift
[`ʃap,lɪft]
動 偽裝成顧客行竊

1913 short
[ʃɔrt]
形 矮的;短的;短暫的

1914 short-term
[`ʃɔrt,tɜm]
形 短期的

1915 showroom
[`ʃo,rum]
名 陳列室

1916 shuffle
[`ʃʌfl]
動 拖著步伐;推諉;洗牌

1917 shun
[ʃʌn]
動 躲開;避開

1918 shutter
[`ʃʌtə]
名 百葉窗;(相機)快門

1919 side
[saɪd]
名 邊;山腰;一方

1920 side with
片 支持某方

1921 sidewalk
[`saɪd͵wɔk]
名 人行道

1922 sideways
[`saɪd͵wez]
副 從一邊；從旁邊

1923 siege
[sidʒ]
動 圍攻；圍困
名 圍攻；劫持

1924 sight
[saɪt]
名 視力；景象

1925 silent
[`saɪlənt]
形 沉默的；寡言的

1926 silk
[sɪlk]
名 絲
形 絲的；絲織的

1927 similarity
[͵sɪmə`lærətɪ]
名 相似之處

1928 simile
[`sɪmə͵lɪ]
名 【修辭】明喻

1929 simple
[`sɪmpl̩]
形 簡單的；樸實的

1930 simplicity
[sɪm`plɪsətɪ]
名 單純；簡單

1931 simplify
[`sɪmplə͵faɪ]
動 簡化；使單純

1932 simply
[`sɪmplɪ]
副 簡單地；簡樸地

1933 simulate
[`sɪmjə͵let]
動 假裝；冒充

1934 simulation
[͵sɪmjə`leʃən]
名 冒充；偽裝；模擬

1935 since
[sɪns]
介 自…以來；從…至今
連 此後；從那時到現在

1936 Singapore
[`sɪŋɡə͵por]
名 新加坡

1937 sinister
[`sɪnɪstɚ]
形 陰險的；邪惡的；不祥
的

1938 sit-down
[`sɪt͵daʊn]
名 靜坐罷工

1939 sit-in
[`sɪtɪn]
名 靜坐抗議

1940 skating
[`sketɪŋ]
名 溜冰

1941 skeptical
[`skɛptɪkl̩]
形 懷疑的；多疑的

1942 skiing
[`skiɪŋ]
名 滑雪

1943 skipper
[`skɪpɚ]
名 機長；船長；領導者

1944 skirt
[skɝt]
名 裙子；邊緣

1945 sky
[skaɪ]
名 天空；天氣；上蒼

1946 slack
[slæk]
名 懈怠；懶散
形 鬆弛的；懶怠的

1947 slap
[slæp]
動 打耳光
名 掌擊聲；拍打聲

1948 slate
[slet]
動 鋪石板；提名
名 石板；提名名單

1949 slay
[sle]
動 殺害；致死

1950 sled
[slɛd]
動 用雪橇運送
名 雪橇

1951 sleigh
[sle]
動 乘雪橇
名 (輕便)雪橇

1952 slick
[slɪk]
動 使光滑
形 光滑的；熟練的

1953 slit
[slɪt]
動 切開;撕開
名 狹縫;投幣口

1954 sloppy
[`slɑpɪ]
形 稀薄的;(口)懶散的

1955 smoke
[smok]
名 煙;煙霧

1956 smoking
[`smokɪŋ]
名 抽菸;冒煙

1957 smoky
[`smokɪ]
形 煙霧瀰漫的;有煙味的

1958 smuggler
[`smʌglə]
名 走私者

1959 snorkelling
[`snɔrklɪŋ]
名 浮潛

1960 snow
[sno]
動 下雪
名 雪

1961 snowman
[`sno‚mæn]
名 雪人

1962 snowy
[snoɪ]
形 下雪的;多雪的

1963 so-called
[`so`kɔld]
形 所謂的

1964 soft
[sɔft]
形 柔軟的;溫柔的;寬厚的

1965 softball
[`sɔft‚bɔl]
名 壘球

1966 soften
[`sɔfn̩]
動 使變柔軟;使柔和

1967 soil
[sɔɪl]
名 泥土;土壤

1968 soldier
[`soldʒə]
名 軍人;士兵

1969 solely
[`sollɪ]
副 單獨地;唯一地

1970 solicitor
[sə`lɪsɪtə]
名 懇求者;推銷員

1971 soluble
[`saljəbl̩]
形 可溶解的;可解決的

1972 somebody
[`sʌm‚bɑdɪ]
名 大人物

1973 someday
[`sʌm‚de]
副 某一天

1974 soon
[sun]
副 很快地;不久地

1975 soundtrack
[`saund‚træk]
名 原聲帶

1976 southeast
[‚sauθ`ist]
名 東南
形 東南的

1977 southwest
[‚sauθ`wɛst]
名 西南
形 西南的

1978 sovereignty
[`savrɪntɪ]
名 主權;君權

1979 soy sauce
片 醬油

1980 spare
[spɛr]
動 分出;騰出
形 剩下的

1981 spare no effort to
片 不遺餘力去…

1982 spatial
[`speʃəl]
形 空間的

1983 speak ill of sb.
片 說某人壞話

1984 spear
[spɪr]
名 魚叉;矛;幼苗

1985 special
[`spɛʃəl]
名 特刊；特別節目；特餐

1986 specialize in
片 專攻於…

1987 specialized
[`spɛʃəl,aɪzd]
形 專門的；專業的

1988 specifically
[spɪ`sɪfɪklɪ]
副 特別地；明確地

1989 specification
[,spɛsəfə`keʃən]
名 詳述；明細

1990 spectacular
[spɛk`tækjələ]
名 奇觀
形 壯觀的

1991 speculation
[,spɛkjə`leʃən]
名 沉思；推測

1992 speed up
片 加速

1993 spell
[spɛl]
名 咒語

1994 sperm
[spɜm]
名 精子；精液

1995 spice
[spaɪs]
名 香料

1996 spire
[spaɪr]
名 螺旋；尖塔

1997 spirit
[`spɪrɪt]
名 精神；靈魂

1998 spokesman
[`spoksmən]
名 代言人

1999 sponsorship
[`spɑnsə,ʃɪp]
名 資助；贊助

2000 spoonful
[`spun,ful]
名 一匙的量

2001 sporting
[`sportɪŋ]
形 體育的；運動的

2002 spring
[sprɪŋ]
名 春天

2003 squad
[skwɑd]
名 (軍隊)一班；小隊

2004 stability
[stə`bɪlətɪ]
名 穩定性；安定

2005 stabilize
[`stebl,aɪz]
動 使穩定；使安定

2006 stable
[`stebl]
名 馬廄

2007 stairway
[`stɛr,we]
名 樓梯；階梯

2008 stapler
[`steplə]
名 訂書機

2009 stark
[stɑrk]
形 僵硬的；嚴格的；全然的

2010 starter
[`stɑrtə]
名 開端；(賽跑時的)發令員

2011 state
[stet]
動 陳述；指定
名 狀況；國家

2012 statesman
[`stetsmən]
名 政治家

2013 station
[`steʃən]
名 車站

2014 statistician
[,stætəs`tɪʃən]
名 統計學家

2015 status
[`stetəs]
名 身分地位

2016 statutory
[`stætʃu,torɪ]
形 法定的；法規的

2017 **stay**
[ste]
動 停留；保持

2018 **steel**
[stil]
名 鋼；冷酷
形 鋼製的

2019 **steer**
[stɪr]
動 掌舵；帶領

2020 **stem**
[stɛm]
名 莖；柄；血統

2021 **sterling**
[`stɝlɪŋ]
形 純正的；符合最高標準的；優秀的

2022 **steward**
[`stjuwəd]
名 男侍者；男管家

2023 **stewardess**
[`stjuwədɪs]
名 女侍者

2024 **stick**
[stɪk]
名 棍棒；手杖

2025 **still**
[stɪl]
形 靜止的；平靜的

2026 **stimulating**
[`stɪmjuletɪŋ]
形 刺激的；激勵人心的

2027 **stomachache**
[`stʌmək.ek]
名 胃痛

2028 **story**
[`storɪ]
名 故事；報導；內情

2029 **storyteller**
[`storɪ.tɛlə]
名 說故事的人

2030 **strained**
[`strend]
形 緊張的

2031 **strangle**
[`stræŋgl]
動 勒住；抑制

2032 **strategic**
[strə`tidʒɪk]
形 戰略的

2033 **streak**
[strik]
名 條紋；礦脈

2034 **street**
[strit]
名 街道；車道

2035 **striker**
[`straɪkə]
名 打擊者；罷工者

2036 **structural**
[`strʌktʃərəl]
形 結構上的；建築用的

2037 **stuff**
[stʌf]
動 填滿；塞滿
名 材料；物品

2038 **sturdy**
[`stɝdɪ]
形 結實的；堅固的

2039 **stylistic**
[staɪ`lɪstɪk]
形 文體風格的

2040 **submersion**
[sʌb`mɝʒən]
名 沉沒；淹沒

2041 **submit to**
片 屈服於

2042 **subscription**
[səb`skrɪpʃən]
名 捐款；訂閱

2043 **substantially**
[səb`stænʃəlɪ]
副 本質上；實質上

2044 **substitution**
[ˌsʌbstə`tjuʃən]
名 替代；替代品

2045 **subtle**
[`sʌtl]
形 微妙的；細微的

2046 **subtlety**
[`sʌtltɪ]
名 微妙；精細

2047 **subway**
[`sʌb.we]
名 地下鐵

2048 **succession**
[sək`sɛʃən]
名 連續；繼承

2049 such as
片 例如

2050 suckle
[`sʌkl]
動 餵奶；哺乳

2051 sue
[su]
動 提出訴訟；要求

2052 summer
[`sʌmɚ]
名 夏天

2053 sunbathe
[`sʌn,beð]
動 做日光浴

2054 Sunday
[`sʌnde]
名 星期日

2055 sunlight
[`sʌn,laɪt]
名 陽光

2056 sunny
[`sʌnɪ]
形 晴朗的；開朗的

2057 sunrise
[`sʌn,raɪz]
名 日出

2058 sunset
[`sʌn,sɛt]
名 日落

2059 sunshine
[`sʌn,ʃaɪn]
名 陽光；開朗

2060 superintendent
[,supərɪn`tɛndənt]
名 監督者；主管

2061 supermarket
[`supɚ,markɪt]
名 超級市場

2062 superpower
[,supɚ`paʊɚ]
名 極巨大的力量；超強大國

2063 supervise
[`supɚvaɪz]
動 監督；管理

2064 supervision
[,supɚ`vɪʒən]
名 管理；監督

2065 supporter
[sə`portɚ]
名 支持者

2066 supportive
[sə`portɪv]
形 支援的；贊助的

2067 surface
[`sɝfɪs]
名 表面；外觀

2068 surfing
[`sɝfɪŋ]
名 衝浪

2069 surgical
[`sɝdʒɪkl]
形 外科醫生的；外科手術的

2070 surroundings
[sə`raundɪŋz]
名 環境；周圍的情況

2071 survive
[sɝ`vaɪv]
動 存活；倖存；殘留

2072 survivor
[sə`vaɪvɚ]
名 倖存者；倖存物

2073 suspicion
[sə`spɪʃən]
名 懷疑；嫌疑

2074 suspicious
[sə`spɪʃəs]
形 可疑的；懷疑的

2075 swamp
[swamp]
動 陷入沼澤；陷入困境
名 沼澤；困境

2076 sweet potato
片 地瓜；番薯

2077 swimming
[`swɪmɪŋ]
名 游泳

2078 swollen
[`swolən]
形 浮腫的；膨脹的

2079 sword
[sord]
名 劍；刀

2080 syllabus
[`sɪləbəs]
名 課程大綱

2081 symbol
[`sɪmbḷ]
名 記號；符號

2082 symbolism
[`sɪmbḷ‚ɪzəm]
名 象徵主義

2083 syndicate
[`sɪndɪkɪt]
名 財團；聯合會；組織

2084 syndrome
[`sɪn‚drom]
名 併發症狀

2085 synonymous
[sɪ`nɑnəməs]
形 同義的；同義詞的

2086 syntactic
[sɪn`tæktɪk]
形 句法的

2087 syntax
[`sɪntæks]
名 語法；句法

UNIT 5 T → Z

2088 tablecloth
[`tebḷ‚klɔθ]
名 桌布

2089 tablespoon
[`tebḷ‚spun]
名 大湯匙，大調羹

2090 tableware
[`tebḷ‚wɛr]
名 (總稱)餐具

2091 tabloid
[`tæblɔɪd]
名 八卦小報；摘要

2092 tack
[tæk]
名 大頭釘；圖釘

2093 taco
[`tɑko]
名 炸玉米餅

2094 tact
[`tækt]
名 機智；圓滑；得體

2095 tactical
[`tæktɪkḷ]
形 戰術上的

2096 tactics
[`tæktɪks]
名 戰術；用兵學

2097 tag
[tæg]
動 加標籤
名 標籤

2098 tailor-made
[`telɚ‚med]
形 訂做的；特製的

2099 take a nap
片 小睡片刻

2100 take a walk
片 散步

2101 takeaway
[`tekɚ‚we]
名 外帶食物

2102 tall
[tɔl]
形 高的；身材高大的

2103 tally
[`tælɪ]
動 計算；清點
名 記帳；得分

2104 tango
[`tæŋgo]
名 探戈舞

2105 tanker
[`tæŋkɚ]
名 油輪；油槽

2106 tap
[tæp]
動 輕拍；接通

2107 tape
[tep]
名 錄音帶；帶子；膠帶

2108 tasteless
[`testlɪs]
形 乏味的；庸俗的

2109 tattoo
[tə`tu]
動 在…上刺青
名 刺青圖案

2110 tax
[tæks]
名 稅；負擔

2111 tax-free
[`tæks`fri]
形 免稅的

2112 Teacher's Day
片 教師節

2113 teammate
[`tim,met]
名 隊友；同隊隊員

2114 teamwork
[`tim`wɜk]
名 團隊合作

2115 teapot
[`ti,pɑt]
名 茶壺

2116 teaspoon
[`ti,spun]
名 茶匙；一茶匙的量

2117 technician
[tɛk`nɪʃən]
名 技術人員；技師

2118 technology
[tɛk`nɑlədʒɪ]
名 科技；技術

2119 telegram
[`tɛlə,græm]
名 電報

2120 television
[`tɛlə,vɪʒən]
名 電視機

2121 tempestuous
[tɛm`pɛstʃuəs]
形 暴風雪的

2122 tempted
[`tɛmptɪd]
形 有意於；想要的

2123 tense
[tɛns]
名 時態

2124 terminal
[`tɜmən]]
名 (火車、巴士等的)總站

2125 termination
[,tɜmə`neʃən]
名 終止；結局；字尾

2126 termite
[`tɜmaɪt]
名 白蟻

2127 terrifying
[`tɛrə,faɪɪŋ]
形 嚇人的；駭人的

2128 territorial
[,tɛrə`torɪəl]
形 領土的；土地的

2129 territory
[`tɛrə,torɪ]
名 領土；領域

2130 terror
[`tɛrɚ]
名 恐怖；驚駭；恐怖行動

2131 terrorism
[`tɛrə,rɪzəm]
名 恐怖主義

2132 terrorist
[`tɛrərɪst]
名 恐怖主義者

2133 tertiary
[`tɜʃɪ,ɛrɪ]
形 第三的

2134 testament
[`tɛstəmənt]
名 遺囑；證據

2135 testify
[`tɛstə,faɪ]
動 作證；證明；證實

2136 textual
[`tɛkstʃuəl]
形 原文的；本文的

2137 Thanksgiving
[,θæŋks`gɪvɪŋ]
名 感恩節

2138 theatrical
[θɪ`ætrɪkl]
形 劇場的；戲劇的

2139 thereafter
[ðɛr`æftə]
副 之後；以後

2140 thermal
[`θɝml]
名 暖流
形 熱量的；保暖的

2141 thermos
[`θɝməs]
名 保溫瓶

2142 thesaurus
[θɪ`sɔrəs]
名 詞典；文選；彙編

2143 thesis
[`θisɪs]
名 論點；論文

2144 thick
[θɪk]
形 厚的；粗的；濃的

2145 thicken
[`θɪkən]
動 變厚；加粗

2146 thickness
[`θɪknɪs]
名 厚度；濃度

2147 thin
[θɪn]
形 薄的；瘦的；稀疏的

2148 thirsty
[`θɝstɪ]
形 渴的；缺水的；渴望的

2149 thorny
[`θɔrnɪ]
形 帶刺的；多刺的；棘手的

2150 thousand
[`θauznd]
動 一千；無數
形 一千的；無數的

2151 throne
[θron]
動 登上王座
名 王位

2152 thunderbolt
[`θʌndə,bolt]
名 閃電；突發事件

2153 thunderous
[`θʌndərəs]
形 雷響般的

2154 thunderstorm
[`θʌndə,stɔrm]
名 大雷雨

2155 Thursday
[`θɝzde]
名 星期四

2156 tide
[taɪd]
名 浪潮；潮汐；潮流

2157 tie the knot
片 結婚

2158 tiger
[`taɪgə]
名 老虎

2159 tile
[taɪl]
動 鋪瓷磚
名 瓷磚；地磚

2160 time
[taɪm]
名 時間；次數；時機

2161 timeless
[`taɪmlɪs]
形 永恆的；不受時間影響的

2162 timely
[`taɪmlɪ]
形 及時的；適時的

2163 time-out
[`taɪm`aut]
名 (比賽)暫停；休息時間

2164 timer
[`taɪmə]
名 計時員；定時器

2165 timing
[`taɪmɪŋ]
名 計時；時機

2166 tinkle
[`tɪŋkl]
動 發出叮噹聲

2167 tint
[tɪnt]
名 色彩；痕跡

2168 tiny
[`taɪnɪ]
形 極小的;微小的

2169 tip
[tɪp]
名 頂端;小費;提示

2170 tissue
[`tɪʃʊ]
名 面紙;(動植物的)組織

2171 to some extent
片 在一定程度上

2172 toady
[`todɪ]
動 逢迎拍馬
名 奉承者

2173 today
[tə`de]
名 今天;當代
副 (在)今天;現今

2174 toddle
[`tɑdḷ]
動 蹣跚學步

2175 toddler
[`tɑdlə]
名 學步的小孩

2176 together
[tə`gɛðə]
副 一起;共同

2177 tollbooth
[`tol͵buθ]
名 收費站;收費亭

2178 tollway
[`tol͵we]
名 (美)收費公路

2179 tomorrow
[tə`mɔro]
名 明天
副 (在)明天

2180 ton
[tʌn]
名 噸;公噸

2181 tonic
[`tɑnɪk]
名 補藥;生髮水
形 滋補的

2182 tonight
[tə`naɪt]
名 今晚
副 在今晚

2183 tons of
片 很多…

2184 toothache
[`tuθ͵ek]
名 牙痛

2185 toothbrush
[`tuθ͵brʌʃ]
名 牙刷

2186 toothpaste
[`tuθ͵pest]
名 牙膏

2187 topical
[`tɑpɪkḷ]
形 主題的;話題的

2188 topple
[`tɑpḷ]
動 倒塌;推翻;顛覆

2189 torrent
[`tɔrənt]
名 洪流;迸發

2190 touchy
[`tʌtʃɪ]
形 棘手的;易怒的

2191 toupee
[tu`pe]
名 (男士的)假髮

2192 tour
[tʊr]
名 旅行;旅遊

2193 toward
[tə`wɔrd]
介 向;朝;對於

2194 tower
[`taʊə]
名 塔;高樓

2195 township
[`taʊnʃɪp]
名 小鎮;鎮區

2196 trace
[tres]
名 遺跡;痕跡

2197 tractor
[`træktə]
名 牽引機;拖拉機

2198 trade-in
[`tred͵ɪn]
名 折價品

2199 trade-off
[`tred͵ɔf]
名 交換;交易

2200 traffic
[`træfɪk]
名 交通

2201 train
[tren]
名 火車；列車

2202 trainee
[tre`ni]
名 受訓者；練習生

2203 training
[`trenɪŋ]
名 訓練；鍛鍊

2204 traitor
[`tretɚ]
名 叛徒；背叛者

2205 traitorous
[`tretərəs]
形 叛逆的

2206 transcendent
[træn`sɛndənt]
形 卓越的；超群的

2207 transcribe
[træns`kraɪb]
動 謄寫；抄寫

2208 transcription
[ˌtræn`skrɪpʃən]
名 謄寫；副本

2209 transfer
[træns`fɝ]
動 轉帳

2210 transformation
[ˌtrænsfɚ`meʃən]
名 變形；轉變；變化

2211 transformer
[træn`fɔrmɚ]
名 改革者；變壓器

2212 transient
[`trænsɪənt]
名 過往旅客
形 短暫的；一時的

2213 transitory
[`trænsəˌtorɪ]
形 暫時的；瞬息的

2214 transmission
[træns`mɪʃən]
名 傳送；傳播

2215 transmit
[træns`mɪt]
動 傳送；傳達

2216 transparency
[træns`pɛrənsɪ]
名 透明；透明度

2217 traumatic
[trɔ`mætɪk]
形 外傷的；創傷的

2218 treacherous
[`trɛtʃərəs]
形 背叛的；不忠的

2219 treason
[`trizn̩]
名 叛國；通敵罪

2220 treasury
[`trɛʒərɪ]
名 寶庫；(詩文的)集錦

2221 tree
[tri]
名 樹；世系圖

2222 trench
[tʃrɛntʃ]
動 挖溝；挖戰壕
名 戰壕；溝渠

2223 trial
[`traɪəl]
名 試用；考驗

2224 tribunal
[traɪ`bjunl̩]
名 法庭；法官席

2225 tribute
[`trɪbjut]
名 進貢；稱頌

2226 trifle
[`traɪfl̩]
動 輕視；小看
名 瑣事；少量

2227 trillion
[`trɪljən]
名 兆
形 兆的

2228 trio
[`trio]
名 三個一組；三重唱

2229 triple
[`trɪpl̩]
動 使成三倍
形 三倍的

2230 troop
[trup]
名 軍隊

2231 troubled
[`trʌbl̩d]
形 混亂的；為難的

2232 truant
[`truənt]
名 逃學者；玩忽職守者

2233 truce
[trus]
名 停戰；休戰

2234 trustworthy
[`trʌst͵wɝðɪ]
形 值得信賴的

2235 truth
[truθ]
名 事實；真實性；真理

2236 truthful
[`truθfəl]
形 誠實的；真實的

2237 Tuesday
[`tjuzde]
名 星期二

2238 tunnel
[`tʌnḷ]
名 地道；隧道

2239 turbine
[`tɝbɪn]
名 渦輪機

2240 turmoil
[`tɝmɔɪl]
名 騷動；混亂

2241 turtleneck
[`tɝtḷ͵nɛk]
名 高領毛衣

2242 typically
[`tɪpɪklɪ]
副 典型地；代表性地

2243 typing
[`taɪpɪŋ]
名 打字

2244 tyranny
[`tɪrənɪ]
名 暴政；專制；獨裁

2245 tyrant
[`taɪrənt]
名 暴君；專橫的人

2246 ugly
[`ʌglɪ]
形 醜陋的；邪惡的

2247 ultraviolet
[͵ʌltrə`vaɪəlɪt]
名 紫外線
形 紫外線的

2248 unacceptable
[͵ʌnək`sɛptəbḷ]
形 不能接受的；不令人滿意的

2249 unaware
[͵ʌnə`wɛr]
形 未察覺的

2250 uncertain
[ʌn`sɝtṇ]
形 不確定的；含糊的

2251 unchanged
[ʌn`tʃendʒd]
形 未改變的；無變化的

2252 unclear
[ʌn`klɪr]
形 不清楚的；不明白的

2253 uncomfortable
[ʌn`kʌmfətəbḷ]
形 不舒服的；不自在的

2254 unconditional
[͵ʌnkən`dɪʃənḷ]
形 無條件的；絕對的

2255 underlying
[͵ʌndə`laɪɪŋ]
形 在下的；基本的；潛在的

2256 underneath
[͵ʌndə`niθ]
介 在…之下

2257 underpass
[`ʌndə͵pæs]
名 地下道

2258 underwater
[`ʌndə͵wɔtə]
形 水中的；水面下的
副 在水中；在水下

2259 underway
[`ʌndəwe]
形 進行中的

2260 underweight
[`ʌndə͵wet]
名 重量不足
形 重量不足的

2261 underwrite
[`ʌndə͵raɪt]
動 簽署；寫在…下面

2262 undeveloped
[͵ʌndɪ`vɛləpt]
形 未開發的；未發展的；不發達的

2263 unemployment
[͵ʌnɪm`plɔɪmənt]
名 失業；失業人數

2264 unfit
[ʌnˋfɪt]
形 不適合的

2265 unhappy
[ʌnˋhæpɪ]
形 不幸福的;不滿意的

2266 unification
[ˌjunəfəˋkeʃən]
名 統一;聯合

2267 unity
[ˋjunətɪ]
名 團結;一致(性)

2268 unknown
[ʌnˋnon]
名 默默無名的人
形 未知的;陌生的

2269 unleash
[ʌnˋliʃ]
動 解開束縛

2270 unlucky
[ʌnˋlʌkɪ]
形 倒楣的;不順利的

2271 unofficial
[ˌʌnəˋfɪʃəl]
形 非官方的

2272 unpleasant
[ʌnˋplɛznt]
形 使人不悅的

2273 unpopular
[ʌnˋpɑpjələ]
形 不受歡迎的

2274 unprecedented
[ʌnˋprɛsəˌdɛntɪd]
形 空前的;無先例的

2275 unpredictable
[ˌʌnprɪˋdɪktəbḷ]
形 出乎意料的

2276 unrest
[ʌnˋrɛst]
名 不安;動盪

2277 unsuccessful
[ˌʌnsəkˋsɛsfəl]
形 不成功的;失敗的

2278 unsuitable
[ʌnˋsjutəbḷ]
形 不合適的;不相稱的

2279 unusual
[ʌnˋjudʒuəl]
形 不平常的;稀有的

2280 unusually
[ʌnˋjuʒuəlɪ]
副 不尋常地

2281 unwanted
[ʌnˋwɑntɪd]
形 不需要的;無用的

2282 unwilling
[ʌnˋwɪlɪŋ]
形 不願意的;不情願的

2283 uprising
[ˋʌpˌraɪzɪŋ]
名 起義;暴動;上升

2284 upstairs
[ˋʌpˋstɛrz]
副 在樓上;往高處

2285 upward
[ˋʌpwəd]
形 向上的;升高的
副 向上;在上面

2286 urgency
[ˋɝdʒənsɪ]
名 緊急;催促

2287 useless
[ˋjuslɪs]
形 無用的;無效的

2288 user
[ˋjuzə]
名 使用者;用戶

2289 usual
[ˋjuʒuəl]
形 通常的;平常的

2290 utmost
[ˋʌtˌmost]
名 極限
形 最大的

2291 Valentine's Day
片 情人節

2292 valid
[ˋvælɪd]
形 有效的;合法的

2293 validity
[vəˋlɪdətɪ]
名 正確性;有效性

2294 valve
[vælv]
名 閥;活門;【解】瓣膜

2295 vapor
[ˋvepə]
名 蒸汽;煙霧

2296 varied
[`vɛrɪd]
形 各式各樣的；多姿多彩的

2297 vend
[vɛnd]
動 叫賣；出售

2298 vent
[vɛnt]
動 排出；發洩
名 出口；排氣孔

2299 ventilate
[ˏvɛntḷˋet]
動 使通風

2300 venue
[`vɛnju]
名 發生地；集合地

2301 verge
[vɜdʒ]
動 處於邊緣
名 邊緣

2302 versus
[`vɜsəs]
介 與…相對；對抗

2303 vertical
[`vɜtɪkḷ]
形 垂直的

2304 veteran
[`vɛtərən]
名 老兵；老手

2305 veterinarian
[ˏvɛtərəˋnɛrɪən]
名 獸醫

2306 vicar
[`vɪkɚ]
名 (天主教)教皇

2307 victimize
[`vɪktɪˏmaɪz]
動 使犧牲；使痛苦

2308 victor
[`vɪktɚ]
名 勝利者

2309 victorious
[vɪkˋtorɪəs]
形 勝利的；凱旋的

2310 victory
[`vɪktərɪ]
名 勝利；成功

2311 video
[`vɪdɪˏo]
名 錄影；錄影帶

2312 videotape
[`vɪdɪoˏtep]
名 錄影帶

2313 viewer
[`vjuɚ]
名 觀看者；參觀者

2314 viewpoint
[`vjuˏpɔɪnt]
名 觀點；見解；視角

2315 vigor
[`vɪgɚ]
名 體力；精力；茁壯

2316 vigorous
[`vɪgərəs]
形 精力充沛的；健壯的

2317 villa
[`vɪlə]
名 別墅

2318 village
[`vɪlɪdʒ]
名 村莊

2319 villager
[`vɪlɪdʒɚ]
名 村民

2320 vineyard
[`vɪnjɚd]
名 葡萄園

2321 vintage
[`vɪntɪdʒ]
名 葡萄酒；釀造年份
形 (葡萄酒)上等的

2322 vinyl
[`vaɪnɪl]
名 乙烯基

2323 violent
[`vaɪələnt]
名 暴力的；猛烈的

2324 virgin
[`vɜdʒɪn]
名 處女
形 純潔的

2325 vision
[`vɪʒən]
名 洞察力

2326 visualize
[`vɪʒʊəˏlaɪz]
動 使形象化；使顯現

2327 vitality
[vaɪˋtælətɪ]
名 活力；生命力

2328 vocation
[voˋkeʃən]
名 職業；行業

2329 vocational
[voˋkeʃənḷ]
形 職業的

2330 volcano
[valˋkeno]
名 火山

2331 volt
[volt]
名 伏特(電壓單位)

2332 voltage
[ˋvoltɪdʒ]
名 電壓；伏特數

2333 voter
[ˋvotɚ]
名 投票人

2334 wagon
[ˋwægən]
名 (四輪)運貨馬車

2335 waiter
[ˋwetɚ]
名 服務生

2336 waitress
[ˋwetrɪs]
名 女服務生

2337 walkman
[ˋwɔkmən]
名 隨身聽

2338 waltz
[wɔlts]
動 跳華爾滋
名 華爾滋

2339 war
[wɔr]
名 戰爭；衝突

2340 ware
[wɛr]
名 器皿；製品

2341 warm
[wɔrm]
形 暖和的；熱情的

2342 warmth
[wɔrmθ]
名 溫暖；親切

2343 warring
[ˋwɔrɪŋ]
形 交戰的；敵對的

2344 warship
[ˋwɔr͵ʃɪp]
名 軍艦；艦艇

2345 wartime
[ˋwɔr͵taɪm]
名 戰時

2346 wary
[ˋwɛrɪ]
形 謹慎的；警惕的

2347 watchman
[ˋwatʃmən]
名 看守人；巡夜者

2348 watt
[wat]
名 【電】瓦特

2349 way-out
[ˋwe͵aʊt]
形 非比尋常的

2350 wear
[wɛr]
動 穿戴；磨損；使疲乏

2351 Wednesday
[ˋwɛnzde]
名 星期三

2352 wee
[wi]
形 極小的；很早的

2353 weekend
[ˋwik`ɛnd]
名 週末
形 週末的

2354 weekly
[ˋwiklɪ]
名 週刊；週報
形 每週的；週刊的

2355 weird
[wɪrd]
形 古怪的；奇特的

2356 weld
[wɛld]
動 焊接；熔接；使結合
名 焊接；焊接點

2357 well-being
[ˋwɛlˋbiɪŋ]
名 安康；福利

2358 westerner
[ˋwɛstənɚ]
名 西方人；歐美人

2359 wet
[wɛt]
形 潮濕的；多雨的

2360 wharf
[hwɔrf]
名 碼頭

2361 whatsoever
[ˌhwʌtsoʊˋɛvɚ]
形 任何的
代 任何事物

2362 wheat
[hwit]
名 小麥

2363 wheel
[hwil]
名 輪子；旋轉

2364 whereabouts
[ˋhwɛrəˋbaʊts]
名 下落；行蹤
副 在哪裡

2365 wholly
[ˋholɪ]
副 完全地；全部

2366 wide
[waɪd]
形 寬敞的

2367 widen
[ˋwaɪdn̩]
動 加寬；擴大

2368 widower
[ˋwɪdoɚ]
名 鰥夫

2369 wind
[wɪnd]
名 風

2370 windy
[ˋwɪndɪ]
形 多風的；風大的

2371 winger
[ˋwɪŋɚ]
名 (足球的)邊鋒

2372 winning
[ˋwɪnɪŋ]
名 勝利
形 獲勝的

2373 winter
[ˋwɪntɚ]
名 冬天

2374 wire
[waɪr]
名 金屬線；電線

2375 without
[wɪˋðaʊt]
介 在…範圍以外

2376 wizard
[ˋwɪzəd]
名 男巫；術士

2377 wok
[wɑk]
名 鐵鍋

2378 wonderful
[ˋwʌndəfəl]
形 精彩的；驚人的

2379 wooden
[ˋwʊdn̩]
形 木製的；呆滯的

2380 woodland
[ˋwʊdˌlænd]
名 林地；森林地帶

2381 work
[wɜk]
動 工作；運轉；起作用

2382 worker
[ˋwɜkɚ]
名 工人；勞動者

2383 workforce
[ˋwɜkˌfɔrs]
名 勞動力；人力

2384 workman
[ˋwɜkmən]
名 工人；技工

2385 world
[wɜld]
名 世界；地球

2386 worsen
[ˋwɜsn̩]
動 變壞；惡化

2387 worthless
[ˋwɜθlɪs]
形 沒有價值的；沒用的

2388 wrapping
[ˋræpɪŋ]
名 包裝紙

2389 wreck
[rɛk]
名 (船等)失事；遇難

2390 wretched
[ˋrɛtʃɪd]
形 可憐的；不幸的；悲慘的；卑劣的

2391 written
[ˋrɪtn̩]
形 書面的；寫好的

2392 yacht
[jɑt]
名 遊艇；快艇

2393 yam
[jæm]
名 山藥

2394 year-end bonus
片 年終獎金

2395 yen
[jɛn]
名 日圓(日本貨幣單位)

2396 yesterday
[`jɛstədе]
名 昨天
副 昨天

2397 yield
[jild]
名 產量；收益；利潤

2398 yield to
片 屈服於…

2399 yoke
[jok]
動 上軛
名 牛軛；束縛

2400 zoom in/out
片 畫面拉近/畫面推遠

POINT 備考小撇步 **for GEPT**

　　GETP分為「初級」、「中級」、「中高級」和「高級」四個等級，一般而言，很多高中會要求學生考過中級，而大學或職場通常會鎖定中高級。

　　準備GEPT時，單字量是基本中的基本，閱讀和寫作都會用到，不過，GEPT就算到中高級，也不會用到太冷門的詞彙，所以大家也不用猛命埋頭背單字，在熟記本章列出的精華字彙之後，建議將多餘的時間拿來研讀基礎文法（像是詞性、基礎句子結構…等等），這對閱讀理解會有很大的幫助，因為就算真的遇到不認識的單字，還是能從文法結構判斷出正確的選項。（千萬不要小看文法帶來的益處，比方說，句中遇到不認識的單字，但你看出那個題目必須使用倒裝句回答時，照樣能選出正確的選項。）

　　聽力測驗則建議大家在題目播放之前，快速瀏覽選項，因為GEPT的選項差異化比較大，抓住關鍵字之後，基本上就十拿九穩了。這裡要提醒大家，千萬不要「過度推測」，對話裡若沒有直接提到，就不要過度延伸，這點是同學們經常會犯的錯誤，要特別小心。

Part 5

雅思
核心單字2,400

Key to Learn Words

雅思（IELTS）是由劍橋大學英語考試院設計的專業檢定考，雖然以往被視為英國等地的專門考試，但現今已經有愈來愈多學校或機構認可 IELTS 的分數，正在挑戰 IELTS 的你，當然得把握時間，從單字基礎搶分囉！

動 動詞	名 名詞	形 形容詞	副 副詞	助 助動詞
代 代名詞	介 介系詞	連 連接詞	縮 縮寫	片 片語

MP3 309

0001 abate
[ə`bet]
動 減少；減弱；減輕

0002 abduct
[æb`dʌkt]
動 誘拐；綁架；劫持

0003 abet
[ə`bɛt]
動 慫恿；教唆

0004 ablution
[əb`luʃən]
名 沐浴儀式；洗禮

0005 abode
[ə`bod]
名 住所；住處

0006 abound
[ə`baund]
動 富足；充足

0007 above all
片 最重要的；尤其

0008 absenteeism
[ˌæbsn̩`tiɪzm]
名 缺勤；曠課

0009 absent-minded
[`æbsn̩`maɪndɪd]
形 心不在焉的；茫茫然的

0010 absolutely
[`æbsəˌlutlɪ]
副 絕對地；完全地

0011 abundance
[ə`bʌndəns]
名 豐富；充足；大量

0012 accelerator
[æk`sɛləˌretə]
名 (汽車等的)加速裝置

0013 accountancy
[ə`kauntənsɪ]
名 會計工作；會計學

0014 accredit
[ə`krɛdɪt]
動 相信；認可；歸功於

0015 accreditation
[əˌkrɛdə`teʃən]
名 (大使等的)任命；指派

0016 accused
[ə`kjuzd]
名 被告
形 被控告的

0017 accuser
[`əkjuzə]
名 原告；控告者

0018 acidity
[ə`sɪdətɪ]
名 酸性；酸味

0019 acrobat
[`ækrəˌbæt]
名 雜技演員；特技演員

0020 acrobatic
[ˌækrə`bætɪk]
形 雜技的；特技的

0021 activator
[`æktəˌvetə]
名 活化劑；催化劑

0022 acumen
[`ækjəmən]
名 聰明；敏銳

0023 acupuncture
[ˌækjuˋpʌŋktʃə]
動 對…施行針灸治療

0024 adam's apple
片 喉結

0025 adapter
[ə`dæptə]
名 (機器的)轉接器

0026 additionally
[ə`dɪʃn̩lɪ]
副 附加地；此外

0027 adherent
[əd`hɪrənt]
名 追隨者；擁護者
形 黏著的；附著的

0028 adjudicate
[ə`dʒudɪˌket]
動 裁判；裁決

0029 adobe
[ə`dobı]
名 曬乾的泥磚；用泥磚建的房屋

0030 adoption
[ə`dɑpʃən]
名 收養；採取

0031 adoptive
[ə`dɑptɪv]
形 收養的；採用的

0032 adrenalin
[æd`rɛnlɪn]
名 腎上腺素

0033 advantageous
[ˌædvən`tedʒəs]
形 有利的；有益的

0034 adventurous
[əd`vɛntʃərəs]
形 愛冒險的；大膽的；充滿危險的

0035 adverbial
[əd`vɝbɪəl]
形 副詞的；做副詞用的

0036 advocate
[`ædvəˌket]
動 擁護；支持；提倡

0037 aeration
[ˌeə`reʃən]
名 通風；通氣

0038 aerobics
[ˌeə`robɪks]
名 有氧運動；有氧舞蹈

0039 aerodynamics
[ˌɛrodaɪ`næmɪks]
名 空氣動力學

0040 aeronautics
[ˌɛrə`nɔtɪks]
名 航空學；飛行術

0041 aeroplane
[`ɛrəˌplen]
名 (英)飛機

0042 aerosol
[`ɛrəˌsɑl]
名 噴霧器

0043 aesthetics
[ɛs`θɛtɪks]
名 美學；審美觀

0044 afflict
[ə`flɪkt]
動 折磨；使煩惱

0045 affluent
[`æfluənt]
形 富裕的；富足的

0046 afield
[ə`fild]
副 遠離家鄉；偏離著；去野外

0047 afloat
[ə`flot]
形 漂浮著的；在海上的

0048 after all
片 畢竟；終究

0049 agate
[`ægət]
名 瑪瑙

0050 aggravation
[ˌægrə`veʃən]
名 加重；加劇；惡化

0051 agile
[`ædʒaɪl]
形 敏捷的；靈活的

0052 agnostic
[æg`nɑstɪk]
名 【哲】不可知論者
形 持不可知論的

0053 agrarian
[ə`grɛrɪən]
形 耕地的；土地的

0054 agronomy
[ə`grɑnəmɪ]
名 農藝學

0055 aground
[ə`graund]
形 擱淺的
副 擱淺地

0056 ailment
[`elmənt]
名 病痛；輕微的疾病

0057 aircraft carrier
片 航空母艦

0058 aisle
[aɪl]
名 通道；走道

0059 albeit
[ɔl`biɪt]
連 儘管；雖然

0060 alchemist
[`ælkəmɪst]
名 鍊金術士

0061 alcove
[`ælkov]
名 凹室;壁龕

0062 ale
[el]
名 麥芽啤酒

0063 algae
[`ældʒi]
名 海藻;水藻

0064 alienation
[ˌeljə`neʃən]
名 疏遠;離間;讓渡

0065 alight
[ə`laɪt]
形 燃燒著的;點亮著的

0066 allege
[ə`lɛdʒ]
動 斷言;宣稱

0067 allotment
[ə`lɑtmənt]
名 分配;分派

0068 allure
[ə`lɪur]
動 引誘;誘惑
名 誘惑力;魅力

0069 alluvial
[ə`luvɪəl]
形 沖積的

0070 ally
[`ælaɪ]
動 結合;團結
名 同盟國

0071 alpine
[`ælpaɪn]
形 阿爾卑斯山的;高山的

0072 altar
[`ɔltə]
名 (教堂內的)聖壇;祭壇

0073 amalgam
[ə`mælgəm]
名 汞合金

0074 amalgamate
[ə`mælgəmet]
動 聯合;合併

0075 amass
[ə`mæs]
動 聚積(財富);堆積

0076 amber
[`æmbə]
名 琥珀
形 琥珀製的

0077 ambivalent
[æm`bɪvələnt]
形 有矛盾情緒的

0078 amino acid
片 氨基酸

0079 ammonia
[ə`monjə]
名 氨;氨水

0080 amorphous
[ə`mɔrfəs]
形 無結晶形的;無組織的

0081 ampere
[æm`pɪr]
名 【電】安培

0082 amphibian
[æm`fɪbɪən]
名 水陸兩棲動物
形 兩棲類的

0083 amphibious
[æm`fɪbɪəs]
形 兩棲(類)的;水陸兩用的

0084 anarchist
[`ænəˌkɪst]
名 無政府主義者

0085 anatomy
[ə`nætəmɪ]
名 解剖學

0086 ancestral
[æn`sɛstrəl]
形 祖先的;祖傳的

0087 anecdotal
[ˌænɪk`dotl̩]
形 軼事的;趣聞的

0088 annex
[ə`nɛks]
動 附加;增添;併吞

0089 anode
[`ænod]
名 【電】陽極;正極

0090 anorak
[`ænəˌræk]
名 (帶風帽的)禦寒夾克

0091 antelope
[`æntl̩op]
名 羚羊

0092 anthropologist
[ˌænθrə`pɑlədʒɪst]
名 人類學者

0093 anti-aircraft gun
片 高射炮

0094 anticlockwise
[ˌæntɪˈklɑkwaɪz]
形 逆時針方向的

0095 antidote
[ˈæntɪˌdot]
名 解毒劑

0096 antiquated
[ˈæntəˌkwetɪd]
形 過時的；陳舊的；老式的

0097 antiquity
[ænˈtɪkwətɪ]
名 古代；古老；古器物

0098 antiseptic
[ˌæntəˈsɛptɪk]
形 抗菌的；防腐的；無菌的；消過毒的

0099 apace
[əˈpes]
副 急速地；飛快地

0100 aphorism
[ˈæfəˌrɪzəm]
名 格言；警句

0101 apiary
[ˈepɪˌɛrɪ]
名 養蜂場；蜂房

0102 apiece
[əˈpis]
副 每人；每個

0103 apoplexy
[ˈæpəˌplɛksɪ]
名 中風

0104 apparent
[əˈpærənt]
形 明顯的；顯而易見的

0105 apparition
[ˌæpəˈrɪʃən]
名 幽靈；亡靈

0106 appendix
[əˈpɛndɪks]
名 闌尾；盲腸

0107 appetizing
[ˈæpəˌtaɪzɪŋ]
形 開胃的；刺激食慾的

0108 applied
[əˈplaɪd]
形 應用的；實用的

0109 apportion
[əˈporʃən]
動 分攤；分配

0110 appraise
[əˈprez]
動 估價；評價

0111 apricot
[ˈæprɪˌkɑt]
名 杏仁；杏樹；杏黃色

0112 arable
[ˈærəbḷ]
形 可耕的；適於耕種的

0113 arbitrate
[ˈɑrbəˌtret]
動 仲裁；公斷

0114 arboreal
[ɑrˈborɪəl]
形 樹林的；喬木的

0115 arcade
[ɑrˈked]
名 拱廊；騎樓

0116 archaeologist
[ˌɑrkɪˈɑlədʒɪst]
名 考古學家

0117 archaeology
[ˌɑrkɪˈɑlədʒɪ]
名 考古學

0118 archbishop
[ˈɑrtʃˈbɪʃəp]
名 大主教；樞機主教

0119 aridity
[əˈrɪdətɪ]
名 乾旱；乾燥

0120 aristocracy
[ˌærəsˈtɑkrəsɪ]
名 貴族；特權階級；上層社會

0121 armada
[ɑrˈmɑdə]
名 艦隊

0122 armament
[ˈɑrməmənt]
名 (一國的)軍備；軍事力量

0123 aroma
[əˈromə]
名 芳香；香氣

0124 arousal
[əˈrauzḷ]
名 喚起；覺醒；激勵

0125 array
[ə`re]
動 配置(兵力)；整(隊)
名 (軍隊等)列陣

0126 arrogance
[`ærəgəns]
名 傲慢；自大；自負

0127 arrowhead
[`æro͵hɛd]
名 箭頭；楔形符號

0128 arsenal
[`ɑrsn̩əl]
名 軍械庫；兵工廠

0129 arson
[`ɑrsn̩]
名 縱火罪；放火罪

0130 artefact
[`ɑrtɪfækt]
名 人工製品；加工品

0131 arthritis
[ɑr`θraɪtɪs]
名 關節炎

0132 arty
[`ɑrtɪ]
形 附庸風雅的；冒充藝術的

0133 as if
片 彷彿

0134 ashtray
[`æʃ͵tre]
名 煙灰缸

0135 asocial
[ə`soʃəl]
形 自私的；不合群的；反社會的

0136 asphalt
[`æsfɔlt]
名 瀝青；柏油

0137 asphyxiate
[æs`fɪksɪ͵et]
動 使窒息；悶死

0138 assassination
[ə͵sæsə`neʃən]
名 暗殺；行刺

0139 assess
[ə`sɛs]
動 對…進行估價；評價

0140 assiduity
[͵æsə`djuətɪ]
名 勤勉；刻苦

0141 assimilation
[ə͵sɪml`eʃən]
名 (食物等的)吸收；同化作用

0142 assistantship
[ə`sɪstənt͵ʃɪp]
名 研究生獎學金

0143 assured
[ə`ʃurd]
形 確定的；自信的

0144 asterisk
[`æstə͵rɪsk]
名 星號；星狀標記

0145 asteroid
[`æstə͵rɔɪd]
名 小行星
形 星狀的

0146 astound
[ə`staund]
動 使震驚；使大驚

0147 astray
[ə`stre]
形 迷路的；離開正道的
副 離開正確的路

0148 asymmetry
[e`sɪmɪtrɪ]
名 不對稱(現象)

0149 at any rate
片 無論如何

0150 at the same time
片 同時

0151 atheism
[`eθɪ͵ɪzəm]
名 無神論

0152 atheist
[`eθɪɪst]
名 無神論者

0153 atlas
[`ætləs]
名 地圖集；圖解集

0154 atmospheric
[͵ætməs`fɛrɪk]
形 大氣的；大氣中的

0155 attainable
[ə`tenəbl]
形 可達到的；可獲得的

0156 attendance
[ə`tɛndəns]
名 護理；侍候

0157 aubergine
[`obɛr,dʒin]
名 茄子

0158 auburn
[`ɔbən]
名 赤褐色；赭色
形 赤褐色的；赭色的

0159 audacious
[ɔ`deʃəs]
形 大膽的；無畏的；魯莽的；膽大妄為的

0160 audio tour
片 語音導覽

0161 audiovisual
[`ɔdɪo`vɪʒuəl]
形 視聽的；視聽教學的

0162 audition
[ɔ`dɪʃən]
名 聽覺；聽力；視聽

0163 augment
[ɔg`mɛnt]
動 擴大；增加；提高

0164 authentic
[ɔ`θɛntɪk]
形 可信的；真實的；(依法)有效的

0165 autocracy
[ɔ`takrəsɪ]
名 獨裁政體；獨裁政治

0166 autocrat
[`ɔtə,kræt]
名 獨裁者；獨斷獨行的人

0167 autocratic
[,ɔtə`krætɪk]
形 獨裁的；專制的

0168 automatic
[,ɔtə`mætɪk]
形 自動的；習慣性的

0169 automatically
[,ɔtə`mætɪk]ɪ]
副 自動地；無意識地

0170 automaton
[ɔ`tamətən]
名 小機器人；自動玩具

0171 autonomous
[ɔ`tanəməs]
形 自治的；自主的

0172 availability
[ə,velə`bɪlətɪ]
名 有益；有效；可利用性；可得性

0173 avalanche
[`ævl,æntʃ]
動 崩塌
名 雪崩；山崩

0174 avenge
[ə`vɛndʒ]
動 替…報仇；復仇

0175 awl
[ɔl]
名 尖錐；鑽子

0176 awning
[`ɔnɪŋ]
名 (門窗前的)雨篷

0177 baby boom
片 嬰兒潮；出生的高峰期

0178 backache
[`bæk,ek]
名 背痛；腰痛

0179 backboard
[`bæk,bord]
名 (籃球架的)籃板

0180 backcourt
[`bæk,kort]
形 球場後部的

0181 backlash
[`bæk,læʃ]
名 強烈反對；反衝

0182 backstroke
[`bæk,strok]
名 仰泳；反擊

0183 bacterial
[bæk`tɪrɪəl]
形 細菌的；細菌引起的

0184 baffle
[`bæfl]
名 擋板；隔板

0185 balance beam
片 平衡木

0186 bale
[`bel]
動 把…紮成大捆
名 大包；大綑

0187 ballistic
[bə`lɪstɪk]
形 彈道的；彈道學的

0188 bangle
[`bæŋgl]
名 手鐲；腳鐲

0189 bankruptcy
[`bæŋkrəptsɪ]
名 破產；倒閉

0190 baptism
[`bæptɪzəm]
名【宗】洗禮；浸禮

0191 baptize
[bæp`taɪz]
動 行浸禮(或洗禮)

0192 barbaric
[bɑr`bærɪk]
形 半開化的；野蠻的；粗野的；不知節制的

0193 barnyard
[`bɑrn͵jɑrd]
名 穀倉旁的場地

0194 baron
[`bærən]
名 男爵(英國爵位最低的貴族)

0195 baronet
[`bærənɪt]
動 封以從男爵
名 從男爵

0196 barrage
[bə`rɑʒ]
動 以密集火力攻擊
名 彈幕；猛烈的攻擊

0197 basalt
[bə`sɔlt]
名 玄武岩

0198 basilica
[bə`zɪlɪkə]
名 大教堂

0199 basis
[`besɪs]
名 基礎；根據；準則

0200 bathrobe
[`bæθ͵rob]
名 浴衣

0201 baton
[`bætən]
名 權杖；警棒；指揮棒

0202 battleship
[`bætḷ͵ʃɪp]
名 主力艦；戰艦

0203 bayonet
[`beənɪt]
動 用刺刀刺
名 (槍上的)刺刀

0204 be lost in thinking
片 陷入思考中

0205 beach
[bitʃ]
名 海灘；湖濱

0206 beacon
[`bikŋ]
名 信號浮標；(機場的)燈標

0207 bearing
[`bɛrɪŋ]
名 (機器的)軸承

0208 bedbug
[`bɛd͵bʌg]
名 臭蟲

0209 bedspread
[`bɛd͵sprɛd]
名 床罩

0210 bedstead
[`bɛd͵stɛd]
名 床架

0211 beech
[bitʃ]
名 山毛櫸
形 山毛櫸的

0212 beehive
[`bihaɪv]
名 蜂窩；擁擠的地方

0213 beetroot
[`bit͵rut]
名 球芽甘藍

0214 begrime
[bɪ`graɪm]
動 弄髒；玷汙

0215 begrudge
[bɪ`grʌdʒ]
動 吝惜；嫉妒；羨慕

0216 behalf
[bɪ`hæf]
名 代表；利益

0217 behaviorism
[bɪ`hevjə͵ɪzəm]
名 行為主義

0218 behead
[bɪ`hɛd]
動 砍…的頭；把…斬首

0219 bellicose
[`bɛlə͵kos]
形 好鬥的；好戰的

0220 belligerent
[bə`lɪdʒərənt]
名 交戰國
形 好戰的；交戰國的

0221 🔊
belly button
片 (口)肚臍

0222 🔊
bent
[bɛnt]
名 愛好；傾向
形 彎曲的

0223 🔊
benzene
[`bɛnzin]
名 苯

0224 🔊
bequest
[bɪ`kwɛst]
名 遺贈；遺產

0225 🔊
bereave
[bə`riv]
動 使喪失(近親等)；使孤
寂；使淒涼

0226 🔊
beret
[bə`re]
名 貝雷帽

0227 🔊
berth
[bɜθ]
名 (火車、船等的)臥鋪

0228 🔊
bespectacled
[bɪ`spɛktəkld]
形 戴眼鏡的

0229 🔊
betrayal
[bɪ`treəl]
名 背叛；密告；洩密

0230 🔊
biased
[`baɪəst]
形 存有偏見的；偏見的

0231 🔊
bib
[bɪb]
名 (小孩吃飯用的)圍兜

0232 🔊
bilateral
[baɪ`lætərəl]
形 雙方的；雙邊的

0233 🔊
bilberry
[`bɪl,bɛrɪ]
名 覆盆子

0234 🔊
bile
[baɪl]
名 膽汁

0235 🔊
bilingual
[baɪ`lɪŋgwəl]
形 能說兩種語言的；雙語
的

0236 🔊
biodegradable
[`baɪodɪ`gredəbl]
形 會自然分解的

0237 🔊
biodiversity
[baɪo,daɪ`vɜsətɪ]
名 生物多樣性

0238 🔊
biometrics
[,baɪə`mɛtrɪks]
名 生物統計學

0239 🔊
biped
[`baɪ,pɛd]
名 兩足動物
形 兩足的

0240 🔊
birch
[bɜtʃ]
名 白樺；樺木

0241 🔊
birth control
片 生育控制

0242 🔊
birthmark
[`bɜθ,mark]
名 胎記

0243 🔊
bishop
[`bɪʃəp]
名 主教

0244 🔊
black hole
片 黑洞

0245 🔊
blackmail
[`blæk,mel]
動 敲詐；脅迫
名 敲詐；勒索

0246 🔊
bladder
[`blædə]
名 膀胱

0247 🔊
blade
[bled]
名 葉片；刀片

0248 🔊
blaze
[blez]
名 火焰；光輝

0249 🔊
blindfold
[`blaɪnd,fold]
動 蒙住(眼睛)

0250 🔊
blockbuster
[`blak,bʌstə]
名 賣座電影；暢銷巨著

0251 🔊
blocker
[`blakə]
名 阻擋物；(排球的)攔網
員

0252 🔊
blocking
[`blakɪŋ]
名 阻礙；攔網；封網

0253 blood pressure
片 血壓

0254 blood vessel
片 血管

0255 bloodshed
[`blʌd,ʃɛd]
名 殺戮；流血事件

0256 blueberry
[`blu,bɛrɪ]
名 藍莓

0257 blueprint
[blu`prɪnt]
名 藍圖；設計圖

0258 board
[bord]
動 上(船、車、飛機等)
名 木板；牌子

0259 boarder
[`bordɚ]
名 登船或上飛機的人；寄
宿生

0260 boatswain
[`bot,swen]
名 掌帆長；水手長

0261 bob
[`bab]
動 上下(或來回)快速擺動

0262 bobbin
[`babɪn]
名 捲線筒

0263 bogus
[`bogəs]
形 膺造的；假貨的

0264 bombardment
[bam`bardmənt]
名 砲擊；轟炸

0265 bonnet
[`banɪt]
名 (有綁帶的)女帽；童帽

0266 bookrest
[`buk,rɛst]
名 閱書架

0267 bookworm
[`buk,wɜm]
名 書呆子

0268 booming
[`bumɪŋ]
形 興旺發達的；景氣好的

0269 boor
[bur]
名 農民；鄉下人

0270 boorish
[`burɪʃ]
形 粗野的；粗魯的；笨拙
的

0271 booty
[`butɪ]
名 戰利品；掠奪物；臟物

0272 bore
[bor]
動 鑽孔；挖井

0273 boulder
[`boldɚ]
名 卵石；大圓石

0274 bouncing
[`baunsɪŋ]
形 跳躍的；活潑的；巨大
的

0275 bourgeois
[bur`ʒwa]
名 資產家
形 中產階級的

0276 bourgeoisie
[,bjurʒwa`zi]
名 中產階級

0277 bow tie
片 蝴蝶結；領結

0278 bowels
[`bauəlz]
名 腸；內臟

0279 braces
[`breɪsɪz]
名 吊帶褲

0280 braise
[brez]
動 以文火燉煮

0281 brandy
[`brændɪ]
名 白蘭地

0282 brash
[bræʃ]
形 無禮的；輕率的

0283 brat
[bræt]
名 頑童；小搗蛋

0284 bravo
[`bra`vo]
名 好極了(用以稱讚表演)

0285 brazen
[ˋbrezən]
形 黃銅製的；堅硬的；厚臉皮的

0286 breadwinner
[ˋbrɛd͵wɪnɚ]
名 負擔生計的人

0287 breakwater
[ˋbrek͵wɔtɚ]
名 防波堤

0288 breaststroke
[ˋbrɛst͵strok]
名 蛙泳

0289 breech
[britʃ]
動 給(槍、砲)裝上後膛
名 (槍、砲的)後膛

0290 breeding
[ˋbridɪŋ]
名 教養；訓育

0291 brethren
[ˋbrɛðrən]
名 【宗】教友；同道

0292 briefly
[ˋbriflɪ]
副 簡潔地；簡短地

0293 bring around/round
片 使某人恢復知覺

0294 bring out
片 拿出；取出

0295 bring up
片 培養；養育；教育

0296 broken family
片 破裂的家庭

0297 bronchial
[ˋbrɑŋkɪəl]
形 支氣管的

0298 bronchitis
[brɑnˋkaɪtɪs]
名 支氣管炎

0299 brunette
[bruˋnɛt]
名 褐髮女性

0300 brunt
[brʌnt]
名 衝擊；撞擊

0301 Buddhism
[ˋbudɪzəm]
名 佛教

0302 bugbear
[ˋbʌg͵bɛr]
名 令人煩惱的事

0303 buggy
[ˋbʌgɪ]
名 四輪單馬輕便馬車

0304 bulldog
[ˋbul͵dɔg]
名 鬥牛犬；牛頭犬

0305 bumblebee
[ˋbʌmbl͵bi]
名 大黃蜂

0306 bump
[bʌmp]
名 (路面的)凸起

0307 bump into
片 碰見某人；巧遇

0308 bun
[bʌn]
名 (女子的)圓髮髻

0309 bungalow
[ˋbʌŋgə͵lo]
名 平房

0310 bungee jumping
片 高空彈跳

0311 bunk
[bʌŋk]
名 (車、船上靠牆且通常設有上下兩層的)床鋪

0312 bunny
[ˋbʌnɪ]
名 小兔子

0313 buoy
[bɔɪ]
名 浮標；浮筒

0314 bureaucratic
[͵bjurəˋkrætɪk]
形 官僚政治的

0315 burgeon
[ˋbɝdʒən]
動 萌芽
名 芽；嫩枝

0316 burrow
[ˋbɝo]
動 挖地洞；挖通道
名 洞穴；地道

0317
bursar
[`bɜsɚ]
名 財務主管

0318
butane
[bju`ten]
名 丁烷

0319
butler
[`bʌtlɚ]
名 男管家

0320
butt
[bʌt]
名 菸蒂

0321
buxom
[`bʌksəm]
形 體型豐滿的

0322
buzzard
[`bʌzɚd]
名 禿鷲

0323
buzzword
[`bʌzwɜd]
名 行話

0324
bypass
[`baɪ,pæs]
動 繞過；繞走
名 旁道

0325
bystander
[`baɪ,stændɚ]
名 旁觀者

0326
calibrate
[`kælə,bret]
動 校準；測定…的口徑

0327
calibre
[`kæləbɚ]
名 直徑；水準；程度

0328
calligrapher
[kə`lɪɡrəfɚ]
名 書法家

0329
cameral
[`kæmərəl]
形 經濟或財政的；立法或司法機構的

0330
camper
[`kæmpɚ]
名 露營者；露營車

0331
campfire
[`kæmp,faɪr]
名 營火；篝火

0332
canary
[kə`nɛrɪ]
名 金絲雀

0333
cannabis
[`kænəbɪs]
名 大麻

0334
canon
[`kænən]
名 (教會的)教規；(教會認定的)正典

0335
canopy
[`kænəpɪ]
動 為…裝設頂篷
名 頂篷；遮雨篷

0336
canteen
[kæn`tin]
名 食堂；小賣部

0337
Cantonese
[,kæntə`niz]
名 廣東人；廣州人
形 廣州的

0338
capillary
[`kæpl,ɛrɪ]
名 毛細管；微血管

0339
capital
[`kæpətl]
形 可處死刑的

0340
capitulate
[kə`pɪtʃə,let]
動 (有條件地)投降

0341
caramel
[`kærəml]
名 焦糖；焦糖色

0342
caravan
[`kærə,væn]
名 沙漠商隊；旅隊

0343
carbon dioxide
片 二氧化碳

0344
carbon monoxide
片 一氧化碳

0345
cardigan
[`kɑrdɪɡən]
名 羊毛衫

0346
cardinal
[`kɑrdənəl]
形 重要的；主要的

0347
cardiovascular
[,kɑrdɪo`væskjʊlɚ]
形 心血管的

0348
career woman
片 職業婦女

0349 caricature
[`kærɪkətʃɚ]
名 諷刺畫；諷刺文

0350 carnivore
[`kɑrnə͵vɔr]
名 食肉動物

0351 carpentry
[`kɑrpəntrɪ]
名 木匠工藝；木工

0352 cartilage
[`kɑrtl̩ɪdʒ]
名【解】軟骨

0353 cartography
[kɑr`tɑgrəfɪ]
名 製圖

0354 cartridge
[`kɑrtrɪdʒ]
名 彈匣；筆芯

0355 cascade
[kæs`ked]
名 (陡峭的)小瀑布

0356 casket
[`kæskɪt]
動 把…裝進小箱子內
名 首飾盒；骨灰盒

0357 casting
[`kæstɪŋ]
名 鑄造(物)

0358 castoff
[`kæst͵ɔf]
名 被丟棄的人或物
形 被丟棄的

0359 catalysis
[kə`tælɪsɪs]
名 催化作用

0360 catalyst
[`kætəlɪst]
名 催化劑

0361 cataract
[`kætə͵rækt]
名 大瀑布

0362 catarrh
[kə`tɑr]
名 (鼻)黏膜炎

0363 categorize
[`kætəgə͵raɪz]
動 將…分類

0364 cater
[`ketɚ]
動 提供飲食；承辦宴席

0365 catfish
[`kæt͵fɪʃ]
名 鯰魚

0366 cathode
[`kæθod]
名【電】陰極；負極

0367 catholic
[`kæθəlɪk]
形 普遍的；廣泛的

0368 catholicism
[kə`θɑlə͵sɪzəm]
名 天主教義

0369 cauliflower
[`kɔlə͵flauɚ]
名 (白色)花椰菜

0370 caustic
[`kɔstɪk]
名 腐蝕劑
形 腐蝕性的；刻薄的

0371 cavalier
[͵kævə`lɪr]
名 騎士；騎兵
形 傲慢的；目空一切的

0372 cavort
[kə`vɔrt]
動 跳躍

0373 cellulose
[`sɛljə͵los]
名 纖維素

0374 cement
[sɪ`mɛnt]
動 用水泥塗；鞏固
名 水泥

0375 censor
[`sɛnsɚ]
動 檢查(出版品等)；審查
名 (電視等的)審查員

0376 censure
[`sɛnʃɚ]
動 責備；譴責

0377 centennial
[sɛn`tɛnɪəl]
名 百年紀念
形 百年的

0378 centigrade
[`sɛntə͵gred]
形 攝氏的

0379 centrifugal
[sɛn`trɪfjʊgl̩]
形 離心的

0380 ceramics
[sə`ræmɪks]
名 製陶業

0381 cervical
[`sɜvɪk!]
形 子宮頸的；頸部的

0382 cervix
[`sɜvɪks]
名 子宮頸

0383 cession
[`sɛʃən]
名 領土的割讓

0384 chameleon
[kə`miljən]
名 變色龍

0385 chap
[tʃæp]
名 (口)男人；小夥子

0386 charging foul
片 (帶球)撞人

0387 chassis
[`ʃæsɪ]
名 車身底盤；飛機底部；起落架

0388 chasten
[`tʃesn̩]
動 懲戒；磨練

0389 chauvinism
[`ʃovɪn͵ɪzəm]
名 沙文主義

0390 chickenpox
[`tʃɪkɪnpɑks]
名 水痘

0391 chilblain
[`tʃɪl͵blen]
名 凍瘡

0392 chime
[tʃaɪm]
動 (鐘)鳴；鳴響
名 鐘樂

0393 chimney
[`tʃɪmnɪ]
名 煙囪

0394 Chinese chess
片 中國象棋

0395 chink
[tʃɪŋk]
動 堵塞…的裂縫
名 裂縫；縫隙

0396 cholera
[`kɑlərə]
名 霍亂

0397 chondrite
[`kɑn͵draɪt]
名 球粒狀隕石

0398 chop off
片 (用斧頭等)砍掉

0399 chopper
[`tʃɑpə]
名 斧頭；砍刀

0400 choral
[`korəl]
名 唱詩班
形 合唱的

0401 Christianity
[͵krɪstʃɪ`ænətɪ]
名 基督教

0402 chromosome
[`kromə͵som]
名 染色體

0403 chronological
[͵krɑnə`lɑdʒɪk!]
形 按時間先後排列的

0404 chronometer
[krə`nɑmətə]
名 精密的時鐘

0405 chrysanthemum
[krɪ`sænθəməm]
名 菊花

0406 churn
[tʃɜn]
名 (製作奶油用的)攪乳器

0407 cicada
[sɪ`kɑdə]
名 蟬；知了

0408 cider
[`saɪdə]
名 蘋果酒；蘋果汁

0409 cinder
[`sɪndə]
名 煤渣；煤屑

0410 cinematography
[͵sɪnəmə`tɑɡrəfɪ]
名 電影藝術

0411 circuit
[`sɜkɪt]
名 電路；回路

0412 circulation
[͵sɜkjə`leʃən]
名 (貨幣、消息等的)流通；(報刊等的)發行量

0413 circumcise
[`sɝkəm,saɪz]
動【醫】割包皮

0414 circumscribe
[`sɝkəm,skraɪb]
動 在周圍畫線;為…下定義

0415 clamor
[`klæmə]
動 吵鬧;大聲疾呼
名 喧囂聲;吵鬧聲

0416 classical music
片 古典音樂

0417 clatter
[`klætə]
名 嘩啦聲;噹啷聲;硬物撞擊聲

0418 climactic
[klaɪ`mæktɪk]
形 頂點的;高潮的

0419 climatic
[klaɪ`mætɪk]
形 氣候的;風土的

0420 cling
[klɪŋ]
動 黏著;依附

0421 clinging
[`klɪŋɪŋ]
形 緊身的;執著的

0422 clinker
[`klɪŋkə]
名 爐渣

0423 cloak
[klok]
名 斗篷;披風

0424 cloakroom
[`klok,rʊm]
名 寄物處;(英)盥洗室

0425 clod
[klad]
名 土塊;泥塊

0426 clog
[klag]
名 木屐

0427 cloister
[`klɔɪstə]
動 使與塵世隔絕
名 修道院;隱居地

0428 clot
[klat]
動 凝結成塊
名 (血等的)凝塊

0429 coal gas
片 煤氣

0430 coaster
[`kostə]
名 沿岸貿易船;(滑坡用的)雪橇

0431 cobbled
[`kabld]
形 鋪有大卵石的

0432 cobbler
[`kablə]
名 補鞋匠;製鞋匠

0433 cobblestone
[`kabl,ston]
名 鵝卵石;圓石

0434 cobra
[`kobrə]
名 眼鏡蛇

0435 cod
[kad]
名 鱈魚

0436 coffeepot
[`kɔfɪ,pat]
名 咖啡壺

0437 coffer
[`kɔfə]
動 把…放進櫃子
名 保險箱

0438 cog
[kag]
動 給…裝配齒輪
名 齒輪

0439 cohere
[ko`hɪr]
動 凝聚;附著;(理論等)前後一致

0440 cohesion
[ko`hiʒən]
名 凝聚;團結力

0441 collate
[kə`let]
動 校對;核對

0442 colonialism
[kə`lonɪəl,ɪzəm]
名 殖民主義;殖民政策

0443 colonnade
[,kalə`ned]
名【建】列柱;柱廊

0444 colossal
[kə`lasl]
形 巨大的;龐大的

0445 comb
[kom]
名 雞冠；雞冠狀的東西

0446 combustible
[kəm`bʌstəbḷ]
名 可燃物
形 可燃的

0447 combustion
[kəm`bʌstʃən]
名 燃燒；氧化

0448 commando
[kə`mændo]
名 突擊部隊；突擊隊員

0449 commentate
[`kamən,tet]
動 評論；解說

0450 commercialize
[kə`mɝʃəl,aɪz]
動 使商業化

0451 commiserate
[kə`mɪzə,ret]
動 憐憫；同情；弔慰

0452 commit a crime
片 認罪

0453 communal
[`kamjʊnḷ]
形 自治體的；共有的

0454 commute
[kə`mjut]
動 減輕(刑罰等)；用…交換

0455 compact
[kəm`pækt]
形 緊密的；結實的

0456 comparatively
[kəm`pærətɪvlɪ]
副 對比地；比較地

0457 compatriot
[kəm`petrɪət]
名 同國人；同胞
形 同國的；同胞的

0458 compendium
[kəm`pɛndɪəm]
名 概要；概略

0459 complementary
[,kamplə`mɛntərɪ]
形 補充的；互補的

0460 complete
[kəm`plit]
形 完整的；結束的

0461 compulsively
[kəm`pʌlsɪvlɪ]
副 強制地

0462 concave
[`kankev]
名 凹面(物)
形 凹面的

0463 conceivable
[kən`sivəbḷ]
形 可想像的；可理解的；可想到的

0464 concentric
[kən`sɛntrɪk]
形 同心的

0465 conceptual
[kən`sɛptʃʊəl]
形 概念上的

0466 concrete
[`kankrit]
名 混凝土
形 具體的；有形的

0467 condensation
[,kandɛn`seʃən]
名 縮短；濃縮；凝聚；凝結；凝結物

0468 condiment
[`kandəmənt]
名 (餐桌上的)調味品

0469 conditioner
[kən`dɪʃənə]
名 調節器；調節員

0470 condone
[kən`don]
動 寬恕；赦免

0471 conduce
[kən`djus]
動 有益於；有貢獻於

0472 conducive
[kən`djusɪv]
形 有益的；有幫助的

0473 conduction
[kən`dʌkʃən]
名 【物】傳導

0474 conductive
[kən`dʌktɪv]
形 傳導(性)的

0475 cone
[kon]
名 毬果

0476 confectionery
[kən`fɛkʃən,ɛrɪ]
名 (總稱)甜食；糕餅甜點

0477 confederacy
[kən`fɛdərəsɪ]
名 同盟；聯盟；私黨；非法結社

0478 confirmation
[ˌkɑnfə`meʃən]
名 確定；批准

0479 confluence
[`kɑnfluəns]
名 (河流的)匯合

0480 conformity
[kən`fɔrmətɪ]
名 遵從；順從；一致

0481 Confucianism
[kən`fjuʃəˌnɪzəm]
名 孔子學說；儒教

0482 congested
[kən`dʒɛstɪd]
形 擁塞的

0483 congestion
[kən`dʒɛstʃən]
名 擁塞；擠滿

0484 congregation
[ˌkɑŋgrɪ`geʃən]
名 (宗教的)集會

0485 conifer
[`kɑnəfə]
名 針葉樹

0486 conjugal
[`kɑndʒəgl]
形 結婚的；配偶的

0487 conjunction
[kən`dʒʌŋkʃən]
名 連接詞

0488 connect
[kə`nɛkt]
動 連接；聯繫

0489 connotation
[ˌkɑnə`teʃən]
名 言外之意；含蓄

0490 conscript
[`kɑnskrɪpt]
動 徵召
名 徵召士兵

0491 consequential
[ˌkɑnsə`kwɛnʃəl]
形 隨之發生的；必然的

0492 conspire
[kən`spaɪr]
動 同謀；密謀

0493 constable
[`kɑnstəbl]
名 (美國鎮、區等的)警官；治安官

0494 constabulary
[kən`stæbjuˌlɛrɪ]
形 警官的；警察的

0495 constituent
[kən`stɪtʃuənt]
名 成分；選民
形 構成(全體)的

0496 consul
[`kɑnsl]
名 領事；(古羅馬的)執政官

0497 consulate
[`kɑnslɪt]
名 領事任期；領事館

0498 consume
[kən`sjum]
動 消耗；花費；吃光

0499 continually
[kən`tɪnjuəlɪ]
副 不停地；屢次地

0500 contraceptive
[ˌkɑntrə`sɛptɪv]
名 避孕用具
形 避孕的

0501 contradiction
[ˌkɑntrə`dɪkʃən]
名 矛盾；反駁；牴觸

0502 contraption
[kən`træpʃən]
名 新奇裝置

0503 contrived
[kən`traɪvd]
形 不自然的；做作的

0504 convalescence
[ˌkɑnvə`lɛsns]
名 漸癒；恢復期

0505 convection
[kən`vɛkʃən]
名 傳送；對流

0506 convent
[`kɑnvɛnt]
名 女修道院

0507 convention
[kən`vɛnʃən]
名 慣例；常規；習俗

0508 converse
[kən`vɜs]
形 相反的；顛倒的

0509 conversely
[kən`vɜslɪ]
勔 相反地

0510 convict
[kən`vɪkt]
動 證明…有罪

0511 cookery
[`kʊkərɪ]
名 烹飪；烹調

0512 coordinator
[ko`ɔrdn̩ˌetɚ]
名 協調者；同等的人

0513 cornerstone
[`kɔrnɚˌston]
名 基石；地基；基礎

0514 corporal
[`kɔrpərəl]
名 下士

0515 corporate
[`kɔrpərɪt]
形 全體的；共同的

0516 corpus
[`kɔrpəs]
名 文集；全集；主體

0517 correspondence
[ˌkɔrə`spandəns]
名 一致；符合

0518 corruption
[kə`rʌpʃən]
名 貪汙；腐敗

0519 cosmology
[kaz`malədʒɪ]
名 宇宙論

0520 cosmos
[`kazməs]
名 宇宙；大波斯菊

0521 cosset
[`kasɪt]
動 寵愛；縱容

0522 cosy
[`kozɪ]
形 舒服的；愜意的

0523 counsellor
[`kaʊnsələ]
名 諮詢顧問；輔導員

0524 countdown
[`kaʊntˌdaʊn]
名 倒數計時

0525 counterproductive
[`kaʊntəprə`dʌktɪv]
形 產生不良後果的

0526 courtroom
[`kort ˌrum]
名 法庭；審判室

0527 courtship
[`kortʃɪp]
名 (動物的)求偶；追求

0528 cover
[`kʌvɚ]
名 (書的)封面；蓋子

0529 coyote
[kaɪ`oti]
名 郊狼；土狼

0530 craftsman
[`kræftsmən]
名 工匠；巧匠

0531 crank
[kræŋk]
名 怪人；怪念頭
形 怪人的

0532 crate
[kret]
名 條板箱

0533 crayfish
[`kreˌfɪʃ]
名 淡水龍蝦；小龍蝦

0534 craze
[krez]
動 使瘋狂
名 (一時的)狂熱

0535 crease
[kris]
名 (衣服、紙等的)摺痕

0536 creationism
[krɪ`eʃənɪzəm]
名 上帝創造人類靈魂說

0537 credential
[krɪ`dɛnʃəl]
名 資歷；資格；證書

0538 credit
[`krɛdɪt]
動 把…記入貸方
名 賒帳；賒欠

0539 creeper
[`kripɚ]
名 匍匐植物；(俚)偷窺者

0540 crescent
[`krɛsn̩t]
名 新月；弦月
形 新月形的

0541 crevice
[`krɛvɪs]
名 裂縫；缺口

0542 criminal case
片 刑事案件

0543 criminology
[ˌkrɪmə`nɑlədʒɪ]
名 犯罪學

0544 crochet
[kro`ʃe]
動 用鉤針編織
名 鉤針編織(品)

0545 crock
[krɑk]
動 使衰弱；使身體垮掉
名 老弱無用的馬

0546 crockery
[`krɑkərɪ]
名 (總稱)陶器；瓦器

0547 croissant
[krwa`sɑn]
名 可頌麵包

0548 crossword
[`krɔswɝd]
名 縱橫填字謎

0549 crowbar
[`kro͵bɑr]
名 鐵橇；鐵棍；起貨鉤

0550 cruet stand
片 調味瓶架

0551 crusade
[kru`sed]
動 參加改革運動；參加十字軍

0552 crushing
[`krʌʃɪŋ]
形 支離破碎的；不能站起來的；壓倒的

0553 crustacean
[krʌs`teʃən]
名 甲殼綱動物
形 甲殼綱的

0554 crystallize
[`krɪstl͵aɪz]
動 形成結晶體；具體化

0555 cubicle
[`kjubɪkl̩]
名 小臥室；小隔間

0556 cuckoo
[`kuku]
名 布穀鳥；杜鵑鳥

0557 cudgel
[`kʌdʒəl]
動 用棍棒打
名 棍棒

0558 cuff
[kʌf]
動 給…上手銬
名 袖口；手銬

0559 cufflink
[`kʌflɪŋk]
名 袖口鏈扣

0560 culminate
[`kʌlmə͵net]
動 達到最高點；達到高潮

0561 cultivation
[ˌkʌltə`veʃən]
名 耕作；耕種；栽培

0562 curly
[`kɝlɪ]
形 蜷曲的；蜷縮的

0563 currant
[`kɝənt]
名 無核小葡萄乾

0564 custodian
[kʌs`todɪən]
名 管理人；監護人；守衛

0565 cutlery
[`kʌtlərɪ]
名 刀；利器；餐具

0566 cutlet
[`kʌtlɪt]
名 肉排；炸豬排

0567 cyanide
[`saɪə͵naɪd]
名 氰化物

0568 cyclic
[`sɪklɪk]
形 週期的；循環的

0569 cylinder
[`sɪlɪndɚ]
名 圓筒；滾筒

0570 cypress
[`saɪprɪs]
名 柏樹

MP3 327

0571 dandelion
[`dændɪ,laɪən]
名 蒲公英

0572 dangle
[`dæŋgl]
動 懸掛；搖晃

0573 darkroom
[`dɑrk`rʊm]
名 (攝影用的)暗房

0574 darn
[dɑrn]
動 縫補；織補
名 縫補處

0575 dashboard
[`dæʃ,bɔrd]
名 汽車的儀器板；擋泥板

0576 daunt
[dɔnt]
動 使氣餒；使畏縮

0577 daze
[`dez]
動 使目眩；使暈頭轉向
名 迷亂；恍惚

0578 deacon
[`dikən]
名 (教會等的)執事；輔祭

0579 dean
[din]
名 (大學的)教務長

0580 dearth
[dɜθ]
名 缺乏；不足；飢荒

0581 debit
[`dɛbɪt]
動 把…計入借方
名 借方

0582 decapitate
[dɪ`kæpə,tet]
動 斬首；解雇

0583 decentralize
[di`sɛntrəl,aɪz]
動 使分散；使分權

0584 deception
[dɪ`sɛpʃən]
名 欺騙；欺詐

0585 decibel
[`dɛsɪbɛl]
名 分貝

0586 deciduous
[dɪ`sɪdʒuəs]
形 落葉性的

0587 deck chair
片 海灘椅；
折疊式躺椅

0588 deckhand
[`dɛk,hænd]
名 甲板水手

0589 decode
[`di`kod]
動 譯解(密碼)

0590 decompose
[,dikəm`poz]
動 分解；使腐爛

0591 decompression
[,dikəm`prɛʃən]
名 減壓

0592 decouple
[di`kʌpl]
動 減震

0593 defect
[dɪ`fɛkt]
動 逃跑；脫離；背叛

0594 defence
[dɪ`fɛns]
名 防護；防禦

0595 defilement
[dɪ`faɪlmənt]
名 汙染；玷汙

0596 deflate
[dɪ`flet]
動 抽出…中的氣

0597 deform
[dɪ`fɔrm]
動 變畸形；變形

0598 degree
[dɪ`gri]
名 度；度數

0599 🗣
delicacy
[`dɛləkəsɪ]
名 佳餚；美味

0600 🗣
delta
[`dɛltə]
名 (河口的)三角洲

0601 🗣
demerit
[dɪ`mɛrɪt]
名 缺點；過失；罪過

0602 🗣
demigod
[`dɛmə,gad]
名 半神半人

0603 🗣
demographic
[,dimə`græfɪk]
形 人口統計學的

0604 🗣
demography
[dɪ`magrəfɪ]
名 人口統計學

0605 🗣
demon
[`dimən]
名 惡魔；惡鬼

0606 🗣
demonstrative
[dɪ`man,strətɪv]
形 感情流露的；示範的

0607 🗣
den
[dɛn]
動 藏到洞裡
名 (野獸的)洞穴

0608 🗣
denomination
[dɪ,namə`neʃən]
名 名稱；命名；(貨幣等的)面額

0609 🗣
departmental
[dɪ,part`mɛntl]
形 部門的；分部的

0610 🗣
depletion
[dɪ`pliʃən]
名 消耗；用盡

0611 🗣
depopulation
[di,papjə`leʃən]
名 人口減少

0612 🗣
deposit
[dɪ`pazɪt]
動 使沉澱；使沉積

0613 🗣
depreciate
[dɪ`priʃɪ,et]
動 使貶值；跌價

0614 🗣
depth charge
片 深水炸彈

0615 🗣
derive from
片 起源於；來自

0616 🗣
descend
[dɪ`sɛnd]
動 下來；下降

0617 🗣
despoil
[dɪ`spɔɪl]
動 掠奪；剝奪

0618 🗣
destroyer
[dɪ`strɔɪə]
名 驅逐艦

0619 🗣
detainee
[dɪte`ni]
名 被拘留者；未被判刑的囚犯

0620 🗣
deteriorate
[dɪ`tɪrɪə,ret]
動 惡化；退化；墮落

0621 🗣
deterioration
[dɪ,tɪrɪə`reʃən]
名 惡化；退化

0622 🗣
detour
[`ditur]
動 使繞道；繞過
名 繞道；繞行的路

0623 🗣
detract
[dɪ`trækt]
動 減損；降低；使分心

0624 🗣
detritus
[dɪ`traɪtəs]
名 岩屑；碎石

0625 🗣
deuterium
[dju`tɪrɪəm]
名 重氫；氫的同位素

0626 🗣
devastate
[`dɛvəs,tet]
動 使荒蕪；破壞

0627 🗣
devastating
[`dɛvəs,tetɪŋ]
形 毀滅性的；驚人的；壓倒性的

0628 🗣
deviance
[`divɪəns]
名 異常；異常行為

0629 🗣
deviation
[,divɪ`eʃən]
名 越軌；誤差

0630 🗣
devotional
[dɪ`voʃənl]
形 虔誠的；祈禱的；獻身的；忠誠的

0631 diaphragm
[`daɪə,fræm]
名 橫隔膜

0632 diarrhea
[,daɪə`riə]
名 腹瀉

0633 diction
[`dɪkʃən]
名 措辭；發音法

0634 diencephalon
[,daɪɛn`sɛfə,lɑn]
名 【解】間腦

0635 dietary
[`daɪə,tɛrɪ]
名 飲食的規定
形 飲食的

0636 dig in
片 挖土把…埋起來；開始
認真工作

0637 digestible
[daɪ`dʒɛstəbl]
形 易消化的；容易了解的

0638 digestive
[də`dʒɛstɪv]
形 消化的；幫助消化的

0639 dilapidate
[də`læpə,det]
動 使荒廢；毀壞

0640 dimensional
[dɪ`mɛnʃənl]
形 尺寸的

0641 dingy
[`dɪndʒɪ]
形 骯髒的；衣衫襤褸的

0642 dioxide
[daɪ`ɑksaɪd]
名 二氧化物

0643 disarm
[dɪs`ɑrm]
動 放下武器；裁減軍備

0644 disarmament
[dɪs`ɑrməmənt]
名 裁軍；裁減軍備

0645 disconcert
[,dɪskən`sɝt]
動 使倉皇失措；使困窘

0646 discontinue
[,dɪskən`tɪnju]
動 停止；中斷

0647 discourteous
[dɪs`kɝtɪəs]
形 失禮的；不禮貌的；粗
魯的

0648 discus
[`dɪskəs]
名 鐵餅

0649 disempower
[,dɪsɪm`pauə]
動 削弱…的力量；削弱…
的自信心

0650 disenchantment
[,dɪsɪn`tʃæntmənt]
名 醒悟；覺悟

0651 disengagement
[,dɪsɪn`gedʒmənt]
名 脫離；分離；解除婚約

0652 disfigure
[dɪs`fɪgjə]
動 毀損外形；使難看

0653 disfranchise
[,dɪs`fræntʃaɪz]
動 剝奪公民權

0654 dish out
片 把菜分到盤子裡

0655 disharmony
[,dɪs`hɑrmənɪ]
名 不調和；不一致

0656 disillusion
[,dɪsɪ`luʒən]
動 使醒悟
名 醒悟；理想破滅

0657 disillusionment
[,dɪsɪ`luʒənmənt]
名 覺醒；幻滅

0658 dismissive
[dɪs`mɪsɪv]
形 輕蔑的；表示輕視的

0659 disobey
[,dɪsə`be]
動 不服從；違抗；違反

0660 disorientate
[dɪs`ɔrɪənteɪt]
動 使迷失方向；使迷惘

0661 disparage
[dɪ`spærɪdʒ]
動 貶低；輕視；毀謗

0662 disparity
[dɪs`pærətɪ]
名 差異；不同

0663 dispenser
[dɪ`spɛnsə]
名 藥劑師；分配者

0664 dispersal
[dɪ`spɜsl]
名 疏散；分散；傳播

0665 dispiriting
[dɪ`spɪrɪtɪŋ]
形 令人沮喪的；使人氣餒的

0666 disprove
[dɪs`pruv]
動 證明…是虛假的

0667 disqualify
[dɪs`kwɑlə‚faɪ]
動 使不合格；取消…的資格

0668 disreputable
[dɪs`rɛpjətəbḷ]
形 聲名狼藉的

0669 disrespectful
[‚dɪsrɪ`spɛktfəl]
形 無禮的；失禮的

0670 disruption
[dɪs`rʌpʃən]
名 分裂；崩潰；瓦解

0671 disruptive
[dɪs`rʌptɪv]
形 分裂性的；破裂的

0672 dissatisfied
[dɪs`sætɪs‚faɪd]
形 不滿的

0673 dissemination
[dɪ‚sɛmə`neʃən]
名 散播；宣傳

0674 distortion
[dɪs`tɔrʃən]
名 歪曲；變形；失真

0675 divan
[dɪ`væn]
名 長沙發椅；沙發床

0676 diverge
[daɪ`vɜdʒ]
動 分岔；分歧；偏離

0677 divisional
[də`vɪʒənḷ]
形 劃分的；部門的

0678 divorce rate
片 離婚率

0679 dizziness
[`dɪzɪnɪs]
名 頭昏眼花

0680 do the chores
片 做家事

0681 do the dishes
片 洗碗

0682 do the laundry
片 洗衣服

0683 dock
[dɑk]
名 被告席

0684 doctoral
[`dɑktərəl]
形 博士學位的；博士的

0685 doctorate
[`dɑktərɪt]
名 博士學位

0686 dogged
[`dɔgɪd]
形 頑固的；固執的

0687 dogma
[`dɔgmə]
名 教義；教條

0688 domesticity
[‚domɛs`tɪsətɪ]
名 專心於家務；顧家

0689 domicile
[`dɑməsḷ]
動 使定居
名 住處

0690 domination
[‚dɑmə`neʃən]
名 支配；統治；主宰；控制；優勢

0691 dope
[dop]
動 (俚)服麻藥
名 (俚)麻藥；毒品

0692 dormancy
[`dɔrmənsɪ]
名 (生物的)休眠；冬眠

0693 dorsal
[`dɔrsḷ]
形 背部的；背側的

0694 downfall
[`daun‚fɔl]
名 垮台；沒落

0695 downpour
[`daʊn,por]
名 傾盆大雨；豪雨

0696 dozy
[`dozɪ]
形 想睡的

0697 Dragon Boat Festival
片 端午節

0698 drapery
[`drepərɪ]
名 (英)布匹；(美)厚料子的窗簾

0699 draw back
片 退縮；收回

0700 dredge
[drɛdʒ]
動 疏浚；挖掘

0701 dress code
片 著裝標準；服裝規定

0702 droplet
[`drɑplɪt]
名 小滴

0703 dropout
[`drɑpaʊt]
名 退學者

0704 duel
[djuəl]
名 決鬥；抗爭

0705 duffel bag
片 圓筒袋；束口提袋

0706 duffel coat
片 連帽粗呢大衣

0707 duke
[djuk]
名 公爵

0708 dupe
[djup]
動 欺騙；詐騙；愚弄
名 容易受騙的人

0709 dustpan
[`dʌst,pæn]
名 畚箕

0710 dweller
[`dwɛlə]
名 居民；居住者

0711 dynamo
[`daɪnə,mo]
名 發電機；電動機

0712 dysentery
[`dɪsṇ,tɛrɪ]
名 痢疾；腹瀉

0713 dystrophy
[`dɪstrəfɪ]
名 營養失調

0714 earthwork
[`ɝθ,wɝk]
名 土木工程

0715 earthworm
[`ɝθ,wɝm]
名 蚯蚓

0716 easel
[`izḷ]
名 畫架；黑板架

0717 easy-going
[`izɪ`goɪŋ]
形 隨和的

0718 ecclesiastical
[ɪ,klizɪ`æstɪkḷ]
形 基督教會的

0719 ecliptic
[ɪ`klɪptɪk]
名 黃道
形 黃道的

0720 ecosystem
[`ɛko,sɪstəm]
名 生態系統

0721 eddy
[`ɛdɪ]
名 漩渦；渦流

0722 edification
[,ɛdəfə`keʃən]
名 薰陶；啟發

0723 edify
[`ɛdə,faɪ]
動 教化；訓誨

0724 effluent
[`ɛfluənt]
名 廢水；流出物
形 流出的

0725 egalitarian
[ɪ,gælɪ`tɛrɪən]
名 平等主義者
形 平等主義的

0726 ejection
[ɪ`dʒɛkʃən]
名 排斥；噴出

0727 elaboration
[ɪ,læbəˋreʃən]
名 精心製作；詳細闡述

0728 electromagnetic
[ɪˋlɛktromægˋnɛtɪk]
形 電磁(體)的

0729 elf
[ɛlf]
名 小精靈

0730 elicitation
[ɪ,lɪsəˋteʃən]
名 引出；誘出；抽出

0731 elm
[ɛlm]
名 榆樹；榆木

0732 elusive
[ɪˋlusɪv]
形 逃避的；難以理解的

0733 emancipate
[ɪˋmænsə,pet]
動 解放；使不受束縛

0734 embankment
[ɪmˋbæŋkmənt]
名 堤防；堤岸

0735 embark
[ɪmˋbark]
動 使上船(或飛機等)；裝載

0736 embattled
[ɪmˋbætḷd]
形 布陣的；準備戰鬥的

0737 ember
[ˋɛmbə]
名 (未燒盡的)煤或炭塊

0738 embezzlement
[ɪmˋbɛzḷmənt]
名 侵吞；盜用公款

0739 emboss
[ɪmˋbɔs]
動 使凸出；在…上作浮雕圖案

0740 embroider
[ɪmˋbrɔɪdə]
動 刺繡；繡花

0741 emerald
[ˋɛmərəld]
名 祖母綠；綠寶石
形 翠綠色的

0742 emeritus
[ɪˋmɛrɪtəs]
形 榮譽退休的

0743 eminent
[ˋɛmənənt]
形 (地位、學識等)卓越的

0744 eminently
[ˋɛmənəntlɪ]
副 特別；突出地

0745 encamp
[ɪnˋkæmp]
動 紮營

0746 encapsulate
[ɪnˋkæpsə,let]
動 將…裝入膠囊；壓縮

0747 encase
[ɪnˋkes]
動 將…裝進容器；包裝

0748 encode
[ɪnˋkod]
動 把…譯成密碼

0749 encore
[ˋaŋkor]
名 要求加演；加演曲目

0750 encroach
[ɪnˋkrotʃ]
動 侵占；侵蝕

0751 endorphin
[ɛnˋdɔrfən]
名 腦內啡

0752 enfranchise
[ɪnˋfræntʃaɪz]
動 給予公民權；給予選舉權

0753 engagement
[ɪnˋgedʒmənt]
名 交戰；戰鬥

0754 enhancer
[ɪnˋhænsə]
名 增加；加強；提高；美化

0755 enigma
[ɪˋnɪgmə]
名 謎；難以理解的事物

0756 enormously
[ɪˋnɔrməslɪ]
副 巨大地；龐大地

0757 ensemble
[ɑnˋsambḷ]
名 整體；總效果

0758 ensign
[ˋɛnsṇ]
名 軍旗；(美)海軍少尉

0759 enslave
[ɪn`slev]
動 奴役；征服；使受制於

0760 entice
[ɪn`taɪs]
動 誘使；慫恿

0761 entitlement
[ɪn`taɪt!mənt]
名 應得的權利；津貼

0762 entrant
[`ɛntrənt]
名 新學員；參賽者

0763 entrenched
[ɪn`trɛntʃt]
形 根深蒂固的

0764 entrepreneurial
[,ɑntrəprə`njʊrɪəl]
形 企業家的；創業者的

0765 entwine
[ɪn`twaɪn]
動 使纏繞；使交錯

0766 Episcopalian
[ɪ,pɪskə`pelɪən]
名 聖公會成員
形 聖公會的

0767 episodic
[,ɛpə`sɑdɪk]
形 (小說等)插曲多的；情節不連貫的

0768 epitomise
[ɪ`pɪtə,maɪz]
動 代表；象徵

0769 equally
[`ikwəlɪ]
副 相同地；公平地

0770 equatorial
[,ɛkwə`torɪəl]
形 赤道的；酷熱的

0771 equity
[`ɛkwətɪ]
名 公平；公正

0772 erosion
[ɪ`roʒən]
名 侵蝕；腐蝕

0773 err
[ɝ]
動 犯錯誤；出差錯

0774 espionage
[`ɛspɪənɑʒ]
名 間諜活動；諜報

0775 estrange
[ə`strendʒ]
動 使疏遠；使感情失和

0776 estuary
[`ɛstʃʊ,ɛrɪ]
名 河口；河口灣

0777 etiquette
[`ɛtɪkɛt]
名 禮儀；禮節

0778 eucalyptus
[,jukə`lɪptəs]
名 桉(樹)屬植物

0779 eucharist
[`jukərɪst]
名 【宗】聖餐

0780 evangelist
[ɪ`vændʒəlɪst]
名 福音傳播者

0781 exacerbate
[ɪg`zæsə,bet]
動 使惡化；使發怒

0782 excavation
[,ɛkskə`veʃən]
名 挖掘；開鑿

0783 excess
[ɪk`sɛs]
名 超過；過量
形 過量的

0784 exclusively
[ɪk`sklusɪvlɪ]
副 專門地；專有地

0785 excrement
[`ɛkskrɪmənt]
名 排泄物；糞便

0786 excreta
[ɛk`skritə]
名 排泄物

0787 excusable
[ɪk`skjuzəb!]
形 可辯解的；可原諒的

0788 exhale
[ɛks`hel]
動 呼出；呼氣

0789 exhaustible
[ɪg`zɔstəb!]
形 可被用盡的

0790 exhaustion
[ɪg`zɔstʃən]
名 耗盡；枯竭

0791 exhilaration
[ɪɡ͵zɪləˋreʃən]
名 愉快的心情；高興

0792 exodus
[ˋɛksədəs]
名 外出；移居國外

0793 expanse
[ɪkˋspæns]
名 廣闊的區域

0794 expiry
[ɪkˋspaɪrɪ]
名 終結；期滿

0795 exploitation
[͵ɛksplɔɪˋteʃən]
名 開發；開採；利用

0796 exploitative
[ɛkˋsplɔɪtətɪv]
形 開發的；利用的；剝削的

0797 exponent
[ɪkˋsponənt]
名 倡導者

0798 extendable
[ɪkˋstɛndəbl]
形 可伸展的；可延伸的

0799 extended family
片 大家庭

0800 externally
[ɪkˋstɜnlɪ]
副 從外部；在外面

0801 extinction
[ɪkˋstɪŋkʃən]
名 滅絕；消滅；熄滅

0802 extol
[ɪkˋstol]
動 讚美；頌揚

0803 extravagance
[ɪkˋstrævəgəns]
名 奢侈；鋪張；浪費

0804 extrovert
[ˋɛkstrovɜt]
名 個性外向的人
形 性格外向的

0805 extrusion
[ɛkˋstruʒən]
名 擠壓成形；突出；噴出

0806 exuberant
[ɪɡˋzjubərənt]
形 豐富的；繁茂的；生氣勃勃的

0807 fabrication
[͵fæbrɪˋkeʃən]
名 製造；組建

0808 facsimile
[fækˋsɪməlɪ]
動 摹寫；與…一模一樣

0809 factual
[ˋfæktʃuəl]
形 事實的；真實的

0810 fall in love with
片 愛上…

0811 fallible
[ˋfæləbl]
形 容易犯錯的

0812 fallow
[ˋfælo]
形 (田地等)休耕的

0813 falsify
[ˋfɔlsə͵faɪ]
動 竄改；偽造

0814 fang
[fæŋ]
名 尖牙；毒牙

0815 farce
[fɑrs]
名 鬧劇；滑稽荒唐的事情

0816 farmhand
[ˋfɑrm͵hænd]
名 農場工人

0817 fathom
[ˋfæðəm]
名 噚(測水深的單位)

0818 fatty
[ˋfætɪ]
形 (人)肥胖的；(食物)油膩的

0819 fauna
[ˋfɔnə]
名 動物區系；動物群

0820 febrile
[ˋfɪbrəl]
形 發熱所引起的

0821 fecund
[ˋfikənd]
形 生殖力強的；多產的；豐饒的

0822 fencing
[ˋfɛnsɪŋ]
名 劍術；擊劍

0823 ferment
[fəˋmɛnt]
動 使發酵；醞釀

0824 fermentation
[͵fɝmɛnˋteʃən]
名 發酵

0825 fern
[fɝn]
名 蕨類植物

0826 fertilize
[ˋfɝtḷ͵aɪz]
動 使肥沃；施肥

0827 fertilizer
[ˋfɝtḷ͵aɪzɚ]
名 肥料

0828 festivity
[fɛsˋtɪvətɪ]
名 慶祝活動；慶典

0829 fetus
[ˋfitəs]
名 胎；胎兒

0830 feudal
[ˋfjudḷ]
形 封建的；封建時代的

0831 fickle
[ˋfɪkḷ]
形 易變的；無常的

0832 fidget
[ˋfɪdʒɪt]
動 坐立不安

0833 field
[fild]
名 原野；田地；運動場

0834 fig
[fɪg]
名 無花果；無花果樹

0835 figurine
[͵fɪgjəˋrin]
名 小雕像

0836 filament
[ˋfɪləmənt]
名 燈絲；細線

0837 filial
[ˋfɪljəl]
形 子女的；孝順的

0838 fillet
[ˋfɪlɪt]
名 肉片；魚片

0839 filter tip
片 香菸的濾嘴

0840 filth
[fɪlθ]
名 骯髒；汙物

0841 finale
[fɪˋnɑlɪ]
名 終曲；終場；結尾

0842 fine arts
片 美術；藝術

0843 fingerprint
[ˋfɪŋgɚ͵prɪnt]
名 指紋；指印

0844 finicky
[ˋfɪnɪkɪ]
形 過份講究的

0845 finitude
[ˋfɪnə͵tjud]
名 有限

0846 firearm
[ˋfaɪr͵ɑrm]
名 火器；槍枝

0847 first of all
片 首先

0848 fitness
[ˋfɪtnɪs]
名 健康；適當；適合

0849 flabby
[ˋflæbɪ]
形 鬆弛的；不結實的

0850 flagon
[ˋflægən]
名 大酒壺

0851 flagstone
[ˋflæg͵ston]
名 石板；鋪石路

0852 flamingo
[fləˋmɪŋgo]
名 紅鶴

0853 fleece
[flis]
動 剪羊毛
名 羊毛

0854 flexitime
[ˋflɛksɪtaɪm]
名 彈性工作時間制

0855 flimsy
[`flɪmzɪ]
名 複寫紙；薄紙
形 脆弱的；易損壞的

0856 flint
[flɪnt]
名 燧石；打火石

0857 flora
[`florə]
名 植物群

0858 flotilla
[flo`tɪlə]
名 小船隊

0859 fluctuation
[ˏflʌktʃʊ`eʃən]
名 波動；變動；動搖

0860 flue
[flu]
名 煙道；暖氣管

0861 fluorescent
[ˏfluə`rɛsņt]
形 (發)螢光的

0862 fluorescent light
片 日光燈

0863 fodder
[`fadə]
名 飼料；秣

0864 foible
[`fɔɪbḷ]
名 小缺點；怪癖

0865 folktale
[`fok‚tel]
名 民間故事；傳說

0866 footbridge
[`fʊt‚brɪdʒ]
名 人行橋

0867 for instance
片 例如

0868 forage
[`fɔrɪdʒ]
名 草料；飼料

0869 forefront
[`for‚frʌnt]
名 最前方；最前線

0870 foreground
[`for‚graʊnd]
動 使突出；強調
名 前景

0871 foreland
[`forlənd]
名 岬；(堤的)前岸

0872 forensic
[fə`rɛnsɪk]
形 法庭的；辯論的

0873 foreseeable
[for`siəbḷ]
形 可預見的

0874 forgery
[`fɔrdʒərɪ]
名 偽造品；贗品

0875 forgo
[fɔr`go]
動 放棄；拋棄；對…斷念

0876 formality
[fɔr`mælətɪ]
名 拘謹；正式手續

0877 format
[`fɔrmæt]
動 格式化
名 形式；編排；安排

0878 formulation
[ˏfɔrmjə`leʃən]
名 公式化；規劃；構想

0879 fortress
[`fɔrtrɪs]
名 要塞；堡壘

0880 foyer
[`fɔɪə]
名 門廳；劇場休息室

0881 fraction
[`frækʃən]
名 【數】分數

0882 fractionally
[`frækʃənḷɪ]
副 部分地；略微地

0883 franchise
[`fræn‚tʃaɪz]
名 公民權；選舉權

0884 frankfurter
[`fræŋkfətə]
名 (熱狗)香腸

0885 fraternal
[frə`tɝnḷ]
形 兄弟的；友愛的

0886 freckle
[`frɛkḷ]
名 雀斑；斑點

0887
free style
片 (泳式的)自由式

0888
French window
片 落地窗

0889
fresco
[`frɛsko]
名 壁畫

0890
frigate
[`frɪgɪt]
名 護衛艦;護航艦

0891
fritter
[`frɪtɚ]
名 油炸餡餅

0892
frock
[frɑk]
名 連衣裙

0893
front-line
[`frʌnt`laɪn]
名 前線

0894
frustrating
[`frʌstretɪŋ]
形 令人洩氣的;令人沮喪
的

0895
fulcrum
[`fʌlkrəm]
名 槓桿的支點

0896
fuliginous
[fju`lɪdʒənəs]
形 煤煙的;像煤煙的

0897
fungus
[`fʌŋgəs]
名 菌類植物;真菌

0898
furor
[`fjurɔr]
名 喧鬧;狂熱

0899
furrow
[`fɝo]
動 犁田;開溝
名 犁溝;車轍

0900
fuse box
片 電閘;保險絲盒

0901
fusillade
[ˏfjuzḷ`ed]
動 齊射
名 連續齊射

0902
futile
[`fjutḷ]
形 無益的;無效的;微不
足道的;沒有出息的

0903
gadget
[`gædʒɪt]
名 小機械;小裝置

0904
gammon
[`gæmən]
名 (英)燻豬肉

0905
gangrene
[`gæŋˏgrin]
動 使生壞疽
名 壞疽

0906
gardening
[`gɑrdṇɪŋ]
名 園藝

0907
garnish
[`gɑrnɪʃ]
動 裝飾;添加配菜於
名 裝飾物

0908
garret
[`gærət]
名 (小而簡陋的)閣樓

0909
garrison
[`gærɪsṇ]
名 駐防地;駐軍

0910
gas chamber
片 毒氣行刑室

0911
gassy
[`gæsɪ]
形 氣體的;無實質內容的

0912
gauntlet
[`gɔntlɪt]
名 (中世紀時用的)金屬護
手

0913
gazelle
[gə`zɛl]
名 瞪羚(一種羚羊)

0914
gelatin
[`dʒɛlətṇ]
名 凝膠;明膠

0915
generality
[ˏdʒɛnə`rælɪtɪ]
名 一般原則

0916
generally
speaking
片 一般來說

0917
generation gap
片 代溝

0918
generative
[`dʒɛnəˏrətɪv]
形 生殖的;有生產力的

0919 generic
[dʒɪ`nɛrɪk]
形 屬的;類的;一般的

0920 genetic
[dʒə`nɛtɪk]
形 基因的;起源的

0921 genocide
[`dʒɛnə͵saɪd]
名 種族滅絕;集體屠殺

0922 gentry
[`dʒɛntrɪ]
名 上流社會人士;仕紳階級

0923 genus
[`dʒinəs]
名 種類

0924 geothermal
[͵dʒio`θɝml]
形 地熱的

0925 get on one's nerves
片 使人心煩意亂

0926 giblets
[`dʒɪblɪts]
名 禽類內臟等的雜碎

0927 gill
[gɪl]
動 除去魚的內臟
名 (魚)鰓;(菇類的)褶

0928 gimmick
[`gɪmɪk]
名 花招;竅門

0929 ginger
[`dʒɪndʒɚ]
名 生薑;薑

0930 girder
[`gɝdɚ]
名 大樑;縱樑

0931 girdle
[`gɝdl]
名 (女子的)緊身搭;(內衣類的)腰帶

0932 glacial
[`gleʃəl]
形 冰的;冰河的;冰河時代的

0933 glider
[`glaɪdɚ]
名 滑翔機

0934 gloss
[glɔs]
動 作注解
名 注解;評注

0935 glutamate
[`glutə͵met]
名 穀氨酸鹽

0936 glutinous
[`glutɪnəs]
形 黏稠的;黏著性的

0937 glycerin
[`glɪsərɪn]
名 甘油

0938 gnome
[nom]
名 土地神;矮人

0939 goblet
[`gɑblɪt]
名 高腳杯

0940 goblin
[`gɑblɪn]
名 小妖怪

0941 gradient
[`gredɪənt]
名 坡度;傾斜度
形 傾斜的

0942 granite
[`grænɪt]
名 花崗岩

0943 granule
[`grænjul]
名 顆粒;細粒

0944 grapefruit
[`grep͵frut]
名 葡萄柚

0945 graphite
[`graɪfaɪt]
名 石墨

0946 graphology
[græ`fɑlədʒɪ]
名 筆跡學

0947 grate
[gret]
動 裝爐柵於
名 爐柵;(門窗等的)鐵格

0948 gravel
[`grævl]
名 砂礫;碎石

0949 graveyard
[`grev͵jɑrd]
名 墓地

0950 gravy
[`grevɪ]
名 肉汁;肉鹵

0951 greengage
[ˋgrinˏgedʒ]
名 青梅；青李

0952 grenade
[grɪˋned]
名 手榴彈
BOOM!

0953 grid
[grɪd]
名 格子；鐵絲網；烤架

0954 grimy
[ˋgraɪmɪ]
形 汙穢的

0955 gristle
[ˋgrɪsḷ]
名 軟骨

0956 grouper
[ˋgrupɚ]
名 石斑魚

0957 grub
[grʌb]
動 挖地；翻掘；搜尋
名 幼蟲；蛆

0958 grudge
[grʌdʒ]
動 怨恨；妒忌；不情願地做

0959 guillotine
[ˋgɪləˏtin]
動 用斷頭台處決
名 斷頭台；裁紙機

0960 gullible
[ˋgʌləbḷ]
形 易受騙的

0961 gutter
[ˋgʌtɚ]
名 (道路旁的)排水溝

0962 guzzle
[ˋgʌzḷ]
動 牛飲；暴食

0963 gymnasium
[dʒɪmˋnezɪəm]
名 體育館；健身房

0964 gynaecology
[ˏgaɪnəˋkɑlədʒɪ]
名 婦科學

0965 gypsum
[ˋdʒɪpsəm]
名 石膏

0966 habitable
[ˋhæbɪtəbḷ]
形 適宜居住的

0967 hacksaw
[ˋhækˏsɔ]
名 鋼鋸

0968 haddock
[ˋhædək]
名 黑線鱈

0969 haft
[hæft]
動 裝柄
名 柄；把手

0970 hairy
[ˋhɛrɪ]
形 多毛的；毛茸茸的

0971 halibut
[ˋhæləbət]
名 大比目魚

0972 hallowed
[ˋhælod]
形 神聖的

0973 hallucination
[həˏlusṇˋeʃən]
名 幻覺；妄想；錯覺

0974 halo
[ˋhelo]
名 光環；暈圈

0975 hamlet
[ˋhæmlɪt]
名 村子；小村莊

0976 hammock
[ˋhæmək]
名 吊床

0977 hamster
[ˋhæmstɚ]
名 倉鼠

0978 handcuff
[ˋhændˏkʌf]
名 手銬

0979 hang on
片 緊緊握住；不掛斷(電話)

0980 hanging
[ˋhæŋɪŋ]
名 絞刑；簾子；壁紙
形 懸掛用的

0981 harangue
[həˋræŋ]
名 熱烈的演說

0982 harp
[hɑrp]
名 豎琴

0983 harridan
[ˋhærədn̩]
名 醜老太婆；巫婆；魔女

0984 hatchback
[ˋhætʃˏbæk]
名 斜背式的汽車

0985 hatchet
[ˋhætʃɪt]
名 短柄小斧

0986 havoc
[ˋhævək]
名 大破壞；浩劫

0987 hawser
[ˋhɔzɚ]
名 泊船用的繩索

0988 hawthorn
[ˋhɔˏθɔrn]
名 山楂

0989 headgear
[ˋhɛdˏgɪr]
名 帽；盔

0990 healing
[ˋhilɪŋ]
名 康復；痊癒
形 有治療功效的

0991 heart attack
片 心臟病發作

0992 hearth
[harθ]
名 壁爐地面；爐床

0993 heartless
[ˋhartlɪs]
形 無情的；冷酷的；無勇
氣的

0994 Hebrew
[ˋhibru]
名 希伯來人
形 希伯來人的

0995 hectare
[ˋhɛktɛr]
名 公頃

0996 hedgehog
[ˋhɛdʒˏhag]
名 刺蝟

0997 hefty
[ˋhɛftɪ]
形 高大健壯的；粗壯的

0998 hegemony
[hiˋdʒɛmənɪ]
名 霸權；領導權

0999 helium
[ˋhiliəm]
名 氦

1000 helix
[ˋhilɪks]
名 螺旋；螺旋狀物

1001 hemorrhage
[ˋhɛmərɪdʒ]
動 大量出血
名 出血

1002 hepatitis
[ˏhɛpəˋtaɪtɪs]
名 肝炎

1003 herbal
[ˋhɝbl̩]
形 草本的

1004 herbalist
[ˋhɝblɪst]
名 草木植物學家

1005 herbivore
[ˋhɝbəˏvɔr]
名 草食性動物

1006 herbivorous
[hɝˋbɪvərəs]
形 食草的

1007 herdsman
[ˋhɝdzmən]
名 牧人

1008 heresy
[ˋhɛrəsɪ]
名 異教；異端邪說

1009 heretic
[ˋhɛrətɪk]
名 異教徒
形 異教的

1010 hermit crab
片 寄居蟹

1011 hertz
[ˋhɝts]
名【電】赫茲

1012 hiccup
[ˋhɪkʌp]
動 打嗝

1013 high chair
片 高腳椅

1014 high heels
片 高跟鞋

1015 highland
[`haɪlənd]
名 高地
形 高地的

1016 high-tech
[`haɪ͵tɛk]
形 高科技的

1017 Hinduism
[`hɪndu͵ɪzəm]
名 印度教

1018 hippie
[`hɪpɪ]
名 嬉皮士
形 嬉皮的

1019 hitherto
[͵hɪðə`tu]
副 迄今；至此

1020 hoe
[ho]
動 鋤草；鋤地
名 鋤；鋤頭

1021 hoist
[hɔɪst]
動 吊起；提起

1022 holdall
[`hold͵ɔl]
名 小旅行箱；(旅行用的)
手提袋

1023 holistic
[ho`lɪstɪk]
形 全部的

1024 homestay
[`hom͵ste]
名 寄宿國外家庭

1025 homicide
[`homə͵saɪd]
名 殺人

1026 homogenize
[ho`madʒə͵naɪz]
動 使均勻；使均質

1027 hoop
[hup]
名 (籃球的)籃框；箍狀物

1028 hoot
[hut]
名 貓頭鷹的叫聲

1029 horizontal bar
片 單槓

1030 hornet
[`hɔrnɪt]
名 大黃蜂

1031 horticulture
[`hɔrtɪ͵kʌltʃə]
名 園藝；園藝術

1032 horticulturist
[͵hɔrtɪ`kʌltʃərɪst]
名 園藝家

1033 hot dog
片 熱狗

1034 housefly
[`haus͵flaɪ]
名 蒼蠅

1035 hovercraft
[`hʌvə͵kræft]
名 氣墊船

1036 huddle
[`hʌdl]
動 蜷縮；縮成一團
名 雜亂的一團

1037 hull
[hʌl]
名 船體；船身

1038 humane
[hju`men]
形 有人情味的；仁慈的

1039 humanistic
[͵hjumən`ɪstɪk]
形 人道主義的；人性的

1040 hump
[hʌmp]
名 (駝)峰；駝背；圓形隆
起物

1041 humus
[`hjuməs]
名 腐殖質；腐質土壤

1042 husky
[`hʌskɪ]
名 愛斯基摩犬
形 (聲音)沙啞的

1043 hydraulic
[haɪ`drɔlɪk]
形 水力的；水壓的

1044 hydrocarbon
[͵haɪdrə`karbən]
名 碳氫化合物

1045 hydrochloric
[͵haɪdrə`klorɪk]
形 鹽酸的

1046 hydrophobia
[͵haɪdrə`fobɪə]
名 狂犬病

1047 hypnosis
[hɪpˋnosɪs]
名 催眠狀態

1048 hypnotic
[hɪpˋnɑtɪk]
名 安眠藥
形 催眠的

1049 hypnotize
[ˋhɪpnəˏtaɪz]
動 使恍惚；施催眠術

1050 hypothetical
[ˏhaɪpəˋθɛtɪkḷ]
形 假設的；假定的

UNIT **3** **I** → **O**

1051 icing
[ˋaɪsɪŋ]
名 糖衣

1052 icon
[ˋaɪkɑn]
名 畫像；塑像；(電腦)圖像

1053 identifiable
[aɪˋdɛntəˏfaɪəbḷ]
形 可認明的；可識別的

1054 idiosyncrasy
[ˏɪdɪəˋsɪŋkrəsɪ]
名 氣質；表現手法

1055 idyll
[ˋaɪdḷ]
名 田園詩；敘事詩

1056 igneous
[ˋɪgnɪəs]
形 火成的；火山的

1057 ignition
[ɪgˋnɪʃən]
名 點火裝置；燃燒

1058 illogical
[ɪˋlɑdʒɪkḷ]
形 不合邏輯的

1059 illumination
[ɪˏljuməˋneʃən]
名 照明；燈飾

1060 imbalance
[ɪmˋbæləns]
名 不平衡；不均衡狀態

1061 imbibe
[ɪmˋbaɪb]
動 飲；喝；吸收

1062 immaculate
[ɪˋmækjəlɪt]
形 潔淨的；無瑕疵的；無過失的

1063 immobility
[ˏɪmoˋbɪlətɪ]
名 靜止不動

1064 immunize
[ˋɪmjəˏnaɪz]
動 使免疫；使免除

1065 imperial
[ɪmˋpɪrɪəl]
形 帝國的；專橫的

1066 imperialist
[ɪmˋpɪrɪəlist]
名 帝國主義者
形 帝國主義的

1067 imperil
[ɪmˋpɛrɪl]
動 使陷於危險；危及

1068 impetuous
[ɪmˋpɛtʃuəs]
形 性急的；魯莽的

1069 implant
[ɪmˋplænt]
動 灌輸；移植

1070 implicate
[ˋɪmplɪˏket]
動 牽連；連累

1071 impoverished
[ɪmˋpɑvərɪʃt]
形 窮困的；赤貧的；耗竭的

1072 imprecise
[ˏɪmprɪˋsaɪz]
形 不嚴密的；不精確的

1073 impregnate
[ɪmˋprɛɡˏnet]
動 使受孕；使懷孕

1074 in accordance with
片 根據；與…一致

1075 in favor of
片 支持；有利於；贊成

1076 in short
片 簡而言之

1077 inactive
[ɪnˋæktɪv]
形 不活躍的；不起作用的

1078 inalienable
[ɪnˋeljənəbḷ]
形 不能讓與的

1079 inattention
[ˏɪnəˋtɛnʃən]
名 不注意；粗心

1080 inauguration
[ɪnˏɔɡjəˋreʃən]
名 就職；就職典禮

1081 incendiary
[ɪnˋsɛndɪˏɛrɪ]
形 放火的；煽動的

1082 incision
[ɪnˋsɪʒən]
名 切開；切口

1083 incoming
[ˋɪnˏkʌmɪŋ]
名 進來；收入
形 接踵而至的

1084 incompatible
[ˏɪnkəmˋpætəbḷ]
形 矛盾的；不相容的

1085 incongruity
[ˏɪnkɑŋˋɡruətɪ]
名 不一致；不調和

1086 incongruous
[ɪnˋkɑŋɡruəs]
形 不合適的；不適宜的；不協調的

1087 inculcate
[ˋɪnkʌlˏket]
動 反覆灌輸；諄諄教誨

1088 indebted
[ɪnˋdɛtɪd]
形 受惠的；感激的

1089 indemnity
[ɪnˋdɛmnɪtɪ]
名 賠償；賠款

1090 indigent
[ˋɪndədʒənt]
形 貧乏的

1091 indolent
[ˋɪndələnt]
形 懶惰的；好逸惡勞的

1092 inductance
[ɪnˋdʌktəns]
名 感應器；感應線圈

1093 induction
[ɪnˋdʌkʃən]
名 就職；入會；歸納法

1094 inductive
[ɪnˋdʌktɪv]
形 誘導的；歸納的

1095 inescapable
[ˏɪnəˋskepəbḷ]
形 逃不掉的；不可避免的

1096 inestimable
[ɪnˋɛstəməbḷ]
形 難以估計的；貴重的

1097 inexorable
[ɪnˋɛksərəbḷ]
形 無動於衷的

1098 inextricable
[ɪnˋɛkstrɪkəbḷ]
形 逃脫不掉的；無法解決的；繁複的

1099 inferential
[ˏɪnfəˋrɛnʃəl]
形 推理的；推論的

1100 infernal
[ɪnˋfɜnḷ]
形 地獄般的；無人性的；可憎的

1101 inferno
[ɪnˋfɜno]
名 (義)地獄

1102 infertile
[ɪnˋfɜtɪl]
形 不肥沃的

1103 極
infinitesimal
[ˌɪnfɪnəˋtɛsəml̩]
形 極微小的

1104 極
infinity
[ɪnˋfɪnətɪ]
名 無限；無窮

1105 極
infirmity
[ɪnˋfɝmɪtɪ]
名 體弱；虛弱；(意志等的)薄弱

1106 極
inflame
[ɪnˋflem]
動 使燃燒；使發炎；使紅腫

1107 極
inflammable
[ɪnˋflæməbl̩]
形 易燃的；可燃的

1108 極
influenza
[ˌɪnfluˋɛnzə]
名 流行性感冒

1109 極
informant
[ɪnˋfɔrmənt]
名 消息提供者；告密者

1110 極
infrastructural
[ˌɪnfrəˋstrʌktʃərəl]
形 基礎結構的

1111 極
infringe
[ɪnˋfrɪndʒ]
動 違反；侵犯

1112 極
ingot
[ˋɪŋgət]
名 鑄塊

1113 極
inheritance
[ɪnˋhɛrɪtəns]
名 繼承；繼承權

1114 極
inhumane
[ˌɪnhjuˋmen]
形 無人情味的；殘忍的

1115 極
initiative
[ɪˋnɪʃɪtɪv]
形 創始的；初步的

1116 極
innards
[ˋɪnədz]
名 內臟

1117 極
innocuous
[ɪˋnakjuəs]
形 無害的；無毒的

1118 極
inoculate
[ɪnˋakjəˌlet]
動 預防接種；注射預防針

1119 極
inscribe
[ɪnˋskraɪb]
動 題寫；印；雕刻

1120 極
inshore
[ˋɪnˋʃor]
形 近海岸的
副 近海岸

1121 極
insidious
[ɪnˋsɪdɪəs]
形 陰險的；狡詐的；暗中為害的

1122 極
insipid
[ɪnˋsɪpɪd]
形 沒有味道的；清淡的；無趣的

1123 極
insoluble
[ɪnˋsaljəbl̩]
形 不易溶解的；無法解決的

1124 極
insomnia
[ɪnˋsamnɪə]
名 失眠症

1125 極
instep
[ˋɪnˌstɛp]
名 腳背；鞋背

1126 極
instil
[ɪnˋstɪl]
動 滴注；逐漸滲入

1127 極
insubstantial
[ˌɪnsəbˋstænʃəl]
形 無實體的；脆弱的

1128 極
insularity
[ˌɪnsəˋlærɪtɪ]
名 島國；孤立

1129 極
insulation
[ˌɪnsəˋleʃən]
名 隔離；孤立；絕緣體

1130 極
insurgency
[ɪnˋsɝdʒənsɪ]
名 暴動

1131 極
insurrection
[ˌɪnsəˋrɛkʃən]
名 起義；造反

1132 極
integer
[ˋɪntədʒɚ]
名 【數】整數

1133 極
interbreed
[ˌɪntɚˋbrid]
動 品種雜交

1134 極
interception
[ˌɪntɚˋsɛpʃən]
名 攔截；截取

1135 interceptor
[ˌɪntəˋsɛptə]
名 遮斷器;【軍】攔截機

1136 intercontinental
[ˌɪntəˌkɑntəˋnɛntḷ]
形 大陸間的;洲際的

1137 interdependent
[ˌɪntədɪˋpɛndənt]
形 相互依賴的;互助的

1138 interment
[ɪnˋtɝmənt]
名 埋葬

1139 intermix
[ˌɪntəˋmɪks]
動 使混合;使混雜

1140 intern
[ɪnˋtɝn]
動 居留;軟禁;實習
名 實習生;實習醫生

1141 internationalist
[ˌɪntəˋnæʃənḷɪst]
名 國際主義者;國際法學家

1142 internist
[ɪnˋtɝnɪst]
名 內科醫師

1143 interplanetary
[ˌɪntəˋplænəˌtɛrɪ]
形 行星間的

1144 interplay
[ˋɪntəˌple]
動 相互影響;相互作用

1145 interracial
[ˌɪntəˋreʃəl]
形 種族間的

1146 interrelationship
[ˌɪntərɪˋleʃənʃɪp]
名 相互關係;相互聯繫

1147 interrogate
[ɪnˋtɛrəˌget]
動 審訊;質問

1148 intersperse
[ˌɪntəˋspɝs]
動 散置;散布

1149 intestine
[ɪnˋtɛstɪn]
名 腸

1150 intoxicate
[ɪnˋtɑksəˌket]
動 使喝醉;使陶醉;使中毒

1151 intractable
[ɪnˋtræktəbḷ]
形 倔強的;棘手的

1152 intransigent
[ɪnˋtrænsədʒənt]
形 固執己見的;不妥協的

1153 introductory tour
片 (博物館、藝廊內的)簡介導覽

1154 introspection
[ˌɪntrəˋspɛkʃən]
名 內省;反思

1155 introvert
[ˋɪntrəˌvɝt]
名 個性內向的人

1156 invader
[ɪnˋvedə]
名 入侵者;侵略者

1157 invasive
[ɪnˋvesɪv]
形 侵入的;侵略性的

1158 inversion
[ɪnˋvɝʃən]
名 反向;倒轉;倒裝法

1159 inveterate
[ɪnˋvɛtərɪt]
形 根深蒂固的;積習的

1160 inviolable
[ɪnˋvaɪələbḷ]
形 不可褻瀆的;神聖的

1161 invocation
[ˌɪnvəˋkeʃən]
名 祈願

1162 invoke
[ɪnˋvok]
動 懇求;祈求;喚起

1163 iodine
[ˋaɪəˌdaɪn]
名 碘酒;碘

1164 ion
[ˋaɪən]
名 【物】離子

1165 ionizer
[ˋaɪənaɪzə]
名 負離子空氣淨化器

1166 iris
[ˋaɪrɪs]
名 彩虹;彩虹色

1167 🏃
irrational
[ɪˋræʃənḷ]
形 無理性的；不合理的；
荒謬的

1168 🏃
irregularity
[ˏɪrɛgjəˋlærətɪ]
名 不規則；不平整

1169 🏃
Islam
[ˋɪsləm]
名 伊斯蘭教

1170 🏃
Islamic
[ɪsˋlæmɪk]
形 伊斯蘭的

1171 🏃
isolated
[ˋaɪsḷˏetɪd]
形 孤立的；隔離的

1172 🏃
isotope
[ˋaɪsəˏtop]
名 同位素

1173 🏃
jacket
[ˋdʒækɪt]
名 夾克；上衣

1174 🏃
jailbird
[ˋdʒelˏbɝd]
名 囚犯；慣犯

1175 🏃
jargon
[ˋdʒɑrgən]
動 說行話；喋喋不休
名 行話；黑話

1176 🏃
javelin
[ˋdʒævlɪn]
名 (運動用的)標槍

1177 🏃
jersey
[ˋdʒɝzɪ]
名 (體育球員穿的)運動服

1178 🏃
jolt
[dʒolt]
動 搖動；顛簸

1179 🏃
jostle
[ˋdʒɑsḷ]
動 推；擠；與…競爭

1180 🏃
joystick
[ˋdʒɔɪˏstɪk]
名 (電腦、飛機的)控制桿

1181 🏃
Judaism
[ˋdʒudɪˏɪzəm]
名 猶太教

1182 🏃
judgement
[ˋdʒʌdʒmənt]
名 審判；裁判

1183 🏃
judicious
[dʒuˋdɪʃəs]
形 有見識的；明斷的

1184 🏃
jumble
[ˋdʒʌmbḷ]
動 使混亂
名 雜亂的一堆

1185 🏃
jumper
[ˋdʒʌmpɚ]
名 (無袖)針織套衫

1186 🏃
jumping pit
片 (跳遠的)沙坑

1187 🏃
junkie
[ˋdʒʌŋkɪ]
名 癮君子；販毒者

1188 🏃
justiciable
[dʒʌsˋtɪʃɪəbḷ]
形 應受法院審判的

1189 🏃
justifiable
[ˋdʒʌstəˏfaɪəbḷ]
形 可證明為正當的；有道
理的

1190 🏃
kayak
[ˋkaɪæk]
名 小皮艇

1191 🏃
keep fit
片 維持身體健康

1192 🏃
keep pet
片 養寵物

1193 🏃
kennel
[ˋkɛnḷ]
名 狗舍；養狗場

1194 🏃
kerbstone
[ˋkɝbˏston]
名 路邊石；鑲邊石

1195 🏃
kerosene
[ˋkɛrəˏsin]
名 煤油

1196 🏃
keystone
[ˋkiˏston]
名 【建】楔石；主旨；基
本原則

1197 🏃
kill time
片 消磨時間；打發時間

1198 🏃
kiln
[kɪln]
動 把…放在窯內燒
名 窯；爐

1199 kilt
[kɪlt]
名 蘇格蘭男用短裙

1200 king-size
[`kɪŋ,saɪz]
形 特大的；特長的

1201 kitchen garden
片 家庭菜園

1202 knapsack
[`næp,sæk]
名 背包

1203 knead
[nid]
動 揉(麵團、黏土等)；捏

1204 knickers
[`nɪkəz]
名 燈籠褲

1205 lackey
[`lækɪ]
名 男僕；阿諛者

1206 ladle
[`ledl]
名 長柄勺子

1207 lager
[`lɑgə]
名 淡啤酒

1208 lagoon
[lə`gun]
名 潟湖；環礁湖

1209 lair
[lɛr]
動 在穴中休息
名 (野獸的)穴

1210 lance
[læns]
動 用矛刺穿
名 長矛；魚叉

1211 landfill
[`lændfɪl]
名 垃圾掩埋處

1212 landlubber
[`lænd,lʌbə]
名 不懂航海的人

1213 landward
[`lændwəd]
形 向陸地的
副 向陸地

1214 langur
[lʌŋ`gʊr]
名 齡猴(一種長尾猴)

1215 lanky
[`læŋkɪ]
形 (身材)瘦長的；(手腳)細長的

1216 lantern
[`læntən]
名 燈籠；提燈

1217 Lantern Festival
片 元宵節

1218 lapel
[lə`pɛl]
名 翻領

1219 larceny
[`lɑrsnɪ]
名 竊盜罪

1220 lard
[lɑrd]
名 豬油

1221 lark
[lɑrk]
名 雲雀

1222 larva
[`lɑrvə]
名 幼蟲；幼體

1223 laryngitis
[,lærɪn`dʒaɪtɪs]
名 喉(頭)炎

1224 larynx
[`lærɪŋks]
名 喉頭

1225 latch
[lætʃ]
動 閂上
名 門閂；窗閂

1226 lateral
[`lætərəl]
名 側面
形 側面的；橫向的

1227 lathe
[leð]
名 車床

1228 laurel
[`lɔrəl]
名 月桂樹

1229 lax
[læks]
形 鬆弛的；質地鬆的；馬馬虎虎的；腹瀉的

1230 laxative
[`læksətɪv]
名 瀉藥
形 通便的

1231 片
lead to
片 導致;結果

1232
leaden
[`lɛdŋ]
形 鉛的;鉛製的

1233
leafy
[`lifɪ]
形 多葉的;葉狀的

1234
leech
[litʃ]
名 水蛭

1235
leek
[lik]
名 韭菜;韭蔥

1236
leeward
[`li,wəd]
形 背風的;下風的

1237
leftover
[`lɛftovə]
名 剩菜(通常用複數形)

1238
legatee
[,lɛgə`ti]
名 遺產受贈人

1239
legible
[`lɛdʒəbḷ]
形 易讀的;(字跡)清楚的

1240
legion
[`lidʒən]
名 軍隊;部隊

1241
legitimacy
[lɪ`dʒɪtəməsɪ]
名 合法性;正統性

1242
legitimize
[lɪ`dʒɪtə,maɪz]
動 宣布為合法;承認;批准

1243
lentil
[`lɛntɪl]
名 扁豆

1244
lesser
[`lɛsə]
形 較小的;次要的

1245
leukaemia
[lu`kimɪə]
名 白血病

1246
level crossing
片 平交道

1247
lewd
[lud]
形 好色的;下流的;猥褻的

1248
lexicographer
[,lɛksə`kɑgrəfə]
名 詞典編纂者

1249
lexicography
[,lɑksə`kɑgrəfɪ]
名 詞典編纂

1250
liaise
[lɪ`ez]
動 取得聯絡

1251
liana
[lɪ`ɑn]
名 藤蔓植物

1252
license
[`laɪsŋs]
動 准許;發許可證給

1253
lichen
[`laɪkɪn]
名 地衣

1254
licit
[`lɪsɪt]
形 合法的;正當的

1255
life
[laɪf]
名 無期徒刑

1256
life science
片 生命科學

1257
light up
片 點燃

1258
light-year
[`laɪt`jir]
名 光年

1259
limbo
[`lɪm,bo]
名 【宗】地獄的邊境

1260
limestone
[`laɪm,ston]
名 石灰岩

1261
limp
[lɪmp]
形 軟綿綿的;鬆垮的;鬆弛的;無精神的

1262
lineage
[`lɪnɪdʒ]
名 家系;世系

1263 linguistic
[lɪŋˋgwɪstɪk]
形 語言的；語言學的

1264 lint
[lɪnt]
名 絨布；軟麻布

1265 liqueur
[lɪˋkɜ]
名 利口酒(烈性甜酒)

1266 litigate
[ˋlɪtəˏget]
動 訴訟

1267 livelihood
[ˋlaɪvlɪˏhʊd]
名 生活；生計

1268 load
[lod]
名 (電機的)負載；負荷

1269 loam
[lom]
名 壤土；暗色土；肥土

1270 loath
[loθ]
形 不願意的；不喜歡的

1271 lode
[lod]
名 礦脈；豐富的蘊藏

1272 lodger
[ˋladʒə]
名 寄宿者；房客

1273 loft
[lɔft]
動 把…置於閣樓內
名 閣樓；頂樓

1274 logistics
[loˋdʒɪstɪks]
名 後勤

1275 longitudinal
[ˋlandʒəˋtjudənəl]
形 長度的；縱向的

1276 lowland
[ˋlolənd]
名 低地
形 低地的

1277 lozenge
[ˋlazɪndʒ]
名 錠劑

1278 lull
[lʌl]
動 平息；停止；減弱
名 暫時平息

1279 luscious
[ˋlʌʃəs]
形 甘美多汁的；美味的

1280 luxuriant
[lʌgˋʒʊrɪənt]
形 繁茂的；濃密的；肥沃的；奢華的

1281 macabre
[məˋkabrə]
形 令人毛骨悚然的

1282 macaque
[məˋkak]
名 獼猴

1283 machine gun
片 機關槍

1284 mackerel
[ˋmækərəl]
名 鯖魚

1285 magenta
[məˋdʒɛntə]
名 洋紅色
形 洋紅色的

1286 magma
[ˋmægmə]
名 岩漿

1287 magnetism
[ˋmægnəˏtɪzəm]
名 磁性；磁力

1288 magpie
[ˋmægˏpaɪ]
名 喜鵲；鵲

1289 mahogany
[məˋhagənɪ]
名 桃花心木；紅木

1290 major in
片 主修

1291 make a living
片 賺錢謀生

1292 malevolent
[məˋlɛvələnt]
形 有惡意的；壞心腸的

1293 mallet
[ˋmælɪt]
名 大頭槌；木槌

1294 malnutrition
[ˏmælnjuˋtrɪʃən]
名 營養失調

1295 malpractice
[mæl`præktɪs]
名 玩忽職守；營私舞弊

1296 malt
[mɔlt]
名 麥芽；麥芽酒
形 麥芽釀製的

1297 maltreat
[mæl`trit]
動 虐待；粗暴對待；濫用

1298 mammon
[`mæmən]
名 財富

1299 mandarin
[`mændərɪn]
名 柑橘；柑橘樹

1300 mandible
[`mændəbl]
名 頜；下顎骨

1301 maneuver
[mə`nuvɚ]
名 軍事演習；機動演習

1302 mangrove
[`mæŋgrov]
名 紅樹林

1303 manhole
[`mæn,hol]
名 下水道出入口

1304 manicure
[`mænɪ,kjʊr]
動 替…修指甲
名 修指甲

1305 manifestation
[,mænəfɛs`teʃən]
名 顯示；表明

1306 manifesto
[,mænə`fɛsto]
動 發表宣言
名 宣示；宣告

1307 manila
[mə`nɪlə]
名 馬尼拉紙；馬尼拉麻

1308 manipulative
[mə`nɪpjə,letɪv]
形 操作的；用手控制的

1309 mannequin
[`mænəkɪn]
名 人體模型

1310 manoeuvre
[mə`nuvɚ]
動 熟練謹慎地移動；操縱

1311 manor
[`mænɚ]
名 (英國封建時代的)領地；莊園

1312 manor house
片 莊園式住宅

1313 manslaughter
[`mæn,slɔtɚ]
名 殺人；過失殺人

1314 mantle
[`mæntl]
動 覆蓋；遮掩
名 披風；斗篷

1315 manure
[mə`njʊr]
名 糞肥

1316 margarine
[`mɑrdʒə,rin]
名 人造奶油

1317 marginally
[`mɑrdʒɪnəlɪ]
副 在邊緣；在頁邊

1318 marital
[`mærətl]
形 婚姻的；夫妻的

1319 maritime
[`mærə,taɪm]
形 航海的；海事的；海邊的；沿海的

1320 marketplace
[`mɑrkɪt,ples]
名 市場；市集

1321 marksman
[`mɑrksmən]
名 射手；神射手

1322 marmalade
[`mɑrml,ed]
名 橘子果醬

1323 maroon
[mə`run]
名 褐紅色
形 褐紅色的

1324 marriage boom
片 結婚熱潮；結婚高峰期

1325 marrow
[`mæro]
名 髓；骨髓；精髓

1326 marsupial
[mɑr`sjupɪəl]
名 有袋動物

1327 martial art
片 武術

1328 martini
[mɑr`tini]
名 馬丁尼

1329 masculinity
[,mæskjə`lınətı]
名 男子氣概

1330 masquerade
[,mæskə`red]
名 假面舞會

1331 masses
[`mæsız]
名 民眾；群眾

1332 masticate
[`mæstə,ket]
動 咀嚼；粉粹

1333 matchmaker
[`mætʃ,mekə]
名 媒人

1334 materialistic
[mə,tırıəl`ıstık]
形 唯物論的；唯物主義的

1335 maternal
[mə`tɜnl]
形 母親的；母性的

1336 maternity
[mə`tɜnətı]
名 母性；母愛
形 產婦的

1337 matriculate
[mə`trıkjə,let]
動 准許入學

1338 matrimonial
[,mætrə`monjəl]
形 婚姻的；夫婦的

1339 maximize
[`mæksə,maız]
動 增至最大限度

1340 medallist
[`medəlıst]
名 獲得獎牌者

1341 Mediterranean
[,mɛdətə`renıən]
形 地中海的

1342 medium
[`midıəm]
名 媒介物
形 中間的；適中的

1343 megacity
[`mɛgə,sıtı]
名 人口百萬以上的城市

1344 megaton
[`mɑgə,tʌn]
名 百萬噸

1345 melatonin
[,mɛlə`tonın]
名 褪黑素

1346 membrane
[`mɛmbren]
名 【解】膜

1347 menial
[`mınıəl]
名 奴僕
形 僕人的；卑賤的

1348 mercenary
[`mɜsə,nɛrı]
名 外國傭兵
形 雇傭的

1349 mercurial
[mɜ`kjurıəl]
形 水星的；水銀的

1350 mere
[mır]
形 僅僅的；只不過的

1351 meringue
[mə`ræŋ]
名 (法)調合蛋白

1352 messiah
[mə`saıə]
名 彌賽亞

1353 metallurgy
[`mɛtə,lɜdʒı]
名 冶金術

1354 metamorphic
[mɛtə`mɔrfık]
形 【地】變質的

1355 metaphorical
[,mɛtə`fɔrık]
形 用隱喻的；比喻的

1356 meteor
[`mitıə]
名 流星

1357 meteorologist
[,mitıə`rɑlədʒıst]
名 氣象學者

1358 meteorology
[,mitıə`rɑlədʒı]
名 氣象學

1359 methane
[ˋmɛθen]
名 甲烷;沼氣

1360 metropolis
[məˋtrɑplɪs]
名 大都市;首府

1361 microbe
[ˋmaɪkrob]
名 微生物

1362 microbiology
[͵maɪkrobaɪˋɑlədʒɪ]
名 微生物學

1363 microcosm
[ˋmaɪkrə͵kɑzəm]
名 小宇宙;縮圖

1364 middling
[ˋmɪdlɪŋ]
形 中等的;平凡的

1365 midriff
[ˋmɪdrɪf]
名 膈;上腹部

1366 midwifery
[ˋmɪd͵waɪfərɪ]
名 助產術

1367 mien
[min]
名 風采;態度

1368 migraine
[ˋmaɪgren]
名 偏頭痛

1369 migraine headache
片 偏頭痛

1370 millennium
[mɪˋlɛnɪəm]
名 千禧年

1371 mince
[mɪns]
動 切碎;剁碎
名 肉末;切碎的食物

1372 mindful
[ˋmaɪndfəl]
形 留心的;警覺的

1373 minefield
[ˋmaɪn͵fild]
名 佈雷區

1374 mineral water
片 礦泉水

1375 minesweeper
[ˋmaɪn͵swipə]
名 掃雷艦

1376 mirage
[məˋrɑʒ]
名 海市蜃樓;妄想

1377 miscarriage
[mɪsˋkærɪdʒ]
名 流產

1378 misconception
[͵mɪskənˋsɛpʃən]
名 誤解;錯誤想法

1379 misdemeanour
[͵mɪsdɪˋminə]
名 不正當的行為;輕罪

1380 mishandle
[mɪsˋhændḷ]
動 錯誤地處理;亂弄

1381 mishap
[ˋmɪs͵hæp]
名 不幸事故;災難

1382 misjudge
[mɪsˋdʒʌdʒ]
動 判斷錯誤

1383 mite
[maɪt]
名 微小的東西;極少的錢

1384 mitigate
[ˋmɪtə͵get]
動 使緩和;減輕

1385 mitten
[ˋmɪtṇ]
名 連指手套

1386 moat
[mot]
名 護城河;壕溝

1387 moderate
[ˋmɑdərɪt]
形 適度的;溫和的

1388 moderately
[ˋmɑdərɪtlɪ]
副 適度地;有節制地

1389 moderation
[͵mɑdəˋreʃən]
名 溫和;穩健;緩和

1390 modernism
[ˋmɑdən͵ɪzəm]
名 現代思想;(文藝的)現代主義

1391 modish
[`modɪʃ]
形 時髦的；流行的

1392 module
[`madʒul]
名 組件；單元

1393 mole
[mol]
名 痣；黑痣

1394 molest
[mə`lɛst]
動 騷擾；調戲(女性)

1395 mollusc
[`maləsk]
名 軟體動物

1396 molt
[molt]
動 脫毛；蛻皮

1397 monarchic
[mə`narkɪk]
形 君主政體的；君主的

1398 monastery
[`manəs͵tɛrɪ]
名 男修道院；僧院

1399 mongrel
[`mʌŋgrəl]
名 雜種狗；雜種動物

1400 monkey wrench
片 活動扳手

1401 monolith
[`manə͵lɪθ]
名 巨型獨石

1402 monotheism
[`manoθi͵ɪzəm]
名 一神論；一神教

1403 monsoon
[man`sun]
名 季風；雨季

1404 moor
[mur]
動 使停泊；繫泊

1405 moribund
[`mɔrə͵bʌnd]
形 垂死的；即將滅亡的

1406 morphine
[`mɔrfin]
名 嗎啡

1407 mortality
[mɔr`tælətɪ]
名 必死性；死亡率

1408 motif
[mo`tif]
名 (文學、藝術作品的)主題；主旨

1409 motivational
[͵motə`veʃənəl]
形 誘導的；動機的

1410 mould
[mold]
名 黴菌

1411 mountaineering
[͵mauntə`nɪrɪŋ]
名 登山；爬山

1412 muck
[mʌk]
名 腐殖土；淤泥

1413 muddle
[`mʌdl̩]
動 將…混在一起；使糊塗
名 糊塗；混亂狀態

1414 muffler
[`mʌflɚ]
名 圍巾；厚手套；消音器

1415 mugging
[`mʌgɪŋ]
名 (口)行兇搶劫

1416 mulberry
[`mʌl͵bɛrɪ]
名 桑椹

1417 multifarious
[͵mʌltə`fɛrɪəs]
形 多種的；多方面的

1418 multimedia
[mʌltɪ`midɪə]
形 多媒體的

1419 multiple
[`mʌltəpl̩]
名 【數】倍數

1420 multitude
[`mʌltə͵tjud]
名 許多；大眾

1421 mumps
[mʌmps]
名 腮腺炎；耳下腺炎

1422 munch
[mʌntʃ]
動 津津有味地嚼

1423 municipal
[mjuˋnɪsəpḷ]
形 市政的；市立的

1424 mural
[ˋmjʊrəl]
名 壁畫；壁飾
形 掛在牆壁上的

1425 murder
[ˋmɝdɚ]
名 謀殺；兇殺

1426 murderer
[ˋmɝdərɚ]
名 謀殺犯；兇手

1427 murky
[ˋmɝkɪ]
形 黑暗的；陰鬱的

1428 musketeer
[͵mʌskɪˋtɪr]
名 火槍手；步兵

1429 mustang
[ˋmʌstæŋ]
名 北美野馬

1430 muster
[ˋmʌstɚ]
動 集合；鼓起(勇氣等)

1431 mutant
[ˋmjutənt]
名 突變體
形 突變的

1432 mutate
[ˋmjutet]
動 變化；產生突變

1433 mutineer
[͵mjutn̩ˋɪr]
名 叛變者

1434 mutiny
[ˋmjutnɪ]
動 參加叛亂
名 反叛；叛亂

1435 mutual
[ˋmjutʃʊəl]
形 相互的；彼此的

1436 mystify
[ˋmɪstə͵faɪ]
動 使迷惑；神秘化

1437 narcotic
[nɑrˋkɑtɪk]
名 麻醉劑
形 麻醉的

1438 narrow escape
片 九死一生；僥倖脫逃

1439 nasal
[ˋnezḷ]
名 鼻音字母
形 鼻的；鼻音的

1440 natural
[ˋnætʃərəl]
形 自然的；天然的；不做作的

1441 naturally
[ˋnætʃərəlɪ]
副 天生地；天然地

1442 nausea
[ˋnɔsɪə]
名 噁心；作嘔；暈船

1443 navigable
[ˋnævəgəbḷ]
形 可航行的；可駕駛的

1444 navigation
[͵nævəˋgeʃən]
名 航海；航空；導航

1445 navigator
[ˋnævə͵getɚ]
名 領航員；航海者

1446 nebula
[ˋnɛbjʊlə]
名 星雲

1447 necessarily
[ˋnɛsəsɛrɪlɪ]
副 必然；必然地

1448 neckband
[ˋnɛk͵bænd]
名 襯衫領子

1449 needle
[ˋnidḷ]
名 松樹的針葉

1450 negative pole
片 (電池的)負極

1451 neoclassical
[͵nioˋklæsɪkḷ]
形 新古典主義的

1452 niche
[nɪtʃ]
名 壁龕

1453 nicotine
[ˋnɪkə͵tin]
名 尼古丁

1454 niggle
[ˋnɪgḷ]
動 為瑣事費時；挑剔

1455 nightdress
[`naɪt͵drɛs]
名 女睡袍

1456 nitrate
[`naɪtret]
名 硝酸鹽

1457 nobility
[no`bɪlətɪ]
名 貴族階層；高貴

1458 nocturnal
[nak`tɝnḷ]
形 夜間發生的

1459 nomad
[`nomæd]
名 游牧民；流浪者

1460 non-smoker
[nan`smokɚ]
名 不吸菸的人；禁菸車廂

1461 Nordic
[`nɔrdɪk]
名 北歐人
形 北歐人的

1462 normalize
[`nɔrmḷ͵aɪz]
動 使正常化；使合標準

1463 nostalgia
[nas`tældʒɪə]
名 鄉愁；懷舊之情

1464 notice board
片 公告欄；布告欄

1465 notional
[`noʃən]
形 概念上的；抽象的

1466 notoriety
[͵notə`raɪətɪ]
名 惡名昭彰；聲名狼藉

1467 nuance
[nju`ɑns]
名 細微差別

1468 nuclear energy
片 原子能；核能

1469 nuclear family
片 核心家庭

1470 nucleus
[`njuklɪəs]
名【生】細胞核

1471 nude
[njud]
形 裸的；無裝飾的

1472 nut
[nʌt]
名 螺母；螺帽

1473 nutrition
[nju`trɪʃən]
名 營養；滋養

1474 nutritional
[nju`trɪʃənḷ]
形 營養的；滋養的

1475 objectify
[əb`dʒɛktə͵faɪ]
動 使具體化

1476 objective
[əb`dʒɛktɪv]
形 客觀的

1477 obscurity
[əb`skrʊrətɪ]
名 黯淡；朦朧

1478 obstetrics
[əb`stɛtrɪks]
名 產科醫學

1479 obviously
[`abvɪəslɪ]
副 明顯地；顯然地

1480 occasionally
[ə`keʒənḷɪ]
副 偶爾；間或

1481 occult
[ə`kʌlt]
動 掩蔽；遮蔽
形 奧祕的；難以理解的

1482 occupant
[`akjəpənt]
名 佔有人；居住者

1483 occupational
[͵akjə`peʃənḷ]
形 職業(上)的

1484 occupier
[`akjə͵paɪə]
名 占領者；居住者

1485 ochre
[`okɚ]
名 赭石；赭色
形 赭色的

1486 octagon
[`aktə͵gan]
名 八邊形；八角形

1487 odometer
[o`damətɚ]
名 里程表

1488 offhand
[`ɔf hænd]
形 隨便的；即席的
副 未經準備地

1489 ogre
[`ogɚ]
名 食人巨妖

1490 oil painting
片 油畫；油畫藝術

1491 oil rig
片 鑽油塔架；油井設備

1492 ointment
[`ɔɪntmənt]
名 軟膏；藥膏

1493 oleaginous
[ˏolɪ`ædʒənəs]
形 油質的；油膩的

1494 ominous
[`amɪnəs]
形 預兆的；不祥的

1495 omnibus
[`amnɪbəs]
名 選集；文集

1496 omnivorous
[am`nɪvərəs]
形 無所不吃的

1497 on the contrary
片 相反地

1498 on the other hand
片 另一方面

1499 on the spot
片 立即；當場

1500 onslaught
[`ɑn slɔt]
名 突擊；猛攻

1501 onward
[`ɑnwɚd]
形 向前的；前進的
副 向前；在前面

1502 ooze
[uz]
動 滲出水分；分泌出
名 滲流；分泌

1503 opal
[`opḷ]
名 蛋白石

1504 opium
[`opjəm]
名 鴉片

1505 opt for
片 決定；選擇

1506 optic
[`aptɪk]
形 視力的；光學的

1507 optics
[`aptɪks]
名 光學

1508 optimum
[`aptəməm]
名 最適宜條件
形 最理想的

1509 optometrist
[ap`tamətrɪst]
名 驗光師

1510 opulent
[`apjələnt]
形 富裕的；豐饒的

1511 orange
[`ɔrɪndʒ]
名 橘色
形 橘色的

1512 ordain
[ɔr`den]
動 任命…為牧師

1513 orientate
[`orɪɛn tet]
動 使向東

1514 orthopedic
[ˏɔrθə`pidɪk]
形 整形外科的

1515 osmosis
[az`mosɪs]
名 滲透作用

1516 ostracize
[`astrə saɪz]
動 放逐；排斥

1517 outlay
[`aut le]
名 花費；費用

1518 outpatient
[`aut peʃənt]
名 門診病人

1519 outpost
[`aʊt͵post]
名 前哨；前哨基地

1520 outscore
[aʊt`skor]
動 得分超過

1521 outsell
[aʊt`sɛl]
動 賣得比⋯多

1522 outstanding
[`aʊt`stændɪŋ]
名 未償貸款；未清帳款

1523 outward
[`aʊtwəd]
形 外面的；外表的

1524 outweigh
[aʊt`we]
動 比⋯重要；超過

1525 overcoat
[`ovə͵kot]
名 外套；大衣

1526 overdose
[`ovə͵dos]
名 藥劑過量

1527 overfill
[`ovə͵fɪl]
動 裝到滿溢

1528 overgraze
[͵ovə`grez]
動 因過度放牧而破壞草皮

1529 overhaul
[͵ovə`hɔl]
動 全面檢查

1530 overlapping
[͵ovə`læpɪŋ]
形 部分重疊的；有相同之處的

1531 overlie
[`ovə`laɪ]
動 躺在⋯上面

1532 overload
[`ovə͵lod]
名 超載；超負荷

1533 overrate
[͵ovə`ret]
動 高估；對⋯估計過高

1534 overshadow
[͵ovə`ʃædo]
動 遮暗；使相形見拙

1535 overture
[`ovətʃur]
名 前奏曲；序曲

1536 overwhelm
[͵ovə`hwɛlm]
動 征服；壓倒；淹沒

UNIT 4 P → S

1537 pacify
[`pæsə͵faɪ]
動 使平靜；平定

1538 padding
[`pædɪŋ]
名 墊料；填料

1539 padlock
[`pæd͵lɑk]
動 用掛鎖鎖上
名 掛鎖

1540 pagoda
[pə`godə]
名 佛塔；寶塔式建築

1541 palate
[`pælɪt]
名 上顎

1542 paleontologist
[ˌpelɪanˋtaladʒɪst]
名 古生物學者

1543 paleontology
[ˌpelɪanˋtaladʒɪ]
名 古生物學

1544 palette
[`pælɪt]
名 調色盤

1545 palette knife
片 調色刀

1546 palm
[pɑm]
名 棕櫚樹

1547 palpable
[`pælpəbl]
形 可摸到的

1548 palsy
[`pɔlzɪ]
動 使癱瘓
名 麻痺；癱瘓

1549 pamper
[`pæmpə]
動 縱容；姑息

1550 panacea
[ˌpænəˋsɪə]
名 萬靈丹；補救之道

1551 pannier
[`pænɪr]
名 背籃；馱籃

1552 panorama
[ˌpænəˋræmə]
名 全景；全貌

1553 pant
[pænt]
動 急促地呼吸

1554 pantomime
[`pæntəˌmaɪm]
名 默劇

1555 pantry
[`pæntrɪ]
名 餐具室；食品儲藏室

1556 paparazzi
[ˌpæpəˋrætsi]
名 狗仔隊

1557 parachuting
[`pærəˌʃutɪŋ]
名 跳傘(運動)

1558 paraffin
[`pærəfɪn]
名 石蠟

1559 parakeet
[`pærəˌkit]
名 小型的鸚鵡

1560 parallel bars
片 雙槓

1561 parapet
[`pærəpɪt]
名 低矮擋牆

1562 parasite
[`pærəˌsaɪt]
名 寄生蟲；攀附植物

1563 parched
[partʃt]
形 乾枯的；口渴的

1564 parental
[pəˋrɛntl]
形 父母親的

1565 parlour
[`parlə]
名 起居室

1566 parole
[pəˋrol]
動 假釋
名 假釋；假釋期

1567 partake
[parˋtek]
動 參與；分擔

1568 particularly
[pəˋtɪkjələlɪ]
副 特別；尤其

1569 particulate
[pəˋtɪkjəˌlet]
名 微粒物質
形 微粒的

1570 partisan
[`partəzŋ]
名 強硬支持者
形 黨派性強的

1571 pasteurize
[`pæstəˌraɪz]
動 對…進行加熱殺菌

1572 pastoral
[`pæstərəl]
名 田園詩；田園畫
形 牧羊人的；鄉村的

1573 patently
[`petntlı]
副 明白地；公然地

1574 paternal
[pə`tɜnl]
形 父親的；父系的

1575 pathological
[ˌpæθə`ladʒɪkl]
形 病理學的

1576 pathology
[pæ`θalədʒɪ]
名 病理學；病狀

1577 pathway
[`pæθˌwe]
名 小徑；路

1578 patriarchal
[ˌpetrɪ`arkl]
形 家長的；族長的；德高望重的

1579 patrol car
片 巡邏車

1580 patrolman
[pə`trolmən]
名 巡警；巡邏者

1581 pavilion
[pə`vɪljən]
名 (博覽會的)展示館

1582 pawn
[pɔn]
動 典當；抵押
名 抵押品

1583 payable
[`peəbl]
形 應支付的；可支付的

1584 peat
[pit]
名 泥煤；泥炭

1585 peculiarity
[pɪˌkjulɪ`ærətɪ]
名 奇特；古怪

1586 pedant
[`pɛdnt]
名 賣弄學問的人；迂腐的教師

1587 pedestal
[`pɛdɪstl]
名 基座

1588 pedigree
[`pɛdəˌgri]
名 家譜；家世
形 純種的

1589 pellet
[`pɛlɪt]
名 小球；丸

1590 pelt
[pɛlt]
名 (動物的)毛皮

1591 penalize
[`pinlˌaɪz]
動 對…處刑；使不利

1592 penance
[`pɛnəns]
動 使悔過；使悔罪
名 (贖罪的)苦行；苦修

1593 penetration
[ˌpɛnə`treʃən]
名 滲透；侵入

1594 penknife
[`pɛnˌnaɪf]
名 小刀

1595 penology
[pi`nalədʒɪ]
名 監獄管理學

1596 percolate
[`pɜkəˌlet]
動 過濾；滲出；浸透

1597 percussion
[pə`kʌʃən]
名 敲；衝擊

1598 perfectionist
[pə`fɛkʃənɪst]
名 完美主義者

1599 perimeter
[pə`rɪmətə]
名 周圍；邊緣

1600 peripheral
[pə`rɪfərəl]
形 圓周的；周圍的

1601 peroxide
[pə`raksaɪd]
名 過氧化氫

1602 perpetrate
[`pɜpəˌtret]
動 做壞事；犯罪

1603 perquisite
[`pɜkwəzɪt]
名 額外補貼

1604 personalize
[`pɜsənəˌlaɪz]
動 使個性化；使人格化

1605 personnel
[ˌpɜsə`nɛl]
名 全體人員；員工

1606 perspiration
[ˌpɜspə`reʃən]
名 汗水；流汗；賣力

1607 petrol
[`pɛtrəl]
名 (英)汽油

1608 petty officer
片 海軍士官

1609 petunia
[pə`tjunjə]
名 牽牛花

1610 phantom
[`fæntəm]
名 幽靈；鬼魂；幻覺；令
人恐懼的東西

1611 pharaoh
[`færo]
名 法老

1612 pharynx
[`færɪŋks]
名 咽喉

1613 philatelist
[fə`lætlɪst]
名 集郵家

1614 phlegm
[flɛm]
名 痰；黏液

1615 phobia
[`fobɪə]
名 恐懼症；懼怕

1616 phoenix
[`finɪks]
名 鳳凰

1617 phony
[`fonɪ]
名 贗品；騙子
形 假的；欺騙的

1618 phosphorus
[`fɑsfərəs]
名 磷；磷光體

1619 photocopy
[`fotəˌkɑpɪ]
動 影印；複印

1620 photon
[`fotɑn]
名 光子

1621 photosynthesis
[ˌfotə`sɪnθəsɪs]
名 光合作用

1622 physical
[`fɪzɪkl]
形 物理的

1623 physical
science
片 自然科學

1624 physique
[fɪ`zik]
名 體格；體型

1625 pickaxe
[`pɪkæks]
名 鶴嘴鋤

1626 pictorial
[pɪk`torɪəl]
形 畫家的；有插圖的

1627 pigment
[`pɪgmənt]
名 顏料

1628 pigsty
[`pɪgˌstaɪ]
名 豬舍

1629 pilchard
[`pɪltʃəd]
名 沙丁魚

1630 pilfer
[`pɪlfə]
動 當小偷；偷竊

1631 pilgrimage
[`pɪlgrəmɪdʒ]
名 朝聖

1632 pillowcase
[`pɪloˌkes]
名 枕頭套

1633 pincers
[`pɪnsəz]
名 鉗子；鑷子

1634 pioneer
[ˌpaɪə`nɪr]
名 拓荒者；先驅者

1635 pipette
[pɪ`pet]
名 (實驗用的)吸量管

1636 piracy
[`paɪrəsɪ]
名 剽竊；侵害著作權

1637 pistachio
[pɪsˋtɑʃɪ o]
名 開心果

1638 piston
[ˋpɪstṇ]
名 活塞

1639 pitfall
[ˋpɪt͵fɔl]
名 陷阱；圈套

1640 pivot
[ˋpɪvət]
名 樞軸；支樞
形 樞軸的；關鍵的

1641 plagiarism
[ˋpledʒə͵rɪzəm]
名 抄襲；剽竊

1642 plagiarize
[ˋpledʒə͵raɪz]
動 抄襲；剽竊

1643 plait
[plet]
動 把…編成辮子；編織

1644 plankton
[ˋplæŋktən]
名 浮游生物

1645 plasma
[ˋplæzəmə]
名 血漿；乳漿

1646 platform
[ˋplæt͵fɔrm]
名 月台

1647 platinum
[ˋplætnəm]
名 鉑；白金

1648 platypus
[ˋplætəpəs]
名 鴨嘴獸

1649 play cards
片 玩撲克牌

1650 pleat
[plit]
動 使打褶

1651 plethora
[ˋplɛθərə]
名 過量；多血症

1652 pliable
[ˋplaɪəbḷ]
形 易曲折的；圓滑的；順從的

1653 plough
[plau]
動 耕地；犁地

1654 ploy
[plɔɪ]
名 策略；花招

1655 pluck
[plʌk]
動 拔…的毛

1656 plumage
[ˋplumɪdʒ]
名 (鳥的)全身羽毛

1657 plush
[plʌʃ]
名 厚絨布；長毛絨
形 長毛絨製的

1658 plywood
[ˋplaɪ͵wud]
名 夾板；膠合板

1659 pockmark
[ˋpɑk͵mɑrk]
動 使留下痘疤
名 痘疤；麻子

1660 pod
[pɑd]
名 豆莢

1661 poker
[ˋpokɚ]
名 撥火棒；火鉗

1662 polarity
[poˋlærətɪ]
名 兩極

1663 pole jump
片 撐竿跳

1664 polio
[ˋpolɪo]
名 小兒麻痺症

1665 pollinate
[ˋpɑlə͵net]
動 給(花或植物)授粉

1666 polymer
[ˋpɑlɪmɚ]
名 聚合物

1667 polytheism
[ˋpɑləθi͵ɪzəm]
名 多神論；多神教

1668 pomegranate
[ˋpɑm͵grænɪt]
名 石榴

1669 🎧
pommel horse
片 鞍馬

1670 🎧
pompous
[`pɑmpəs]
形 愛炫耀的；浮誇的

1671 🎧
ponytail
[`ponɪˏtel]
名 馬尾辮

1672 🎧
poodle
[`pudḷ]
名 貴賓狗

1673 🎧
pop music
片 流行音樂

1674 🎧
poplar
[`pɑplə]
名 白楊；白楊木

1675 🎧
popularity
[ˏpɑpjə`lærətɪ]
名 普及；流行；大眾化

1676 🎧
popularize
[`pɑpjələˏraɪz]
動 普及；宣傳

1677 🎧
porous
[`porəs]
形 能滲透的

1678 🎧
porpoise
[`pɔrpəs]
名 海豚；鼠海豚

1679 🎧
posh
[pɑʃ]
形 豪華的；雅致的；第一流的

1680 🎧
positive pole
片 (電池的)正極

1681 🎧
posterity
[pɑs`tɛrətɪ]
名 後裔；子孫；後代

1682 🎧
postgraduate
[post`grædʒuɪt]
名 研究生
形 研究生的

1683 🎧
posthumous
[`pɑstʃuməs]
形 死後的

1684 🎧
potential
[pə`tɛnʃəl]
名 潛能；潛力

1685 🎧
potluck
[`pɑtˏlʌk]
名 家常便飯

1686 🎧
potter's wheel
片 拉坯轉盤

1687 🎧
practically
[`præktɪkḷɪ]
副 實際上；事實上

1688 🎧
pragmatic
[præg`mætɪk]
形 務實的；實用主義的

1689 🎧
pram
[præm]
名 嬰兒車

1690 🎧
prawn
[prɔn]
名 明蝦

1691 🎧
pray
[pre]
動 祈禱；祈求；懇求

1692 🎧
precinct
[`prisɪŋkt]
形 選區；管轄區

1693 🎧
precipitate
[prɪ`sɪpətɪt]
名 沉澱物；凝結物

1694 🎧
precipitation
[prɪˏsɪpɪ`teʃən]
名 猛然落下；猛衝

1695 🎧
precisely
[prɪ`saɪslɪ]
副 精確地；準確地

1696 🎧
predict
[prɪ`dɪkt]
動 預言；預料

1697 🎧
predispose
[ˏpridɪs`poz]
動 使預先有傾向

1698 🎧
predominantly
[prɪ`dɑmɪnəntlɪ]
副 佔優勢地；顯著地

1699 🎧
prefabricate
[pri`fæbrəˏket]
動 預先製造；預先構思

1700 🎧
preference
[`prɛfərəns]
名 偏愛的人或事物；偏愛

1701 prefix
[`pri,fıks]
名 字首；前綴

1702 premature
[,primə`tjʊr]
形 早產的；早產兒的

1703 premise
[`prɛmıs]
名 假設；前提

1704 preoperative
[pri`apərətıv]
形 外科手術前的

1705 preparatory
[prı`pærə,tori]
名 預備學校
形 準備的

1706 prerogative
[prı`ragətıv]
名 特權

1707 Presbyterian
[,prɛzbə`tırıən]
名 長老派教徒
形 長老派教會的

1708 preschool
[`pri`skul]
形 未滿學齡的；就學前的

1709 presuppose
[,prisə`poz]
動 預先假定；以⋯為前提

1710 pretension
[prı`tɛnʃən]
名 藉口；託辭

1711 prevalence
[`prɛvələns]
名 流行；盛行；普遍

1712 preventative
[prı`vɛntətıv]
形 預防的；防止的

1713 primary school
片 小學

1714 prime minister
片 首相；總理

1715 principality
[,prınsə`pælətı]
名 侯國；封邑

1716 printout
[`prınt,aʊt]
名 (電腦)印出的資料

1717 priory
[`praıərı]
名 小修道院

1718 private school
片 私立學校

1719 privilege
[`prıvlıdʒ]
動 給予特權
名 特權；優待

1720 problematic
[,prablə`mætık]
形 不確定的；疑難的

1721 prodigious
[prə`dıdʒəs]
形 巨大的；異常的

1722 profane
[prə`fen]
動 褻瀆；玷汙
形 褻瀆的；異教的

1723 profession
[prə`fɛʃən]
名 職業；同業

1724 professional
[prə`fɛʃənl]
名 專家；職業選手

1725 profile
[`profaıl]
名 側面

1726 profound
[prə`faʊnd]
形 深刻的；深切的

1727 progeny
[`pradʒənı]
名 後代；子女；幼崽

1728 programmer
[`progæmə]
名 程式設計師

1729 prohibitive
[prə`hıbıtıv]
形 禁止的

1730 projectile
[prə`dʒɛk,taıl]
名 導彈
形 拋射的；投擲的

1731 proletariat
[,prolə`tɛrıət]
名 無產階級；勞工階級

1732 prolonged
[prə`lɔŋd]
形 持久的；長期的

1733 prominence
[`pramənəns]
名 突出；顯著；傑出

1734 promote
[prə`mot]
動 晉升；升職

1735 pronounceable
[prə`naunsəbəl]
形 可發音的；讀得出的

1736 propellant
[prə`pɛlənt]
名 推進物；推動者

1737 prostrate
[`prastret]
動 使俯臥；使屈服
形 俯臥的；降伏的

1738 Protestant
[`pratɪstənt]
名 新教徒
形 新教的

1739 protractor
[pro`træktə]
名 量角器；半圓規

1740 provenance
[`pravənəns]
名 起源；出處

1741 provided
[prə`vaɪdɪd]
連 以…為條件；假如

1742 prowess
[`prauɪs]
名 英勇；高超的本領

1743 psychology
[saɪ`kalədʒɪ]
名 心理學

1744 Ptolemaic
[ˏtalə`meɪk]
形 托勒密王朝的

1745 public school
片 公立學校

1746 publican
[`pʌblɪkən]
名 (英)酒館老闆

1747 pull down
片 拆除；拆毀

1748 pullover
[`pul.ovə]
名 套頭毛衣

1749 pulp
[pʌlp]
名 黏漿；紙漿

1750 pulpit
[`pulpɪt]
名 傳教；佈道

1751 pulsar
[`pʌlsar]
名 【天】脈衝星

1752 pumice
[`pʌmɪs]
名 輕石；浮石

1753 pupa
[`pjupə]
名 蛹

1754 purgatory
[`pɜgə.torɪ]
名 暫時的苦難
形 滌罪的

1755 purist
[`pjurɪst]
名 純粹主義者

1756 purposeful
[`pɜpəsfəl]
形 有目的的；意味深長的

1757 put away
片 放好；貯存

1758 put together
片 組合；拼裝起來

1759 pygmy
[`pɪgmɪ]
名 矮人；侏儒

1760 pyre
[paɪr]
名 火葬堆

1761 pyrite
[`paɪraɪt]
名 黃鐵礦

1762 python
[`paɪθan]
名 大蟒蛇

1763 quadruped
[`kwadrə.pɛd]
名 四足獸
形 有四足的

1764 quagmire
[`kwæg.maɪr]
名 沼澤地

1765 quandary
[`kwɑndərɪ]
名 困惑；窘境

1766 quarry
[`kwɔrɪ]
名 採石場

1767 quash
[kwɑʃ]
動【律】撤銷

1768 quay
[ki]
名 碼頭

1769 quill
[kwɪl]
名 羽毛筆

1770 quintessence
[kwɪn`tɛsṇs]
名 精華；典範

1771 quirk
[kwɜk]
名 突然的轉變

1772 quisling
[`kwɪzlɪŋ]
名 賣國賊

1773 quote
[kwot]
動 引述；引證；報價

1774 rack
[ræk]
名 架子；(行李)網架

1775 racket
[`rækɪt]
名 (網球、羽毛球等的)球拍

1776 radium
[`redɪəm]
名 鐳

1777 rafter
[`ræftɚ]
動 裝椽於
名 椽架屋頂

1778 rake
[rek]
動 (用耙)耙平

1779 ramadan
[ˌræmə`dɑn]
名 齋戒

1780 ramification
[ˌræməfə`keʃən]
名 分枝；分派

1781 ramify
[`ræməˌfaɪ]
動 使分枝；使分派

1782 rampant
[`ræmpənt]
形 蔓延的；不能控制的

1783 range
[rendʒ]
動 排列；把…分類

1784 rapt
[ræpt]
形 著迷的；癡迷的

1785 rare
[rɛr]
形 稀有的；罕見的；傑出的；珍貴的

1786 rarity
[`rɛrətɪ]
名 稀有；罕見；珍貴

1787 rattlesnake
[`rætḷˌsnek]
名 響尾蛇

1788 raucous
[`rɔkəs]
形 聲音沙啞的

1789 raven
[`rævṇ]
名 渡鴉

1790 ravenous
[`rævɪnəs]
形 餓極了的；貪婪的

1791 reap
[rip]
動 收割

1792 reappraisal
[ˌriə`prezḷ]
名 再評價

1793 rear
[rɪr]
名 後面；背面
形 後面的；背後的

1794 recalcitrant
[rɪ`kælsɪtrənt]
名 倔強的人
形 反抗的；頑強的

1795 recap
[rɪ`kæp]
動 重述要點

1796 recapture
[rɪ`kæptʃɚ]
名 再捕獲；奪回

1797 recess
[rɪ`sɛs]
名 隱蔽處;幽深處

1798 reciprocate
[rɪ`sɪprə,ket]
動 交換;報答

1799 recital
[rɪ`saɪt!]
名 獨奏會;
獨唱會

1800 recourse
[rɪ`kors]
名 依賴;依靠

1801 recreate
[`rɛkrɪ,et]
動 消遣;娛樂

1802 rectum
[`rɛktəm]
名 直腸

1803 recuperate
[rɪ`kjupə,ret]
動 恢復;挽回

1804 redevelopment
[,ridɪ`vɛləpmənt]
名 重新開發;再開發

1805 redistribute
[,ridɪs`trɪbjut]
動 重新分配

1806 reed
[rid]
名 蘆葦

1807 refectory
[rɪ`fɛktərɪ]
名 (修道院或學校的)食堂

1808 refinement
[rɪ`faɪnmənt]
名 優雅;提煉

1809 refresher
[rɪ`frɛʃə]
名 可提神的人或物

1810 refundable
[rɪ`fʌndəb!]
形 可退還的;可償還的

1811 regarding
[rɪ`gɑrdɪŋ]
介 關於;就…而論

1812 regency
[`ridʒənsɪ]
名 攝政統治;攝政期

1813 regent
[`ridʒənt]
名 攝政者;攝政王
形 攝政的;統治的

1814 regularity
[,rɛgjə`lærətɪ]
名 規律性;一致性

1815 regurgitate
[rɪ`gɝdʒə,tet]
動 使湧回;使反胃

1816 reindeer
[`ren,dɪr]
名 馴鹿

1817 reinforcement
[,riɪn`forsmənt]
名 增援;加強;強化

1818 reinvigorate
[,riɪn`vɪgə,ret]
動 使再振作;使復甦

1819 rejuvenation
[rɪ,dʒuvə`neʃən]
名 返老還童;恢復活力

1820 rekindle
[ri`kɪnd!]
動 重新點燃;使重新振作

1821 related
[rɪ`letɪd]
形 有關的;相關的

1822 relation
[rɪ`leʃən]
名 關係;關聯

1823 relevance
[`rɛləvəns]
名 關聯

1824 relief
[rɪ`lif]
名 緩和;減輕

1825 remission
[rɪ`mɪʃən]
名 寬恕;豁免

1826 rendition
[rɛn`dɪʃən]
名 譯文;表演;演奏

1827 renew
[rɪ`nju]
動 更新;重建

1828 renovate
[`rɛnə,vet]
動 更新;修理

1829 renovation
[ˌrɛnəˈveʃən]
名 更新；修理；恢復活力

1830 reorient
[riˈorɪənt]
動 使適應；再教育

1831 repaint
[riˈpent]
動 重漆；重畫

1832 repay
[rɪˈpe]
動 償還；還錢；報答

1833 replica
[ˈrɛplɪkə]
名 複製品；複寫

1834 replicate
[ˈrɛplɪˌket]
動 摺疊；複製
形 摺疊的；複製的

1835 reportage
[ˌrɛpɔrˈtaʒ]
名 實地報導

1836 represent
[ˌrɛprɪˈzɛnt]
動 代表；描繪

1837 repudiate
[rɪˈpjudɪˌet]
動 否認；拒絕

1838 reputable
[ˈrɛpjətəbl]
形 聲譽好的

1839 requisite
[ˈrɛkwəzɪt]
名 必需品；必要條件
形 需要的；必不可少的

1840 reserve
[rɪˈzɝv]
動 保留；預約

1841 reshuffle
[riˈʃʌfl]
動 重洗牌；改組

1842 residence
[ˈrɛzədəns]
名 住宅；官邸

1843 residue
[ˈrɛzəˌdju]
名 殘餘物；剩餘

1844 resilient
[rɪˈzɪlɪənt]
形 彈回的；有彈力的

1845 resin
[ˈrɛzɪn]
名 樹脂；合成樹脂

1846 resistance
[rɪˈzɪstəns]
名 電阻；電阻器

1847 resistant
[rɪˈzɪstənt]
形 抵抗的

1848 resit
[riˈsɪt]
動 (英)補考；重考

1849 resolution
[ˌrɛzəˈluʃən]
名 決心；解決

1850 respectively
[rɪˈspɛktɪvlɪ]
副 分別地；各自地

1851 respiratory
[ˈrɛspərəˌtɔri]
形 呼吸的

1852 respondent
[rɪˈspandənt]
名 應答者
形 回答的；反應的

1853 restful
[ˈrɛstfəl]
形 悠閒的；平靜的

1854 restorative
[rɪˈstorətɪv]
名 滋補品；補藥

1855 restriction
[rɪˈstrɪkʃən]
名 限制；約束

1856 retailing
[ˈritelɪŋ]
名 零售業

1857 retaliation
[rɪˌtælɪˈeʃən]
名 報復；反擊

1858 retina
[ˈrɛtɪnə]
名 視網膜

1859 retort
[rɪˈtɔrt]
名 曲頸瓶

1860 retrenchment
[rɪˈtrɛntʃmənt]
名 縮減；刪節

1861 retrial
[rɪˋtraɪəl]
名 複審

1862 revegetate
[riˋvɛdʒəˌtet]
動 再生長；再種植

1863 reverie
[ˋrɛvəri]
名 白日夢；幻想

1864 reverse
[rɪˋvɝs]
形 顛倒的；相反的

1865 revert to
片 恢復；回到

1866 revolver
[rɪˋvɑlvɚ]
名 左輪手槍

1867 rheumatic
[ruˋmætɪk]
形 風濕病的

1868 rheumatism
[ˋruməˌtɪzəm]
名 風濕病

1869 rickety
[ˋrɪkɪtɪ]
形 軟骨病的；搖晃的

1870 ricochet
[ˌrɪkəˋʃe]
動 使跳飛
名 (球或子彈)跳飛

1871 rift
[rɪft]
名 縫隙；裂縫

1872 righteous
[ˋraɪtʃəs]
形 公正的；正直的

1873 rim
[rɪm]
名 (尤指圓形物的)邊緣

1874 rind
[raɪnd]
動 剝去…的皮
名 (瓜、果等的)外皮

1875 rinse
[rɪns]
動 沖洗；潤絲
名 沖洗；漂洗

1876 ripen
[ˋraɪpən]
動 使成熟

1877 rissole
[ˋrɪsol]
名 炸肉丸

1878 rivet
[ˋrɪvɪt]
名 鉚釘

1879 robotic
[roˋbɑtɪk]
形 機器人的；自動的

1880 rock and roll
片 搖滾音樂

1881 roll film
片 攝影用的膠捲

1882 roller skating
片 輪式溜冰

1883 roman nose
片 鷹鉤鼻

1884 romanticism
[roˋmæntəˌsɪzəm]
名 浪漫主義

1885 rope skipping
片 跳繩

1886 rot
[rɑt]
動 腐爛；腐壞；腐朽
名 腐爛；腐壞；墮落

1887 roughage
[ˋrʌfɪdʒ]
名 粗食品

1888 round
[raʊnd]
名 一回合；一局；(酒的)
一巡

1889 roundworm
[ˋraʊndˌwɝm]
名 蛔蟲

1890 royalist
[ˋrɔɪəlɪst]
名 保皇主義者
形 保皇主義的

1891 rubber bung
片 橡皮塞

1892 rubble
[ˋrʌbl̩]
名 粗石；碎石

1893 rubric
[`rubrɪk]
名 標題;注釋

1894 ruling class
片 統治階層

1895 rust
[rʌst]
名 鏽;鐵鏽

1896 rut
[rʌt]
名 車轍;凹痕

1897 saber
[`seba-]
名 軍刀;馬刀

1898 sabotage
[`sæba,taʒ]
動 破壞
名 破壞;妨害

1899 saboteur
[,sæba`tɝ]
名 從事破壞活動者

1900 sabre
[`seɪba-]
名 馬刀;配劍

1901 sacrilege
[`sækrəlɪdʒ]
名 悖理逆天的行為

1902 salad dressing
片 沙拉醬汁

1903 saline
[`selaɪn]
名 鹹水湖;鹽田
形 鹽的;含鹽的

1904 salinity
[sə`lɪnətɪ]
名 鹽度

1905 salivate
[`sælə,vet]
動 分泌唾液;流口水

1906 sallow
[`sælo]
形 灰黃色的;氣色不好的

1907 salubrious
[sə`lubrɪəs]
形 有益健康的

1908 sandstone
[`sænd,ston]
名 砂岩

1909 sanitary
[`sænə,tɛrɪ]
名 公共廁所
形 公共衛生的;清潔的

1910 sapling
[`sæplɪŋ]
名 樹苗;幼樹

1911 sapper
[`sæpa-]
名 工兵;挖道工兵

1912 sapphire
[`sæfaɪr]
名 藍寶石;青玉
形 深藍色的;天藍色的

1913 satin
[`sætɪn]
形 緞的;光滑柔軟的

1914 savor
[`seva-]
名 氣味;滋味;食慾

1915 scab
[skæb]
名 疥癬

1916 scabbard
[`skæbəd]
動 把…收入鞘中
名 鞘

1917 scaffold
[`skæfʃd]
動 搭建鷹架
名 鷹架;支架

1918 scalp
[skælp]
名 頭皮

1919 scalpel
[`skælpəl]
名 手術刀

1920 scamper
[`skæmpa-]
動 (孩子)蹦蹦跳跳;(動物)驚惶奔跑

1921 scarlet fever
片 猩紅熱

1922 scavenger
[`skævɪndʒa-]
名 食腐動物;清潔工

1923 scenery
[`sinərɪ]
名 風景;景色

1924 sceptical
[`skɛptɪkl]
形 (英)習慣懷疑的

1925 sclerosis
[ˌsklɪˈrosɪs]
名 硬化症；硬化

1926 scone
[skon]
名 司康(英國傳統點心，常配奶油、果醬食用)

1927 scorch
[skɔrtʃ]
動 烤焦；燒焦
名 燒焦；焦痕

1928 scorching
[ˈskɔrtʃɪŋ]
形 灼熱的；(語言)尖刻的

1929 scour
[skaʊr]
動 擦亮；洗滌
名 洗；沖刷

1930 screen
[skrin]
動 遮蔽；掩護；包庇

1931 screw nail
片 長螺絲釘

1932 scripture
[ˈskrɪptʃɚ]
名 經文；經典

1933 scruff
[skrʌf]
名 後頸；頸背

1934 scuba diver
片 潛水者

1935 scuffle
[ˈskʌfl]
動 扭打；亂鬥

1936 scullery
[ˈskʌlərɪ]
名 廚房的洗滌槽

1937 scythe
[saɪð]
名 長柄大鐮刀

1938 seam
[sim]
名 地層；礦層

1939 seaweed
[ˈsiˌwid]
名 海藻；海草

1940 seclude
[sɪˈklud]
動 使隔離；使孤立

1941 sector
[ˈsɛktɚ]
名 扇形

1942 secure
[sɪˈkjʊr]
動 使安全；掩護；保證
形 安全的；無危險的

1943 sedentary
[ˈsɛdn̩ˌtɛrɪ]
形 坐著的；需要久坐的

1944 sediment
[ˈsɛdəmənt]
名 沉澱物

1945 sedimentary
[ˌsɛdəˈmɛntərɪ]
形 沉積形成的

1946 sedimentary rock
片 沉積岩

1947 sedition
[sɪˈdɪʃən]
名 煽動性的言論

1948 seep
[sip]
動 滲出；漏

1949 seer
[ˈsir]
名 預言家；先知

1950 seismic
[ˈsaɪzmɪk]
形 地震的

1951 seismology
[saɪzˈmɑlədʒɪ]
名 地震學

1952 semantic
[səˈmæntɪk]
形 語意的；語意學的

1953 senile
[ˈsinaɪl]
形 老邁的；年老所致的

1954 sensory
[ˈsɛnsərɪ]
形 知覺的；感覺的

1955 sentient
[ˈsɛnʃənt]
形 有感情的；意識到的

1956 serpent
[ˈsɝpənt]
名 蛇；狡猾的人

1957 settee
[sɛˋti]
名 有靠背的長椅

1958 settle in
片 進入新居；從事新工作

1959 sewage
[ˋsjuɪdʒ]
名 汙水；汙穢物

1960 sewerage
[ˋsoərɪdʒ]
名 排水系統；汙水工程

1961 sextant
[ˋsɛkstənt]
名 六分儀

1962 shackle
[ˋʃækl]
動 使帶上鐐銬；束縛
名 腳鐐；手銬

1963 shaggy
[ˋʃægɪ]
形 頭髮蓬亂的；草木叢生的

1964 sham
[ʃæm]
名 騙局；虛偽

1965 shandy
[ˋʃændɪ]
名 混合啤酒

1966 shattered
[ˋʃætəd]
形 心煩意亂的

1967 shawl
[ʃɔl]
名 (婦女用的)長形披巾

1968 sheaf
[ʃif]
名 捆；束

1969 sheath
[ʃiθ]
名 (刀、劍的)鞘；(工具等的)護套

1970 sheikhdom
[ˋʃikdəm]
名 酋長管轄的領土

1971 shelve
[ʃɛlf]
動 置於架上；擱置

1972 shin
[ʃɪn]
動 攀；爬；快步走
名 【解】脛

1973 shipwreck
[ˋʃɪpˏrɛk]
名 船舶失事；船難

1974 shoal
[ʃol]
名 魚群；大量

1975 shock
[ʃɑk]
動 使電擊
名 電擊

1976 shorthand
[ˋʃɔrtˏhænd]
名 速記法
形 速記法的；節略的

1977 shrewd
[ʃrud]
形 機靈的；敏銳的

1978 sibling
[ˋsɪblɪŋ]
名 手足；兄弟姊妹

1979 sickle
[ˋsɪkl]
名 短柄鐮刀

1980 sideboard
[ˋsaɪdˏbord]
名 餐具櫃

1981 siesta
[sɪˋɛstə]
名 (西班牙、義大利等的)午睡

1982 sieve
[sɪv]
動 篩；濾；篩選
名 篩網；過濾器

1983 sift
[sɪft]
動 詳查；細究；過濾

1984 significantly
[sɪgˋnɪfəkəntlɪ]
副 意味深長地

1985 silently
[ˋsaɪləntlɪ]
副 寂靜地；無聲地

1986 silhouette
[ˏsɪluˋɛt]
名 剪影；輪廓

1987 silt
[sɪlt]
動 使淤塞
名 泥沙；淤泥

1988 similarly
[ˋsɪmɪləlɪ]
副 同樣地；相仿地

1989 simplistic
[sɪm`plɪstɪk]
形 過分簡單化的

1990 simultaneously
[saɪməl`tenɪəslɪ]
副 同時地

1991 sinew
[`sɪnju]
名 腱；主要支柱

1992 single-parent family
片 單親家庭

1993 singlet
[`sɪŋglɪt]
名 汗衫；單襯衣

1994 situated
[`sɪtʃʊ‚etɪd]
形 位於…的；坐落在…的

1995 sizeable
[`saɪzəbl]
形 相當大的；相當多的

1996 sketchpad
[`skɛtʃ‚pæd]
名 素描簿；寫生簿

1997 skew
[skju]
形 歪的；斜的

1998 skim
[skɪm]
動 瀏覽；閱讀

1999 skimmed milk
片 脫脂牛奶

2000 skirmish
[`skɝmɪʃ]
動 進行小規模戰鬥
名 小規模戰鬥；衝突

2001 skylight
[`skaɪ‚laɪt]
名 屋頂的天窗

2002 slapstick
[`slæp‚stɪk]
名 低俗的鬧劇

2003 slat
[slæt]
動 替…裝上板條
名 板條；百葉板

2004 slavish
[`slevɪʃ]
形 奴隸的；卑屈的

2005 sledge
[slɛdʒ]
名 雪橇

2006 sleek
[slik]
形 光滑的；柔滑的；花言巧語的

2007 slime
[slaɪm]
動 用黏泥塗抹
名 軟泥；黏泥

2008 sling
[slɪŋ]
動 拋；投；擲；扔
名 投石器；彈弓

2009 slipover
[`slɪp‚ovə]
名 套頭衫

2010 slipway
[`slɪp‚we]
名 (修理船隻的)船台

2011 sloop
[slup]
名 單桅帆船

2012 slothful
[`sloθfəl]
形 怠惰的；懶散的

2013 slouch
[`slaʊtʃ]
動 無精打采地坐或走
名 無精打采的模樣

2014 sludge
[slʌdʒ]
名 爛泥；淤泥

2015 sluice
[slus]
名 水閘；水門

2016 slumber
[`slʌmbə]
動 靜止；不活躍
名 靜止狀態

2017 slurry
[`slɝɪ]
名 泥漿

2018 sluttish
[`slʌtɪʃ]
形 不端莊的；邋遢的

2019 smear
[smɪr]
動 塗抹；塗上；弄髒

2020 smuggling
[`smʌglɪŋ]
名 走私；偷運

2021 snag [snæg]
名 斷枝；暴牙

2022 snap up
片 搶購

2023 sniper [`snaɪpə]
名 狙擊手

2024 snob [snɑb]
名 諂媚的勢力鬼

2025 snobbish [`snɑbɪʃ]
形 勢利眼的

2026 snot [snɑt]
名 鼻涕；惹人嫌的人

2027 snowbound [`sno͵baʊnd]
形 被雪困住的

2028 social science
片 社會科學

2029 social welfare
片 社會福利

2030 sociobiology [͵sosɪobaɪˋɑlədʒɪ]
名 社會生物學

2031 sock [sɑk]
名 短襪；半統襪

2032 soft drink
片 不含酒精的飲料

2033 solemnize [`sɑləm͵naɪz]
動 隆重地慶祝

2034 solicitor [səˋlɪsɪtə]
名 (英)初級律師；(美)法務官

2035 solid [`sɑlɪd]
名 固體；立方體
形 固體的

2036 solidity [səˋlɪdɪtɪ]
名 固體；堅硬

2037 solution [səˋluʃən]
名 溶液

2038 soot [sʊt]
名 煤灰；油煙

2039 soothing [`suðɪŋ]
形 慰藉的；使人寬心的；鎮靜的

2040 sophisticate [səˋfɪstɪ͵ket]
動 使懂世故；使複雜

2041 sorcerer [`sɔrsərə]
名 巫師；魔術師

2042 sorcery [`sɔrsərɪ]
名 魔術；巫術

2043 sore throat
片 喉嚨痛

2044 spanner [`spænə]
名 螺絲扳手

2045 spar [spɑr]
名 (船用)圓杆

2046 spare room
片 客房

2047 sparsely [`spɑrslɪ]
副 稀疏地；稀少地

2048 spasm [`spæzm]
名 痙攣；抽搐

2049 spasmodic [spæzˋmɑdɪk]
形 抽筋的；發作的

2050 spawn [spɔn]
名 (魚等的)卵；幼苗

2051 sphinx [`sfɪŋks]
名 獅身人面像

2052 spindle [`spɪndl]
名 紡錘
形 紡錘形的；細長的

2053 spirit level
片 水平儀

2054 spiritual
[`spɪrɪtʃuəl]
形 精神上的；心靈的；宗教的；超自然的

2055 spleen
[splin]
名 脾臟

2056 splendid
[`splɛndɪd]
形 有光彩的；燦爛的；顯著的；傑出的

2057 splint
[splɪnt]
名 薄木條；夾板

2058 spoilage
[`spɔɪlɪdʒ]
名 掠奪；糟蹋

2059 sporadically
[spə`rædɪklɪ]
副 偶爾；零星地

2060 spore
[spor]
名 【生】孢子

2061 spot
[spɑt]
名 斑點；斑塊

2062 sprout
[`spraʊt]
動 發芽；抽條
名 新芽；嫩枝

2063 spruce
[sprus]
名 雲杉；雲杉木

2064 sputum
[`spjutəm]
名 唾液；痰

2065 squadron
[`skwɑdrən]
名 (海軍的)艦隊；(陸軍的)裝甲營

2066 squat
[skwɑt]
形 矮胖的

2067 squatter
[`skwɑtɚ]
名 偷住空屋的人；擅自占地的人

2068 squeal
[skwil]
動 發出長而尖的叫聲

2069 squid
[skwɪd]
名 烏賊；魷魚

2070 squire
[skwaɪr]
名 (騎士的)扈從

2071 squirt
[skwɝt]
動 噴射；噴出
名 注射器；噴射

2072 stadium
[`stedɪəm]
名 體育場；競技場

2073 stagnate
[`stægnet]
動 淤塞；使蕭條

2074 staid
[sted]
形 沉著的；古板的

2075 staircase
[`stɛr,kes]
名 樓梯

2076 stale
[stel]
形 腐壞的；陳舊的；無新意的

2077 stall
[stɔl]
動 (汽車)拋錨

2078 staphylococcus
[,stæfɪlə`kɑkəs]
名 葡萄球菌

2079 starchy
[`stɑrtʃɪ]
形 澱粉的；漿糊的

2080 starfish
[`stɑr,fɪʃ]
名 海星

2081 starving
[`stɑrvɪŋ]
形 飢餓的；挨餓的

2082 stash
[stæʃ]
動 存放；貯藏
名 藏匿處

2083 statement
[`stetmənt]
名 (銀行等的)結單；報告書

2084 stationer
[`steʃənɚ]
名 文具店；文具商

2085 statistically
[stə`tɪstɪklɪ]
副 統計上

2086 statute
[`stætʃut]
名 法令；法規；章程

2087 steep
[stip]
動 泡；浸

2088 stele
[`stilɪ]
名 石碑；石柱

2089 stem
[stɛm]
名 莖；葉柄

2090 stenographer
[stə`nɑɡrəfə]
名 速記員

2091 stereoscopic
[ˌstɛrɪə`skɑpɪk]
形 有立體感的

2092 stethoscope
[`stɛθəˌskop]
名 聽診器

2093 stew
[stju]
動 (用文火)煮；悶；燉

2094 stewardship
[`stjuwəd.ʃɪp]
名 管事人之職位

2095 sticky
[`stɪkɪ]
形 黏的；泥濘的；棘手的；麻煩的

2096 stifle
[`staɪfl]
動 扼殺；抑止；阻止

2097 stigma
[`stɪɡmə]
名 恥辱；汙名

2098 stillborn
[`stɪlˌbɔrn]
形 死產的；流產的

2099 stimulant
[`stɪmjələnt]
名 刺激物；興奮劑
形 使人興奮的

2100 stint
[stɪnt]
動 限制；節制
名 節省；吝惜

2101 stockpile
[`stɑkˌpaɪl]
動 儲備物資；積累
名 儲備物資

2102 stopcock
[`stɑpkɑk]
名 活塞；水龍頭

2103 storey
[`storɪ]
名 (英)樓層；疊架的一層

2104 storyline
[`storɪˌlaɪn]
名 故事情節

2105 strategist
[`strætɪdʒɪst]
名 戰略家；軍事家

2106 straw
[strɔ]
名 稻草

2107 stream
[strim]
名 小河；溪流

2108 stretcher
[`strɛtʃə]
名 擔架

2109 strew
[stru]
動 使散落；鋪蓋

2110 strife
[straɪf]
名 衝突；爭鬥

2111 strongbox
[strɔŋˌbɑks]
名 保險櫃

2112 structure
[`strʌktʃə]
名 結構；構造；組織；建築物

2113 stub out
片 捻滅；捻熄

2114 stubble
[`stʌbl]
名 (收割後留下的)植物殘株

2115 stud
[stʌd]
名 種馬

2116 study
[`stʌdɪ]
名 書房

2117 stuffing
[`stʌfɪŋ]
名 餡；填料

2118 stuffy
[`stʌfɪ]
形 通風不良的；(鼻子)塞住的

2119 stupor
[`stjupɚ]
名 不省人事；恍惚

2120 stylist
[`staɪlɪst]
名 設計師；髮型師

2121 subliminal
[sʌb`lɪmənḷ]
形 下意識的；潛意識的

2122 submission
[sʌb`mɪʃən]
名 屈從；歸順

2123 subsoil
[`sʌb.sɔɪl]
動 深耕；深挖
名 下層土；底土

2124 substantiate
[səb`stænʃɪ.et]
動 證實；證明

2125 subtropical
[sʌb`trɑpɪkḷ]
形 亞熱帶的

2126 subvert
[səb`vɝt]
動 推翻；暗中破壞

2127 sucker
[`sʌkɚ]
名 (口)吸管；吸盤

2128 sufferer
[`sʌfərɚ]
名 受難者；受害者

2129 suffice
[sə`faɪs]
動 使滿足；滿足…的需要

2130 suffix
[`sʌfɪks]
名 字尾

2131 sugar beet
片 甜菜

2132 suicidal
[.suə`saɪdḷ]
形 自殺的

2133 suitably
[`sutəblɪ]
副 適當地；相配地

2134 sulphide
[`sʌlfaɪd]
名 硫化物

2135 sulphur
[`sʌlfɚ]
名 硫磺；硫磺色

2136 sulphuric
[sʌl`fjuɚɪk]
形 含硫磺的

2137 sundial
[`sʌn.daɪəl]
名 日晷；日規

2138 superior
[sə`pɪrɪɚ]
名 上司；長輩
形 上級的；優秀的

2139 supernatural
[.supɚ`nætʃərəl]
名 超自然現象
形 超自然的；神奇的

2140 supersede
[.supɚ`sid]
動 代替；取代；接替

2141 suppression
[sə`prɛʃən]
名 壓制；鎮壓；隱瞞

2142 surrealism
[sə`rɪəl.ɪzəm]
名 超現實主義

2143 sustainable
[sə`stenəbḷ]
形 支撐得住的；能承受的

2144 suture
[`sutʃɚ]
動 縫合(傷口)
名 縫合；縫合處

2145 swift
[swɪft]
形 快速的；快捷的

2146 swindle
[`swɪndḷ]
動 詐騙；騙取
名 詐騙行為

2147 swivel
[`swɪvḷ]
動 旋轉；轉動

2148 synchronize
[`sɪŋkrənaɪz]
動 同時發生

2149 synod
[`sɪnəd]
名 宗教會議

2150 synopsis
[sɪ`nɑpsɪs]
名 概要；梗概

2151 syringe
[sə`rɪndʒ]
名 注射器

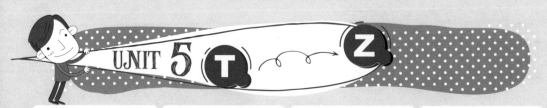

UNIT 5 T → Z

2152 tab
[tæb]
名 標籤

2153 table tennis
片 桌球

2154 take apart
片 拆開；仔細檢查

2155 take notes
片 作筆記

2156 talcum powder
片 爽身粉

2157 tan
[tæn]
名 棕褐色
形 棕褐色的

2158 tangerine
[ˌtændʒə`rin]
名 橘子

2159 tangible
[`tændʒəbl]
形 可觸摸的

2160 tangibly
[`tændʒəblɪ]
副 可觸知地；明白地

2161 tankard
[`tæŋkəd]
名 大啤酒杯

2162 tantalize
[`tæntlˌaɪz]
動 挑逗；使乾著急

2163 tap
[tæp]
名 (煤氣、水管的)龍頭

2164 tapestry
[`tæpɪstrɪ]
名 掛毯；繡帷

2165 target
[`tɑrgɪt]
名 靶子；目標

2166 tarmac
[`tɑrˌmæk]
名 柏油碎石

2167 tarnish
[`tɑrnɪʃ]
動 使失去光澤
名 晦暗；無光澤

2168 teak
[tik]
名 柚木

2169 technocrat
[`tɛknəˌkræt]
名 通曉專門技術的有力官員

2170 technologist
[tɛk`nɑlədʒɪst]
名 科學技術人員

2171 telegraph
[`tɛləˌgræf]
動 打電報給
名 電報；電信

2172 tempt
[tɛmpt]
動 引誘;誘惑;勾引

2173 tender
[`tɛndə]
形 柔軟的;易咀嚼的

2174 terminus
[`tɜmənəs]
名 終點站

2175 terrace
[`tɛrəs]
名 台地;梯田

2176 tetanus
[`tɛtənəs]
名 破傷風

2177 tetrad
[`tɛtræd]
名 四個

2178 theism
[`θiɪzm]
名 【哲】有神論

2179 therapeutic
[ˌθɛrə`pjutɪk]
形 治療的;有療效的

2180 thermodynamics
[ˌθɜmodaɪ`næmɪks]
名 熱電學

2181 thermostat
[`θɜməˌstæt]
名 自動調溫器

2182 thinner
[`θɪnə]
名 稀釋劑

2183 thirdly
[`θɜdlɪ]
副 第三

2184 thoroughbred
[`θɜobrɛd]
形 純種的;良種的

2185 threaten
[`θrɛtṇ]
動 威嚇;恐嚇

2186 thresh
[θrɛʃ]
動 打穀;用棍打

2187 thrift
[θrɪft]
名 節約;節儉

2188 throbbing
[`θrabɪŋ]
形 間歇的;抽痛的

2189 thrombosis
[θram`bosɪs]
名 血栓

2190 thyroid
[`θaɪrɔɪd]
名 甲狀腺

2191 tibia
[`tɪbɪə]
名 【解】脛骨

2192 tick off
片 用記號勾出

2193 tidbit
[`tɪdˌbɪt]
名 趣聞;花絮

2194 tie
[taɪ]
動 繫上;打結
名 領帶

2195 tights
[taɪts]
名 緊身長褲

2196 tillable
[`tɪləbḷ]
形 可耕種的

2197 time out
片 (比賽中的)暫停

2198 timorous
[`tɪmərəs]
形 膽小的

2199 tinker
[`tɪŋkə]
動 粗修;修補
名 銲鍋匠

2200 to begin with
片 首先;第一

2201 toast
[tost]
動 舉杯祝酒
名 祝酒;敬酒

2202 tobacconist
[tə`bækənɪst]
名 (英)菸草商

2203 toff
[tɔf]
名 花花公子;時髦人物

2204 toffee
[`tɔfɪ]
名 太妃糖

2205 tome
[tom]
名 冊；卷；
大型書本

2206 tongs
[tɔŋz]
名 鉗子；火鉗

2207 tonsil
[`tɑnsḷ]
名 扁桃腺

2208 tonsillitis
[ˌtɑnsḷ`aɪtɪs]
名 扁桃腺炎

2209 topaz
[`topæz]
名 黃寶石；黃玉

2210 topography
[tə`pɑgrəfɪ]
名 地形(學)

2211 topsoil
[`tɑpˌsɔɪl]
名 表土

2212 torpedo
[tɔr`pido]
名 魚雷；水雷

2213 torso
[`tɔrso]
名 (人體的)軀幹

2214 toss off
片 把…一飲而盡

2215 totalitarianism
[ˌtotælə`tɛrɪənˌɪzəm]
名 極權主義

2216 townscape
[`taʊnˌskep]
名 城鎮風景

2217 toxin
[`tɑksɪn]
名 毒素

2218 trance
[træns]
動 使昏睡；使恍惚
名 恍惚；出神；發呆

2219 tranquil
[`træŋkwɪl]
形 安寧的；平穩的

2220 transfer
[`trænsfɝ]
名 移交；轉讓；轉車地
點；匯兌

2221 transistor
[træn`zɪstə]
名 電晶體

2222 transitive
[`trænsətɪv]
形 及物的

2223 transmute
[træns`mjut]
動 使變形或變質

2224 trapeze
[træ`piz]
名 高空鞦韆

2225 treadmill
[`trɛdˌmɪl]
名 跑步機

2226 treasure
[`trɛʒə]
名 金銀財寶；貴重物品

2227 treatise
[`tritɪs]
名 論文；專著

2228 trilogy
[`trɪlədʒɪ]
名 三部曲

2229 trimester
[traɪ`mɛstə]
名 三個月

2230 trinket
[`trɪŋkɪt]
名 小裝飾品

2231 tripe
[traɪp]
名 牛肚

2232 triplet
[`trɪplɪt]
名 三胞胎之一

2233 tripod
[`traɪpɑd]
名 三腳架

2234 trite
[traɪt]
形 陳腔濫調的

2235 triumph
[`traɪəmf]
名 大勝利

2236 trivialize
[`trɪvɪəl͵aɪz]
動 使平凡；使…成為瑣碎

2237 trochanter
[tro`kæntɚ]
名 轉子(股骨的隆起)

2238 trolley bus
片 無軌電車

2239 troposphere
[`trɑpə͵sfɪr]
名 對流層

2240 troupe
[trup]
名 (演員等的)一團

2241 truncated
[`trʌŋketɪd]
形 縮短的

2242 truncheon
[`trʌntʃən]
名 (英)警棍

2243 tub
[tʌb]
名 桶子；木盆

2244 tube
[tjub]
名 管子

2245 tumbler
[`tʌmblɚ]
名 (機器的)轉臂

2246 turban
[`tɝbən]
名 (回教男子的)纏頭巾

2247 turbid
[`tɝbɪd]
形 汙濁的；(思想)混亂的

2248 turbot
[`tɝbət]
名 大口鰈

2249 tureen
[tjʊ`rin]
名 (盛菜用的)蓋碗

2250 turnpike
[`tɝn͵paɪk]
名 收費高速公路

2251 turquoise
[`tɝkwɔɪz]
名 綠松石；藍綠色
形 藍綠色的

2252 turret
[`tɝɪt]
名 塔樓；砲塔

2253 tusk
[tʌsk]
名 長牙；獠牙

2254 tutorial
[tju`torɪəl]
形 輔導的；指導的

2255 twinge
[twɪndʒ]
動 感到劇痛；刺痛
名 劇痛；刺痛；陣痛

2256 twofold
[`tu`fold]
形 兩倍的；雙重的
副 兩倍地

2257 typhoid
[`taɪfɔɪd]
名 傷寒
形 傷寒的

2258 ulterior
[ʌl`tɪrɪɚ]
形 隱密的；別有用心的

2259 ultimate
[`ʌltəmɪt]
名 結局；極限
形 最終的；根本的

2260 ultramarine
[͵ʌltrəmə`rin]
名 群青(色)
形 群青色的

2261 ultrasonic
[͵ʌltrə`sɑnɪk]
形 超音波的

2262 unbeatable
[ʌn`bitəbl]
形 難以戰勝的；無敵的

2263 unblemished
[ʌn`blɛmɪʃt]
形 無瑕疵的；無汙點的

2264 uncap
[ʌn`kæp]
動 脫掉帽子；打開瓶蓋

2265 unconcerned
[͵ʌnkən`sɝnd]
形 不感興趣的；漠不關心的

2266 unconquerable
[ʌn`kɑŋkərəbl]
形 不可征服的；不可戰勝的；壓抑不住的

2267 unconventional
[͵ʌnkən`vɛnʃənl]
形 不依慣例的；非常規的

2268 undeniable
[ʌndɪˋnaɪəbl]
形 無可否認的

2269 underclothes
[ˋʌndɚ͵kloðz]
名 內衣；襯衣

2270 underground
[ˋʌndɚ͵graʊnd]
名 地下鐵

2271 underpin
[͵ʌndɚˋpɪn]
動 從下面支撐；加強⋯的基礎

2272 undesirable
[͵ʌndɪˋzaɪrəbl]
形 令人不快的

2273 undetected
[͵ʌndɪˋtɛktɪd]
形 未被發現的；未探測到的

2274 undisguised
[͵ʌndɪsˋgaɪzd]
形 無偽裝的；公開的；坦率的

2275 undress
[ʌnˋdrɛs]
動 脫衣服；拆掉繃帶

2276 undulate
[ˋʌndjə͵let]
動 波動；起伏

2277 unduly
[ʌnˋdjulɪ]
形 過份地；不適當地

2278 uneven
[ʌnˋivən]
形 不平坦的；崎嶇的

2279 unexpected
[͵ʌnɪkˋspɛktɪd]
形 意外的；突如其來的

2280 unfortunately
[ʌnˋfɔrtʃənɪtlɪ]
副 不幸地；遺憾地

2281 unicorn
[ˋjunɪ͵kɔrn]
名 獨角獸

2282 union
[ˋjunjən]
名 結合；合併；聯盟

2283 unionist
[ˋjunjənɪst]
名 工會成員；工會主義者

2284 unisex
[ˋjunə͵sɛks]
形 男女兩用的；不分男女的

2285 unobtrusive
[͵ʌnəbˋtrusɪv]
形 不唐突的；不冒昧的；不引人注目的

2286 unofficial
[͵ʌnəˋfɪʃəl]
形 非官方的；分正式的

2287 unoriginal
[͵ʌnəˋrɪdʒənl]
形 非原創的；模仿的

2288 unparalleled
[ʌnˋpærə͵lɛld]
形 無比的；無雙的

2289 unprejudiced
[ʌnˋprɛdʒədɪst]
形 沒有成見的；公平的

2290 unquote
[ʌnˋkwot]
動 結束引文

2291 unrealistic
[͵ʌnrɪəˋlɪstɪk]
形 不切實際的；非現實主義的

2292 unregistered
[ʌnˋrɛdʒɪstɚd]
形 未登記的；未註冊的

2293 unthinkable
[ʌnˋθɪŋkəbl]
形 難以置信的

2294 untrustworthy
[ʌnˋtrʌst͵wɝðɪ]
形 不可信賴的；靠不住的

2295 unwind
[ʌnˋwaɪnd]
動 解開；鬆開

2296 unwrap
[ʌnˋræp]
動 解開；打開

2297 unyielding
[ʌnˋjildɪŋ]
形 不屈服的；不讓步的

2298 uphill
[ˋʌp͵hɪl]
名 登高；上坡
形 位於高處的；上升的

2299 upper
[ˋʌpɚ]
形 較高的；上面的

2300 upstart
[`ʌp,stɑrt]
名 暴發戶
形 暴富的

2301 urbane
[ɝ`ben]
形 都市化的；彬彬有禮的

2302 urbanization
[,ɝbənaɪ`zeʃən]
名 都市化

2303 urgent
[`ɝdʒənt]
形 緊急的；急迫的

2304 usherette
[,ʌʃə`ɛt]
名 (電影院、戲院的)女引座員

2305 usurp
[ju`zɝp]
動 篡奪；奪權

2306 utilization
[,jutlə`zeʃən]
名 使用；利用

2307 utterance
[`ʌtərəns]
名 發聲；表達；說話方式；言論

2308 uvula
[`juvjələ]
名 小舌

2309 vagrant
[`vegrənt]
名 無業遊民；乞丐；無賴
形 流浪的；漂泊不定的

2310 vandal
[`vændl]
名 破壞公共財物者

2311 vandalism
[`vændlɪzəm]
名 蓄意破壞公物

2312 vanquish
[`væŋkwɪʃ]
動 征服；擊敗

2313 variability
[,vɛrɪə`bɪlətɪ]
名 變化性；可變性

2314 variant
[`vɛrɪənt]
名 變形；轉化
形 有差異的

2315 varicose veins
片 靜脈曲張

2316 variegated
[`vɛrɪ,getɪd]
形 色彩斑斕的

2317 varnish
[`vɑrnɪʃ]
名 光澤；亮光漆

2318 vat
[væt]
名 大桶；甕

2319 vatican
[`vætɪkən]
名 羅馬教廷

2320 veal
[vil]
名 (食用的)小牛肉

2321 venerable
[`vɛnərəbl]
形 德高望重的

2322 venison
[`vɛnəzn]
名 鹿肉

2323 veranda
[və`rændə]
名 陽台；走廊

2324 verbal
[`vɝbl]
形 言語的；口頭的；動詞性質的

2325 verdigris
[`vɝdɪ,gris]
名 銅綠；銅鏽

2326 verification
[,vɛrɪfɪ`keʃən]
名 證明；核實

2327 vermin
[`vɝmɪn]
名 害蟲；寄生蟲

2328 vernacular
[və`nækjələ]
名 本國語
形 用本國語的

2329 vertebra
[`vɝtəbrə]
名 脊椎骨

2330 vertebrate
[`vɝtə,bret]
名 脊椎動物
形 有脊椎的

2331 vestibule
[`vɛstə,bjul]
名 門廳；前廳

2332 veterinary
[`vɛtərə‚nɛrɪ]
形 獸醫的

2333 viaduct
[`vaɪə‚dʌkt]
名 高架橋

2334 vice versa
片 反之亦然

2335 vicissitudes
[və`sɪsə‚tjudz]
名 變遷；世事變化

2336 Victorian
[vɪk`torɪən]
形 維多利亞時代的

2337 vile
[vaɪl]
形 卑鄙的；可恥的；骯髒的；汙穢的

2338 virile
[`vɪrəl]
形 有男子氣概的；剛強的

2339 virtuous
[`vɜtʃʊəs]
形 有道德的；善良的；正直的

2340 viscous
[`vɪskəs]
形 黏稠的

2341 visible
[`vɪzəbl]
形 可看見的；顯而易見的

2342 visual
[`vɪdʒʊəl]
形 視力的；看得見的

2343 vocal cords
片 聲帶

2344 vocalist
[`vokəlɪst]
名 歌手；聲樂家

2345 volcanic
[vɑl`kænɪk]
形 火山的；猛烈的

2346 volley
[`vɑlɪ]
動 齊發；齊射
名 (槍砲等的)齊射

2347 voluptuous
[və`lʌptʃʊəs]
形 情慾的；貪戀酒色的

2348 voodoo
[`vudu]
名 巫毒教；巫毒教教徒

2349 vortex
[`vɔrtɛks]
名 漩渦；旋風

2350 wafer
[`wefə]
名 薄酥餅；威化餅

2351 wallaby
[`wɑləbɪ]
名 沙袋鼠

2352 wand
[wɑnd]
名 權杖；魔杖

2353 wanderer
[`wɑndərə]
名 流浪漢；漫遊者

2354 warden
[`wɔrdn]
名 典獄長；看守人

2355 warfare
[`wɔr‚fɛr]
名 交戰狀態；衝突

2356 warp
[wɔrp]
動 使變形；使彎曲
名 彎曲；歪斜

2357 wasp
[wɑsp]
名 黃蜂

2358 wastage
[`westɪdʒ]
名 浪費；消耗量

2359 waterborne
[`wɔtə‚born]
形 浮於水上的；漂流的；水路運輸的

2360 watercolor
[`wɔtə‚kʌlə]
名 水彩畫；水彩顏料

2361 waterfowl
[`wɔtə‚faʊl]
名 水鳥；水禽

2362 waterfront
[`wɔtə‚frʌnt]
名 水邊；灘
形 濱水區的

2363 wayfarer
[`we‚fɛrə]
名 徒步旅行者

2364 wealthy
[ˋwɛlθɪ]
形 富裕的；豐富的

2365 wean
[win]
動 使斷奶；使戒掉

2366 weather-beaten
[ˋwɛðɚ͵bitən]
形 飽經風霜的

2367 weigh
[we]
動 稱⋯的重量

2368 wellington
[ˋwɛlɪŋtən]
名 長筒雨靴

2369 whaling
[ˋhwelɪŋ]
名 捕鯨；捕鯨業

2370 wheelhouse
[ˋhwil͵haʊs]
名 舵手室

2371 whence
[hwɛns]
副 從那裡；由此

2372 whip
[hwɪp]
動 攪打(蛋、奶油)

2373 whirlwind
[ˋhwɝl͵wɪnd]
名 旋風；旋流

2374 white
[hwaɪt]
名 蛋白

2375 whiting
[ˋhwaɪtɪŋ]
名 牙鱈

2376 wick
[wɪk]
動 燭芯；燈芯

2377 wicker
[ˋwɪkɚ]
名 枝條；柳條
形 柳條編織的

2378 wiggle
[ˋwɪgl̩]
動 扭動；擺動

2379 wildfowl
[ˋwaɪld͵faʊl]
名 野禽

2380 windpipe
[ˋwɪnd͵paɪp]
名 氣管

2381 windsurfing
[ˋwɪnd͵sɝfɪŋ]
名 風帆衝浪

2382 windward
[ˋwɪndwɚd]
形 迎風的；向風的

2383 witchcraft
[ˋwɪtʃ͵kræft]
名 巫術；魔法

2384 witness
[ˋwɪtnɪs]
名 目擊者；見證人

2385 wolf
[wʊlf]
動 狼吞虎嚥地吃

2386 womb
[wum]
名 子宮；孕育處

2387 work in groups
片 以小組為單位行動

2388 work in pairs
片 兩人一組行動

2389 workaholic
[͵wɝkəˋhɔlɪk]
名 工作狂
形 醉心於工作的

2390 worldly
[ˋwɝldlɪ]
形 世間的；塵世的
副 世俗地；世故地

2391 wrestling
[ˋrɛslɪŋ]
名 摔角

2392 wretch
[rɛtʃ]
名 可憐的人；卑鄙的人

2393 writ
[rɪt]
名 令狀

2394 yelp
[jɛlp]
動 (狗)吠；因疼痛而喊叫

2395 yokel
[ˋjokl̩]
名 鄉巴佬；粗野之人

2396 🔖
zebra crossing
片 (英)斑馬線

2397 🔖
zinc
[zɪŋk]
名 鋅

2398 🔖
zone
[zon]
名 地帶；地區；時區

2399 🔖
zoological
[ˌzoəˋlɑdʒɪk!]
形 動物學的

2400 🔖
zoology
[zoˋɑlədʒɪ]
名 動物學

備考小撇步 for IELTS

IELTS（雅思）的題型包括聽力（三十分鐘）、閱讀（六十分鐘）、寫作（三十分鐘）以及口說（十一～十四分鐘）。準備雅思單字時，千萬不要怕看不懂，要放開心胸記憶這些「你沒看過」與「不熟悉」的單字（能這樣做你就贏了一半）。

就閱讀而言，增加字彙量是準備雅思的不二法門，如果有在做題目的同學，請務必在練習階段就將不懂的單字查清楚，反覆練習，這樣才能真正提升字彙量。當然，除了文章本身之外，在此提醒同學「把題目看懂」，才不會產生文章好不容易看懂了，卻因為沒仔細理解題目而選錯的情形。

雅思的聽力為英式發音，這讓許多習慣美式發音的人感到相當苦惱，因此推薦大家多聽BBC News，除了口音的考量之外，BBC的專業新聞用語更貼近雅思的單字取向，絕對是多多益善。

除此之外，雅思的寫作也經常困擾考生，在此要向大家重申，親身寫肯定比看書更有用，所以建議持之以恆地寫。在寫的當下不需要執著於艱澀單字，因為如果對進階單字的掌握度不夠，反而可能因為拼錯或用錯而被扣分。不妨將重點放在邏輯與文法的準確度，條理分明的文章絕對會讓考官更有好感（這一點在口說測驗上也是一樣的）。

知識工場
nowledge.

引領學習新風潮，
啟動英語新思維

語言力
輕鬆達陣
Let's go!

go!

國家圖書館出版品預行編目資料

考前神救援！5 in 1單字救急奇蹟書 / 張翔 編著. --
初版. --新北市：知識工場出版 采舍國際有限公司發
行, 2018.10 面； 公分. --（Master 07）
ISBN 978-986-271-832-2 (平裝)

1.英語 2.詞彙

805.12 107012480

考前神救援！ 5 in 1

單字救急

奇蹟書

奇蹟有理！
偷呷步無罪！

知識工場 · Master 07

考前神救援！5 in 1單字救急奇蹟書

出　版　者／全球華文聯合出版平台・知識工場

作　　　者／張翔　　　　　　　印 行 者／知識工場

出版總監／王寶玲　　　　　　　英文編輯／何牧蓉

總 編 輯／歐綾纖　　　　　　　美術設計／蔡瑪麗

郵撥帳號／50017206 采舍國際有限公司（郵撥購買，請另付一成郵資）

台灣出版中心／新北市中和區中山路2段366巷10號10樓

電　　　話／（02）2248-7896

傳　　　真／（02）2248-7758

ISBN-13／978-986-271-832-2

出版日期／2018年10月初版

全球華文市場總代理／采舍國際

地　　　址／新北市中和區中山路2段366巷10號3樓

電　　　話／（02）8245-8786

傳　　　真／（02）8245-8718

港澳地區總經銷／和平圖書

地　　　址／香港柴灣嘉業街12號百樂門大廈17樓

電　　　話／（852）2804-6687

傳　　　真／（852）2804-6409

全系列書系特約展示

新絲路網路書店

地　　　址／新北市中和區中山路2段366巷10號10樓

電　　　話／（02）8245-9896

傳　　　真／（02）8245-8819

網　　　址／www.silkbook.com

知識工場

Knowledge is everything！

知識工場
nowledge.
Knowledge is everything！